KB062963

허구와 거짓이 판치는 나라

허구와 거짓이 판치는 나라

강재윤 저

도화

　어느 국가든, 민족이든 공동체의 구성원은 국가의 번영과 문명적 선진사회를 지향하기 위해서는 상호신뢰와 배려가 있는 사회를 만들고 국가적 정체성이나 생활양식이 병들어 있어서는 안 된다. 우리 사회가 지닌 정신적 문화적으로 저속한 인성에 병든 사례들을 반추해 보고 통렬한 자기반성과 성찰로 새로운 시작의 계기를 만들어보고 싶어서 이 책을 집필하게 되었다.

　물론 우리 민족은 좋은 기질과 열정과 역동성, 융통성, 인간미 등 좋은 인성도 많지만, 우리 사회가 급격하게 근대화, 산업화에 성공적으로 접어들면서 가난의 한을 풀고 경제적 풍요 속에 금전 만능 적이고 개인적 이기주의로 타락하는 경향이 증폭되면서 불필요한 사회적 비용이 증가하고 있는 것도 사실이다. 본서는 이것은 아니다 할 수준의 인성 파괴적인 저질문화가 모든 영역에서 심각한 문제로 등장했기에 실증적 사례 중심의 테마 별로 정리하려 하였다.

　미꾸라지 한 마리가 물을 흐려 사회가 온통 흙탕물이 된 것이 아니고 미꾸라지 숫자가 엄청나게 늘어나고 있어 흙탕 물결이 커져가고 있어 문제가 제기되는 것이다. 국가적 단위의 인성 회복이 필요한 수준에 다 달았기 때문이다.

　지금 우리 사회가 병들어가고 있는 작금의 현실을 보면 인도 건국의 아버지 "마하트마 간디"가 나라를 망하게 하는 사회적 큰 죄악 7가지를 지적했는데, 그의 사후 70년이 지난 지금 우리 현실에 딱 맞는 말이라 생각되어 다시 새겨 본다.

1) "원칙 없는 정치"(국민 뜻을 무시한 독선정치)
2) 도덕성 없는 상업 (윤리와 사회에 대한 책무를 잃은 상업)
3) 노동 없는 부(富)(땀을 흘리지 않는 富, 투기, 사기, 탈세)
4) 인격 없는 교육 (참다운 교육과 투철한 이념이 없는 교육)
5) 인간성 없는 과학(인간의 행복을 못 주는 과학적 폐해)
6) 양심 없는 쾌락(절제를 못 지키는 타락 사회)
7) 희생 없는 종교(신앙인의 자기희생 망각한 위선)

이와 같은 죄악은 1930년대의 인도의 현실을 두고 한 말이었는데도 마치 오늘의 한국을 두고 한 말처럼 들린다. 정치인들의 본분을 망각한 분열의 정치와 언행 불일치 그리고 내로남불, 땀 없이 살려는 사기꾼 천국, 돈이면 공직을 파는 부패 만연, 가진 자의 갑질 세상, 조직마다 분열 갈등으로 타협으로 풀리는 일이 없는 사회, 성범죄가 넘쳐나고, 운(運)이 나쁘면 언제 죽을지 모르는 묻지 마 살인으로 막가는 세상, 국가 지도층은 금욕에 타락하고, 지난날의 참사를 교훈으로 삼지 못하고 망각하는 안전 불감증의 사고왕국, 교육계획은 정권마다 바뀌고, 최고의 지성이라는 학자들은 탐욕에 타락하고, 공영방송은 편파방송의 대명사로, 언론은 불공정 보도로, SNS상에는 특정인을 떼몰이로 공격하고, 노사정 타협은 해마다 불발, 고위 공직자 청문회는 불법자 청문회가 되었고, 국민은 세금 못 빼어 먹는 사람이 바보라는 양심불량으로 타락해 가고 있다.

광화문 네거리는 연일 투쟁과 주장만 무성하여 시위로 해가 지고 뜨는 곳에 세종대왕과 이순신 장군이 밤잠을 못 자고 내려다보고 있다. 왜 이렇게 한恨도 많고 탈도 많고 내 탓은 없고 네 탓만 있는 나라가 되었느냐? 고 묻고 있다. 나라 잃었던 역사를 교훈으로 삼지 못하고 아직도 분열과 이념 갈등에 사로잡혀 서로 모함하고 헐뜯는 버릇은 조선시대와 변한 것이 하나도 없구나 하신다. 국가 경영을 책임진 정치권은 죽어봐야 알고 망해봐야 알면 그때는 후환後患만 남을 뿐이기에 그 책임이 중차대함을 인식해야 한다.

우리 사회가 잘못된 길로 가고 있음을 보여주는 증표들은 수없이 많지만 그 중에서 자살은 가장 뚜렷한 증표이다. 과연 한국사회가 사람이 살만한 사회인가 사람이 못살 헬 조선인가? 한국의 이런 높은 자살률은 한국사회가 사람이 고통 없이는 살기 힘든 잘못된 사회로 가고 있는 것을 보여주는 수치이다. 병든 사회의 고통에 삶의 무게를 감당하지 못하고 자살을 택하는 사람이 OECD 회원국 중 1. 2위를 놓치지 않고 있다.

이 병든 지역주의, 한탕주의, 연고주의, 금전만능주의, 외모지상주의 현상은 결국은 우리 모두가 나만 잘 살면 된다는 극단적 이기주의에 병들어가고 있기 때문이다. 인생 80을 살며 나라의 미래를 생각하면서 집필한 본서는 실증적 사건들을 예시하면서 편저되었고 언론매체의 보도 자료와 칼럼 그리고 학자들의 견해를 인용하였음을 밝힌다.

차 례

제2장 사기(詐欺)꾼이 많은 나라

제3장 저질문화 갑질 세상

제4장 성범죄(性犯罪) 국토를 흔들고 있다

제5장 음주운전 난무하는 "술 취한 한국"

제1장

/

한국인의 잘못된 인성과 한국병

우리나라 사람은 좋은 인성이 수없이 많아 열거하기가 힘들다. 그런데 하필이면 잘못된 인성을 밝히려 하느냐고 하겠지만, 꼭 짚어 봄으로써 좋은 인성을 더 넓혀 갈 수 있는 계기를 만들고자 한국병을 정리해 본다.

　한국인 심리의 밑바탕에 숨어 있는 "恨의 심리"가 인성의 변질과 한국병의 원천이 되었다. "恨"이 한국 근세사 100년 동안 변질되어 "못 참는 한"이 되면서 오늘날 한국인으로 하여금 성급하고 참지 못하게 만들었다. 빨리빨리, 대충대충, 사려 깊지 않는 심성이 생겨났다. 금전과 물질 만능에 빠져 영혼을 상실하고 돈만 벌면 성공이고, 효자 되고, 돈만 뿌리면 국회의원도 될 수 있다고 해서 돈을 버는 일이면 수단과 방법을 가리지 않고 있다. 남을 속이고 사기와 협잡을 해서라도 돈을 벌겠다는 풍조가 사회를 변질시켜버렸다. 급기야는 개인 중심주의에 빠져 전통적으로 지켜야 할 사회적 윤리와 도덕심은 사라졌고, 허세를 부리고, 친구가 잘 되고 사촌이 논을 사면 배가 아프고, 동료교수의 연구 성과는 애써 폄하하고, 존경받을만 한 지도자가 나오면 조상부터 파헤쳐 흠집을 내려고 안간힘을 쓰고, 가까운 사람은 헐뜯고, 외국인에게는 지나칠 정도로 친절하다. 역시 나보다 앞서는 것은 못 보겠다는 병이다. 서로 간의 배려와 양보는 없고 증오와 질투심으로 심성이 피폐해지고 있다.

　외국인이 말하는 한국인의 대표적 기질은 빨리빨리. 냄비근성, 공공의식의 결여 등이다. 외국의 상공인들 시각에서는 한국인은 역동성, 융통성, 인간미가 넘치는 반면 합리성과 준법정신이 부족하며 노사대립이 한계를 벗어나기 일쑤인 나라이다. 또 기업들조차 공존의식 부족으로 건강한 기업 문화를 흐리게 하고 있다. 외국 언론계나 일반 여행객들의 시각은 좀 더 다르다. 한국인은 고유 문화존중, 낙천적 인정주의, 역동성과 도전정신, 노인공경, 풍부한 감수성과 우수한 두뇌의 소유라는 장점을 더 높게 꼽고 있다. 그러나 지나치게 성급하며, 거칠고 흥분 잘하며, 질서의식 희박, 이기주의, 남에 대한 배려부족 등을 지적하고 있다. 또 이렇게 보는 견해도 있다. 한국인은 개척정신이 강하고 낙천적이며 개개인의 우수한 재능과 강한 개성을 지니고 있다는데 공감하고 있다. 그러나 집단 이기주의와 파당성이 강해 국제화를 지향하는 국민으로서의 결함이 많다. 외형을 중시하며 허례와 과시성이 강하며 과거 지향적이고 질서의식이 약하다. 또 감정적 폭발력이 강하여 자칫 폭력적으로 기울여지는 경향이 있다고 한다.

1. 한국인의 허세근성(虛勢根性)

우리나라 사람의 과시욕, 허례허식은 유전자 탓인가? 아니면 체면 문화가 우리의 삶을 힘들게 하고 있는 것일까? 없이 살아도 있는 척, 행세를 해야 살 수 있는 사회가 왜 만들어진 것일까?

옛 말에 노인들이 "벗은 거지는 못 얻어먹어도 입은 거지는 얻어먹는다"고 했다. 지난날 어른들이 병원에 가거나 관공서 갈 때는 옷을 잘 입고 가라, 얕보이게 하지 말라고 했다. 조선조 어느 대감이 생각난다. 환갑잔치에 초대를 받고 허름한 옷을 입고 갔더니 문전에서 거절당하여 다시 집으로 들어가서 좋은 옷을 입고 들어갔더니 친절히 안내를 받아 술상을 받았는데 그는 옷을 훨훨 벗어 놓고 옷 위에 술을 부었다. 옷이 초대받았지 사람이 초대를 받지 않았다며 일어났다는 이야기이다. 이처럼 우리나라 사람은 옷에 남다른 신경을 쓰고 있다. 여인들은 짝퉁이라도 명품 들고 싶어 하는 허세 때문에 루비통 가방은 거리에서 눈을 깜박거리면 볼 수 있다 하여 3초 가방 별명이 생겨났다. 세계적 명품브랜드 짝퉁 제품이 재래시장에서 넘쳐나고 있다. 이는 허세근성 수요자가 있기에 만들어진 말이 아니겠나. 우리보다 잘산다는 일본에 여행 가면 명품 들고 다니는 여성은 볼 수가 없었다. 과시욕

으로 고급 외제 차 타고 분수를 모르고 사는 사람들이 얼마나 많느냐 하면 국내에서 팔린 5000만 원 이상의 고가 승용차 10대 중 7대는 수입차로 조사되고 있다. 원체 "가오다시(顔出し·얼굴을 내밂·폼 잡음)"를 잡기 좋아하니 그 허세를 버릴 수 있을까? 시중의 반은 외제 중형차다. 하기야 경차 타고 기업체 방문하면 정문에서 경비가 꼬치꼬치 묻고 무슨 용건으로 왔느냐며 홀대하지만 고급 외제차 타고 들어가면 경례까지 붙이며 겸손하게 대 한다. 이런 잘못된 문화가 더욱 허세를 부추긴다. 편리하게 살기 위하여 차를 타는 것인지, 과시욕으로 남을 의식해 타는 차인지 모르겠다. 자동차 시장 최대 수요층인 30~40연령대의 수입차 구매는 계속 증가하고 있고, 아직 차가 없는 30~40대에 물어 보면 기왕 차를 산다면 수입차를 사겠다는 것이다. 역시 그 부모에 그 자식의 같은 사고인 것 같다. 독일, 영국, 프랑스, 일본 등 선진국 사람들이 생활 편리형 경차를 많이 타고 다니는 것을 좀 배웠으면 좋겠다.

요즘은 청소년 세대까지 빠져들어 명품사랑 대열에 참여하고 있다. 이들은 구입한 명품을 품평하는 영상을 제작해 유튜브에 올리거나, 제품을 들고 찍은 "인증샷"을 소셜미디어(SNS)에 올리기도 한다. 또래에게 인증 받으려는 심리, 돋보이고 싶은 과시욕 탓에 벌이는 일이다, 이런 허세가 청소년 과소비를 부추기고 상대적 박탈감을 일으키고 있다. 이런 현상에 대하여 전문가들은 청소년 명품사랑은 우리 사회의 병리현상을 반영하는 것이며 사회의 허영, 과시욕이 청소년층에까지 번지고 있다는 진단이다.

최종구 금감원장이 국회 예결위에 참석했는데 그가 차고 있는 명품 손목시계가 문제가 되었다. 유달리 시계 버클이 번쩍였기 때문이었다. 스위스 명품브랜드 "바쉐론콘스탄틴(vcheron constantin)"의 시그니처인 십자모양이 선명했다. 웬만한 공직자들은 엄두도 못 내는 가격인 수천만 원에서 1억 원 이상을 호가한다고 한다. 최 위원장은 국회에서 이야기의 진의를 묻는 동아일보 기자에게 직접전화를 걸어서 2007년쯤 캄보디아에 여행 갔을 때 길거리에서 30달러를 주고 산 "짝퉁"이라고 했다. 장관급의 고위공직자가 세계 유명 시계 "짝퉁"을 차고 다니는 것을 보면 과히 허세에 찬 한국 사회를 잘 설명해 주고 있는 게 아닌가 싶다.

돈으로 만든 가짜 스펙 쌓기 허세, 표절논문으로 석·박사 학위 받아 스펙 만드는 학자, 장관 등 고위공직자가 국회 청문회장에서 망신당하는 모습이며 돈으로 해외박사 학위 받고 영어도 잘 모르고 학교가 어딘지 가보지도 않고 호텔에서 받는 학위를 이력서에 쓰는 허세. 지난날 선출직 정치인들이 경력란에 가짜학위 학력을 넣어 공개 망신당하기도 했고, 특히 연사, 강사, 주례선생의 허위 경력 소개는 지금도 다반사로 있다. 한때 미국에서 학위 인정 못 받는 대학의 박사 학위로 교수직에서 퇴출당하는 일까지 있었다. 학위 갖고 싶어 하는 허세 꾼들이 많아지자 세계 각국 해외 박사학위 장사가 성업 중이다. 차지철도 정치학박사 학위를 받았다.

백제가 멸망하자 의자왕의 3천 궁녀가 낙화암에서 꽃잎 흩날리듯 떨어져 죽었다고 한다. 그때 사비성에 인구가 몇 명이었으며 궁녀가 3천 명이냐, 세끼 밥 먹이기도 대단한 걱정거리였을 것이다. 하여튼 궁녀의 수가 많았다는 것이 문학 표현상의 허풍이고, 노래 가사였기에 다행이다.

조상 묘 호화분묘 조성하여 사회적 위화감을 조성하고, 계열사 직원을 묘지 관리인으로 쓰고 대행 경비회사에 맡겨 관리하기도 하고 있다. 또한 넓은 평수의 분묘로 국토잠식의 피해와 묘 주변의 호화치장으로 사회적 낭비도 초래하고 있다. 망자는 알리가 없는 묘지를 호화롭고 크게 조성하여 자신들의 부와 권력을 내보이려는 과시욕과 허세를 부리는 자가 많다.

이런 현상을 부추기는 것은 명당에 묘지를 써야 자손이 잘 산다는 음택 풍수의 발복설이 가장 큰 주요 원인으로 분석되고 있다. 이런 음택 발복설을 믿고 묘을 호화롭게 치장하는 것에 대해 일부 풍수 전문가들조차 "자연의 길에 순응하라는 풍수의 가르침과 동떨어진 형태"라고 지적하고 있다.

복분자술 마시면 요강 엎는다는 말은 브랜드 상품을 띄우기 위한 것인데도 그걸 진짜로 믿는다. 너나 나나 큰 집에 사는 것 자랑으로 삼고 몇 평 아파트에 산다고 허풍 떤다. 큰집 폼 잡지 말고, 좋은 가정을 만들고 오막살이라도 웃음과 노래가 가득한 집에 살면 된다. 새집지어 집들이 하려고 이태리가구, 수입 주방세트 등 고급 장식 들여놓고 허세부리는 사람도 많다. 어디서 사느냐 묻지 말라, 몇 평 집에 사느냐 묻지 말라, 몇 학번이냐 묻지 말자.

남이 보기에 안 좋으니 과시욕으로 빚내어 치르는 호화판 혼사 잔치 이것도 예사롭지 않다. 백화점에서 명품의류 구입해 행사모임에 입고 가서 있는 척 한번 하고 다음 날 적당한 이유 붙여 반품하고 허세부리는 못난이들. 선거철만 되면 뒷감당 못 할 공약 남발하고 유권자 속이는 허풍 치는 정치꾼들이 철만 되면 '각설이'처럼 나타나고 있다. 특히 대통령선거 때만 되면 도나 개나 대통령 출마했던 인물로 돋보이려고 되지 않을 걸 알면서 후보로 나온다. 훗날 우리 할아버지가, 우리 몇 대조 할아버지가 대통령 출마했던 인물이라고 출마했던 벽보도 보관해 둘 사람들. 떨어질 것 알면서도 거금의 등록비용 감당하고 얼굴 내려는 이 기질은 한국인에만 있는 현상이다.

겉포장 좋아하는 국민이기도 하지만, 성형 의술로 얼굴을 가공하여 미인이 되고 싶어 하는 여인천국이기도 하다. 연예인, 가수, 배우들은 본 얼굴 가진 사람 찾기 어렵고 이제는 일반 여성들도 성형이 일반화 되고 있다. 얼굴 가꾸는 문화의 극성 덕분으로 성형의학 기술 세계 1위이고, 이로 인해 화장품 사업은 급성장했다. 하기야 현대사회는 경쟁력 사회라 외모도 중시하지 않을 수 없다는 주장도 설득력이 있다. 영상 대중매체가 보급 확대되면서 외모의 가치는 비중이 커졌다. 외모 하나만으로 하루아침에 일약 스타가 되는 일이 많이 있기 때문이다. 곧 죽어도 있는 체하고 싶은 허풍근성은 확실히 우리 민족성이라고 해도 말이 되는 것 같다. 재일동포 사회에도, 연변 조선족 사회에도, 재미동포들에게도 허풍떠는 교민이 많다니 못 속이는 민족 근성인가? 그러다가 감당 못하고 쓰러지는 모습을 주변에서 종종 볼 수 있다.

사회적 공헌은 일 푼도 하지 않으면서 두세 명 살면서 100평 아파트에 사는 것도 허세 아닐까? 10년 전쯤인가 일본 경제인 연합회(經團連) 회장도 23평에 산다고 들었는데 그 사람들의 근검절약을 보면서 우리 사회에 시사한 바가 크다.

유치원생을 대상으로 각종 기능대회(미술대상, 작품대상, 콩쿨대상, 봉사활동대상, 경연대회대상 등)를 만들어 상장, 상패, 트로피를 난발하는 것은 학부모들의 허영심을 이용한 상술이기도 하다.

2. 분수 모르는 졸부근성(猝富根性)

졸부란 갑자기 부자가 된 사람이란 말로 가진 재산에 비해 언행이나 품격의 수준이 떨어지는 사람을 빗대어 일컫는 말이다. 노력 없이 운이 좋아 갑자기 큰 부를 가진 벼락부자가 점잖지 못한 행동을 하면 여지없이 "저 놈은 돈만 있지 하는 짓을 보면 역시 졸부야"라는 소리를 듣는다. 사람이 갑자기 돈을 갖게 되면 잘난 체하는 사람들이 많다. 그러나 갑자기 부자가 되어도 품위 있는 언행을 하게 되면 졸부라는 말은 듣지 않는다. 일본에서는 졸부를 "나리 킨(成金)"이라 하는데 인간 취급 못 받는 부류라고 한다.

졸지에 땅 값이 올라 큰 부자 되기도 하고, 어느 날 로또에 당첨되어 부자는 되었으나 덕망도 여유도 수준도 없고, 돈을 가져도 돈 쓸 때와 안 쓸 때를 분별 못 한다. 돈 가졌다고 으스대기만 해서 인정해 주지 않는 사람, 좋은 차타고 차창 밖에 꽁초 버리고 가래침 뱉는 꼴불견들이 여기에 속한다.

우리나라는 유럽이 산업혁명 이후 수백 년 동안 발전시켜온 문명을 불과 몇십 년 만에 일구어 세계 10위의 경제대국으로 성장했다. 실제로 세계에 자랑할 만한 IT분야 그리고 자동차, 조선, 철강 산업 등 엄청난 발전 속에 국력도 급성장했다. 즉 짧은 기간에 부자 나라가 된 것이다. 그러나 너무 빠르게 부자가 되어 덕망도, 여유도, 수준도 못 갖춘 졸부 나라가 된 셈이다.

얼마 전에 베트남 등 동남아 여성들 대상으로 우리나라의 국제결혼 매매 형태를 고발 보도한 SBS 세븐데이즈라는 프로그램은 이런 우리의 모습을 적나라하게 보여주었다. 알선업체에서 동남아 여성들에게 "처녀증명서"를 요구하는가 하면 1:40의 미팅을 통해 신부면접을 본다든지 하는 행위가 얼마나 현지 여성들의 인권을 무시하고 있는지 또 현지에서 얼마나 횡포를 부리고 있는지를 잘 보여 주고 있다.

한국에 시집온 여성들은 한국 남편에게 상습적 구타를 당하고 사는 경우가 태반이나 된다면서, 고국의 여성들에게 한국에 시집오지 말 것을 간곡히 당부한다고 한다. 실제 '어글리 코리언'에 대한 문제는 어제오늘의 문제가 아니다. 동남아에 보신관광, 매춘관광, 국내에서의 외국 근로자에 대한 인권유린 대부분이 우리보다 경제적인 여건이 뒤떨어진 동남아시아, 아프리카, 중앙아시아 국민들이 대상이다. 강자에게는 비굴하고 약자에겐 강한 야비한 졸부근성이 아닌가? 우리도 지난날 가난 속에 종속과 식민의 상처를 겪었던 나라로서 깊은 사려가 있어야 할 것이다.

3. 남들과는 달리하고 싶은 속물근성(俗物根性)

속물근성이란 금전이나 명예 또는 눈앞의 이익에만 관심 갖는 성질을 말

한다. 남들이 구입하기 어려운 값비싼 상품을 보면 오히려 사고 싶어 하는 근성에서 유래한다. 소비자가 제품을 구매할 때 자신은 남과 다르다는 생각을 갖는 것이 마치 백로 같다고 하여 "백로효과"라고도 한다. 다른 사람과 차이를 갖고 싶은 속물처럼 차별화 소비 현상 즉 자신이 가진 상품이 대중적으로 유행하기 시작하면 외면하는 것이 특징이다. 다수에 동조하려는 편승효과의 반대 개념으로 남들과 다르게 보이려는 심리 반영이다.

고급 벤츠 승용차에 앉아 자신이 가난한 속물들 보다는 낫다고 생각하면서 신호대기 앞에 멈췄을 때 옆에 선 촌티 나는 낡은 벤츠에 누가 앉아 있는지를 조용히 음미하는 심리, 속물근성은 사회적 지위를 과시하거나 높이기 위한 방법 가운데 하나다. 그것은 우리가 열등하다고 생각하는 사람들 보다 자기 자신이 더 낫다고 주장하기 위해 차별 점을 만들어 내고 이를 활용하는 전략이다.

'100년 전통 스위스 명품시계' '열 개 한정판' 세계 상위 1%의 여유 있는 자를 표적으로 삼는 명품 화장품의 이런 광고류는 속물근성을 부추기게 한다.

경찰은 우습게보고 검찰, 법관 앞에서는 굽실거린다. 어느 지방의 관서장 회식에서 접대 여성이 지검장이나 경찰서장에게는 술을 자주 따르고 서비스를 아주 친절히 하는데 소방서장, 우체국장, 전매서장에게는 홀대하는 것 역시 권력 기관장에겐 굽실거리는 속물 근성의 한 형태를 보여주는 사례다.

4. 사대주의와 노예근성, 기회주의

노예근성은 자신의 삶에 스스로 가져야 할 주인의식을 버리고 권위에 저항하지 못하는 자세다. 무슨 일이든지 주체성 없이 남이 시키는 대로 하거나 남의 눈치만 살피는 것이다.

미국의 어느 학자는 한국은 노예의 나라라는 말을 했다고 한다. 17세기에는 조선 전체인구 중 노비의 비율이 60%가 넘었다는 자료가 있을 정도이니 노예의 나라라 했겠지만, 더 심각한 것은 성姓을 가진 백성이 전체 백성의 30% 정도밖에 되지 않았던 것이다. 다시 말하면 사람답게 살다 죽은 사람은 전체인구의 30%도 채 되지 않았다는 말이다. 실로 우리들 스스로 부끄러운 일이지만 대부분 과거에 우리 조상이 노비나 사람대접 제대로 받지 못했던 사람들의 후손이라는 것이다.

우리나라는 조선왕조 500년 동안 수많은 노비들이 한恨을 만들며 살아오다 보니, 백성이 주인이 되는 민주사회에서 그 한풀이가 쉽게 끝나지 않을 것 같다. 노예근성은 결코 좋은 것도 아니고 바람직한 것도 아니다. 세계 어느 곳에도 부자와 권력층에 대한 반감이 없는 곳은 없지만 지나치면 사회문제가 된다.

인생은 원래 고달픈 고해苦海라고 했다. 각자가 자신을 돌아보고 내가 얼마나 부와 권력에 반감을 가지고 있느냐가 노예근성에 대한 척도라고 생각된다. 이 나라에 노예제도가 사라진지 100년이 넘었다. 아직도 그 악몽에 깨어나지 못한다면 불행한 일이다. 노예근성에 벗어나야 포근한 세상이 된다. 우리의 노예근성에는 외적 요인으로 명나라와 청나라에 속국, 일본 식민지, 미국에 안보의존, 이처럼 이 땅의 역사에서 국가적 차원의 노예근성만이 아니고 개인 차원의 노예근성까지 뿌리 박혀있다는 세태라 걱정스럽다.

사대주의 근성이란 주체성 없이 세력이 강한 나라나 사람을 받들어 섬기는 태도가 뿌리가 깊게 박힌 성질이다. 조공을 바치면서 존립을 보장 받았던 시대를 살았던 우리는 한자 문화에 기대어 살아남으려는 처절한 몸부림치면서 서서히 사대주의 근성이 민족혼 속에 자리 잡혀갔다. 어린 시절에는 한자 공부에 매달려 천자문, 명심보감을 잘 외어 칭찬받았고, 중학교에 입학하여 영어에 매달리고, 고등학교에 진학하여 불어, 중국어까지 해야 잘 살 수 있다는 언어의 사대주의는 현재 진행형이다. 사자성어도 좀 섞어서 말할 줄 알고 영어도 잘하지 못하면 시대에 뒤떨어져 출셋길이 막힌다. 종교의 사대화로 기독교가 전통 종교를 밀어내고 있다.

한국인이 노예근성에서 남긴 속내가 담긴 말들을 모아 보자. 그놈이 그놈이지, 다 똑같은 놈들이야, 부정한 돈 못 빼먹는 놈이 바보지, 그 자리에 오르면 그 정도는 다 해 먹는 거야, 해 먹어도 돼, 우리 한국인에겐 몽둥이가 필요해, 강력히 다스려야 해, 우리 한국인은 어쩔 수 없다니깐, 자본주의 사회에선 돈이 최고야!, 휴─ 팔자대로 살아가야지 등이라 할 수 있다.

상가에 조문객이 없는 이재수 장군 빈소 "권세 있는 사람 부모상에는 발 디딜 틈이 없지만, 정작 본인 상 빈소는 찬바람이 횡 돈다는 말 실감 나는 이재수 장군 빈소. 평생을 군인으로 살아온 3성 장군의 빈소에 현역 군인이 보이지 않는 세태를 한탄하지 않을 수 없다. 바로 출세에 지장 되는 빈소라는 얇은 심성이 발동한 것이다.

전우애를 생명처럼 여기는 군인은 그래도 다르겠지 하는 생각은 착각이었다. 어쩌다 현역 군인이 선배 전우를 조문하는데 소신을 가지고 참배하지 못하는 세상으로 변했을까? 적폐로 몰려 정권의 눈 밖에 나면 진급은 물 건너간다는 계산을 했어도 함께 지내던 동지들은 마지막 가는 길에는 왔어야 인간 아닌가?

정권에 찍힌 고인은 세상을 떠난 마당에도 가까이해서는 안 될 기피 인물로 생각했겠지. 정권 눈치만 살피는 군인을 보고 샐러리맨 군인이라는 말이 맞는 것 같다. 이런 기회주의자 군인이 전장에서 목숨이 겁나 적진에 돌격 명령을 따르겠는가? 군인다운 기백은 사라지고 나만 살겠다는 잔머리만 굴리는 군인만 남았다고 생각하고 싶지는 않지만….

정치나 공직사회의 확고한 본분에 대한 신념도 없이 정치적인 세력에 민감하게 줄서기 잘하고, 정무 감각이 빨라 줄을 잘 서야 성공하고 출세할 수 있다는 말이 우리 사회의 일상 속에 회자되고 있다는 것이 안타까운 일이다.

사실 우리 경제의 기적적 발전에는 공직 관료들의 헌신적인 공을 뺄 수는 없다. 그때는 박정희 대통령 앞에서 소신을 펴는 경제 관료들이 많았다. 그러나 관료들의 소신을 펴는 전통은 사라진 지 오래고 영혼이 없는 것이 아니고 영혼을 파는 관료들이 많아졌다. 정권의 총대를 메고 나서서 영합하고 보상을 기대하는 기회주의자들만 늘어나고 정책의 잘못이 있어도 직언하지 않는다. 탈 원전 같은 국가 자해 정책에 직을 걸고 직언하는 공무원이 한 사람도 없다. 그야말로 국민의 올바른 공복이 아니라 정권의 하수인으로 전락하고 말았다.

공직자들은 정권변동의 예측에 촉이 민감하다. 다음에는 좌파정권이 들어설 것 같으니 줄을 잘 서야 한다고 바람이 불기도 전에 드러눕는 풀잎같이 행동하는 요즘의 공직사회를 보면 그동안 선배 관료들이 세워둔 국가관과 공직정신을 송두리 채 말아 먹고 있다.

최근 현직 검사가 정치권의 압박에서 원칙을 지키고 수사하는 검찰총장에게 반어적으로 "총장님 왜 그러셨습니까, 힘센 쪽에 붙어 편한 길 가시지"라면서 "세 살배기도 힘센 사람 편에 서는 게 자기에게 유리하다는 것을 아는데 왜 그리했다는 의혹을 받고 있나"라고 했다. 이는 검찰 수사를 공격하는 여당 등을 비판하고 힘든 길을 가더라도 원칙을 지키는 총장을 응원하는 취지였다.

정권 말기가 되면 눈치 보며 꼬리 내리고 복지부동하는 기회주의적 현상이 뚜렷하다. 특히 정치판에는 자신의 유, 불리에 따라 주장하던 신념도 손

바닥 뒤집듯이 바꾸는 것을 흔히 볼 수 있는 것이 이 나라의 세태다.

집권세력에 있다가 쇠락하는 모습이 보이면 새로운 권력이동 쪽으로 빌붙어 출세나 이권을 노리는 철새 같은 인간들이 있어 철새정치인이라는 별명이 붙기도 한다. 이 당에 있다가 저 당으로 옮겨가서 정당공천을 노리기도 한다. 그래서 영원한 동지도 영원한 적도 없다는 말이 있다. 지금 내 옆의 동지가 한순간에 적이 되기도 한다. 이게 정치판의 비정함이다.

상재가 망하는 것이 나의 행복인 정치판에는 일등만 있고 이등이 없는 세상이기에, 기회주의자들 그들은 언제나 "당장 잡아먹을 수 있는 것"만 노린다. 이것이 기회주의자들의 특징이자 한계다.

선거철만 되면 당적 옮기기를 버스 갈아 타듯한 철새들, 연인 바꾸기를 옷 갈아 입듯한 바람둥이들, 아파트 옮기기를 신발 갈아 신듯하는 복부인들, 직장 옮겨 다니기를 식당 드나들 듯하는 떠돌이 직업꾼들, 모두 눈앞의 욕망을 찾아 기회를 노리는 자들로 인생과 자연의 아름다움을 보지 못하는 근시안들이다.

그때그때의 시류에 맞춰 카멜레온처럼 처신하는 사람은 결국 한계에 부닥치게 된다. 곡학아세曲學阿世하면서 출세와 권력에 눈이 먼 학자들에 대한 비판이 높다. 유신 독재 정권에 부역한 학자로 유신헌법을 주도적으로 만든 헌법학자 한태연, 갈봉근 교수를 우리는 잊지 않고 있다. 헌법학자로서 헌법의 제정, 개정의 주역이 된다는 것은 더없는 영광이다. 그러나 1972년 유신헌법만은 누가 주도한 것인지 아는 사람은 다 안다. 한 교수는 이승만 정권 때는 비판적 지식인으로서 명망을 누렸고 여러 일화를 남기기도 했다. 그의 헌법학 교재는 고시생들의 필독서였다. 그런 그가 5·16 때부터 군사정권의 요청에 응하더니 끝내는 유신헌법의 제정자로 공인되었다. 그 대가로 유신 대통령이 지명하는 국회의원을 두 번이나 했다. 그러나 박정희 대통령 사망 후 그는 정치적으로 용도폐기 되었고, 학계에서는 백안시되었다.

학문적으로 성과 있는 논문도 꽤 있었지만, 후학들은 그의 이름과 논문 인용도 꺼리게 되었다.

훗날 그는 실질적인 유신헌법 제정자가 아니었다고 한다. 실질적 주도자는 청와대의 법무참모이자 법률공작에 앞장선 신직수였다고 한다. 당시의 헌법학 권위자인 한 교수의 명의와 간판이 필요했던 것이다. 그런 목적에 이용되어 자기의 이름을 내어놓았고 그 대가를 챙긴 것이다. 지식인으로서 소임을 저버렸기에 학문적 명성도 잃게 되고 그를 챙기는 후학도 없는 곡학아세의 학자가 되고 말았다.

힘 있고, 돈 있고, 권력 있는 자에게는 굽실거리고 약해지면서, 힘없는 약자에게는 무척이나 강해지는(여유토강: 茹柔吐剛) 잘못된 인성을 가진 자가 많다. 조선시대에는 권력의 주구(走狗: 앞잡이)가 되고, 재물의 노예가 되는 삶을 살았던 사대부들이 많았다.

법을 농단하는 세력에 엄격한 법 적용을 하지 않는 사례로, 귀족노조들의 공권력에 대한 도전과 무력 행위를 어떤 공권력도 책임지려는 모습을 찾아보기 힘든 것이 현실이다. 무소불위의 폭언과 폭력에도 관계기관은 방관자적 자세를 보이고 있다. 귀족노조라 해도 노동자를 위한 순기능은 인정하되 불법에 대해선 엄중함을 보여 주어야 한다. 법 앞에 법적평등은 귀족노조에도 엄중하게 적용해야 마땅하다.

백범 김구 선생은 주인정신과 노예근성에 대해 이렇게 말했다. "국가존망 필부유책"(國家存亡 匹夫有責)이라고. 인간은 자주성과 책임감을 가지고 살아야 할 존재이다. 그런데 인간 속에는 자주성과 책임감을 내버리고, 피동적으로 자신의 삶을 살아가는 노예근성도 숨어있다. 나의 것이 아니기 때문에 아무렇게나 써도 된다는 생각이 노예근성이다. 공무원이 규정과 절차에 얽매여 사회적 가치를 훼손하는 것은 곧 노예근성이다.

시민이 불의한 것을 보고도 외면하는 것도 노예근성이다. 노예근성이 생기면 창조적 사고방식은 사라지고 규정과 절차를 더욱 과장하게 된다. 이치를 밝히고 스스로 판단하고 행동하기보다 시류에 따라 흔들리며 힘 있는 사람에게 맹종하기를 즐거한다.

자기가 처한 곳에서 주인의식을 갖고 최선을 다하면 어디서나 참된 생명을 대할 수 있다. 시류에 따라 갈대와 같이 흔들리면 노예근성으로 살아가는 소위 "영혼이 없는 사람"으로 산다는 일침이다.

병에 물을 담으면 "물병"이 되고, 꽃을 담으면 "꽃병"이 된다. 통에 약을 담으면 "약통"이 되고, 쓰레기를 담으면 "쓰레기통"이 된다. 자주성과 책임감을 담으면 자신과 세상의 주인이 되지만, 노예근성을 담으면 소위 "영혼이 없는" 노예가 되고 만다고 일갈했다.

5. 흥분 잘하고 쉽게 잊어버리는 냄비근성

냄비근성이란 어떤 일에 금방 흥분하다가도 금세 가라앉는 성질을 말한다. 냄비가 빨리 끓고 빨리 식는 모습에 비유하여 이르는 말이다. 큰 사고만 생기면 화들짝 대책을 세우고 시간 좀 지나면 언제 그랬든가 잘 잊고 사는 국민성, 돌아서면 잊어버리는 기질. 눈물도 잘 흘리고 빨리 마르기도 하는 한국인의 국민성, 냄비의 순간적 열의 힘은 응집력이 좋아 목표를 달성할 수 있으나 열정이 빨리 식는 냄비의 성질은 지속성 없는 결함이 많다.

세계적인 스포츠 경기대회에서 관중의 냄비근성은 잘 나타나고 있다. 잘하면 찬사 보내고 실수하면 감독과 특정 선수에게 여론은 인격 모욕적인 몰매를 가한다. 승부욕이 강한 운동 선수가 지기 위해 그라운드에 나서는 경우는 없다. 이러한 형태는 냄비근성의 천박성이기도 하다.

일본의 한국 수출규제에 대하여 아무런 대책도 없이 반일 선동만 하는 정부, 여당의 태도가 더 큰 문제다. 국민이 일본상품 불매운동을 하더라도 정부는 신중하게 대처해야 하는데 정부가 오히려 반일운동을 이끌고 있는 형국이다. 대형 마트부터 동네 구멍가게까지 벌어지고 있는 일본상품 불매운동은 하나만 알고 둘은 모르는 처사다. 일본 국민은 우리보다 2배 이상 많다. 일본에서 한국 상품 불매운동이 벌어질 경우 우리의 피해가 더 클 것이다. 일본상품 불매운동이 부메랑이 돼 돌아와 우리에게 타격을 줄 수 있다는 것을 명심해야 한다. 한, 일 양국에서 불매운동이 벌어지면 모두가 망한다. 정부는 "반일 프레임"을 다가올 총선까지 가져가려는 얄팍하고 어리석은 계산을 버리고 그 대책을 세워야 한다.

제발 일만 터지면 불매운동이나 반일 감정의 감정으로 호들갑 떨지 말고 이제 좀 차분히 이성적으로 지일知日하고 극일克日에 매진하여 언젠가는 일본에 앞설 수 있는 나라를 만들겠다는 단단한 각오에 찬 노력이 필요한데 그런 조짐은 전혀 보이지 않고 일과성 흥분만 반복되니 앞날이 딱하다.

몸에 좋다면 홀딱 빠져 구입하고 싫증도 빠르다. 인기 있고 효과 좋다고 고액 주고 샀던 다이어트 운동기구를 한 달도 해 보지 않고 효과별로라며 싫증내고 처박아두고 있는 가정이 많다. 성질 급해서 꾸준히 못하는 근성, 황토가 몸에 좋다면 황토제품 불티나게 팔리고, 야채주스 좋다면 집집마다 녹즙기를 찾는다. 숯이 좋다면 가정마다 숯을 공기정화용으로 비치하고 숯 침대, 숯 매트, 숯 베개 등 숯 제품이라면 무엇이든 구입한다. 게르마늄 좋다면 너도나도 팔찌, 목걸이 구입하고 그러다가 방송에서 확실한 검증도 없이 황토제품에 쇳가루가 섞여 있다고 하면 전부 회수하고 반품소동이 난다. 다시 검사해 보니 황토는 원래 철분이 들어있다고 발표하지만 졸지에 제조 기업은 도산하고 망했다. 이 사건이 이미 고인이 된 유명한 여배우의 황토팩 회사사건이다. 소재는 변화지 않고 좋은데 사람이 유행을 만들고 순식간에 소재를 불신하고 버리기도 한다. 제품 소재의 효능을 느낄 때까지 끈기 있게 지속적으로 사용하지 않고 냄비같이 빨리 식어버린다.

정치인들의 실망을 주는 발언을 하거나 행동에 엄청난 분노를 표시하고 다시는 저런 사람은 선거에 뽑지 말자 하면서도 좀 시간이 지나고 나면 모두 잊어버리고 다시 뽑아주어 당선시키는 모습을 보게 된다. 이런 냄비근성이 정치를 바로 세우지 못하는 걸림돌이 되고 있다. 참혹한 일을 당하고도 교훈으로 삼지 못하고 빨리 잊거나, 각오가 식어지는 기질이다. 아직 국민의식이 덜 깨어있다는 단면이라 하겠다.

큰 사고나 재난이 생기면 온 국토가 떠들썩하고 새로운 관련법을 만들어 놓고는 언제 했던가 하고 금방 잊고 산다. 이게 좀처럼 못 고치는 우리 민족의 고질적인 병이다.

6. 여성 차별 경향

성차별이란 그 어떤 합리적인 이유 없이 여성이란 이유만으로 차별하는 것이다. 이러한 성 불평등은 여성이 남성보다 선천적으로 열등하다는 잘못된 믿음에서 시작된다. 동양권에 만연한 풍조 중 하나인 여성이 남성에 비하여 소극적이고 나약한 존재이기 때문에 더 적극적이고 강인한 남성의 보호가 필요하다는 생각은 잘못된 것이다. 왜 여자는 뚱뚱하면 안 되고 담배 피우면 안 되나? 여직원은 회사의 꽃이라 하고 "외부인과 미팅하는 자리의 꽃이 아니냐?" 여자는 무조건 꾸며야 한다고 한다. 꾸미는 것은 여자의 특권이고 꾸미지 않은 여자는 여자 아닌가? 남자들은 나보다 더 버는 여자는 싫다. 왜 아직 결혼은 안 했어요 하는 매우 불쾌한 질문 놔둬라. 여자도 아닌데 운전을 왜 저리 못해, 여자도 운전 잘합니다. 예쁜 여자가 따라주는 술 좀 마시자. 여자가 뭐하려 힘들게 1종 면허 따냐? 여자 나이 30이면 한물갔다. 앉아서 오줌 누는 주제. 암탉이 울면 집안이 망한다. 남존여비男尊女卑·여필종부女必從夫 이런 말은 유교 사상에서 나온 말이다. 조강지처糟糠之妻로서의 삶을 강조하는 것이다. 여자가 무슨 그런 직책이냐? 결혼하면 그만두는 게 관례 아니냐. 명절 제사상의 성차별, 왜 남자 번호는 주민등록번호에도 1번이고 여성은 2번인가. 아들이 아니라서 대학진학 학비 대 줄 수 없다. 이런 남성 우월주의 때문에 여성의 성차별이 곳곳에서 벌어진다. 임금 차별, 승진 기회 불균등, 유리 천정 뚫기가 어렵다. 직장과 가정 양립이 힘드니 채용 기피 현상으로 고용기회 불평등이 생긴다.

안희정 충남지사, 오거돈 부산시장, 박원순 서울시장이 여비서 성추행으로 교도소를 갔거나 자살하였다. 그 뿐만도 아니다. 가스안전공사 사장은 신입사원 공채과정에서 여성 지원자를 떨어뜨리기 위하여 면접점수를 조작한 혐의로 기소되었다. IBK 투자증권은 여성 직원의 채용을 배제하기 위하여 면접 단계부터 여성 지원자의 점수를 일부러 깎는 방식으로 불이익을 준 것으로 밝혀졌다. 이유는 "영업은 남자가 잘한다"는 것이었다. "사업주는 근로자를 모집할 때 남녀 차별해서는 안 된다"고 규정한 "남녀고용평등법" 위반혐의를 받고 있다.

전 가스공사 사장에 대해서 대법원은 징역 4년을 확정했다. 이는 남녀고용평등과 일, 가정양립지원에 관한 법률 위반죄였다. 2016년 5월 직원 공개 채용 과정에서 인사담당자 A씨 등 5명과 공모해 면접점수를 조작해 특정인을 채용한 혐의였다. 이들은 면접 전형표에 나온 점수와 순위를 임의로 바꾸라고 지시했고, 인사담당자들은 면접위원을 찾아가 이미 작성했던 면접 평가표 순위를 바꿔 다시 작성토록 한 것으로 드러났다. 이로 인해 당시 면접 1위였던 여성이 8위로 변경되는 등 불합격대상인 남성 13명은 합격했고, 합격 권이였던 여성 7명은 떨어졌다. 전 사장은 인사담당자 등에게 여자는 출산과 육아휴직 때문에 업무 연속성이 단절될 수 있으니 조정해서 탈락시켜야 한다고 지시를 내린 것이다.

『82년생 김지영』(조남주 지음)은 여성차별 속에 사는 대한민국에서 여자로 산다는 것, 차별 없는 세상을 바라는 이 세대를 사는 여성들의 공감으로 100만부 이상을 팔리는 베스트셀러 소설이 되었다. 1999년 남녀차별을 금지하는 법안이 제정되고 이후 여성부가 출범함으로서 성 평등을 위한 제도적 장치가 마련된 이후, 즉 제도적 차별이 사라진 시대에도 보이지 않는 방식으로 존재하는 내면화된 성차별적 요소가 작동하는 것을 보여준다. 지나온 삶을 거슬러 올라가며 미처 못다 한 말을 찾는 이 과정은 지영 씨를 알 수 없는 증상으로부터 회복시켜 줄 수 있을까? 김지영 씨로 대변되는 "그녀"들의 인생 마디마디에 존재하는 성차별적 요소를 현실과 아주 비슷하게 묘사하고 있다. 저자는 아직도 유교문화는 여전히 사회에 영향을 미치고 있으며, 딸들은 남성 위주의 문화에 시달리고 있다고 한다.

여성가족부에 따르면 2019년 1분기 사업보고서를 제출한 상장회사 2,072개의 임원 29,794명 중 여성은 1,199명으로 불과 4%로 나타났다고 한다. 여성 임원이 1명도 없는 곳이 1,407개로 67.9%로 실질적인 의사결정권 측면에서도 여성들의 "유리천정"이 드러내는 대목이다. 정미해 여성정책원 구원 선임연구위원은 "기업 등 민간에서 의사결정 권한 있는 여성의 비율이 낮은 점은 한국의 성 평등 수준을 떨어뜨리는 요인"이라고 했다.

가난이 원죄가 되어 인권의 사각에 살았던 여성 참혹사를 여실히 나타난 셈이다. 농토가 적은 빈농의 아들들은 부농 집에 머슴으로 일했고, 도시의 청년들은 공장이 없었기 때문에 시장에서 지게꾼으로 품팔이하고, 여자들은 식모살이나 식당이나 술집 일을 거드는 정도였다.

농촌에서 도시로 나온 여성들이 한때 잘못 판단으로 꼬임에 빠져 집창촌集娼村의 윤락녀로 빠져든 여성들도 있었다. 몸을 팔아서 동생이나 오빠를 진학시키고 부모의 생계를 돕고, 사랑하던 애인을 대학까지 보내 출세시켜

주고, 배신당한 신세가 된 것은 홍도만이 울었던 사연은 아니었다.

이런 스토리의 영화가 세태를 반영해 주었듯이 많았다. 이렇게 비록 몸은 만신창의가 되었지만 생각은 밝았던 여성이 있었는가 하면, 될 대로 되라 자포자기해서 인생을 망친 여성들이 많았다.

우연히 집창촌을 지날 때면 붉은 불빛이 야릇하게 쏟아지는 곳에서 여름 해수욕장에 온 것 같은 옷차림의 미인들이 손짓하며 "오빠, 어디가? 잠깐 놀다가…" 하고 히빠리(誘客) 하던 모습이 떠오른다.

이런 모습의 유객행위誘客行爲는 전국 어느 업소든 같은 형태였다. 이곳에 몸담은 여성들은 돈을 좀 쥐면 빠져나올 생각이었지만 그곳은 무법 천지며 인권유린, 폭행, 감금, 멸시, 강압, 비리, 금품갈취, 조폭들이 쥐락펴락하는 법이 미치지 못하는 사각지대로 존재해 왔다.

전후의 비참한 여인의 한 많은 고통을 안겨준 집창촌, 이제 거의가 재개발되어 옛 모습은 찾아볼 수 없는 신개발지로 변화해 역사의 뒤안길로 살아지고 있으나 그곳의 달갑지 않은 오랜 이미지도 언제 살아질지는 좀 시간문제라 생각된다.

인권 민주국가에서 성매매업소란 어불성설이지만 필요악으로 존재했던 것도 사실이다. 이제는 곳곳에서 많이 없어지기는 했지만도 그 당시 지역별 집창촌을 더듬어 보면 서울의 종로 3가(종삼), 용산 역전, 신길동 텍사스, 영등포 역전, 남대문의 양동, 청량리의 588, 미아리 텍사스, 인천의 옐로 하우스와 학익동, 경기도의 평택쌈리, 동두천 칠리, 파주 용주골, 강원도의 춘천 난초촌과 장미촌, 원주의 희매촌, 태백 대밭촌, 동해 발한가, 속초중앙시장, 대전의 중동, 정동, 유천동 텍사스, 전북 군산의 개복동과 대명동, 전주의 선미촌, 이리시의 창인동, 광주의 대인동, 전남 목포의 사쿠라마치와 히빠리 시장, 부산의 완월동, 범전동 300번지, 해운대 609, 경남의 마산 신포동과 상남동, 대구의 자갈마당, 경북 포항의 중앙대학, 경주의 황오동 등으로 이런

집창촌은 우리나라에서 자생한 윤락업소가 아니고 일본에서 건너온 유곽遊
廓이 그 원조이다. 즉 "여러 명의 성매매 여성들이 집단 거주하는 노는 집"
이다.

조선이 일본에 개항을 허가해준 항구에 일본인이 집단거주하면서 홀몸
으로 일본 땅을 떠나 사는 사람들이 늘어나면서 이들을 상대로 성을 파는
여성들도 일본에서 건너와 지역을 이루게 되면서 출발한 것이라 한다.

7. 가진 자와 우월적 위치의 갑질근성(甲質根性)

상대적으로 우위에 있는 자가 우월한 신분, 지위, 직급, 위치 등을 이용하
여 상대방에게 오만무례하게 행동하거나 이래라 저래라 하며 구는 행동의
갑질 경향이 있다. 부富와 우월적 위치를 이용한 갑질 형태 만연한 우리나라
는 원래 힘 있는 자와 없는 자, 가진 자와 갖지 못한 자의 사이에 차별이 너
무나도 많다. 최근 대한항공의 가족 폭언 갑질은 세습자본주의의 천박한 민
낯을 보여주는 한 예이다. 우리가 살고 있는 사회는 정치적으로 민주주의이
고 경제적으로는 자본주의 사회다.

민주주의란 인간의 존엄성, 자유, 평등이라는 가치 위에 세워진 것이고,
자본주의는 사적 소유를 인정하는 체제이다. 인간의 존엄성이란 이유만으
로 사람은 존재 자체가 가치가 있으며, 그 인격은 존중받아야 한다. 인간이
태어나면서 타고난 인권은 성별, 인종, 나이, 국적 등에 의해 차별받지 않으
며 각자 개성에 따라 자유롭게 생각하고 행동할 수 있다는 권리가 있다.

우리 헌법 제10조는 "모든 국민은 인간으로서의 존엄과 가치를 가지며,
행복을 추구할 권리를 가진다. 국가는 개인이 가지는 불가침의 기본적 인권
을 확인하고 이를 보장할 의무를 가진다"고 했다. 경제활동에서 투입되는

인적자원 및 그에 따른 인간의 육체적 정신적 활동을 하는 노동자들이 자칫 지배, 복종관계로 되기 쉬운 관계를 법률적으로 노사가 대등한 관계로 보호하고 있는 것이다.

이런 헌법적으로 보장된 권리가 있음에도 노사 간의 노동현장에는 인권의식이 결여된 사용자의 갑질이 횡행하고 있다. 족벌재벌 갑질, 소비자는 왕이라는 갑질, 군대 상급자 갑질, 항공기내 갑질, 체인본부 갑질, 문화예술계 갑질, 교수의 제자에 갑질, 권력을 가진 자들의 갑질 등 수많은 형태로 천박한 갑질이 난무하고 있다.

8. 갈등과 분열을 잘 한다

1) 분열과 갈등의 심각성

우리나라의 사회갈등 수준이 경제협력개발기구(OECD) 37개국 중 두 번째로 사회갈등이 심각하다고 한다. 이 갈등은 어제오늘의 문제가 아니다. 또한 하루아침에 해결될 문제도 아니다. 해가 거듭될수록 만연되어 온 갈등이다. 작게는 가족 간의 갈등, 층간 소음으로 인한 이웃 간의 갈등, 진보 보수의 이념적 갈등, 노동현장의 노사 간 분열갈등, 지역 간의 갈등, 공공갈등, 사회 각계 조직과 단체마다 분열갈등이 없는 곳이 없다 할 정도의 이해관계와 이기주의적 갈등이 심화되고 있다. 이런 갈등으로 인해서 사회적 비용이 "연간 최대 246조 원이나 추산된다"고 한다. 큰 국가적 문제인 것이다.

이런 문제를 해소하기 위하여 사회통합위원회, 국민대통합위원회 등 오랜 기간 정부나 사회지도자들의 노력이 있었지만 실패했다. 민족의 발전과 미래세대가 행복하게 살 터전을 만들어 주기 위하여 꼭 해소되어야 할 심각한 과제이다.

세계 유일의 남북이 분단된 나라이며 남쪽은 지역갈등, 빈부갈등, 세대갈등, 이념갈등 등 수많은 분열과 갈등이 일어나고 있다. 이 땅에는 서로가 서로를 미워하고 자신만 생각하는 이기주의 때문에 갈등과 분열이 끊임없이 사회 곳곳에서 진행형이다. 남에게 상처를 주는 말로 지역감정을 유발하고 세대 간, 가족 간 대화가 없어 서로를 알지 못하고 오해로 갈등이 생긴다. 어른들은 젊은 세대를 이해시킬 지혜를 전하고 젊은 세대들은 어른에게 존경하고 감사하는 마음을 갖지 못하는 사회이다. 가진 자는 자신의 부를 빈자에게 나누고자 하는 마음이 없으므로 갈등이 증폭되고 있는 것이다.

2) 분열(分裂)과 갈등의 사회

"분열"은 존재하던 사물의 집단에서 온다. 또한 사상 따위가 갈라져 나눠지는 것이다. "갈등"은 일이 까다롭게 뒤얽혀 풀기 어렵거나 서로 마음이 맞지 않을 때 생긴다. 어원은 갈葛 칡 갈, 등藤 등나무 등이고, 칡의 줄기는 왼쪽에서 오른쪽으로 감아 올라가고, 등나무 줄기는 오른쪽에서 왼쪽으로 감아 올라간다. 다시 말해 갈은 등을 감고, 등은 갈을 감아 올라간다. 이처럼 칡과 등나무가 서로 얽히듯이 까다롭게 뒤엉켜 있는 상태를 나타내는 말이다. 서로 상치되는 견해, 처지, 이해의 충돌, 정신 내부의 각기 틀린 방향을 말한다. 따라서 두 식물은 아무리 길게 뻗어가도 화합하여 만날 수가 없다.

우리 사회에 갈등이 만연하다 보면 그 피해는 당사자뿐만 아니라 모든 사회 구성원들에게 악영향을 끼치게 된다. 갈등은 당사자들 사이에서는 증오와 대립이 깊어지고, 당사자가 아닌 사람들은 계속되는 갈등 상황으로 피로감과 불안감이 높아지면서 사회 전체가 불안정한 상황에 놓이게 된다.

현재 우리 사회의 갈등 사안을 살펴보면 먼저 경쟁적 갈등을 넘어 혐오적 갈등으로 치닫고 있다. 치열한 갈등을 하더라도 최소한의 원칙과 규칙을 지키지 않는 전쟁 상황이다. 수단과 방법을 가리지 않는다. 다음으로는 문화와 사고방식 차이에서 오는 세대갈등이 일자리 문제와 맞물리면서 안정적 일자리를 확보한 기성세대와 취업난에 허덕이는 청년 세대 간의 계급갈등이라는 새로운 양상이 확산된다.

여성에 대한 성별갈등, 금수저, 흙수저란 세습갈등 등 인간 세상에 갈등 없는 세상은 없다. 그러나 갈등이 있다고 건강하지 못한 사회라고 규정할 수도 없다. 때로는 갈등이 사회적인 문제점을 제시해 주는 기능도 있기 때문이다. 다만 갈등 상황이라 해도 상대방을 혐오하거나 굴복시키려 해서는 안 된다. 갈등을 공정경쟁이나 양보와 타협으로 해결할 수 있는 역량을 갖춘 사회만이 진정한 국민통합도 가능할 것이다. 칡나무와 등나무도 결국 멀리서 보면 그렇게 멋진 숲을 이루듯이 말이다.

우리나라는 갈등과 분열과 반목의 나라다. 우리는 6·25전쟁, 산업화의 성공, 민주화의 과정을 거치는 동안 어렵사리 오늘과 같은 삶을 일구었다. 이제 좀 살만한데 우리의 사회적 갈등은 줄어들지 않고 더욱 과격해지고 분열과 갈등의 골이 깊어지고 있다. 이제는 분열의 대상이 성역 없이 번져가고 있으며 각 분야에서 기반을 흔들어 들쑤셔 놓고 있다.

사회의 많은 분열과 갈등은 점차적으로 잘못을 시정하며 고쳐가면서 발전해 가는 것인데 요즘은 일정한 기준의 검증도 없이 과거를 적폐로 보는 일방적 사고 때문에 분열과 갈등이 가속화되고 있다. 광복 후 좌우 이념의 갈등으로 분열하고 결국은 분단의 비극을 맞이했다.

중요한 시기에 적전분열을 잘한다. 분열갈등의 원조는 정치판이다. 보수진보 갈등, 사상이념 갈등, 빈부의 갈등, 세대 간의 갈등, 지역 간의 갈등, 계층 간의 갈등, 선거의 지역주의 몰표 현상, 특정지역 대망론, 충청 대망론. 호남 대망론, 우리가 남이가 지역 분열 조장, 집권하면 제 패거리만 싹쓸이 기용하는 낙하산 인사, 대통령 선거에 특정 후보 95% 밀어주는 공산당 투표

같은 선거, 지역주의로 고향사람 챙기기, 우리가 남이가로도 분열하고, 학연으로 고교, 대학동문 선후배 챙기기, 씨족 간 종파분열, 연수원 동기, 친인척 편애, 이렇게 편 가르고 갈라치기가 건전한 사회발전에 큰 장애가 되고 있는 것이 후진적 우리 사회다.

민주당 출신 구미시장이 전 대통령 박정희 탄생 101돌에 불참한다. 아무리 이념 철학이 다르다 해도 너무한 것 아닐까? 그렇게 속 좁아서 안 될 일이다. 이 나라 조직마다 분열 없는 조직이 없다. 보수와 진보 격심한 분열, 시민단체 분열, 종교계도 분열, 문화계 체육계도 예외가 아니다. 김구 선생의 백범일지가 역력히 증언하듯 상해 임시정부 시절 내부의 분열과 불순분자들의 준동으로 인해 숱하게 존립을 위협받았고, 단결해서 어떤 목표에 매진할 수도 없었다. 따라서 본국의 국민을 정신적으로 지도하지도 못했고, 한국의 처지에 대한 국제적 여론을 일으키지도 못했다. 분열 때문에 제대로 독립운동을 하지 못했다고 했다.

노사정 대타협 제대로 되는 것을 본 일이 없다. 토론장 박살내고 자기주장만 관철한다. 상생협력의 파이를 키우지 못하는 일방통행 근성, 편 갈라 싸우고 상대의견은 아예 듣지 않는다. 일감 없어도 습관적으로 데모하는 현대자동차, 현대중공업 노조는 수천 억 적자를 내어도 성과급 달라고 파업한다. 러시아 사람들은 한국인 셋이면 정당이 4개 생긴다고 한다. 역사 교과서가 이념 논쟁의 도구가 되어 국론분열과 사회적 갈등을 야기해 왔다. 이것뿐이겠는가?

3) 한국인은 모래알 같은 민족인가?

모래알이 한 알 한 알 단단해서 잘 깨지지 않지만 서로 잘 섞이지 않는 걸 빗대어서 우리나라 사람은 모래알 민족이란 말이 나온다. 외국에 나가면 다른 나라 사람들은 잘도 뭉치고 서로 돕고 사는데 한국인은 혼자서는 악착같이 잘 사는데, 어쩌다 모이면 네 사람, 내 사람 편 가르고 서로 험담하느라 다른 이웃 동포나 사회집단끼리는 뭉치거나 협력하지 못한다.

한국인들은 개인 한 명 한 명은 아름답게 빛나는 모래알같이 뛰어난 재능을 가졌으나 하나로 뭉치지 못하고 틈만 나면 서로 다투어 집단으로서는 약한 사람들이라고 한다. 왜 이런 말을 들을까 아마도 개인적 자질이 너무 뛰어나기 때문일까. 그러기에 쉽게 자신의 생각과 주장을 버리지 못하기 때문일지도 모른다. 우리나라 정치나 선거판을 보면 알 수 있다. 미국의 일개 주보다 작은 한반도에서 남북이 싸워서 나눠졌는데 이젠 동서로 나눠서 헐뜯고 있으니 또 어떻게 갈라지려는지 궁금하다. 관용과 협력, 공생이라는 시멘트를 넣어서 모래알이 조화롭게 거대한 빌딩을 세우는 지혜의 그날을 기다려 보고 싶다. "뭉치면 살고 흩어지면 죽는다"(團生死散)는 현재 한국의 가장 필요하고 간절한 금언金言인 것 같다. "잘살아 보세 잘살아 보세"라는 구호 아래 뭉쳤고, 한마음이 되어 한강의 기적을 만들어 냈듯이, IMF 때 외환위기를 극복하기 위하여 금 모으기 같이, 월드컵 경기 때처럼 대한민국을 온통 붉게 물들이는 붉은 악마들같이. 3·1운동, 4·19의거가 보여 주었듯이 결국 외국인들로부터 한국인은 모래알 민족이라 빗댄 소리를 듣지 않는 나라를 만들어 보자. 우리는 감성적 외침에는 단결이 잘 되었으나 이성적 결단에는 이유가 많아 잘 분열했던 약점을 반복하지 말자.

4) 분열의 원조는 정치권이다

정치권은 사회통합을 원할까, 사회분열을 원할까. 국민적 희망과는 달리 정치권은 분열을 조장하면서 정치적 지지 효과를 얻기 위하여 통합보다 분열을 시키려 한다. 정치권에서는 우리 사회를 양극화, 갑을관계, 중앙과 지방으로 분열화 한다.

　이런 전략의 접근은 경제적 약자와 강자로 나눠 대립 관계로 설정하여 극단적으로 대립화시켜 양극단은 서로 대립하고 투쟁하게 한다. 이렇게 양분되면 경제적 강자는 숫자가 적은 반면에 경제적 약자는 숫자적으로 많으므로 강자를 지탄함으로서 수가 많은 약자의 지지를 쉽게 얻을 수 있다. 더욱이 사촌이 논을 사면 배가 아프듯이 남 잘사는 것을 좋아하지 않는 국민성을 이용하여 가진 자를 비난하는 정치로 국민을 편 가르고 갈라치기하는 정치는 국민통합을 해치는 아주 못된 전형이다. 그리하여 정책적으로 강자에 세금폭탄을, 약자에게는 복지를 강화하고 퍼주기 복지를 여야 없이 내세운다. 사회의 정치적 통합은 어렵고 분열의 원조는 정치권이 하고 있다. 안보를 정치에 이용한 편 가르기 갈등, 지역 팔아서 패권주의 선동, 향우회 편승, 세대 간 갈등 부추겨 선거에 이용, 빈부로 갈라서 이간질 정치, 노사갈등 정치이용, 학연을 이용한 패권주의 동문회, 인물 중심의 정당 만들어 핵분열 정당 제조공장, 혈연주의 종친회도 편승, 이념적 좌우분열 등 모두 정치가 만든 산물이다.

　하루를 멀다하고 분쟁의 씨앗을 뿌리는 정치인들, 우리나라는 복수에 함몰된 정치로 항상 내전 상태다. 정권이 바뀔 때마다 벌어지는 복수의 정치를 버려야 사회갈등이 줄고 민주주의가 완성된다. 이 말은 세계적 석학이자 프랑스 문명비평가인 '기 소르만' 전 프랑스 파리 정치대 교수가 2020년을 맞은 한국 사회에 "내부 싸움을 멈추라"라며 던진 화두이다. 그는 또 정권이 교체될 때마다 한국에서는 어김없이 진영갈등이 불거진다. 소르망은 반복되는 정치권 갈등이 한국 민주주의의 시계를 거꾸로 돌렸다고 강조했다. 그는 정권 교체는 바람직 하지만 민주주의 핵심은 권력 행사가 아닌 상대진영에 대한 "존중"이라고 지적했다.

　우리나라의 정치적 상황을 보면 슬퍼진다. 민주주의에서는 여당과 야당이 서로 대화해야 하는데 정 반대다. 서로 내전하는 분위기다. 이런 점이 한국 민주주의를 제대로 가능하지 못하게 가로막고 있다. 우리나라 정치는 복수에 함몰되어 있다. 전직 대통령들을 교도소에 보내는 것은 사실 놀라운 일이다. 물론 민주적 절차에 따른 정권 교체는 바람직하다. 하지만 정권이 바뀔 때마다 복수전을 펼치고, 사회는 내전 분위기로 치닫는다. 정권을 차지한 당은 상대진영을 지지한 국민들을 충분히 존중하지 않는다.

민주주의는 권력 행사가 아니다. 상대편의 권리를 중요하게 여기는 것이 민주주의다. 이런 민주주의 개념이 오늘날 한국에 내재 되어있지 않다. 우리나라의 정치제도는 평화적 분위기를 조성하기 위해 대안을 마련해야 한다. 그렇지 않고는 사회의 안전성이 매우 걱정스러울 뿐이다. 한 분쟁이 끝나고 나면 새로운 불씨로 이어져 앞을 나갈 수가 없는 것이 우리나라다. 그래서 국회는 입법 활동을 할 수가 없다. 늘 새로운 사건을 물고 들어와 사실관계를 밝히자며 고소 고발하여 국회를 열 수가 없다. 이 건이 해결되면 또 새로운 싸움거리가 대기하고 있어 입법부가 정부의 감시 역할을 할 시간이 없다.

5) 우리나라 정당은 분열창당 제조기

'정당은 국민의 이익을 위하여 책임 있는 정치적 주장이나 정책을 추진하고 공직선거의 후보자를 추천 또는 지지함으로써 국민의 정치적 의사 형성에 참여함을 목적으로 하는 조직이다(정당법 제2조)' 이렇게 규정하고 있으나 실제 우리나라의 정당은 정치적 수단으로 만들어지고 발전해 왔다고 해도 과언이 아니다. 법상 정당설립의 자유, 복수정당제 보장 등을 직접 규정하여 특별히 보호하고 있다. 그리고 헌법 제8조는 정당설립은 자유이며 복수정당제는 보장된다. 그리고 정당의 허가제는 인정되지 않으며 법률적 요건만 갖추어서 신고하면 설립된다.

대한민국 역사상 등록되었던 정당은 무려 200개가 넘어가고 있지만 대중의 눈에 보이는 정당은 드물다. 선거 때마다 수십 개의 정당들이 등장하는 것을 볼 수 있다. 선거가 끝나고 사라져 버리는 공천 장사정당, 종교 파는 정당, 자기 이름 알리는 자기 정당, 기존 정당이 선거 때가 되면 인물 중심으로 분열하여 탄생하는 인물정당, 연동형 비례대표제 시행 꼼수로 생긴 위성정당, 자매정당, 비례대표만 노리는 급조된 떴다방 정당, 그야말로 정당 제조기의 나라다. 이합집산 분열의 정치형태를 잘 보여 주고 있다. 가장 짧았던 정당은 창당, 흡수 합당하면서 단 8일 존속당, 단 9일간, 19일간 존속 당도 있었다.

우리나라 정당 가운데 당명 변경 없이 가장 오래 지속된 정당은 1951년에 창당하여 18년 2개월의 자유당, 그다음은 1963년에 창당된 민주공화당이 17년 8개월(민정당 포함), 그다음이 1967년 창당한 신민당 13년 6개월, 민주노동당 약 11년 순이다.

해외 정당의 경우 미국 민주당 1823년 창당으로 역사가 200년에 육박하고 미국 공화당이 1854년 창당 160여 년, 영국 보수당이 1834년 창당 180여 년, 독일 사회민주당이 1890년, 노동당이 1900년 등 100년을 넘겼다. 일본의 자민당이 60년 넘겨 존속하고 있다.

위의 정당 역사에서 보면 얼마나 우리나라 정당의 수명이 짧은지 알 수 있다. 이는 정당정치의 역사가 짧은 것도 한 이유가 되겠지만, 정당이 사람을 만드는 외국과 달리 우리나라는 사람이 정당을 만들고 있기 때문이다. 국민이 좀 기대할만한 정당은 대선을 앞두고 특정 지도 인물들이 자기 정치가 어려워지면 분열하여 새로운 사당을 만들어 패거리 정치로 분당하는 현상이 존속의 기간을 짧게 하는 원인도 되고, 고질적인 정치 후진성의 모습이기도 하다.

정당의 내부에 들어가면 주류, 비주류, 중도, 세분하면 보수도 친박, 진박, 비박, 중도, 진보도 친노, 비노, 친노, 친문, 친노비문, 평민계, 지도자 중심으로 동교동계, 상도동계, 친 이계, 김무성계, 구민주계, 안철수계, 유승민계 등 이것이 한국 정당 생산의 본 모습이다.

원조 창당 전문가는 YS, DJ다. 그 후는 안철수로 정계 입문 8년 만에 4번 창당했으며, 이러다 보니 당명을 얼마나 많이 지었는지 중복되어 새 당명을 짓는데 고민해야 힐 정도다.

4·15 총선은 4+1선거법 개정으로 희대의 창당 난장판이 되어 본당이 있고 자매당이 생기고 35개 정당이 총선에 참여하고 투표용지가 48.1cm나 길어진 정당 전국시대를 맞이했다. 꼼수 선거법이 연출한 비극이었다.

"떴다방 정당" 분열 이제는 그만하자. 4·15 총선을 앞두고 수십 개의 정당이 급조 정당이 생겨났다. 당의 성격도 정체성도 알 수 없는 정치집단이 생겨나 오로지 정파적 욕심만 있고 사명감은 없어 정치에 대한 불신만 증폭시키는 공공의 적이 되고 있다. 선거만 끝나면 사라지는 철새 정당은 공정선거를 통한 국민의 주권행사에 혼란이 없게 이런 선거법은 개정되어야 한다.

6) 분열갈등의 뿌리는 조선시대 당파싸움인가?

조선 시대에 당쟁이 생긴 것은 붕당정치朋黨政治가 원인이었다. 붕당정치는 선조 때인 1575년에 사림파가 동인과 서인으로 분열되면서 시작됐고, 이후 225년간 지속되다가 1800년에 정조가 죽으면서 종결되었다. 순조, 헌종, 철종 때는 안동 김씨와 풍양 조씨가 번갈아 가며 외척세력 60년이 조선을 완전히 말아먹었다. 당쟁은 동인 서인 남인 북인 사색당파라 부른다. 또 동인은 남인(퇴계 이황의 제자들 유성룡)과 북인(남명 조식의 제자들)다시 북인은 소북(젊은 세력)과 대북(나이든 세력)으로 대북은 골북(홍여순)과 육북(이산해)과 중북으로 나뉜다. 서인은 청서와 공서, 노서와 소서, 원당과 낙당 등으로 나뉘었다. 조선 선조 때 임진왜란 전에 일본 동정을 살피기 위해 통신사로 서인의 정사 황윤길과 동인의 부사 김성일을 파견했었다.

그들은 귀국 후 보고에 정사 황윤길은 "반드시 병화가 있을 것입니다"라 보고 했고, 부사 김성일은 "신臣은 그런 정세가 있는 것을 보지 못했습니다"라고 복명했다. 그러나 이듬해 임진왜란은 터졌다. 당시 조정에는 세력이 우세한 동인의 김성일의 보고를 채택했다. 서인, 동인의 파벌 분열정치로 잘못 판단을 함으로 나라가 누란의 위기를 맞이하게 했다. 훗날 김성일은 서인이 "일본이 쳐들어온다"했으니, 반대를 위한 반대의 거짓보고를 올린 '소인배'로 묘사하기도 했다. 이런 잘못된 판단으로 인명피해는 전국 328읍 중 183읍 유린, 경제적 피해 150만결, 문화적 피해 경복궁 등 궁궐, 불국사 등 사찰, 사고소실, 서적, 도자기, 문화재 약탈, 여성피해로 집단 성폭행, 살인, 납치, 잘려진 귀와 코가 2만 명 이상 엄청난 참화를 당했다.

이런 파벌의 정치형태는 지금도 다르지 않다. 한쪽이 집권하면 제사람만 앉히고 상대편 집권 기간의 비리를 캐고 적폐라 하여 교도소 보내고 보복하며 신적폐를 생산하고 있다. 하나도 변한 것이 없다. 당파정치의 장점은 여론을 중시하고 상대방에 약점을 잡히지 않기 위한 건전한 정치를 기대할 수 있다. 단점은 상대방을 인정하지 않아서 한쪽이 잡으면 다른 쪽에 보복하는 정치가 이루어졌다.

숙종은 한번은 이쪽 편을 들어주고, 그쪽이 힘이 세지면 다음에는 다른 쪽 편을 손들어주면서 왕권을 유지하였다. 영조와 정조는 탕평책을 써서 인재를 고루 등용하려 했다. 그런데 순조, 헌종, 철종 때는 안동 김씨와 풍양 조씨가 번갈아 가며 외척세력 60년이 조선을 완전히 말아먹었다.

조선의 500년 역사에 목숨까지 던질 만큼 처절했던 지배계층의 당파싸움

의 어디에도 "백성"은 없었고 자신들의 명분과 사익을 위한 투쟁밖에 없었
고 대다수 백성의 삶에 대한 배려와 연민이 지배계층에는 없었던 당쟁이었
다.

조선의 당쟁은 우리의 분파적 민족성이 역사를 통하여 구체화된 형태로
국사國事와 민생을 뒷전에 밀어둔 채 당리당략을 위한 치열한 당쟁만 계속
하다가 끝내는 나라마저 망하게 하였다.

결국 정치가 분열과 대립을 거듭하는 속에서 사회발전은 처음부터 기대
할 수 없을 뿐 아니라, 왕조가 이민족에게 국권을 잃은 것도 정치의 이런 난
맥상 때문이었다.

7) 한국기독교 교회의 분열과 갈등

일제 식민지하 신사 참배와 신사 참배 불가로 분열하기 시작한 이후로
교회가 사회의 갈등과 분열의 중재자가 되어야 할 역할은 망각하고 보수와
진보의 갈등의 늪에서 헤어나지 못하고 있었다. 심지어 선거판에도 편을 가
르고 국론을 분열하는 데 앞서고 있으며 한국교회를 책임지고 있는 목회자
들이 교회를 자신의 명예를 보존하는데 이용하고 사유물로 만들기 때문이
다. 교회지도자 대부분이 교권주의와 권위주의에서 벗어나지 못하고 있다.

한국기독교는 짧은 역사에 급속하게 성장했다. 전 세계 유례를 찾아보기
힘들 정도였다. 그 실감은 2013년 열린 세계기독교협의회(WCC) 부산총회
때 한국을 방문한 세계기독교 대표들도 놀라운 성장에 입을 다물지 못했다
고 한다.

이런 폭발적 성장으로 교단 분열이 뿌리를 내린 것이다. 분열이 오히려
교세 확장에 영향을 주었다는 평가도 있다. 분열이 치열한 경쟁과 갈등을
불러왔다. 그 결과는 질적인 성장의 장애가 되었다.

기독교는 일제 식민지하에 강제로 통합을 했고, 해방 후에는 두 교단으로 분열하였다. 지금은 전국 226개 기독교 연합에 6만여의 교회와 일천여 만 명의 성도, 30여만 명의 목사, 25여만 명의 장로로 되어있다고 한다. 전국 편의점 수가 42,258개인데 비해 교회 수가 6만여 개라니 과히 짐작이 간다.

8) 한국불교 분열난립으로 265개 종단

한국불교는 매우 많은 신흥종단이 태어나고 난립 현상이다. 1988년 이전에는 조계종과 태고종을 비롯한 18개 종단이였지만, 2012년에 문화체육관광부에서 발간한 "한국의 종교 현황"에 의하면 연락처가 확인된 불교종단은 265개였으며 대표적 종단은 대한불교조계종, 천태종, 태고종, 진각종, 관음종, 보문종, 일승종, 대각종, 일붕선교종, 정토종, 조동종, 대승종, 용화종, 삼론종, 여래종, 염불종, 미륵종 등이나 지속적으로 증가하고 있다.

불교는 신흥종단이 생겨나면서 유사한 종명을 사용하는 종단이 많아져서 기존종단이 다양한 혼란에 빠지고 있다. 특히 2002년에 조계종이라는 종명을 사용하는 종단이 16개였으나 현재는 60개 정도라니 불교를 믿고자 하는 경우에도 혼란에 빠지게 하고 있다. 분열 종파 현상은 어느 종교든 한국적 현상이 아닐까 싶다.

종교단체가 커피전문점, 편의점보다 많다. 문체부가 한국학중앙연구원에 의뢰하여 집계한 발표에 따르면 2018년 한국의 종교 현황 교단 수로 보면 불교가 482개로 가장 많았고, 개신교가 374개였다. 그러나 우리나라의 교회와 사찰, 성당 등을 비롯한 선교, 포교소 등 종교 관련 단체는 총 7만 2,238개로 커피전문점 5만6,928개, 체인 편의점 4만2,258개, 이런 점포들보다도 숫자가 많았다. 이런 종교 관련 단체 중 개신교 관련 단체가 5만5,104개로 전체 종교 중 76%의 가장 높은 비중을 보였고 불교가 1만3,215개, 천주교가 2028개였다.

9) 협동정신이 없고 갈등이 심해 동업(同業)을 못 하는 민족

우리나라 국민은 개성이 강하고 상호협력 정신이 결여해서 지속적으로 동업을 못해서 오랜 동업 사업체가 별로 없다. 동업으로 출발하여 오랜 세월 지속되면서 분쟁 없고, 기업을 크게 성장시키고, 조용히 사업 분할을 한 럭키금성그룹은 세계적 모범 사례라 할 것이다(LG그룹. GS그룹) 구씨 가문과 허씨 가문의 동업으로 출발하여 3대에 걸쳐서 이어 오다가 분할하자 세간의 칭찬이 자자한 사례이다.

우리나라에 현대적 기업 경영형태로 여러 주주들의 주식출자로 경영하는 주식회사가 상법상으로 회사 법인으로 운영되고 있지만, 아마도 80% 이상은 1인 출자로 주식회사 형태로 경영하고 있다고 해도 과언은 아니다. 즉 무늬만 주식회사이고 내용은 1인 회사이거나 가족회사이다.

이런 변칙 주식회사가 많은 것은 내 돈으로 내가 오너가 되어 의사결정권을 내가 가지고 내 판단대로 해야 성공할 수 있다는 우리 민족의 특이한 개성 때문이 아닌가 생각된다.

여러 명의 주주회사는 협의와 타협성이 약한 국민이라 분열과 분쟁으로 결국 사업 파탄이 되고 말기 때문이다. 또 1인 경영이나 가족 오너 경영이 강력한 추진력이 받쳐주게 되어 성공한다는 것이고 또 전문경영인이 운영하는 경우보다 성공적으로 기업이 성장하기 때문이기도 하다. 회사의 운영 지휘권이 오너가 아닐 경우는 사원들의 책임감이나 집중력이 떨어진다는 인식을 갖고 있는 것이 국민의식 때문일 것이다. 그리고 이기주의적 인성과 욕심을 빼놓을 수 없는 요소로 작동하기 때문일 것이다.

개인이 운영하는 소규모 공장이나 심지어 식당이라도 주인이 지켜보지 않으면 종업원들이 나태해지기 때문에 자리를 비우기가 어렵고, 주인이 종업원에게 자율적으로 맡겨두면 능률이 확실히 떨어진다는 생각을 갖고 있기 때문이다. 내 사업은 내가 쥐고 해야 된다는 관념이 뿌리 깊이 박혀있어 전문경영인에 맡겨 운영하는 회사는 대기업 아니고는 거의 없다고 본다.

미국을 보면 창업을 할 때 학교나 직장동료들이 만나 의기투합하여 큰 성과를 내는 기업이 많다. 애플, 구글 등 수많은 기업들이 친구, 직장동료들이 창업하여 대기업을 잘하고 있다. 그러나 미국에 있는 한인들을 보면 동업만 했다 하면 얼마 되지 않아 싸우고 의견분열로 헤어진다는 것이다. 주위에 사업하는 중국인, 인도, 중동인들은 동업운영을 잘해서 결국은 한인사업을 잠식해 들어온다는 것이다. 왜 우리는 뭉치면 힘이 세어지는 평범한 이치를 모르는 민족일까.

10) 어느 조직도 분열 없는 곳이 없다

극심한 분열과 갈등의 상징인 정치계를 비롯하여 경제, 문화 예술, 체육, 학술, 종교 등 모든 분야에서 자세히 들여다 보면 분열과 갈등이 없는 곳이 없다 할 정도이다. 의견이 조금만 다르면 토론과 협의로서 최선의 타협점은 찾는 노력은 없고 한 치도 양보 없는 자기주장에만 매몰되기 때문에 상생의 문화가 부족한 나라다.

국회의 여야 정치는 협치는 없고 뜻이 다르면 강경투쟁으로 쇠망치가 등장하고 의사당 내에서 난투극이 벌어지고 시장바닥의 싸움터와 다를 바가 없다. 가히 기네스북에 등제 감이다.

문화예술계도 이념적으로 갈라져서 그동안 기존의 예총(한국예술문화단체총연합회), 진보개혁이라는 백낙청, 고은이 중심이된 민예총(한국민족예술인총연합), 문화연대 등 이들 단체들이 정권이 보수나 진보좌파로 바뀔 때마다 요직을 끼어 차려고 혈안이고 분열하고 있다.

체육계도 한때 천하장사 대회로 인기를 끌었던 민속씨름이씨름협회의 내분과 갈등으로 대한체육회의 관리 단체 지정을 받게 되었다. 일본의 "스모협회"를 보라 계절마다 국기로서 잘 운영하고 있다.

일반사회단체인 동문회, 동창회, 향우회, 동호회, 협회, 연합회, 총회 등도 내부에 들어가면 각종 단체조직의 단체장을 노리고 근거 없는 루머를 터트려 갈등이 지속되어 조직의 운영 어렵게 되는 경우도 있다.

다수가 회원으로 구성된 단체에 상호협력의 미덕을 살려 잘 운영되면서 조용한 단체가 드물다.

그뿐만 아니라 법원도 예외는 아니다. 법원의 판사사회에도 진보성향 모임인 우리법연구회, 국제인권법연구회, 진보성향의 변호사 단체인 민주사회를 위한 변호사 모임(민변), 그리고 참여연대를 중심으로 하는 시민단체, 법원 내의 최대 학술단체인 인권법연구회는 소속 판사가 480여 명이나 된다. 판사들도 패거리를 갈라서 판결이 갈리는 현상, 구속영장 발부 여부도 소속 판사들의 결정이 갈라지고 판사들의 인사에도 자기 소속인 수장이 되면 요직을 나눠가지는 현상은, 국민의 입장에서 사법의 안정감을 해치고 판결의 신뢰를 훼손하는 행위로 여기므로 참으로 학술연구에만 전념하지 않는 그런 패거리 단체는 없었으면 하는 마음 간절하다.

11) 현충원 참배도 자기편 대통령만 참배

국립 현충원 참배도 자기 진영 대통령 묘소만 참배하는 속 좁은 정치지도자가 분열과 갈등만 증폭시키고 있다. 국민들이 대통령으로 뽑아주었더니 자기 진영 대통령 행세만 하고 있으니 통합이 될 수가 없다. 건국 초대 대통령 이승만, 5천년의 가난과 배고픔을 해결하고 한강의 기적을 만든 박정희 대통령의 묘소도 참배 안하는 비틀어진 생각을 가진 정치인들, 그들에게 이 민족의 단합과 통합을 기대할 수 있겠는가?

내 편이 한 것만이 가치이고, 남이 한 것은 전부 부정하는 이런 외눈박이들이 나라의 앞날을 멍들게 하고 있다. 정치가 국민 간 분열과 갈등을 치유하고 분열을 줄이면서 미래로 나아가는 노력은 하지 않고 있다. 이러니 이 나라에 정치발전을 기대해 볼 수가 없다. 언제까지 지독한 편가르기와 분열만 계속할 것인가, 무덤까지 편 갈라 정치하는 나라다.

인촌 김성수 선생의 교육에 대한 업적은 전부 내팽개치고 친일이라는 딱지를 붙여 고려대 앞의 인촌로 도로 명도 바꾼다고 한다. 그뿐이랴, 6·25 전쟁영웅 백선엽 장군도 1943년 일본 간도특설대에서 약 3년간 근무한 것을 두고 친일파로 몰아붙였다. 장군은 단지 부대원에 불과했다. 아니 일본에서 태어나면 일본 놈이고, 미국에서 태어나면 미국 놈이고, 만주에서 태어나면 중국 놈인가. 일제의 핍박으로 조선 사람들은 죽지 않으려고, 조선의 독립을 위해 뿔뿔이 흩어졌지만 부모가 있는 조선은 조선 사람이다.

이런 식으로 친일파로 몰면 일제 치하에서 급료를 받은 공직자는 전부 친일파가 될 수밖에 없다. 이 민족은 분열하면서 반대편이라 판단되는 사람은 전부 딱지 붙여 못 쓸 사람 만드는 선수 집단의 정치판이다. 분열과 갈등을 봉합하는 지혜가 없고 끝까지 분열하여 상대는 아예 인정하지 않으려 하고 적대시한다.

9. 한탕주의 사행심(射倖心)이 많다

1) 합법적 사행행위에 한탕주의

경마, 경륜, 경정, 로또, 스포츠복권, 카지노, 체육진흥 투표권, 소싸움.

전체 복권 판매액의 90%를 차지하는 로또복권 판매가 2017년에 3조 7974억 원으로 10년 사이에 68% 증가로 매년 증가 추세이다. 세계적 감소 추세에 역행하고 있다고 한다. 경제 불황에 믿을 것은 너 뿐이라 하지만 결국은 없는 자의 호주머니만 털고 있다.

로또에 인생역전 걸어 보지만 낙타 타고 바늘구멍 들어가기보다 힘든 곳에 한탕의 승부 기대는 혹시나 나에게 하고 기다리는 한 주일간의 꿈을 사는 것뿐이다.

2) 증권금융투자

증권투자, 펀드투자, 부동산투기, 주식투자해서 대박 났다에 솔깃해 내 돈만이 아니라 빚내서까지 투자해 패가망신이다. 요즘 무슨 종목 대박이래서 친구 따라 강남 가듯 따라가 주식 샀다가 빈털터리 신세된자, 호재를 퍼뜨려 관심과 돈을 끌어 모으는 작전세력에 말려들어 깡통 찬 개미들, 주식을 투자개념으로 하지 않고 투기로 생각하고 적은 금액으로 훨씬 많은 이익을 기대하고 투기하기 때문에 실패한 사람들이 많은 것이다. 투자와 재테크가 아니라 한순간에 대박을 기대하는 한탕 심리에 망가지는 것이다.

3) 단기간에 투기 사행심으로 한탕 잡은 사람 보지 못했다.

많은 이익을 노리는 투자나 투기, 우연한 이익을 얻고자 요행이나 운수를 바라고 일확천금을 노리는 단기투기, 결국은 당하고 끝장낸다. 땀 흘리고 열심히 일해서 돈 벌 생각은 않고 어느 날 요행으로 인생역전을 노리지만 세상은 그리 호락호락 한몫 잡게 돼 있지 않다는 수업료를 지불하고 깨닫게 된다.

4) 사행심에도 나라마다 국민성은 있어 보인다.

라스베이거스 카지노의 딜러들은 고객이 어느 나라 사람인지 말을 안 해도 알 수 있다고 한다. 외모만이 아니라 돈을 움직이는 손을 보고서도 민족과 나라를 맞출 수 있다고 한다. 중국 사람들은 큰 부자들이 많고 큰 부자들은 말 그대로 손도 크다. 큰돈을 잃어도 눈 하나 깜짝하지 않는다.

반면에 독일 사람들은 철저히 계획된 행동양식을 보여 준다고 한다. 여행계획을 세울 때부터 카지노에서 쓸 돈이 정해져 있고 만약 1,000달러가 카지노 '머니'이었다면 그 돈을 잃으면 바로 손을 털고 일어난다고 한다.

그렇다면 한국 사람은 가장 즉흥적이고 가장 도박 적이다. 속된말로 "못 먹어도 고" 갈 때까지 가보자, 잃으면 카드로 뺄 수 있고 그래도 안 되면 아는 사람 다 동원한다고 한다. 이를 보면 민족성을 알 수 있다. 강한 승부근성과 사행심 말이다. 사람의 욕심은 끝이 없다. 잃은 자도 지나친 욕심의 결과다.

10. 생색내기 좋아한다

생색을 낸다는 것은 남에게 무엇을 베푼 일에 대하여 스스로를 자랑하여 드러내 보이는 것이다. 즉 다른 사람 앞에 당당히 나서거나 지나치게 자랑하는 것이다. 모임만 있으면 지나치게 얼굴 내밀기, 기부하면서 기자 부르고 현수막 붙이고 행사 치르는 형태, 선출직 국회의원, 지자체장들은 이 공사는 내가 힘써서 만들게 된 것이다 생색을 낸다. 실은 국민 세금으로 한 공사에 자기 업적 생색내기에 혈안이다. 화환, 화분, 조화 보내고 앞줄에 잘 보이게 놓아라 하고 행사장 귀빈석에 앉고 싶어 하며, 내빈 축사에 끼이려 한다.

직접관계가 없는 행사장에도 얼굴 내밀고 자기가 힘이 미친 것 같이 행세한다. 단체모임, 행사장, 졸업식, 예식장, 고희연, 착공식, 준공식 등 얼굴 내밀기와 눈도장 찍기, 촌지나 축의금도 없이 얼굴만 내밀고 생색낸다. 돈봉투 내면 법에 걸리니까? 돈 안 들고 생색내고 도랑 치고 가재 잡는 의원들, 어려울 때 도와주었다고 생색내고 대가를 바라는 사람들. 문병 갈 때 같이 산 선물을 자기가 들고 같이 샀다는 말도 않고 건네주는 사람. 친구의 맛있는 스테이크 대접을 받고 고마워하고 있는데 그 친구 내 말 아니면 나와서 사주겠나 하고 잘난 척하는 친구 말에 음식 맛이 순간적으로 날아가 버린다.

그러나 LG복지재단의 의인상義人賞같이 조용히 찾아가서 전달하는 착한 기부도 있다. 국가가 어려움에 처했을 때마다 위기에서 구해 낸 의인義人들이 있었다. 임진왜란 때의 의병義兵, 일제강점기에 조국의 독립을 위해 목숨 바쳐 헌신한 독립운동가, 오늘날 위급한 상황에서 위험을 무릅쓰고 생명을 구해낸 우리 사회의 훌륭한 의인들은 많다. 의인들의 소식을 들을 때마다 숙연해지고, 이기심과 물질만능주의로 가득한 우리 삶이 부끄러워진다. LG복지재단은 이들의 용기 있는 행동을 함께 격려하자는 의미에서 2018년에 32명에게 금일봉과 의인상을 수여하고 격려했다. LG 의인상은 "국가와 사회정의를 위해 희생한 의인에게 기업이 사회적 책임으로 보답한다"는 취지로 고 구본무 회장이 2015년에 제정했다. 현재까지 이 상을 받은 의인은 총 90명이다. 매년 의인이 늘어나는 추세다. 세상이 각박해도 이런 의인들이 있어 살만한 세상을 만들어 가고 있다.

11. 못 말리는 빨리빨리 성정(性情)

한국사회병리연구소장 백상창 박사는 "빨리빨리 병"은 그 원인이 한국인들의 마음속에 평소에도 "무슨 일이 생길지 모른다. 일이 닥치면 도망가야 된다"는 살아남기 콤플렉스를 가져왔다고 한다. 남북분단으로 인해 양가감정(兩家感情: 서로 어긋나는 표상의 결합에서 오는 혼란스러운 감정)이 있었던 위에 6·25전쟁은 한국인들의 마음에 살아남기 콤플렉스를 심어주고 있다. 전통적으로 조선시대 한국인은 동작이 느린 것을 미덕으로 삼았다. 그래서 걸음도 천천히 걷고, 밥 먹는 것도 천천히 하라고 가르쳤다. 그러나 6·25 전쟁을 겪고 나서 모든 한국인에게 "어떻게든 살아남아야 된다"는 심리가 강박적으로 자리 잡게 되었다.

전쟁 당시에도 한강을 일찍 건넌 사람은 남쪽으로 피난 갈 수 있었지만, 늦게 출발한 사람은 한강을 건너다 다리가 끊겨 죽거나, 피난 가지 못해 인민군 총에 맞아 죽었던 게 사실이다. 그렇기 때문에 소리만 나면 움직여야 산다는 생각이 한국인의 의식에 박히게 되어서 이것이 "빨리빨리 병"으로 연결되었다고 한다. 뭐든지 늦게 하면 죽거나 손해를 보게 된다는 생각 때문에 "빨리빨리 병"이 생겨나게 된 것이라고 분석하고 있다.

1) 운전대만 잡으면 빨리빨리 바쁜 민족

너도나도 못 말리는 빨리빨리 근성, 택시를 타도 빨리 갑시다, 앞차 빨리 안 가면 알장 거린다, 민첩하게 운전 못하면 또 김 여사(서투른 여성 운전자 폄하) 아니야 하고 핀잔이다. 운전대만 잡으면 경쟁자로 돌변해서 "5분 먼저 가려다 50년 먼저 간다"라는 경고음이 나왔다.

2) 신호만 바뀌면 빵빵하고 앞차 재촉 크락숀 누르기

3) 토목, 건축공사만 시작하면 조기준공에 쫓기는 공사현장

4) 북한에도 같은 민족이라고 하루에 천리를 달리자는 사회주의 경제건설 "천리마 운동 만리마 운동", 샛별을 볼 정도로 일찍 일어나서 일하자는 "샛별보기 운동", "천삽 뜨고 허리 한번 펴기 운동", 100일 전투, 백마고지 돌파운동 등 노동력 향상을 위해 강력한 구호를 외쳤지만 성과는 별로이고 인민만 고달팠다. 우리 대통령도 "남북 간의 경제협력으로 평화경제가 실현된다면 단숨에 일본을 따라 잡을 수 있다"고 했다. 가당치도 않는 거짓말이다.

5) 밥 먹는 것도 항상 바빠서 식당에 들어서면 바로 되는 식사는 뭔가요? 식사 주문 순서 바뀌면 이유는 묻지 않고 왜 순서 안 지키냐고 야단이다.

6) 줄 서고, 순서 기다리는 것은 힘들어하면서 조급증을 낸다.

7) 걸어 다니면서도 신문보고, 휴대폰으로 일하는 성질.

8) 돈내기(都給) 작업주면 빨리 해치우니 몸 상할까 걱정된다.

9) 꼭 내가 밥값을 내어야 하겠다 싶으면 식사 중에 먼저 결제한다.

10) 상도동 유치원 붕괴 뒤에 숨은 원인은 "싸게싸게, 빨리빨리" 유혹으로 부실공사 때문이다. 그저 바쁘게 서둘러 살아온 생활 속의 습관이 몸에 밴 성질. 빨리빨리 버릇은 접고 이제는 차근차근 미리미리 버릇으로 살자.

11) 종합병원 진료도 1시간 이상 기다려 2~3분이면 진료 끝이다.

제대로 물어보고 신병 상담을 할 수가 없다. 의사가 시간에 쫓기는 것 같으니 꼭 물어보려 했던 것도 잊고 나오게 된다.

12) 법원재판도 피고인에게 말할 시간을 주지 않고, 네, 아니오로 답해라고 다그친다. 재산권이 달려있고, 인신의 구속과도 깊은 관계가 있는 사안인데 답변 시간을 제대로 주지 않고 서둘러 속행한다.

13) 외국인들은 자판기 커피가 다 나온 후, 불이 꺼지면 컵을 꺼낸다. 한국인은 자판기 커피 눌러 놓고, 컵 나오는 곳에 컵을 잡고 기다린다. 외국인은 사탕을 빨아서 녹여 먹는데 한국인은 사탕을 빨아서 녹일 시간이 없어

깨물어 먹는다. 외국인은 버스 정류장에 서서 기다리다가 천천히 승차한다. 한국인은 일단 기다리던 버스가 오면 도로로 내려간다. 외국인은 "택시"하며 손을 흔든다. 한국인은 도로로 내려가 택시를 따라서 뛰어가며 문손잡이를 잡고 외친다. 외국인은 야구경기에 9회 말 2사 후 힘내라 자기편 끝까지 응원한다. 한국인은 다 끝났네 보나 마나다 나가자이다. 9회말 2사쯤이면 관중이 반으로 줄어 있다. 돼지고기 음식 주문하고 좀 늦으면 돼지 키워서 잡아 오나, 더럽게 빨리 안 나오네 등 조급증을 낸다.

14) 지하철 승차 시 문이 닫히는 데도 다음 차 기다리지 못하고 급히 끼어 타면서 지하철 안전사고의 원인을 제공하고 있다. 가방, 구두 뒷굽, 장신구 등이 끼어서 운행지연도 초래하고 있다.

15) 한국인은 비행기가 완전히 지상에 착륙을 하고 승강장에 서기 전에 일어나서 자기 짐을 챙기고 복도에 나서 있다. 늦게 내리면 비행기가 폭발하거나 무슨 일이 일어날지 모른다는 6·25 전쟁 때 불안과 공포가 한국인의 의식 속에도 잠재해 있기 때문일 것이다.

16) 한국인은 언제나 바빠서 행복을 느끼고 살 시간이 없다.

한국외국어대 박명호 교수의 "행복지수를 활용한 한국인의 행복 연구" 논문에서 우리나라 국민의 행복 수준이 30년 전이나 지금이나 마찬가지로 경제협력개발기구(OECD)최하위권인 것으로 나타났다. 높은 자살률과 미세먼지, 소득격차, 노인빈곤, 빨리 문화가 우리 국민을 불행하게 만든 요인으로 꼽혔다.

군대 문화에서 선착순 몇 명까지만 혜택을 준다. 6·25전쟁 후에 부족한 식량 사정에 늦게 온 사람 배급 못 받았던 피해의식이 잠재적으로 쫓기는 심리로 남아 있었던 것은 아닐까. 빨리 움직여야 산다는 생각에 사로잡혀 어느 곳이나 서둘지 않는 곳이 없다.

17) 외국인이 본 한국인의 빨리빨리 습관

신용카드 결제할 때 가게 주인이 대신 사인한다. 고기가 안 익었는데 계속 뒤집어 본다고 한다. 화장실에 볼일을 보면서 양치한다. 승강기 닫힘 버튼을 연신 연타한다. 5~10초를 못 기다려 마트나 상점에서 계산하기 전에 음료수 등을 먼저 마시고 빈병으로 계산한다. 영화관에서 엔딩 크레디트 (ending credit)가 올라가기 전에 나가는 경우가 대부분이다. 3분 컵라면이 채 익기도 전에 휘휘 저어 그냥 먹는다.

한국인은 생활 속에 빨리빨리 성정으로 행복해질 시간이 없이 살아왔다. 이제 바쁜 일상을 좀 비집고 "틈"을 만드는 것으로부터 시작해보자. 그래야 그 안에 비로소 삶에 관한 생각과 의미가 머물게 될 것이다. 그러면 마침내 행복이 조금씩 보일 것이다.

12. 욱하고 참지 못하는 분노조절장애

한국인의 심리적 갈등의 밑바탕에 숨어 있는 '恨의 심리'가 모든 한국병의 원천이 되고 있는 것 같다. 이 한이 근세사 100년 동안 변질화, 병리화 되어 "못 참는 恨"이 되면서 오늘날 한국인으로 하여금 성급하며 참지 못하며 이성적이지 못하고 감성적 사고로 당장 풀어야 하는 심리를 낳은 것 같다.

최근 "분노조절장애"라는 말이 무척 많이 회자 된다. 폭력사건의 가해자가 감형을 받기위한 방법으로 자기가 분노조절장애를 앓고 있다고 주장하기도 한다. 그러나 정신과 전문의는 분노조절장애라는 의학적 진단명은 없다는 것이다. 그렇다면 이 장애는 무엇일까. 전문가들의 대부분은 우울증의 하나로 설명하고 있다.

이런 참지 못하는 현상은 공동체 의식의 약화와 경쟁사회에서 좌절하는 자들이 결국 증오감과 분노에 휩싸이게 되어 극히 사소한 감정에도 방화,

살인 등 상대를 파괴하는 행동을 하게 된다는 것이다. 순식간에 폭발되는 분노에 누가 피해자가 될지 모르는 공포의 사회가 되고 있다.

건강보험평가원의 조사에 의하면 분노조절장애 범죄가 2009년에 3,720명이었던 충동조절장애 환자가 2013년에는 4,934명으로 5년간 30%가 증가했다고 한다. 예를 보면, 돈과 애정 문제로 갈등을 겪다가 참지 못하고 옛 동거녀의 가족 3명을 엽총을 쏘아 살해하고 자신은 자살한 범죄, 형제간에 재산문제로 갈등을 겪다가 분노를 참지 못해 살해한 범죄 등 사건을 통해 분노조절장애 과정을 보면 먼저 갈등이 생기고 이 갈등의 조절 실패로 순간적으로 분노를 참지 못하고 폭발하여 잔혹한 범죄로 이어졌다.

1) 층간소음 항의하다 살인

2) 째려본다고 순간 감정폭발로 폭행상해

3) 밧줄 매달려 음악 틀고 작업하는 사람을 음악 듣기 싫다고 신경질 나서 줄을 잘라버린 추락 살인

4) 왜 쳐다봐 술집서 집단폭행

5) 쳐다보았다고 야구방망이 때린 대구 지하철 사건

6) "왜 뒤에서 자꾸 빵빵거려" 낫을 휘두르며 위협

자신이 몰던 자동차를 뒤 따르던 운전기사가 자꾸 경적을 울렸다는 이유로 트렁크에 있던 낫으로 위협한 혐의로 입건된 사건(광주 서부경찰서)

7) 반말 인사에 격분해서 후배를 숨지게

부산의 한 음식점 앞에서 만난 동네 후배 B(45)씨가 자신에게 반말로 인사하자 말다툼을 벌렸다. A씨는 이후 집에 있던 흉기를 가져와 B씨를 두 차례 찔러 숨지게 했다. 심각한 우리 사회의 병적 현상이 늘어나고 있다.

8) 밀린 월세 독촉했다고 집주인 살해한 20대

9) 죽전 신세계백화점 화장품 점의 고객 돌출 난동 갑질

10) 기분 상하면 국가 중요문화재도 참지 못하고 방화

① 숭례문(남대문)국보 제1호를 불 지르는 분노조절장애(택지보상에 따른 보상액에 불만으로 방화).

② 흥인지문(동대문)보물 제1호 방화시도 사건(교통사고보험금을제대로 받지 못해 홧김에 방화시도).

11) 지하철 늦게 온다고 기물파손

우산으로 소화전을 내려쳐 비상등을 깨트린 혐의로 체포되었다.

12) 못 받은 일당 5000원을 달라고 요구한 뒤 해고당하자 건설사 사무실에 무단으로 침입해 인화성 물질을 자신의 몸에 뿌린 뒤 분신을 시도한 일용직

13) 잠시 순간을 못 참아 천추의 恨을 남긴다

집안문제로 말다툼 중에 어머니(85세)에게 흉기를 휘둘러 살해한 사건으로 죽어 못 고칠 불효를 저질렀다(대전 동부경찰서).

밖으로 향하는 분노는 육체적 언어적 폭력으로 나타나지만 나를 향한 분노는 무기력증과 우울증으로 표출된다고 한다. 사실 분노의 최고봉은 "자살"이다. 우리나라가 자살률 1위를 13년째 유지하고 있고 분노조절장애가 많아진 것은 우연이 아니다.

우울증은 자신을 못살게 하면서 스스로에게 도움이 되는 일을 하지 않는다. 이것을 분노라 한다. 자살 등 나에게 이로운 일은 하지 않고 자기 파괴적인 행동을 분노의 표현으로 본다.

그리고 가치관이 다른 세대 간에도 분노는 폭발한다. 특히 유교 문화권에서 한 살 나이 차이만 나도 "감히 윗사람에게 어디서" 하고 발끈한다. 시어머니의 지나친 멸시적 말투에도 며느리의 분노는 쌓여 폭발성이 높다.

분노의 폭발이 반복적인 경우는 정신과적 분노조절장애로 보고 있으며 분노는 대부분이 음주 후에 많다. 분노의 정도가 남들이 이해하기 어려울

경우는 피해의식이나 낮은 자존감, 콤플렉스가 많은 사람들이 분노가 잘 끓는다고 한다. 누군가가 언제 폭발할지 모르는 사회적 불안감과 억울한 피해를 당하지 않게 하기 위하여 국가적 관리 방안은 없을까? 주문하고 싶다.

13. 양보와 배려심이 부족

사람과 사람 사이 "선善"이라는 것이 있다. 따뜻한 배려심과 양보심 이런 것이 정情이라고 할 것이다. 약자에 대한 배려, 힘들어하는 자에 양보하는 것, 이것이 사람 냄새 나는 자세일 것이고 훈기일 것이다. 이런 양보와 배려를 손해라고 생각해서는 안 될 일이다.

배려심이 있는 사회는 상호 신뢰가 있는 사회다. 배려가 통하지 않는 사회는 일방만 배려를 하고 나머지는 그 배려를 받아먹는 사회이다. 우리는 그들에게 배려를 계속하는 것이 과연 미덕일까? 종교에서는 그렇다고 할 것이다. 하지만 옳지 않다고 본다. 그것은 배려를 이용하는 사람은 그 자신이 배려 없는 사람인 것을 모르고 있기 때문이다.

운전대만 잡으면 순한 사람도 난폭해지고 양보 운전 없고 차머리 들어넣기 진입 운전, 고속도로에서 갈치기 운전, 신호만 바뀌면 재촉 크락션 울리기, 보행인 뒤에서도 빵빵거려 놀라게 하는 것 등 이러한 무례한 운전에 보복 운전의 악순환이 이어지게 된다.

2018년에 보복 운전 범죄가 4,403건으로 하루에 12건의 발생한 셈이다. 이런 운전 범죄들은 배려 없는 우리사회의 일그러진 초상이다. 장마철 빗물 고인 도로에 빗물 튀겨 달리며 물벼락 주는 얌체 짓은 도로교통법 제49조 (모든 운전자의 준수 사항 등) (물이 고인 곳을 운행할 때는 고인 물을 튀게 하여 다른 사람에게 피해를 주는 일이 없도록 할 것) 과태료 부과사항이다.

특히 교통사고에는 가벼운 승강이로 끝날 일도 반말 때문에 감정싸움으로 번져서 일이 커질 때가 많다. 이게 '뭐하자는 겁니까' '뭐? 야, 너' '당신은 몇 살인데?' '당신? 어린놈이' … 말의 배려만 있으면 쉽게 풀릴 일도 일을 키우는 사례를 본다.

지하철에서 승차 시 배낭이나 팩백을 앞으로 메어달라고 캠페인 하지만 가슴 앞으로 멘 사람이 없다. 내가 배낭을 등에 지면 내 뒤의 통행인이 얼마나 불편하겠는가? 배려하는 사람이 없다. 일본 도쿄 전동차 안에서 등에 지고 있는 사람을 볼 수가 없다. 전부 가슴 앞으로 메고 있었다. 요즘 젊은이에게 팩백은 스마트폰 못지않게 필수품이 되었지만 대중교통 이용 시 "팩백 에치켓" 배려 심은 살아나지 않고 있다.

식당은 친구 몇 명 들어와 술 마시면 고성 지르기 예사이고 간혹은 언쟁이 벌어진다. 남을 의식하지 않는 배려 제로지대가 많다. 자기만족을 위하여 괴음을 울리고 질주하는 오토바이족들. 대중목욕탕 친구 3명만 모이면 자기들 세상같이 떠들고 물 뿌리고 장난치고 남을 배려하지 않는다. 아직도 탈의장에서 팬티 터는 사람이 있다. 층간소음으로 살인까지 하는 나라. 조금만 조심하고 아래층에 사는 분을 배려한다면 이런 층간 분쟁은 없을 수도 있는 일이다. 이런 자그마한 배려부족으로 칼부림으로 살인사건까지 일어나고 있다.

아파트 내 애완동물 소음문제는 이웃에 대한 배려부족에서 생긴 분쟁으로 소송까지 가는 사례가 흔히 있다. 서울의 유명한 음식골목 광장시장에 몇몇 소문난 음식점에 무질서하게 서서 기다리는 사람들 때문에 다른 상품을 파는 상인들은 영업을 할 수가 없다는 것이다. 일렬로 서서 기다려주면 좋겠다는 하소연을 한다. 더욱이 골목식당의 경우는 골목길도 막고 이웃집 대문 앞까지 늘어서서 출입에 불편을 주는데 이것이 하루 이틀이 아니고 매일 이러니 이웃의 불평이 많을 수밖에 없는 것이다. 일렬로 담벼락에 붙어

서주면 되는 것인데 안 된다는 것이다.

출퇴근 시간의 광역버스 정류장의 줄서기 전쟁으로 통행인이 제대로 통과할 수가 없다. 통행로만 열어주면 모두 좋을 것을 못하고 있는 배려심 부족의 사회다.

바쁘게 보행로를 헤쳐 나가며 맞은편과 조금 부딪쳐도 미안한 표정으로 인사도 없이 태연하게 돌아보지 않고 가는 형태가 많다. 배려심이나 예절은 찾아볼 수 없는 한심한 인성을 실감나게 한다.

여러 외국인들이 한국인의 예의 없는 것을 지적하면서 아주머니 아저씨가 버스나 지하철을 먼저 타려고 사람들을 밀치고 타는 것, 지하철에서 할머니 할아버지가 힘겹게 손잡이를 잡고 서서 있는데 그 앞에 태연히 앉아있는 중·고등학생들, 버스를 타자마자 엄마 손을 놓고 빈자리로 달려가 먼저 앉는 소년, 복잡한 기차역 대합실에서 나중에 올 여자 친구를 위해 빈자리에 음료수 잔을 올려놓는 청년, 그뿐인가 노인복지관에도 올 친구 자리 잡아준다고 몇 자리 잡아 놓고 못 앉게 하는 등의 배려와 양보가 없는 것을 보고 외국인들이 한국에 가면 어른을 공경하고 예의가 밝아야 한다고 배우고 온 것과는 참 달랐다는 것이다.

미국의 경제전문매체 "비즈니스 인사이드"는 "일본인은 줄서는 것을 미친 듯이(in-sanely) 잘한다"며 "군사작전처럼 보일 정도"라고 했다. 구정우 성균관대 교수는 "다른 사람에 대한 배려가 몸에 밴 일본에 비해 우리나라는 '남보다 내가 먼저'라는 인식이 우세해 생긴 현상"이라고 한다.

배려와 양보심은 하루아침에 하고 싶다고 되는 것이 아닐 것이고 어느 정도 인성이 갖춰져야 가식이 아닌 진실 되게 그 양보와 배려가 자연스럽게 나와질 것이다. 어떤 상황에서도 상대방에게 불편하게 하지 않겠다고 하는 마음이 기본인 것이다. 내가 더 피곤하고 손해 본다는 생각보다 나의 도움이 필요할 때 언제든지 다가갈 수 있는 따뜻한 마음만 있으면 그리 어렵지 않다고 생각된다.

6·25 전쟁을 겪으면서 농업생산의 피폐로 식량의 극심한 부족과 월남한 피난민과 남한 피난민의 극에 달한 가난으로 끼니 해결이 되지 않는 상황에서 체면과 배려와 양보를 찾을 여유가 없게 되었던 것이 자기도 모르는 사이에 몸에 젖어있어 나타나는 현상의 영향이 아닐까 싶다. 굴다리 밑에서 거지같은 생활, 신문팔이, 까치담배나 꽁초 주워 피우고, 배움은 야학, 자식을 고아원에 보내고, 미군 부대 철조망에 붙어서 "쵸코렛트 기브미"하던 어린이, 미군 부대 하우스 보이로 끼니 해결, 껌팔이, 집집마다 돌며 밥 얻어오기, 빗물 새는 하코방(판잣집) 피난생활, 배급식량의 부족으로 선착순으로만 배급, 교통편 부족으로 이번 차를 놓치면 귀가할 수 없는 절박함에서 승차 새치기가 성했고, 일용근로 일자리도 선착순 몇 명 뽑기 등 순서의 절박함이 지금도 놓치면 안 된다는 그 세월의 몸에 밴 잘못된 습관으로 자신도 모르게 배려와 양보가 없는 경향이 노출되는 것은 아닐까? 옛말에 의식이 족해야 예절을 안다는 말이 있듯이 가난이 죄가 되어 배려와 양보심을 챙길 여유가 없어서 일 것이다.

배려심이 부족하거나 정신적 여유가 없는 생활에 젖어있어서 마주치는 대인 관계에도 순간적 폭발로 충돌이 잘 일어난다. 우리는 지하철이나 공용 버스의 배려석에서 배려와 양보를 배우고 있다. "유아를 동반하거나 몸이 불편하신 분들을 위해 양보해 주세요"라는 안내문에 엿볼 수 있다.

우리 개는 물지 않아요. 목줄 필요 없어요. "우리 개는 다른 사람 물지 않는다" 하는 당신은 서울 강남에서 한 유명한 한식점인 한일관 주인이 목줄 풀린 개에게 물려 숨진 사건을 보고도 당신 개만 귀여운가? 소방청에 따르면 전국에서 개에 물려 병원으로 이송된 피해자는 2015년에 1841명에서 2017년에 2405명으로 매년 증가하는 추세라 한다. 아직도 목줄을 풀고 다니면서 남에게 두려움과 공포심을 주면서 내 개만 귀엽게 생각하는 이기주의가 늘고 있다는 것이다. 현행법상 애완견이 거리나 공원에서 목줄을 하지 않을 경우 개 주인에게 과태료 5만 원~50만 원이 부과한다고 규정하고 있다.

"반려견 목줄 채우라" 하자 폭행을 한다. 광주 서부경찰서는 서구 염주 체육관 인근 산책로에서 길을 가던 시민이 왜 반려견에 목줄을 채우지 않고 다니느냐고 항의하자 때린 혐의로 불구속 입건된 사건도 있었다. 우리는 배려와 타협의 문화가 약하다. 외눈박이, 역지사지 정신이 없다.

의견수렴 공청회 열려하면 들어보지도 않고 반대의견 나올 것을 예견하고 아예 공청회 열지도 못하게 난장판 만들어 버린 사건도 많았다.

식당에 어린아이들이 시끄럽게 떠들고 다녀도 제지하는 부모는 십중팔구 없다. 바로 나만 편하고 남을 배려할 줄 모르는 자신만의 이기주의 때문이다.

서울 강서구에 장애인 특수학교 설립을 놓고 지역주민들이 집단반발하고 나섰다. 서울시 교육청의 설립의지는 확고한데 주민토론회 현장에서 주민들의 막무간에 반대 영상을 보고 공분한 시민들이 특수학교 설립 찬성 서명운동을 벌였다.

장애인 학부모들은 "제대로 자기표현 못하는 아이들이 너무 먼 학교에 가기 위해 새벽 6시에 일어나야 한다"며 장애인 교육시설의 필요성을 역설했다. 주민들이 특수학교를 혐오시설이라 부르는데 대해 "절대 혐오시설이 아니다"라고 항변했다.

주민들의 부정적 반응이 이어지자 한 장애인 학부모는 토론장에서 무릎을 꿇었고, 뒤따라 수십 명의 학부모들도 눈물을 쏟으며 무릎을 꿇었다. 그러자 "쇼하지 마라" 반발했다. 현재 서울시에 8개 구가 특수학교가 없는 상태이다. 지난 15년 동안 주민들의 반대로 1개교밖에 신설할 수가 없었다. 이 현상은 서울만의 일이 아니고 전국적인 특수학교 부족현상이 일어나고 있다. 내가 사는 동네에는 들어오는 것이 싫다는 것이다.

좀 "남 애기"라는 편견을 내려놓고 "내 애기"라고 생각해 보자. 그 아이들도 우리의 아이들이다. 모두가 공평하게 교육 받아야 할 권리가 있는 것이다. 나의 작은 배려가 장애인들에게 큰 힘이 된다는 배려가 아쉽다.

14. 내로남불 하면서 부끄러운 줄 모른다

내로남불이란 내가 하면 로맨스, 남이 하면 불륜이란 뜻으로, 남이 할 때는 비난하던 행위를 자신이 할 때는 합리화 하는 태도를 이르는 말이다. 내가 하면 괜찮고 남이 하면 안 된다. 내가 땅을 사면 투자, 남이 땅을 사면 투기라는 말처럼 이중 잣대적인 모습을 보이는 사람들에게 쓰는 말이다. 영어로 표현한다면, double standard(이중 잣대)라 해도 될 것 같고. 군이 사자성어로 표현하자면 아시타비(我是他比: 나는 옳고 다른 이는 그르다)라 표현할 수 있겠지요.

이 말을 처음 쓴 사람은 전 국회의장을 지낸 박희태 씨라고도 한다. 이 말은 1990년대 정치권에서 만들어져 현재까지 활발히 쓰이고 있는 말이다. 즉 자기방어를 위한 자기합리화이다.

전형적인 내로남불은 정권의 낙하산 인사이다. 자기가 야당 때 비난하고 자기들이 집권하면 적당한 구실로 임명하는 고질적 행태를 반복 단행하고 있다. 정권의 전리품으로 활용하는 폐습이다.

노무현 정부 때 교육부총리가 논문표절에 휘말리자 교육부총리로 인격이 없다, 물러나라고 외쳤던 사람이 있다. 하지만 나중에 보니 이 사람도 논문표절을 한 의혹이 제기됐다. 그런데 이 사람이 문재인 정부 첫 교육부총리로 지명됐다. 다른 자리도 아닌 바로 그 교육부총리다. 그런데 이 사람은 "부끄러워할 일이 없다"고 했다. 남에게는 엄격하지만 자신에게는 자비로운 태도였다.

강남좌파 지식인, 정치인들의 뻔뻔함은 자녀문제에 극명하게 드러난다. 입으로는 공정한 경쟁, 특혜비판에 열을 올리지만, 뒤로는 자기자식을 위해 위장전입 시키고 특목고 입학, 조기유학, 미국시민권 취득 등 수단과 방법을 가리지 않고 특혜를 제공하려고 애쓰고 있었다. 특목고의 설립취지와 어긋나게 대학에 진학하는 사례를 보고 좌파들이 특목고 폐지를 주장하는 근거이지만, 역시 내 자식에게는 예외에 해당한다는 게 강남좌파들의 의식구조였다.

"너 자식은 일반고, 내 자식은 특목고, 자사고"로 보낸다는 것이다. 평소 자신들이 비판적이고 적폐세력으로 몰아붙이던 그 행위를 자신들이 그대로 닮아가는 민낯을 유감없이 보여주고 있다.

조국 민정수석, 강경화 외무장관, 김상조 공정거래위원장, 김진표 전 교육부총리, 조희연 서울교육감, 유시민 전 장관 등.

자사고는 귀족학교, 특권층 학교라면서 자사고 폐지를 추진해온 김승환 전북 교육감의 아들은 교육감으로 재직할 때 영국에 있는 입시 전문 고액 사립 교육기관 "B칼리지"에 다니며 캠브리지 대학 입시를 준비한 것으로 드러났다. B칼리지는 외국인 학생들의 영국 대학 입시를 전문적으로 돕는 곳으로 학비가 최대 1,300만 원 든다는 입시학원이라는 것이다. 전북 상산고 학부모들은 자기 아들은 한해 1,000만 원이 넘는 값비싼 입시기관을 통해 해외 명문대 보내면서 한해 수백만 원 들여 자사고 보내는 우리를 귀족학교라 몰아붙인 건 내로남불 아닌가 불평을 드러냈다. 결국 주무 부처인 교육부가 전북교육청이 "저소득층자녀를 적게 뽑았다"고 감점처리 한 것은 위법이라 판단하고 자사고 탈락을 취소하기로 했다.

정부 중요 공직자와 교육감들의 자녀는 자사고 외고 등을 나왔는데, 이제와 없애겠다니 학부모들이 느끼는 배신감과 상대적 박탈감이 컸다.

"폴리페서" 휴직 비판했던 조국 전 법무장관은 자신이 내로남불 부메랑이 되었다. 조국 청와대 민정수석은 서울대학에 교수직 휴직으로 민정수석으로 온지 2년이 넘었다. 본인이 서울대 교수로 있던 2004년 학교신문 기고문에서 "교수와 정치-지켜야할 금도襟度"에서 폴리페서(교수출신 정치인)의 사직을 촉구하는 글을 올렸다. 그러한 조국 민정수석은 정작 교수직 휴직상태에서 필수과목 교수로서 2년여 직을 비워 학생들의 교육에도 피해를 주고 후배들에게도 기회를 뺏는 결과가 됨으로 사퇴를 촉구하는 제자들의 목소리가 컸다. 바로 폴리페서를 비판했던 교수가 교수와 정치의 지켜야 할 금도를 지키지 않아 자기주장이 부메랑이 되어 내로남불이란 비판을 받았다.

교수직과 정치판에 두 다리 걸쳐두고 싶은 속물근성은 아니기를 바라며, 조국 씨의 형태를 보고 세간에선 내로남불을 넘어 '조로남불'이란 조롱거리가 되었다. 자신의 아들 군 휴가 미복귀에 따른 말 바꾸기로 추미애 장관을 빗댄 '추로남불'도 등장했다.

국회의원 시절 피감기관 돈으로 접대성 해외 출장을 수차례 다녀왔다는 논란이 터진 전 금융감독원장 김기식 씨는 그는 과거 국정감사에서 "국민세금으로 이럴 수있느냐?고 했던 발언들이 드러나면서 "내로남불" "위선"의 비난을 받았다. 그는 결국 의원 시절 후원금 5,000만 원을 자신이 속한 단체에 셀프 기부한 것이 선관위가 정치자금법 위반이라고 지적하자 사퇴했다.

내로남불, 위선이라는 말에 놓칠 수 없는 것은 문 대통령이 대통령 취임사에서 야당과의 협치와 나를 지지하지 않은 국민도 섬기겠다는 약속을 지키지 않는 것 같으며 문희상 국회의장도, 취임사에서 "첫째도 협치 둘째도 협치 셋째도 협치"라면서 정당 간의 소통을 중시한다고 했으면서도 협치는 커녕 날치기 통과의 선수였다.

대법원장 임명 소감도 말과 실행이 다른 것 같아 국가 3권의 최고 지도자

의 말한 대로 약속을 지키지 않은 것은 국가의 후진성을 그대로 드러낸 형
태이라 국민에게도 큰 실망을 주고 있다.

정의와 공정성이 사라지고 일구이언一口二言의 내로남불로 일관하는 지
도층의 뻔뻔함은 후안무치의 실상을 보여주고 있다. 즉 어떤 목적을 달성하
기 위해 두 얼굴을 하는 것은 이중인격자二重人格者가 된다는 것을 되새겨 보
기 바란다.

15. 양심불량과 도덕 불감증자가 많다

양심이란 어떠한 일의 옳고 그름을 판단하는데 있어 그렇게 행동하지 아
니하고서는 자신의 인격적 존재가치가 허물어지고 말 것이라는 강력하고
진지한 마음의 소리라고 정의하고 있다. 양심과 도덕은 사람의 기본적인 인
성의 바탕이다. 양심이 없으면 수치심도 느낄 수 없다는 말이 있다. 우리 사
회에 배움의 높이와 관계없이 양심의 도덕 불감증자가 너무 많다. 도덕 불
감증은 감각이 둔하거나 익숙해져서 별다른 느낌을 갖지 못하고 스스럼없
이 한다.

강남역 참사에 구조는커녕 사진 찍어 퍼나르기에 급급한 상식 밖의 누리
꾼에 도度 넘은 도덕 불감증에 비난이 쇄도했다. 심지어 한 남성은 스크린도
어와 전동차 사이에 낀 시신의 모습을 사진으로 찍어 온라인 커뮤니티에 퍼
트리는 심각한 비윤리적 도덕 불감증을 개탄한다.

아버지 사망 사실을 숨기고 9년간 국민연금공단으로부터 1000만 원이 넘
는 노령연금을 받아 온 혐의로 기소된 50대가 징역형을 받았다.

대법관, 헌법재판관 후보자 중에 본인은 법관을 하면서 위장전입 수차례
하고서 국민의 위장전입은 주민등록법 위반으로 실형을 선고한 판사들이

다. 자기들의 위장전입은 문제가 될 것 없다니 양심 불량자 아닌가? 적어도 양심이 있으면 이 재판은 내가 맞지 않겠다는 기피신청은 해야 마땅하다. 역시 힘 있는 법관은 위법도 뭉개고 사는 양심 불량의 형태를 보여주고 있다. 힘없는 국민만 지켜야 하는 주민등록법이라면 모든 국민은 법 앞에 평등하다는 헌법 11조는 무의미한 사문이 되고 만다.

공장이나 창고를 임대하여 불법 쓰레기 산을 만들어 놓고 도주해 버린 양심불량업자. 이들이 버린 쓰레기는 전국에 120만 톤이나 된다고 한다. 뿐만 아니라 식품 유통기간 고쳐 팔기, 중국 소금 수입하여 신안소금 포장갈이, 애완견 출입금지라는 현수막이 걸려있는 데도 아랑곳 하지 않고 같이 수영하는 막무가내 사람들, 실직자인 동생이 해외로 떠나자 얼굴이 닮은 형이 8개월간 실업급여 타 먹고, 한 회사 대표는 가족 6명을 직원으로 채용해 정부에서 주는 고용촉진지원금, 고용안정지원금 등을 받아 챙겼다. 심지어 유령직원 넣고, 대리출석 시키고, 중개인까지 끼어든 부정수급이 기승을 부리고 있다. 임진강, 팔당 오·폐수. 수질치수 2만 번 조작. 경기도 포천시의 A공공 하수처리장은 4만여 명의 포천 시민이 쓰고 버린 하루 2만2,000여t의 생활하수가 처리돼 인근 포천 천으로 쉴 새 없이 흘러들어간다. 처리장에 설치된 수질 원격감시장치(TMS)는 방류수 수질을 한 시간 단위로 측정하고 있었다. 하지만 이곳 A하수처리장을 운영하는 위탁업체는 이 TMS장비를 5년 동안 2만 번 넘게 조작한 것으로 드러났다. 이로 인해 오염도가 높은 방류수가 한탄강을 거쳐 연천군과 파주시의 상수원인 임진강으로 흘러들었다.

본인 논문에 미성년 자녀를 공동저자로 만들어 진학 특혜 보려는 부모와 부모의 과욕에 부역하는 양심불량 학자들이 넘쳐난다. 서울 모 여자고등학교 교무부장이 자기 쌍둥이 자녀에게 시험문제지와 답안 알려주어 실형선고 받은 사건의 비뚤어진 자식 사랑, 석 박사학위 논문 대필해 주고 돈벌이

하는 교수들, 장사꾼 해외학회에 참석한다는 핑계로 국비로 여행가는 교수들, 배운 자나 못 배운 자나 양심불량은 다를 바 없다.

개인소득이 있는 데도 위장 전입해서 건강보험료를 경감 받거나, 별도 사업 소득이 있으면서 피부양자로 등록해 건강보험료를 한 푼도 내지 않는 수법. 또 근로자 없는 1인 사업체에 가족을 근로자로 등록하고 직장 가입자 혜택을 받도록 속여 건보료를 덜 낸 자가 2107년부터 2019년 8월까지 허위직장 가입자가 3,202명이고 탈류한 건보료는 163억2,300만 원에 달했다고 한다.

가족은 없는 데 8년간 가족수당 빼먹은 서울교통공사 직원들. 서울지하철 1~8선을 운영하는 서울교통공사 직원 A씨는 2015년 1월부터 2018년 말까지 48개월간 회사에서 월급과 별도로 다달이 9만 원씩 받았다. 부양가족과 함께 사는 직원에게 나오는 가족수당이다. 배우자 몫으로 4만 원, 미성년자인 셋째 아이 몫으로 5만 원을 수령했다. 하지만 그는 이혼했고 친권까지 상실한 상태여서 가족수당을 받을 자격이 없었다. 무자격인 그가 4년간 받아간 수당은 432만 원에 이른다. A씨처럼 교통공사 직원 수백 명이 가족수당을 부정 수급해 온 사실이 뒤늦게 적발되었다. 이들은 가족이 사망하거나 이혼, 분가해 수당 지급 대상자에서 제외되었다는 사실을 교통공사 측에 알리지 않고 총 1억2,000여만 원을 타간 것으로 밝혀졌다. 이처럼 도덕적 해이가 심각한 데도 교통공사는 이 중 일부만 검찰에 고소했다.

일부의 KBS 아나운서들이 2018년 수당 받으려 휴가를 쓰고도 근무한 것으로 기록해 1인당 약 1,000만 원의 연차 보상 수당을 수령했다. 2019년에 이런 사실이 밝혀져 반납한 것으로 알려졌다. 어디 이런 양심불량자들이 KBS만 있는 현상이 아니고 덮혀 넘어가는 조직이 수없이 많을 것이다.

세금체납자 비밀서랍에 골드바, 현금뭉치 숨긴 불량국민. 부동산 양도소득세를 내지 않기 위해서 매도대금으로 받은 수표 17억 원을 88차례 은행을 방문해 조금 조금씩 현금으로 바꿔 사위 명의의 대여금고에 넣어 둔 것을 끈질긴 국세청의 추적 끝에 찾아내었다. 12억짜리 고급 오피스텔을 매도한 B씨는 탈세를 위해 배우자와 위장 이혼까지 했다. B씨는 위장 이혼한 배우자 명의로 부동산을 구입하고 나머지 매도대금은 현금으로 바꿔 집안에 숨겼다. B씨 집을 수색한 국세청 직원들은 거실 비밀 수납장에서 현금 7,000만 원, 골드바 3kg 등을 압수했다. 함께 발견한 명품시계까지 매각해 끝내 세금 2억3천만 원을 받아 냈다.

국세청에 의하면 자신의 명의로 된 재산은 전혀 없게 해두고 세금을 내지 않고 호화생활을 하고 있는 체납자들이 너무 많다는 것이다. 국세청은 해외재산 도피를 위해 약 1만3천여 명의 출금 금지를 시켜두고 있으며 개인, 법인하여 총 체납액은 5조2천여억 원이라고 한다.

수십억 재산가도 건강보험 채납하는 나라

십 수억 원의 재산과 소득이 있음에도 불구하고 건강보험료를 장기간 체납하고 있는 도덕 불감증이 심각한 문제가 되고 있다. 국민건강보험공단은 수십억대의 재산가인 A씨와 B씨 등 건강보험료를 상습적으로 체납하는 가입자에 대해 재산압류통보와 일정한 단계를 거쳐 재산공매를 진행할 방침이라 한다.

통계에 의하면 장기 체납한 전문직 종사자가 225명(체납액 약 9억 원)이고 재산이 있는 장기 고액 체납자 3만7,649가구(1229억 원)를 특별관리 대상으로 하여 납부를 독려할 것이라 한다. 가진 자들이 건강보험료를 장기간 체납한 액수가 천억 원 넘는 다 하니 양심 불량이 도를 넘는 치사한 짓이다.

옛말에 "윗물이 맑아야 아랫물이 맑다"고 하듯 사회지도층이 솔선수범해야 하는데 도덕성이 해이되어 도덕사회로 견인하지 못하고 있다. 지도층의 도덕 불감증은 국회의 인사청문회에서 적나라하게 드러나고 있다. 지금 이 나라의 지도층, 권력층에 도덕적인 문제가 없는 사람이 존재하는지 궁금하다. 선거 또는 국회 청문회를 통해 도덕적인 검정절차 없이 임명직에 오른 사람들과 경제계의 인사들 중 털어서 먼지 나지 않는 사람이 얼마나 될지 모르겠다. 지도층이 되려면 자식을 포함해서 군대에 안 보내고, 위장전입도 하고, 부동산투기에 세금포탈도 하며 자녀들의 국적도 이중적으로 해 놓아야 가능한 것인가? 아무리 능력이 출중해도 그 사람들이 높은 도덕성과 특권의식을 버렸을 때 국민들이 믿고 따르는 지도자가 되는 것이다.

지자체 의회 의원들의 저질적 특권의식으로 해외연수에서 보여주는 추잡한 형태는 도덕 불감증을 넘어 양심 불량의 극치를 보여주고 있다.

주민의 세금으로 지역발전을 위해 많이 배우고 견문을 넓혀 지역사회 발전에 도움 되는 일을 할 수 있도록 외화비용을 써서 특정한 의원들에게 기회를 준 것인데 여성 접대 주점을 찾고 서로 주먹질을 하는 모습은 내가 무엇 때문에 해외연수를 왔는지를 망각하고 이렇게 해서는 안 된다는 본분 상실을 못 느끼는 행동이 문제인 것이다.

세월호 사건에서 본 선박회사나, 선장, 해운 관련 국가기관의 도덕성 해이, 특히 수백 명의 승객을 태운 배가 침몰하는 와중에 제 혼자 살겠다고 팬티 차림으로 먼저 탈출하는 선장의 행동은 도무지 이해가 되지 않는 도덕심 불량자이고 세계인에 대해 창피하기만 하다.

비윤리적 예약문화 no-show의 양심불량

"no-show"란 사전예약 해두고 정작 시간이 되면 나타나지 않는 비윤리적 행동을 말한다. 우리나라는 노쇼가 세계 1위 수준이라는 불명예 스런 국가로 나타났다. 예약 부도인 노쇼는 유럽의 부도율이 4~5%인데 비해 우리

나라는 3배 이상 높은 것으로 조사되고 있으며 5대 서비스 업종이라는 음식점, 병원, 미용실, 공연장, 고속버스의 경우에는 그 이상인 것으로 알려졌다.

예약 부도로 인해 연간 손실액이 2016년에 4조5천억이라는 매출 손실이 있었다고 밝혀진 바 있다. 이런 노쇼의 비윤리적 행동은 사회가 복잡해질수록 점점 심화되는 것으로 알려졌다. 사전예약한 사람들이 그 약속을 지키지 않으면서도 한마디 변명도 없고, 심지어는 연락조차 없이 나타나지 않으므로서 엉뚱한 사람들이 피해를 입게 되는 있는 것이다. 이런 no-show는 사회 곳곳에서 나타나고 있다.

1) 식당예약 no-show

2) 관람, 공연권예약 no-show

3) 호텔, 리조트, 숙박업 예약 no-show

4) 항공권, 철도, 고속버스예약 no-show

5) 자원봉사자들 no-show

6) 병원예약 no-show

7) 경찰에 사고 신고하고 정작 현장에 가면 전화 안 받아 no-show.

특히 외식업계에서의 제일 진상 고객은 여러 종류가 있지만 그중 1위는 no-show 고객이라는 것이다. 예약을 하는 것은 먼저 레스트랑에서 기다리지 않고 이용할 수 있고, 그 다음은 좋은 자리에 앉을 수 있다.

그리고 모시는 분에게 좋은 인상을 줄 수 있게 하는 것이다. 즉 자기를 위하여 사전에 자리를 예약해 주었다는 호감을 줄 수 있다. 그러나 부득이 한 사정으로 취소가 불가피할 경우에는 사전에 취소해 줌으로 준비음식물에 대한 피해를 입지 않게 하는 매너인 것이다.

만일 no-show일 경우는 준비된 식자재를 버려야 하는 피해는 엄청난 것일 수 있다. 그러나 예약한 사람은 피해가 없기 때문에 가볍게 생각할 수 있겠지만 업소로서는 다른 예약 손님을 받지 못하는 피해도 생긴다. no-show

는 그 사회의 문화수준의 바로미터라 할 것이다. "화장은 하는 것보다 지우는 것이 더 중요하고, 예약은 하는 것보다 취소하는 것이 중요하다"는 말을 기억할 필요가 있다.

자식 양육비 안 보내는 "못된 아빠들(bad fathers)"의 양심불량을 호소하는 엄마 한 씨는 전 남편의 외도로 두 사람은 재판으로 이혼을 했다. 법원은 한 씨에게 양육권을 인정하면서 전 남편에게 아이가 성인이 되는 2028년까지 매달 60만 원을 지급하라고 판결했다. 하지만 전 남편은 한 번도 지급하지 않았다. 다니던 회사도 그만두고 아파트, 차량 등의 명의도 바꿨다. 거주 불명 상태의 전남편을 찾기 위해 경찰에 휴대전화 위치추적도 요청했지만 "범죄자가 아니라 불가능하다"는 것이다. 한 씨도 아들의 양육을 위해 직장에 나가고 있으나 어렵게 생활하고 있어 양육비소송을 하자니 비용도 많고 시간도 오래 걸려 포기한 상태이다. 법원판결을 받은 뒤에도 양육비를 주지 않는 '나쁜 아빠'가 많다는 것이다.

2012년 여성가족부의 조사에 따르면 한 부모 중 양육비를 전혀 받지 못한 이들은 83%가 넘는다는 것이다. 유치원을 운영하는 전 남편은 외제차를 몰고 다니면서 두 딸의 양육비는 한 푼도 주지 않으면서 "억울하면 소송하라"며 버티고 있어 아르바이트로 100만 원 정도 벌어 생활비를 겨우 충당하고 있다고 한다.

현행법상 "양육비 미지급"은 일반적인 채무 미이행 사건처럼 소송을 통해 받아 내는 수밖에 없다. 소송비가 수백만 원 들고 기간도 길게는 3년 이상 걸리고, 승소하더라도 재산을 숨겨버리면 불가능하다. 그래서 "무책임한 아빠들"을 고발하는 사이트를 만들어 신상을 공개하고 있다. 법적으로 문제는 있지만 "아빠의 초상권"보다 "아이의 생존권"이 우선 되어야 하는 가치라고 밝혔다. 선진국에서는 양육비 미지급행위를 "아동학대로" 본다.

스웨덴, 노르웨이, 미국, 영국 등은 양육비 지급의무를 이행하지 않는 사람의 운전면허를 정지하거나 여권을 발급해주지 않는다고도 한다. 판결에 의한 양육비 지급의무를 이행하는 사람이 전체에 15%밖에 안 된다니. 애들의 먹고 자라는 비용을 부모가 보내지 않는 것은 천륜을 거역하는 자식의 학대가 분명할진대 이런 인성을 가진 한국인, 인간으로서 양심을 바닥 친 아빠들의 모습은 참으로 우리 사회를 서글프게 하고 있다(양육비를 주지 않는 아빠의 신상을 공개하는 배드파더스 사이트가 생겼다. badfathers.or.kr).

"양육비해결 모임"이 나쁜 부모에 대하여 양육비를 정부가 먼저 대代 지급하고 이를 생부(생모)의 소득에서 원천징수할 수 있게 제도를 입법해 달라는 청와대 국민청원에 20만 명이 넘게 동참했고 국회의 입법 촉구를 강력히 요구하고 있다.

정부는 2015년 "양육비 이행관리원"을 세웠다. 설립 이후 3년간 비양육부모로부터 양육비를 받아준 경우는 총 2천679건에 275억 원으로 집계되었다고 한다(양육비 이행관리원). 전화1644-6621(www.childsupport or. kr)

현재 여성 국회의원들이 대표 발의한 양육비 미지급 문제 해결을 실효성 있게 하기 위한 법안이 국회에 계류 중에 있다. 이들 법안에는 양육비 미지급시 출국 금지 및 운전면허 제한, 양육비 미지급자의 신상공개 및 형사 처분 등의 내용이 담겨있다.

위에서 지적한 바와 같이 이런 행위에 대한 부끄러움이나 창피함 그리고 미안함을 느끼지 못하는 만성화된 의식이 심각한 문제가 되고 있는 것이다.

16. 신중하지 않는 갈대근성(이성적이지 않고 감성적으로 행동한다)

특히 언론의 표현을 그대로 진실로 믿는 경향이 심하다. 그러나 공영방송이나 언론의 보도도 전부 사실로 검증된 것이 아니다. 특히 확실하게 의학적으로 검증되지 않은 건강정보를 그대로 맹신하고 섭취한다.

방송에서 민간 의약재로서 어디에 좋으며 크게 효과를 보았다는 체험담까지 곁들이면 지푸라기라도 잡는 심정으로 구매하게 된다. 나이가 들면 어디 안 아픈 곳이 있겠나, 그러다 보니 창고에 약재가 쌓이게 된다.

하기야. 어느 의사는 자고 나서 아침에 차가운 육각수 한 잔을 쭉 매일 마셔라, 또 어떤 의사는 자고 나서 찬물은 체온과 온도 차가 심해 안 좋으니 따뜻한 물을 두 잔씩 마시면 좋다. 쏟아지는 건강정보에 시청자도 헷갈리게 하고 있다. 방송 따라 유행 따라 친구 따라 우르르 몰려다니는 형태는 방송 언론도 문제가 많지만 신중하지 못한 국민성도 좀 더 이성적이기를 바라고 싶다.

어떤 음식이 장사 잘된다, 하면 너도나도 개점하는 쏠림현상으로 좀 잘되던 식당들도 함께 문을 닫는 꼴이 된다. 커피 바람이 불어 커피숍이 한 집 건너 한집 현상으로 늘어나면서 커피 수입이 수십 배로 늘어나고 이 현상이 거리에 커피 들고 다니는 것이 버릇처럼 되었다. 커피 마시는 바람은 유행을 넘어 갈대 바람이 아닌 훈풍으로 자리 잡아가고 있는 것 같다.

남이 무언가를 할 때 덩달아 졸졸 따르고, 그렇지 않으면 불안해하는 마음 상태를 두고 "밴드왜건효과(bandwagon effect)" 즉 편승효과라고 한다. 경제학에서는 어떤 상품에 대한 수요가 다른 사람들이 그 상품을 선택하는 데 큰 영향을 미치는 현상을 말한다. 평창 동계올림픽으로 유행했던 평창 롱패딩이 대표적인 사례인데 롱패딩을 입은 아이돌 그룹이 매스컴에 등장하면서 많은 학생들이 교복처럼 롱패딩을 사 입게 되었다. 제품업자들만 졸지에 대박을 치게 쏠림효과를 보았다.

MBC "나 혼자 산다" 프로에 여성 걸 그룹 "마마무" 멤버인 "화사"의 단골 곱창 집으로 화제가 된 이 집은 서울 장한평에 있는 "대한곱창"이다. 화사가 곱창 먹방에서 민낯과 소탈한 모습으로 맛있게 먹는 것이 방영 후 전국의 곱창집들이 곱창이 떨어져 곱창 대란을 일으켜 방송 후 파장이 굉장했다. 곱창은 소나 돼지의 작은창자이다. 곱창은 식품 건강관련 전문가들의 설문 조사에서 되도록 피하는 음식 3위로 포화지방 덩어리여서 몸에 좋을 수가 없는 식품이라 하는 데 한 연예인이 소박하게 맛있게 먹는 모습이 곱창 음식 시장을 화끈하게 살려놓았다. '뭐가 맛있다' 하면 가을바람에 갈대가 쓰러지고 밀리듯이 한쪽으로 무비판적으로 쏠림현상을 보여 주는 습성이 있다.

전국 지방자치단체마다 축제가 생겨나고 있다. 다른 지자체도 하니 우리도 하나 만들어보자 그러다 보니 겹쳐지는 행사가 늘어나고 있다. 이렇게 신중한 검토 없이 너도나도 해보자 하니 전국에 6개 지역에 "비엔날레" 행사가 생기기도 했다는 것이다. 특정한 개성과 지역성 없는 행사는 예산 낭비만 되고 지역사회에 아무런 도움이 되지 않는 행사가 되고 마는 것이다. 남이 하니 우리도 해보자는 바람 따라가는 축제보다 면밀한 검토와 장기적 연구검토 후에 만들어진 축제라야 성공적 행사가 될 것이다.

우선 사람들을 열광시킬 수 있는 평소에 "하지 않는 것" "해서는 안 되는 것" "할 수 없었던 것"이 무엇인지 찾아볼 필요가 있다. 사람들은 일상에서 볼 수 없었던, 일상에서 해방된 것을 보고 싶어 하기 때문이다. 또한 지역주민을 끌어안을 수 있는 기획과 주변의 행사처럼 일상의 나열식은 금물이라 생각된다.

이웃 일본은 "축제의 나라"라는 말을 붙여도 지나치지 않을 정도로 많은 축제가 열리는 나라다. 매년 2,500개의 축제가 계절마다 열리는 일본의 사계절 축제는 지역마다 고유의 축제가 열려 국내 외 관광객을 끌어 모으고 있다. 우리의 일상에는 수없이 시대에 따라 유행의 흐름이 변화무쌍하다. 그 흐름은 사조의 흐림일 뿐이다. 특히 사업의 영역에선 한 번의 신중하지 못한 판단이 기업의 영고성쇠의 갈림길이 되듯이 축제도 시작단계의 판단에서 바람 타는 갈대는 금물이라고 생각된다.

한국인은 좋다는 말과 마진이 좋다는 말에 신중하지 않게 현혹되어 후회하는 모습을 자주 보게 된다. 심하게는 사기꾼의 좋은 조건에 말려들어 노년에 가정에서 경제력을 잃고 자식들에 기대어 사는 것도 자주 보게 된다. 다시는 회복시킬 시간이 없는 노년기에는 신중에 신중을 당부 드리고 싶다.

17. 돈과 빽으로 해결하려는 청탁습성(請託習性)

1) 사고가 터지거나 큰일을 만들고자 하면 연줄(백)부터 찾는 청탁근성이 있다. 누구의 형이 검사, 누구의 삼촌이 판사, 아빠 친구가 경찰서장이야 잘 부탁하면 구속은 안 될 거야, 하는 생각부터 먼저 한다. 사건을 잘 풀려면 전관 판검사 출신 변호사 찾기가 바쁘다. 좀 더 구체적으로는 판검사의 고교, 대학, 연수원 동기 등의 연줄을 찾아서 부탁하려 궁리를 한다. 사건의 정확한 판단과 자기 잘못이 없는 가는 다음 문제로 삼는 경향이 있다.

2) 입사채용의 인맥청탁 찾기. 기관장, 은행장이 누구의 친구다 연줄 찾아 기회를 찾으려 한다. 선진 국가에서 생각이나 할 수 있는 일인가, 이런 청탁문화가 관행처럼 젖어온 습관들이었다. 청탁이 다른 한 사람의 입사기회를 뺏는 행위라는 것을 망각하고 있다. 이제는 청산되어야 할 적폐로 각계 각 기관의 청탁과 압력 채용의 근절을 위하여 채용비리 강풍이 불고 있다.

김성태 국회의원 딸 KT채용청탁, 강원랜드 청탁채용사건 심지어 대통령 아들도 청탁 부정채용이 아니었나 하는 야당의 공세도 있다.

3) 공공기관, 군의 승진, 요직이동. 인맥 청탁은 장관, 국회의원, 청와대 연줄 찾기 심하게 이용하려 하고 있다.

4) 빽을 찾는 청탁 근성 때문에 기회는 평등하고 과정은 공정하고 결과는 정의로운 사회를 만들지 못하고 불공정 사회로 기울게 되고 있다.

5) 정경심 전 동양대교수가 자기가 만든 딸 표창장 발급을 총장님께서 위임했다고 애타게 청탁하여 사문서 위조죄를 면탈하기 위하여 총장에게 거짓말을 해 달라 청탁했다.

6) 사건과 이권이 있는 곳마다 부정청탁이 난무하니 이를 막아 보자는 노력의 일환으로서 부정청탁방지법까지 만들게 되었다(부정청탁금지 및 금품 등 수수의 금지에 관한 법률). 전 국민권익위원장이 추진했던 법안으로 일명 "김영란 법"이라고도 한다.

7) 국회의원의 취업청탁

지역구 선거 참모들의 자식들 취업부탁 이력서 받고 거절하기 어렵다. 승진에 인사이동에 힘써 달라. 경찰에 ○○사건으로 조사 받고 있는데 손 좀 써 달라. 사업 인허가 청탁, 금융기관 대출 청탁, 역시 청탁이 쏟아지는 곳은 선출직 국회의원, 지차체장, 교육감 등에 집중된다.

강원랜드 과거 새누리당을 전직 의원 총 7명이 69명의 부정취업 청탁에 41명 합격했다는 것이다.

8) 서류전형과 필기시험에 합격했고, 면접이 며칠인데 손 좀 써달라는 청탁도 많다.

9) 서영교 국회의원의 지역구 참모의 자제 사법부 재판 형량 감형 청탁 사건으로 물의를 빚었다.

10) 유재수 부산시 경제부시장의 금감원 정책국장 재직 시 금품수수 사건은 청와대 특검반의 비리조사 무마 사건으로 지금도 재판 중이다.

18. 대충대충 안전 불감증

1) 금연구역 단속은 하는 둥 마는 둥 담배 연기만 자욱.

2) 야외 개 몰고 다니는 것 규정대로 단속하고 있는가? 우리 개는 물지 않는다고 입마개 않고 다니는 개 주인들, 하나 마나 하는 단속으로 개에 물리는 사람만 늘어나고 있다.

3) 지하철, 전동차 내에 장사 행위의 대충대충 단속으로 수십 년 지나도 단속 근절은커녕 도로 아미타불이다.

사실 지하철 객실 내 상행위는 철도안전법 제47조에 위반되는 명백한 불법행위다. 하지만 오랜 기간 우리의 삶 속에서 당연한 듯이 존재해 왔으며 IMF 이후에 어쩔 수 없는 사정처럼 되었다. 세계 어느 지하철에도 없는 한국형 차내 판매행위는 뿌리가 없는 것은 아니다. 6·25전쟁 후 그 힘들던 시절 지하철도 없을 때 시내버스 안에서 노래 한곡 하고 껌, 머리 빗, 볼펜, 도루코 면도기 팔던 차내 장사는 많았다. "하늘마저 울던 그 밤에 어머니를 이별을 하고 원한의 십년 세월 눈물 속에 흘러갔네. 나무에게 물어봐도 돌부리에 물어봐도 어머니 계신 곳을 알 수 없어라 찾을 길 없어라." 이런 애절한 노래 한 곡하고 어머니, 누나, 삼촌 껌 한 통 사달라는 그 코흘리개가 문득 생각난다.

4) 지하철 에스컬레이터 "뛰거나 걷지 마세요"라는 말은 손잡이를 꼭 잡고 두 줄서기라는 말이다. 그래서 걷거나 뛰지 말고 한 줄로 서고 빈 줄에는 걷지 말라는 것이다. 그러나 애초에는 한 줄을 서고 바쁜 사람은 빈 줄로 가라고 하는 것이 대세였다. 이제는 두 줄서기 표시를 하고 있으니 이용객 간에 혼돈이 일고 있다. 앞을 가로막고 있다고 시비도 생기고 있다. 기계고장에 별문제가 없다면 일본, 대만, 캐나다, 유럽 등과같이 한 줄서기로 했으면 한다.

5) 법은 잘 만들고 시행과 운영은 제대로 하지 않는다. 아무리 좋은 법을 양산해도 집행이 대충대충하면 있는 법은 장식품밖에 안 된다. 어린이집, 유치원 지원 자금 보내고 부정사용 감사하고 꼼꼼히 챙기지 않으니 본래 지원 취지와는 달리 세금이 줄줄 새고 있어 온 사회가 호들갑이다. 농어촌 지원 사업을 비롯한 그 많은 국가지원을 들이부어도 효과를 제대로 내지 못하고 있다. 이 모든 것이 주기만 하고 어디로 새고 있는지 감독하지 않으니 못 먹는 놈이 바보라는 말이 나오는 것이다.

내 돈 내 살림이면 그런 일이 생기겠는가? 국민세금 소중히 생각하지 않고 내 돈도 아닌 것 대충 대충하는 공직자가 있는 한 효과 기대는 공염불이 될 것이다.

6) 공무원 해외연수는 주제에 맞는 연수계획을 꼼꼼히 수립하지 않고 연수 주선 여행사에 일임하여 정책 주제를 만들어 달라하고 연수 자체에 대해서는 관심 없고, 연수를 관광이나 해외 바람 쐬는 심정으로 출발한다는 것이다. 연수방문 기관과 섭외가 부실하여 무작정 방문하여 거절당하기도 하고 국제적 망신을 당하기도 하는 사례가 흔하다는 여행사의 실토이다. 연수 보고서도 돈 줄 테니 써달라는 대필 보고서로 때우고 있는 대충대충 헐렁한 연수형태 세금만 낭비하고 있다.

7) 부산의 한 전문대학에서 사단법인 한자교육진흥회가 주관하는 한자 자격시험 4급 시험이 치러졌다. 이날은 이 대학 학생 61명이 2개 강의실에서 시험을 봤다. 그런데 시험 시작 뒤 감독관 두 명이 고사장 밖으로 나가 장시간 자리를 비운 것으로 알려졌다. 감독관 중 한 명은 이 대학에서 한문을 강의하는 교수였다. 학생들은 감독관이 자리를 비운 뒤 휴대전화로 인터넷을 검색해 답을 적기도 했다. 시험장에는 통신기기나 전자기기를 휴대할 수 없게 되어 있는 데도 이런 부정행위가 자행되고 감독하지 않는 교수는 왜 입실했던가? 이게 스승인가 놀러 온 건달인가?

8) 학교 교육이 도입된 지도 수십 년이 경과했는데도 아직도 전국적으로 시험지 관리부실로 재시험 사례가 많고 교사들이 본분을 지키지 않고 유출시켜 교직을 떠나야 하는 사례도 모두 대충대충 기질에서 오는 결과다.

9) 사회봉사활동 시간관리 흐지부지

운동선수 병역특례 봉사활동도 서류 조작 의혹이 계속 문제가 되고 있으며 부실한 관리감독이 지적되고 있다. 국회 청문회에서 지적된 바에 의하면 중고생 학생봉사활동 확인서의 68%가 실제 봉사시간보다 더 늘려 확인서를 발급해주고 있다는 것이다.

10) 헐렁한 정책이 복지비 누수로 줄줄 새고 있다.

1,500억 자산가가 생활이 어려워 최저생활을 지원하는 "차상위 계층"이 되어 기저귀, 조제분유 구매까지 지원받을 수 있겠끔 운영되고 있음이 감사원 조사에서 밝혀졌다. "국민기초생활법"에 의하면 생활유지 능력이 없거나 생활이 어려워 최저생활을 보장하고 자립 지원할 필요가 있는 "기초수급자"와 "차상위 계층"으로 정해져 있다. 차상위 계층은 중위소득의 50% 이하인 계층을 말한다. 전국적으로 144만 명에 달한다. 이들에게 세금을 넣어서라도 이런 빈곤층이 최소한의 삶의 질을 유지할 수 있도록 해야 건강한 사회라는 취지의 제도인데 그런데 이런 어처구니없는 일이 벌어진 것은 신청자의 소득, 재산을 조사해 중위 소득 50% 이하 여부를 가려야 하는데 "조사비용이 많이 든다"는 이유 등으로 간이방식인 건강보험료 납부액을 기준으로 대상자를 선정했기 때문이다. 조사비용 많다고 편하게 간이방법을 택해서 빈곤층에 돌아가야 할 세금이 엉뚱한 곳에서 줄줄 새고 있는 것이다.

11) 북한에선 일을 건성건성, 대충 대충하다가 총살당한 사람도 있다는데 우리도 정신 좀 차리고 혈세 낭비 막아 보자.

12) 도로명 주소 시행이 2014년 1월 1일부터 전면 사용이 시행되었다. 6년이 되는 지금까지 전면 사용이 되지 않고 혼용되고 있다. 혼란스럽다. 엄

청난 세금투자로 만들어진 계획이 허지 부지한 느낌을 주고 있다. 어차피 시행해야 할 거면 전면 적극적 실시에 노력해야 할 것이다. 그래야 두 종류의 주소혼용을 막을 수 있기 때문이다.

13) 대충대충 안전 불감증

안전 불감증이란 모든 것이 안전할 거라고 생각하며 위험은 없다고 생각하는 사람들에게 나타나는 증상. 원래 불감증은 성적性的인 느낌이 부족하다든가 없다는 뜻이겠지만 지금은 인간사 무슨 일이든 반응이나 느낌이 부족하다는 의미로 쓰고 있다. 어리석어서 사고를 예측할 능력이 없는 경우, 요행을 바라는 마음이 사고를 예상하는 마음보다 강해서 설마 하고 사고를 무시하는 경우, 잘하면 사고가 나지 않을 수도 있으니 이번만은 안전은 생각 말고 진행해 보자의 경우, 안전을 생각하면서 살아가는 일상에서 잠깐 잊어버리는 경우, 위험에 노출되면서까지도 위험함을 느끼지 못하는 경우 등 어리석은 사람들이 사는 사회에선 같은 사고가 계속 나고 있다.

14) 희생 뒤에야 뒷북 입법 호들갑 (윤창호 법 등)

국회의원 300명이 선제 입법을 못하고 꼭 국민의 죽음과 희생이 있고 나서야 호들갑으로 입법하는 형태는 소 잃고 외양간 고치(亡牛補牢)는 식이다.

뒷북 입법을 보면 만취 상태의 운전자 차에서 치어 뇌사상태에서 사망으로 인한 음주운전 교통사고의 처벌강화에 따른 법률개정(유창호 법), 위험의 외주를 방지하기 위해 도급작업 등 유해하거나 위험성이 매우 높은 작업에 대해 도급을 원칙적으로 금지하는 산업 안전법 개정(김용균 법), 서울 송파구에서 생활고를 비관한 모녀 셋이 방 안에서 번개탄을 피워놓고 동반 자살한 사건을 계기로 국민기초생활 보장제 사각지대를 보완(송파 세 모녀 법), 시나리오 작가 최고은 씨가 생활고에 시달리다 사망한 사건으로 예술인복지를 강화(최고은 법), 스쿨존 내의 속도 제한(민식이 법) 통과 등 사전

대비 점검하고 준비하는 선제 입법은 없고 버스 떠난 뒤 손드는 꼴이 지속되고 있다.

이 모든 대형사고는 쉽게 망각하는 버릇을 가진 우리가 원인이다. 망각이 되풀이되기 때문이다. 어쩌면 애석하지만 같은 일이 반복될지도 모른다. 사고를 철저하게 대비하는 사람도 국가도 있다는 것을 잊지 말아야 할 것이다. 우리 안에 뿌리 깊은 안전 불감증과 건망증이 치유될 때까지 노력해야 한다.

지금도 일상으로 지켜지지 않는 사례들

평소 안전점검 확인 소홀, 시설미비 개선 소홀, 자동차 안전벨트 미착용, 공사현장 화재예방 사전대책소홀과 안전모 미착용, 가스 안전벨브관리 소홀과 미확인, 놀이시설 안전점검 부실, 국민 안보 불감증, 북한의 서울 불바다 협박에도 놀라지 않는 한국인의 안보불감증에 세계인이 놀람, 혹한 폭설에도 등반, 낚시인들 해상안전 안 지키기, 침수 대피령 안 지키고 음주 상태 해수욕, 신호등 안 지키고 횡단하면서 신호 지키는 친구보고 너는 뭐하고 있어 하는 학생, 스마트 폰 보면서 운전하는 버릇, 걸으면서 앞은 안 보고 스마트 폰 문자작업 등 모두가 불감증 증상이다.

일본의 릿쿄대학 하가 시계루 교수는 안전 불감증은 우리 마음속 깊은 곳까지 뿌리내리고 있다. 인재人災를 없애려면 안전관련시스템을 개선하는 것이 중요하지만 한편으로는 "늘 이렇게 해도 별 일 없었잖아. 난 베테랑이야" 같은 생각을 경계하고, 돌다리도 두들겨 보고 건너는 조심성을 길러야 한다는 것이다. 꺼진 불도 다시 보자. 자동차를 오래 몬 사람이 더 큰 사고를 내고, 원숭이도 나무에 떨어진다. 프로선수처럼 스키를 잘 타는 사람들이 사고가 나면 크게 다 친다. 역시 자만의 결과다.

윤창호 법이 시행되자 바로 음주운전 특별단속에 19명이 걸려들었다. 얼마나 안전 불감증의 늪에 빠져있는지를 실증으로 보여주는 모습이다.

사회적 재앙의 주체인 사람이 변하지 않고는 재앙은 끊임없이 발생할 수밖에 없다. 세월호의 침몰로 엄청난 참사를 당하고 추모와 다시는 이런 사고가 없게 하자는 다짐으로 노란 리본을 가슴에 붙이고 배낭에 달고 다니지만 대형 안전 불감이 빚은 사고가 끊이지 않고 있다. 이렇게 낮은 안전체감도와 안전중시도를 높여야 한다. 우리의 안전문화 의식을 어떻게 높여야 할 것인가, 철저한 교육과 엄격한 규정의 준수 그리고 처벌의 강화가 있어야 할 것이다.

1) 세월호 참사도 해운 규정 안 지키고, 화물적재 초과하고 대형 화물결박 규정 안 지키고, 평형수 규정 안 지키고, 설마 침몰이야 하겠나? 승객보다 선장이 먼저 탈출하고 승객이야 알아서 제 살길 찾아 나오겠지, 이런 무책임한 안전 불감증이 대참사를 불렀다.

2) 소방안전 점검 대충 대충하고 안전도 점검결과 AA+ 받고 며칠 후 대형화재사고 발생 사례가 많다. 승강기 안전점검 AA받은 승강기는 며칠 후 도루래가 마모 되어 추락하여 주민 5명 2시간 동안 공포에 떨며 시간 보낸 경우도 있다. 혹시 검사원이 돈 봉투 받고 대충대충 헐렁헐렁했던 것 아닌지 의심스럽다.

3) 안전 불감증으로 대형 참사를 일으킨 사건들을 열거해 보면 와우아파트 붕괴, 구포역 인근 열차탈선 전복, 부안군 서해페리호 침몰, 성수대교붕괴, 대구 상인동 가스폭발사고, 삼풍백화점붕괴, 씨랜드청소년수련관 화재, 이천 냉동 창고 화재, 우면산 산사태, 경주 마리나 오션 지붕붕괴, 세월호 참사, 판교 테크노벨리 축제 환풍기 추락, 이화여대 신생아 사망, 제천 스포츠센터 화재참사 등 모두 대충대충 안전 불감증 국민성이 빚은 인재였다.

4) 강남구 삼성동의 대종빌딩이 9개월 전에 건물안전등급 A에서 재검사

결과 건물이 심각하게 노후화되어 E등급으로 결국 전면사용금지 조치되었다. 결과는 뻔하다. 육안에 의한 점검, 눈 점검, 몇 사람이 감당할 수 없는 수의 안전검증으로 수박 겉핥기식 검증에서 온 대충대충 검증의 결과이다.

5) 제천 화재참사가 1년도 못 되었는데 언제 그런 일이 있었나 하고 소방도로에 무단주차, 비상구 계단에 박스 등 적치물을 쌓아두고 있다고 한다. 또 건물관계자들에 의하면 평소 경찰의 단속이 나올 때만 불법주차 차량이 없어졌다가 얼마 지나지 않아 다시 불법주차가 생기는 악순환의 계속이라는 것이다. 이런 안전 불감증이 또 골든타임을 놓쳐 큰 재앙을 당할까 걱정스럽다.

6) 영흥도 낚싯배 전복, 종로 국일 고시원 화재사건, 상도 유치원 붕괴사고, 근간에 이런 인재를 당하고도, 보도에 의하면 7명의 사망사고를 낸 고시원 1km 이내에 4곳이나 비상구에 적재물이 통로를 막고 있었고, 낚싯배는 총알 운항 등 별로 변한 것이 없다는 것이다.

19. 분별없는 이기주의 성질

1) 지하철에도 차내에 빈자리만 보이면 내릴 사람 내리기도 전에 밀치고 들어가 자리 잡는 저질 이기주의.

2) 화장한 봉안함(납골함) 운송 영구차도 마을 통과하지 못하게 하는 심보나, 우리지역에는 안 된다는 이기주의 극치를 보여주는 장애인시설, 쓰레기처리시설, 쓰레기소각장, 화장장, 추모시설, 봉안당(납골시설), 공원묘지, 정신병원, 특수학교, 임대주택 공사반대 등 "님비" 현상의 이기주의가 극치를 보여주고 있다.

3) 교도소와 구치소를 대표적 기피시설로 생각하고 있다. 55년 된 안양교

도소 외 30년 넘은 교도소가 절반이 넘는다. 노후시설로 빨리 이전이나 재건축을 하여야 하나 이전 건축이란 말을 끄집어 낼 수도 없다고 한다. 땅값 떨어진다. 아이들 교육과 안전에 해롭다 등 거센 반발에 부딪힌다는 것이다.

가장 낡은 안양교도소는 19년째 안양시와 시민의 반대로 재건축을 못하고 있다. 있는 시설 재건축도 못하는 나라, 분별없는 시민의 이기주의 아닌가?

4) 사회적 기부에는 인색하고 걷지도 못하는 손자 수억대 상속. 만 18세 이하 미성년자가 지난 3년간 증여받은 재산 총액이 1조8,000억에 달한다고 한다. 이 가운데 만 0~1세에 대한 증여도 총 638건에 690억 원으로 평균 1억 800만 원에 달했다. 증여된 재산의 종류는 금융자산이 36% 부동산이 32% 유가증권 28% 순이었다 한다.

평생 세상에서 얻은 부를 사회에 기부할 줄은 모르고 제 자식, 제 자손들에게 평생 자기 힘으로 살아가게 할 기회마저 주지 않고, 내 덕분에 살아라는 이기주의 발상이다. 내 돈 내 자식 주는데 누가 뭘 하겠는가? 하겠지만 제대로 된 선진국이 어디 이런 식으로 부를 대물림하던가. 이기적 국민성을 잘 보여주고 있다.

아파트 단지 내에서 주차 딱지 붙였다고 주차장 진입로 며칠 동안 막아둔 50대 주부의 막가는 이기주의 심보에 주민들은 혀를 찼다.

5) 시험지 유출해서 자기 자식에 문제 답안 유출해주는 교사 부모의 일그러진 부정父情에 무너지는 학교 내신체계에 개탄한다. 숙명여고 전 교무부장 A씨와 쌍둥이 자매는 경찰수사 내내 의혹을 부인했다. 하지만 쌍둥이가 작성한 메모들이 혐의를 입증하는 결정적 증거가 됐다. 시험지, 정답보관 및 관리가 허술했고 평소 유출 가능성이 있었으며 일부 과목 출제교사가 의심하기도 했던 것으로 드러났다. 부녀가 정기고사 문제와 정답을 유출했다

는 핵심적 증거로 "암기장과 접착식 메모지, 시험지에 적힌 메모" 세 가지를 꼽았다.

6) 특수학교 설립 주민반대 시위 뒤에 숨은 대가 이기주의.

특수학교를 혐오시설처럼 여기며 자신들이 거주하는 지역 내에 세워지는 것을 극렬 반대가 점점 심각해지고 있다. 2017년에 서울 강서구 서진학교 설립에 반대하는 주민들 앞에 학부모들이 무릎을 꿇은 모습이 전파를 타면서 국민적 공분을 사기도 했다. 그럼에도 특수학교 설립에 주민의 반대로 차질을 빚는 일이 여전히 되풀이 되고 있다. 심지어 최근에는 주민들이 특수학교 설립을 조건으로 지역의 숙원사업을 해결해 달라는 요구 등 "대가성 합의"를 내세우는 경우가 많아서 논란이 일고 있다는 것이다.

동해지구 특수학교 경우는 "누가 공사를 마음대로 해, 두고 보자고, 우리는 다 죽는다는 생각으로 싸운다, 무력 충돌도 불사하겠다." 등 주민들의 반대 뒤에는 무언가 대가를 요구하는 것을 드러내고 있다.

7) 나부터 살고 보자는 후진국 형 이기주의 압사사건들

(1) 1960년 1월 26일 서울역 구내에서 압사사건이 났다. 예나 지금이나 설날은 민족대이동이다. 그날도 설을 쉬러 고향으로 가려는 사람들로 북새통을 이뤘다. 요즘 같으면 자가용도 버스도 비행기도 있지만 당시에는 철도가 거의 유일한 지방으로 가는 교통수단이었다. 이날 서울역발 목포행 호남선 601호 완행열차 오전 10시 50분에 떠나는 열차의 압사사건이 발생했다. 이 열차의 표의 판매량은 평소의 3배였고, 약4,000명이 승차하게 되었는데 열차사정에 의하여 출발 5분 전에 개찰을 하게 되었다. 출발 5분 전이니 마치 육상선수가 출발 호루라기 소리와 함께 모두 달리게 되었는데 앞사람이 계단에 넘어지자 계속 덮쳐서서 31명이 압사 사망하고 40여 명이 중경상을 입은 사고가 발생했다. 승객들은 전라도, 충청도로 가려는 귀성객의 총집결지였다. 그야말로 귀성전쟁터였다. 내일은 꼭 고향에 내려가 가족을 만나고

차례를 지낼 기쁨에 차 있던 귀성객들의 참사라 그해 큰 사건이었다.

(2) 2005.10.3.일 오후 5시 40분경 경북 상주시 계산동 상주시 공설운동장에서 일어난 압사 사건이다. 이날은 상주자전거축제 중 하나로서 초청한 MBC문화방송 가요콘서트를 관람하기 위하여 입장하던 관객들 중 시민 11명이 압사하고 70여 명이 부상당한 사건이다. 이 콘서트에는 유명 트로트 가수와 아이돌 스타 가수도 출연하기 되어 있어 인근 노인들과 어린이들의 피해가 컸다. 사고 당시 관람을 위해 1만여 명이 모여 있었으며, 특히 사고가 난 출입구 앞에는 5천여 명이 입장을 기다리고 있었다. 앞줄에 노인과 어린이들이 많이 모여 있었는데 출입구가 열리자마자 모든 사람들이 한꺼번에 몰려들어 뒤쪽에서 밀어대는 힘을 노약자들이 견디지 못해 넘어지고 깔려서 연쇄적으로 피해가 컸다는 것이다. 더욱이 이 문은 출구 전용문이며 바로 입장하면 45도의 경사진 계단으로 되어 있어 당초에 출구를 입장 문으로 쓸 경우 사고위험이 있다는 지적도 있었다 한다.

그리고 안전을 위하여 경찰 230명을 요청했는데 30명만 보내 주었고 그리고 사고 직후 지휘체계가 전혀 없었다. 긴급차량이 다닐 도로도 확보되있지 않는 등 경찰과 시 공무원들의 사고수습 능력에도 문제가 많았던 참사였다.

(3) 1959년 7월 17일 오후 5시 부산 구덕운동장에서 국제신보가 개최한 제2회 시민위안의 밤 행사가 진행되었다. 이날 출연한 연예인은 사회자 후라이보이 곽규석, 영화배우 복혜숙, 최은희, 가수 김정구, 현인, 황금심, 나애심, 백설희, 코미디언 구봉서, 김희갑 등 외 초호화판으로 멤버가 짜여졌다. 무려 10만 명 정도의 시민이 참가하여 그야말로 입추의 여지가 없는 가운데 시작되었다.

이날 행사 중 8시 45분께 갑작스런 폭우가 쏟아지면서 공연은 중단되고 관중들이 폭우를 피해서 서로 먼저 빠져나가려 입구로 몰리면서 넘어지고 밝히는 사고가 일어났다. 당시 경찰들이 정문을 막아서서 공포 20여 발을 쏘는 등 혼신의 노력을 기울였으나 밀물처럼 쏟아져 나오는 관중을 막기에는 불가항력이었다. 이 사건으로 결과적으로 모두 59명이 압사되었다.

　서양 사람들은 한국을 "은자의 나라"라고 부른다. 그런데 듣기와는 아주 다른 인상이였다고 한다. 어디로 가나 사람들은 화재를 만난 것처럼 앞을 다투느라고 밀치고, 덮치고, 밟고 야단이라는 것이다. 서울역 구내 압사사건, 부산 구덕운동장 압사사건, 상주시 공설운동장 압사 사건에 이르기까지 으레 많은 군중이 모였다 하면 밟혀 죽는 사건이 생겼다. 코끼리 떼도 아니고 분별 있는 인간들이 모인 자리에서 서로 밟아 죽이는 혼란이 일어난다는 것은 아무래도 나라의 수치스런 사건이다. 죽음 가운데 가장 야만적인 죽음이 "밟혀 죽는 죽음"일 것이다. 이런 현상을 보면서 땅에 떨어진 공중도덕과 나만 살겠다는 이기주의가 낳은 참사다. 정말 이렇게 각박하게 서두르지 않으면 살 수 없는 나라인가 이제 좀 살만한 세상을 만났는데 달라진 시민 정신을 살려 보자.

　8) 넘치는 이기주의 안보는 어디로 갈 것인가, 성주 사드 반대, 지역민과 시민단체, 제주 강정마을 해군기지 건설반대 등 꼭 필요지역에 방위시설도 못하면 나라는 어떻게 지키겠는가? 어디 전쟁나면 거기만 위험하겠는가?

　국가의 안보도 지켜져야 나도 있을 수 있다는 성숙한 국가관도 있어야 되지 않겠나. 지역주민의 불안과 우려는 이해가 되지만 정치 신부들까지 끼어들어 주민들을 더 불안하게 부채질하는 형태는 정상인가?

　9) 밀양송전탑 설치 반대

　생산한 전력도 송전탑 못 세워 전력수급을 못해서 되겠는가?

　10) 사촌이 논을 사면 배가 아프다는 말 전해오는 서글픈 이기주의, 왜 다 같은 할아버지 자손끼리, 땅을 사면 축하해 줘야 할 일인데 잘되는 꼴 못 보는 이기주의 심보가 생길까?

11) 남의 잘한 것은 칭찬하는 데는 인색하고 남의 실수를 파헤치고 폄하하는 데는 둘째가라면 서럽다는 인성, 매사를 꼭 상대를 경쟁상대로 보는 근성에서 오는 현상은 아닐까? 일이 잘되면 내가 잘 났어이고 잘못되면 남을 탓하고 내 탓으로는 돌리려 하는 성찰은 없는 이기주의 많다.

12) 취업난으로 청년은 우는데 1억 연봉에 파업하는 대기업 노조, 평균 연봉이 1억2천만 원 한화토탈 노동조합, 임금인상 요구하며 파업.

2018년 6,000억 원대 적자를 낸 한국GM노조, 2019년 임금협상에서 기본급 5,7% 인상과 1,650만 원의 일시금 지급을 요구, 이 회사 평균 연봉은 8,000만 원 안팎이란다. 회사가 살아야 노조도 있다는 평범한 진실을 깨닫지 못하는 대기업 노조가 많은 현실이다. 쌍용차 노조의 경우는 값비싼 희생 뒤에 투자자, 경영진, 노동자가 합심하여 회사를 살리자는 분위기가 살아나는 것 같다.

한국 대기업 강성 노조가 '제 밥그릇 챙기기에만 급급한다'는 비판이 쏟아지고 있다. 한국 청년 실업자 수는 네 명에 한명은 실업자인 현실을 외면하고 있으며 강성노조 때문에 한국제조업 경쟁력이 쪼그라들고 있다는 지적이다.

엄청난 재난사건에 한국인의 이기주의적 심성은 잘 드러나고 있다. 세월호 참사에서도 선박 침몰의 최고 책임자인 선장이 승객의 구조를 위해서 최후까지 남아서 구조에 전력해야 할 사람이 자기만 살겠다고 먼저 내린 선장을 보고 서구인들이 볼 때 야만이 소리를 안들을 수 없다.

그들은 이런 선박사고에는 어린이, 부녀자를 먼저 구조하고 자신은 최후까지 남아서 구조 활동 후 살아남을 수 없을 경우에는 자신의 희생을 각오는 사명감에 사는 선장이다. 참으로 부끄러운 민족이다.

같은 사건에 관여한 자들이 사건만 터지면 나만 살겠다고 그 책임에서 나는 빠지기 위해 떠넘기기 바쁘다. 그 사람이 했다. 그 자리에 있기만 했다. 나는 잘 모른다.

20. 실체 없는 괴담(怪談)에 부화뇌동 잘 한다

인간사회는 서로의 끊임없는 소통 속에 살아가는 것이다. 그러나 이런 소통 가운데 메시지가 제대로 전달되지 못하고 왜곡되어 전달되는 경우가 많다. 괴담과 루머는 이와 같은 메시지가 의사소통 부재 상황에서 증폭된다고 한다. 또한 이런 괴담이 증폭되는 것은 지금 우리 사회의 모습을 보여주는 것이기도 하다.

실체 없는 괴담이 성하는 것은 역시 사회적 불안감과 불신에 뿌리를 두고 그 해소방법으로 활발히 작용한다고 전문가들은 말한다. 그것은 사회의 가장 소중한 자원인 신뢰가 무너졌기 때문이라 할 수 있다. 한 전문가는 최근 괴담이 성행하는 것은 정부가 권위와 신뢰를 잃었고 국민은 범람하는 정보 속에서 스스로 판단할 능력을 잃었기 때문이라 한다.

우리 사회의 괴담의 진원지는 인터넷이라고 할 수 있다. 인터넷이 없었던 시절에는 괴담이 공론화하는데 상당한 시간이 걸렸다. 그러나 광우병 괴담은 불과 2~3일 사이에 확산되었다. 그런데 인터넷은 전파속도가 빠르고 익명성이 보장되는 속성상 괴담의 진원지가 되고 있다. 또한 신분노출이 되지 않는다는 점에 기대여 무책임하게 발언하고 범죄의식도 약해서 사회적으로 큰 문제가 되는 것이다.

경찰이 조희팔이 중국에서 사망한 것은 사실이라고 밝혔지만 조희팔이 죽지 않고 중국에서 성형수술하고 잘살고 있단다. 유병헌의 시신은 본인이 아닐 것이다. 동남아에 살고 있다. 이런 불신은 국과수의 부검결과를 발표했지만 믿으려 하지 않으려 하는 것이다. 이런 불신은 조희팔의 중국 도주에 해경이 도왔고 그동안의 경찰수사에 쌓인 국민적 불신이 깔려있기도 한 것이다. 사회가 어지럽고 신뢰가 무너지고 정보출처가 불투명하다 보면 사람들의 불안 심리가 증폭해 추측성 괴담이 들끓게 되는 것이다.

1) 조선 중종 때 개혁세력인 조광조 등에게 기득권 공신세력인 남곤, 심정, 홍경주 등이 권력에서 밀리자 유언비어를 터트리고, 지속적으로 말을 지어 민심이 조광조에게로 돌아간다고 하고 또 대궐 후원에 있는 나뭇가지 잎에다가 '주초위왕走肖爲王이라고 꿀로 글을 써서 그것을 벌레가 파먹게 한 다음, 천연적으로 생긴 양 꾸며 궁인들로 하여금 왕에게 고하여 바치게 하였다. "走肖는 즉 "趙"자의 파혁(跛劃)이니 이는 조씨가 왕이 된다는 뜻을 암시하였다 하며 드디어 남곤, 심정 등은 밤중에 갑자기 대궐로 들어가 왕에게 조광조의 무리가 모반을 하려고 한다는 거짓을 아뢰었다. 이에 대노한 중종은 즉시 조광조, 김식, 등 일당을 잡아들여 하옥시켰다가 귀양 보내고, 그리고 얼마 후 조광조는 사약을 받고 죽게 된다." 조선시대 선비들의 인성을 잘 설명해 주는 괴담이 만든 엄청난 참화(기묘사화己卯士禍)다.

2) 실체 없는 광우병 괴담에 미쳐 날뛴 시위로 세계인에 망신.

광화문 광장을 중심으로 서울 도심은 주말마다 몸살을 앓았다. 2008년 2월 출범한 이명박 정부가 그해 4월 18일 미국 정부와 소고기 수입 재개협상을 타결한 직후인 4월 29일 MBC PD수첩은 "미국산 소고기" 과연 광우병에서 안전한가? 제목의 프로그램을 내 보냈다. 상당부분 제작진의 의도적 왜곡이 포함된 함량 미달 프로그램으로 나중에 밝혀졌지만 국민의 불안감과 공포를 빠른 속도로 확산시켰다. 실체 없는 괴담의 촛불시위에는 참으로 말도 안 되는 구호가 난무했다. 광우병 주동세력에 휘말려 어린 십대들조차 "나는 아직 죽기 싫어요" "미국산 소고기는 미친 소" "그걸 먹느니 차라리 아가리에 청산가리를 처넣는 게 났겠다"라고 외쳤다.

황당한 광우병 소동은 1년 후 사단법인 시대정신 이사장 안병직 전 서울
대 교수는 "광우병 파동은 단순한 시민운동이 아니라 반 대한민국 정서의
총합總合을 기반으로 전개된 사건"이라고 진단했다. 미국산 소는 광우병 걸
린 미친 소라던 소고기가 외국산 수입 소고기 중 제일 많이 팔리고 있다. 방
송이 앞장서고 반대세력이 붙으면 괴담도 실제로 둔갑하여 수도의 한복판
을 촛불로 뒤덮어 100여 일을 난장판 불야성을 이루는 나라가 되었다. 이게
제 정신 있는 나라 국민인가? 세계인이 마음 놓고 먹는 소고기를 외국인들
은 한국의 미친 광기를 보고 뭐라 하겠는가?

광우병狂牛病 시위의 국력 소모 자료는 61일간 서울에서 총 61회에 걸쳐
개최되었다. 전국 98개 지역에서 총 1,736회 개최되고 같은 기간 참여 인원
은 서울에서 48만2천여 명. 전국에서 77만3천여 명으로 추산되었다. 촛불시
위와 관련하여 경찰병력은 서울에서 4,420개 중대 39만7천여 명의 전·의경
및 경찰관으로 집계되었다(한국경제연구원 자료). 결론은 이 엄청난 사회
적 비용이 소모되었지만 소고기에 광우병은 없다는 것이다. 실체도 없는 사
건으로 전 국토를 뒤집어 놓은 시위였다.

3) 2010년 3월 26일 밤 천안함이 침몰했다. 장병 46명이 목숨을 잃었고
구조작업을 하던 군인이 순직했다. "천안함은 스스로 좌초했다. 미군 군함
과 충돌해 가라앉았다"는 근거 없는 주장이 한국사회에 난무했다. 최원일
천안함 함장은 "꽝하는 충돌 음과 함께 배가 오른쪽으로 90도 기울었다며
최초 폭발음이 들렸다고 했다." 천안함 괴담은 화약성분이 나왔는데도 "미
군함과 충돌을 주장하며 확실한 물증과 과학적 해명은 외면하고 괴담만 퍼
트렸다."

천안함 폭침은 지금도 북한소행이 아니라는 사람들이 사회혼란만 부추
긴다. 국제조사단 조사결과에 승복하지 않고 이성적 판단을 뒤엎는 괴담怪
談을 사실처럼 잘 퍼뜨리는 사회, 건국대 윤태룡 교수는 북한에 엉뚱한 누명

을 씌운 것이 밝혀지면 남측은 북측에 공식적으로 사과해야 한다고 주장했다. 천안함 폭침을 재조사하자고 민주평통 기관지 "통일시대"에 게재하고 지금도 북한소행을 인정 않고 괴담을 늘어놓고 있다.

4) 세월호 외부 잠수함 충돌설 괴담 퍼트리는 사람들 세월호가 잠수함에 충돌되었다면 승선했던 수병들이 가만있겠나 대부분이 대학생이었던 수병들이 수십 명 제대했을 텐데 양심선언이 한 명도 없는 게 이상하지 않나, 삼류 공상소설 보다도 못한 조잡한 주장이라는 비판이 나오는 이유이다. 전문가 행세를 한 얼치기들은 사과도 없었다.

5) 인천 신공항 활주로 지반침하설과 봄, 가을 영종도를 이동하는 철새가 많아 항공참사를 일으킬 수 있고, 해일의 위험에 노출되어 있으니 신공항 건설을 반대를 주장하는 환경단체와 이들 반대에 대표 격인 서울대 환경대학원 김정욱 교수는 끝내 전체 공항부지 5,619만8,347m²가운데 4,628만991m²의 갯벌을 매립, 건축해서 공항을 만들기 때문에 공사 완료 후 지반이 오랫동안 침하 된다는 주장이었다. 이런 반대에도 신 공항 1단계 사업을 마무리하고 2001년 3월 29일 "인천공항"의 문을 연 이후 14년 동안 확인된 결과로는 환경파괴도, 지반침하도, 새와의 충돌사고도 거의 발생 않은 것으로 나타났다. 이런 구체적 근거 없는 괴담을 퍼트려 혼란만 부추긴 사례다. 국가정책사업의 시행에 근거가 없는 주장들이 괴담이 되어 횡행하고 있다.

6) 세월호 침몰 당시 박근혜 대통령의 7시간 동안 정윤회와 섹스를 즐겼다는 인격 살인적인 괴담을 퍼뜨리고, 박근혜 대통령이 누구와의 사이에서 자식이 있었다거나, 최순실이 대통령 1호기를 타고 외국 순방에 동행했다는 등 정치권 가짜 괴담들이 퍼져나갔다.

7) 한미 FTA가 체결되면 수도료가 폭등해 빗물을 받아 써야 한다. 건강보험 제도가 없어져 맹장수술비가 30만 원에서 900만 원에 이를 것이다. 위내시경검사는 4만 원에서 100만 원이 될 것이라는 반대 논리가 괴담을 쏟아냈

다. 사실은 의료분야는 협정대상이 아니기 때문에 수술비가 오를 일이 없었고, 수도 등 공공분야 역시 개방대상이 아니었다.

8) 부산 천성산 고속철도 터널공사로 이 산의 늪지에 도롱뇽이 집단서식하고 있는데 터널 공사로 늪지에 물이 빠져 고사한다는 시민단체와 한 승려의 단식투쟁으로 6개월간 공사가 중단되어 수천억 원의 손실을 내고 공사는 완공되고 습지도 보존되고 도롱뇽도 살고 있다고 한다. 근거 없는 소모성 투쟁만 남고 이런 갈등이 엄청난 사회적 비용만 초래했다.

9) 2016년 경북 성주에 사드(THAAD)배치 국면에서 "전자파 때문에 주민들이 암에 걸리고 인근 농산물이 씨가 마를 것"이라는 괴담이 돌았다. 이 설치 반대 집회에서 "강력한 전자파 밑에 내 몸이 튀겨질 것 같다"는 노래까지 나왔다.

최근 인터넷이나 매스컴을 통해서도 밑도 끝도 없는 괴담이 생성되어 생사람 잡고 있다. 가상공간에서 근거 없는 각종 오보와 괴담이 끝없이 떠돌고 있다.

三人成虎(세 사람이 입을 맞추면 없는 호랑이도 만들어 낸다)라는 말처럼 실체 없는 괴담으로 온통 나라가 혼돈에 빠지는 형태를 보면 국민이 얼마나 이성적이지 못 하고 근사한 감성적인 말에 잘 빠져드는지를 말해주고 있다. 이런 모습을 보고 있는 세계인에 부끄러운 짓이다. 괴담의 천국이 대한민국 맞나?

21. 마녀 사냥씩 여론몰이 잘 한다

마녀魔女사냥이란 14~17세기에 유럽에서 이단자를 마녀로 판결하여 화형에 처하던 일, 18세기 무렵부터 계몽사상의 영향으로 없어졌다. 즉 정확한 근거 없이 누군가를 비난하거나 여론을 어느 한쪽으로 몰고 가는 현상을 비유적으로 이르는 말이다.

댓글, 언론, 방송 총동원하여 몰아치기 '아니면 말고식' '카더라' 통신까지 동원한 언론매체는 마녀魔女사냥의 주범이며 걸려들면 이성을 잃고 설치는 한국 감성 언론의 실상이다. 냉정을 잃고 사돈에 팔촌까지 뒤지는 형태, 사건과 관계없는 사생활까지 들추고 언론이 집까지 찾아와 진을 친다. 기사 제목은 대문짝같이 크게 뽑는다. 남을 몰락시키는 데 고소함을 느끼는 쾌감 근성인가? 옛날 아낙네들이 동네 우물에 모여 남에 험담 즐기고 소문 퍼뜨리는 것이 못된 뿌리가 되고 있는 건 아닌가?

1) 윤창중이 죽이기에서 잘 보여 주고 있다. 박근혜 대통령 미국방문에 수행원을 갔던 윤창중 대변인이 새벽 6시까지 술을 마시고 동행한 행정관의 부축으로 호텔 방으로 올라갔다. 이를 TV에 보도한 기자에게 항의하니 이 사실을 보았다는 기자의 말을 듣고 보도했다는 것이다. 인턴 여성을 아침 5시까지 호텔로 오라하여 알몸으로 그 인턴의 엉덩이를 주물렀다. 어떤 신문은 여성 인턴을 성폭행했다. 귀국하여 청와대 안가에 숨어 있다. 윤창중이 요즘은 노인행세로 밤과 새벽에만 돌아다닌다. 각 방송이 일제히 보도한 내용이다. 미국에서는 밤 10시면 술파는 곳이 없고 특히 워싱톤 백악관 옆에 있는 W호텔에서 밤 10시 이후는 술을 팔지 않는데 새벽까지 술을 마셨다고 하는 방송은 사실상 극우파 언론인 출신 윤창중을 죽이겠다는 것에 걸려들은 가짜뉴스에 당했다는 것이다. 한사람 헐뜯기에는 끝이 없다는 것을 당해본 사람은 알 것이다.

한국 언론의 마녀사냥은 진실이 밝혀져도 사과받기는 어렵다. 윤창중을 잡자니 윤창중 딸까지 끌어넣었다. 아버지가 색한色漢이라 이혼 당했다는 보도도 있었는데 정작 그는 딸이 없는 아버지였다는 것이다. 또 윤씨는 치킨을 먹어도 예쁜 걸 그룹이 광고로 나오는 치킨만 먹는다고 색한으로 몰아 쳤다고 윤씨는 분통을 터트렸다.

2) 윤동환 전 한국콜마 회장은 창업 때 일본 콜마를 자금 부족과 기술력을 메우기 위해 합작사로 끌어들여 드디어 한국콜마가 일본 콜마의 10배가 넘는 매출을 올리며 세계 최고의 화장품 OEM 회사로 올라섰다. 그리고 기술 독립도 이루어 낸 회사며 매출 면에서도 극일克日을 이룬 대표적 기업이다.

윤 회장이 직원 조회에서 방영한 유튜브 영상이 친일, 극우, 여성비하 논란에 휩싸이면서 일본 콜마와의 관계를 끄집어내어 불매운동을 벌이겠다는 목소리까지 나왔다. 문제의 영상은 문재인 대통령의 대일 외교정책을 거칠게 비판하면서 경제가 망하면 우리나라 여성들도 베네수엘라 여성처럼 길거리에서 몸을 팔 것이라는 자극적 내용을 담고 있었다. 동영상의 수준이 떨어지고 표현에 문제가 있었던 것은 사실이다. 이런 영상이 직원 조회에서 튼 것은 적절하지 않다고 판단하고 사죄하며 불명예 퇴진하게 되었다. 윤 전 회장은 졸지에 친일로 몰렸다. 도대체 우리 사회가 진보 보수, 친일반일, 내 편 네 편으로 갈라져 진영논리에 빠져 무한 공격하고 개인이 마땅히 가져야 할 다양한 생각과 독립적 판단을 인정하지 않고 윤 회장이 사죄를 하였는데도 몰아치는 공격을 보면 밟아버리겠다는 잔혹성이 묻어났다. 물론 기업인이 반정부적 친일 성향을 보였더라도 친정부 지지자들이 한꺼번에 달려들어 특정기업과 기업인을 만신창이로 만드는 것은 정상사회에서는 있을 수 없는 일이다. 잘못 걸리면 죽을 수도 있다는 무서움이 드는 극심한 분열과 대립이 갈수록 격해지는 현상을 개탄하지 않을 수 없다.

여성 인기 연예인을 대상으로 무분별한 악성 댓글의 마녀사냥으로 죽음에 이르게까지 한다. 사이버 상에서 얼굴 없는 광장에서 무자비하게 상대를 몰아붙이는 이런 작태는 도저히 이성을 가진 국가의 국민으로 있을 수 없는 후진적 저질문화의 한 모습이다.

2018년 10월 11일 김포와 인천 "맘카페"에 한 글이 올라왔다. 김포 통진의 한 어린이집에서 나들이를 나온 한 아이가 보육교사인 A씨에게 안기려고 하자 A씨가 돗자리를 터는 데만 신경 쓰며 아이를 밀쳤다는 내용이었다. 글쓴이는 우리 아이 일이라고 생각하면 소름이 돋는다며 추가로 직접 해당 장면을 보지는 않았지만 10여 명의 사람들에게 이 내용을 들었다고 덧붙였다. 이 글을 김포 맘카페 내에서 빠르게 확산되어 큰 논란을 불러일으켰다. 이에 맘카페에서는 A씨에 대한 비난이 쇄도했다. 아이의 이모라고 밝힌 또 다른 회원은 맘카페에 해당 선생님의 신상과 사진을 공개하기도 했다. 상황이 이렇게까지 크게 번지자 A씨는 어린이 집과 보육교사들에게 더 이상 피해가 가지 않길 바라며 자신이 모두를 짊어지고 갈 테니 이 사건이 여기에서 마무리되길 바란다는 내용의 유서를 남긴 채 자살을 선택하고 말았다. 또한 A씨는 사과를 전하며 자신의 의도는 그런 것이 아니었음을 밝혔다.

카페에 올린 글들 "여성이 안기는 아이를 밀쳐 나뒹굴어져 있음에도 불구하고 여성은 여전히 돗자리에 흙털기에만 고군분투합니다" "우리 아이 일이라고 잠깐 생각해 보면 소름이 돋습니다" 어린이 집에서 이런 사실을 봤느냐고 물으니 아니요, 10여 명의 인천 서구 사람들에게 들었다고 했다.

이러한 비극적 사건이 밝혀지자, A씨를 담당했던 반 아이의 보호자 중 한 명이라고 밝힌 한 학부모는 A씨는 정말 좋은 선생이었다는 글을 남겼다. 아이 엄마인 자신보다 선생님을 더 좋아할 정도였다고 밝히며 마녀사냥을 해 A씨를 죽음에 이르게 한 맘카페에 대한 울분을 터트리고 맘카페의 폐쇄와 회원들에 대한 처벌을 요구한 사건이다.

기술과 미디어 발달로 인터넷이 연결되는 한 언제 어디서든 자유롭게 소통이 가능해졌다. 이렇게 다양한 커뮤니티와 SNS로 자유롭게 소통이 가능해졌다는 점은 우리에게 많은 편리함을 주고 있지만 사실 이면에는 문제점이 많다. 온라인상에서 마녀사냥, 가짜뉴스, 불법촬영 유포, 악성 댓글 등이 그 이면을 보여 준다. 특히 온라인 마녀사냥의 경우 대부분 정확하지 않은 정보로 시작되어 걷잡을 수 없이 퍼져 많은 피해를 초래한다는 점에서 큰 사회적 문제로 등장하고 있다.

박근혜 대통령의 세월호 침몰 당일 의문의 7시간 행적에 대해 박 대통령의 전 비서실장을 지낸 정모씨가 이혼하고 혼자 산다면서 성관계를 의심을 염두에 둔 칼럼을 쓴 조선일보 최 모 기자의 근거 없는 루머도 더욱 괴담을 퍼트려 생사람 잡는데 일조를 했다.

박 대통령 청와대 거울 방 가짜뉴스를 유포하고 또 재생산해 퍼뜨려 전 국민을 분노시키고 대통령을 이상한 사람으로 만든 사방에 거울 방은 새빨간 거짓이었다. 한쪽 벽면만 거울로 되고 운동기구 몇 개 있는 공간을 이렇게 부풀려 몹쓸 사람으로 몰아붙이는 이런 인간들도 우리 국민인가, 청와대 조리장으로 있었던 사람이 슬쩍 보니 사방이 거울로 되어 있는 것 같더라에서 출발하여 언론이 사방 거울 방으로 만든 것이다.

한술 더 떠서 가짜뉴스는 거울을 뜯어내느라 문 대통령이 입주하는데 3일이 늦어졌다는 것이다. 이 가짜뉴스로 박 대통령을 불통된 단절의 상징, 강박적인 공주 증후군 등 심리상태가 이상한 대통령으로 기억되게 만든 가짜뉴스의 모략 사건이다.

언론이 사실 보도를 생명으로 삼지 않고 확인되지 않는 카더라에 의존하거나 팩트가 아닌 기사를 보도하는 것은 언론인이기를 포기한 사회의 악으로 존재하는 것이다. 언론이 병든 사회의 목탁이라는 사명감을 망각하고 있는 언론형태에 실망이 크다.

22. 목소리 크면 이긴다는 습성

목소리 큰 사람이 이긴다는 습성이 있다. 적반하장(賊反荷杖)이 되겠지. 도둑이 도리어 매를 든다는 뜻으로 잘못을 저지른 사람이 큰소리를 치고 덤벼드는 것을 비유한 말이다. 우리 주변에는 이런 사람들이 하나둘이 아닐 것이다. 접촉사고를 낸 두 자동차의 운전자가 길에서 벌어지는 큰 목소리, 물건을 사고파는 과정의 말다툼, 가정에서 부부간의 언쟁, 대중 집회 속의 말다툼, 이런 모든 경우에 높아지는 고함소리가 오가게 된다. 지극히 진지해야 할 회의장, 세미나장, 국회나 지자체 의회장, 상갓집에서도 고함소리와 삿대질이 오가는 풍경을 보게 된다.

특히 교통사고 현장에서 이런 일이 다반사다. 먼저 큰소리치는 쪽이 이긴다는 것처럼 자기는 잘못이 없다고 떠드는 사람들이 이들이다. 먼저 기선을 잡자는 심리이다.

적반하장이 일어나는 원인을 살펴보면

1) 자기 잘못을 인정하지 않으려는 심성에서 출발한다.

실수를 해 놓고 그것을 무마하기 위해서 오히려 성질을 먼저 내고 큰소리를 치는 경우이다. 이런 과격하게 선수 치는 것이 심장 약한 사람에게는 먹혀들 수 있다는 계산이 깔려있는 행동이다. 실수를 인정하고 정중하게 사과하는 것이 답인데 큰 소리로 우기는 형태다. 이들은 사건의 진실규명 보다 지엽적인 것으로 상대가 반말을 한다던가, 나이도 젊은 사람이 말버릇 나쁘다는 등 사건의 본질이 아닌 말투를 꼬투리 잡아 본질을 호도하는 수법을 쓴다. 즉 지엽적인 것으로 덮으려 한다.

2) 분별력이 없는 사람들의 행동이다.

앞뒤가 막힌 사람들의 행동을 보면 성질이 급한 사람인 경우가 많이 있다.

3) 처세할 줄 모르는 사람이 그렇게 행동한다.

처세는 남을 짓밟고 올라서는 것이 아니라 남을 위해서 행동하는 데서 출발하는 것을 모른다.

4) 어리석거나 좀 모자라는 사람들의 행동이다.

사건과 분쟁의 잘잘못에 대해서 "누가 잘하고 잘못했는지" 가리려는 노력은 하지 않고 고함을 지르며 억압적 태도를 취한다.

5) 분쟁이 생길 때 내가 지금 오른 주장을 하고 있는가를 먼저 판단하지 않고 행동한다.

6) 선수 처야 이긴다, 라는 심리의 표출이 큰소리 먼저 치고 제압하자는 얇은 수법의 발동이다.

이런 큰소리치는 꾼들이 이기려는 풍조가 있는 가운데 청탁과 금품으로 교통사고 조사과정에 피해자가 가해자로 둔갑하는 사건을 접하면서 참담함을 느끼게 한다. 버닝썬 사건도 경찰이 조작한 후진적 파렴치한 사건이었다.

잘못하고도 사과하지 않고 큰 목소리로 이기려는 생각을 보면서 일본에서는 "목소리 큰 사람"이나 "화를 잘 내는 사람"은 자기감정을 조절하지 못하는 사람으로 취급한다. 어릴 때부터 일본인의 예절교육에 가장 중요한 것은 "남에게 피해를 끼치지 말라"는 교육이 있으며, 미국 사회에서는 "거짓말하지 말라"는 교육이 있듯이 일본인은 어디서나 소곤소곤 대화를 나눈다. 그들처럼 너무 조용히 이야기하는 것보다는 우리는 목소리 톤을 한 단계만 낮추고 상대방의 말을 들어주는 자세가 필요하지 않을까?

목소리 큰 사람이 이기는 풍조가 있어 많은 경우에 높은 소리로 주장하고 고함을 지르면서 공격하는 사람이 이기는 경우를 자주 보게 되며, 심지어 조용한 자리에서 평범한 대화를 할 경우에도 목소리 큰 사람이 그 모임의 분위기를 끌고 가는 사례를 자주 보게 된다.

이런 목소리 큰 현상이 일반화된 것은 아마도 일제 식민지의 해방을 거쳐 6·25전쟁을 겪어오는 동안에 수요에 비해 공급의 부족으로 인해 살아남기 위한 몸부림에서 연유되어 점차 투쟁심과 악착성으로 심화된 결과가 아닌가 생각된다.

옛말에 의식이 족해야 예절을 안다는 말이 있듯이 이제는 살만한 세상으로 경제도 성장했는데 이런 구습은 청산되어야 할 것이다.

선진국에서는 "목소리 높이와 지성의 정도는 반비례한다"고 한다는데 이는 목소리가 커질수록 그 사람의 지성은 낮아지고, 반대로 목소리가 낮아질수록 지성의 정도는 올라간다는 뜻이다.

우리나라에는 예부터 부부간의 싸우는 소리가 담을 넘어가면 그 가정은 예절 있는 집안이 아니라고 전해왔다. 이는 비단 가정만이 아니고 우리들의 직장, 단체, 국가나 사회활동에 있어서도 마찬가지다. 점차 우리 사회도 소리가 낮을수록 지성미 돋보이는 사회 인식으로 변화되게 함께 노력해야 할 것이다.

23. 돗내기(都給)는 잘 해도 날일(日當)은 게으르다

도급과 일당은 돗내기와 날일이다. '날일'은 시간 채우기만 하고 '돗내기'는 죽기 살기로 일을 한다. 왜냐하면 날일은 시간만 지나면 댓가가 나오지만 돗내기는 자신이 노력한 만큼 많이 벌 수 있기 때문이다. 우리가 우리 민족성을 비유한 말로 돗내기 맡기면 죽을까 겁나고 날일 시키면 삽자루 썩을까 겁난다는 비유의 말이 있다.

그래서 날일 현장에는 주인이 자리를 지키고 있다. 우리 민족성의 돗내기(都給)를 잘 설명해 주는 사례로 중동의 건설현장에서 준공일 이전에 불철주야 공사하여 납품하고, 일 잘하고 근면한 민족으로 연속공사를 수주 받았던 저력이 돗내기가 민족 적성에 잘 맞는 사례라 생각 된다. 날일 근성은 국민 전체적인 것으로 볼 수는 없으나 돗내기 일 잘하는 열정은 전 국민적 근성인 것 같다.

공산주의가 망한 이유 중에는 집단농장에서 나 혼자 땀 흘려 일할 필요가 없고 적당히 시간만 보내면 되고 성과는 같이 나눠먹는 날일 근성만 키운 결과일 것이다. 사람이 저마다 가진 이기심을 공산주의는 활용하는 것을 간과했기 때문에 능률과 생산성에 밀릴 수밖에 없는 사상이라 결국 그럴듯한 탁상공론으로 망하고 말았다.

24. 은혜와 고마움을 쉽게 잘 잊는다

배은망덕背恩忘德, 은혜는 돌에 새기고 원수는 모래 위에 새겨라. 은혜를 원수로 일본 속담이 "기른 개에 손을 물리다"(飼い 犬に手を 噛まれ)라는 표현도 있다.

배은망덕 사례들

1) 사소한 일로 다투기만 해도 지금까지 베푼 은혜는 뒷전이 되고 오직 한 번의 실수만 부각하여 남이 되는 사람이 있다. 큰 은혜는 잊고(忘人大恩), 남의 작은 허물은 기억해 둔다(記人小過)라고 나 할까?

2) 정치판에 국민적 지지 높은 대통령이나 당 대표에게 정치 초년기에 의원 배지를 달아 보려고 충성을 바치다가 지도자가 권세나 지도력이 쇄락해지면 지난날의 정치적 입지를 키워준 은혜를 잊고 의리를 배신하는 행위가 흔하다. 바른미래당 유○○ 의원, 자기 당이 당선시킨 대통령을 마녀사냥에

탄핵될 것 같으니 탄핵에 동조하고 새로 뜨는 지도자에게로 도망 간 새누리당의 62여 명 의원들은 배은망덕의 극치였다. 득이 된다고 생각하면 자기가 먹던 우물에 침 뱉고 이당저당 옮겨 다니는 철새정치인들이 여기에 해당된다.

3) 젊은 날에 가난 속에서도 큰 꿈을 키우기 위하여 고등고시 준비를 위하여 산사에서 열정을 불태울 때 사랑했던 애인이 학비와 하숙비까지 뒷바라지한 사랑의 은혜는 잊고 고시에 합격하여 출세의 길이 열리자 함께 맹세한 사랑의 언약은 저버리고 재벌 가정, 권력자의 여성과 결혼하고 배신한 자가 많았다.

그래서 사랑에 속고 돈에 울던 배신자를 그린 비정의 신파영화가 한 시대를 풍미했다. 눈물 없이는 볼 수 없는 신파극 무성영화 "이수일과 심순애"가 대표적이었다. 심순애는 사랑하던 경성제국대학 이학부 학생인 이수일을 버리고 돈 많은 장안의 갑부 김중배와 결혼하게 되니 이수일은 "김중배의 다이아몬드가 그렇게 좋더냐. 이렇게 시작하여 결국 심순애는 그 집에서 쫓겨나고 자결하게 된다. 수일은 가슴에 칼을 꽂은 순애를 품에 안고 오열한다. 오늘날의 나이 많은 남녀 세대에게는 인기 정상의 드라마였다.

은혜를 배신으로 갚는 세태에 그래도 사랑의 은혜를 저버리지 않고 약속을 지킨 사나이는 노무현 대통령이 대표적이다. 금성사 여공으로 주경야독하면서 야학 고교 중퇴자인 초등학교 친구 권양숙 씨와 끝내 약속을 지켰다. 권양숙 씨의 부친은 경남 창원시 진전면 오서리 소재 면 사무소 서기로 6·25전쟁 때는 창원군 노동당부위원장·반동조사위원회 부위원장 겸 조사원을 하였다. 전후에 마산교도소 수감 중에 옥중 사망하였으나 미전향 장기수였다. 대통령 선거 때 장인의 전력을 들어 공격이 심했다. 그러면 장인의 전력 때문에 이혼하라는 것인가? 하고 부인을 감쌌다. 출세 후에 배신자가 얼마나 많았던지 이런 배신의 형태를 비웃는 영화들이 인기가 좋았다.

4) 미국의 은혜를 모르는 국민이 많은 나라

북한군에 다 빼앗긴 나라를 구해준 전쟁영웅인 맥아더 장군의 인천 자유
공원 동상에 불을 지른 그자는 어느 나라 국민인가, 북한에서 온 사람인가?
물에 빠진 사람 구해주니 왜 살렸느냐 따지는 격이 아닌가? 6·25 전쟁을 막
지 못하고 김씨 왕조 정권에 살 것을 생각하니 치가 떨린다. 그들은 미군 철
수를 주장하는데 철수 후의 대책은 무엇인지가 궁금하다.

공산주의자들에게 나라를 통째로 갖다 바치자는 건가. 목사 2명이 불을
질렀다는데 그자는 공산화되면 그곳은 진정한 교회도 없는데 목사직도 없
는 세상에 살자는 것인가? 6·25 전쟁 구경도 못한 자들이 공산주의 아는 척
하는 국민이 많다. 면(면사무소) 서기에게 인민위원장 완장 채우고 면장 동
무 반동이라고 때려잡는 꼴이나, 머슴에게 빨간 완장 채우고 집주인 잡는
꼴 정도는 보아야 나라 구해 준 고마움을 알 것인가. 6·25 전쟁 발발로 순식
간에 밀려 대한민국이 태평양에 빠지기 직전에 미국이 중심이 된 연합군이
아니었으면 지금 우리가 어떤 세상에 살고 있겠는가, 죽어봐야 알 것인가?

반미운동하면서 자기 자식들은 미국 유학 먼저 보내는 위선자들이 득실
득실한 나라다. 먹고 입을 것도 없고 전쟁무기도 없는 나라 적극 도와주었
더니 적당한 핑계로 배신하려는 민족을 계속 떠받혀주고만 있을 나라 어디
있겠는가. 우리가 갑이라 착각하고 사는 것 아닌가. 6·25 전쟁에서 미군 병
사들은 지구상에 코리아가 어디에 붙어있는지도 모르는 낯선 나라에 와서
5만 4천2백사십육 명이 목숨을 잃었다. 만약 우리 군이 이렇게 희생되었는
데 최고 사령관의 동상에 불을 지르고 한국군 "고홈"하라고 외치면 가당치
나 하겠는가. 은혜를 모르는 나라로 남지 말자. 위에는 우리를 속국으로 만
들고 살았던 중국, 앞에는 식민지로 지배했던 일본이 있지 않는가. 강국에
둘러싸여 있는 우리가 주한 미군을 보내고 북한에 핵이 있다고 맡기자는 건
가. 평화는 공짜가 없다는 말 되새기고 안보는 한번 잃으면 끝장인 것을 상

기하며 어차피 우리는 주변의 위협을 혼자의 힘으로 넘을 수 없는 나라다. 지난 수백 년의 역사 속에 적진 앞에 분열로 망했던 바보짓을 상기하자. 제발 그러지 말자. 자유민주주의 국가에서 살고 싶은 국민은 미국에 득을 보지 않았다고 말하는 자는 빨갱이로 보면 된다. 진정 평화를 원하거든 전쟁을 준비하라는 명언을 잊지 말자.

5) 부모의 은혜를 가볍게 잊고 사는 자식들 많아지고 있다.

출생하면 키워주고 대학까지 공부시켜주고 결혼시키면서 살 곳도 준비해 주며 살림살이도 모두 준비해 준다. 직장을 빨리 못 구하면 직장이 구해질 때까지 장성한 자식을 먹여 살려준다. 직장도 못 구하고 결혼도 못하게 되면 평생 함께 살아주는 부모, 재산이 많은 부모는 평생 놀면서 살다가 죽을 때까지 쓸 유산을 주기도 한다. 지구상에 이렇게 자식에 "애프터"하는 부모가 어디에 있겠나. 이런 부모의 은혜를 모르고 잊고 사는 자식이 넘치고 있는 세태, 부모를 요양병원에 맡기고 3년 동안 연락도 않는 자식들도 있다고 한다. 못난 자식들은 부모 유산 서로 더 가지려 소송까지 벌이고 형제간이 원수같이 살고 있는 가정도 있다. 지구상에 이런 나라가 많이 있을까 부모는 영생하지 않고 곧 떠난다. "있을 때 잘해."

6) 친일 인명사전 속의 공이 많은 분들을 간과 하는 것은 눈감는 색맹들의 판별법 오류이다. 이승만 대통령이 식민지 나라가 해방되어 자유민주주의 나라로 건국하고 한미동맹으로 공산화를 막은 공을 잊고 아부꾼들이 저지른 부정선거만 부각시키고, 박정희 대통령의 5천년 민족의 가난을 해결하고 경제발전으로 한강의 기적을 이룬 공은 무시하고 군사독재만 한 대통령으로 치부하고 있다.

건국 이래 나라를 위해 공을 세우고 공헌한 분들이 많으나 존경받지 못하고 작은 흠의 고리에 걸려 전부 못 쓸 사람으로 몰려 존경할 분이 한 분도 없는 나라가 대한민국이다. 공은 무시하려 하고 흠만 잡는 사회가 계속된다면 한국의 어떤 대통령이라도 업적이 넘쳐도 추앙받는 대통령으로 남을 수 없을 것이다. 그저 끌어내려 걸레로 만들려는 심보를 못 고치고 있다.

중국의 등소평이 모택동의 치적을 평가하면서 그의 공功이 일곱 가지이고 과過가 세 가지인데, 공이 과보다 크기 때문에 그를 중국 근대사의 최고 지도자로 받들어야 한다고 주장한 것에서 유래한 말이 공칠과삼功七過三이다. 이는 인생만사에 공功과 과過가 있고 득得과 실失이 있으며 미美와 추醜의 상반된 면이 공존한다는 만고의 진리를 가리키고 있다는 것이다.

그러하니 우리가 3밖에 안 되는 불행을 자꾸 크게 부풀려 불행하고 힘들다고 생각되어져 훨씬 많은 7의 행복을 발견하지 못하는 어리석음을 곧잘 범하고 있다는 말이 교훈이 되기 바란다.

7) 식민지 해방 후 아무것도 가진 것도 없는 거지같은 나라에 한 번도 경험하지 못한 나라에 민주주의라는 과분한 옷을 입고 1948년에 자유민주주의 국가로 출범했다. 왕조 국가와 식민통치에서 살다가 준비 없이 출발한 민주주의는 많은 시행착오와 분열 그리고 갈등의 나날들이 연속으로 한발도 앞으로 나갈 수가 없었다. 구국일념의 젊은 군인들이 혁명을 일으켜 박정희라는 장군에 의해 가난의 극복과 세계 10위의 경제대국을 이루는데 기초를 닦아 오늘 번영의 나라를 만들었다. 이런 번영을 이룩한 지도자들을 독재라는 프레임만 씌어 비판만 일삼은 좌파들은 그래도 그 번영 속에 혜택으로 유학도 하고 배움의 길로 성공한 자들이 입만 열면 욕하고 있다. 이들이 해외 나가면 우리는 경제대국이라고 과시하며 으스대고 다닌다. 참 뻔뻔하다. 이들은 경제개발현장과 국책사업장마다 반대하고 다녔다. 잘 살게 만들어 놓으니 고마움과 은혜를 모른 자들이 많다.

8) 정치적인 은혜를 배신으로 갚았던 자들도 많았다.

우리나라의 역사가 슬프고 굴욕적인 첫 번째 이유는 배신자가 많다는 것이다. 이완용도 처음엔 독립협회 초대 회장이었고, 독립문도 세웠고 현관

글씨도 직접 쓴 사람이다. 그런 그가 일본이 강해지자 친일파로 돌아섰고 결국 나라를 팔아먹는 친일파가 되어 대한제국을 일본에 헌납하는데 앞장 선 민족의 배신자로 일왕의 일등공신이 되었다.

전직 대통령 중 부하에 배신 안 당한 대통령은 전두환 대통령 뿐이다. 장세동이란 의리의 사나이가 옆에 있었다. 그러나 박정희 대통령은 제일 믿는 고향 김재규에게 배신당했고, 이명박 대통령은 평생 집사 생활을 한 K모 집사 중의 집사가 배신했고, 박근혜 대통령은 자기 당의 국회의원이 대통령을 배신하고 탄핵한 김무성, 유승민, 권성동 등 62명에게 배신당했다.

25. 준법정신이 부족하다

준법정신은 법률이나 규칙을 잘 지키는 정신이다. 법과 질서를 지키는 것은 시민이 주인인 사회의 기본이다. 준법정신을 실천하는 것은 공동생활의 질서유지를 위한 최소한의 도덕이요 문화수준의 척도이기 때문에 결과적으로 정의로운 사회, 질서 있고 안정된 건강한 사회건설로 귀결되는 것이다. 물론 준법정신의 토대는 정의에 부합하는 법이 제정되어야 하고 또한 집행되어야 한다. 여기서 준법정신의 중요한 문제는 시민이 법을 지키는 것을 당연시 여기는 시민의식의 공감대가 필요한 것이다.

준법의 중요성은 우리 모두의 구성원 간의 약속인 법을 지키는 것, 국가 구성원으로서 갖추어야 할 법적 자세, 나와 이웃의 정의로 사회를 만들자는 것, 국가적 질서유지 및 발전으로 평화로운 삶을 살자는 것이다.

우선 교통신호의 적색신호에 정지선 지키기가 준법정신의 시작이다. 횡단보도의 교통신호는 사람과 차량과의 생명적 약속이기 때문이다. 이 준법정신을 지키지 않을 때 엄한 법적제재가 따른다. 아직도 이런 기초 준법이 지켜지지 않아서 교통사고가 다발로 나고 있다. 신호 지키기, 정지선 지키기 실천하고, 가장 위험한 신호 끝날 무렵 걷기 시작, 횡단 보도정차, 야간에 차도, 사람도 신호 무시하고 진행하기 습관을 없애야 한다. 외국인들이 꼭 지적하는 한국인은 준법정신이 부족하다. 생활 속의 준법정신이 익숙하지 않다는 것이다. 줄서기, 순번 기다리기, 대중교통 이용에 조급성, 선거에 투표하지 않는 참정권 포기하는 사람도 많다는 것이다.

기업도 준법정신이 부족하다. 준법경영, 정도경영, 탈세 편법경영 청산이 제대로 지켜지지 않는다. 경제활동의 주체로서 기업가가 탈세하고, 죄짓고, 기업 회장 구속은 경제에 악영향 끼친다고 솜방망이 처벌하기, 유전무죄의 청산, 법을 만드는 국회의원, 법을 집행하는 공기관들이 준법정신 결여로 잘 안 지키는 일들이 지탄의 대상이 되고 있다.

국회 청문회장에서 본 국가 최고 지도자 그리고 최고의 지성이라는 학자들의 불법을 보고 세계인 앞에 낯을 들기 힘들 정도의 막되게 살아온 사람들이라는 것을 알게 되었고 위선자들이 많았다. 조금도 절제와 금도도 없이 살았던 자들, 그것도 양심을 가진 후보들은 사퇴하는 용기를 보았다. 양심 없는 사람은 끝내 자리를 얻기 위해 말같지도 않는 변명을 늘어놓고 발버둥치는 것을 보고 있으면 측은하기도 했다. 갖가지 방법으로 편법증여, 상속이나 의도적으로 탈세하다가 검증 직전에 몰랐다면서 납부하기, 부모끼리 자녀 스펙 품앗이 등 편법과 불법을 자행해 왔음을 드러내 놓고 있다. 이런 작태를 보면 머리 좋을수록, 지식수준이 높을수록, 돈이 많을수록, 사회적 지위가 높을수록 교모하게 법의 그물을 빠져나가며 살아왔음을 증명해 주고 있다.

더욱 감탄한 것은 청문회 후보 중에 한 명도 법을 지키고 준법 생활을 한 후보가 없었다는 점에 국민들에게 실망을 안겨 주었다. 준법정신과 양심을 갖고 살아온 지도자가 없었다는 것을 알고 모든 국민은 이 나라 지도자란 사람들의 수준이라는 것을 알게 되었다.

정치인들의 구속영장 집행은 참 힘들다는 것. 순순히 집행에 응하지 않기 때문이다. 국민에게는 그토록 준법정신을 심어준 정치인들이 자신들의 준법정신은 "내가 누군데 구속되나" "내가 무슨 죄를 지었다고 들어가나" "나를 니들이 뭔데 구속시키나"라는 말로 자신은 절대로 구속될 이유가 없으며 구속영장이 발부될 이유가 없어 영장에 응할 수 없다는 대단함을 과시한다. 이것이 우리 정치인들의 준법정신의 현 주소다.

우리는 해마다 7월 17일 제헌절을 맞아 준법정신은 법을 지키는 정신이고, 그 나라의 국민 문화 수준을 나타내는 척도라고 말한다. 문화가 발달한 나라일수록 법을 잘 지킨다. 이런 기념사를 하면서 해마다 법을 잘 지키는 선진국민이 되길 다짐한다. 그러나 아직도 법을 지키지 않는 자들이 준엄한 법의 심판을 피하려 하고 있다.

특히 준법정신의 본보기가 되는 것은 문명된 성숙한 나라에서의 폴리스라인(police line)의 준수에서 볼 수 있다. "폴리스라인"이란 최소한의 질서유지를 위해 사건 현장이나 집회 장소에 설치되는 경찰저지선을 의미하며 집회 및 시위에 관한 법률에서 질서유지선이라는 단어를 사용해 "적법한 집회 및 시위를 보호하고 질서유지나 원활한 교통소통을 위해 집회 또는 시위의 장소나 행진 구간을 일정하게 구획해 설정한 띠. 방책, 차선 등의 경계표시"인 것이다.

이 라인의 침범에 대하여 미국은 엄격한 처벌을 하고 있다고 한다. 폴리스라인을 침범하지 말라는 3번의 경고를 무시하면 지위 고하를 막론하고 바로 체포한다는 것이다. 미국의 워싱톤 국회의사당 앞에서 이민법개정 촉구시위를 벌리던 '찰스랭글' 연방하원의원이 폴리스라인 침범으로 체포된 사례도 있었다.

하지만 우리나라의 경우는 어떠한가? 일부 과격 시위대는 여전히 폴리스라인 설치가 집회의 자유를 훼손한다는 그릇된 인식을 갖고 있다. 때로는 헌법에서 보장된 집회 시위를 개최하는데 정부와 경찰이 무슨 권한으로 자신들을 막느냐는 것이다. 그러나 집회 시위의 권리는 무제한 권리가 아닌 시민사회 공동체의 질서유지 및 공공복리와 적절한 조화를 이룰 때 그 정당성을 인정받을 수 있는 것이다.

그런데도 시위의 주동자들은 경찰이 폴리스라인을 설치해 집회를 방해한다고 선동적 구호를 외치면 다수의 시위대들이 격한 감정을 주체하지 못하고 질서유지선을 막무가내로 침입한다. 그로 인해 주변의 교통은 순식간에 마비되고 금지된 시설물에 침입하는 것이다.

다중의 군중심리에 부화뇌동되어 난장판 시위를 벌이는 것은 어제오늘의 현상이 아니다. 준법정신이 마비된 현상은 시위하는 현장에서 잘 말해주고 있다. 노동조합 시위에서 죽창, 쇠파이프를 들고 경찰 차량 부수는 막가파 시위를 보면 한국에 아직 자유민주주의라는 옷이 맞지 않구나 하는 감이 들 때가 있다.

결국 어느 국가사회도 구성원들의 준법정신이나 법질서 확립 없이는 수많은 사회적 갈등과 불만을 해소할 수 없고, 결국은 국민의 삶이 위협받게 된다. 언제부터인가 우리 사회의 일부 지도층. 권력층 법률 전문가들이 더 기술적으로 법을 왜곡하고 훼손하는 일이 다반사가 되고 이런 일을 아무렇지 않게 여기는 경향이 있어 우려가 깊어지고 있다. 이런 법을 잘 아는 법전문인들이 법을 악용하는 법비法匪들이 있어 준법정신 확립에 되레 방해꾼이 되고 있다.

26. 권리주장은 잘 해도, 의무이행은 부족하다

권리를 주장하기 이전에 의무를 다하라는 교육이 선진국은 필수적이다. 자기의 의무는 다하지 않으면서 권리 주장을 잘하는 나라는 대부분 후진국의 현상이다. 의무를 제대로 수행하고 권리를 주장할 때 그 권리는 공격받지 않는 것이다. 나에게 주어진 의무를 완전히 수행했을 때만 권리를 갖는 것이다. 즉 권리는 의무에 의존하며 의무에서 생긴다. 사람들은 흔히 권리주장에는 투철하거나 강하면서도 의무이행을 회피하거나 그 의식이 약한 사람이 많다. 국민의 4대 의무라는 근로의 의무, 납세의 의무, 국방의 의무, 교육의 의무 중 그 어느 것 하나 제대로 실천한 적이 없는 사람이 게거품을 물면서 권리 주장하는 모습만큼 볼썽사나운 꼴불견은 없다.

미국의 젊은 기수를 주장한 케네디 대통령은 "여러분 미합중국은 인디언과 싸우고, 자연 풍토병과 싸운 시민이 세운 세계 유일의 민주주의 국가입니다. 이제부터 이런 자랑스러운 미국 국민은 나라를 위해 무엇을 할 것인지를 먼저 생각해야 합니다"라고 했다.

그렇다. 선진국 국민은 나라가 먼저 해주기를 바라지 않는다. 나라에 무엇을 해달라고 떼를 쓰는 국민은 후진국의 징표라 할 수 있다. 열차사고로 늦어 열차가 지연되어도 항의하고 소란 피우고 창문을 깨는 사고도 있었다. 탑승객 사유로 항공기 출발이 지연되어도 항공사에 거칠게 항의한다.

외국인들은 침착히 기다려 주는데 한국인은 자기 권리라 생각되면 대단하다. 한국인들은 단체생활에도 의무이행에는 "요령"을 잘 부린다. 마치 요령 잘 부리는 것이 처세술로 착각하는 사람들이 많다. 원래 일 잘하고 의무 다하는 사람은 불평이 별로 없다. 꼭 일도 잘하지 않는 꾼들이 불평이 많은 법이다.

헌법상 국가 안위를 위하여 모든 국민은 병역의 의무를 진다고 규정하고 있으나 그 의무를 피하기 위하여 교묘한 편법으로 자해행위를 해서 기피하는가 하면, 납세의 의무를 피하려고 현금과 금괴를 숨겨 두고 체납을 일삼는 자들의 모습을 종종 볼 수 있다.

당나라의 한 선사는 "일하지 않는 자, 먹지도 말라"고 했다(一日不作 一日不食). 역시 의무를 다하지 않는 자는 권리를 주장할 자격이 없다는 것이다. 국가의 구성원이 권리주장보다 의무이행이 철저할 때 그 사회는 건전해지고 풍요로워지는 것이다.

인도의 마하 트마 간디의 말을 되새겨 보고 싶다. "행동하는 가장 바람직한 원칙은, 권리를 주장하면서 친절을 고집하는 것이 아니라, 봉사하면서 친절을 요구하는 것이다"라고 했다.

27. 시기(猜忌), 질투심(嫉妬心) 강하다

시기猜忌는 '갖지 못한 사람이 가진 사람을 부러워하는' 것이고, 나보다 더 잘나가는, 나보다 더 가진 대상에게 보인 감정이고, 질투嫉妬는 '가진 사람이 그것을 잃을까 두려워하는' 것이고 내게 올 것을 남이 가로채 갔다고 생각할 때 또는 내게 올 것을 방해한다고 생각되는 대상에게 보이는 감정이다. 경쟁 상대와의 진급, 승진이 있을 때 질투하고 인사이동 시기에는 시기심으로 흠을 들추어 투서 넣는 경우가 공직사회나 군 내부에도 크게 문제가 되고 있다. 있는 사실에 대한 투서와 사실이 아닌 의혹이나 소문 또는 무고로 넣는 투서와 구별되지 않기 때문에 심각성이 있는 것이다. 심사기관에서는 전부 조사를 할 수 없고 곤욕을 치른다. 무능하고 부족한 사람일수록 질투심이 강하다는 성향이 있다고 한다.

왜 한국인은 시기와 질투를 잘하는가? 상대를 잘 헐뜯는 한국인의 풍부한 언어는 시기를 잘하고 질투를 잘하는 데서 나오질 않았을까. 특히 선거판에 가면 상대를 헐뜯는 끝판 왕이다. ○○ 후보 그 자리에서 한 일이 뭐가 있어, 덕이 없으니 사고 많았지 등 당선되면 무슨 일을 하겠다는 정책제시가 아니고 상대 험담만 하는 연설의 일색이다. 한국인의 질투와 시기는 농경 생활에서 너무나 평등하게 대동소이大同小異하게 살아온 전통문화가 너무 깊이 몸에 베여있기에 누가 자기보다 잘났거나, 잘 살기라도 하면 그보다 더 배 아픈 일이 없고 더 억울하고 분한 일이 없다는 생각을 하기 때문에 한국에는 죽은 영웅만 있고, 산 영웅이 없는 원인도 바로 여기에 있다.

왜 살아 있는 영웅은 없는가? 살아 있는 한 너와 나는 항상 평등해야 하기 때문이다. 한국인은 잘난 사람을 이리 깎고 저리 주물러서 자기와 엇비슷하게 만드는 데는 저마다 능하다. 한국인의 업적은 살아서 빛나는 것이 아니라 죽어서 빛난다. 한국인의 무덤에 비문이 발달할 수밖에 없는 원인도 여기에 있다. 한국은 시기와 질투 때문에 많은 발전과 성장을 가로막았다. 조선시대는 단합으로 국력을 키우지 못하고 당파싸움으로 서로 물고 뜯고 함께 죽는 길을 반복한 역사 때문에 망할 수밖에 없었다. 적당한 예로 민족의 성웅 이순신 장군도 시기와 모함으로 고초를 엄청 당했다.

"사촌이 논을 사면 배가 아프다"는 말은 다른 사람 잘사는 것을 기뻐해 주지 않고 되레 질투하고 시기하는 경우, 쉽게 말해 다른 사람 잘되는 것을 보지 못하는 지독한 이기주의에서 비롯된 말이다. 이 말은 우리나라 사람들의 속성을 대표하는 말 중에 하나가 아닐까? 사촌이 어디 남이겠나, 가장 가까운 친척임에도 불구하고 자기 자신 외는 모두 남으로 보는 이런 삶의 태도는 결국 자업자득이 돼 부메랑으로 자신이 그러한 상황에 처하게 되는 모습을 우리는 주위에서 보게 된다.

너의 당선은 나의 불행이 되고, 너의 낙선이 나의 행복이 되는 세상에서는 사촌이 논을 사면 배가 아프니 정로환이 필요하다. 교수사회에도 시기 질투가 심하다. 전 연세대학교 의과대학 고 황수관 교수는 건강전도사로 '신바람 박사' 9988로 99세까지 팔팔하고 건강하게 살자 등 인기가 절정에 이르자 의과대학 출신도 아니면서 의학적인 건강 강의하고 다닌다고 시기심 섞인 비난을 많이 받았다. 새로운 의술을 개발한 의대교수들도 검증 안된 의술이라면서 폄하하고 시기도 받았던 사례도 있었다.

승진, 진급 철만 되면 상대를 흠집 내기 위하여 투서投書질하는 못된 버릇이 특히 공직 승진, 군 인사 승진, 요직이동 때면 일어나는 현상으로 인사 관계자들이 고통 받고 있다. 동료가 먼저 승진하면 배가 왜 아픈가? 같은 조건에 상대가 먼저 가는 것은 못 참는 시기심의 발동 때문일 것이다.

28. 하위자에게 갑질하는 습성

수습과정이나 견습공에 혹독하고 비인간적 수련을 잘 시킨다. 숙련기술자들은 수련자에게 빠른 숙련을 못하면 욕질 잘한다. 운동선수들은 비인간적인 기합氣合 주고 구타 잘하고, 의사 수련과정에도 인턴, 레지던트는 힘든 과정을 겪어야 의사가 된다. 정비공장의 기술습득 과정에도 혹독한 폭언 듣고 공구까지 던진다. 군부대 하급병사 인격 모독과 심한 구타 기합 받은 고생은 추억담으로 남는다. 연극계도 하급단원들은 성적 수치감 예사롭게 당한다.

제주대학교 병원 재활센터에 근무하는 모 교수는 지난 수년 동안 의료요원들을 때리기, 꼬집기, 발 밟기, 인격 모독, 폭언, 권한 남용의 갑질을 행사하여 파면시켜야 한다는 호소가 나오고 있었다. 특히 해당 교수는 환자를 보면서 업무 중인 치료사들을 상습적으로 상식 밖의 폭행을 하였다는 것이다.

얼마나 직장 내 갑질이 심해서인지 결국 '직장 내 괴롭힘 방지법'이 생겨났다. 사용자나 근로자가 직장에서의 지위 또는 관계 우위를 이용해 다른 근로자에게 신체적·정신적 고통을 주는 행위나 근무행위를 악화시키는 행위 등을 금지하는 목적의 법으로, 2019년 7월 16일에 시행되었다.

29. 집단 떼법으로 풀려는 근성

법 적용을 무시하고 생떼를 쓰는 억지 주장 또는 떼를 지어 몰려다니며 불법시위를 하는 행위 등에 "떼법"이란 신조어가 나왔다. 집단 이기주의와 법질서 무시의 세태를 보여주는 형태이다. 시위 천국이 된 한국, 을의 반격인가, 떼법의 시대인가? "을"이라는 이유로, 약자라는 이유로 원칙보다 숫자로 동정심에 해결해 보려는 경향이 있다. 이익단체를 만들어 약자라는 이유로 법과 질서를 무시하는 시위, 점거 등이 일상화되고 있다.

법의 정당한 절차를 밟고 유관기관의 심의를 받아 인허가를 받은 사업도 주민이나 시민단체의 적당한 이유를 붙여 사업진행을 방해하면서 사업진행을 못하는 나라다. 허가청이 합법적 허가를 해주고도 허가권을 보장해 주지 못하고, 법에 없는 민원을 해결하고 진행하라는 우유부단한 허가청의 행태가 더욱 떼를 쓰면 얻을 것이 있을 것 같은 떼법을 조장하고 있다.

떼를 써서 목적을 달성한 사례들의 학습효과를 활용하여 성공한 예로 서울 노원구의 구청미화원, 경비원, 주차관리원 등이 "정년추가 연장" 등을 요구하며 구청장실 입구 복도와 구청 로비 등을 점거하고 술판까지 벌인 민노총 요구를 대폭 수용하며 합의를 보게 되었다.

법적 판단을 위하여 구속영장을 심의하는 법원 앞에서 구속을 시키라는 시위를 벌이고, 재판과정에는 죄를 주라고 법관에 압박 같은 시위를 하고,

구속영장이 발부되지 않거나 무죄 판결을 선고한 판사에게 갖은 폄하를 하는 여론을 만드는 형태야 말로 떼법 근성의 못된 사례라 할 수 있다. 이렇게 사법판단까지 여론몰이하면서 다수 군중으로 영향을 주려는 것은 아주 후진적 형태의 전형으로 없어져야 할 저질문화다.

기업의 임금인상도 노사 간 협의에 의해 결정하는 정상적인 노사 문화는 없고 거의 강경시위와 파업으로 해결하려고 하고, 고용문제도 규정을 지키지 않고 유리한 해결을 하려고 든다. 우리 노조원을 우선 정규직으로 해달라는 투쟁과 공공기관장실을 점거하거나 심지어 기관장의 주택 앞에까지 가서 농성하고 인근 주민까지 불안하게 한다. 상가 임대차 분쟁에는 다수의 힘을 이용해 아파트 앞에서 초상집에 쓰는 상여를 만들어 놓고 상복을 입고 시위하는 형태 등은 우리사회가 적당한 명분을 붙여 수단과 방법을 가리지 않고 동원하는 발상으로 간다면 법을 통한 권리구제는 떼법에 밀릴 수밖에 없는 것이다. 법질서의 안정 속에 서로 협의하고 조정하여 합일을 찾는 문화가 정착하지 않는 한 떼법에 기대어 풀려는 이기주의는 지속 될 것이다.

30. 한(恨)이 많은 민족이라, 한 풀이 경향 있다

한恨은 한자 적으로 보면 마음 심忄과 가만히 멎어 있다는 간艮로 구성된 한자다. 즉 "무엇인가 마음속에 머물러 있다"의 의미이다. 한恨은 가장 한국적인 슬픔의 정서이다. 억울함, 원통함, 원망, 뉘우침 등의 감정과 관련해 맺힌 마음의 응어리이다.

1) 남녀 차별사회 여성의 한(恨)

한국인의 '한'이라면 어머니의 한은 빠질 수가 없겠지. 시집살이 힘들고 어려운 집안에서 아들딸 낳아 키우고 어렵게 자식 교육시키고 살아가면서 얻은 병으로 아픔을 입에 달고 살아온 어머니의 삶을 한마디로 표현하기는 어렵다. 한평생 살면서 자신의 욕구를 위해 사신 적이 없었고 자식을 위해, 남편을 위해, 시부모를 위해, 친인척을 위해, 자신을 위한 일은 없이 살아온 슬픔, 후회, 억울함도 있었을 것이고, 그것이 화가 되어 응어리진 어머니의 '한'은 화병火病으로 가슴에 자리했다.

그 어머니의 한만 있겠나 청상과부靑裳寡婦가 되어 남편을 일찍 저승에 보내고 일생을 시부모와 살면서 정절을 지키고 살은 여인의 한이 얼마나 깊었겠나 짐작하기도 어렵다. 옛날에는 딸자식을 시집 보내면서 너는 어떤 일이 생겨도 그 집의 귀신이 되라면서 시집보냈다. 그러고 보면 청산과부가 되어도 시집의 식구로 살아야 한다는 것이 준엄한 불문율이었다. 청상靑裳은 청치마를 입은 과부라는 뜻이고 젊은 나이에 임자가 없는 여자란 의미다. 청상과수, 청춘과부라고 부르기도 했다.

조선 시대에는 성종 8년(1477년)에 "과부재가寡婦再嫁 금지법"을 시행하여 과부 결혼을 금지하였으며, 고종 31년(1894년) 6월에 갑오개혁에 "과녀의 재가는 귀천을 막론 하고 자유에 맡긴다"하여 허용하였다.

2) 신분 상승 출세의 한(恨)

나는 힘들고 가난에 찌들게 살았지만 자식세대에는 가난을 대물림할 수 없다는 한이 맺힌 염원은 학업을 통한 교육에도 뒤처지지 않게 공부시켜 신분 상승의 기회를 잡아야 되겠다는 응어리진 한이었다. 이 한을 풀기 위한 학업 경쟁은 치열한 전쟁으로 변했다. 좋은 학교 진학시켜 판검사 시켜 내가 이루지 못한 것을 대리 만족이라도 충족하려는 염원과 한이 자식의 적성과도 다른 분야에서 좌절을 느끼게 만들었고, 자식의 결혼에까지 적극적으로 관여하고 심지어 혼수까지 문제 삼아 고난의 보상을 받으려는 심사도 간혹은 노출되고 있다. 이런 한 서린 절규는 믿음 생활에도 복만 달라는 기도만 하게 되어 기복신앙이 번성하게 되었다. 무당과 역술인이 전국에 약 100만 명으로 추산되고 있다.

3) "한"을 노랫가락에 담아서 풀기도 했다.

한국인의 "한"은 그 출발점이 좌절이며 좌절이 원한을 낳고 원한은 다시 피해의식과 약자의식으로 생성하게 했다. 피해의식 때문에 한국인은 피해망상증 환자가 많고 자신에 대한 원죄의식이 아니라, 남에 대한 원한 의식이 강하다. 또 민중적 한은 한의 본질을 억압당해 온 민중 정서에서 찾기도 한다. 한의 분출이 복수의 악순환으로 가는 것은 막아야 하고 한을 "삭임"으로 풀려고 했다. 한은 마음의 산물인 것이 틀림없으므로 마음으로 삭임이 중요하다. 한이 많은 한국인은 때로는 쌓인 한을 풀지 못해 화병이 생기기도 한다. 한을 삭이는 방법으로 노래나 시를 통해 분출하기도 했다.

우리 민족이 "한의 민족"임을 잘 설명해 주는 아리랑은 한을 토해내는 노래 말과 곡조를 담고 있다. 물론 각 지역에 따라 노래 말과 곡조에 약간의 차이는 있지만 기본적으로 공통된 한을 토해내는 애절한 민요이므로 누구에게나 심금을 울리는 애절한 호소력이 있으며 욕구불만의 하층계급일수록 호소력이 더 하다. 대표적인 '아리랑'인 "밀양 아리랑"의 전설적 유래를 살펴보자.

옛날 밀양 부사府使의 외동딸 "아랑"이 있었는데, 부사의 젊은 하인에 의하여 겁탈을 당했으나 죽음으로 뿌리치며 억울하게 죽었다. 그 후에 새 부사가 부임했을 때, 밤에 "아랑"은 머리를 풀고 목에 칼을 꽂고 피투성이가 된 채, 부사에게 나타나서 공손히 절을 할 때 그는 기절해 죽었다. 새 부사가 부임할 때마다 똑같은 일이 일어났다. 나중에 자원한 한 부사가 밤에 자지 않고 하인들을 시켜서 촛불을 사방에 낮과 같이 환하게 켜 놓고 있었는데, 그 억울하게 죽은 "아랑"이 똑같은 모습으로 나타났으나 그는 기절하여 죽지 않고 그 억울한 사연을 듣고 그 범인을 찾아내서 원한을 풀어주었다는 애절한 한이 전해지고 있다.

(밀양 아리랑)

1. 날 좀 보소 날 좀 보소 날 좀 보소 동지섣달 꽃 본 듯이 날 좀 보소 (후렴, 아리 아리랑 쓰리 쓰리랑 아라리가 났네 아리랑 고개를 넘어 간다)
2. 정든 님이 오셨는데 인사도 못해 행주치마 입에 물고 입만 벙긋
3. 다 틀렸네 다 틀렸네 다 틀렸네 나귀타고 장가가기 다 틀렸네
4. 다 틀렸네 다 틀렸네 가마타고 시집가기는 다 틀렸네

쭉 이어지는 한이 담긴 가락이 애달프다.

(칠갑산)

가수 주병선이 불러 히트한 "칠갑산"은 한국인의 정과 한을 칠갑산에 녹여 낸 가사라 적어 본다. 한국인만이 느낄 수 있는 눈물과 체념의 가락과 노래 말이다.

> 콩밭 매는 아낙네야, 베적삼이 흠뻑 젖는다
> 무슨 설움 그리 많아 포기마다 눈물 심누나
> 홀어머니 두고 시집가던 날 칠갑산 마루에
> 울어주던 산새 소리만 어린 가슴속을 태웠소.

이 가사는 아버지보다 어머니가 더 애잔하게 와 닿는다.
아버지는 그래도 가부장 사회에서 자신의 삶을 살았지만 어머니는 그저

집안일과 농사일밖에 모르고 부창부수夫唱婦隨 여필종부女必從夫로 살았기에.

(여자의 일생: 이미자) 우리 친정 어머니의 18번 노래라는 별명.

참을 수가 없도록 이 가슴이 아파도 여자이기 때문에 말 한마디 못하고 헤아릴 수 없는 설음 혼자 지닌 채 고달픈 인생길을 허덕이면서 아 아 참아야 한다기에 눈물로 보냅니다. 여자의 일생

견딜 수가 없도록 외로워도 슬퍼도 여자이기 때문에
참아야 한다고 내 스스로 내 마음을 달래어 가며 비탈진 인생길을 허덕이면서 아 아 참아야 한다기에 눈물로 보냅니다. 여자의 일생

이 노래는 한국 전통사회에 있어서 여인들이 겪었던 고단했던 삶이 비슷해 보인다. 그래서 여성들로부터 많은 사랑을 받은 노래다.

4) 천민(賤民)으로 살았던 한(恨)

조선시대 전체인구 50%가 노비奴婢로서 살아온 '恨' 노비는 보통 "종"이라고 했는데 노奴는 남자 종, 비婢는 여자 종을 말한다. 도올 선생이 방송 강연 중 객석을 향해 한 말씀했다. "족보 있는 양반 가문 손들어보세요." 대다수 사람이 손을 들었다. "조선시대 인구 50%가 노비였는데 여기 앉은 사람 절반은 노비 가문입니다. 우리 주변에 김씨, 박씨, 최씨 사는데 자신이 노비 후손이라는 사람을 본적이 없다. 족보 90%는 가짜라는 걸 대다수 인정하지만 자신의 족보는 진짜로 믿는 현실이다. 조선시대 1000만 인구 중 500만이었다면 그들이 얼마나 힘든 세상을 살았는지 알 수 있다. 노비의 양산量産은 양반이 여종 사이에서 아이를 낳으면 노비가 된다. 이게 더러운 노비종모법奴婢從母法이다. 아비가 건드린 여비를 사후에 아들이 건드려서 또 새끼

를 낳으면 노비다. 이런 노비증가는 양반 가문을 버티는 재산이 되어서 노동력을 착취를 했다. 조선 시대 장례원掌隸院은 노비 장부를 관리하고 노비 관련 소송을 담당하는 관청이 있었다. 조선 시대 악습 중 최악이었던 노비제도는 경국대전에 따르면 천민은 곧 노비이다, 라고 했다. 노비라는 신분은 법적이던 실질적이던 주인에게 속해 있었으며 물건처럼 거래가 가능했다. 죽기 전까지 무보수로 일해야 했으며 노비가 마음에 안들 경우 주인이 마음대로 할 수 있기 때문에 대우는 최악이었다. 그래서 기회만 있으면 도주가 많았다.

더욱이 일본, 중국에는 없는 세습되는 노비제도는 최악의 신분제도였다. 동족을 노예로 부리면서 스스로 "동방예의지국"이라고 칭하는 것이 어이없는 짓이다. 이제 와서 보면 누군가는 50%가 조상이 인간 박대의 삶을 살아온 한 많은 후손인 것이다.

5) 임진왜란으로 전 국토가 도륙당한 백성의 한(恨)

1592년 조선 인구 500만이던 시대 전 국토가 전장으로 변해 전쟁에 참여했던 관군이나 의병들 그리고 전쟁에 참여하지 않은 양민들까지 처참한 살해를 당한 사람이 약100만 명에 이르고 결국 인구감소 현상까지 있었다. 또 많은 여성들이 강간을 당해야 했고, 수많은 문화재를 약탈해 가고 파괴되었다. 많은 도공들이 납치되어 갔으며, 심지어 수만 명의 코와 귀를 잘라갈 정도로 잔인한 수난을 겪었다. 그 흔적이 일본 교토의 "도요토미 히데요시" 의 신사(豊國神社) 앞에 있는 귀 무덤(耳塚)이 실증하고 있다. 왜군을 막기 위하여 10만 병사를 양성하자는 율곡의 간청도 거절하고 국방에 안위한 왕조 때문에 백성의 한은 극에 달했다.

6) 속국으로 살았던 恨(병자호란의 슬픈 한)

1637년 1월 30일에 청나라의 12만 명의 침공을 받고 남한산성을 포위하고 왕(인조)이 삼전나루에서 청 태종 앞에서 삼배구고두(三拜九叩頭: 항복 의식으로 한번 절할 때마다 세 번 이마를 바닥에 찧는 것을 세 번 하는 것)로 항복하는 치욕을 당했다. 소현세자와 세자빈, 봉림대군과 척화신하戚和 臣下들을 볼모로 하고 60여만 명을 포로로 잡아갔는데 이 중 50만 명이 젊은 여자들이었다. 끌려간 여성들을 데려오기 위하여 금, 은, 포목 등을 지불하고 데려왔는데 이 여성에게 환향녀還鄕女라는 이름이 생겼다. 돌아온 여성들은 홍제원 냇물인 연신내에서 몸을 씻고 들어오게 하여 순결과 정절을 인정해 주었다. 청군에 급탈 당해 낳은 자식을 호로胡虜자식이란 이름이 생겼다. 이런 혹독한 전쟁을 발생케 한 무능한 인조는 왕으로서의 권위는 땅에 떨어지고 당시 인구 850만 명에 50만 명이 끌려갔으니 백성의 고통은 이루 말 수 없었고 못난 왕을 만난 백성의 한은 하늘을 치솟았다.

7) 일본식민지 백성으로 살았던 한(恨)

경술국치가 일어난 1910년 8월 29일부터 일본제국이 세계 2차 대전에서 패한 1945년 8월 15일까지 34년 11개월 18일 동안 일본제국이 대한제국을 강제로 점령통치했다. 일제강점기 나라를 빼앗기고 무단통치, 민족분열통치, 창씨개명, 언어말살, 강제징용, 문화재 약탈, 민족말살 통치 억압받은 한을 뼈 속까지 느끼면서 살아온 한 많은 민족이다.

8) 국토분단의 이산가족의 한(恨)

6·25 전쟁으로 국토가 분단되고 100만 명 이상 숨지고 부모 형제가 이별

한 한 많은 민족사를 지닌 나라. 전란을 치르고 분단으로 이별한 부모 형제를 그리는 한 많은 노래들 '굳세어라 금순아' '이별의 부산 정거장' '한 많은 대동강' 등 전쟁의 한이 담긴 노래가 쏟아져 애절한 슬픔을 달래주었다. 전후 65년이 지난 지금도 민족통일을 이루지 못하고 대치하며 살고 있다. 곧 돌아오겠다고 약속하고 헤어진 부모 형제, 부인과 자식, 65년을 만나지 못하고 살아온 이 아픔이야 당사자 아닌 사람은 헤아릴 수 없는 아픔이 한으로 응어리져 굳어 진지 오래다.

신혼에 남편을 전쟁터에 보내고 전사 통지를 받은 아낙이 얼마나 많았던가 누가 이 아낙의 슬픔을 대신할 것인가 6·25의 한 많은 슬픔은 '단장의 미아리 고개' '한 많은 대동강'으로 달랠 수 없다.

9) 가난에서 벗어나려는 한(恨)

한국인은 욕망을 참고 먹지 못한 한(恨)이 많았다. 그래서 많이 갖고 싶어하는 한을 풀고자 하는 욕심이 많다. 일제 식민지부터 먹지 못한 한을 풀기 위하여 "몸에 넣는 것을 가장 믿을 수 있는 것"이라고 생각한다. 한국인들은 자신이 먹으면서도 남이 먹는 것에 대해서는 무한한 증오감을 갖고 있다. 자기는 못 먹고 남이 먹었다 하면 원시적 증오감이 올라오는 심리가 있는 듯하다. 역대 권력자들이 재임기간 "해 먹는 것"에 분노감을 폭발한다. 한국인은 자신도 모르게 끊임없이 더 많이 가지려 한다. 검소하게 일생을 살아도 그렇게 큰돈이 들지 않는데도 불구하고 자신이 필요한 돈의 10배, 100배 이상을 가지기를 원한다. 결국 그런 "가난의 한풀이가 돈에 환장을 하고 물질의 노예로 만들고 말았다."

10) 恨을 풀어준 한국의 지도자

(1) 식민지 국가에서 해방되고 좌익 공산화 세력과 싸워 자유민주주의 국가를 세워준 건국 대통령 "이승만"

(2) 5000년 역사 속에서 "배고픔의 恨"을 풀어 준 대통령 "박정희"

(3) "짓밟힌 인권의 恨"을 풀어준 민주화 대통령 "김영삼, 김대중"

어느 경제학자가 지적한 바와 같이 급속한 경제성장을 이룩한 국가에서 그 부작용으로서 소득불균형, 물질 지상주의, 알 수 없는 적개심과 소외감 등이 일어나게 되어 정부방침에 저항하게 되고 정부는 더욱 저항세력을 억압하게 된다는 이론과 같이 한국도 70~80년대에 걸쳐 근대화 산업화로 가난의 한을 풀고 나니 경제개발 독재 속에 짓밟힌 한을 풀기 위한 민주화운동이 전개되어 그 선두의 지도자는 김영삼, 김대중 대통령의 투쟁으로 민주화를 이루게 되어 한국은 산업화와 민주화를 동시에 이룬 국가가 되었다.

이런 우리의 지도자가 있어 오늘의 경제적 풍요와 자유를 구가謳歌하며 살 수 있게 되었기에 항상 감사를 잊지 않고 살아야 할 것이다.

31. 목적을 위해 수단과 방법을 가리지 않는 자가 많다

목적을 위해 수단과 방법을 가리지 않고 인정이나 도덕도 없이 권세와 모략과 중상 등 온갖 수단과 방법을 쓴다는 말이다. 따라서 여기에는 원칙도 없고 선악도 없다. 필요에 따라 온갖 처신을 한다는 것이다. 권모술수權謀術數는 원칙과 윤리나 도덕에 기초하지 않으므로 결코 인간적 신뢰를 쌓을 수는 없는 것이다. 즉 외양은 관대해 보이지만 실제로는 시기심이 강하고 또 권모술수에 능하다는 삼국지에 실린 이야기가 있다.

권모술수에 능한 사람은 부하의 도덕성 여부는 문제가 아니라 오직 자신에 대한 충성도를 중시하지만 도덕과 원칙으로 무장된 사람은 마음대로 부리지 못하는 법이다.

"이권利權"이 생기는 일이라면 대통령, 영부인, 형, 동생, 아들, 절친한 동창생, 권력의 핵심에 있는 자에게 낮도 밤도 없이 달라붙기, 새벽 출근길 붙들기, 대문 앞 퇴근길 붙잡기, 집무실 죽치기, 사과 상자에 돈뭉치 전달하기, 성사 안 되면 준돈 나발 불기, 또는 수사기관에 뇌물제공 메모나 수첩 흘리기, 자살하면서 편법을 써서라도 도와주지 않는다고 미운 놈은 유서遺書에 돈 준 금액 써서 남기기 등 인간말자人間末子 형태가 아직도 많다. 절차와 과정의 공정성을 무시하고 목적달성을 위해 갖은 로비와 금전을 앞세워 목적을 달성하려는 수법을 동원하는 사건들이 비일비재하다.

이런 수법에 냉정을 찾지 못하고 휘말린 집권자 친인척이 철창신세를 면치 못한 사건이 대통령마다 반복하고 있다. 공자의 말씀이 새삼 떠오른다. 나무는 가만히 있으려 하는데 바람이 가만두지 않는다(樹欲靜而 風不止). 권력자 주위의 친인척은 조용히 있으려 해도 주위에서 들쑤셔 가만히 있기가 어려울 것이라는 정도는 감지해야 했을 텐데 안타깝다(소통령. 홍삼 트리오. 봉하대군. 영포대군).

감세減稅 위해 10분 1을 뇌물로 주고, 10분 9 세금 탕감하기, 부실기업이 권력에 압력 넣어 왕창 대출받고 기업 날려버리기 때문에 백년은행이 부실 대출 누적으로 간판도 못 지켰다. 상업은행, 조흥은행 등. 그뿐인가 권력과 뇌물로 허가 조건 바꿔가며 인허가 따내기, 자식 좋은 학교 보내기 위해 시험지 답안 빼내어 우등생 만들기, 가짜표창장 만들기, 가짜 인턴수료증 만들기, 대학교수 미성년 자식을 학술논문 공동저자 만들기 등 수단과 방법을 가리지 않고 저질러진 사례를 전 동양대 정경심 교수의 파렴치한 가짜소동에서 볼 수 있었다.

자기들 목적이면 무엇이든지 하는 민주노총

김천시청의 200명이 넘는 계약직 직원 가운데 민주노총 조합원 7명을 우선 무기 계약직으로 전환으로 요구하며 김천시청과 시장실을 점거하고 심지어 시장이 사는 아파트 앞에 한 달 동안 진을 치고 확성기를 틀어대고, 아파트 현관까지 시위를 했다는 것이다. 시장은 민노총 조합원만 먼저 전환할 수 없고 기준과 절차에 따라 처리하겠다고 설득했으나 그들은 막무가내로 점거를 한 것이라고 한다.

투쟁을 하던 점거를 하던 명분이 있으면 해당 기관에서 하면 될 일이지 집에까지 가족도 인근 주민도 불안하게 하는 이런 시위 문화는 엄격히 근절해야 한다. 아무리 요구가 정당 하드래도 가정은 보호해 주어야 하고 수단과 방법이 막무가내로 할 수는 없는 것이다.

문재인 대선 후보의 신촌을 울린 감동 연설이 떠오른다. "기회는 평등하게 과정은 공정하게 결과는 정의롭게." 명연설을 했지만 당선된 후 변한 것은 없고 "한 번도 경험해 보지 못한 세상을 살고 있고 있다." 모두가 공허한 메아리만 나왔다.

승객이 잊고, 놓고 간 휴대폰 승객에 찾아 주지 않고, 없다면서 해외 밀거래 꾼에게 팔아 버리는 택시기사들. 고객의 귀중한 생활정보가 저장되어 있는 기기를 돈 몇 푼에 양심을 파는 기사가 있어 연간 엄청난 휴대폰 기기가 밀반출 되고 있다고 한다. 승객 덕분에 생계사업을 하면서 고객에 배신 행위를 하고 있다. 돈이면 수단 방법이 없다는 것인가?

한국 신장腎臟협회가 2000년의 조사한 바에 따르면 생계형 위장이혼僞裝離婚이 크게 늘어 사회적 문제가 되고 있다는 것이다. 신장병 환자 중 33%가 한 달에 60만 원 넘는 치료비를 감당을 못해 위장이혼을 했다고 한다. 부양 가족이 있으면 투석비용을 면제받는 기초생활 수급자가 될 수 없는 탓에 이런 선택에 몰렸다는 것이다.

　요즘은 생계형 위장이혼이 아니라 탈세 목적을 위한 적극적 이익 추구형 위장 이혼이 많은 것이 추세라고 한다. 고액 체납자들이 부동산을 처분한 후 양도세 납부를 피하려고 이혼한 아내 집에 재산을 숨기는 체납자가 늘고 있다는 것이다.

　자녀를 외국인 학교에 입학시키려고 부모가 위장이혼을 하고 생면부지의 외국인과 서류상 결혼을 한 사례가 적발되기도 한다.

　교통사고 등으로 상해를 입었을 경우 보험금을 더 받아 내기 위하여 통근 치료도 가능한 사고를 입원하여 보상비를 늘리기 위하여 나이롱환자로 입원해 보상을 더 받는 수법을 쓰고 있다.

　(나이롱 합성섬유의 강점 중 하나가 신축성이다. 그래서 나이롱환자는 병이나 상처에 대한 증상이 강해졌다 약해졌다 마음대로인 사람을 얘기한다. 꾀병 환자와 비슷한 의미로 사용되고 있다. 또는 나이롱환자는 나이롱이 천연섬유가 아닌 즉 가짜섬유라고, 나이롱환자는 가짜환자라 부를 때 쓰기도 한다.)

　조국과 그 부인이 딸을 대학과 대학원에 진학시키기 위하여 보여준 불법 위법행위의 수법은 보통사람으로서는 상상도 못 할 수법이다. 열거해 보면 먼저 엄마가 재직한 대학의 총장 명의를 도용하여 딸의 봉사활동 가짜 표창장을 만들고, 아버지인 조국은 그가 재직하고 있는 서울대 인권센터에서 하지 않은 인턴 활동을 했다고 필증을 만들어 주었고, 고교 2년 학생인 딸을 국제의학학술지에 제1 저자로 등재시키고, 모 대학 생명공학연구실 인턴십을 통한 IPS에서의 발표경험, 물리학회 주최 여고생 물리 캠프 장려상 수상, 인턴 KIST 서울 연구실에 1개월 단기 연수과정인데 5일정도 출석하고 엄마의 친구에 청탁해 인턴수료를 받았고, 또 그의 딸은 부산에 있는 어느 호텔에서 2년 3개월을 인턴 했다고 위조 서류를 만들기도 하고, 이런 가짜서류로 명문대에 입학해서 졸업한 후 서울과 지방의 의전원에 제출했으나 실패하고 결국은 그 가짜서류로 부산의 모 의전원에 입학하게 되었다. 그야말로 의전원의 진학이라는 목적을 위하여 범죄도 마다하고 그러고도 국민 앞에 죄송하다는 말 한마디 하지 않는 심성에 놀랐을 뿐이다.

출세를 위해 학력과 경력을 속인 한국계 재미교포

미국 국무부에서 30대 한인 여성으로는 이례적으로 고위직에 오른 '미나 장'(35) 미국 정부의 분쟁, 안정화 담당 부차관보가 학력위조 논란에 휩싸였다. 미 NBC뉴스는 "장 전 차관보가 국무부 자기 소개란에 하버드대학 비즈니스 스쿨을 졸업했다"고 기재했지만, 하버드대는 그가 2016년 7주 단기과정을 다녔을 뿐 학위를 안 받았다고 확인했으며 또 육군 전쟁대학을 졸업했다고 썼지만, 4주짜리 세미나에 참석한 것을 부풀린 것으로 드러났다고 보도했다.

그녀가 현재 직위와 밀접한 관련이 있는 경력으로 내세우고 있는 비영리 단체 "링킹 더 월드" 활동도 크게 부풀려진 것으로 전해졌다. 이 활동에 관련한 해당 단체 사이트에 2017년 올라온 인터뷰 영상에는 장씨의 얼굴이 타임지誌 표지에 등장하는데, 타임지 측은 해당 표지에 대해 "진본이 아니다"라고 밝혔다. 한국인의 목적을 위해 수단과 방법을 가리지 않는 비틀어진 습성은 해외에 나가도 못 버리고 나라 망신까지 시키고 있다.

32. 공용물품, 소중히 생각하지 않는 버릇 있다

공공의 시설물은 공공의 사용목적으로 공용장소에 설치하는 시설물로서 휴게시설물, 위생시설물, 판매시설물, 통행시설물, 녹지 시설물, 상징시설물 등을 말한다.

국가나 시민의 혈세로 조성된 공공의 편의시설들이 파손되거나 무단훼손이 심각하다고 지자체는 호소하고 있다. 공중화장실 유리창이 깨어지고, 변기에 오물을 함부로 넣어 물이 막히고, 담배꽁초 버리기, 화장지 변기주변에 버리기, 세면대에서 발을 올려 씻기, 변기 물 안 내리고 가기, 화장지 가져가기, 정류장시설 발로 차기, 공중전화박스 부수기, 시설물 벽이나 정자 기둥에 낙서하기, 승강기 바닥 가래침받기, 시설물을 훔쳐가는 행위, 교량이름을 새긴 동판 떼어 팔아먹기, 도로변 맨홀 뚜껑 떼어가기, 집회 시위에서 공공시설물을 범죄의식 없이 군중심리에 휩싸여 부수는 행위, 경찰차부수기 등의 아주 비민주적 폭력시위 형태를 많이 볼 수 있다.

시설물이 파손되면 결국 선량한 시민의 세금으로 보수나 원상회복을 하게 됨으로 외면하지 말고 고발정신을 발휘해야 한다. 성숙한 시민의식이 절실한 것이다. 혈기왕성한 청년들의 화풀이로 취중에 공공시설물을 파손하는 행위는 아주 잘 못된 버릇이다. 지역 자치단체가 신고 포상제를 실시하고 있지만 파손, 훼손행위는 계속되고 있어 시민의식의 수준을 말해주고 있다. 자기 소유시설이면 이런 짓을 하겠는가? 묻고 싶다.

비양심에 더럽혀진 개방화장실 폐문

시민 편의를 위해 지정된 개방화장실이 이용객들이 양심 불량 때문에 취소되는 사례가 늘어나고 있다. 일부 이용객이 시설을 함부로 다루고 문을 부수기도 하고 음식물을 토하기도 하여 관리, 유지가 어려워 지정을 취소하는 건물이 늘어나고 있다. 외부에 활동 중 용변이 급할 경우 참으로 고마운 시설인데 감사하는 마음으로 자기 시설물 같이 사용하는 매너가 있다면 건물주가 지정취소까지는 하지 않을 것을 이용자들의 양심 불량이 초래한 결과이다.

　기업의 경리 책임이나 공기업, 아파트 관리사무소 등 소속하는 기관의 공적인 자금을 관리하는 자들이 공금을 몰래 유용하고 결국은 해외로 도피하기도 하고 최후는 들통 나서 자살하는 경우를 볼 수가 있다. 공금을 자기 돈처럼 유용하고 뒷감당을 못한 결과이다. 공적인 돈의 엄격한 관리와 책임감이 결여되어 전정前程을 망치는 경우가 많다.

　그리고 정부지원금 등을 자기 돈 아니라고 임의로 가로채거나 교묘한 수법으로 지원금의 부정수급 등 횡령으로 불명예를 입는 경우가 많다.

33. 개인 능력은 우수한데 협동심은 약하다. 모래알 민족인가?

　한국인들은 개인은 우수하고 강한데 협동심이 부족하다는 말을 자주 듣는다. 둘 셋만 모이면 서로 잘 다툰다. 그래서 한국인은 동업하는 회사가 거의 없다. 일본인의 협동력은 대단하다. 예로서 청일전쟁 때 전 국민이 대동단결하여 거대한 청나라를 굴복시켰고 그로 인해 대륙진출의 기반을 마련하였다. 일본은 강력한 군사력의 응집이 막강한 힘이 되었다. 이들에게는 야마토 다마시(大和魂: 일본 민족 고유의 정신) 정신이 있다.

　예전에 어른들이 이런 말을 하는 것을 종종 들었다, "조선인들은 모래알과도 같고, 일본인들은 찰흙과도 같아서, 조선인들은 하나하나를 놓고 보면 일본인들보다 더 뛰어나다. 그러나 일본인들은 비록 하나를 보면 조선인 보다 못났지만, 그들은 진흙처럼 똘똘 뭉쳐서 결국 조선을 이긴다." 이 말은 참 듣기 거북한 말이라 생각했는데 이 말은 원래 한국인이 한 말이 아니고 일본 식민주의자들이 지어낸 말이라고 한다. 결코 한국인이 모래알로만 살았던 것은 아니고 국난극복을 위해 대동단결로 이루어낸 큰일들도 많았다.

모래알에다 시멘트를 부어서 찰흙보다 몇 백 배 강한 단결력을 만들 수 있는 민족이므로 자학할 필요는 없다. 한국인은 위기를 만나면 불같은 단결력이 있다고 한다. 중국인들은 축구경기에서 한국선수들의 단결된 힘을 보면 '공한증'에 걸려들어 경기에 패한다고 한다.

한국은 개개인의 능력은 아주 우수하다. 세계기능올림픽 19년 우승, 여성 프로골프의 세계제패, 올림픽 개인기 우승 등 수없이 많다. 상호협력으로 하는 단체전은 약하다. 똘똘 뭉쳐야 될까 말까 하는 협력을 요하는 곳에 모래알처럼 분열 행동이 많다. 모두 다가 잘 났다고 생각하기 때문이다. 협동의 시너지 효과를 살리지 못한다는 말을 많이 듣는다.

"뭉치면 살고 흩어지면 죽는다"는 이 평범한 지혜를 터득하지 못하는 민족인가? 이 말은 1948년 초대 대통령에 당선된 이승만이 취임식에서 사용된 뒤로, 6·25 전쟁 당시 이승만 대통령이 1950년 10월 27일 평양탈환 환영 시민대회에서도 한 말이다. 이 말의 원전은 이솝의 우화 "뭉치면 서고 흩어지면 넘어진다"(united we stand, divided we fall)라는 격언에서이다.

그리고 미국 건국의 아버지 벤 자민 프랭클린이 "뭉치지 않으면 죽는다"(join, or die)라고 했으며 그 20년 후 독립전쟁이 일어났을 때 식민지 주민들의 자유를 행한 상징이 되었다. 이 말을 이승만 대통령이 인용한 것이다.

34. 일이 잘못되면 남 탓을 잘 한다

"내 탓이오" 하는 자기성찰이 없다. 내 인생은 내가 산다. 잘되고 못 되는 것이 내 하기 나름이며 모두가 내 책임이다. 그런데 옛날 말에 '잘되면 내 덕이요 못되면 조상 탓'이라는 말이 있다. 자신이 잘하는 것만 생각했지, 자신이 잘못하는 것은 생각하지 않고 조상이 잘못한 것만 생각하고 조상이 잘

해준 것은 생각하지 않는다. 그래서 잘사는 것은 순전히 자신만의 노력이고 못살고 잘못되었을 때는 운이 나쁘고, 외부요인 상황이 좋지 않아서이고 주변 사람들을 잘못 만난 탓이라 생각하는 경향이 있다.

즉 입시에 성공하면 내 능력이 뛰어난 거고, 실패하면 선발 과정이 불공정했다고 불만을 토로한다. 우리가 대부분 자기중심적이고 자신에 유리한 방식으로 작동해서 자기중심적 편향이라고 할 수 있다. 책임 문제가 생기면 자신은 아무 책임이 없으며 어떻게든 거기서 벗어나려는 약은 행동을 잘한다. 소풍 가다 참사 나도, 낚싯배 전복되어도, 수학여행 가다가 참사 나도, 대형화재 나도, 노동자 해고에도 전부 대통령 잘못 탓하는 나라, 세계 어느 나라에서도 없는 탓하기 잘하는 나라이다. 대통령에게 책임 따지고 주무장관은 담당자는 무엇 하는 사람인가, 사고 낸 회사 대표는 책임 묻지 않고 청와대 앞에 달려가서 책임지고 물러나라는 나라, 학교운동장에 학생들이 놀다가 무릎만 까져도 교사 탓을 하는 학부모가 있다. 그러다 보니 아예 점심시간에 운동장에 노는 것도 막는다고 한다. 내 탓이요는 하지 않고 남 탓만 하는 인성 가지고 이래도 우리나라 좋은 나라인가. 특히 대형 참사의 경우에는 시민단체나 정치 세력들이 개입하여 정권 흔들기로 몰아가면서 사고를 낸 기업체나 감독기관의 책임을 묻지 않고 대통령 책임으로 몰면서 사회혼란을 조성한다.

모든 것을 남의 탓, 외부요인의 탓으로 우리의 고질적인 "탓 문화'는 우리의 정신을 망가뜨리고 사회의 기강을 어지럽힐 뿐만 아니라 우리의 가치관까지 흐려 놓는 망국의 병이 아닐 수 없다. 우리가 모든 것을 남의 탓으로, 외부요인의 탓으로 돌리는 습성에서 벗어나지 못하는 한 개인의 인생은 물론 우리가 소속된 조직이나 사회를 어지럽히고, 궁극적으로 나라까지 망치게 될 것이다. 세상사는 네 탓이 문제가 아니라 내 탓이 문제이다. 내가 잘하고 미리 대비하면 사고는 벌어지지 않는다.

1990년대 김수환 추기경 생존 시 추기경이 승용차 뒷유리에 "내 탓이오" 스티커를 붙이면서 "남 탓만 하지 말고 자기를 먼저 돌아보라"고 했다. 당시 천주교의 "내 탓이오" 정신운동은 뜨거운 호응을 받았다. 불교에서도 "자작자수自作自受"가 있고, 공자 말씀에도 "일이 잘못되면 군자는 제 탓을 하고, 소인은 남에게서 구한다"(君子求諸己, 小人求諸人)라고도 했다. 이 좋은 가르침이 있어도 우리는 각성하지 못하고 남 탓을 버리지 못 한다.

일본 민족은 잘못을 하면 자기 탓을 잘한다. 그들은 무사시대에는 자기 잘못을 할복자살割腹自殺로 자신을 응징하는 방법을 택하는 무서운 정신세계를 갖고 있다. 자신의 배를 자신이 갈라 자기를 응징하는 민족과 모든 것을 남 탓으로 하는 민족과는 큰 차이를 보여준다. 우리도 가끔 자살자가 나오기는 하지만 대부분이 자신 탓을 해 자살하는 것이 아니고 자신의 억울함을 표시하려는 자살이 대부분이다. 일본인 그들의 자기 책임 정신은 경제성장이나 각종 제품의 우수성 그리고 노벨상에서 앞서가고 있음에서 잘 설명해 주고 있다. 우리는 일본의 책임의식과 비교하면 저열한 인성을 통감하게 된다.

도산 안창호 선생은, 자손은 조상을 원망하고, 후진은 선배를 원망하고, 우리 민족의 책임을 자기 이외에다 돌리려고 하니 대관절 당신은 왜 못하고 남만 책망하려 하는가? 우리나라가 독립이 못 되는 것이 다 나 때문이로구나 하고 가슴을 두드리고 아프게 뉘우칠 생각은 왜 못하고 어찌하여 그놈이 죽일 놈이라 하고 가만히 앉아 있는가. 내가 죽일 놈이라고 왜들 깨닫지 못하는가? 항상 내 탓을 강조하셨다.

35. 치욕을 교훈으로 삼지 못 한다

역사를 모르는 국민에게 미래는 없다. 임진왜란, 병자호란, 일제 36년간 식민지배, 6·25 남침전쟁, 삼풍백화점 붕괴, 성수대교 추락, 세월호 참사 등 엄청난 안보수난과 안전 불감증으로 참사를 당하고도 아직도 교훈이 되지 못한 곳이 많다. 잘 잊고 사는 민족 때문일까?

1) 나치가 유대인 대학살을 위하여 만들었던 폴란드 "아우슈비취" 강제 수용소에 남아 있는 전시관에는 유대인들이 가지고 온 이름 쓰인 가죽가방, 옷, 신발, 목발, 의족, 안경, 머리카락으로 짠 매트, 여성 머리카락, 한 통에 400명을 독살시킬 수 있는 독 가스통이 쌓여 있고 아직도 보존되어있는 독 가스실, 이곳에 처형된 사람들은 유대인, 로마인, 옛 소련군 포로, 정신질환을 가진 정신장애인, 동성애자, 기타 나치즘에 반대하는 자들이었다. 1945년 기준 약 400만 명(유럽 전체 유대인의 80%)이 살해당한 것으로 추정하고 있다.

그러나 정확한 숫자는 알 수 없다. 이 전시관 4동의 벽에 붙은 죠지산타야나(george santayana(1863~1952) 에스파냐 출신의 미국의 철학자, 시인)의 글이 주는 의미가 우리 민족의 가슴에 깊이 새겨야 할 금언이라 생각한다. "과거를 기억하지 않는 자들은 과거의 잘못을 반복할 수밖에 없다." "The one who does not remember history is bound to live through itagain"(george santayana) 이는 과거의 역사를 모르는 민족은 미래가 없다는 말이다.

2) 2차 대전 때 일본군이 중국 난징(南京)을 침공해 30여만 명을 학살했던 난징 시내에 있는 난징대학살 기념관에 걸려있는 글귀에 "전사불망 후사지사前事不忘, 後事之師 앞일을 기억해서 뒷일의 사표로 삼아라"라는 말에 감명을 깊이 받았다. 임진왜란, 병자호란, 을미사변, 36년간 식민지 치하 등 참혹한 민족의 수난을 당하고도 단결은 하지 않고 분열과 갈등으로 국방을

튼튼히 하지 않아 전 국토가 도륙당하고 50만 명의 여성이 청나라로 끌려가
도 나라를 지킬 연구는 하지 없고 늘 당쟁으로 국론은 분열과 갈등이 끊이
지 않았다. 그 결과는 앞일을 기억해서 뒷일의 사표로 삼지 않았던 결과이
다.

3) 일본에 극일(克日)은 반일(反日)이 아니다.

왜 우리가 약육강식弱肉强食의 처절한 국제사회에서 그때 그렇게 36년간
식민지로 살았는가를 깊이 반추해 볼 필요가 있다. 약한 자가 당하지 않았
던 역사가 어디 있든가, 못난 조상이 외세의 공격에 대비하는 노력은 없었
고, 당파 간의 분열정치의 뼈저린 대가로 받은 것이 아니겠는가. 그동안의
식민지로 살았던 것도 임진왜란 때 당해보고도 대비하지 않았던 것은 우리
의 책임도 면할 수 없다.

임진왜란, 정유재란을 겪은 후 당시의 일본과 명나라 간의 외교 관계, 주
요 전쟁 상황에 대한 기록 그리고 당시의 백성들의 생활상을 총체적으로 기
록한 책이 서애 유성룡의 '징비록懲毖錄'이다. 그는 조선 선조때 영의정과 도
체찰사를 지냈으므로 회고록이자 반성문을 썼다. 징비록은 "내가 지난 잘못
을 징계하여 후환을 경계한다." 뜻으로 다시는 이런 잘못을 반복해서 안 된
다는 경고를 남겼지만 훗날에 교훈이 되지 못하고 있다.

이를 악물고 극일에는 노력하지 않고 지난 역사의 원한에만 매몰되고 있
는 현실이 안타깝다. 우리 국민 중에는 일본에 한 번도 가본 적이 없으면서
일본만 나오면 쪽발이 욕부터 시작하는 경향이 꽤 있다. 이런 사람도 일본
에 가보면 아, 일본 사회가 왜 선진화되고 발전하고 있는가를 보고 우리도
그들에게 배울 것은 배워야 되겠다는 생각을 갖고 오는 사람들을 많이 볼
수 있다. 포항제철 박태준 회장의 말이 생각난다. 知日克日(일본을 알고 일
본을 이기자)하자는 말이 되새겨진다. 그들은 늘 남의 나라 것도 좋은 것은
취한다(いいことはとる)는 정신이다. 명치유신은 선진문물을 좋은 것은 그

대로 받아들여 아세아에서 맨 먼저 선진 국가를 만들었다.

바로 화혼양재和魂洋才, 일본의 전통정신은 지키고 지식과 기술은 서양에서 배운다였다. 그들의 생활 질서, 관광객에 극진히 대하는 친절, 깨끗한 위생, 바른 자세, 매사에 치밀성, 안전에 대한 철저한 준수, 재난 극복에 협동력, 혼잡한 전동차 내에는 백팩을 앞으로 매고 뒤에 지나다니는 사람 불편에 대한 배려심, 온천장에서 숙식하고 떠나는 관광버스에 일렬로 도열하여 고개 숙여 일제히 인사해 보내는 친절, 일본 여성들은 대체로 남 앞을 가로질러 가지 않는 예절이 몸에 배여있다.

이런 시민을 정신 배우자. 그리고 일본을 이기려면 좋은 것은 배우자. 지피지기는 배전백승이라는 평범한 말에서 길을 찾자. 힘을 키우고 당당할 때 배짱을 키워 일본을 욕해 보자. 행사장, 캠핑장 마다 행사 치르고 버리고 간 쓰레기가 산더미로 쌓인다. 쓰레기 하나 제대로 못 버리는 시민 정신으로는 문명사회로 진입은 요원할 수밖에 없다.

일본의 정치는 미워도 그들 국민에게서는 우리가 많은 것을 배우게 된다. 밉더라도 운명적으로 이웃해 살아야 할 나라, 불가근불가원不可近不可遠으로 서로 협력하고 상생의 지혜를 찾아야지 언제까지 지난 구원舊怨에만 매달려 살 수는 없지 않겠는가. 베트남을 보라. 지난날 원수 같은 미국이나 한국이지만 국익을 도모하기 위해 그들의 기술, 자본을 끌어 들이려고 인내하며 내색하지 않고 열심히 힘을 키워가는 베트남에서 반면교사로 배워야 한다,

일본은 2차 대전 종식을 위해 미군이 히로시마(廣島) 원자폭탄 투하로 16만여 명이 사망하고, 나가사키 사망자 7만여 명 사망한 것으로 추정되어 23만여 명이 목숨을 잃었다. 이런 피해를 입고도 미국을 원수같이 대하지 않으면서 국익적인 외교를 하고 있다.

우리도 언제까지 과거에만 매달리지 말고 서로의 이익을 공유할 수 있는

이웃으로서 살아야 할 것이다. 일본은 우리가 만만하게 생각할 나라가 아니다. 과학부문(생리학, 물리, 화학)에서만 24명의 노벨상 수상자를 배출했다. 과학부문 노벨상 수상자를 한 명도 배출하지 못한 한국으로서는 부러운 일이다. 세계가 찬사를 보내는 일본의 과학기술 저력 앞에 한국의 현실은 초라하다. 세계 10위권 경제 대국이자 국내 총생산 대비 연구개발투자 중 세계 1위지만(GDP4.8%), 노벨상 시즌이 찾아올 때마다 혹시나 하고 기대해 보지만 어려운 기대이다.

정부와 과학기술계가 기초과학의 필요성을 인식하고 집중 연구에 들어간 지 10여 년 되지만 연구비 나눠 먹기가 성행하고 단기 실적을 중시하는 풍토 탓에 과학자가 한 분야에 몰입하기 힘든 현상이다.

세계 최고 수준인 일본 기초과학은 제조업 강국의 뿌리가 되고 있다. 이제는 힘을 모아 달려도 부족한데 더욱 정치권이 반일 감정 부추기면서 국민을 국내정치에 이용하려는 생각은 버려야 한다.

36. 이해관계를 시위와 함성으로 풀려고 한다

시위로 해가 뜨고 지는 시위 천국

1) 시위의 급격한 증가현황

경찰집계에 따르면 2017년 4만3천161건 보다 2018년에 집회, 시위 개최 건수는 총 6만8315건으로 1년 전보다 58%증가했다면, 이는 야간집회가 처음으로 허용됐던 지난 2010년 5만4212건을 넘어선 역대 최고치다. 분야별 집회를 보면 비정규직의 정규직화 요구 등이 겹쳐 노동 분야 집회가 1만8천659건에서 73%증가한 3만2275건으로 급증했고, 여성이 주된 피해자인 젠 더(gender, 性) 폭력 등 현안과 관련된 집회도 2만2387건으로 역시 66%의 증가폭을 보였다.

경찰은 "새 정부에 대한 국민의 기대감이 높아지면서 현안 해결을 요구하는 집회가 증가"했다며 이런 현상에도 시민의 법질서 준수의식은 나아진 것으로 나타났다고 분석했다.

2018년 7월 한 달만해도 하루 평균 213건의 집회가 열린 셈이다. 시위는 약자의 분출구인가, 떼법 만능주의에서 나온 것인가?

종래에는 주로 노동조합이나 시민단체가 주류였는데 이젠 새로운 얼굴이 등장하고 있다. 650만의 자영업자들의 최저임금 불복종 선언 투쟁, "소상공인도 국민이다"를 주제로 총궐기 국민대회, 여성, 직장인 등이 세를 모으기 위하여 거리로 나오고 있다.

소셜 미디어와 인터넷 커뮤니티의 "뜨거운 감자"인 남녀 갈등은 오프라인으로 자리를 옮겼다. 지난 5월부터 한 달에 한 번 꼴로 대규모 집회가 4번이나 열렸다. 여성에 대한 불법 촬영(몰카)과 경찰의 편파 수사를 지적하고 있다. 4번의 집회에 모인 여성은 17만7000명이 참가한 대규모 집회였고 새로운 성격의 집회라 여성가족부 장관과 경찰청장이 현장에 나타나기도 했다.

2) 시도 때도 없는 시위 천국

청와대 앞길까지 계속되는 시위로 인근 주민들은 소음으로 일상생활이 어렵게 되고 있으며 세종로 5차선 중 3차선은 노동조합원 7,000명이 거리를 점거해 교통마비를 초래하고 시청 앞이나 광화문 거리는 폭염이 기승을 부리는 여름이나 호우경보가 내린 날도 혹한에도 이런 시위가 전국 곳곳에서 매일 평균 175건이나 열리니 과히 시위 천국이라 할만하다. 우리공화당은 매주 토요일마다 서울역 광장에서 대규모로 모여 시청 앞으로 광화문으로 행진하여 청와대 앞까지 시위를 계속하고 있다.

3) "집회로 정권도 바꿨다"는 학습효과로 얻은 "시위 만능주의" 막나가는 시위, 김천시장 집 앞 시위, 대학총장실 점거, 전 대법원장 집 앞 시위, 사법행정권 남용 의혹으로 검찰 수사를 받고 있는 양승태 전 대법원장은 최근 몇 개월 동안 자택 앞에 진을 치고 있는 시위대로 인해 집을 나가 지인들의 집에서 머물고 있다고 했다. 거의 매일 같이 "양승태 구속"이라고 적힌 팻말을 들고 시위를 하고, 양 전 대법원장이 수의를 입은 합성사진이 박힌 플래카드를 발로 걷어차는 퍼포먼스 그리고 "사법농단 양승태"란 글자가 붙은 합판을 주먹으로 격파하기도 하고 자신들이 만든 고발장을 종이비행기로 만들어 대문 너머로 날려 보내기도 한다는 것이다.

이미 고발이 되어 검찰의 수사를 받고 있어 죄가 있으면 처벌받는 것은 명확한 사건인데 자택까지 찾아가 매일 같이 험한 시위를 하는 것이 과연 성숙한 사회에서 있을 수 있는 일인가. 아직도 무죄 추정의 검찰 수사 과정의 피의자인데 이런 시위는 막가는 세상에서나 있을 법한 것 아닐까. 죄가 있어 감방에 가기 전까지는 자기 집에서 조용히 살게는 해주어야 하는 것이 정상 사회현상이 아닐까.

4) 촛불집회 청구서 내민 민주노총 시위는 브레이크 없는 전차처럼 극단을 행해 질주하는 형국이다. 불법점거 농성을 벌인 곳이 3개월 만에 7곳이다. 고용노동부 산하 한국 잡월드에서 사무동을 점거하고 정규직 56명밖에 없는 잡월드에 비정규직 340명을 직접 고용하라 요구하고, 민노총 기간제 근로자들을 무기 계약직으로 우선 전환하라며 김천시청과 시장실을 점거하고 시장 아파트 앞에서 한 달간 진을 치고 확성기를 틀어대고 심지어 아파트 현관까지 시위를 했다.

김천시청의 200명이 넘는 계약직 직원 가운데 민노총 조합원 7명, 이들을 우선 무기 계약직으로 전환 시키라는 것이 그들의 요구다. 민노총 산하 GM노조는 홍영표 의원 지역사무실을 점거하고 정부청사, 국회의원 사무실, 검찰청까지 점거 농성은 거리낌이 없다.

또 민노총 경기본부는 이재명 경기지사에게 400여억 원의 예산이 소요되는 새 건물을 지어달라고 요청했다는 말이 돌고 있다. 민노총은 '광주형 일자리' 구상에도 반대하고 있다. 연봉 3,500만 원 수준의 공장이 생기면 그보다 연봉 두 배 이상을 받으면서 생산성은 더 떨어지는 자신들에 대한 비난이 두려운 탓으로 의심되고 있다. 민노총의 도를 넘는 이런 형태는 지면이 부족하다. 민노총의 이런 안하무인식 행동은 현 정부의 태도 때문이다. 민노총이 촛불집회의 주역이라 생각하는 모양인데 주역은 국민이고 민노총의 이런 형태는 촛불정신도 아니다.

현 정부 탄생에 지분이 있으므로 정부가 우리를 건드리지 못할 것이라는 생각한다면 국민으로부터 지탄 받을 것이다. 정부는 국민으로부터 "이게 나라냐" 소리 나오기 전에 불법적 행태에는 법과 원칙에 따라 대응하기를 바란다.

5) 시위와 행사에 빼앗긴 광화문광장, 특정세력의 현대도시의 광장은 비움의 공간이다. 꽉 들어선 고층빌딩 숲속이며 차량의 홍수 속에 여유와 휴식을 향유 할 수 있는 도시민의 재산인 것이다. 그랬어야 할 광화문 광장은 연일 시위와 집회 그리고 불법 시설물 등으로 얼룩져 그 본래의 기능을 상실한지 오래다. 정치적 구호의 선전장이거나 특정한 세력들의 전유물처럼 쓰이고 있다. 광장이 시민의 휴식과 위안의 공간으로 돌려줘야 된다는 소리가 높은데도 과격한 시위집회로 오히려 갈등을 증폭시키는 공간으로 변질되고 있다. 시민의 세금으로 조성된 광화문 광장은 목소리 큰 세력의 정치 선전장이 아닌 온전한 시민 공간으로 되돌리는데 서울시는 적극 노력하여야 할 것이다.

37. 쉽게 고치기 힘든 한국인의 잘 못된 습관들

1) 교통신호 지키기 아직도 미흡하다. 무단횡단 자주 볼 수 있다.

2) 담배꽁초 하수구에 버리는 버릇은 아예 재떨이처럼 버리고, 길바닥에 버리는 사람은 두리벙거리다가 그냥 던져 버린다.

아마도 버리자니 좀 양심에 부담되고 버릴 구석도 마땅치 않고 애라 하고 던진다. 그리고는 언제 그랬던가 하고 가는 당신 왜 못 끊나. 담배 입에 물때 마다 버릴 걱정, 몸 걱정해 보자. 휴대용 재떨이 소지하면 간단한 것을 실천 못한다.

3) 공중화장실 입구에 줄 안서고, 대변실 문 앞에서 자꾸 두들기기.

4) 에스컬레이터 뛰고 걷지 말자 경고문 안 지키기.

5) 지하철 문 열리면 손님 내리기 전에 타는 사람들 아직도 많다.

6) 노인이라고 줄 안서고 새치기하는 것은 당연시하는 고령자들.

7) 지하철 의자에 발 꼬고 앉아 서 있는 승객에 불편 주는 버릇.

8) 지하철 차내에 남을 의식하지 않고 휴대전화 큰소리 통화.

9) 등산로, 야외활동에 아직도 쓰레기 팽개치고 가는 버릇.

10) 고속도로 버스전용 차선에 혼자 타고 달리기.

11) 노견路肩으로 달리다가 끼어드는 얌체운전과 순식간에 갈치기 진입하여 노선 변경하는 버릇 아직도 못 버린다.

12) 해외여행 나라 망신 행동, 금연구역 흡연. 고속도로변 방뇨, 식당에서 남 의식 없이 떠드는 버릇.

13) 수십 년 지나도 개선 안 되는 영업용택시 승차 거부, 그리고 어디 가느냐 물어보고 태우는 기사들이 있다.

14) 목욕탕 친구들 3인 이상 오면 제 세상으로 떠들어 대고, 혼자 오면 성인군자 되고, 3명 이상이면 체면도 염치도 없이 떠들기 부화뇌동 잘 한다.

15) 지금도 대중목욕탕 탈의실에서 팬티 터는 저질들 많다.

16) 대중목욕탕에 샤워 물 틀어놓고 때 밀고 있는 얌체족 아직도 있다. 제 것 아니면 아까운 줄 모르는 심보.

17) 운전 중 휴대전화 계속 걸고 달리는 버릇 못 고치고, 심지어 버스 기사들마저 예외가 아니고 휴대전화 쓰지 않겠다는 약속이 무색할 정도 지키지 못하고 있다.

18) 신성해야 할 재판정에서 말다툼하고 방청석에서 화장하고 법정 앞에서 고성으로 시위하고 입정하는 판사에 큰소리치고 자기와 뜻이 다르면 장소에 구애 없이 막가는 행태를 보인다.

19) 소문난 식당 앞길에 일렬로 서지 않고 보행자에 불편을 주는 행위.

20) 보행자 도로 바닥에 씹다 버린 껌딱지들 반점처럼 붙어있다.

싱가포르는 아예 껌을 소지도 못하게 하고 공항에서 반입도 판매도 못하게 하고 있으며 법으로 껌을 못 씹게 하는 나라 싱가포르라 한다. 그래서 인지 시가지가 너무 깨끗하고 상큼한 나라다.

21) 한국 18세 이하 축구 대표 팀이 중국에서 열린 2019년 "판다 컵" 축구 대회에서 우승한 뒤 축구화를 벗은 발로 우승컵을 밟고 있는 세레머니를 하고 다른 선수는 우승컵에 소변을 보는 시늉을 했다는 것이다. 이럴 보고 중국은 물론이고 축구팬들까지 축구모독이라는 질타가 쏟아졌다. 우승컵은 땀 흘려 훈련한 영예로운 성과成果이며 패자에게는 부러움의 상징물이다. 또한 대회 주체로 볼 때는 대회의 권위를 떨어뜨리는 아주 모욕적인 행동으로 보는 것은 당연하다.

이 대회는 중국 청두시가 중국축구협회의 지원을 받아 만든 국제 대회였다. 이런 비도덕적 행동에 대해 한국대표팀은 중국 축구 팬과 선수, 그리고 중국국민에 진심으로 사과를 했으나, 대회 조직위원회는 우승컵을 회수한다고 발표했다. 안에서 새는 바가지 밖에서도 샌다는 속담이 있듯이 제 버룻 개 못 주고 평소 갖추지 못한 인성이 국제 망신을 당하고 다닌다.

22) 규정된 쓰레기봉투를 사용하지 않고 몰래 버리기, 생활 쓰레기 몰래 소각, 축산폐기물 음성적으로 버리기, 대기오염 방지시설 가동 않거나 고장 난 채로 방치, 또는 폭우 시에 몰래 개천에 오염물질 방류.

23) 등산로 바위틈에 음식쓰레기 봉지 끼어 넣고 가기.

24) 커피 점에 한 잔 시켜두고 도서관처럼 생각하고 노트북 놓고 아예 낮시간은 공부방으로 사용하고, 심지어 과외수업까지 한다. 이것 해도 너무한 것 아닌가, 내가 업주라고 생각해 보자.

25) 어른행동은 하지 않고 어른대접은 받으려 하는 노인들 많다.

38. 하고 보자 고소, 고발

1) 우리나라의 고소, 고발이 세계 1위다. 유독 많은 원인은 서로 합의해 문제 해결하려는 문화가 없어, 얼마든지 조정 협의될 수 있는 일들도 사소한 것에 목숨을 걸듯이 고소로 가는 경향이 많다. 그리고 사기 사건이 많은 것도 한 원인이 될 것이다. 일선 경찰서의 수사과 조사계 쌓여있는 조사 철의 10건 중 7건은 사기 사건이라 할 정도로 사기 사건이 많다는 것이다.

2) 선거철마다 여당 야당 할 것 없이 고소, 고발을 무더기로 한 뒤 사실이 "아니면 말고 식"으로 어물쩍 넘어가는 경우가 허다하다. 우리 정치권과 시민단체가 고소, 고발 전문가들이다.

고소와 고발은 법률행위이기 때문에 굳이 문제가 되는 것은 아니다. 그러나 고소 고발 등의 남발은 반목과 갈등으로 많은 피해를 유발할 수 있다는 점에서 신중해야 한다는 것이다. 대검찰청의 고소, 고발 집계에 따르면 2000년에 55만4천404건, 2001년에 57만6천464건, 2002년에 58만5천930건,

2003년에 64만3천12건으로 매년 급증 추세다.

이웃 일본에 비하면 146배나 많고 이 고소 고발 사건 중 혐의가 인정되어 기소되는 건수는 30%대에 불과하다는 것이다. 일단 고소 고발해놓고 보자는 심보다. 우리 사회가 이렇게 고소 고발이 유행처럼 번지는 것은 서로 믿고 소통하기 보다는 서로 배척하고 상대방을 확실히 짓밟아 버려야 적성이 풀리는 한풀이 사회로 가고 있다는 증후다.

3) 연간 고소 건수가 55만 건 고소 천국이다. 남발되고 있는 고소 고발에 따른 피해자가 늘고 있어 검찰은 항고 제도를 이용해서 허위고소를 남발하는 무고사범을 엄단하기로 했다(항고 제도는 고소인 또는 고발인이 검사의 불기소 처분에 불복해 검찰 내 상급기관(고등검찰청)에 그 시정을 구하는 제도), 무고죄는 남에게 형사처분을 받게 할 목적으로 허위사실을 경찰서나 검찰청 등의 공무원에게 신고함으로서 성립하는 것이다.

2017년에 허위로 고소하여 무고죄로 접수된 사람은 1만475명으로 전년 대비 계속 증가하고 있다.

무고사범은 저 신뢰 사회의 단면이며, 이에 따른 사회적 비용도 큰 것으로 본다. 검찰관계자는 "우리나라 고소 건수는 55만 건인데 비해 일본은 1만 건에 불과하다며 이 때문에 정작 중요한 사건에 수사력을 집중하지 못하는 사례가 많다"고 한다.

민사소송으로 해결할 수 있는 사건을 형사소송으로 해결하는 관행도 문제라는 지적이다. 또 고소인에게 지나치게 유리한 현행 형사소송법 체계부터 손질해야 한다는 지적이 나온다.

정권 바뀔 때마다 전 정권 사람들 쳐내기 위하여 투서 넣고, 무고한 진정, 고소, 고발이 이어져 정치적 숙청이 무자비하게 자행되고 있다. 실제 혐의가 인정되어 기소되는 건수는 30%대에 불가하다는 것이다.

그리고 정작 자체 내에서 정치적 협의로 조정되어야 할 입법부가 사법으로 해결하려는 의존도가 높은 것은 우리 국회의 극심한 정당 간 갈등의 심각성의 한 단면이며 후진적 형태다. 그뿐이 아니다. 종교계에서도 사소한 교회나 종파 내의 분쟁도 고소 고발로 해결하려고 법에 의존하는 형태는 종교의 사명과도 맞지 않는 세상에 부끄러운 일이다.

39. 사이비 신앙에 잘 빠진다

사이비似而非는 "비슷해(似) 보이나(而)그렇지 않다(非)"로 겉으로는 그것과 같아 보이나 실제로는 전혀 다르거나 아닌 것을 말한다. 종교인 것같이 보이나 종교 아닌 것을 말한다. 종교로 위장하고 사기 및 범죄를 저지르는 집단을 사이비 종교라고 한다.

일반적으로 사이비 종교는 종교의식으로 여신도들을 강간하고 금품의 갈취, 사기 등의 범죄와 밀접한 관련이 있으며 교주를 신격화하고, 종교적 맹신을 이용해 노동력을 착취하고, 탈퇴자에 대한 폭력 협박, 집단생활을 강요하고 가정파괴나 강력범죄 등을 유발하거나 주도하고 있다.

국내 사이비, 이단 교회는 기계교, 백백교, 영생교, 구원파, 동방교, 몰몬교, 만민중앙교회, 아가동산 등 약 수백여 개 교단으로 파악되나 더 많을 것으로 보고 있다. 아직도 많은 사람들이 사이비 신앙에 빠져 헤어나지 못하고 있다. 이들은 외부인들이 사이비 신앙을 믿고 있다고 손가락질해도 아랑곳하지 않는다. 이미 그 믿음에 빠져있기 때문이다.

한국의 일부 교회는 종교를 이용해 사기 치고 돈벌이에 급급한 아주 불량한 교회들이 널려 있다. 즉 성경의 말씀을 왜곡하여 자신들의 주머니를 채우고 있는 목회자들 이런 부정한 종교인의 탈을 쓴 사이비 종교들이 저지르는 피해는 실로 심각한 사회적 문제가 되고 있다.

이런 사이비 종교의 번성은 헌법상 보장된 종교의 자유를 악용하여 사회악의 근원이 되고 있다. 우리 헌법 제20조 1항은 모든 국민은 종교의 자유를 가진다. 2항은 국교는 인정되지 아니하며, 종교와 정치는 분리된다. 즉 종교의 자유를 인정하고 국교를 부정하며 정교분리를 선언한 조항이다. 그러나 종교의 자유를 빙자하여 종말론을 퍼트리고 재산의 탈취, 성을 뺏는 등 파렴치한 전도행위가 넘쳐나고 있다. 특히 전도행위로서 길거리에서 지하철 내에서 '예수천국' '불신지옥' 간판과 마이크를 들고 떠드는 행위는 신앙을 저속화시키고 예수를 욕되게 하는 짓이다. 국제종교문제연구소는 국내에 활동 중인 주요 이단, 사이비 단체의 교세는 2500여 곳 규모라는 것이다 (2007년 기준). 또 이단들은 전국에 교회를 잇달아 설립해 무차별 포교에 나서고 있어 각별히 주의가 요청된다는 것이다.

이단들은 주로 서울과 경기지역에 집중되어 있으나 전국에 골고루 분포되어 있으며 특히 기독교예수교장로회, 침례회, 감리회, 선교회 등 기존 전통교회의 교단 명이나 단체명을 사용하고 있어 겉으로는 전혀 이단으로 생각할 수 없다는 것이다.

시한부 종말론과 사이비 교회들

다미선교회의 시한부 종말론 사건의 이장림은 1987년에 《다가올 미래를 대비하라》는 예언서를 내면서 시한부 종말론을 적극 주장하기 시작했다. 1992년 10월 28일 24시에 휴거攜擧 현상이 나타나고, 1999년에는 종말이 온다고 주장했다. 맹신도들은 종말론에 세뇌되어 학업이나 생업을 그만두거나 재산을 교회에 바치는 일이 일어났다. 결국. 그의 주장과는 달리 휴거는 오지 않았다.

이 사건으로 이장림은 검찰에서 사기 및 외환관리법 위반으로 구속하였고 1심에서 사기죄로 징역 2년 항소심에서 징역 1년과 26,000달러 몰수형을 받았다. 새일중앙교회(교주 이뢰자, 본명 이유성)는 2019년에는 북한이 핵무기를 만드는 것은 심판 날 죽일 준비하는 것이다, 북방에 환란 일어나는 날이 심판 날이다 하면서 북한 남침 종말론을 주장했다. 조금 있으면 월 일 시를 알려줄 테니 전국의 신도들에게 재산 정리하고 서울 도심 5층 건물로 오게 하여 450명이 합숙했다고 한다. 아가동산 교주 김기순은 자기를 "아가야"라고 지칭하며 하얀 드레스를 입고 춤을 추거나 꽃가마를 타고 다니는 등의 행각을 보였다.

아가농장이라 불리는 곳을 만들어 신도들의 노동력을 착취하고, 이런 과정에서 과로로 죽은 사람도 여럿 있었다는 증언이다. 교인을 구타하고 예배도 중 신도들과 함께 나체로 춤을 추는 사건으로 사회적 물의를 빚기도 했다. 동방교 교주 노광공은 평양 출신의 1914년생으로 일제 강점기 면서기를 하다가 경찰이 되어 독립 운동가를 탄압하는 등 민족반역자였다. 해방 후 월남하여 여러 직업을 전전하다가 천부교 박태선을 따르다가 탈퇴하여 1956년에 동방교란 사이비 종교를 조직했다. 종교 창립 초기부터 질병을 치유하고 죽은 자를 부활시킬 수 있다는 소문이 나자 급속히 성장했다. 과도한 헌금을 요구하는 등 사이비 종교 같은 형태를 일삼았다. 그러다가 미성년자 간음혐의로 구속되기도 했다. 그리고 시한부 종말론을 주장하여 1965년 8월 15일을 비롯하여 여러 번 심판의 날짜를 발표하기도 했으나 1967년 사망하므로서 교단은 분열하고 말았다.

천부교天父敎는 개신교 창동교회 장로였던 박태선이 1955년에 창시한 신흥종교이다. 예수를 세상에서 가장 더러운 마귀라고 칭하며 교주 박태선은 육신肉身을 입고 이 땅에 오신 하나님이고 자신이 직접 세상을 만들었다고 한다. 한때 감람나무 하나님이라고 칭하며. "박장로교" 또는 "전도관傳道館 신앙촌"으로 불리며 신도수는 100만에 달했다고 한다.

신앙적 집단 생활지역으로는 경기도 부천시 소사읍의 소사신앙촌, 경기도 남양주시 와부읍 덕소리의 덕소신앙촌, 부산시 기장군 기장읍 죽성리 일 대의 기장 신앙촌 등이 있었고, 사회에 물의를 일으킨 사건들은 폭행치사 후 암매장, 영아 과실치사. 사기, 탈세, 폭행 및 기물파손, 부정선거개입, 노 동력 착취 등이다. 교주 박태선이 사후 파생된 종파들은 영생교, 에덴성회, 동방교, 장막성전, 신천지 등으로 분파되었다. 백백교, 만민중앙교회, 오대 양, 등 수많은 사이비 종교들이 종교를 빙자한 사회에 해악을 끼쳤으며 현 재도 진행형이다.

우리 민족은 사이비나 이단 종교에 믿음을 주고 있는 자 외에 토착 신앙 이나 무속 신앙을 믿고 있는 사람이 많다. 즉 앞날의 길흉화복을 미리 알고 싶어 하거나, 미래에 대한 불안 심리를 풀고 싶은 사람이 많아 무당, 만신, 점집, 사주점, 타루점 온갖 잡신을 수없이 믿는 민족이다. 특히 대통령, 국회 의원, 지자체장, 지방의원선거 당선, 입시합격, 취업, 승진, 영전, 득남기원, 사주팔자 등을 보려는 사람들이 많아 성업 중이다.

북한도 같은 민족이라 점이나 사주풀이를 하는 집이 숨어서 미신을 믿는 사람이 많다는 것이다. 북한에서는 미신행위를 마약, 성매매, 도박, 밀수와 함께 5대 범죄에 속해서 형법상 사회주의 공동생활 질서 침해한 범죄에 속 한다는 것이다. 이렇게 엄격히 범죄로 다루고 있지만 승진, 보직이동, 해임, 직위해제 등 신상을 알아보고 부적을 붙이거나 액땜하기도 한다는 태영호 전 북한 외교관의 말이다.

40. 지도층 위선자들이 많다

위선자僞善者는 겉으로만 선량한 체를 하거나 거짓으로 꾸미는 사람을 말 한다. 말만 번지르르하고 약자를 위하는 척, 돕는 척, 좋은 사람인 척, 온갖 포장을 잘하는 사람이다. 공적으로는 선행을 베푸는 척하면서 뒤로는 악행을 저지르는 경우 평소에는 남의 불행에 관심이 없다가, 특정한 계기가 있을 때만 남들에게 보여주기 위해 분노나 애도의 감정을 어필하는 경우, 정의를 가장한 헛소리나 악행을 하는 경우가 많은 사람이다. 법정 스님은 "무소유"에서 위선자는 "지식이 인격과 단절될 때 그 지식인은 사이비요, 위선자가 되고 만다"고 했다. 특히 이슬람교에서는 위선은 최악의 중죄 중 하나로 취급하고 있으며, 단테의 신곡 지옥 편에서 "겉은 금이지만 속은 납으로 된 무거운 옷을 입고 영원히 행진하는 자로 벌을 받는다"고 했다.

남 앞에서 말로만 애국애족 떠들고 실천에는 소극적인 것이 특히 한국 정치인들의 부끄러운 민낯이다.

일반적으로 위선자들의 유형은 4유형으로 구분해 볼 수 있다.

1) 공적으로는 선행을 베푸는 척하면서 뒤로는 악행을 저지르는 경우.

2) 평소에는 남의 불행에 별로 관심이 없다가, 특정한 계기가 있을 때만 남들에게 보여주기 위해 분노나 애도의 감정을 어필하는 경우.

3) 평소에는 정의와 평등을 외치면서 자기 생활은 귀족 짓을 한다.

4) 타인에게는 엄격하고 자신에게는 관대한 이중적 가치를 적용한다.

(1) 동물구조의 여왕 박소연의 두 얼굴

동물보호 단체 "케어" 박소연 대표가 동물 수백 마리를 몰래 안락사 시켰다는 내부 관계자의 폭로가 나와 충격을 주었다. 그는 자타가 인정하는 가장 활동적이고 오랜 역사를 가진 단체를 이끌며 동물 관련 전문가로서 그리고 동물보호업계의 대변인이기를 자임하고 활동했던 인물이다. 2017년에는 "안락사 없는 구호단체"를 표방하면서 17억 원에 달하는 후원금을 거둬들였다.

문재인 대통령에게 반려견 "토리"를 입양시키기도 한 박수연 씨가 수년 간 수백 마리의 구조견을 보호소 공간이 부족하다는 이유로 안락사 시켜 암매장했다는 것이다. 박 대표는 2005년 동물사랑실천협회 대표로 활동하면서 경기도 구리시 등 지자체 2곳과 유기동물 구조 위탁계약을 맺으면서 구조한 동물 수를 부풀리는 수법으로 1,700여만 원을 챙긴 혐의로 재판에 넘겨져 200만 원의 벌금을 선고받기도 했다고 한다. 박 대표는 "안락사 없는 보호소"를 표방하면서도 안락사 시킨 사체를 냉동고에 보관하다가 더는 공간이 없어지면 사체를 종량제 쓰레기봉투에 넣어 버리기도 했다는 것이다. 그는 동물구조의 여왕에서 안락사의 여왕으로 두 얼굴을 지닌 위선의 양면성을 우리는 알게 되었다.

(2) 자선기부 단체가 지원금 횡령

한결같이 결손아동 돕겠다고 49,000명에게 128억 원 모금하여 2억천만 원 기부하고 나머지는 전부 호화생활, 외제차 구입, 해외여행 등에 사용한 자선단체라는 미명의 위선 사기꾼.

(3) 양승동 KBS사장

양 사장은 KBS 사장 후보자로서 국회 청문회에 발표장에서 세월호의 노란 리본을 양복에 달고 나오는 등 꾸준히 세월호 참사를 추모하면서 안타까운 행보를 보이던 사람으로 정작 국가적 참사가 벌어진 당일에 음주 가무를 즐겼다는 점이 알게 됨에 따라 법적인 책임과 별개로 도덕적 지탄을 받는 이중성을 보여 주었다.

(4) 부자로 사는 종교인의 위선이 종교를 해친다.

최소한 종교인은 깨끗하게 살아야 세상 사람들이 기댈 언덕이 되고 상처

입은 세상 사람들의 마지막 안식처로 교회가 되어야 하는데 그곳이 탐욕의 목회자의 집이 되면 되겠는가. 우리나라의 종교단체가 종교 사업가로 변질되어 엄청난 부를 축척하고 교회를 세습하고 있다.

이런 한국교회를 볼 때 프란체스코 교황의 "청빈은 수도 생활을 지켜주는 방벽이며 올바른 길로 이끄는 어머니"라며 부자로 살아가는 수도자의 위선이 신자들의 영혼에 상처를 입힌다는 말씀이 되새겨진다. 왜냐하면 종교의 특성상 선함을 표방하는 경우가 많기 때문에 그 피해가 더욱 크다. 신앙의 사명과 거리가 먼 위선의 종교 사업가들 넘쳐나는 나라가 한국이다.

(5) 정치권에 위선자가 제일 많은 집단

생각 외로 좌파 지도자들 가운데 위선자들이 많다. 힘들고 가난한 자 편인 척하고 정의로운 척 하면서 이재理財에는 밝아 큰 부자들도 많다. 왈 "좌파 부르주아"라는 강남좌파들 인권 인권하면서 억압받고 노예같이 사는 북한 동포의 인권에는 눈 감고 심지어 자유를 찾아 탈북한 동포들을 외면하거나 되돌려 보낸 사건까지 있었다. 전 청와대 공직기강비서관은 열린 민주당 비례대표 후보로 출마하면서 재산신고에 배기량 4600CC 일본차 렉서스 등 3대를 보유한 것으로 나타났다. 최 전 비서관은 이날 페이스 북에 "한국보다 일본의 이익에 편승하는 무리를 척결하는 것, 그것이 제가 선거에 임하며 다짐하는 최고의 목표"라고 썼다. 일본 척결 외치면서 일본산 최고급 렉서스 배기량 4600CC 타고 다니는 위선자의 이중성을 잘 보여주고 있다.

(6) 천주교 좌편향 단체인 정의구현사제단 소속 함세웅 신부는 지난 2004년 미군 장갑차에 의한 효순, 미선 양 사망사고 당시, 미군이 일부러 일으킨 사고가 아님에도 "살인 미군의 회개를 촉구 한다"며 단식기도회를 열었다. 함 신부 자신은 30여 년 전 서울 강변도로에서 횡단하던 7곱살 어린

이를 치어 숨지게 했던 죄인이면서도 남의 허물에는 맹렬히 비난했다. 입만 열면 민주주의 정의를 외치던 유명 성직자가 자기 허물은 눈감은 위선자다.

(7) 아프리카 남 수단에서 여성신도를 성폭행한 위선의 신부 한만삼 천주교 수원교구 정의구현사제단 소속이었다. 한만삼 신부는 2011년 4월 천주교 신도인 김민경 씨와 아프리카 남수단으로 선교 봉사를 떠났다. 김씨는 신부님이 세분 계셨고, 저 말고 간호봉사자 뒤에 한 명 더 왔어 5명이 있는 공동체였는데 제일 오래 계셨던 제일 나이가 많은 선배 사제에게서 성추행이 여러 번 있었다고 폭로했다. 김씨가 식당에서 나오려 하니 문을 잠그고 못 나가게 하고 강간을 시도해 새벽 5시에 나왔다는 데 몸이 욱신거리고 아픔이 다음 날까지 지속되었다는 것이다.

사제로서 이런 파렴치한 행위를 하고도 사제직을 지속하면서 수원 본당 성당은 이 폭로를 무마하기 위하여 3일간 미사가 없음을 알리고 일절 성당 출입을 막고는 3일 정도만 언론 보도가 없으면 자연스럽게 이슈가 사라져 잠잠해진다고 따라줘 달라고 고지문을 붙였다. 종교를 빙자한 정치 사제들의 성적 일탈과 위선을 성찰의 계기로 삼지는 않고 덮으려는 교구의 태도는 아직도 심각성을 못 느끼는 것 같다. 그 후 한 신부는 버틸 수 없어 사제직이 박탈된 것으로 알려졌다.

(8) 조국 전 청와대 민정수석은 1999년 울산대에 재직하면서 당시 취학 연령이던 딸과 함께 서울 송파의 아파트로 주소를 옮긴 사실도 드러났다. 하지만 조 후보자는 과거 공직자의 위장 전입을 두고 "시민들을 열불나게 했던 종합 비리 세트" "좋은 곳으로 옮길 여력이나 인맥이 없는 시민의 마음을 후벼 파는 소리"라고 누구보다 앞장서 비판했던 사람이다. 이 사람의 내로남불은 너무 많아 일일이 열거하기도 힘들 정도다.

(9) 강남좌파에 위선자가 많다.

반미 반미 하면서 자기 자식들은 미국 유학 보내어 시민권자 만들고, 광우병 운운하며 국민들 겁박하고는 미국산 소고기 잘 사먹는다. 강남투기 어쩌고 하면서 자기들은 앞 다퉈 강남에 집사서 살고, 외고, 자사고 폐지해야 평준화된다면서 자기 자식은 이미 이런 학교에 보냈다.

더불어 민주당의 위성 정당인 더불어 시민당 비례대표 7번인 윤미향 정의기억연대 이사장은 자녀가 미국대학에서 유학 중이다. 윤씨는 대표적 반미反美인사다. 그러나 그의 딸은 미국 캘리포니아 주립대 음대에 재학 중인데, 비시민권자의 경우 1년 학비가 4만 달러(약 4,800만 원)에 이르는 것으로 전해졌다. 윤씨는 그동안 시민단체에서 활동하면서 사드(thaad. 고고도미사일방어체제) 배치를 두고 "미국의 무기 장사 시장 바닥"이라고 하는 등 여러 차례 반미 주장을 해 왔다. 이걸 두고 야권은 반미를 외치면서 자식은 미국 유학 보낸 '내로난불'이라 비난하고 있다. 입으론 정의와 공정을 독점하면서 위안부를 위하는 운동을 하는 척하면서 성금이란 이익에 올라타서 이를 가로채는 것이 강남 좌파들의 위선의 실상이다.

기막힌 것은 윤미향이 일본과의 위안부 문제를 해결을 바라지 않았다는 의혹이다. 일본과 협상을 담당했던 천영우 전 외교안보수석이 그렇게 증언했다. 위안부 합의가 이루어지면 자기 할 일이 없어져 정의연 문을 닫아야 한다는 의미로 받아들이더라는 것이다. 즉 위안부란 숙주宿主가 사라지면 살 수 없다는 것이 기생충의 숙명인 것이다.

강남 좌파란 진보성향의 고학력, 고소득 계층을 이르는 말로 전북대학교 강준만 교수가 처음으로 공론화했다. 그는 자신의 저서 『한국생활문화사전』에서 강남 좌파를 "생각은 좌파적이면서 생활수준은 강남 주민과 유사한 사람"으로 정의했다. 여기서 강남은 실제 거주지가 아닌 그에 상응하는 생활

수준을 누리는 계층을 상징한다.

강남 좌파는 서민을 위한 정치를 앞세우지만, 동시에 개인적으로는 자신의 부를 축적하려 하는 정치인들의 이중적 측면을 비판하기 위한 용어로 사용되었다. 입만 진보이고 누릴 것은 다 누리는 자들이다. 특히 부유한 집안에 태어난 사람 중에 진보적 성향을 가진 사람이 대표적이다.

강남 좌파의 진보는 하층계급의 절박함을 모르기 때문에 진정성이 결여되어 있어서 상징적 몸짓으로 인해 이중적 인격으로 비쳐 비판대상이 되고 있다.

그들은 입만 열면 정의, 공정, 약자와 빈자의 편, 밥을 공정하게 나누는 것이 민주주의의 요체라 하면서 자기가 챙길 것은 모두 챙기는 위선자로 100억대의 재산을 축적하면서 빈자에게 베풀지는 않는 좌파들이 많다. 이번 조국 사건에서 선량하고 정직한 교수인 척하고 악랄하게 작은 것까지 불법으로 챙기는 모습에서 잘 보여주고 있다.

강남 좌파는 대한민국이 이룩한 자유민주주의와 경제적 번영은 다 누리고 이승만, 박정희를 폄하하고 반미 운동하는 자가 많다.

41. 사소한 것에 목숨을 잘 건다

우리가 인생을 살면서 참아야 할 일이 많다. 참아야 할 일 중에는 작은 것도 있고 큰 것도 있다. 화를 참는 방법도 몇 가지가 있는데 이 일이 앞으로 몇 년 뒤엔 나에게 어떤 작용을 할까? 라고 생각해 보라. 만약 일상생활에 쫓겨 사는 사람들이 있다면 삶을 즐겁게 사는 방법을 배워야 할 것이다.

모든 일들이 사소한 것이 넘치게 많다. 친구에 빌려준 돈을 못 받는 경우, 시험성적이 떨어진 일, 부부 사이에도 극히 사소한 일을 가지고 과장되게 다툼을 하고, 명절 제사상 차리고 이혼 법정에 가는 경우 등 사소한 일에 매달려 자기의 에너지를 낭비하고 있다. 주위를 돌려보면 괜히 별것도 아닌 일에 간섭하고 짜증을 내고 하는 사람들을 자주 볼 수 있다. 특히 성질이 급하고 감정의 기복이 심한 한국인들에게 그런 경향이 많다.

사소한 일에 여유 있게 대처하려면 상대의 행동을 이해하고 존중하는 마음과 습관을 갖는 것이 제일 중요하다. 그리고 매사에 긍정적인 사고를 생활화하는 것이다. 사실상 우리의 삶은 사소한 일의 연속이다. 실은 사소함 속에 살아가는 우리지만 어떤 때는 그 사소함이 전혀 사소하지 않는 일로 발전하곤 한다.

사소한 말끝에도 큰 싸움으로 번져 가고, 층간 소음에도 칼부림이 일어나고, 보행 중 부딪혀도 시비가 되어 치고받는 싸움으로, 째려본다고 생각해서 싸우고, 친절하게 응대하지 않는다고 민원창구에서 소란을 피우는 광경도 종종 볼 수 있다. 내가 순간적으로 사소함을 참지 못한 언행이 상대에게는 큰 상처를 주거나 당황스럽게 할 수 있다는 것을 알아야 한다.

우리는 사소한 일에도 마치 위급하고 대단한 문제가 일어난 것처럼 행동한다. 이 때문에 어떻게든 문제를 해결하기 위해 우왕좌왕하지만, 오히려 문제를 더욱 복잡하게 만들어 버리곤 한다. 이런 현상은 아마도 우리 전통 사회의 윤리적 버팀목이 붕괴되고 자기 마음 내키는 대로 행동하는 사회로 변질되면서 한국인이 그동안 남들과 더불어 살아가는 기술이 축적되어 있지 못한 것도 문제라 생각된다.

세계전쟁사에서도 보면 결론적으로 모든 전쟁이 사소한 것에서 시작되었다. 세계 1차 대전도 1914년 6월 28일 오스트리아-헝가리 제국의 황태자 프란츠 페르디난트 대공 부부가 혼란스런 보스니아의 수도 사라예보에 갔다가 세르비아왕국의 민족주의 조직 "검은 손" 소속 단원에게 암살당하게 되어 이에 분노한 오스트리아-헝가리 제국이 세르비아왕국에 선전포고함에 따라 일어나게 되었다. 전쟁은 오스트리아, 헝가리, 독일 동맹국과 세르비아 연합국으로 전쟁이 발전되어, 장병전사자 약 9백만 명, 장병부상자 약 2천3백만 명, 민간인 사망자자 약 1천9백만 명 엄청난 피해를 입게 되고 독일 등 동맹국이 패배하게 되었다.

세계 2차 대전도 히틀러의 야망과 스탈린의 야망, 유럽의 방심 같은 사소한 것이 부른 전쟁이고, 영국과 미국과의 독립전쟁도 영국이 관세를 높이 매긴다는 것이 이유였다. 카리브 해를 놓고 스페인과 영국이 다투던 중, 1731년 서인도제도에서 밀무역선 로버트 젠킨스 라는 영국 선장이 스페인 경비대에 잡혀 귀를 잘리게 되어, 귀 하나 때문에 영국이 1739년 스페인과 전쟁을 불사했다. 사소한 일에 한 번 더 생각해 보는 자세가 필요한 것을 일깨워 주는 좋은 사례다.

어떻게 하면 사소한 일에 목숨을 걸지 않고 사는 방법이 될까 알아보자.

1) 사소한 일에 연연해 버럭 하지 말자.

2) 불안전한 상태에 만족하자.

3) 스쳐가는 일들에 마음 쓰지 말자.

4) 지금 서 있는 그 자리에서 행복을 찾자.

5) 남을 탓하지 말자.

6) 다른 사람에게 영광을 돌려라.

7) 지금 이 순간에 만족하는 습관을 기르자.

8) 분노를 조절하고 인내력을 기르자.

9) "인생은 공정하지 않다"는 사실을 받아들이자.

10) 지루함을 즐기자.

11) 먼저 이해하려고 노력하자.

12) 비판하고 싶은 충동을 떨쳐 버리자.

13) 말하기 전에 숨을 한번 들이마시자.

14) '입장을 바꿔' 생각해 보자.

15) 모든 사람에게 좋은 사람으로 인정받을 필요는 없다고 생각하자.

리처드 칼슨의 『우리는 사소한 것에 목숨을 건다』의 저서에서 "성공한 사람은 사소한 일에 목숨 걸지 않는다" "행복에 목숨 걸지 말라" 중에서 발췌해 본다. "인내력이 없다면 인생은 당신을 극도로 좌절시킬 것이다. 인내력이 부족한 사람은 쉽게 화를 내고 모든 일을 귀찮아하고 아무 때나 짜증을 낸다. 하지만 인내력은 우리의 인생에 느긋함과 너그러움을 선물한다. 느긋함과 너그러움 이것은 마음의 평화를 이룩하는데 필수적인 요소이다. 인내력을 갖는다는 것은 설사 마음에 들지 않더라도 현재의 순간에 마음의 문을 활짝 여는 것을 의미한다. 행복은 내 마음속에 있다."

행복은 환경이 아니라 마음의 상태이다. 그러므로 행복은 먼 곳에서 찾을 수 없는, 당신이 늘 경험할 수 있는 지극히 평화스러운 평상시의 감정이다. 그러나 찾고자 하면 찾을 수 없는 것이 행복이다. 왜냐하면 그렇게 생각하는 순간, 당신은 행복이 당신의 바깥에 존재하는 것이라고 인정하는 것이 되기 때문이다. 행복은 당신의 외부에 있지 않다고 했다. 리처드 칼슨의 말속에서 오늘날 우리 생활에서 사소한 일로 벌어지는 갈등과 분쟁을 삭이는 데 큰 도움이 되리라 생각한다.

42. 공중 도덕심이 없는 시민정신

(그 나라의 국민 문화 수준의 척도는 쓰레기 관리를 보면 안다)

1) 모이는 곳마다 쓰레기 천국

우리 국민들의 문화적 점수는 몇 점이나 줄까? 먹고 노는 것은 우수한 점수가 나오는데 놀다 간 장소는 빵점 문화 수준이다. 잘 먹고 잘 버리고 가는 못된 저속한 문화 만연하다. 모이는 곳마다, 행사장마다 산더미처럼 쌓이는 쓰레기 때문에 몸살을 앓고 있다. 언제쯤 문화적 후진성을 자각할 수 있을런지 멀리나마 기대해 본다.

2) 한강공원에 한 달에 쌓이는 쓰레기 600톤

여의도, 뚝섬, 반포, 한강공원의 심야 청소인력 2배로 늘려 14명에서 34명으로 늘려도 부족하다. 한강공원에 쓰레기 버리면 과태료 100,000원을 물려도 너무나 많은 사람이 버려 단속이 불가능하다는 것이다. 한강공원은 연간 7천만 명의 시민이 방문하는 공원으로서 시민의 자발적인 주인의식을 발휘해 줄 것을 기대하고 있지만 불가한 사정이다.

3) 명절마다 역, 터미널, 휴게소는 쓰레기로 몸살을 앓고 있다. 고속도로 휴게소는 집에서 가져온 생활 쓰레기는 물론이고 고향 집에서 싸준 김치 생선전 등을 마구 버리는 불량가족들 때문에 분리수거를 할 수 없다는 것이다. 열차, 지하철역은 먹다 남은 커피, 라면 국물로 홍건한 쓰레기통, 버려진 플라스틱 통에는 장아찌, 김치로 가득하다. 고속도로 휴게소는 밤이 되면 침대 매트리스, 여행용 캐리어 등 큰 것들도 싣고 와 버리고 가는 이도 있다. 문화 시민 정신을 기대하기에는 아직도 먼 나라 이야기가 되고 있다.

4) 이런 문화 수준에서도 배우자

러시아 월드컵 참가 일본 대표 팀이 떠난 락카룸의 바닥이 미끄러워 보일 정도로 완벽하게 뒷정리하고 떠나면서 심지어 러시아어로 "감사합니다"라는 메모까지 남겼다는 것이다. 일본은 벨기에와 16강전에서 2:3으로 역전패 했다. 눈물범벅인 얼굴로 자국의 대표 팀 탈락을 안타까워하던 일본 팬들은 이내 미리 가져온 쓰레기 봉지를 들고 경기장 구석구석을 누볐다. 버리고 간 페트병, 캔, 비닐 등이 순식간에 사라졌다. 깔끔한 퇴장으로 세계축구 팬들에게 큰 찬사를 받았다.

쓰레기 산도 사람의 의지만 있으면 코스모스와 억새로 꽃동산을 만들 수 있다는 산 현장 상암동 하늘공원은 쓰레기로 인상 찌푸려지게 하지 않는 축제장으로 변모해가는 현장이다. 강경포구 일원에서 행해지는 강경 발효젓갈축제, 우리의 시민의식만 발동하면 얼마든지 할 수 있는 쓰레기 문제 일본인 만이 할 수 있는 것은 아니다.

5) 꽁초 천국 된 도심 거리 청소비용만 한해 80억

서울 시내 곳곳이 무단투기로 미관 망치고 각 자치구 마다 단속원 부족으로 그 대응에 골머리 앓고 있다. 금연구역 표시판이 있어도 골목길은 꽁초가 수두룩 쌓여있다. 꽁초가 천지가 된 거리 곳곳이 몸살을 앓고 있으며 해마다 단속 건수는 계속 늘어나고 있는 현실이다.

국내 담배판매량은 2017년에 34만4000만 갑이였다(기획재정부). 하루 평균 942만(1억8800만 개비 추산)이 되고 지난해 세계보건기구(WHO)는 세계금연의 날(5월 31일)을 맞아 "담배와 담배가 환경에 끼치는 영향"이란 제목의 보고서를 냈다. 담배는 세계에서 매일 150억 개비가 팔리는데, 이 3분의 2가 땅바닥에 버려진다는 것이다. 서울시에서 지난해 담배꽁초 등으로 더럽혀진 서울의 빗물받이 약 47만개를 청소하는데 약 80억 원 썼다는 것이다. 담배꽁초로 골머리를 앓는 지자체는 분주하다. 경기도 구리시에선 2018년 4월 16일부터 시민을 대상으로 꽁초를 주워오면 한 개비에 10원씩 보상해 주고 있다고 한다.

43. 법과 제도를 편법으로 악용하는 기술자(達人)가 많은 나라

본질은 좋은 취지로 법과 제도를 만들었으나 이를 악용하여 편법을 써서 이득을 도모하는 파렴치한 사람들이 많다.

1) 정부가 사회적 약자를 위해 다양한 아파트 특별공급 제도를 도입하자 막장 드라마에서 나 나올 법한 황당한 일들이 드러났다.

경기도는 특별사법경찰의 수사를 통해 부정한 방법으로 아파트에 당첨된 171명을 적발했는데 이들 부정청약자들 중 169명은 임신진단서 위조, 대리 산모 허위 진단, 임신진단서 제출 후 낙태 등의 방법으로 당첨됐다. 3명은 주민등록을 위장 전입하거나 위장 결혼을 통해 부정 당첨된 혐의를 받고 있다.

부동산 브로커 A씨는 채팅 앱(응용프로그램)을 통해 신혼부부에게 1200만 원, 임산부에게는 100만 원을 주고 청약통장을 매수했다. 이후 신혼부부 아내의 신분증으로 허위 임신진단서를 발급받았다. 신혼부부와 다자녀가구에 우선권을 주는 특별공급 청약에 신청하기 위해서다. 그는 결국 청약에 당첨돼 이를 팔았고, 1억5000만 원의 웃돈을 챙겼다. 정부가 사회적 약자를 위해 특별 분양제도를 만든 것인데 이 제도가 갖은 방법을 악용해서 돈벌이 목적을 위해 수단과 방법을 가리지 않은 막장 드라마 같은 형태를 보여주고 있다.

2) 입학시험에 봉사활동이나 논문 저술활동의 입시성적 과점제도를 악용하여 교수가 자기 자식과 공동저자로 한다든가, 교수들끼리 자기 자식을 교환 저자 만들어주기(품앗이 등재), 고등학교 2학년을 2주간 인턴으로 의학 논문 1저자로 만들어주는 행위, 허위 봉사활동 증서를 발급해 주거나, 아예 활동하지도 않은 인턴 활동을 했다고 만들어주는 등 교육지도자인 교수가 했다는 점에서 큰 충격을 주고 있으며 한국 대학교수 사회의 타락한 민

낯을 보여주고 있다.

한 교수는 자기 딸이 자기가 재직하고 있는 대학에 영어교사로 봉사활동을 한 것같이 표창장을 위조하기도 하고, 의학전문논문에 제1 저자로 등재하기도 하고, 대학이나 연구소 지인에 청탁하여 인턴 활동을 한 것으로 만들어 명문대학에 입학시키기도 하고, 의학전문대학원에 진학시켜 결국 입학과 졸업이 모두 취소될 지경에 이르렀다. 부모의 비틀어진 자식 사랑으로 자식의 장래를 망치게 하고 본인은 범죄자로 처벌받게 되었다. 좋은 취지의 가점제도가 악용하는 기술자들에 의하여 오염되고 있다. "과정은 공정하고 기회는 균등하고 결과는 정의롭게"라는 정부의 구호에 상반되는 사건이다. 이 정부의 상징적 인사의 가정에서 일어난 사건이라 더 큰 충격을 주고 있다. 선진국에서 좋은 제도라 하여 도입해도 우리 사회는 인성이 불량해서 본래의 취지를 퇴색시키고 있어 참담하다.

3) 사찰 및 종교단체에 기부하면 세제상 기업이익을 기부로 세무 혜택을 받을 수 있는 제도를 이용하여 소액으로 거금 기부한 것처럼 서로 짜고 영수증 만들어 비자금 조성하는 세법을 악용한다.

4) 병역 면제를 받을 수 있는 질병을 자작으로 만들어 자해행위를 하여 병역 면제받으려 하는 수법을 한다.

5) 남에게 빚을 지고 재산이 없으면 빚을 갚지 않을 수 있다는 잔꾀로 강제집행을 면탈할 목적으로 재산 빼돌리기 위해 제3자에게 매도한 것 같이 등기이전을 해두거나 근저당설정, 가등기 해두는 수법이나 위장이혼까지 한다.

6) 토지거래 허가요건을 갖추지 못한 도시거주자들이 지방의 토지를 매입하려 할 때 매매가 아닌 위장 증여 계약으로 토지나 임야를 사들이는 투기행위가 성행하고 있다. 여기에는 어김없이 거간 노릇을 하는 부동산 중개인이 끼여 있다. 증여세 부담이 많음에도 이런 위장거래가 빈번한 이유는

매도인은 매수인이 증여세를 부담해 주면 양도소득세를 부담하지 않아도 되고, 매수인은 땅값이 뛰면 단기간에 투기이익을 얻게 되기 때문이다.

7) 공공기관에 납품에 공개입찰을 피하기 위해 1000만 원 이하 납품은 수의계약이 되는 점을 이용해서 쪼개기 납품으로 악용하고 있다.

8) 국고지원 더 빼내려 청년 창업가들이 유령직원을 넣어야 정부가 팀 창업에 가점을 부여한다고 해서 친구들의 이름을 팀원으로 만들기 위해 근무하지도 않는 유령인원을 넣어 팀 구성이 되게 만든다. 정부가 민간창업 활동을 국고 지원하는 과정에서 "단신창업"이 아닌 "팀 창업"을 우대하는 제도를 도입하고 있기 때문이다. 정부는 일자리 창출 목적으로 지원하지만 현장에선 "유령고용" 현상이 빚어지고 있다. 예비 창업가들 사이에 선 "유령직원을 고용하지 않으면 바보"라는 말도 한다는 것이다.

9) 국회의원 선출에 있어 비례대표, 전국구 국회의원 선출제도는 직능 대표적 취지에서 제도가 도입되었으나 실제로는 각 분야별 직능과 전문성을 가진 사람의 선출이 아니고 정당의 대표들이 정당의 기여도에 다른 보상적 선출 또는 금전적 협력자들을 낙점하고 있어 본래의 입법 취지를 살리지 못하고 악용하고 있어 폐지해야 할 제도라 생각한다.

그리고 우리 헌법은 직접선거, 보통선거, 평등선거, 비밀선거의 원칙을 명시적으로 천명하고 있다. 하지만 비례대표 선출과정은 기본적으로 간접선거이며, 모든 국민에게 선정과정이 열려있지 않아 보통선거가 아닌 것이다. 당내에서 계파별로 나눠 먹기식 배분 등으로 비례대표제 의원이 생기는 것으로 폐지되어 마땅하다. 아무리 좋은 제도라도 운영자가 편법으로 악용하는 한 무의미한 것이다.

10) 기업의 성장을 돕기 위하여 만들어진 기업 부설연구소 혜택이 탈세수단으로 악용되고 있다. 부설 연구소 인증절차는 있지만 조건이나 과정이 비교적 간단하기 때문이다. 인정받기 위해서는 독립된 연구 공간과 소기업

은 연구원 3명, 중기업은 5명 이상의 연구 전담인력을 갖추면 된다.

기업 부설 연구소 인증을 받게 되면 연구소용 부동산취득 시에 지방세 감면, 연구원 인건비 소득세 비과세, 연구 및 인력개발비와 설비투자비 세액공제 등 다양한 혜택이 주어지게 된다. 문제는 서류심사와 형식적인 실사로 인증이 진행되기 때문에 제도를 악용한 가짜연구소가 많다는 것이다. 2018년 기준 4만399곳이나 된다.

11) 대통령사면권의 제도 악용.

사면赦免이란 국가원수의 특권으로 범죄인에 대한 형벌권의 전부 또는 일부를 면제하거나 형벌로 상실된 자격을 회복시켜 주는 행위를 말한다. 우리 헌법 제79조는 대통령은 법률이 정하는 바에 의하여 사면, 감형 또는 복권을 명할 수 있다고 규정하고 있다.

중요한 것은 특별사면을 할 때 그에 대한 국민의 가치관과 법 감정을 충분히 고려해야 한다. 지금 국민들은 부정부패사범이나 선거법 위반, 뇌물, 정치자금법 위반, 대통령이 본인이 임명한 공직자를 사면하는 "셀프 사면", 대통령 측근인사, 집권하는데 기여한 인사들을 사면하는 것은 국민감정에 공분을 사는 사면으로 사면의 본래 취지 맞지 않은 사면권 남용이 자행되고 있다. 더욱이 자신을 대통령으로 당선시키기 위하여 허위사실을 퍼트려 상대를 낙선시키는데 조력한 자를 사면 시켜 국회의원 선거에 출마할 수 있게 하는 사면권은 사법권을 무력화시켜 법치주의를 훼손하는 것이다. 하나의 예를 들어 16대 대통령 선거에 이회창 후보가 최규선에게 20만 불을 받았다고 허위사실을 펼쳐 그의 낙선에 영향을 끼쳐 벌금 400만 원의 중형을 받아 10년 동안 국회의원을 출마할 수 없게 된 의원을 대통령 당선자인 노무현이 특별사면 시켜 바로 의원 출마를 가능하게 하는 사면이다.

대통령의 무소불의 특별사면권 남용은 법보다 돈, 돈보다 권력, 유전무죄, 유권무죄, 무권유죄, 선거유공자 챙기기라는 인식을 갖게 되므로 사면권이 국민들의 정서에 부합되고 사회상규에 적합하게 법적 사면권의 엄격한 기준과 원칙에 따라서 국민대통합을 목적으로 행사 하여야 하며 더욱이 대통령사면권은 삼권분립의 원칙에 중대한 예외로 인정하고 있기 때문이기도 하다.

12) 입학 학군의 주소지 기준으로 취학지역 배정을 하니 지인의 학교, 기숙사로 위장 전입하여 학군 좋은 곳으로 입학시키는 장관, 대법관 등의 지도급 인사들이 주민등록법 위반을 하면서 편법을 쓰고 있음을 국회 청문회 과정에서 밝혀졌다. 사회에 모범은 보이지 못하고 내 자식은 편법으로도 제도를 악용하여 좋은 학교 보내려는 이기주의적 사고에 국민은 실망하고 있다.

13) 추미애 아들차량에 장애인 부친 지분 1%, 아들 지분은 99%하여 1% 지분인 아버지 장애를 활용하여 각종 장애인 복지혜택으로 세금 탈루한다는 여론이 분분하다. 네티즌들은 역시 법조인 집안답게 탈세방법을 정확히 알고 법의 사각지대를 교묘한 수법으로 사용한다는 비난이 일고 있다. 그러나 아들 측은 '장애인복지법 시행규칙26조에 따른 것으로 편법을 쓴 적이 없다'고 주장하고 있다. 이 규정은 장애인과 같이 주거하는 조건으로 되어 있다. 부친은 현재 전북 정읍에서 변호 사업하면서 살고 있다고 한다.

위에서 열거한 외에 무수한 법을 악용하는 사례가 넘쳐나지만 특히 법을 잘 아는 변호사나 법조인과 법학 교수 그리고 행정전문가 등이 법지식과 제도를 악용하는 이런 파렴치한 법비法匪들의 형태에 개탄하지 않을 수 없다.

44. 개념없는 국민이 많은 나라

대가 없이 부화뇌동하거나 목전의 이익에만 눈이 멀어 비주체적인 행동으로 일관하는 인간형으로 가치관이 확립되어 있지 않는 사람들이다. 개념 없는 국민이 개념 없는 대통령, 국회의원을 선출하는 나라. 그런 사람들을 뽑아주는 국민이 있기에 그런 한심한 사람이 당선되는 것이다. 이를 보면 '사무엘 스마일스'의 "국민 이상의 정부도 없고, 국민 이하의 정부도 없다."고 한 말이 딱 맞다고 생각한다. 그 나물에 그 밥이라 할까. 그런 것을 보고 좀 심한 말로 국민은 개나 돼지 같다는 비아냥이 나오는 것이다.

막연하게 우리 지역발전 시켜주겠지, 그래도 우리 고향 사람인데, 같은 종씨인데, 의식이나 가치판단이 명확하지 않아 줏대가 없이 부화뇌동하거나, 목전의 이익에만 눈이 멀어 행동하는 국민이 국가의 주권자로서의 역할을 망각하기 때문에 바른 정치를 구현하지 못하고 있다.

선거 때면 지역주의 밀어주기로 특정 정당 후보에게 95% 이상 지지하는, 공산국가나 일당 독재 국가에서나 있을 법한 광적인 지지로 밀어주는 선거도 보여 주고 있다.

각종 선거에 국민 주권행사인 투표의 포기는 참여 정치를 포기하는 것이다. 투표가 국민의 유일한 주권행사 임에도 권리를 포기하는 개념 없는 국민이 많고 그러고도 정치판 욕하는 것은 자기모순이다. 개념 없는 국민이 많다는 것은 나라의 미래를 생각할 때 서글픈 현실이다.

파렴치한 자를 국민대표로 선출해 주는 국회의원, 지자체장, 의원 뽑아주는 국민이 많다. 뇌물 받고 처벌받아 출소자 명단에 잉크도 마르기 전에 출마하여 당선시켜주는 국민이 있는 한 개념 없는 국민이 되는 것이다.

북한의 남침으로 민족상잔의 비극의 상처를 준 북한의 주체사상을 신봉하고 전향 의지도 밝히지 않는 자를 국회의원을 선출 해주는 국민은 6·25 사상자와 그 유족, 이산가족의 슬픔을 한번은 생각해 봤는지 묻고 싶다.

민주노총 산하 대우조선 노조가 벨기에 브르셀의 EU본부에 찾아가서 현대중공업과의 합병을 불不승인해 줄 것을 요청했다고 한다. 대우조선은 공적 자금 12조원이 투입되고도 독자 생존이 어려워 현대중공업에 매각, 합병키로 결정됐다. 이 협상안은 경쟁 상대인 EU, 일본, 중국, 싱가포르 등 6개국 당국의 승인을 얻어야 할 입장이다.

EU는 한국 정부가 조선 업체에 보조금을 준다면서 문제를 삼아온 곳인데 이런 곳까지 찾아가 국익과 조선 산업에 일자리를 해치는 결정을 내려달라고 로비를 벌인 것이다. 이것은 자해自害나 매국賣國이 따로 없다고 생각되는 개념 없는 행동이다.

정부가 양 회사를 합병하려는 것은 출혈경쟁과 중복투자를 막고 연구, 개발 시너지를 내어야 중국의 추격을 막아내고 살아날 수 있기 때문에 하는 것이다. 만약, 합병이 되지 않을 경우 대우조선은 스스로 생존하기 힘들고 또 국민 세금을 투입해야 한다.

그런데도 대우조선 노조는 몸에 쇠사슬을 묶고 현장 실사팀의 조선소 접근을 막고 폭력시위를 일삼았다. 이런 노조들은 회사의 경쟁력에는 관심이 없다. 귀족 노조들은 정부가 회사를 망하게 하지 못할 것이라고 믿고 자해도 서슴지 않고 있다. 이는 자기들 철밥통만 지키겠다는 기득권 이기주의로 치닫고 있는 것이다. 이런 기업들은 문을 닫게 하거나 더 이상은 국민세금은 한 푼도 투입하지 말아야 할 것이다.

이념도 다르고 가치도 다른 북한을 동족이라는 감성으로 우리끼리라고 북한의 남침 선동 선전에 꼬여 친북하고, 김일성 주체사상을 신봉하는 국민이 많다는 것은 우리의 자유민주주의 국가에선 개념 없는 짓이다. 북한은 3대 세습 일당 독제국가이며 백성을 노예처럼 취급하고 제나라 백성을 300만 명 이상 굶어 죽게 통치하고, 옆 마을에 놀러가도 허가를 받아야 가는 나라이다. 일부 정치인, 종교인들, 교사들 우리와 가치관이 다르고 체제가 양립할 수 없는 북한에 왜 이렇게 편향하는지 모르겠다. 아마도 우리도 그 체제를 좋아하는 개념 없는 사람들이 자유롭게 가서 살 수 있게 북한 이주법이라도 만들어 가서 살아보게 하면 어떨까?

1953년 7월 27일 정전협정 이후 2012년 국방백서에 따르면 정전협정 위반 사례는 43만 건이 넘게 위반하고, 해외주재관에 마약이나 팔게 하고 88올림픽 개최 방해하려고 대한항공 858기 폭파사건 일으키고, 서해NLL 경계선 침범, 아웅산테러 이런 북한을 조건 없이 동족이라고 서로가 국가경영방식이 다르고 틈만 나면 무력통일하려하고 인류멸망의 핵무기 개발에만 혈안이고, 걸핏하면 서울불바다 만들겠다고 협박하는 집단을 퍼주려는 것들도 개념 없는 국민 아닌가?

국가 안보를 위한 군사시설인 제주 해군기지 시설을 반대하고 국가전력 수급시설 반대하는 천주교 정의구현 사제단. 이들의 작태는 국책사업을 방해하고도 나라는 어떻게 지키자는 건지 참 개념 없는 행동에 참다못한 천주교 신자들이 들고 일어나 이들을 배척하는 지경에 이르렀다.

우리는 일상에서도 정치를 개혁해야 한다고 외친다. 그러나 현실은 정치자금법 위반자나, 부정선거전과자, 공직선거법상 후보자 매수행위를 한자나, 공정선거를 방해할 목적으로 허위사실을 유포해 징역형을 살은 자, 뇌물수수, 자유민주주의 체제를 부정하는 사회주의 종북주의자, 막말하는 저질정치인, 사기 전과자, 위안부 할머니들을 위한다는 명목으로 자기들 잇속만 챙겼던 '정의연'과 같은 위선자, 시민 운동한다면서 정권에 부역하는 위선자, 입법 장사꾼 의원들도 당선시켜주는 국민이 있는 한 정치개혁은 물 건너가고 소위 이런 국민을 보고 국민은 개, 돼지라는 소리를 듣게 되는 것이다.

즉, 그 정치 뒤에는 그런 국민이 있다는 말을 듣게 된다. 국민이 정치에 무관심하거나 염증을 느끼고 나는 모르겠다고 하는 국민이 늘어나게 되면 국민은 점점 권력에 병들고 중독된 정치인들에게 독재의 길을 열어주는 것이다. 국민은 항시 권력을 감시하고 부적격자가 정치에 발을 붙일 수 없는 환경을 만들어야 하고, 자기 권리를 찾는데 투쟁하여야 한다. 특히 경계해야 하는 대통령 선출은 국민을 편 가르는 후보자를 뽑아서는 안 된다.

선거에 후보자의 평가를 이성적 판단으로 보지 않고 감성적으로 분위기에 휩싸이고 선전 선동과 지역감정에 편승하는 한, 국민이 주권자라는 권리 행사로 정치를 개혁할 수는 없는 것이다.

45. 나라야 망하던 나만 살면 된다는 사람 많다

내로남불하고 이중인격의 정치인이 넘쳐나고 정권 잡았을 때 한탕 거머쥐려는 자들, 공직자는 이 자리 있을 때 돈 좀 벌자고 덤비다가 감방에 가는 자가 늘어나고, 제자가 욕을 하든 말든 연구비 뺏어 먹는 대학교수들, 돈에 영혼을 파는 종교인들, 신앙 빙자 돈도 몸도 뺏는 사이비 종교인들이 득실득실, 환자를 상품 취급하는 의료시설, 병든 자를 의술실험용으로 활용하는 의료인들, 기업인은 공무원과 짜고 세금 빼먹기, 단속정보 알려주고 뒷돈 받기, 국회의원 입법 장사, 국회 내에서 책장사, 선거의 당선을 위해 부정선거임을 알면서 타 후보자 금전으로 매수해 포기시키기, SNS여론조작, 병역 부정면제, 자작 신체상해 후 보험금 수령 등 수단과 방법을 가리지 않고 나만 살면 된다는 야만적 속성이 지금도 그대로 드러나고 있다.

남을 속이고, 국민을 속이고 돈만 벌자 그래서 이 나라가 사기꾼 천국이 되었다. 나라 돈 못 먹는 놈이 바보라는 풍조가 만연하다. 법이 있어도 편법 찾아 악용하는 법비法匪들이 똑똑하고 영리한 사람이 되는 세상이다. 이래서 조선 시대 13년간 조선에 머물렀던 네덜란드인 '헨드릭 하멜'이 쓴 표류기에는 조선인들은 남을 속여 넘기면 그걸 부끄럽게 생각하는 게 아니라 아주 똑똑한 사람으로 여긴다, 라는 것이 작금의 현실을 보면 잘 본 것 같은 생각이 들기도 한다.

국회의원 수가 많아 줄이자는 주장이 비등하고, 더불어 일하지 않는 국회에 대한 국민의 질타가 쏟아지고 있는 와중에 군소정당들이 꼼수로 의원수를 늘리자는 정당들의 움직임에 대해 국민들의 분통을 터지게 하고 있다. 정당들은 각자의 유불 리를 위해 의원 수를 고무줄처럼 늘린다는 것이 말이되는가, 국민적 세 부담의 예산은 아랑곳없이 당에 득이 되면 무엇인지 할수 있다는 발상이다.

죽어가는 노인들 붙들고 머리수 장사한다고 연명에 혈안이 된 요양병원, 요양원 운영자들 자연사로 죽을 자유라도 보장해주었으면 좋겠다.

일본 법무상 가와이 가쓰유키의 부인이 참의원 선거에서 당선되었지만한 인터넷 주간지 기사에서 선거운동원 13명에게 법정 상한액의 2배로 지급했다는 의혹이 제기되었다. 이 의혹은 부인의 문제이고, 부인 역시 "아는바 없다"고 했지만 가와이 법무상은 다음날 바로 물러났다. 그는 내가 법무상 자리에 있으면 확인, 조사를 하는 사이에 법무행정에 대한 신뢰가 무너진다고 했다. 1분 1초라도 법무행정에 대한 국민의 신뢰가 손상 되어선 안된다고 생각해 아내와 상의해 결단했다고 한다. 이게 제대로 된 정치인이고 공인다운 태도이다. 조국 전 법무부 장관은 본인이 범죄사건에 연루되어 있음에도 자기 집 압수수색에 수사검사에게 오해받을 전화를 하고, 추미애 법무부 장관은 자기 자식이 군 복무 중 휴가 미복귀 사건으로 검찰에 조사를받는 사정에도 부끄러움을 모르는 태도를 보이고 있는 형태를 보면 일본 법무상과 비교해 극명하게 대조를 이루는 모습에 국민들은 씁쓸하기 짝이 없다.

국민 세금이 새나가는 소리가 들린다, 복지지원 부정수급 2년에 5만여

건이다. 예산을 제대로 살펴보지도 않고 물 쓰듯 쓰고 보니 중간에 새고 있는 건수가 2017년부터 2018년 8월까지 적발된 복지정책 부정수급 사례는 5만2500건이 이르고 환수 결정 금액만 375억4500만 원이다.

사회보험 역시 마찬가지다. 건강보험에서는 같은 기간 16만2230건의 부정수급 사례가 적발됐고, 환수 결정된 금액만 176억9500만 원이다. 사무장 병원 등이 건강보험공단에서 지난 10년간 타낸 금액은 2조5천억에 이른다.

노인장기요양보험에서도 2017년 기준 8820건 부정수급액은 134억9500만 원의 부정수급이 발생했다. 고용보험에서도 실업급여 등을 부정하게 타낸 사례가 지난해만 2만6839건이고 부정하게 타내 간 금액이 45억2300만 원에 이른다.

정부 보조금을 부정한 방법으로 타냈다가 적발된 금액이 2019년 1~7월에만 1854억에 달하는 것으로 나타났다. 이중 환수가 결정된 금액은 지난해보다 70%가 늘어났다. 특히 2019년 정부 보조금 부정수급 사례의 80%는 일자리안정자금에서 나왔다.

일자리안정자금은 급격한 최저임금 인상을 감당하기 어려운 영세자영업자와 중소상공인을 재정으로 지원하는 제도로, 2018년 처음 도입돼 2조4700억 원이 집행됐고, 2019년에 2조7600억 원이 배정되었다. 정부가 집행 실적을 높이기 위해 제대로 심사도 없이 퍼준 것이 아니냐는 지적이 나온다. 사업주가 자신의 가족이나 친척을 직원으로 등록해놓거나 퇴사한 직원을 신고하지 않고 계속 보조금을 받은 경우가 많다고 한다. 학자들은 "안정자금은 애초에 최저임금을 무리해서 올리지 않았으면 쓰지 않아도 될 돈"이라며 "설계도 엉성하고 지급 대상자가 너무 많다 보니 구멍이 뚫릴 수밖에 없다"고 한다. 양심이란 찾아볼 수 없고 나라 돈 못 먹는 사람이 바보인가, 온통 세금 도적놈들이 득실거리는 세상이 되었다.

국세청이 고액 탈세자의 강도 높은 세무조사에서 밝혀진 바에 의하면 검찰 출신 전관 변호사는 성공보수금 수백억 원을 빼돌리기 위하여 정직하게 수임 신고를 할 경우 수십억 원의 세금 내기가 아까워 고민 끝에 사무장 명의로 유령 컨설팅 업체를 만들어 수임 사건과 관련해 수십억 원짜리 컨설팅을 받은 것처럼 꾸몄다. 또 성공보수금도 실제보다 절반이나 적은 금액으로 "이중계약서"를 만들었다. 모두 소득 총액을 줄여 세금을 한 푼이라도 덜 내겠다는 의도였다.

그리고 소송의뢰인에게 자기 계좌가 아닌 차명계좌 수십 개로 500만 ~1000만 원씩 쪼개서 입금해 달라고 한 뒤 이를 현금으로 인출 해 빼돌렸다는 것이다. 이에 국세청은 이런 첩보를 입수해 강도 높은 세무조사를 벌여 약 100억 원을 추징하고 조세 포탈 혐의로 검찰에 고발했다고 한다. 이렇게까지 하지 않아도 살만한 전관 고위검찰 출신 그리고 사회지도자층 할 것 없이 탐욕에 병들어 세금을 통째로 빼먹자고 드니 이제 막가는 사회가 되고 있다.

누가 이런 나라를 만들었나, 정치가 만들었나 망가진 교육이 원죄인가? 이런 망국 형태를 보고 나라를 떠나려는 국민이 늘어나고 있다. 앞이 보이지 않는 탐욕 사회에 뜻있는 국민은 환멸에 빠지고 있다. 대문 밖이 저승인데 천년만년 살 것 같이 설쳐 댄다.

46. 돈이면 무엇이던 할 수 있다는 사람이 많다

1) 출생의 비밀을 폭로하겠다며 출산 의뢰 부부를 협박해 금품을 뜯어낸 대리모에게 징역 4년을 선고한 사건이다. A씨는 20대였던 2005년 인터넷 커뮤니티를 통해 알게 된 B씨 부부 와 8,000만 원을 받고 대리모 역할을 해주기로 약속한 뒤 아이를 출산했다. 그러나 A씨는 약속과 달리 아이의 출생

비밀을 폭로하겠다고 협박해 36차례에 걸쳐 총 5억4천만 원을 뜯어낸 사건이다. 우리가 이런 나라에서 이들과 같은 민족이라고 살고 있다.

2) 부모의 유산 싸움으로 형제간 칼부림도 나고 원수가 되어 소송으로 싸우고 서로의 왕래가 없기도 하고 제삿날도 오지 않는 형제도 늘어나고 있다. 그리고 보니 자식들까지 사촌 간에 남처럼 멀어지고 있다.

3) 보험금 수령을 목적으로 영아를 입양시킨 후 질병을 유발시켜 상해보험을 수령하고 다시 거액의 사망보험금을 수령하기 위해 영아의 코와 입을 막아 호흡을 못해 뇌사상태에 이르게 하고 저산소증으로 사망하게 하여 보험금을 수령하려 한 사건(징역 15년).

손쉬운 입양절차로 인해 양육의 목적이 아니라 입양한 갓난아이를 앵벌이에 악용하거나 아파트 특별 분양을 위해 허위로 아이를 입양했다가 파양하는 사례가 적발되기도 했다.

4) 돈을 숨기는데 기상천외한 기술자가 있다. 거액의 한 체납자가 아궁이 잿더미 속에 돈 가방을 숨겼다가 들통 났다. 세금 낼 돈 없다는 사람이 여행용 가방에 5만 원권 1만1천 장 숨겨두었다. 이렇게 내지 않은 세금으로 호의호식하며 살고 있었다. 세금은 국민으로서 납부하여야 하는 당연한 의무일진데 나만 불법해서이라도 잘살아 보자는 사람이 많다.

5) 돈 주고 관직 입맛대로 달라는 이팔성

전 우리금융 회장 이팔성씨는 이명박 대통령의 가까운 주변 인사에게 22여억 원과 선물권을 제공하고 우리금융 회장을 연임한 것으로 보고 검찰은 수사하고 있다. 검찰이 이 회장의 집무실에서 발견한 비망록에서 이 회장은 MB 주변의 족속들은 모두 파렴치한 인간들이라 했다는 것이다. 원래 국회의원 공천이나, 산업은행 총재, 금융위원장 등 자리를 노리고 이명박 전 대통령에게 인사 청탁을 하고 금품을 전달한 것으로 검찰은 보고 기소하여 재판 중이다.

6) 일자리 장사로 10억 챙기는 노조

취업, 승진, 정년연장의 대가로 거액의 금품을 받은 혐의로 부산항운노조 전직 위원장 등 노조 간부 14명이 조합원 가입에 3000~5000만 원, 조장 승진에 5,000만 원, 반장 승진에 7,000~8,000만 원 가량의 뒷돈을 받은 것으로 드러났다. 그리고 사안 별로 복직이나 정년연장 등에도 수천만 원의 뒷돈이 거래되어, 대가로 받은 돈만 10억 원이 넘었다는 것이다. 항운노조 전 위원장 등 노조 간부 14명이 재판에 넘겨진 사건이다. 2005년에도 취업 비리로 전 현직 위원장 등 40여 명이 구속기소 되었는데 이번에 또 고질적인 취업 비리가 적발된 것이다. 돈 앞에는 구속도 겁나지 않는다는 인성 파탄의 우리 노조 현실을 말해주고 있다.

7) 부산 사상경찰서는 시신이 보관된 영안실에 들어가 시신이 보관용 냉장고에 있던 시신 2구에서 펜치와 핀셋 등을 이용해 금니 10개를 뽑아 훔친 장례지도사를 붙잡았다. 경찰에 "시신 안치실에 들어와 냉장고를 여는 사람이 있다"는 112신고를 받고 출동한 경찰에 현행범으로 체포되었는데 금니 10개의 시세는 100만 원 상당으로 알려졌는데 생활이 어려워서 훔쳤다고 했으나 망자의 장례를 지도하는 자가 엽기적으로 시신을 훼손하면서 돈을 벌겠다는 사고는 가히 인면수심의 모습이라 안타깝다.

8) 성 착취 영상물로 악랄하게 돈벌이한 n번 방을 8개를 만들어 방마다 대략 4~5명씩 모두 20~30명의 여아들을 성노예로 착취한 여아들의 나체 몸에 칼로 노예라고 새겨놓고 여아의 몸 안에 애벌레를 넣어 몸부림치는 영상을 수많은 남성들이 관전하기도 하고 여아의 친 남동생에게까지 유사성행위를 시키고 남성 공중화장실에 나체로 벌거벗긴 여아들을 바닥에 널브러뜨려 자위행위를 시키는 등의 영상을 관람시키는 방법으로 돈을 버는 천인공로하고 인면수심 수법에 전 국민이 분노하고 있다.

47. 진영논리(陣營論理)에 빠져 묻지마 지지자가 많다

진영논리는 자신이 속한 진영의 이념만 옳고 대립하는 진영의 이념은 틀렸다는 논리이다. 특정 인물, 집단, 사건 등에 대한 판단을 내릴 때, 그 기준이 그 대상이 어떤 진영에 속해 있는가를 다른 것보다 우선시하여 결론을 내리는 논리를 의미한다. 다시 말하면 자신의 진영에 속한 이념에 따라 타인의 해석이나 생각 성향을 무조건적으로 배척하고 폄하하는 행동이다.

요즘 세상에서 가장 많이 회자하는 말이 진영논리에만 빠지면 안 된다는 말이 등장하고 있다. 즉 진영 이기주의에 빠져서는 안 된다는 것이다. 진보는 보수를, 보수는 진보를 인정하지 않고, 그 안에 있는 정책 사항, 논리성, 객관성 따위는 없고 오로지 내 진영이 아니면 적, 혹은 내 진영이 아니면 틀린 것, 이런 식의 논리를 펴는 것이므로 자기편을 과도하게 옹호하거나 상대편을 공격하는 것이다.

문재인 정부 5년 임기의 3년이 지난 이 시점에 정부의 성적표에 후한 점수를 주는 전문가는 찾기 힘들어졌다. 엄청난 수의 국민들이 전임 대통령의 탄핵을 지지하며 현 정부를 전적으로 믿고 밀어줬는데 대통령 취임사와 같이 국민의 통합과 공존의 새로운 세상을 열어가고, 나를 지지하지 않았던 국민도 섬기겠다 했으나 국민 통합 노력은 없고 내 편만 챙기고, 내 지지층만을 위한 진영논리에 빠졌다는 중간평가가 지배적이다. 조국과 그 부인, 자녀를 둘러싼 특혜 부정시비와 사모펀드 등 불법 금융거래의 부도덕성이 국민 공분의 대상이 되었고, 진영논리에 빠져 법무부 장관의 임명 강행에 따른 실패 사례는 이 정부의 가장 큰 패착이 될 것이다.

부도덕한 조국과 그 부인을 지키자는 서초동 집회에 참여한 수십만 명의 시위는 자기편은 조건 없이 묻지 마 지지라는 진영논리의 상징적 사건이었다. 갈라진 진영논리의 집단 최면催眠에서 깨어나야 할 것이다.

친문 시위대가 조국 부인 정경심이 구속을 결정하는 서울중앙지법에 몰려가 "제정신이라면 구속영장을 기각시켜야 한다"며 고함을 지르다가 자정이 지나 구속영장이 발부 소식이 전해지자"이게 법이냐" "너희들은 미쳤어" "검찰과 사법부 아웃" "적폐 판사 물러가라" 외치고 법원 입구로 다가가 "개 같은 판사"라고 외쳤고 온라인에서도 영장발부 판사의 얼굴 사진에 영정사진 틀을 합성하고 "근조謹弔" "x까튼 판레기(판사 + 쓰레기)" "기억한다! xx 놈아!" 등의 비난 게시물도 올렸다. 자기 진영에 불리한 판단의 결정에는 막무가내 법원에 비난을 퍼붓는 사법부를 경시하는 형태는 있을 수 없는 일이다.

안철수 국민의당 대표가 대구 코로나 19 방역대책에 의료자원봉사자로 참여하여 대구 계명대학교 동산병원에서 땀에 적셔진 차림으로 카메라에 비쳤다. 이를 보고 한편에서 정치 쇼다, 의사 면허가 있느냐, 등 자기편이 아닌 당 대표라 해서 환자는 밀려들고 의사 수는 부족한 상황에서 입은 옷을 벗어 던지고 10kg이나 되는 방호복을 입고 의료 활동하는 모습을 보고 자기 진영이 아니라고 폄하는 형태는 없어졌으면 한다. 안철수 대표는 서울대학교 의대에서 박사학위까지 받고 단국대학교 의과대학 학과장까지 한 의사로서 의사면허증까지 보유하고 있다.

이제까지 한 번도 경험하지 못한 이기주의 진영논리에 빠져 국론이 극명하게 분열된 일은 없었다. 이런 현상에 빠져 이 나라가 어떻게 될 것인지 국민은 우려와 탄식에 빠져있다.

허구한 날 내편 네 편으로 갈려서 싸우느라 날 샌 조선왕조 500년의 그 끝이 어찌 되었는지 보면 잘 알 수 있을 것을…

48. 솔직하지 않은 거짓말 잘한다

사람은 생활하면서 약간의 거짓말을 사소하지만 하고 사는 것 같다. 자기 자신을 보호하기 위해 어쩔 수 없는 거짓말, 사실을 밝히기가 부끄러워서, 스스로를 과시하기 위해 거짓말하는 경우, 처벌을 피하기 위해, 개인의 이익을 위해, 남을 돕기 위해 거짓말을 하게 되지만 이런 일상에서 벌어지는 거짓말이 사소한 것 같지만 어떤 경우는 우리의 삶을 파괴하기도 한다.

한국인의 생활 속에 녹아 있는 일상 속의 거짓말들을 들어보면

음주 운전자 단속하면 딱 한 잔밖에 안 했어요, 장사꾼은 이것 밑지고 파는 거에요, 학원 광고에는 전원합격, 최단기 합격률 1위, 전원 취업보장, 전국 최고의 합격률, 간호사는 이 주사는 하나도 안 아파요, 휴대폰 가게는 전국에서 제일 싼 집 완전 공짜, 사원들은 매일 같이 회사 내일 당장 때려치운다. 회사 사장은 직원들에게 우리 회사는 여러분의 것이다, 노인은 빨리 죽고 싶다, 노처녀는 독신으로 살겠다, 술 취한 사람은 나 하나도 안 취했다, 옷가게 주인은 어머 너무 잘 어울려 맞춤옷 같아요, 수석합격자 소감은 그저 학교 수업에 충실했을 뿐이에요, 아파트 신규분양에는 지하철에서 5분 거리, 친구에게 이건 너한테만 말하는 건데, 음식배달은 출발하지도 않고 방금 출발했어요, 금방 도착합니다. 답한다. 경찰은 새롭게 달라지겠습니다, 뭐가 달라져, 국회의원 당선되면 열심히 일하겠습니다, 같은 정치인은 언제 내가 그런 말 했던가, 당선되고 나면 코끝도 보기 어렵다. 대통령 후보는 국민을 제일 먼저 섬기겠습니다. 담임 선생님 이것 꼭 시험에 나와요, 알코올 중독자 다시 술을 마시면 내가 성을 간다. 노름꾼, 깡패는 이제 손 씻었다. 학생을 때리면서 나도 가슴 아프다.

선거철만 되면 계획적으로 범죄적 거짓 유언비어 잘 퍼트린다. 상대를 흠집 내어 낙선시키려는 거짓과 모함의 헛소문을 여과 없이 퍼트린다. 그

후보 혼외자가 있다. 뇌물수수 의혹 제기하거나 정치자금을 수십억 받았다. 불법적으로 두 아들의 병역을 면제시켰다고 거짓 주장을 해서 상대 후보에 치명적인 타격을 준 사건이 16대 대통령선거 때의 김대업의 병풍사건이다. 그 후 이회창 후보는 낙선하고 두 아들은 법적으로 문제없는 것으로 밝혀졌다.

법정이나 국회 청문회에서 오른손을 들고 "양심에 따라 숨김과 보탬이 없이 사실 그대로 말하고 만일 거짓이 있다면 위증에 따른 벌을 받을 것을 맹세한다"고 증인선서를 하고도 거짓이 있어 고위공직의 후보들이 청문 과정에 망신을 당하고 낙마하는 것을 보고 있다. 또 법정에서의 거짓 증언으로 위증죄로 처벌되기도 한다.

양심을 속이는 거짓말 사회를 없애기 위하여 먼저 고위공직자, 국회의원, 사회적 지도계층에게는 한 번만이라도 거짓말이나 위증을 할 경우 직에서 퇴출시키는 도덕적 기준을 엄격하게 확립하여 사회적 활동이 불가능하고 실정법적 의미가 아닌 도덕적 인격 기준을 높여 그런 양심 불량자는 사회에서 매장되는 개념의 풍조를 만들어야 신뢰가 통하는 나라가 될 것이다.

그래야 정치인은 거짓말쟁이, 사기꾼이라는 소리 안 듣는 나라를 만들 수 있을 것이다. 우리는 선진국 사회가 실증법 위반보다 거짓말을 더 나쁘게 여기는 사회 기풍을 덕목으로 삼고 있는 의미를 알아야 할 것이다. 그래야 바른 사회가 되기 때문이다.

일찍이 독립운동가 도산 안창호 선생은 민족의 힘을 기르기 위한 계획을 세우고 전 분야에 걸쳐 총체적 접근을 했다. 교육, 정치, 군사, 언론, 외교, 사법, 통일, 문화 어느 것 하나도 소홀히 한 것은 없었다. 그러나 무슨 일을 하던 근간이 되는 것은 인격 혁명임을 절감했다. 그래서 "속이지 말자" "놀지 말자"라는 말을 달고 살았다고 한다.

"거짓이여 너는 내 나라를 죽인 원수로 구나, 군부君父의 원수는 불공대천不共戴天이라 했으니, 내 평생 죽어도 다시 거짓말을 아니 하리라" 다짐하고 평생 그렇게 살았다고 한다. 그리고 도산은 정직과 신용이 경제적 이익으로 돌아온다는 것을 몸소 체험하게 했다.

도산이 처음 미국에 가서 초등학교에 입학하려 했을 때 두 번씩이나 나이가 많아서 거절을 당하니, 나이를 속여 입학하라는 하숙집 주인 영감의 권고에 "입학을 못하면 그만이지 연령을 속일 수는 없다"고 했다는 것이다. 그러나 세 번째 지원한 교장 선생은 이 연령의 제한은 내국인에 적용되는 것이므로 입학을 허락받아 그리하여 미국에서 대학까지 졸업하게 되었다.

또 도산은 독립운동 당시 자금이 부족하니 위조지폐로 독립운동 자금에 쓰자는 의견에도 신성한 광복사업에 비열한 사기행위에 의하여 추진할 수는 없는 일이라 했다. 그리고 늘 농담에도 거짓말하지 말라. 꿈에라도 성실함을 잃었거든 통회(痛悔: 잘못을 매우 많이 뉘우침)하라, 했다. 도산이 민족 자주독립의 초석을 다지는데 강조한 것은 도덕성을 기초한 확고한 단결과 민족통일이었다. 그리고 도산은 민족개조를 외치면서 모든 악한 습관을 각각 개조하여 선한 습관을 만들자, 거짓말을 잘하는 습관을 가진 그 입을 개조하여 참된 말만 하도록 합시다, 했으나 후예들은 그 정신을 이어받지 못하고 거짓말로 인성이 타락하고 있다.

49. 얼굴 없는 폭력 좋아한다

SNS, 댓글, 악플, 얼굴 없는 폭력들 난무

SNS상에서 얼굴 없는 댓글폭력을 하는 졸장부들의 야만적 행동이 심각한 수준에 다다랐다. 떳떳하게 얼굴 내놓고 주장 못하고 숨어서 남 욕하는 못난이들의 악의적 문자폭탄으로 마음에 상처주고 죄책감 없는 양심불량자들이 떼 지어 인격 살인하는 댓글 부대는 더욱 법을 강화해서 엄단을 하여야 한다. 표현의 자유는 이런 형태를 보호해 주려는 자유가 아니다.

세계인이 댓글을 달지 만 우리나라 댓글은 유별나다. 국내 최대 포탈인 네이버에는 댓글이 하루에 50만~70만 개 가량 달릴 때도 있었다. 코로나19 바이러스 감염사건으로 마스크의 대란이 일어나 마스크 대란 때 민심이 폭발해 100만 개의 댓글이 달린 날도 이었다. 워낙 수가 많고 나름대로 영향력이 있다 보니 댓글의 문제도 끊이질 않고 있다. 젊은 연예인의 극단적 선택 후에는 빠짐없이 "악플에 시달렸다."

그리고 정치 세력들은 여론조작 수단으로 댓글을 악용했다. 그야말로 한국은 "댓글 공화국"이라 할 것이다.

우리 헌법 제10조·17조·21조22조·37조에서 표현의 자유는 인간으로서의 기본권이기 때문에 보장하고 있다. 그러나 표현의 자유는 무한의 자유가 아니고 그 한계를 규정하고 있다. 형법 307조1항은 공연히 사실을 적시하여 사람의 명예를 훼손한자, 2항에 공연히 허위사실을 적시하여 사람의 명예를 훼손한 자의 처벌, 동법 309조의 출판물 등에 위한 명예훼손, 동법 311조의 공연히 사람을 모욕한 자. 그리고 정보통신법상 명예훼손, 공직선거법상 후보자 비방 등 표현의 자유에 대한 제한을 규정하고 있다. 이런 처벌규정을 지키지 않고 정당 관련 강성 지지자들은 마치 문화대혁명 홍위병들 같이 공격하고 있다.

조속히 실명 댓글로 당당하게 자기 주장하는 세상을 만들기 위하여 제도 실시를 촉구하며 익명의 댓글이 계속 지속된다면 인성파탄의 인격살인 시대를 부추기는 결과를 낳게 될 것이다.

1) 우리의 댓글문화 심각한 수준이다

정제되지 않은 감정이 거침없이 노출되고 듣기 힘든 욕설이 난무한다. 인격 모독은 상대방의 일상을 파괴하지만 가해자는 언제 그랬던가 하고 편안하게 생각한다. 사이버 공간의 여론이 무책임한 이유는 내 이름과 얼굴이 노출되지 않기 때문이다.

현실 앞에 자신이 바로 노출될 경우에는 점잖은 태도를 보이지만 신분이 바로 노출되지 않은 사이버 공간에서는 마음대로 욕설과 상대에 대한 모욕적인 표현을 하는 행위가 만연한 것은 상대방은 얼마나 많은 절망에 빠지는가를 간과한 처신 때문이다. 이런 비굴한 짓을 막는 방법은 엄격한 법의 처벌이 대책일 것이다.

2) (요덕스토리)를 만든 탈북영화 감독 정성산 씨가 인천 연수구에 평양냉면집 "평광옥"을 열었다. 정씨는 "세월호 폭식투쟁"에 참여했다는 의혹을 받으며 네티즌들로부터 공격받기 시작했다. MBC 시사 프로그램(스트레이트)은 세월호 단식 농성 단체 앞에서 음식을 시켜 먹는 보수단체에 대해 보도하면서 정씨의 모습을 내보냈다. 정씨가 주최 측 관계자 옆에 있었던 모습이 10여 초 간 모자이크 없이 방송되었다. 이후 인터넷 포탈 게시판과 커뮤니티 등에서 네티즌들은 정씨의 식당 이름, 위치를 올리며 "정씨가 일베 회원이며, 이런 사람이 하는 냉면집을 망해야 한다"고 협박 공격하였다. 심지어 식당 앞에 정씨를 비방하는 대자보를 붙이고 일부는 스프레이로 낙서하는 등 영업방해로 결국 식당의 문을 닫게 한 사건이다.

이 사건은 그의 우파적인 마인드와 스펙을 저주하는 수많은 악플들의 인터넷 인신공격과 불매운동 그리고 관할구청에 무차별 협박으로 결국 평광옥 식당의 문을 닫게 한 사건이다.

3) 콜센터 전화폭력과 허위신고가 많아 업무 수행에 고충이 많다는 것이다. 도시가스 콜센터에 200번 이상이나 전화 걸고 욕설과 난동을 부린 미혼 남성을 입건했던 사례도 있다. 전화폭력이 도를 넘으니 이제는 콜센터가 받

는 모두 전화는 녹음되고 처벌받을 수 있다는 음성멘트를 넣고 있다.

그리고 112와 119에 1,000차례 상습허위 신고하여 소방관을 출동시키기 위해 자신의 집에 불을 내려한 40대 남성이 경찰에 붙잡혔다. A(40)씨는 119에 "집 문이 잠겨 들어갈 수 없다"는 전화를 17번 했으나 신고가 통하지 않자 소방관을 출동시키기 위해 불을 지르러한 것으로 조사되기도 했다. A씨는 2018년 9~10월 사이 112와 119에 "집에 불을 냈다"는 등 1,000여 차례에 걸쳐 허위신고를 한 사례.

형사입건에 앙심으로 불을 지르겠다고 117차례 협박 전화를 걸었는데 경찰에 따르면 A씨는 지난달 28일 오전 1시 6분부터 9시 56분까지 휴대전화 2대를 이용해 총 117차례나 112에 전화를 걸어 "불을 지르겠다" "불이 났다"는 등 허위신고로 경찰관들을 11차례 출동하게 한 혐의를 받았던 사건이다. 조사 결과 A씨는 광주시 서구의 한 주점에서 술을 마시고 행패를 부려 해당 지구대에 현행범으로 체포됐다가 풀려난 뒤 자신이 입건된 사실에 앙심을 품고 이 같은 범행을 저지른 것으로 드러났다.

최근 유행처럼 번지고 있는 것이 전화를 걸었을 때 먼저 나오는 안내 멘트가, 잠시만 기다리시면 곧 연결해 드리겠습니다. 다음에 어디나 빠짐없이 나오는 말의 대화 내용은 녹음된다와 산업안전법에 의하여 고객의 욕설 등은 처벌받을 수 있다는 것이다. 얼마나 고객이라는 이름으로 갑질하고, 언어폭력을 해서 스트레스를 받았기에 모든 공공기간, 금융기관, 병원, 산업체에 걸면 하나같이 음성멘트를 듣게 된다.

민원인으로는 전화를 거는 곳마다 멘트가 나오니 짜증 나는 일이다. 그러나 서울시 다산 콜센터 상담원들이 극심한 스트레스를 받고 있다는 것이다. 그 이유는 민원 및 궁금사항을 해결하기 위해 노력하는 상담원들에게 차마 입에 담지 못할 음담패설로 성희롱을 하는 민원인 때문이다. 그동안 상담원들의 근로환경에 대한 제도가 미비하여 자신이 받은 수치심 및 스트레스를 하소연할 곳이 없었다. 그런데 서울시 상담원들에게 성희롱 발언을 하는 민원인들에 대해 원 스라이크 아웃제도를 도입했다.

이 제도는 한 번이라도 위법행위를 하였을 경우에는 바로 법적 처벌 또는 제재를 가할 수 있는 강력한 조치인데 다양한 기관, 조직에서 사용하고 있는 제도인 것이다.

50. 결정적인 순간에는 지역, 학연, 혈연이 작동한다

선거에서 사례를 보면 1969년 10월 12일, 3선 개헌안 국민투표를 며칠 앞둔 시점에, 당시 야당인 신민당은 광주공원에서 4만여 청중이 모인 가운데 3선개헌 반대 유세를 가졌다. 이 자리에 신민당과 3선 개헌반대 범투위의 이재형, 정성태, 김대중, 윤길중, 양일동, 양회수 등은 "영남지방은 고속도로까지 개설하는 정부가 호남선은 복선마저 제대로 않고 푸대접하고 있다." 호남 푸대접 론을 주장하면서 "경상도 정권을 타도하자"는 적이 있었다.

1971년 4월 대선 당시 이효상 국회의장은 "경상도 대통령을 뽑지 않으면 우리 영남인은 개밥에 도토리가 된다"는 언급을 했다. 이효상은 박정희 지지 연설에서 "쌀밥에 뉘가 섞이듯이 경상도에서 반대표가 나오면 안 된다. 경상도 사람 중에서 박 대통령을 안 찍는 자는 미친놈이다"라는 언급을 한 적이 있었다.

"우리가 남이가." "사람이 먼저다 하다가 우리가 먼저다"로 돌변한다. 그래도 우리 고향 사람, 우리 동문, 우리 문중 사람 찍어야지 한다.

1992년 제14대 대통령선거의 1주일 앞둔 12월 11일 김기춘 법무부 장관이 부산에 내려가 부산시장, 부산지방경찰청장, 국가안전기획부 부산지부장, 부산시 교육감, 부산지방검찰청장, 부산상공회의소 등의 지역 주요 기관장 9명을 부산 남구 대연동에 위치한 복어 요리점인 초원복집에 초청하여 이야기를 나누며 "우리가 남이가" "부산, 경남, 경북까지만 요렇게만 딱 단결하면 안 되는 일이 없다. 5년 뒤에는 대구분들 하고 서울분들 하고 다툼이 될는지…. 그때 대구분들 우리에게 손 벌리면 지금 화끈하게 도와주고 "지역감정이 유치할진 몰라도 고향 발전에는 도움이 돼" "하여튼 민간에서 지역감정을 좀 불러 일으켜야 돼" 등의 발언이 나왔다. 이 내용이 대통령선거를 앞두고 모의한 것이 통일민주당 관계자의 도청에 의하여 드러난 사건이다.

한국의 지역주의는 지역의 감정대립을 의미한다. 보통 그 형태가 영남지방 사람들과 호남지방 사람들의 갈등이라는 형태로 나타나며 선거를 목적으로 정치인들이 이를 상승적으로 이용하고 있다. 또한 대부분의 유권자들이 이 지역주의에 이끌려서 투표하는 경향이 있으며, 이 때문에 지역주의는 "망국적 고질병"으로 생각한다.

지금도 지역별로 향우회가 선거에 동원되고 있으며, 학연의 동문회 참여는 대통령선거에서 매우 활발하다. 이는 대통령이 당선될 경우에 정부나 공기업 등 많은 요직에 참여할 수 있는 기회가 되고 있기 때문이다. 김영삼 정부에서 경남고, 노태우 정부에 경북고, 노무현 정부의 부산상고, 이명박 정부의 고려대 출신들이 빛을 보았다. 혈연의 선거지지는 전통적으로 가문의 영광으로 생각하는 경향이 아직도 남아 있기 때문이라 생각된다.

한국개발연구원은 "사회적 자본 실태조사"보고서에서 여전히 "학연, 혈연, 지연 중심의 전통적 관계망이 많다"고 분석했다. 국민 중 절반(54.4%)이 동창회에 가입해 있을 만큼 학연의 뿌리는 넓고 깊었다. 이어 종교단체(24,7%), 종친회(21,5%), 향우회(16,8%) 등 순위를 차지해 혈연과 지연이 강세를 보였다. 결정적 순간에는 연줄로 결정하는 경향이 뚜렷하다.

51. 지도자가 인성 불량자가 많다

인간의 본성은 원래 선善한 것인가 악惡한 것인가? 맹자의 성선설은 인간이 태어난 본성은 선하지만 나쁜 환경이나 그릇된 욕망 때문에 악하게 된다고 한다. 순자의 성악설은 인간의 타고난 본성은 악으로 보고 도덕적 수양은 교육을 통한 후천적 습득에 의해서만 가능하다는 것이다.

그런데 요즘의 현실은 두 분의 설이 맞는지 어떤지 인의도덕仁義道德이 무너지는 사건만 연속이며 패륜과 사기, 갑질, 폭악한 현상이 연일 기사가 넘치고 있다. 이런 인성 파탄의 늪에 빠져있으면서 도덕적 인성교육이 점차 사라지고 물질사회에 돈 버는 교육에 몰두하니 배움과 학식이 많은 자도 학문적 깊이만 있을 뿐 인간의 본질인 인성은 껍데기뿐인 사람들이 양산되고 있다.

1) 해외 유학까지 가서 세계적 유수 대학에서 박사학위와 교수로 재직한 그 분야에 자타가 인정하는 학자이지만 제자들의 연구비를 횡령하거나, 자식에게 편법으로 우수학점을 주거나, 자기 논문에 자식과 공동 저술로 하여 자식에 혜택을 주게 하거나, 제자를 성추행하거나, 타인의 논문을 표절하는 등 학식에 비해 인성을 갖추지 못한 학자들이 우리 사회에 넘처나고 있는 사건들 속에서 배움과 인성은 비례하지 않는다는 것을 실감하게 한다.

2) 대통령의 입이라는 청와대 대변인이 부동산 투기논란 끝에 결국 사표를 내게 되었다. 재개발지역의 상가투자금액은 본인 자금과 은행 융자금을 포함해 24억여 원을 투자하여 매입한 것이다. 그 당시 정부는 연일 부동산 투기를 막기 위해서 융자를 내어 부동산매입을 억제하기 위하여 캠페인 하

던 시점에 청와대 대변인이 뒤에서는 많은 은행융자를 받아 투기를 했다는 것은 비난받아 마땅하다고 여론이 비등하여 결국 대변인 자리를 사퇴하게 되었다.

그의 사표의 변은 국민들로 하여금 인성이 부족한 느낌을 주게 하였다. "나는 몰랐다, 아내가 저와 상의하지 않고 내린 결정이었다"라고 했다. 난생 처음으로 나이는 들고 퇴직 후 노모를 모시고 살집을 마련하기 위하여 매입한 것이라 했는데 은행융자를 10억 원이나 받아 상가를 매입하면서 나는 몰랐다, 아내가 한 일이다, 그 말을 국민이 믿을 것이라고 생각했다면 큰 착각이다.

3) 국회 청문회장의 후보자 청문 자료에서 보면 제대로 도덕적 인성을 갖추고 살아온 사람은 없는 것인지, 범법자만 골라서 온 것인지 헷갈릴 지경이다. 온통 죄송하다가 후보자마다 입에 달린 말이었다. 여당 의원들도 문제 있는 후보자가 많다 하니 청와대 인사 검증 수석실은 사람이 없다는 것이다. 그 말을 그대로 믿으면 학식 있고 스펙 갖춘 사람은 많아도 인성을 갖추고 범법자 아닌 사람이 없다는 것이다.

한국의 지도자적 위치에 있는 사람들이 사회를 앞에서 이끌어갈 자질이 없다는 것이다. 즉 바르게 사는 사람이 많지 않다는 것이다. 그것도 빈말이 아님을 알 수 있는 것은 법과 양심으로 재판해야 하는 고위 법관(대법관, 헌법재판관)들의 청문회에서 보면 위장전입은 거의 모든 후보자들이 몇 차례씩 했다는 사실이다. 심지어 8차례 위장전입자도 있었다. 그들 중에는 본인은 위장전입하고 국민의 위장전입은 처벌한 후보자도 있었다. 참으로 이런 현상을 보면서 직위 고하를 막론하고 총체적 양심 불량과 심지어 판관들 마저 바르게 살고 있지 않다는 인성의 현장을 목도하는 것 같았다.

52. 안보불감증

안보불감증安保不感症이란 적국과의 화해협력이나 장기간 평화 상태의 유지로 인해 안보에 대한 의식이 해이해진 상태를 말하는데 이에 더해서 국민이 어지간한 안보 위기에는 놀라지도 않는 "안보 면역증" "안보 무감각증" "설마-신드롬"이 지금 우리가 그런 상태에 빠져있는 안보병폐를 안고 있다는 것이다.

물론 여기에는 햇빛정책이니 평화협정이니 하여 마치 평화가 눈앞에 온 것같이 달콤한 언사로 한반도에 더 이상 전쟁은 없다. 김대중 대통령은 1998년 북한은 핵을 만들 의지도 능력도 없다고 했다. 1999년는 "내가 책임지고 김정일의 핵 개발을 저지하겠다." 2000년에 "이제 한반도에는 전쟁 가능성은 없어졌다." 2001년에 "남이 경제적 지원을 지속하면 북은 반드시 핵을 포기한다." 등 주장을 해 왔다.

1592년 임진왜란 발발 전에 조선 사대부들이 보였던 안이한 안보 불감증을 오늘날 우리가 답습하고 있는 것 같다. 임진왜란 10년 전부터 조선의 위정자와 지식인들은 정치적 이해관계로 국가가 처한 위기를 전혀 감지하지 못했다. 율곡栗谷이 1582년 병조판서로 부임하면서 국방개혁을 상소하고 그다음 해에 소위 "10만 대군 양병설"을 주장하자 정치적 반대자들은 평화적 시기에 병란을 운운하는 저의가 무엇인지를 따져 물었다. 임란 2년 전 일본에 다녀온 조선통신사 정사 황윤기와 부사 김성일의 상의한 정세 보고에 조정은 안보 불감의 오판을 했고, 그 결과 고통과 뼈저린 시련은 모두 백성이 짊어졌다.

최근에 북한 ○○항에서 출발 NLL 넘어 120km 내려와 삼척항 앞바다에서 대기하다가 날이 밝자 삼척항 진입 접안 30분간 항구에 배회한 사건, 연간 300척 이상의 목선이 월선해 내려온다는 등 방위력이 뚫려 있다는 엄중한 사건에도 별로 중하게 생각하고 있지 않다.

근래 중국, 러시아 항공기가 영공을 침범해도 심각하게 생각지 않는다. 평화협정 등 그럴싸한 말들이 귀를 현혹시키듯 막강한 군사력이 곧 평화를 지키는 길임을 환기하지 못하고 갑자기 확 늘어난 북한 목선 NLL침범 등을 계산된 도발인 줄 모른다.

침범 선박의 대부분이 어선으로 2015년 6건 2019년엔 386건으로 확늘어났다. 일각에선 대남 침투를 위한 새로운 루트 점검 분석을 위해 어부를 공작원으로 위장해 우리 군의 경계태세 시험하는 것은 아닌가 우려한다. 철저한 경계가 필요하다.

국민도 안보를 누가 해주겠지 하고 안이하게 생각지 말고 정신 바짝 차리고 안보를 최고의 가치로 생각하고 국민의 생명과 재산을, 그리고 자유를 위해 우리 자신이 상시 강력한 안보대비 정신을 가지고 살아야 한다,

유비무한有備無患, 거안사위居安思危, 백련천마百練千摩, 즉 철저히 대비하여 근심을 없애라, 편안하게 살 때 위태로움을 생각하고, 백 번 연습하고 천 번을 닦는다, 라는 지혜로운 명언을 잊지 말자.

1) 병역의무는 헌법상 나라 지킬 의무

헌법 39조에 규정하고 있다. 1항 모든 국민은 법률이 정하는 바에 의하여 국방의 의무를 진다. 2항 누구든지 병역의무 이행으로 불이익한 처우를 받지 아니한다. 국방의 의무는 외국의 침략행위로부터 국가의 독립을 유지하고 영토를 보전하기 위한 국토방위의 의무를 말한다.

이 땅에서 사나이로 태어났으면 당연히 국가의 생사와 존망이 달린 국가의 안위를 보전하기 위하여 병역의 의무를 다해야 하는 헌법상 의무인데 이를 피하기 위해서 가진 수법으로 병역을 면하려는 것은 스스로 국민이기를 포기하는 행위다. 지금도 총부리를 마주하고 일촉즉발의 긴장 상태에 있는

분단국가에서 나는 병역의 의무를 안 하겠다는 것은 나라를 지키는 의무에 무임승차하겠다는 파렴치한 행위다.

그 나라의 장래를 볼라면 그 나라의 청년을 보라 했는데 작금의 병역기피를 위한 한심한 작태를 정리해 본 것이다.

(1) 현역기피 하려 십자인대 자해

군 훈련소를 벗어나기 위하여 충남 논산 육군훈련소 생활관의 1.5m 높이 총기 보관함 위에서 뛰어내려 자해한 혐의로 기소되었다. 이 훈련병은 전날 여자 친구와 전화통화를 하다가 "보고 싶어 힘들다"는 말을 들은 뒤 생활관에 돌아와 동료 훈련병으로부터 십자인대가 끊어지게 하는 요령을 습득하고 이 같은 행동을 했다는 것이다.

(2) 종교적 신념에 반하는 병역거부 판결이 엄격하지 않다

대법원이 2018년 11월 "진정한 양심에 따른 병역거부는 정당한 병역거부"라고 판결한 이후 하급심(1심. 2심)에서 엇갈리는 판결이 잇따르고 있다. 법조계는 "예견된 결과"라는 반응이다. 당시 대법원의 판결이 너무 모호했다는 것이다. 과거 대법원과 헌법재판소는 종교적 신념 등에 의한 양심에 의한 병역거부는 정당한 병역거부로 인정하지 않았다. 매년 500~600명의 병역 거부자가 형사 처분을 받았다. 그런데 대법원은 2018년 11월부터 이런 판례를 바꿨다.

종교적 양심뿐만 아니라 윤리적, 철학적, 양심 역시 "진정한 양심"이기만 하면 정당한 병역거부 사유가 된다고 했다. "가짜 양심"과 구별되는 "진정한 양심"이 무엇인지 구체적으로 설명하지 않았다는 것이 문제가 된 것이다.

진정한 양심인지 아닌지 누가 진실을 감정할 것인가, 이런 추상적인 표현이 하급심에서 판결이 들쑥날쑥할 수밖에 없는 예견된 결과이다. 병역을 거부하려는 가짜 양심꾼들의 병역기피 길만 열어 준 꼴이다.

"국방의 의무"가 헌법상 규정된 국민의 안보 의무인 것인데 대법원이 애매한 판례로 너무 손쉽게 양심적 병역거부를 인정한 측면이 있다. 엄격한 심사와 판결로 국민개병皆兵 의무가 구멍이 뚫리지 않게 하여야 할 것이다.

(3) 대위에게 "대화 좀 하자" 반말한 사병, 2심에도 무죄

경기도 내 모 포병여단에서 무전병으로 근무하던 2017년 5월 부대 생활관 중앙현관에서 A 대위에게 "근무대장님 대화 좀 하자." 이거 끝나고 대화 좀 하자라며 세 차례 걸쳐 반말한 혐의로 기소되었다. 당시 사병은 외출, 외박자 정신교육을 하기 위해 A 대위가 자신을 부르자 30여 명이 쳐다보는 앞에서 이런 행위를 한 것이다.

군형법 64조는 상관을 그 면전에서 모욕한 사람에 대해 2년 이하의 징역이나 금고에 처한다고 규정하고 있지만 항소심 재판부는 1심과 같이 피고인에 대해 무죄를 선고했다. 이게 군대 기강인가, 야유회 놀러간 모임인가, 위계질서는 무너지고 병사들의 인격존중 잘되면 전쟁도 잘 할 것으로 보는 판사들도 국민들이 군을 보는 생각과 거리가 크게 멀다.

(4) 소대장에게 "시비 겁니까." 대꾸한 사병에 무죄

유격 훈련 중 사병 1명이 훈련 불참 의사를 밝혔고, 군의관 검진결과 건강에 문제가 없어서 소대장은 훈련에 참여할 것을 명령하였다. 그 사건이 발단되어서 소대장이 불순한 태도를 보였던 사병에게 진술서 작성을 요구하였더니 다른 병사들이 보는 앞에서 사병이 소대장에게 "시비 겁니까"라고 대꾸를 한 것이다. 이에 1심은 상관을 모욕했다고 인정하여 징역 6개월의 집행 유예를 판결했다.

그러나 2심에서는 원심을 파기하고 무죄를 선고하였다. 이런 판결을 보면서 분단국가에 전장을 대처하고 있는 군에서 소대장에게 부당하지도 않은 명령에 거부하고 병사들 앞에서 "시비 겁니까" 소대장을 경멸하는 어투로 대꾸하여 위계질서와 명령을 지키는 것이 생명과 같은 군에서 이런 행위

는 엄중하게 재단되어야 함에도 무죄로 선고함에 대해 국민의 생각과 거리가 먼 판결이라 언론에 기삿거리가 된 것이다.

(5) 男상병이 야전삽으로 여성 중대장 머리 내리쳐

경기도의 한 육군 부대에서 병사가 면담 과정에서 미리 준비해온 야전삽으로 여성 중대장 머리를 가격하는 충격적인 사고가 발생하여 군 검찰이 구속 수사했다. 군 안팎에서는 최근 군 기강해이가 극에 달하면서 병영의 하극상이 갈 데까지 간 것 아니냐는 지적이 나오고 있다.

이 사건은 정 상병이 부대 내 사격장 방화지대 작전을 마치고 부대원들 앞에서 "힘들어 더 이상 못하겠다"는 말을 한 뒤 작업을 마무리하지 않은 것으로 알려졌다. 이에 중대장인 한 대위가 정 상병을 불러 면담했으며 이 자리에서 사고를 친 것이다.

(6) "군軍생활 못하겠다" 신청만 하면 복무 부적합 전역시켜 주는 나라

현역복무 부적합으로 전역한 병사가 매년 늘어나 2018년에 처음으로 6,000명을 넘었다. 국방부에 따르면 2018년 6,214명의 병사가 "현역복무 부적합 심사"를 신청해 이 중 98.4%인 6,118명이 전역했다. 복무 부적합 사유 중 66%는 복무 부적응 4,014명이었다. 신체 질환 1,329명 정신질환 775명보다 많았다. 2013년에 병사 1,479명이 현부심에 신청해 1,419명이 전역했다. 5년 사이에 4배로 늘어난 셈이다.

'현부심'은 현역복무가 부적합한 군인을 심사를 통해 전역시키는 제도다. 이 제도는 본인이나 지휘관이 신청할 수 있다. 물론 군 복무 이후 생긴 신체, 정신질환으로 전역이 필요한 병사도 있다. 하지만 최근 신청자가 크게 늘어나면서 이 제도를 조기 전역 수단으로 악용하는 것이 아니냐는 우려도 나온다. 인터넷에는 "현부심으로 제대하는 방법" 등을 공유하는 글도 적지 않다는 것이다.

모 부대 중대장을 맡고 있는 대위는 "요즘 현부심 때문에 고민"이라고 했

다. "이미 한차례 복무 적합 판정을 받은 병사까지 "군 생활 못 하겠다"며 다시 현부심에 신청한다고 했다. 일부 병사는 .'내가 잘 못되면 중대장이 책임질 거냐'고 한다는 것이다. 현재 군은 신병 교육단계에서 복무 부적응 자를 가려내고 있다. 또 부대 배치 후에는 '관심병사'를 위한 교육프로그램인 그린캠프를 운영 중이다.

한 육군 간부는 군 생활을 싫어하는 병사들을 부대에 데리고 있으면 관리도 어렵고, 다른 병사들에게도 영향을 주기 때문에 내보내는 추세라고 했다 한다.

또 한 간부는 조금 적응하면 군 생활을 할 수 있다고 판단돼 현부심 신청을 말렸더니 부모가 부대로 전화를 걸어와 '국방부에 민원을 넣겠다'고 한 경우도 있으며, 현부심 상담의뢰 가운데 절반은 부모가 상담 신청한다는 것이다. 이 제도가 복무기피 수단으로 악용되지 않게 특단의 제도개선이 필요한 사항이라 생각된다. 이런 국방의무 자세로 전쟁 수행을 할 수 있을까, 생각하니 우리 군의 앞이 안 보인다. 언제부터 우리 군이 이 모양이 되었는가,

(7) 강한 훈련 지시한 군단장 보직해임 청원하는 사병

재향 군인회가 "장병들에게 과도한 훈련을 지시하고, 특급전사가 되지 못한 장병에게 휴가를 제한한 군단장을 해임해 달라"는 청와대 국민 청원에 우려를 표시했다. 이 청원에 재향군인회는 경악을 금치 못한다며 강한 교육훈련은 군인의 본분이며 전투원의 생존성을 보장하고 국민의 생명을 지킬 수 있는 최선의 길이라고 밝혔다. 그러면서 "강한 군대육성을 위해 실전과 같은 훈련은 물론 장병들의 체력 등을 연마하게 하는 지휘관의 지휘권은 반드시 보장되어야 한다" 하였다. 이는 당연한 주장이고 강한 훈련이 받기 싫어 군단장을 보직해임을 청원하는 이런 작태야말로 우리 병사들이 얼마나 군인정신이 해이해 있는 지를 단적으로 말해주고 있다. 이런 장군을 갖고 있는 것만 해도 국민은 마음이 든든하다.

(8) 비종교적 예비군 훈련 14차례 거부 무죄 판결

"타인의 생명을 빼앗는 전쟁을 위한 군사훈련에 참여할 수 없다"며 예비군 훈련에 무단 불참한 20대 남성 구모씨에게 법원이 양심적 병역거부에 해당하므로 무죄라는 판결을 내렸다. 병역법과 예비군법 위반 혐의로 기소된 자였다.

2016년부터 2018년까지 동원훈련, 작계훈련, 미참 보충훈련 등 10여 차례 예비군 훈련 소집통지서를 받고서도 불참한 혐의로 기소됐다. 법령은 훈련 불참자에게 1년 이하의 징역, 1,000만 원 이하의 벌금 등의 처벌을 규정하고 있다.

구씨는 재판 과장에서 "타인의 생명을 빼앗는 전쟁을 위한 군사훈련에 참석할 수 없다"는 신념에 따른 것이므로 정당한 사유가 있다"고 주장했다. 이에 재판부는 구씨의 주장을 인정하며 "피고인의 훈련거부"는 절박하고 구체적인 양심에 따른 것이며, 그 양심이 확고하며 진실된 것이라는 사실이 충분히 소명 된다"고 했다.

2018년 대법원판결 이후 종교가 아닌 다른 이유로 "양심적 병력거부"를 인정한 판결은 이번이 처음이다. 이번 판결에 대해 법조계에서는 "뚝이 무너지는 징조"란 말이 나오고 있다. 또 현직 고등법원 판사는 "국가의 근간인 병역을 거부할 수 있는 사유는 극히 예외적으로 인정되어야 하며 법에 명문으로 규정되어야 한다"며 대법원이 "진정한 양심"이라는 모호한 기준으로 예외를 인정하다 보니 하급심에서도 자의적으로 해석할 여지가 생긴 것이라고 비판했다.

(9) 병사들이 경계근무 중 치맥 술판

경남 진해 해군교육사령부 소속 병사 6명은 경계근무 중에 휴대전화로 치킨과 맥주를 부대 안으로 배달시켜 0시 40부터 80분 동안 탄약고에서 술을 마셨다. 그리고 일과시간 이후 사용이 제한된 휴대전화를 반납하지 않은 채 초소 근무 중 배달 전화를 한 것이다. 이 사실을 안 중대장은 이 사실을 상부에 알리지 않고 병사들에 외박 제한 명령만 시켰다. 이 사건은 한 달 뒤인 전말을 폭로하는 내용의 소원 수리가 접수되면서 알려졌다. 현재 우리 군의 기강이 해이가 도를 넘은 것을 말해주고 있다.

(10) 고등군사법원장이 군납 업체에 중개인으로 뇌물

이동호 국방부 고등군사법원장은 군납 업체로부터 사업을 도와달라는 청탁과 함께 금품을 수수한 혐의로 구속영장을 검찰은 청구했다. 이 법원장은 최근 수년 동안 경남 지역에서 어묵 등 식품가공업체를 경영하는 대표 정모씨로부터 군납 과정에 편의를 봐달라는 청탁과 함께 1억여 원이 넘는 금품과 향응을 제공받은 혐의를 받고 있다.

국방부는 서울중앙지검과 군 검찰이 강제수사에 들어가자 이 전 법원장을 직무에서 배제 후 파면 했다. 군 사법 엄무의 최고정점에 있는 준장의 고위직 자가 본연의 업무를 이탈하여 군 사법권을 남용하여 장병들의 급식 품을 제공하는 업체의 청탁을 받아 본인의 직접 업무도 아닌 사항에도 중개인 역할을 하고 금품을 챙기는 개념 없는 장군을 보니 참담하다.

(11) 무기 기밀 빼내가는 국방과학연구소 직원들

국산 무기를 개발을 주관하는 국방과학연구소 퇴직 연구원 20여 명이 지난 수년간 1인당수만~수십만 건의 기밀 자료를 유출했다고 한다. 한 사람은 혼자 68만 건을 빼간 것으로 알려졌다. 기밀이 68만 건이나 되는 이유는 무기 관련 소프트웨어의 설계도인 "소스 코드"가 대거 유출됐기 때문이라 한다.

소스 코드가 공개되면 무기 프로그램의 구조, 원리가 드러나게 된다는 것이다. 이번 유출된 주요 무기 체계의 실제 운용 데이터 등 적성국은 물론 우방국들도 탐내는 기밀들이 포함돼 있다고 한다. 이런 기밀을 들고 민간 기업으로 옮긴 연구원들은 "퇴직 후 취업을 위해 기술을 빼내 가는 관행이 있다"고 진술했다고 한다. 우리 국방안보의 한 축을 맡고 있는 국방연구소가 이런 어처구니없는 주요 연구개발 자료를 관행처럼 빼어가는 나라가 제대로 된 나라인가, 전날에는 현직 연구원이 해외 방산 업체에 레이더 기밀을 빼돌렸다가 구속된 바도 있었는데, 또 한 명의 내부자가 수십만 건의 무기 기밀까지 유출하는 이 조직을 국민은 믿고 있어야 하는가. 국가관도 안보관도 내가 어떤 직을 수행하고 있는지를 모르는 쓰레기 같은 연구원과 그 기관장을 볼 때 중국 국민당 장개석 군대를 떠오르게 한다.

(12) "서울을 불바다" 만들겠다 해도 눈도 깜박 않는 우리국민

2010년 6월 12일 북한 인민군 총 참모부는 우리 군이 대북심리전 확성기를 DMZ 일대에 설치한 것과 관련, 중대 포고를 발포하고 "경고 한 대로 전 전선에서 반공화국 심리전 수단을 흔적 없이 청산해 버리기 위한 전면적 군사적 타격에 진입하게 될 것"이라고 위협했다. 그들은 군사분계선 일대 11개소에 이미 심리전용 확성기를 설치했다. 군사적으로 심리전이 전쟁 수행의 기본 작전형식의 하나라는 점에서 반공화국 심리전수단 설치는 우리에 대한 직접적인 선전포고라고 주장했다. 이어 총 참모부는 "우리의 군사적 타격은 비례적 원칙에 따른 1대 1 대응이 아니라 서울의 불바다까지 내다본 무자비한 군사적 타격이라는 점을 명심해야 한다"고 경고했다. 그리고 북한은 확성기를 설치할 경우 조준격파 사격하겠다고 밝힌 바 있었다. 한편 서울 불바다 운운한 것은 1994년 제8차 남북실무접촉에서 북측 박영수 대표 언급 이후 16년 만이었다.

서울 불바다 발언 후 우리 군은 촉각을 곤두세우고 대비태세를 강화했다. 서울 불바다 발언 후 해외동포들도 국내의 사태 발생을 우려해 걱정하는 전화가 가족들에 쏟아져 왔으나 서울 시내는 여느 때와 같이 태평한 일상이었다. 설마 그러지는 않겠지 하는 안보 불감증이었다. 아마 일본인이었다면 다른 모습일 것이 상상된다.

(13) 공정을 무너뜨린 추미애 장관 아들 "황제휴가" 의혹

추 장관의 아들 서씨가 군복무시절 특혜성 휴가를 누렸다는 여, 야간에 뜨거운 공방으로 시작된 사건이다. 서씨는 2년 1개월간 육군 카투사(미군에 배속된 한국군)로 복무하면서 연가, 특별휴가, 병가 모두 58일간 휴가를 쓴 것으로 알려졌다.

서씨는 무릎수술을 받기위해 1차병가 2차병가를 연달아 내고 이어서 개인휴가까지 23일을 썼다. 여기에서 문제가 된 것은 개인휴가 승인 시점이 휴가시작일 하루 후에 승인이 난 것이다. 이는 휴가명령서가 발급되지 않는 상태에서 군에 복귀하지 않으면 '군무이탈'이 되기 때문이다. 이는 추 장관이 민주당 대표직에 있을 때 외압으로 군이 "미복귀"가 아닌 '휴가'로 처리했다는 의혹이 증폭된 것이다. 국방부는 서씨 휴가는 행정처리 과정에서 부득이하게 '사후승인' 했으며 '절차상 문제가 없다.고 해명했다.

그리고 서씨가 군 병원의 요양심의를 받지 않고 임의로 개인휴가로 쓴 것, 또 1, 2차병 가는 행정명령서 조차도 없다는 점과 추 장관 부부가 아들 병가와 관련해 국방부에 민원을 넣었다는 기록이 남아 있어 추 장관이 자신의 지위를 이용해 군이 휴가를 연장토록 압박한 것이 아니냐는 의혹이 나오는 이유이다. 그리고 국방부의 인사복지실에서 작성한 것으로 추정되는 문건에서 "추 장관 부부가 병가가 종료되었지만, 아직 몸이 회복되지 않아 좀 더 연장할 방법에 대해 문의했다"는 기록이 남아 있어 외압의혹을 증폭시키는 것이다.

국방부가 절차에 문제가 없다고 하지만 '기회는 평등할 것이며, 과정은 공정하고, 결과는 정의로울 것'이라는 문 대통령의 취임사에서 국민에게 약속한 내용에 부합 하지 않는 처사이기 때문에 우리 사회에 일부 특권층만 기회가 돌아가고 일반 국민의 병사들은 꿈도 꿀 수 없는 특혜를 받는 불공정에 분개하는 것이다.

이에 야당은 추 장관과 아들을 위계에 의한 공무집행방해 등의 혐의로 검찰에 고발했고, 일부 시민단체는 서씨를 군무이탈 혐의로 고발한 상태이다.

추 장관은 국회의 대정부 질의에서 야당 의원들이 "아들의 휴가에 관여한 것이 아니냐"의 질문에 "소설을 쓰시네"로 맞서기도 했으나, 8개월간 늑장 수사를 하던 검찰이 수사속도를 내면서 도저히 일반 사병이 누릴 수 없는 "황제휴가" 의혹의 결과는 나오겠지만 정부여당의 해명과는 관계없이 서씨의 휴가는 보통 사병은 결코 누릴 수 없는 특혜라고 각인될 것이다.

(14) "평화에 취한 군대"는 군대가 아니다

박찬주 예비역 육군 대장은 "평화에 취한 군대는 군대가 아니라 했다" 그는 지금 우리 군대가 평화에 취해다 보니 이제는 공개적으로 훈련에 대한 거부감을 표출하고 있다. 훈련을 많이 시킨다고 군단장을 보직해임 시켜달라고 청와대 청원을 하고, 군 생활을 못하겠다고 신청만 하면 복무 부적합으로 전역시켜주는 군대가 되었다. 2018년에 이렇게 전역한 병사가 6,000명이 넘었다. 대위에게 병사가 "대화 좀 하자"고 반말을 세 차례나 한 병사에게 재판부는 무죄로 판단해주고 있다. 소대장에게 "시비 겁니까" 대꾸하는 병사에게도 무죄라는 것이다. 판문점에서 평화협정 운운하니 벌써 평화가 온 줄 알고 군의 생명인 기강이 나사가 풀린 것 같다.

평화라는 말은 정치적 언어이지 군사적 언어가 아니다. 군대는 평화를 만드는 조직이 아니라. 평화를 힘으로 지키고, 평화가 실패할 경우 국가를 방위할 수 있는 태세를 갖추는 것이 군대 본연의 의무인 것이다.

정치적으로 평화의 선언이나 약속이 있었다 해서 훈련을 감소하거나 대비태세를 완화하거나 우리가 먼저 군사적 힘을 빼서 선의를 보여주는 행위는 군대가 설자리가 없는 것이다. 군대는 평화에 취하지 않고 제자리를 지키고 역할을 다해야 군대인 것이다. 우리는 다시 한 번 워싱톤 DC에 한국전쟁 정전협정 42주년 되는 해에 세워진 참전용사 기념관에 쓰여진 "자유는 공짜가 아니다"(freedom is not free)를 되새길 때다.

2장

/

사기詐欺꾼이 많은 나라

이 나라에 사기꾼 전문대학 세우면 세계 유수의 대학 될 나라다?

가짜인턴증명서, 가짜표창장, 중고생도 논문 안 써도 전문 학술지 제1저자. 사문서, 공무서 위조도 잘 만들어 주는 대학교수들이 많은 나라. 가짜나 위조증명서 잘 만드는 것은 이미 세계적으로 잘 알려져 있다. 그 유명한 아카데미 영화상 받은 "기생충"을 보면 안다. 한국의 사기 수법은 수만 가지다.

1. 한국은 세계1위 사기왕국

한해 사기사건 2016년 기준 약 240,000여 건 1일 657여 건, 과히 OECD 회원국 중 세계 1위 사기 대국답다. 사기꾼 수입이 연간 8조44억 원, 사기 피해액 회수율은 고작 730억 원 전체 1%정도 회수된다니 잠깐 감방 살고 나오면 전부 내 돈이라는 것이다. 상품권으로 1조 원대 사기를 쳤는데 징역 10년의 최고형을 받았다. 10년 후 출소하면 일확천금을 벌 수 있다는 꿈을 꾸게 되는 것이다. 미국의 피라미드 다단계 사기 사건의 가해자의 경우 징역 150년이라는 것이다. 즉 한국의 사기는 남는 장사라는 말이 나오는 것이다. 또 '혀'바닥만 잘 돌리면 되는 수법이고 밑천이 들지 않는다. 사기범 재범률은 77%로 살인강도 방화범의 재범률보다 세배나 높은 건데 이런 현상은 결국 처벌이 외국에 비해서 가볍다는 데에서 온 결과이다.

즉, 사기를 친 사람이 계속 사기를 친다는 것이다. 현행법상 사기죄 최고형이 징역 10년 이하 또는 벌금 2,000만 원, 사기금액 1억 이하라면 징역 1년 6개월 정도이다. 보험사기도 미국 유럽 등에서는 중범죄로 분류해 최고 20년형까지 선고하지만 우리나라는 대부분 벌금형으로 끝나고 징역형이라해도 1~2년 정도가 대부분이 업계의 설명이다. 이러고 보니 사기 치는 것이 되는 장사라는 비아냥거림과 사기꾼 천국이라는 말을 듣게 되는 것이다.

2. 한국은 거짓말의 나라(사기. 횡령, 배임, 무고. 위증)

법무부 장관을 지낸 분이 재직 시 조사해본 3대 거짓말 범죄(사기. 무고. 위증)가 검찰 업무의 70%를 차지하고 있더라 며 거짓말 때문에 다른 업무를 못하고 있다고 한다. 이런 현상에 개탄을 금할 수 없다고 했다. 당시(2003년) 일본과 우리나라의 거짓말범죄(사기, 무고, 위증) 건수를 비교해 보았더니 우리나라가 위증은 16배, 무고는 9배, 사기는 26배나 더 많았다면서 "일본 인구가 한국보다 3배 가까이 되는 점을 감안하면 한국인들은 거짓말을 밥 먹듯이 하고 있다 해도 과언이 아니라 했다. 이는 일반인이나 크리스천이나 마찬가지"라고 안타까워했다.

우리의 인간성을 황폐하게 하고 모든 사회악의 근원이 되는 거짓말을 범죄로 여기도록 전 국민적 교육이 있어야 할 것이며 공영방송의 막장 드라마가 공공연하게 사기 수법을 방영하는 것도 교육적 폐해가 크다. 남을 속이는 행위를 엄격하게 처벌하는 사회를 만들어야 한다.

3. "하멜"은 왜 한국인은 사기꾼을 똑똑하다고 하는가?

네덜란드인으로서 낯선 조선의 땅에서 13년 20일 동안 억류되었던 '헨드릭 하멜'이 조선에서 억류생활 후 탈출해서 네덜란드로 돌아간 다음에 쓴 기록이며 보고서인 『하멜 표류기』에 의하면 "조선인은 물건을 훔치고. 거짓말하고. 속이는 경향이 강하다. 그들은 지나치게 믿으면 안 된다. 그들은 남에게 해를 끼치고서 그것을 부끄럽게 생각하지 않고 오히려 영웅적인 행위라고 여긴다"라고 했다.

"봉이 김선달"의 대동강 물을 팔아먹는 이야기가 있다. 그것은 일종의 거짓과 사기인데 김선달을 사기꾼이라 하지 않고, 오히려 뛰어난 머리 좋은 사람으로 웃어넘긴다.

우리 민족이 남을 속이는 DNA가 있는 것인가, 조선 시대 50% 노비는 양반을 속이면서도 인정받으려는 노력에서 거짓이 몸에 박혔나, 오랜 기간 주변 강대국에 탄압받으면서 생긴 일그러진 역사 때문에 생긴 것은 아닐까 생각해 보기도 한다. 예를 들어 중국에 조공을 바칠 때 거짓말을 잘해야 조금이라도 덜 뺏기게 되었을 것이다.

일본 식민지 통치하에서 누구나 거짓말을 잘해야 살아남을 수 있었다. 정직하게 했다가 불이익을 당하게 된다. 그런 오랜 거짓과 속임의 관행이 한국인의 국민성으로 자리 잡은 것은 아닌가 생각되기도 한다.

이제 세계 경제 10위권의 중진국 한국이 더 이상 거짓과 속임이 통하는 세상이 되어서는 안 된다. 그것은 국민성을 병들게 하고 사회에 혼란을 주며, 국가 위상을 떨어뜨리는 짓이다.

4. 사기(詐欺)

1) 사기詐欺란 못된 꾀로 남을 속이는 것이며 남을 속이여 착오에 빠지게 하는 위법행위인 것이다. 법률상 "사기"는 타인을 기망하여 착오에 빠지게 하는 위법한 행위. 타인을 기망欺罔하여 착오錯誤에 빠지게 하려는 고의故意가 있고. 이로 인하여 타인이 착오에 빠졌을 때에 사기가 성립한다. 자신은 노력과 땀을 외면하고 남의 노력의 성과를 가로채는 이런 자를 사기꾼, 사기사詐欺師, 사기한詐欺漢이라고도 한다. 한탕주의 근성의 발로發露라 하겠다.

2) 사기꾼의 심리와 사기당하는 사람의 심리

사기당한 사람은 자기 욕심에 속는다고 한다. 다른 곳에 비하여 월등히 이익을 볼 수 있다는 자기 욕심에 마음이 움직인 것이다. 어디에도 월등한 이익은 없다고 의심하고 보면 된다. 사기꾼은 없는 사람, 불쌍한 사람, 약한 사람을 노린다. 이렇게 없는 나를, 이렇게 불쌍한 나를, 설마 사기 치겠나 이런 생각은 오산이다. 재산이 있는 자는 잘 붙지 않는다는 것을 사기꾼들은 알고 있다. 잘 모르는 것에는 아예 모험하지 말고 손대지 않는 것이 대책이다. 어설프게 알면 전혀 모르는 것보다 위험하다. 사기는 기술이 아니고 심리전이다. 그 사람이 무엇을 원하는지. 그 사람이 무엇을 두려워하는지 알면 게임은 끝이라는 것이다. 한탕 노리는 사기꾼의 단골 멘트로 하는 소리가 고수익 올려드립니다, 원금 보장해 드립니다, OOO씨도 억 소리 나게 벌었습니다, 이런 말 들으면 혹하고 넘어가기 쉽다.

사기꾼은 정직한 사람에게는 붙지 않는다. 스스로 노력하면서 요행을 바라지 않은 사람은 사기에 취약하지 않다. 사기는 모든 것을 앗아 간다. 처벌받게 하는 것도, 돈을 받아 내기도 쉽지 않다. 속아서 죽을 수도 있다. 돈보다 깊은 한恨을 남긴다. 제발 옛 어른들이 자주 쓰던 명심보감의 大福은 在天이고 小福은 在勤이라 하시던 말씀과, 진압태산(塵合泰山: 티끌 모아 태산)이란 명언을 실천하면 사기당할 일은 없다.

3) 사기꾼의 14가지 특징

(1) 외모가 좋고 목소리가 듣기 좋다

사기꾼들의 특징은 외모가 준수하다. 평범하면서 인상이 참 좋다. 목소리는 남녀 공히 조용하다.

(2) 자신을 불쌍하게 포장한다.

(3) 연락을 하기 어렵다.

(4) 부자연스러울 정도로 친절하다.

(5) 염치가 없다.

(6) 눈치가 빠르다.

(7) 바쁘다는 말을 많이 쓴다.

(8) 허세가 심하다.

자신이 아는 유명인이 많다, 라고 말을 한다. 유명인과 자주 만나고 혹은 사진 등을 가지고 있으며 보여주기도 한다. 대화 중 휴대폰으로 전화가 자주 걸려온다.

(9) 호언장담을 잘하지만 결과가 없다.

(10) 구체성이 없다.

돈을 벌게 해준다는데 구체적인 계획이 없다. 세부적인 계획은 말하지 않고 두루뭉술하게 나만 믿으라고 한다.

(11) 감정에 호소한다.

진심을 강조하고 "너밖에 없다"는 말을 자주 쓴다. 감성적으로 눈물로 호소하는 것이 사기꾼들의 특성이다.

(12) 감언이설을 한다.

내가 가장 듣고 싶은 말을 들려준다. 돈이 없다면 돈을 벌수 있다고한다든가, 상대가 하고 싶은 방향으로 유도한다.

(13) 말이 많다.

현혹하고 사기를 치기 위해서는 근본적으로 말이 많을 수밖에 없다.

(14) 말에 일관성이 없다. 상황에 따라 말이 바뀌기를 잘 한다.

4) 왜 사기꾼에 당하는가?

(1) 돈을 쉽게 벌 수 있다는 착각에 빠짐.

(2) 말을 따져보지 않고 사람만 믿을 때.

(3) 나를 속일 리 없다는 착각.

사기꾼이 속이지 못할 사람이란 없다. 변호사도 예외는 아니다.

(4) 허우대에 쉽게 현혹된다.

(5) 신중해야 할 때 순발력을 발휘하는 습관.

몇 배의 수익이 날지도 모르는 기회를 놓치면 어쩌지 하나 생각 하는 사람.

5) 이런 사람을 조심하라

(1) "너니까 특별히"라는 사람

이런 사람은 조심하라. 특별한 배려로 큰돈을 벌게 해주는 사람은 없다. "너니까 이런 기회를 준다"는 말은 사기의 시작인 경우가 많다. 특별한 기회는 없다고 생각하면 된다.

(2) 재력을 과시하는 사람

흔히 사람들은 없는 사람에 야박하고 있는 자에게는 후하다고 한다. 부자라고 알려진 사람에게 더 쉽게 돈을 빌려주는 것 같기도 하기 때문이다.

(3) 다른 사람의 이름을 팔아먹는 사람

자기가 아는 사람이 높은 자리에 있다거나 몇몇 사람에게만 투자기회를 준다며 돈을 투자하라고 권하는 사람들 말이다. 사기꾼들은 원래 믿을 만한 사람을 내 세우는 법이다. 청와대나 국정원, 전직 고위관료, 대통령의 친인척 등 다양하기도 하다. 그 화려하다는 인맥에 혹하지 말기 바란다.

(4) 빨리 결정하지 않으면 기회를 놓친다고 하는 사람

5. 사기꾼의 대표적 단골 "보험사기"

"보험사기행위"란 보험사고의 발생, 원인 또는 내용에 관하여 보험자를 기망하여 보험금을 청구하는 행위를 말한다고 보험사기방지특별법 제2조에 규정하고 있다. 우리나라의 보험사기는 일반형법상의 사기죄로 처리하지 않고 보험사기 행위자에 관한 다른 법에 우선하여 "보험사기방지특별법"을 적용하고 있다. 물론 보험사기도 사기이기는 하지만 2016년 9월 30일 이후부터 특별법을 적용하고 있다. 이 법에 의하면 벌금형 이상이 나오면 벌금만 내고 마는 것이 아니라 부정 지급된 보험을 이자까지 쳐서 전액 환수하게 되어있다.

과다한 생명보험 가입한 당신. 위험한 범죄 대기자? 누굴 죽이고 보험금 탈지 심히 걱정된다. 우리나라 보험사기의 기막힌 사례가 수없이 연출되고 있지만 해도 해도 너무한 악질적인 것만 소개해 보려고 한다.

1) 소름 돋는 악질 보험사기

(1) 보험금을 노리고 남편을 차에 치여 숨지게 청부 살해한 아내

2003년 경북의 의성의 마을 진입로에서 새벽 1시 반쯤 집으로 가던 아내 김씨의 남편이 1톤 화물추럭에 치여 숨졌다. 뺑소니 사고인 줄 알았던 이 사건은 알고 보니 아내 김씨와 김씨의 여동생 그리고 지인 두 명이 계획한 보험사기 사건으로 13년이 지난 2016년에 제보에 의해 밝혀졌다. 사망 보험금은 모두 17억 원이나 되었다. 경찰은 박씨의 아내와 처제 등 4명을 공소시효가 1년 남은 상태에서 살인죄로 적용해 구속하였다.

(2) 남편이 아내의 보험금을 노리고 부산 동백섬 선착장에서 차량을 바다에 추락시켜 아내를 사망케 한 사건

아내 B씨 앞으로 11억 원의 보험이 가입되어 있었다는 점으로 인해 꼬리

가 밝히게 되었다. 4년 전 7살이 많은 아내와 결혼해 경제적으로 의존해 살던 박씨는 총각행세를 하며 다음 달 다른 여성과 결혼식까지 올릴 예정이었다. 해경은 박씨 등 2명을 살인 혐의로 구속했다.

(3) 잔혹한 악마에 희생된 가족들

2015년 마치 "공포영화"에서나 나올 뻔한 일이 경기도 포천에서 일어났다. 아마 알고 있는 분들도 많을 것이다. 엽기적인 살인사건을 벌인 노씨는 보험금을 노려 전 남편과 새 남편, 시어머니 3명을 사용이 금지된 농약으로 살해하고 친딸과 전남편의 시어머니 또한 죽음으로 내몰 뻔했다. 시작은 2011년 사건의 첫 번째 희생자는 전 남편인 김씨였다. 노씨는 이혼 후에도 계속 돈을 요구하고 괴롭히는 전 남편을 살해하고 싶다고 생각했다. 생각해 낸 방법은 전남편의 집에 몰래 들어가 자주 마시는 음료에 농약을 섞어 두었는데 이 음료를 마신 전남편은 사망하였고, 경찰은 당시 김씨의 누나 진술 등을 토대로 사업실패를 비관한 "자살"로 처리되었다. 당시 김씨 명의로 19개의 보험이 있었지만, 이혼 직전 노씨가 명의를 김씨의 아들로 바꿔두었기 때문에 별 의심을 받지 않았다. 하지만 김씨의 아들은 미성년자였고 결국 친권자인 노씨에게 사망 보험금 전액이 돌아가게 되었다. 그 후 노씨는 이모씨와 결혼을 하게 되고 노씨는 시어머니가 자신을 무시한다는 이유로 전남편과 같은 방법으로 시어머니를 살해했다. 사인은 급성폐렴. 그라목손이라는 금지된 농약을 사용하면 폐렴을 일으킨다는 것을 알고 사용했다. 노씨는 이후 더 치밀하게 범행을 진행했다. 새 남편 명의로 13개의 보험에 가입하고 그라목손 농약을 쌀가루에 섞어 건조한 뒤 음식에 조금씩 넣었다. 남편 이씨를 병원에서 입, 퇴원시켜 보험금을 타낼 생각이었지만 이씨는 9개월 만에 폐렴으로 숨지게 된다. 지병으로 사망한 것으로 병원에서 처리했기 때문에 별 의심 없이 사망보험금은 또다시 노씨가 차지하게 됐다.

하지만 몇 년이 지나 잇따른 고액 보험금 수령을 수상히 여긴 보험사의 제보로 수사가 진행되고 이런 엽기적인 범행이 밝혀지게 되었다. 조사결과 노씨는 이후에도 범행을 멈추지 못하고 첫 남편 사이에서 태어난 친딸에게도 농약을 조금씩 타 먹여 병원에서 입원 및 치료를 받고 보험금 7백만 원을 타내고, 전 남편을 살해할 때 사용했던 방법으로 음료수에 농약을 타서 전 시어머니에게 시도했다가 맛을 이상하게 여겨 다행히 뱉어낸 일도 있는 것으로 확인되었다. 전 남편과 새 남편 사망으로 탄 보험금은 약 10억 원 정도가 되고 이 돈으로 백화점에서 수백만 원을 쓰거나 동호회 활동을 위해 2천만 원 상당의 자전거를 사고 금괴와 차량을 사는 등 호화로운 생활을 했다는 게 보통사람의 정신 상태는 아닌 사람이다(SBS 그것이 알고 싶다).

(4) 보험사기가 가족 사업으로 156회 교통사고를 내고 4억 원 챙겨.

6년 동안 교통위반 차량을 대상으로 156차례 교통사고를 낸 뒤 억대 보험금을 챙긴 부부와 딸 등 일가족 3명이 경찰에 붙잡혔다.

(5) 진돗개 모녀 입양 뒤 두 시간 만에 잡아먹어.

진돗개 모녀를 잘 키울 것처럼 입양하고서 곧바로 도살한 70대 남성이 사기죄로 잡혔다.

이 남성(76세) A씨는 C씨로부터 진돗개 모녀를 "잘 키우겠다"고 입양했으나 곧바로 도살장을 하는 B씨에게 맡겨 도살한 혐의이다. 원래 주인 C씨는 개들이 잘 있는지 확인하다 이 같은 사실을 알고 경찰에 신고했다. 대단한 사람이다.

2) 요양병원 보험사기 건보재정 줄줄 샌다

가짜환자 끓어 모아 부당청구한 병원사무장 출신의 장 씨가 설립한 요양병원은 모텔처럼 만들어 병원에는 멀쩡해 보이는 사람들만 들락거리며 진료는 받지 않고 숙식을 해결했다. 장 씨가 입원이 필요 없는 이들에게 보험금을 챙겨 주겠다며 "나이롱 환자"를 유치한 것이다.

그는 진료기록부, 입원확인서를 허위로 작성해 국민건강 보험공단에서 2019년까지 15억 원을 받아 챙겼다가 경찰에 적발되었다.

장기입원이 필요한 환자를 치료하기 위해 만들어진 요양병원이 건강보험재정을 악화시키는 주범으로 떠오르고 있다. 건강보험료로 요양원 병원비가 지원되는 점을 악용해 치료비를 부풀리고 가짜 환자를 끌어 모으는 보험사기의 온상이 되고 있다. 가장 흔한 수법이 통원치료 가능한 고령 환자를 꼬드겨 불필요하게 입원시키는 방식이다.

허수아비 의사를 내세워 사무장이 영업을 뛰는 사무장 병원도 적지 않다는 것이다. 또 일부 요양병원은 보험료를 더 타내기 위해 식사를 뷔페식으로 제공하기도 한다는 것이다. 요양병원 관련 보험사기가 급증하는 이유는 일단 설립하기가 쉽기 때문이다.

3) 고용보험사기

정부가 고용과 출산을 장려하기 위해 제공하는 지원금을 부정수급 해온 중소기업 대표를 보조금 관리에 관한 법률 위반, 사기 및 횡령 등 혐의로 구속했다. 직원을 구직자로 위장했다가 다시 채용해 고용촉진장려금을 타내고, 주부인 자기 아내를 서류상 직원으로 채용해 실제로 근무하지 않으면서 월급을 지급하고 출산, 육아 휴가지원금을 챙겼다. 고용주 A씨는 6년여 간 고용보험을 재원으로 하는 각종 정부지원금 1억 1천만 원을 가로챈 혐의다. 고용주와 직원이 짜고 보조금을 "불법쇼핑"한 것이다.

4) 원양어선에 불 질러 보험 타다

2016년 11월 2일 남아프리카 공화국 케이프타운의 항구에서 4천 톤 어선

이 불이 나 전소되었다. 3년 동안 운항하지 않던 배에 갑자기 불이 났고. 1
백만 달러였던 보험금을 화재가 발생하기 6개월 전 6백만 달러로 늘린 것
등 수상한 점이 많았다. 보험사는 사기로 의심했지만 증거가 없었다. 결국
보험회사는 선주인 국내 원양 업체 대표 A씨 등에게 보험금 약 67억 원을
지급했다. 완전범죄가 될 뻔 했지만 제보자의 신고를 받은 보험사가 경찰에
수사를 의뢰하면서 이들의 범행이 드러났다. 경찰에 따르면 2013년 이 어선
을 19억에 구입해 조업을 시작했지만 적자가 계속되자 화재를 내고 불을 지
르자는 모의를 했다. 방화를 한 이씨와 회사 대표를 선박 방화 및 보험사기
특별법 위반혐의로 구속 의견으로 송치한 사기 사건이다.

5) 보험사기 대형화

최근 보험사기가 대형화, 조직화, 지능화된 가운데 적발금액은 매년 증가
하고 있지만 환수금액은 5%도 안 되는 것으로 나타나고 있다. 국회에서 금
융감독원에 제출받은 자료 분석에 의하면 2013년 5천1백9십억 원에서 2017
년 7천3백2억 원으로 최근 4년간 40% 넘게 증가한 반면 같은 기간 보험사가
환수한 금액은 2백9십4억 원에서 3백3십억 원으로 12% 늘어나는 데 그쳤
다. 최근 5년간 보험사기에 적발된 보험사기 금액은 3조2천2백2십3억 원 대
비 환수된 보험금은 1천5백2십3억 원으로 4.7%에 불과했다.

보험 사기범은 부정하게 수령한 보험금을 조기에 탕진해 버리기 때문에
부정 지급되기 전에 보험사기를 적발하는 것이 매우 중요하지만, 환수가 제
대로 이뤄지지 않고 있는 셈이다. 실제 보험사기 금액이 연간 4조5천3백5십
5억 원에 달할 것이라는 금강원의 추정치까지 고려한다면 이 같은 보험사
기에 대한 사전예방은 필수다. 보험사기로 인한 피해는 보험료 인상으로 이
어져 보험소비자인 국민이 떠안게 된다. 보험사기 전담인력 확충과 전문성

강화를 통해 보험사기로 인한 피해를 줄여야 할 것이다.

6. 대통령. 청와대 사칭 사기

1) "권양숙입니다." 전 광주시장 4억 5천만 원 전화사기

권양숙입니다. 잘 지내시지요?

윤장현 전 광주시장은 시장 재직 때인 2017년 12월 자신의 휴대전화로 문자메시지 한 통을 받았다고 노무현 전 대통령의 부인인 권양숙 여사라 밝힌 상대방은 "급전 5억 원이 필요합니다. 빌려주시면 빨리 갚겠습니다"라고 했다.

윤 시장은 곧장 전화를 걸었다고 한다. 상대방은 경상도 사투리로 "딸 사업문제로 곤란한 문제가 생겨 돈이 필요하다"는 취지로 이야기했다고 한다. 노무현 전 대통령과 친분이 있고 권양숙 여사도 만났던 윤 전 시장은 검찰 조사에서 "목소리가 권 여사와 똑같았다"고 말한 것으로 알려졌다. 윤 전 시장은 2017년 12월부터 1월까지 네 차례에 걸쳐 총 4억5천만 원을 여성이 알려준 통장에 입금했다. 하지만 윤 전 시장이 보낸 사람은 사기 전과가 있는 김모(49. 구속)씨 이었다. 전화로 경상도 사투리를 썼지만 실제로는 광주 출신이다. 지난 지방선거에서 민주당 선거운동원으로 봉사활동을 했고, 이 과정에서 지역 유력정치인 전화번호를 알게 되었다고 한다.

2) 문 대통령 6조원 비자금 세탁 사기

윤씨는 충남 홍성군에 문재인 대통령 비자금 은신처가 있고 그곳에 6조 원 비자금이 은익 돼있다며 "이 자금을 관리하는 총책인 청와대 실세 안 실장과 친분이 두텁다"고 자신을 소개했다. 이후 자금세탁 소요경비만 있다면 언제든 비자금 배분을 받을 수 있다며 A씨를 현혹했다. 2018년 3월 윤씨는 다시 A씨를 만나 홍성군 비밀창고의 금고에서 6조원 규모를 국내 은행을 통해 현금화시키면 5조원은 대통령 측에 들어가고, 나머지 1조원은 내 배당금이라며 배당금을 받기위해 안 실장에게 착수금 명목으로 5억 원, 비자금 세탁문제를 협의하기 위해 국내 입국하는 미국 국무성 직원 접대 경비 5천만 원이 필요하다고 말했다. 결국 윤씨의 말에 속은 A씨는 비자금 세탁경비로 자기앞수표 5억5천만 원을 넘겼다.

윤씨는 법정에서 "단순히 빌린 것이고 속인 사실도 없다는 취지로 무죄를 주장했지만 징역 3년을 선고했다. 피해자도 불법자금 운영이라는 것을 알면서도 단기간 고수익을 얻으려는 욕심의 업보로 당하기도 한 것이다.

3) 이승만 대통령 양아들 '이강석'이라 사칭

1957년 8월 경주경찰서에 한 청년이 찾아와 서장에게 자신이 이승만 대통령 양아들 이강석이라며 "경주지방 수행상황을 살피러 왔다"고 말했다. 자식이 없던 이 전 대통령은 같은 해 3월 이기붕 전 총리의 아들인 이강석을 양자로 들였던 참이었다. 경주경찰서장은 이 청년을 극진히 대접했다. 그러나 이강석의 실제 얼굴을 아는 경북 지사에 의해 사흘 만에 사기라는 게 들통 나 이 청년은 경찰에 체포되었던 사칭 사건이다.

4) 박근혜 정부의 청와대 총무비서관 사칭 대우건설 취업

2013년 박근혜 정부의 이재만 총무 비서관을 사칭해 대우건설에 1년간 셀프 취업한 50대 조모씨 사례도 있었다. 조씨는 당시 박 모 대우건설 사장에게 전화를 걸어 이 비서관 형세를 하면서 "조씨를 보낼 테니 일자리를 주면 좋겠다"고 요청했다. 그런 뒤 다음날 본인이 사장실을 찾아가 입사원서를 제출하는 등 1인 2역을 맡아 사기 행각을 벌렸다. 대우건설은 청와대에 확인도 하지 않고 조씨를 부장급에 채용했다. 조씨는 경찰조사에서 "요새 이재만이 제일 잘 나가는 실세다"라고 하는 애기를 듣고 이재만을 사칭하면 되겠구나 생각했다는 취지로 진술했다.

5) "임종석 잘 안다"에 3,000만 원 특별사면 사기

구치소에서 만난 최모씨는 감방 동료에게 "임종석 청와대 비서실장이 나랑 엄청 친해서 내 말은 다 들어준다"며 "특별사면 대상자로 올려주겠다"며 꼬드겨 3,000만 원을 받았다. 그러나 최씨는 "임 실장과 친분이 전혀 없고 특별사면 이야기도 모두 거짓이었다. 최씨는 "임 실장 이야기가 가장 잘 먹힐 거라고 생각했다"고 경찰에 진술했다.

6) 대통령, 청와대 사칭 사기꾼 많은 이유

정부 수립 이후 계속적으로 대통령이나 청와대를 사칭하는 사건들이 발생하고 있다. 이는 상황이 어려운 사람들은 "청와대 정도의 영향력이면 내가 이 어려움에서 벗어날 수 있겠구나." 기대하는 데서 당하게 되는 것이다. 그리고 현재 내가 처한 절박한 상황에서 청와대는 힘이 막강하게 보일 수밖에 없다. 사기꾼들이 청와대 관계자라고 해도 검증할 방법이 없고 국가 권력기관이니까 보안을 중시하기 때문에 거짓 정보라도 확인이 어려워 믿을 수밖에 없는 사정이고 검증에 한계가 있기 때문에 속기 쉽다. 만일 꼬치꼬치 묻고 못 믿는 티를 내면 이 기회마저 놓칠까 봐 자세히 알아볼 수도 없는 사정이 되는 것이다.

7. 먹는 것으로 장난치는 식품사기

1) 신안소금 포대갈이(원산지 속이기)

김장철마다 꼭 등장하는 중국산 저가 소금 포장만 바꿔 담는 이른바 "포대갈이" 수법으로 가짜 신안산 국내 소금으로 속여 팔은 수입업자들이 대외무역법 등 위법행위로 검거된 사례는 어제오늘의 일이 아니다. 우리나라 신안군 도초면의 갯벌에서 생산되는 천일염은 세계 3대 천일염 중에서 가장 우수하기 때문이다. 프랑스 게랑드지역에서 생산되는 "게랑드" 천일염과 중국의 짠 성분 천일염이 세계 3대 갯벌 염인데 그 중에 제일이 신안군 도초 갯벌 천일염이라 한다.

2) 중국산 참조기를 영광굴비로 둔갑 650억 챙겨

A씨 등은 2009년부터 2017년까지 중국산 참조기 5,000톤을 전남 양광산 굴비로 꾸며 대형마트, 백화점, 홈쇼핑 등에 판매한 혐의를 받고 있다. 이들이 250억 원 규모에 달하는 중국산 참조기를 들여왔다. 이들이 영광 굴비로 둔갑시켜 판매한 중국산 참조기는 소비자가격 기준 최소 650억 원에 달할 것으로 추산된다.

8. 사무장 병원(의사 면허 빌려 병원운영)

사무장 병원이란 의료인이 아닌 사람이 의사를 고용하여 운영하는 병원이다. 현행 의료법에는 의사가 아니면 병원을 개설할 수 없다. 다만, 법인의 경우는 예외로 한다고 규정하고 있다. 그래서 의사를 고용하여 운영하는 형태를 사무장병원이라 통칭한다. 형태로의 의료법인 사무장병원, 사무장 요양병원들의 심각성이 커지고 있다는 것이다. 장기입원 유도, 고액 비급여 의약 처방, 저비용의 비전문 고령 의사의 채용 등을 통해 노골적으로 수익성을 추구하는 만큼 위협적이다.

2015년에 불법 보험사기가 의심되는 사무장 병원이 105곳 파악되었는데, 의료기관을 개설한 병원 3곳, 떠돌이 의사를 고용해 수시로 개원 및 폐업하는 병원 35곳, 고령 의사 등의 명의를 대여한 병원 28곳, 요양병원 운영형태를 악용한 병원 21곳 등이었다. 금융당국은 최근에 요양병원이 급증한 점을 고려했을 때 떠돌이 의사와 고령 의사 등을 고용한 요양병원들이 늘어났다는 것이다.

이들의 요양병원들은 암 치료를 받는 환자를 유치해 허위진단서 및 입, 퇴원확인서를 발급하는 방법으로 건강보험 요양급여 및 민영 보험금을 편취하는 것이다.

9. 사무장 법무사(법무사 면허 빌린 사무장)

법무사에게 월 100~200만 원을 주고 법무사 자격증을 빌려 사무장이 법무사로 행세하며 업무를 모두 처리하며 운영하는 것을 말한다. 대형 사고를 낸 사무장 법무사 사건. 변호사 사무장 출신 임씨는 2013~2016년까지 법무사 B씨에게 매달 200만 원에서 250만 원을 대가로 법무사 명의를 빌린 뒤 고양시에 본사를 두고 수도권에서 총 3만여 건의 아파트 등기 업무를 따내 115억 원대 수수료를 챙긴 혐의로 수배된 사건이다. 법무사 규정은 5명의 사무원을 둘 수 있지만, 변호사는 사무원 고용인원에 대한 제한 규정이 없다.

국민은 법무사의 역할을 중하게 여기고 국민의 재산에 관한 권리변동 사항을 맡기는 것이다. 이를 배신하고 평생 천직으로 알고 법으로 생활한 법무사가 자격을 빌려주고 무자격 법무활동을 하게 방조하는 행위이다.

이렇게 명의를 빌려주는 법무사들은 연세가 많거나 신체적 장해가 있는 법무사들인데 이들에 잡비 벌이를 하겠끔 하는 것이다.

10. 면대 약국(약사면허 빌려 약국운영)

면대 약국은 서류상으로는 약국을 운영하는 약사가 주인행세를 하지만 실제 주인은 일반인인 약국을 말한다. 약사 및 한약사만 약국을 개설할 수 있다는 약사법을 위반한 것으로 병원으로 치면 "사무장병원"과 비슷하다. 주로 개설자금을 투자한 일반인이 면허를 대여해준 약사에게 월급을 지급하고 발생한 수익을 가져가거나, 약사와 이면 계약을 맺고 이득의 일정 지분을 받아 챙기는 수법으로 운영하는 방법이 있다. 이런 면허대여가 불법인 줄 알면서도 약대를 졸업하고 돈이 없어 약국을 개설하지 못하는 젊은 약사나, 약국을 차렸다가 망한 경우, 은퇴한 고령 약사들이 그 대상이 되고 있다. 대학병원의 문전 약국은 권리금만 수십억이라고도 한다. 뭇만 좋으면 대박 난다는 것이다.

11. 무면허 의사 "암 완치" 사기

의사가 아닌데도 암 환자들을 속여 검증되지도 않은 ㄱ면역세포 주사를 맞으면 암을 100% 완치할 수 있다고 거짓말해 ㄱ 면역세포를 암 환자 혈관에 주사하는 의료행위를 한 것이다. 무면허 의사 김씨는 2017년 1월 자신의 메디컬 사무실에서 대장암 진단을 받고 투병 생활을 하고 있던 피해자에게

"세계 최초로 50억셀 이상 ㄱ 면역세포를 배양하는 기술을 가지고 있어 주사 한 번이면 암을 완치할 수 있고, 두 번 맞으면 확실히 완치된다"라는 거짓말을 했다.

그러나 김씨는 해당 기술을 발명하거나 가지고 있지 않았다. 암을 완치할 능력도 없었다.

무면허 성형외과, 무면허 치과, 허위진단서, 서민과 노인을 상대로 의사면허증도 없이 치과의사인 것처럼 행세하며 서울, 경기, 인천 일대를 돌며 아파트, 사무실에서 피해자들을 방바닥에 눕혀놓고 국소마취를 한 뒤 보철물을 고정하는 "브리지" 시술 등을 해주고 450만 원을 챙기고 이와 같은 수법으로 2430만 원을 챙긴 A모씨를 불법의료행위 혐의로 검거했다(김포경찰서). 연극배우 출신이 피부과 의사행세를 하다가 레이저 시술받은 여성이 얼굴이 퉁퉁 붓고 피부가 괴사하는 등 3명이 피해를 호소하자 도주했다(부산 해운대 보건소).

12. 성형외과 유령 수술 사기

유령 수술(ghost surgery)이란 성형수술 환자의 동의를 받지 않은 의사가 하는 수술을 말한다. 상담 받은 성형외과 스타 의사가 수술하는 줄만 알았지만 실제로는 전신 마취 후에 유령 의사가 등장하는 식이다. 유령 의사는 성형전문의가 아니거나 다른 전문의보다 값싼 의사들이 하게 된다.

유령수술은 다음과 같이 이루어진다고 한다. 중개인들이 환자를 데려오기도 하고, 환자들이 스타 의사를 보고 찾아오면 상담실장이 일단 수술할 부위와 방법을 정하고 스타 의사를 만나 수술 날짜를 정한다. 수술 날짜에 스타 의사가 마취 직전까지 환자 옆에 있다가 마취가 되면 그 의사는 수술실을 나가고, 유령 의사가 들어와서 차트를 보고 수술을 하는 식이다.

13. 8조 구권화폐 등록비용 5억 사기

구권화폐 사기는 1990년대 후반에서 2000년대 중반까지 횡행했던 고전적 수법이었는데 아직도 통했다. 사기의 개요는 한국은행 미등록 구권화폐가 8조 원이 있는데 이를 등록해 빼돌릴 경비 5억을 빌려주면 1주일 내에 300억을 주겠다는 사기 사건으로 중소기업을 운영하는 문씨는 2015년 4월 서울 중구의 한 빌딩에서 사업가 김모씨를 만나 전남 순천의 한 창고에 한국은행에 등록되지 않은 구권(1994년 이전 발행된 1만 원권 지폐) 8조원이 있다며 운을 뗐다. 이 돈의 등록경비 5억을 주면 1주일 내 갚고 300억 원을 주겠다고 제안을 했다. 김씨는 이 말을 믿고 5억4천만 원을 건넸으나 한 푼도 돌려받지 못했다. 사기를 친 문씨는 다른 사기 사건에도 연루되기도 했으며 결국 문씨는 특정경제범죄 가중처벌법상 사기행위로 적용받아 징역 1년 6개월 선고를 받았다(서울중앙지법).

14. 전화금융사기 보이스피싱(하루 피해액 12억 넘어) 70% 대출빙자

1) "보이스피싱 사기"란 기망행위로 타인의 재산을 편취하는 사기범죄의 하나로 전기통신수단을 이용한 비대면 거래를 통해 금융 분야에서 발생하는 일종의 특수사기 범죄이다. 보이스피싱(voice phishing)은 전화를 이용하여 개인정보를 알아낸 뒤 이를 범죄에 이용하는 전화금융사기 수법이다.

처음에는 국세청 등 공공기관을 사칭하여 세금을 환급한다는 빌미로 피해자를 현금 지급기(ATM) 앞으로 유도하는 방식이었으나 이와 같은 수법이 널리 알려진 뒤에는 피해자가 신뢰할 수 있도록 하기 위하여 사전에 입수한 개인정보를 활용하는 등 다양한 수법들이 등장하였다.

2) 보이스피싱 사기의 유형들

(1) 국세청이나 국민연금관리공단 등을 사칭하여 세금, 연금 등을 환급한다고 유혹하여 현금지급기로 유인하는 형태.

(2) 신용카드사, 은행, 채권 추심단을 사칭하여 신용카드 이용대금이 연체되었다거나 신용카드가 도용되었다는 구실로 은행 계좌번호나 신용카드 번호를 입력하도록 요구하는 형태.

(3) 자녀를 납치하였다거나 자녀가 사고를 당하였다고 속여 부모에게 돈을 요구하는 형태.

(4) 검찰, 경찰 또는 금융감독원 직원을 사칭하여 범죄에 연루되었다는 구실로 개인정보를 요구하는 형태.

(5) 동창회. 종친회 명부를 입수한 뒤 회비를 송금하도록 요구하는 형태.

(6) 택배회사나 우체국을 사칭하여 우편물이 계속 반송된다는 구실로 개인정보를 요구하는 형태.

(7) 가전회사나 백화점 등을 사칭하여 경품행사에 당첨되었다는 구실로 은행 계좌번호를 알려달라는 형태.

(8) 대학입시에 추가로 합격하였다며 등록금을 입금할 것을 요구하는 형태 등 다양하다.

(9) 공공기관 사칭 보이스피싱 확산

최근 가짜 서울중앙지검 홈페이지와 가짜 검찰총장 직인이 찍힌 공문을 활용한 보이스피싱이 등장했다고 한다. 금감원에 따르면 최근 한 사기범이 잇따라 다수의 피해자들에게 자신을 서울중앙지검 검사라고 소개하고 "대포통장 사기에 연루되었으니 자신을 보호하기 위해 통장에 있는 돈을 모두 인출해 보내라"고 했다. 사기범은 실제 수사가 진행되고 있다는 것을 보여 주겠다며 숫자로 된 홈페이지 주소도 불러주었다. 서울중앙지점 홈페이지와 거의 똑같은 가짜 사이트였다. 사기범은 피해자를 속이기 위해 이 사이트에서 "나의 사건조회" 메뉴를 선택해 이름과 주민등록번호를 입력하면 검찰 공문까지 볼 수 있다고 했다. 피해자들이 사기범이 시키는 대로 하자 가짜 검찰총장 직인이 찍힌 문서가 나왔다. 사기범은 또 피해자가 이 사이트가 가짜라고 의심할까 봐 다른 메뉴를 누르며 서울중앙지검의 진짜 홈페이지로 접속되도록 꾸며 놓기까지 했다.

(10) 통장 대여자도 보이스피싱 피해자에 보상해야 한다.

스팸성 문자메시지 광고를 보고 모르는 사람에게 통장을 빌려줘 보이스피싱 사건에 가담했다면 형사 처분은 면하더라도 배상책임은 져야 한다는 법원의 판단이 나왔다. 법원은 "계좌를 빌려줄 경우 보이스피싱 범죄에 이용될 수 있다는 사실을 보통사람이라면 예상할 수 있었던 데다 입금된 돈을 직접 출금해 인출책에게 전달해 범행을 용이하게 만들었다"며 통장 대여자에게도 공동 불법행위자로서 손해를 배상할 책임이 있다고 하였다.

3) 고금리 대출자에게 낮은 금리로 대출해 주겠다고 접근하는 수법이 가장 많았다. 이런 대출 빙자형 보이스피싱 사기규모는 1,274억 원으로 전체의 70.7%에 달했다. 2018년 상반기 중에만 매일 115명이 평균 860만 원 꼴로 피해를 당하는 것으로 드러났다.

4) 보이스피싱 12년간 1조5천억 피해, 강력한 대책이 필요하다. 2006년에 처음 등장한 이래 2018년 상반기까지 총 16만여 건이 발생했고 누적피해액이 1조5천억 원에 달한 것으로 조사되었다. 12년간 매일 36명이 900여만 원씩 전화금융사기를 당한 셈이다. 한동안 주춤하던 보이스피싱이 다시 기

승을 부리고 있다는 것이다.

5) 보이스피싱 인출 책으로 수감 중인 40대 김씨가 보낸 옥중편지에 일당 50만 원 유혹에 넘어가지 말라. 당국은 보이스피싱 조직이 "인출책, 수금책을 구하지 못하면 절반 이상의 피해자가 줄어들 것이라고 확신한다"고 했다. "교도소에 수감 중인 대부분의 범인들은 페이스 북이나 구인 광고지를 통해 범죄에 가담했다"고 했다.

길거리에 깔린 광고지 속엔 "○○금융수금사원 모집"이라는 광고들이 있는데 적지 않은 것이 보이스피싱 인출, 수금, 송금책 모집 광고라고 했다.

국회 윤한홍 의원이 경찰청에 받은 자료에 따르면 2019년 1~11월 붙잡힌 보이스피싱 사범 4만4,918명 가운데 조직총책, 관리책은 1,018명(2.3%)에 불과했다. 이들의 지시를 받아 움직이는 김씨와 같은 수금, 인출, 송금책이 무려 9,865(22%)에 달하고 나머지 3만3,000여 명은 계좌를 빌려준 단순 범행자들이었다. 통계에서 보듯이 김씨의 당부와 같이 수금, 인출, 송금책으로 가담하지 않으면 이 엄청난 피해의 반을 줄일 수 있다는 것을 알 수가 있다.

서울대 법대 출신 엘리트 변호사가 어쩌다 보이스피싱 심부름꾼이 되어 구속된 서글픈 사연이 알려졌다. 이 변호사는 개인 사무실을 휴업한 후 생활고에 구인 구직 온라인 앱을 통해 고수익 아르바이트를 찾다가 보이스피싱 조직에 가담하게 되었다고 한다. '대부업 관련 간단한 심부름을 하면 건당 30만 원을 지급하겠다'는 문구를 보고 연락해 일하겠다는 의사를 밝혔던 것이다. 이 조직은 저축은행과 금융감독원직원 등을 사칭해 피해자들에게 돈을 뜯는 보이스피싱 일당이었다. 이들 일당은 이 변호사에게 피해자들을 만나 돈을 받은 뒤 송금하는 수금책 역할을 맡겼다.

15. 희대의 다단계 사기꾼들

1) 건국 이래 최대의 다단계 사기꾼 "조희팔"

피해자 약 4만 명에 4조8천억 원대 사기사건 조희팔 사건은 대한민국 최대의 사기 사건이다. 의료기 역 랜탈 계약 사기사건을 통해서 '주수도' 다단계 사기사건(1조6천370억 원)을 누르고 최대 사기 1위에 오른 인물이다.

경북 영천 출신의 조희팔은 초등학교 졸업한 학력으로 막노동을 하면서 청년기를 보냈고 20대에 다단계회사에 들어가 다단계를 본격적으로 접한 것으로 알려져 있다. 조희팔은 2004년부터 시작하여 의료기를 구매하게 되면 그것을 랜탈 해주어서 고수익을 낼 수 있다는 방식으로 돈을 모으기 시작했다. 그리고 법인을 여러 개 만들어서 각각의 지역에서 사람들을 끌어모으기 시작했다.

그는 바로 사기를 치지 않고 꽤 시간을 끌면서 계속 수익금을 지급했다. 그렇게 신뢰를 쌓아 가면서 기반을 다지기 시작했다. 그러다 보니 투자했다가 돈을 벌고 있다는 사람들이 하나둘씩 늘어나고 있으니 사업은 더욱 커지게 되어 갔다.

조희팔이 운영했던 법인이 수십 개로 늘어났다. 사업 초기에 모은 돈으로 여기저기 돌려가면서 이자를 지급했다. 처음부터 다단계 방식의 사업이기 때문에 이게 제대로 돌아갈 리가 없었다. 초기 수익을 얻은 사람들은 더 큰 피해자들을 위한 떡밥이었을 뿐이었다. 점점 더 판을 키워 나중에는 전국에 있는 숙박업소나 찜질방에다가 파는 물건들을 쫙 깔아서 돈을 좀 벌어보자고 했으나 알맹이 없는 껍질뿐이었다. 점차 사업은 어려워지고 수입금 지급이 밀리게 되었음에도 불구하고 그전에 지급받았던 짭짤한 수익금에 현혹되어서 사법 당국의 고발도 지연되게 되었고 또한 유명한 연예인들까지 홍보에 쓰였으니 믿음이 가게 되었다.

이제 더 이상 버티기가 어렵다고 판단하고 조희팔과 그 측근들은 돈을 챙기기 시작했다. 2008년 10월 회사 전산망을 박살 내버리고 돈을 모두 현금으로 바꿔서 잠수했다. 그리고 11월부터 수배가 시작되었는데 조희팔은 12월 9일 충남 태안군 안면도 마금포항을 통해서 중국으로 빠져나가 버린 뒤여서 잡을 수 없게 되었다.

조희팔 사건은 그렇게 끝났는데 2012년 12월 이미 사망해 버렸다는 소식이 전해졌으나 너무나 짜고 치는 모습이 뻔한 것으로 보였다. 유족의 장례식 촬영 영상은 오히려 의혹만 더 커지게 했다. 그리고 유골의 DNA를 조사해서 조희팔인지 알아보자고 했지만 화장이 되어 버렸기 때문에 DNA 감정을 할 수 없게 되었다.

항간에서는 조희팔은 성형 수술하여 중국에서 잘살고 있다, 또는 한국에 들어와 살고 있다고도 한다. 소문만 무성할 뿐이었다. 피해자 중에는 자살한 사람도 10명이 넘었고 피해액은 4조8천억 원이었지만 수사망을 피해 밀항할 수 있었던 것은 검찰과 경찰에 무수히 뿌린 뇌물 때문이었다. 수사결과 조희팔 일당이 검찰과 경찰에 30억 원 뿌린 것으로 확인되었다.

현직 검찰, 경찰관계자들은 물론 김광준 전 서울고검 부장검사를 포함해 모두 6명이다(2015년 10월 기준). 김광준 부장검사는 2억7천만 원, 대구지방경찰청강력계장 총경 권모씨 9억 원 받은 혐의이다. 그 외 경찰간부 뇌물 혐의로 구속 되었다.

2) 제이유(JU)그룹 "주수도" 다단계 사기

주수도 회장은 1970년대 후반 서울 학원가에서 유명한 영어 강사로 출발, 이후 정치에 입문해 실패했지만 네트워크 마케팅사업으로 재기했다. 특히 매출의 일정 비율을 회원에게 수당으로 지급하는 일종의 "소비생활 공유

마케팅" 방식을 도입해 회사를 급성장시켰다. 하지만 영업방식이 고수익 미끼로 한 사기극이 되었다.

제이유네트워크 회원들에게 일정 금액(200만 원)이상 구입하게 한 뒤 회사에서 임의로 책정한 마케팅 플랜에 따라 수당(납입금액의 150%) 지급을 약속했다. 하지만 과도한 공유수당 지급 등으로 회사 자금이 고갈되어 2005년 말 회원들에게 2조5천억 원을 미지급했으며 회원의 91%는 투자원금조차 받지 못했다. 그는 또 사기혐의로 중형을 선고받고 옥중에 있으면서도 재차 다단계 사기를 쳐서 1,000억 이상의 피해를 입혔다.

16. 계(契)돈 사기

1) 계(契)의 변화와 발전

계는 근대 이전에 농경사회 때부터 경조사 때 들어갈 목돈을 장만하기 위한 혼상계婚喪契, 문중의 종원들끼리 친목을 도모하는 종중계宗中契 등의 형태였지만 현대에는 값비싼 명품을 마련하기 위한 반지계, 가방계, 친목을 도모하기 위한 형제계, 고액의 계돈과 높은 금리를 준다는 귀족계 등 다양한 형태로 변화 발전하였다.

2) 일제 치하부터 해방 후까지 일본어로 전해진 타노모시(賴母子: 無盡) 계契 조직이 성행했고 터졌다 하면 타노모시 터졌다는 유행어가 생겼나기도 했다.

3) 계契에는 어떤 종류가 있는가? 계원의 구성이나 목적에 따른 분류도 가능하지만 가장 중요한 곗돈을 타는 방식에 의한 분류로는 번호계와 낙찰

계가 대표적이다.

(1) '번호계'는 미리 순번에 따른 이자를 정해놓고 계원끼리 순번을 미리 정하는 것이 아니라 곗돈을 탈 때마다 뽑기로 정하는 형태의 계로 '뽑기 계'라고도 한다.

(2) '낙찰계'는 가장 낮은 곗돈을 받겠다고 써내거나 가장 높은 이자를 주겠다고 써낸 계원부터 먼저 곗돈을 타는 방식이다. 입찰방식으로 곗돈 타는 순서를 정하기 때문에 '입찰계'라고도 한다.

(3) 급전이 필요한 사람은 번호계 보다는 낙찰계에서 더 쉽게 자금을 조달할 수 있는 반면 급전을 받아간 사람이 곗돈을 못 부을 가능성도 그만큼 높기 때문에 계가 깨질 위험도는 낙찰계가 더 크다. 그래서 계가 형사사건으로 비화하는 경우 대부분 낙찰계인데 최근 문제가 되었던 강남 귀족계 다복회 370억 원 사건도 낙찰계였다.

4) 왜 계(契)는 오랜 세월 인기를 끌고 지속되는가?

(1) 사회적 인적 교류를 넓히기에 좋은 수단이다.

계는 강력한 상호신뢰가 뒷받침되지 않으면 유지가 불가능하기 때문에 태생적으로 폐쇄적일 수밖에 없다. 그러나 일단 내부 구성원이 되기만 하면 인적 네트워크 형성과 정보 습득에 유리한 지위를 차지할 수 있다는 장점이 있다.

(2) 목돈 만들기 좋은 수단이다.

일단 계가 깨지지 않도록 하기 위해 계원들은 강제성을 띤 곗돈불입 의무에 커다란 부담을 갖게 된다. 강제성이 없는 일반 금융상품에 비해 지출을 통제하는 데 효과적이다.

(3) 이용하기 쉽다는 점이다.

그리고 먼저 곗돈을 타는 사람이 이자를 많이 내야 하기는 하지만 금융기관과는 달리 담보 없이도 돈을 빌릴 수 있어서 나중에 곗돈을 타는 사람은 금융기관 보다 훨씬 높은 이자 수입을 올릴 수 있기 때문이다.

(4) 세금을 내지 않고 출처도 묻지 않는 이점이 있다.

은행에서 이자를 받으면 일정한 %의 이자 소득세를 내야 하지만 곗돈이자는 은행보다 높으면서도 세금을 내지 않아도 되고, 또 금융당국의 추적을 피할 수도 있다. 그렇기 때문에 계가 검은돈을 세탁하는 역할을 하기도 한다.

(5) 강남 "다복회" 곗돈 사기 370억 계주 윤씨

서울중앙지검 형사7부는 강남 귀족계로 알려진 다복회 계주 윤씨를 특정경제범죄가중처벌에 관한 법률상 사기 혐의로 구속했다. 달아난 공동계주 박모씨 외 1명은 전국에 수배했다. 검찰에 따르면 윤씨는 2006년부터 미납계금과 자신의 사채 등으로 인해 계원들에게 약정한 곗돈을 지불 할 능력이 없음에도 계속해서 계원들로부터 곗돈을 받아 가로챈 혐의였다. 검찰은 윤씨를 기소하면서 밝힌 피해자는 모두 146명에게 372억여 원을 받아 약속한 곗돈을 주지 않은 혐의다.

17. 인터넷 구매 사기

사이버범죄라 하면 해커들이 정부기관이나 기업의 기밀을 빼내는 해킹을 떠올리게 된다. 그러나 시민의 삶에 실질적이고 직접손해를 끼치는 사이버범죄는 따로 있는 것이다. 바로 인터넷 사기다. 인터넷 사기의 건당 피해액은 적지만 사이버범죄의 66%를 차지했다. 총 피해액도 4,479억 원에 달했다. 피해자들이 번거로움을 이유로 신고하지 않은 경우도 많아 실제 피해는 더 클 것이다.

인터넷 사기라는 작은 불법이 축적되면 온라인 상거래의 신뢰도는 떨어질 수밖에 없다. 경찰이 인터넷 사기를 근절하기 위하여 다양한 노력을 하고 있지만 검거률이 89%에 달하고 있지만 온라인 상거래 규모가 계속 커지고 있어 인터넷 사기가 증가할 가능성이 크다. 통계청에 의하면 온라인 쇼핑 거래액은 2016년에 65조 원에 달하고 있다고 한다. 소비자는 판매자의 정보를 꼼꼼히 살펴보는 지혜가 요구된다.

1) 중고거래 사이트에 고가 물품을 팔 것처럼 속이고 돈만 받아 가로챈 사건으로 구속되었다.

2) 운송장 사진만 보내고 발송 취소한 택배사기.

신종 택배 사기 수법이 등장했다. 인터넷에서 중고 물품을 거래할 때 판매자가 택배 운송장 사진을 찍어 보내는 관행을 이용해 운송장 사진만 보내고 택배 발송을 취소하는 수법으로 돈을 가로챈 30대 남성이 구속됐다.

(1) 승차권 구매사기.

(2) 외제 수입품사기 가짜명품 사기판매.

(3) 항공권사기: 신혼여행 경비사기.

(4) 입장권 사기: 세계적 유명가수 초청공연 티켓 구매사기 등.

18. 가상화폐 사기

1) 가상화폐假想貨幣란 온라인으로만 거래하는 전자화폐의 하나다. '전자화폐'란 금전적 가치를 전자정보로 저장해 사용하는 결제수단이다. 정보를 담는 방식에 따라 IC카트 형과 네트워크형으로 구분하는데 그중 네트워크형 전자화폐를 가상화폐라 한다. 실물이 없고 가상환경에서만 통용되는 의

미가 있다. 주로 비트코인 등의 암호 화폐를 일컫는 말로 사용하지만, 실제로는 암호 화폐보다 폭넓은 개념이다. 핵심기술은 블록체인(block chain: 가상화폐 거래 내역을 기록하는 장부)을 기반으로 한다.

정부의 규제를 비웃듯 가상화폐를 이용한 각종 사기 범죄가 기승을 부리고 있다. 정부는 가상화폐 실명제를 도입하여 거래소의 거래은행과 같은 은행에 계좌를 보유한 이용자에 한해 실명확인 후 가상화폐를 거래할 수 있도록 했지만 비공식 루트로 가상화폐 거래가 이뤄지면서 피해가 속출하고 있다.

2) "암호 화폐" 교환 4억대 사기

상장을 앞둔 싼 암호 화폐를 다른 종류로 교환해 주겠다고 4억 원대의 암호 화폐를 가로챈 30대 남성이 구속되었다. 투자 중인 암호 화폐를 상장 전 저평가된 다른 종류로 교환해 준다고 속여 4억2,000만 원 상당의 암호 화폐를 가로챈 사기다.

3) 가상화폐 채굴기 판매사기 129억

가상화폐 채굴기를 판매한 뒤 관리를 맡기면 채굴된 가상화폐를 지급해 높은 수익을 보장하겠다고 속여 채굴기 판매대금 129억 원을 받아 챙긴 일당에게 법원이 채굴기 판매업체 대표에게 징역 6년을 선고했다. 피해자는 수백명이였고 채굴기 1497대를 판매해 129억을 챙겼다(서울 동부지법).

19. 결혼 빙자 사기

대표적인 사칭사례는 검사사칭, 재벌 2세 행세, 재미교포사업가, 중소기업 사장행세, 의사행세를 하면서 결혼정보회사 특상급회원 등록에 올리고 중매 사기(의대생, 사법연수원생, S대 졸업 예정 등)를 한 이들은 대부분이 무직자들이다.

20. 학력위조, 논문표절 사기

학력 속이기, 학위논문 표절, 학술논문 이중 게재하여 연구비 이중수령. 어린 자식 공동저자로 넣어 연구윤리 위반하고 무책임한 자식 사랑이 사회적 비판과 정의와 공정사회의 기풍을 해치고 있다.

학력이 직업이나 사회적 지위 향상에 중요한 도구가 되는 한국의 현실을 볼 때 학력위조에 관한 유혹은 매우 클 수 있다. 학벌 사회가 낳은 병폐 중 하나다. 하지만 이것은 많은 노력과 시간과 돈 등 기회 비용을 바쳐서 한 분야에서 요구하는 어려운 전문 과정을 공부해 정당히 자격을 갖춘 사람에 대한 모욕이자 사회에 대한 기만이다.

학력위조란 부당한 이익을 위해 자신의 학력을 실제보다 과장하는 행위, 이수하지 않은 과정을 이수했다고 하거나 특정 과정의 수료를 졸업으로 한 단계 업그레이드하는 것 등이 학력위조에 해당된다.

특히 입사시험이나 교원, 교수 등에서 요구되는 학력에 허위로 학력 기재는 국립대학의 경우는 공문서 등의 위조, 변조죄, 사립대학 학력을 허위 기재 시는 사문서 등의 위조, 변조로 형벌의 대상이 되는 것이다. 근간에 세상을 떠들썩하게 한 대표적인 동양대 정경심 교수의 딸자식 표창장 위조 사건이 좋은 예가 되고 있다.

학력위조 방법으로는 그냥 나왔다고 말하기, 비정규 과정을 했음에도 슬그머니 정규과정으로 끼어들기, 가짜증명서 만들기, 가짜 학교의 가짜증명서 만들기, 학위 인정이 안 되는 학교 나오고 학위 받았다고 우기기, 대학원 진학 후 그 대학 학부 행세하기, 명문대 학사가 아닌 명문대 평생교육원 나오고 학부 졸업 뺑치기, 지방분교에 졸업하고 서울본교 졸업으로 사칭하기 등 학력위조 문제로 사회에 물의를 일으킨 유명인들이 많았다.

21. 벼룩이 간 빼 먹는 사기꾼들

1) 엄마가 아들 담임교사 상대로 억대 사기 행각

아들이 다녔던 학교의 담임교사를 상대로 억대 사기 행각을 벌인 50대 주부를 징역 10개월에 집행유예 2년을 선고했다.

2) 조희팔에 떼인 돈 되찾아 줄게 20억 사기

조희팔에게 투자사기 피해 금을 되찾아 준다며 기부금을 받아 20억 원을 챙긴 "바른 가정경제실천을 위한 시민연대" 대표 김모씨는 서울지방경찰청 지능범죄수사대에 붙잡혔다. 김모씨는 2008년 시민연대를 설립해 10년 동안 피해자 5,000여 명으로부터 총 20억 원 가량의 기부금을 부당하게 챙긴 혐의다. 그는 2008년 11월 국내역사상 가장 큰 규모의 피라미드형 사기 사건인 조희팔 사건으로 5조 원대 피해가 발생하자 시민단체를 설립하여 피해자들에게 접근했다. 김모씨는 전국을 돌며 매주 피해자모임을 열어 피해자들에게 "조희팔이 은닉한 자금이 2,200억 원에 달하는데, 내가 600~700억 원을 확보했다"며 사무실운영비, 연수원건립비, 활동비 등의 명목으로 기부금을 내라고 꼬드겼다. 피해자들은 투자 금을 회수할 수 있다는 기대에 1인당 적게는 1,000원에서 많게는 500만 원까지 기부를 받았다. 그러나 경찰에서 수사결과 피해금 회수를 위한 소송을 진행하거나 준비한 적이 없었고,

조씨의 은익자금을 확보하지도 않았다. 기부 받은 돈은 시민단체를 운영하면서 체크카드로 노래방, 병원, 마트에서 총 9,000여만 원을 결제하고 4억 8,000여만 원은 현금으로 인출하는 등 기부금을 개인적으로 사용한 것으로 파악되었다.

3) 농아인에 100억 뜯은 사기단

전국 농아인들을 상대로 고수익을 미끼로 한 투자사기를 벌려 100억 원을 뜯어낸 혐의로 재판에 넘겨진 투자 사기단 총책에게 징역 23년의 중형이 선고되었다. 농아인 김씨 등은 일명 "행복의 빛"이란 농아인 단체를 재정비한 "행복팀"이라는 유사수신단체를 만들어 2009년 9월부터 2017년 3월까지 같은 처지의 농아인 150여 명을 상대로 "농아인을 위한 복지사업을 하는데 돈을 투자하면 3배로 불려주고 집, 외제차, 연금도 주겠다"고 속여 94억 원을 받아 챙긴 혐의로 기소되었다. 피해자 중 1명은 집을 담보로 2억 원을 대출받아 행복팀에 건넸으나 투자 금을 돌려받지 못했다. 해당 피해자는 불어나는 이자를 감당하지 못해 스스로 목숨을 끊은 사기 피해 사건이었다.

4) 위안부 할머니 지원금 2억대 가로챈 70대

일본군 위안부 피해자 이귀녀 할머니에게 지급된 정부와 지방자치단체 지원금 2억8,000만 원을 가로챈 김모씨(76세)가 기소되어 재판 중이다. 또 다른 중국에서 온 위안부 피해자 두 할머니에게 정부가 준 특별지원금 4,300만 원과 매달 지급되는 생활안정자금의 일부도 김씨가 통장관리하면서 가로챈 혐의를 받고 있다. 이런 한 많은 위안부피해자 할머니의 지원금을 통째로 가로채는 파렴치한 사람들과 같은 하늘 아래 산다는 것이 수치스럽다.

22. 주가조작(株價 操作) 사기

1) '주가조작 사기'란 시세차익을 목적으로 주가 형성에 개입하여 주가를 인위적으로 올리거나 내리거나 혹은 고정시키거나 하는 것을 말 한다. 즉 자금력을 이용해 주가를 인위적으로 끌어 올려 투자자들을 현혹하다가 거짓 정보를 흘려 타인을 속이는 등의 불공정거래를 말한다. 주가조작에 뚜렷한 이유 없이 주가가 급등하는 주식을 작전주作戰株라고 한다.

2) LG그룹 방계 3세 구본호 주가조작 혐의구속.
(시선뉴스8/6/21)

3) 전 중앙종금 김석기 사장 주가조작 구속 후 집행유예.
(연합뉴스 2018/7/1)

4) 전 금융감독원 부원장 주가조작 사기로 구속.

23. 가짜 휘발유(揮發油)제조 판매 사기

가짜휘발유 100억대 제조, 판매 19명 구속.

국제유가가 고공행진을 계속하게 되면 유사휘발유 제조, 판매가 기승을 부린다. 유사휘발유는 발암물질인 알데히드가 휘발유보다 몇 배나 많고 장기간 사용했을 경우 사람들에게 건강상 피해를 줄 수 있으며 자동차 부품을 부식시키고 엔진 수명을 단축시키는 등 자동차에도 큰 타격을 주는 연료인 것이다. 가짜휘발유 제조 방법은 솔 벤트 60%, 톨루엔 20%, 메탄올 20%씩의 원료를 나누어 싣고 주유소에 도착, 한 개의 저장탱크에 넣어 이를 혼합되게 하는 방법이다(2009년 화성경찰서).

24. 기상천외의 기발한 사기 기법 사례

1) 수천억대 재산상속인 행세로 사기.

자신을 수천억대 재산상속인으로 속이고 상속에 필요한 서류비용 명분으로 2,000여만 원을 받아 가로챔.

2) 검사 형. 변호사 누나 내세워 1억 사기 친 동생.

고위 검사인 친형과 로펌 변호사인 친누나를 앞세워 사기행각을 벌인 40대 남성에게 사기 및 횡령으로 징역 5년을 선고했다. 이 남성은 "형이 검찰에 있고 누나가 대형 로펌에 근무하고 있다"며 급전이 필요한데 빌려주면 곧 갚겠다고 속여 총 1억 1,500만 원을 빌리고 갚지 않은 혐의로 기소되었다(서울 동부지검).

3) 허위 공문서로 누명을 씌운 경찰관.

수갑을 채워 체포하던 과정에서 피의자가 다치자 자신이 먼저 폭행당한 것처럼 허위보고서를 작성한 경찰이 징역형을 선고받았다(수원지법 안산지원).

4) 남편 불륜증거 잡아주겠다 1억 등친 흥신소 사장.

남편의 불륜증거를 수집해 주겠다며 여성 의뢰인을 속여 1억여 원을 사기 친 홍신소 사장에게 징역 1년 6월을 선고했다.

5) 대포통장 3일 빌려주면 150만 원 모집 문자

최근 모르는 전화번호로 회사세금 신고를 줄이고자 개인 명의의 체크카드를 3일간 양도받아 사용하는 조건으로 수수료(부업, 꽁돈)지급. 3일 사용에 150이라는 문자메시지를 보내고 있다. 요즘 단속강화로 대포통장(다른 사람 이름으로 개설된 통장)확보가 어려워지자 범죄 집단이 통장이나 체크카드를 빌려달라는 불법 문자메시지를 대량으로 발송하고 있어 주의가 요구된다. 금융감독원 불법금융 대응단에 의하면 "범죄에 쓰일 줄 모르고 통장을 빌려줬다고 하더라도 3년 이하의 징역 또는 2,000만 원 이하 벌금 등의 형사 처분 대상이 된다"고 한다. 이런 유혹에 넘어가지 않도록 당부하고 있다.

6) 가짜난민을 진짜로 신청하여 수억 원 챙겨

중국인 200여 명을 박해받는 종교인으로 둔갑시켜 가짜난민 신청을 도운 변호사 등 그 일당을 구속했다. 이들은 돈을 받고 중국 정부로부터 박해받고 있는 종교 신봉자라는 허위사유를 만들어 난민신청을 한 것이다.

변호사 A씨 등 일당 4명은 2016년부터 2017까지 난민 신청이유로 "파룬궁法輪功"으로 박해받고 있다고 신청하다가 너무 많으면, 중국의 이단종교 "전능신교" 일명 "동방번개" 등 다른 박해받는 종교를 적어 넣도록 중국인들에게 지시하고 일당들은 애초에 허위 난민신청이 반려될 경우에 이의신청절차나 행정소송에 들어갈 비용까지 받았던 것이다. 이들 중국인들은 난민 자격을 부여받아 한국에 장기체류하면서 취업하기 위한 목적으로 돈을 준 것으로 조사되었다.

25. 사이비 종교(似而非 宗敎) 사기

종교로 위장하고 사기 및 범죄를 저지르는 집단을 사이비 종교라고 한다. 일반적으로 사이비 종교는 종교의식으로 여신도들을 강간하고 금품의 갈취, 사기 등의 범죄와 밀접한 관련이 있으며 교주를 신격화하고, 종교적 맹신을 이용해 사람을 이용하고 가정파괴나 강력범죄 등을 유발하거나 유도하고 있다.

이들은 한결같이 집단자살(오대양 사건), 교단의 자산운영의 미공개, 재단의 편법상속, 반대하는 사람이나 교를 빠져나가는 사람에게 물리적 폭행 살해, 종말론의 수단으로 성추행 감금, 집단생활 강요, 노동력 착취, 사회적 활동을 방해한다.

해방 이후에 우리 사회에 사회적 약자나 고달프고 병든 자들을 종교를 빌미로 끌어들여 사회적 큰 파장을 일으켰다. 이런 사악한 수법의 종교를 앞세운 사기꾼이 지금도 득실거리고 있다.

다만 이들을 처벌하기가 쉽지 않은 이유가 강제로 하는 것이 아닌 자발적인 유도, 일종의 최면술 같은 기법을 사용해서 돈을 뜯기 때문이다. 이를 범죄로 따지면 완전범죄에 가깝다. 보통 강도는 흉기로 생명을 위협하고 협박을 해서 돈을 뜯지만, 사이비 종교는 신앙을 미끼로 하기 때문에 그 형태가 교묘한 점이다. 보통 강제적 금품갈취는 법으로 처벌받게 되지만 자신들이 스스로 좋아서 자발적으로 금품을 제공하기 때문에 결코 범죄가 아니라는 것이다. 이런 현상을 거짓 신앙에 유혹되어 빠져들었기 때문이다. 사이비 종교에 바친 재산과 금전은 사기죄로 돌려받기가 쉽지 않다,

자발적으로 헌금하였다고 주장할 소지가 많기 때문이다. 사기죄가 성립되려면 "타인을 기망하여 본인이 재물의 교부 또는 재산상의 이익을 취득하

거나 제3자에게 이를 취득하게 함으로서 성립하는 범죄"이기 때문이다.

26. 무속인 사기

1) "굿을 하지 않으면 죽는 다"고 12억 챙겨.

2) "급사할 수 있다" 굿하고 1억8천 챙기고 남편과는 동거.

3) 법원의 무속인 사기 사건은 어떻게 처벌하고 있는가?

대법원 판례는

(1) 무속인이 길흉화복에 관한 어떠한 결과를 약속하고 굿이나 기도 비를 받는다 하드라도 지나치지 않는다면 전통적인 관습 또는 종교 행위로 볼 수 있기 때문이다. 다만 그러한 행위가 종교 행위로서 허용될 수 있는 한계를 벗어난 경우라면 사기죄에 해당할 수 있다는 점이다.

(2) 불안감에 대한 위로를 받았다.

세상살이가 힘들다 보니 답답한 마음에 무속인을 찾아갔다가 원하는 성과가 안 나오는 경우 사기라며 고소하는 사건이 많아지고 있는데 무죄 사례도 많다고 한다.

27. 전국노래자랑에 출연한 사기꾼

2017년 전국노래자랑 충북 괴산군 편에서 출연한 98세라는 안모씨와 사회자 송해 씨의 대화 내용이다. "나이가 어떻게 되세요." "우리 나이로 98살이여 욕심 부리지 않고 알맞게 먹고 남을 사랑하는 마음을 가지면 건강 혀. 송해 동생 88살이지." 그러나 여러 TV에도 출연해 고령의 나이에도 불구하고 정정한 모습을 보여 금방 유명인사가 된 안모씨의 진짜 나이는 60대로 드러났다.

안모씨는 문서위조혐의로 교도소 신세를 진 뒤 신분 세탁을 통해 나이를 38살이나 더 먹은 것으로 속여 노령연금과 장수수당을 챙긴 것으로 드러나 수사 경찰관까지 혀를 내둘렀다. 청주시 흥덕경찰서는 법원을 속여 가족관계 창설 허가를 받은 뒤 위조 범행을 저지른 혐의로 안 씨를 구속했다. 주민등록상 안 씨의 나이는 98세였다.

2005년 유가증권위조죄(복권위조)로 징역 2년을 복역하고 출소한 안씨는 천애의 고아 행세를 하며 청주의 모 교회 목사에게 접근했다. 이때 자신의 나이를 91세라 속였다. 이 목사의 도움으로 2006년 6월 법원에서 성·본을 창설한 뒤 2009년 3월에 새로운 가족관계 등록허가를 받았다. 그의 위조 범행은 이때부터 본격화되었다. 그는 2009년 3월 청주시 상당구청에서 가공의 주민등록증을 받았다.

신분이 탄로 나지 않도록 지문이 손상된 것처럼 속이기 위해 열손가락 끝에 접착제를 칠하는 수법을 사용했다. 주민등록증을 받는데 성공한 그는 지난 1월까지 48개월간 총2285만 원의 기초노령연금과 장수수당, 기초 생계비를 받았다. 송해 선생이 90이 넘어 무대에서 기가 찬 형님을 맞이했다.

28. 자선단체 기부금 사기 횡령

사단법인 "새희망 씨앗" 기부단체는 지난 2014년부터 4년 동안 새 희망 씨앗과 교육 콘텐츠 판매업체를 함께 운영하면서 총49,000여 명으로 기부금 128억 원을 모금해 가로챈 혐의와 그리고 후원금을 받아 기부금 영수증까지 발행하며 사기행각을 벌여왔다. 이들은 연예인들의 사진을 홍보대사라며 도용해 쓰기도 했다. 실제 후원으로 쓰인 금액은 2억1천만 원뿐이다.

이 기부금을 이용해 외제차를 사거나 해외여행을 하는 등 호화생활을 해 온 것으로 알려졌다.

29. 기부왕이 아닌 사기왕

청년 기부왕, 한국의 '워런버핏'(투자의 귀재, 가치투자자), 400억재산가, 수십억 원을 기부하며 일약 스타가 됐던 경북대 대학생 박철상 씨를 수식했던 말이다. 1억 원 이상 기부 모임인 아너소사이어티에 대학생 신분으로 최초 가입했고, 미국 포브스지 "2016 아시아 기부 영웅"에도 이름을 올렸다. 2016년 공중파 강연 프로그램에 출연까지 하면서 유명세에 정점을 찍었던 박씨는 2017년 "400억 자산"이 거짓이라는 주장이 나오면서 위기를 맞았다.

결국, 2018년 12월 박씨는 투자자에게 사기, 유사수신 혐의로 민형사상 고소를 당했다. 결과로 박씨는 기부를 사기 수단의 하나로 동원한 셈이다.

30. 취업사기

취업 희망자들을 상대로 기아자동차 공장에 취업시켜주겠다고 속여 1인당 2,000만 원~4,000만 원씩 받아 챙긴 혐의로 A(33)씨를 구속했다. A씨는 범행 과정에서 자신은 기아자동차 협력사 직원, 또는 기아자동차 정규직원 등으로 속였으나 사실은 직업이 없었다. A씨의 거짓말에 속아 돈을 보낸 피해자는 650여 명이며 피해 금액은 150억 원에 이르는 것으로 경찰은 추정하고 있다.

부산남부경찰서는 대통령 "비선실세"를 사칭하며 청와대 비서관으로 추천해 주겠다고 속여 1억9천여만 원을 받아 가로챈 혐의로 (사기)로 A(여.

66)씨를 구속했다.

31. 금융기관 임직원의 사기, 횡령, 배임 금융사고, 도덕적 해이

 "금융사고"란 금융기관의 소속 임직원이나 그 외의 자가 위법, 부당행위를 함으로서 금융기관 또는 금융거래자에게 손해를 초래하거나 금융질서를 문란하게 한 경우를 말한다. 국내 시중은행과 국책은행 등 8개 은행에서 지난 5년간 열흘에 한 번꼴로 사기, 횡령, 업무상 배임 등 금융사고가 발생한 것으로 드러났다. 총 154건에 사고금액은 4,684억 원에 달한다. 사고유형별로 보면 대출사기와 서류, 신분증 위변조 등 사기가 4,212억 원 그리고 은행 임직원들의 업무상 배임은 369억 원, 횡령, 유용은 100억 원으로 뒤를 이었다.

 제1금융권인 시중은행과 국책은행이 고객의 돈을 횡령하거나 업무상 배임 행위를 저지르는 것은 금융 산업을 넘어 국가경제의 근간을 흔드는 일이라 강력한 제재수단을 마련해 은행권의 도덕적 해이를 막아야 할 것이다.

32. 무역금융 사기 원조 "박영복"

 45년 전인 1974년 2월 6일 대검 특별수사부는 중소기업은행과 서울은행을 속여서 은행 돈 74억 원을 사기 대출받아 사취한 금록통상주식회사 대표 박영복 씨를 사기 공문서위조 혐의로 구속했다. 박영복은 1970년대 초대형 금융사기로 온 나라를 떠들썩하게 만들었던 인물이다. 당시로서는 천문학적인 금액이다. 그는 한국해양대학을 졸업하고 대한해운공사에서 5년간 선원으로 일했다. 그는 사교술에 능해 따분한 선원생활을 그만두고 무허가 벌

목에 손대며 화려한 사기 인생을 시작했다.

중앙합동이란 유령회사를 만들어 관급공사를 따려다가 1967년에 사기 혐의로 처음 구속됐다가 풀려났다. 이후에도 사기행각은 계속되어 갔다. 이제는 1974년에는 초대형 금융사기를 벌인다.

박씨는 우선 회사를 설립해 무역업자 자격을 갖추거나 수출실적이 있는 무역회사를 인수한다. 이렇게 만든 회사가 18개나 됐다. 사채시장에서 빌린 돈을 은행에 예금해 신용을 쌓은 뒤 부동산권리증과 수출신용장을 위조해 거액의 무역금융을 받아 냈다.

그는 이 사건으로 징역 10년을 선고받았으나 당뇨병으로 3년 만에 형집행정지로 풀려났다. 그러나 가석방 기간 중에 또다시 유령회사 설립과 공문서위조로 사기대출을 받아 1982년에 재수감되었다. 그는 잔여 형기 7년에 12년형이 추가돼 2001년까지 19년을 교도소에서 보냈다. 모두 22년을 교도소에서 보낸 셈이다.

한동안 잊혔던 박씨는 다시 신문에 등장했다. 가짜 무역회사를 차리고 보훈복지의료공단과 31명의 투자자에게서 1,000억 원의 투자 금을 받아 가로챈 혐의로 구속기소 되었다. 그는 수감생활 중에 치밀하게 구상한 무역 다단계 사기를 실행에 옮긴 것으로 밝혀졌다.

박씨의 인생을 보면 "사기"라는 두 글자이고 "세살 적 버릇이 여든까지 간다(三歲之習 至八十)"는 말이 실감나게 했다.

33. 6천400억 부부어음사기 사건(이철희, 장영자)

1982년 5월 4일 당시 사채시장 큰손으로 불리던 장영자와 남편 이철희가 어음 사기 혐의로 검찰에 구속되면서 단군 이래 최대 금융사기 사건으로 대통령 처삼촌 등 30여 명이 구속되었다. 장영자는 국회의원과 중앙정보부 차장을 지낸 이철희 씨를 내세워 미모와 화려한 언변으로 고위층과 긴밀한 관계를 과시한 후 자금난을 겪고 있는 기업들에 자금지원 대가로 2배에서 최고 9배 짜리 어음을 받아 이를 사채시장에 유통시키고 돈을 착복했다.

어음과 담보 조로 받은 견질어음을 몽땅 시중에 할인한 후 다시 굴리는 수법으로 6,400억 원의 어음을 시중에 유통시켜 1,400여억 원을 사기로 편취했다. 이 사건으로 인해 어음이 한 바퀴 돌았을 때 어음을 발행한 기업들이 부도를 내고 무너지기 시작했다.

장영자·이철희 부부는 모두 15년의 징역형을 선고받고 복역 중 이철희는 먼저 가석방된 뒤, 장영자는 복역 10년 만에 역시 가석방으로 풀려났다. 그러나 장영자는 1994년 다시 100억 원대 어음 사기 사건으로 구속되어 복역하였고, 2001년 5월에도 220억 원대의 구권화폐 사기행각을 벌인 혐의로 구속되었다.

2015년 7월부터 2017년 5월까지 남편 고 이철희 씨의 명의의 재산으로 불교재단을 만들려 하는데 상속을 위해 현금이 필요하다고 속이거나 사업 자금을 빌려주면 이자를 붙여 갚겠다는 식으로 피해자들로부터 6억여 원을 가로챈 혐의로 구속기소 되었다. 그는 현재 수감생활만 30년을 하고 있다.

그는 숙명여자대학 재학 중 미모와 재능이 뛰어난 학생을 선발하는 5월의 여왕 메이 퀸에 선발되기도 했다. 대통령의 처삼촌의 처제이기도 하고 남편은 중앙정보부 차장이기도 한 권력의 중심에서 살았지만 자금난에 시달리는 기업과 어음 장난을 치다가 구속된 후 평생을 사기를 치다가 감방에서 생애를 보내는 신세로 전락하여 세상은 그를 사기를 치려고 태어났고, 감방에 살려고 이승에 온 사람 같다고 한다.

34. 100억 위조수표 사기

100억 위조수표 사기단은 진화된 신종 은행털이범들이었다. 총이나 흉기를 들고 은행 창구에서 돈을 강탈하는 것이 아니라, 진짜 수표를 위조해 금액을 부풀린 뒤 은행에서 돈을 빼내 유유히 사라진 사건으로 영화에서나 생길만한 것이 현실에서 일어난 것이다. 2013년 6월 14일 대부업자 박모씨가 수원시 정자동에 있는 KB국민은행을 찾아갔다. 자신이 소유하고 있던 액면가 100억 원짜리 수표를 은행 창구에 내밀며 현금 지급을 요청했다. 은행 측이 수표에 적힌 일련번호를 확인해 보니 "이미 지급한 수표"라고 나왔다.

은행 측은 박씨에게 "인출된 수표여서 지급이 안 된다"고 거절했다. 박씨는 펄쩍 뛰었다. 내가 가지고 있는 게 진본인데, 벌써 지급했다니 무슨 말이냐며 따졌다. "100억 가짜수표" 사건은 이렇게 드러나기 시작했다. 박씨는 경찰에 신고했다. 경기경찰청은 즉시 수사에 들어갔고 전후 사정 파악에 들어갔다. 그랬더니 6월 12일 오전11시쯤 최영길(60)이 KB국민은행 수원시 정자지점을 찾아 100억 원짜리 자기앞수표를 제시한 뒤 서울명동과 연지동 시중은행 2계좌에 50억 원씩 분산 입금한 것을 확인했다. 경찰은 당일 CCTV를 통해 당일 창구에서 돈을 찾는 모습을 확인했다.

국민은행 정자지점은 수표의 진위를 확인하기 위해 수표에 적힌 일련번호를 통해 은행에서 발급한 수표가 맞는지를 확인했으나 이상한 점을 확인하지 못했다. 다시 수표 감별기를 통과시켰더니 이번에도 이상 반응이 없었다. 지점장은 최씨가 내민 수표가 진짜라고 믿고 100억 수표의 현금 지급을 허락했다. 이렇게 해서 최씨는 흉기 한 번 들지 않고 은행에서 100억 원을 빼낼 수 있었다.

어떻게 이런 일이 가능할까, 최영길이 대부업자 박씨에게 접근한 것은 지난 1월 초순이다. 최씨는 중개인을 통해 박씨를 소개받았고, "회사를 인수하려 하는데 자금력을 증명해야 한다. 100억짜리 수표를 갖고 있다가 내가 연락하면 국내 5대 로펌 중 한 곳에 맡겨 달라"며 일종의 예치증명인 에스크로계정 방식(escrow account)을 제안했다. 그리고 돈을 쓰는 기간은 4일로 정했고, 1일 수수료 1천8백만 원씩 7천2백만 원을 먼저 지급했다.

하지만 그 후 최씨는 박씨에게 아무런 연락을 하지 않았다. 이를 이상하게 여긴 박씨가 은행을 찾아갔다가 자신의 수표를 도용한 가짜수표를 현금으로 전액 찾아간 것을 확인한 것이다.

최씨의 위조수법은 첨단을 달렸다. 진짜 수표처럼 위장하기 위해 진짜 수표를 사용했다. 그는 1월 11일 국민은행에서 자신이 소유하고 있던 1억110만 원권 수표를 발급받은 후 박씨가 소유한 진본 수표의 일련번호와 금액을 넣어 위조해 100억 원짜리로 만들었다. 그러니까 1억110만 원짜리 진짜 수표를 100억 원짜리로 액면가를 부풀린 것이다.

공모자들은 모두 9명이였고 7개월 정도 계획을 세웠다. 이들은 구치소에 재소 중 시설 안에서 알았던 인연도 있던 전직 경찰 출신 등으로 구성된 사기단이었다. 영화 보다 영화 같은 희대의 사기범들은 모두 재판에 넘겨졌다.

35. 일본 밀항선 사기(우마야마 겐(馬山縣) 폭소)

6·25전쟁 후 경상, 전라 남해안 지역 좀 활기찬 청년들은 산업이 없던 시대라 직업을 구할 수 없으니 농사일에 청춘을 바칠 수 없어 밀선이라도 타고 희망의 땅을 찾아 도일渡日하는 사람들이 꽤 있었다. 밀선들은 주로 여수항, 통영항에서 출발했는데 밀항 선비는 먼저 받고 어두운 밤에 출발하여 심야에 남해안을 돌다가 날이 밝아지기 전 시간대에 마산 근처의 해안 한적

한 곳에 내려주면서 일본에 도착했다. 일본 우마야마 겐(馬山縣)이다. 여기는 조선 사람들도 많이 살고 있다. 일본에 안내했다는 배는 떠나고 날이 밝아져 마을로 내려가니 일본 땅이 아니고 통영에서 멀지 않은 경남 마산임을 알고 사기를 당한 줄 그때야 알게 된 것이다. 한자어 마산을 일본어로 읽으면 우마야마이다.

겐(縣)은 한국의 도道에 해당하는 행정 단위이다. 이런 밀선을 타고 일본에 갔던 사람들 중에 용하게 성공한 사람들도 있었고 재수가 나쁜 사람들은 바로 잡히거나, 요행이 일본에 체류하다가 잡히는 경우도 있었다. 모두 큐슈(九州)의 나가사기(長埼縣) 오오 무라(大村)에 있는 일본 법무성 입국자수용소에서 수감되어 재판을 받고 일정기간 수감되었다가 추방조치 되었다. 이곳을 입국자 수용소라 하지만 형기 없는 교도소와 같았으며 주로 한국으로 부터의 밀입국자 수용소였다.

36. 노숙자 꾀어 금융대출 사기

1) 노숙자를 합숙 관리하면서 이들 명의로 수십억 원을 대출받아 가로챈 혐의로 대구 수성경찰서는 28명을 검거해 A씨 등 8명을 구속하고 20명을 불구속 입건했다.

2) 노숙인들의 명의로 차량을 구입한 뒤 인터넷 등을 통해 차량을 되팔아 거액을 챙긴 일당이 경찰에 무더기로 적발됐다. 충남경찰청 광역수사대는 5일 이모씨(31) 등 11명을 사기 등 혐의로 붙잡아 이 가운데 채모씨(37) 등 4명을 구속했다. 경찰은 또 달아난 노숙자 모집책 김모씨(31) 등 나머지 일당 9명을 같은 혐의로 수배했다.

경찰에 따르면 이들은 지난 5월 대구역 주변에서 이모씨(43) 등 노숙인 7

명을 모집해 지난 9월 15일 이씨의 명의로 회사 재직증명서 등을 위조, 소렌토 차량을 2,150만 원에 할부 구입한 뒤 이 차량을 인터넷을 통해 1,700만 원에 판매하는 등 최근까지 같은 수법으로 모두 10차례에 걸쳐 총 2억여 원을 챙긴 혐의다.

경찰조사 결과, 이들은 노숙인 들에게 접근, "신용불량자가 되는 것을 감수하면 돈을 많이 벌게 해주겠다"고 꾀어 이 같은 짓을 저질렀으며 범행이 진행되는 동안만 노숙인 들에게 숙식을 제공하고 범행이 끝난 뒤에는 노숙인들과 연락을 끊은 것으로 밝혀졌다.

특히 이들은 차량 구매책을 비롯해 차량 판매책, 투자책, 노숙인 모집책 등 각자의 역할을 분담해 조직적으로 범행을 저지르며 1건당 수십만~수백만 원씩 이익금을 나눈 것으로 드러났다.

37. 바지사장 금융 대출사기

경제적으로 극도로 어려운 사람을 법인대표로 세우고 금융대출의 책임자로 만들어 당좌거래도 개설하고 당좌수표, 약속어음 등으로 조금씩 신용을 지키면서 상대가 믿어줄 때쯤 공적기관에 납품한다는 이유 등을 대며 수표나 약속어음을 주고 상품을 다량구매하고는 제품 인수 후 땡처리 시장에서 현금화하고 부도처리해 버린다. 주모자들은 현금만 챙기고 잠수하고 물론 바지사장도 잠수하지만 바지사장은 원래 집도 절도 없고 약간 얼간이들을 골라서 사장으로 앉히는 수법이다.

38. 가짜 독립유공자 사기

국가보훈처는 가짜 독립운동가 의혹이 제기된 김정수 일가(김낙용, 김관보, 김병식)에 대해 "서훈 공적이 거짓으로 밝혀졌다"는 사유를 들어 서훈취소 결정을 내렸다. 김정수 일가에 대한 의혹 제기가 이뤄진 지 꼭 20년 만이었다.

김정수 일가는 그동안 김정수(1909~1980)를 비롯해 할아버지 김낙용(1860~19190), 큰아버지 김병식(1880~미상), 아버지 김관보(1882~1924), 사촌동생 김진성(1913~1950) 등이 모두 독립유공자로 서훈을 받으면서 3대에 걸친 독립운동 가문으로 알려져 왔다.

하지만 보훈처의 이번 결정으로 그동안의 공적이 모두 거짓임이 밝혀졌다. 사건의 전모가 밝혀질 수 있었던 것은 20년간 진실을 바로 잡기 위해 싸운 한 사람이 있었기에 가능했다.

바로 독립운동가 김진성(1914~1961) 선생의 아들 김세걸(71)씨다. 김정수 일가의 가짜 독립운동 의혹을 처음 제기한 장본인이다. 김씨가 가짜 독립운동가 김정수의 실체를 알게 된 것은 부친의 공적을 가로챈 "가짜 김진성"을 추적하는 과정에서였다. 1988년 중국 심양에서 군의관 생활을 하던 김씨는 어느 날 노래방에 갔다가 반주 화면에 등장한 현충원 묘역 영상에서 부친의 이름을 새긴 묘비명을 발견했다.

보훈처에 사실 확인을 요구한 결과, 보훈처에서는 부친과 함자가 똑같은 동명이인이라고 답변해 왔다. 보훈처의 답변이 석연치 않았던 김씨는 1992년 한중수교가 이뤄진 이듬해인 1993년 직접 한국으로 건너와 문제의 묘지를 확인했다. 묘지에 적힌 가짜 김진성의 행적은 생물연대만 다를 뿐 부친의 공적과 거의 동일했다. 의심을 확신으로 굳힌 김씨는 부친이 진짜 김진성임을 증명하는 증거들을 모아 보훈처에 시정을 요구했다.

결국, 1998년 가짜 김진성의 묘는 파묘되고 그 자리에 부친의 유해가 이장됐다. 김씨는 부친 명의의 훈장과 보훈연금을 부당 수령한 가짜 김진성의 유족으로부터 회수하여야만 하는 데 아직도 행방불명된 유족으로부터 회수를 못하고 있는 상태이다.

39. 로또 당첨 예상번호 12억 사기

1) A씨 등은 2015년 11월부터 허위 로또 당첨번호를 제공하는 홈페이지를 운영하면서 회원으로 가입한 피해자 5,391명에게 12억7,000만 원을 받아 챙긴 혐의로 기소됐다. 이들은 회원을 속이기 위해 자신들이 예측한 번호가 적힌 가짜 로또 당첨 증을 만들어 인터넷에 올리기도 했다.

2) 서울지방경찰청은 복권 당첨번호를 제공한다고 속여 돈을 가로챈 혐의(특정경제범죄가중처벌법상 사기 등)로 복권사이트 운영자 유모(39)씨와 프로그래머 황모(36)씨 등 14개 복권사이트 운영자·관계자 12명을 불구속 입건했다고 14일 밝혔다. 경찰에 따르면 유씨는 2013년 1월부터 지난해 10월까지 로또 예측 사이트 4개를 차려놓고 회원 1만여 명에게서 가입비 명목으로 총 49억5천만 원을 챙긴 혐의를 받는다. 가입비는 회원 등급에 따라 무료에서 최대 660만 원까지 다양했다. 그러나 유씨는 인터넷에서 무료로 내려 받을 수 있는 무작위 로또번호 생성기로 만든 로또 번호를 등급 구분 없이 회원들에게 발송한 것으로 조사됐다. 황씨는 유씨의 지시에 따라 당첨되지 않은 로또 복권 사진을 포토샵 등 사진편집 프로그램으로 조작해 마치 당첨 영수증인 것처럼 당첨 후기와 함께 사이트에 게시한 혐의다.

40. 스포츠 승부조작 사기

스포츠 행위는 불확실성이라는 독특한 특성을 갖고 있다. 스포츠가 매력적인 이유는 어떤 결과가 나타날지 예측할 수 없기 때문이다. 이것이 관중이 스포츠에 매료되고 열광하게 되는 가장 중요한 이유이기도 하다. 만약 경기결과가 미리 정 해저 있다면 그만큼 열광하지 않을 것이다. 그래서 스포츠는 "각본 없는 드라마"라고 한다.

스포츠와 승부 조작은 스포츠 정신을 위반하는 것이고 관중의 관심을 떨어뜨리는 행위로 엄격히 금지하고 있다. 그러나 일부러 져주거나 심판 또는 상대 선수를 매수하는 승부 조작은 스포츠 경쟁의 현실 속에서 종종 일어나고 있다. 국제경기에 등장하고 있는 금지된 약물복용도 일종의 불공정 경쟁, 승부조작을 위한 불법행위다.

승부조작 문제는 2004년 충북에서 열린 85회 전국체전에서 태권도대회에서 승부 조작을 위해 선수를 고의로 기권시킨 사건이 있었다. 또 다른 승부 조작으로 폭력조직과 같은 배후세력 개입, 또 선수, 감독, 심판이 개입된 승부 조작사건, 불법도박 사이트 운영, 그리고 아마추어 학교체육에서도 대학진학의 방편으로 승부 조작이 생기고 있다.

41. 온라인 도박사기

1) 년간 불법 도박시장 규모 169조7,000억 시장

국책연구기관인 한국형사정책연구원이 2013년 추산한 한국의 불법도박 시장 규모는 169조7,000만 원으로 중고생들이 스마트 폰으로 사설 스포츠 베팅에 언제든 접속해 베팅하는 현실을 감안하면 불법도박시장은 더 클 것으로 보고 있다. 그리고 불법도박 운영자들은 다른 범법자들 과 달리 조사 과정에서 보면 우리는 단지, 허가를 받지 않고 경마나 스포츠 토토 하는 것 뿐이므로 서비스산업으로 봐달라는 태도를 갖고 있다고 한다.

2) 110억 돈다발 묻혔던 김제 마늘밭 같은 곳 더 있다.

2009년 4월 부부가 자신의 마늘밭에 처남들이 인터넷 도박 사이트를 운영하며 벌어들인 수익금 110억 원을 묻어 숨긴 혐의로 구속 기소된 사건이다. 이런 불법도박 수익금 은익처가 전국 도처에 있을 것이고 외국에도 있을 것으로 보고 있다.

해외에 서버를 두고 2조 원 가까운 불법도박 사이트를 운영하며 1조 7,000억 원 규모의 불법 도박 사이트 3개를 운영해 1,000억 원의 부당이득을 챙긴 혐의로 총책 외 7명을 구속했다. 이들의 은신처 등 4곳에서 현금 153억과 1kg짜리 골드바 등을 압수했다(인천경찰청 특수수사대).

42. 전국 pc방 컴퓨터에 악성코드를 심어 "타짜" 사기 도박

전국 pc방 컴퓨터 77만대 중 60%인 약 47만 대에 악성코드를 심어 무려 4년 동안 인터넷에서 사기도박을 벌려온 일당이 잡혔다. 이들은 도박 사이트 이용자의 패를 볼 수 있는 악성코드를 제작해 이를 전국 pc방 77만 대 중 46만대에 악성코드를 심은 혐의를 받고 있다.

43. 짜고 치는 도박판 사기

장소 옮기면서 도박개장 "타짜" 데리고 원정도박. 내국인 해외 불러내기

사기도박. 술꾼은 해장술에 망하고 도박꾼은 본전 찾으려다 망한다는 말이 있듯이 한번 빠지면 못 벗어나고 인생 망치고 가족까지 못 살게 하는 사행심의 말로는 패가망신의 지름길이다. 이름만 대면 알만한 연예인으로 해외원정도박으로 입국도 못하고 긴 세월 유랑생활 했던 코미디언 H씨, 세상을 떠들썩하게 해외도박으로 기업 반 토막 나고 관련 법조인까지 간방 간 사건들.

야산에 천막치고 판돈 수백억 도박장 운영. 도박이 습관 되면 결국은 파산으로 이어진다. 자의건 타이건 도박과 가까워지는 순간 인생은 곧 파멸한다.

44. '주식투자 귀재'라는 사기 607억

"주식투자 귀재" 행세하면서 1,210명에게 607억 원의 투자사기를 벌인 지엔 아이(GNI)그룹 성철호 회장에게 징역 13년이 확정되었다. 성 회장은 2015년 6월부터 2017년 2월까지 고소득보장을 미끼로 투자자 1,210명으로부터 2,617차례에 걸쳐 600여억 원을 받아 가로챈 혐의로 재판에 넘겨졌다.

성 회장은 다른 범죄로 교도소에 복역할 때부터 "주식거래 전문가"라며 대규모 투자사기를 준비한 것으로 조사 되었다. 그는 교도소 출소 후 교도소에서 만난 이모씨가 운영하던 회사를 인수해 계열사 10여 곳을 거느린 유력 기업인으로 행세했다.

45. 여론조작 정치하는 선거사기

1) 2002년 이른바 '병풍兵風 의혹' 사건의 주역인 김대엽은 군 부사관 출

신으로 2002년 대통령선거 직전 "이회창 한나라당 후보의 장남이 불법으로 병역을 면제받았다"는 허위사실을 퍼트러 대선의 유력 당선예정 후보를 패배를 하겠끔 여론을 조작한 사건이었다. 이 자는 10건 이상의 사기 사건에 연루된 사기한이었다. 이런 파렴치한들이 개입하여 공정선거를 방해하여 선거판을 뒤엎는 일이 다시는 없어야 선거를 통한 민주주의를 구현할 수 있게 될 것이다.

2) 2002년 제16대 대통령선거에서 이회창 후보가 최규선에게 20만 달러를 받았다는 허위사실을 유포한 혐의로 기소된 설훈 의원이 2005년 벌금 400만 원에 피선거권이 10년 동안 제한되는 중형을 선고받았다.

3) 국정원 댓글 여론조작 사건 등 사이버 여론조작은 개인이나 집단이 사적인 목적이나 자기 집단의 이익을 위해서 사실 왜곡이나 허위사실 등을 통해 인터넷상에서 여론을 왜곡시키는 행위다. 인터넷 게시판이나 뉴스 기사 등의 '댓글' 난이 주요 활동공간이 되는 것이다. 일정한 급료를 받고 고용주의 이익에 부합하는 글을 인터넷상에 올려주는 속칭 '댓글알바'가 사이버 여론조작의 대표적인 예가 될 수 있다.

4) 2017년 제19대 대통령선거에서 당선된 문재인 대통령은 촛불혁명 대통령으로서 자긍심을 갖고 있다. 그러나 대통령선거 과정에서 숨겨져 있던 댓글 여론조작의 드루킹(throw king) 김동원의 사건은 김경수 경남도지사의 실형 선고(2년구속)를 통해 만천하에 그 수법이 드러나고 있다. 닉슨의 워터게이트 사건과 드루킹 사건은 동일하게 대통령선거 과정에서 참모들이 저지른 공작 사건으로 방법은 다르지만, 물론 최종심의 결과를 봐야 알겠지만 문재인 대통령의 통치력에 아킬레스건으로 치명적인 타격을 줄 수 있는

여론조작 사건이 될 수도 있다.

재판부는 민주당 후보를 당선시키기 위해 매크로(macro: 자동입력반복) 프로그램인 "킹크랩"을 이용해 포털 사이트 기사의 댓글 조작을 한 혐의로 기소된 사건으로 항소심에서 김동원에게 댓글 조작과 뇌물공여 등의 혐의로 징역 3년, 정치자금법 위반혐의로 징역 6개월에 집행유예 1년을 선고했다.

"댓글 조작은 국민의 건전한 여론 형성을 방해하는 중대한 범죄"라며 "선거상황에서 유권자의 정치적 의사를 왜곡해 자유롭고 공정한 선거 과정을 방해했다는 점에서 위법성이 매우 중대하다"고 재판부는 밝혔다.

이는 여론을 오도하고 공정선거의 원칙을 방해하는 대의 민주주의의 실천에 중대한 적대적 행위다.

5) 국민이 주권자로서 참여할 수 있는 유일한 권리행사가 선거인데 여론을 조작하고 허위사실을 유포하여 상대를 선거에서 떨어트리게 하고 국민의 대표자 선택을 속일 목적으로 공정선거를 해하는 자나, 집단은 사실이 밝혀지면 100년 이상이나 사형을 처할 수 있는 강력한 형벌 제도를 도입하지 않는 한 쉽게 근절될 수 없는 권력 탐욕 행위라 생각된다. 따라서 특히 대통령선거에는 집권 권력을 잡기 위하여 기이한 수법을 동원하고 있으므로 중형을 도입할 것을 주장하고 싶다.

46. 민홍규 가짜 국새(國璽)장인 사기

민씨는 2006년 행정안전부의 국새제작 공모公募 당시 원천기술이 없으면서도 전통 방식의 제작기술을 가진 것처럼 속여 정부와 계약을 해 1억9,000

여만 원을 챙긴 혐의로 구속되었고 또 국새를 제작하고 남은 금 1.2kg을 유용한 사실도 밝혀졌다. 또 민씨는 국새에 자신의 이름을 새겨 넣은 것이 발견되었다.

대한민국의 "대"자 "ㄷ" 사이에 자기 이름을 파 넣은 것이다. 기가 막힐일이 생긴 것이다. 국새가 찍힌 공식문서에 지금까지 민홍규 개인 도장을 찍은 것이 된다. "ㄷ" 사이에 너무나 작게 한자로 민홍규와 2007년이라 새겨 넣은 것인데 잘 보이지 않을 정도였다고 한다.

47. 노인상대 "떴다방" 사기

"떴다방"이란 잠시만 영업을 하고 이동식으로 한탕하고 떠나버리는 영업방식으로 아파트 분양현장의 떴다방 등 여러 종류가 있지만 주로 문제가 되고 있는 떴다방은 노인이나 부녀자를 상대로 함량 미달의 건강식품이나 건강기구 등을 과대 광고하여 만병통치처럼 고가로 판매하고 짧은 기간만 영업을 하고 떠나버리는 형태로서 홍보관, 행사장이라 부르는 떴다방을 말한다.

이들은 대부분 단기에 고객을 모으기 위하여 휴지나 각종 저가의 땡처리 물건들을 선물로 매일 같이 제공하거나 한 사람을 데리고 오면 특별선물을 주는 등 모객에 신속성을 발휘한다. 노인들이 매장에 오면 재미있게 분위기를 띄우기 위해 흘러간 추억의 노래도 부르고 분위기를 화기애애하게 한다. 노인들에게 어머님처럼 극진히 모시는 등 엄청 친절하게 한다. 이렇게 하여 매일같이 오게 한다. 모객 인원이 목표에 도달하면 판매에 돌입한다. 이렇게 판매되는 제품들은 반품이 되지 않고 환불도 되지 않는다. 다른 곳으로 이동해 가거나 폐업해 버리면 연락이 되지 않기 때문이다.

요즘은 점차 이미지가 나빠지고 지자체의 단속이 심해지자 생활용품 판매관, 또는 무슨 아울렛 등 다양한 이름을 붙여 단속기관의 혼란을 오게 한다. 이런 수법의 판매가 점점 어려워지니 한류의 인기에 묻어 중국, 베트남, 인도네시아까지 판매방법을 수출하여 성업하고 있는데 그들 나라도 이런 매장을 경계하고 있다.

48. 앵벌이 사기

'앵벌이'란 사전적 의미로 불량배의 사주使嗾를 받아 어린이들을 구걸이나 도둑질 따위로 돈벌이를 시키는 짓이다. 6·25 전쟁 후 버스 정류장이나 시장바닥이나 길거리에 앵벌이가 많았다. 껌팔이, 구두닦이 앵벌이들은 걸인 비슷하게 옷을 입고 불쌍하게 보이면서 동정심을 불러일으키게 거리에 죽치고 앉아 있었다. 물론 시내버스에 탑승해 소품을 파는 어린이들도 많았다. 이렇게 행인이나 승객에게 동정심에서 팔아준 돈은 뒤에서 일을 시킨 불량배의 손으로 돌아가고 애들은 합숙소에서 밥 먹는 정도로 팔이를 시키는 것이 앵벌이다.

이런 앵벌이 수법도 요즘은 시대가 변천하여 고도의 수법으로 전쟁 희생자를 돕는다는 미명 또는 하나님·부처님을 앞세워 모금, 성금을 모아 실제 희생자를 위해 쓰지 않고 사욕을 취한다든가, 장애인이나 불우한 어린이 돕자고 성금을 모아 소액만 쓰고 자기들 단체운영비나 대표자의 사적인 호화생활에 낭비해 버려 성금 기부자의 좋은 뜻을 배신하는 행위가 사회적 문제가 되고 있다.

근간에 위안부 이용수 할머니의 기자회견에 의하면 정대협(한국정신대문제대책협의회)이 할머니들을 30년 동안이나 이용했다고 폭로하며 울분을 토했다. 그리고 2008년에 별세한 고故 심미자 할머니의 자필 일기장에서도 정대협이 위안부 피해 할머니들을 앞세워 윤미향 대표의 재산축적을 위해 돈을 모금한다고 적고 있다. 이어서 정대협은 고양이이고, 할머니들은 생선이며 할머니들을 물고 뜯고 할퀴는 단체라고 비판하며, 할머니들의 피를 빠는 거머리라고 질타했다.

심 할머니는 생존 시에도 정대협을 '당신들은 언제 죽을지 모르는 위안부 할머니들을 역사의 무대에 앵벌이로 팔아 배를 불려온 악당'이라고 주장했다. 세속 말로 "재주는 곰이 넘고 돈은 되놈이 챙긴" 것이다. 이 말은 고생하는 사람 따로, 챙기는 사람 따로라는 뜻이다. 이용수 할머니도 윤미향과 정대협을 보고 할머니들의 한을 풀어주겠다며 여기저기 행사에 데리고 다니면서 모금한 돈은 개인계좌로 챙겨 어디 썼는지 모르니 그 말이 맞아떨어진다. 이런 두 할머니의 주장에 정대협도 할 말은 있겠지만 정대협이 시민단체로서의 목적은 국가권력을 감시하며, 주요 임무는 위안부 피해자 할머니들의 명예와 인권을 회복하는 일이다. 지금 우리 사회에 정의를 앞세워 대중의 관심을 끌고 난 뒤, 개인의 영욕을 충족시키는 몰염치한 사례가 넘쳐나고 있다. 최소한의 부끄러움과 도덕성도 없는 형태를 보면 세계에 유례없이 특이한 시민운동을 한국인들은 지금 목격하고 있는 것 같다.

49. 펀드사기의 "끝판왕" 옵티머스 자산운용사

펀드사기를 저지른 옵티머스(OPTIMUS) 자산운용사(대표 김봉현)의 사기 수법은 공기업이나 관공서가 발주한 공사를 수주한 건설사나 IT(정보기술)기업 매출채권에 투자하기로 해 놓고 사모펀드를 조성하였다. 그러나 실제 공공기관매출채권에 투자한 사례는 전무한 사기사건으로 확인되었다.

사실은 비상장 부동산 업체 등이 발행한 사모사채를 인수하는데 쓴 것으로 투자자를 속인 것으로 드러났다. 수많은 피해자들로부터 1조2천억 원 이상을 편취하고 펀드 돌려막기 등으로 사용한 혐의를 받고 있다.

NH투자증권은 가장 많이 판매한 판매사다. NH투자증권은 옵티머스 펀드 잔액 5,151억 원 84%인 4,327억 원어치를 팔아 치웠다. 해당 금액은 사실상 전액 회수하지 못할 가능성이 높을 것으로 보고 있다.

옵티머스 피해자들은 "완전한 사기사건인 만큼 50%. 70% 선지급 수준이 아닌 전액 배상할 것을 주장"하고 있다.

50. 사기꾼이 이렇게 많은 데 온전한 나라인가?

스스로 노력하여 얻으려 하지 않고 양심을 속이고 남의 재물을 뺏으려는 자가 이렇게 많다는 것은 이 땅에 "인간쓰레기들이 많은 나라"라는 것이다.

국가 검찰력 70%의 업무가 사기꾼 사건에 소진되고, 연간 사기범죄 건수가 2014년 기준 24만여 건이 되고, 1일로 치면 657여 건, 사기꾼의 수입이 되는 재산피해는 연간 8조4천여억 원이며 피해 회수율은 1%도 못 미친다. 다시 사기를 치는 재범률은 77%란다. 즉 사기 친 사람이 다시 친다는 것이다.

전국 경찰서 개수가 254개로 경찰서별 연간 사기사건 접수가 945건이 된다. 과연 한국이 사기꾼 왕국이다. 건전한 생각으로 열심히 노력해 살려는 인성은 갖지 않고 남을 속여 타인의 피와 땀의 대가를 가로채 재물을 편취하고 등쳐서 살려는 사람의 수가 이렇게 많다는 것은 우리 사회가 그만큼 심각하게 병들어 있다는 증좌이다.

노후를 위해 노점상으로 노동으로 모아둔 금쪽같은 피땀의 대가로 저축한 돈, 늙어서 자식들에 조금이라도 손 벌리지 않으려고 저축해 놓았던 자금을 사기꾼에 당하고 한탄으로 말년을 보내는 사람도 많다는 사실이다. 잘 나가던 사업장도 한순간에 사기를 당해 자살하는 사람도 많다. 건국 이래 최대의 사기 사건인 조희팔 다단계 사기에 걸려들어 가정이 송두리채 파괴된 이 사건의 피해자 단체에 의하면 피해자가 4만여 명 피해액은 최대 4조 원에 달할 것으로 보며 피해자 가운데 목숨을 끊은 자가 30여 명이나 된다는 것이다.

한데 더 벼룩이 간을 빼먹는 짓을 한 자는 피해자들에게 조희팔이 숨겨 둔 돈이 있으니 찾아 주겠다며 사기 친 자도 있는가 하면, 이 사기 친 돈을 뇌물로 받아먹고 범죄자를 도운 검찰 간부, 고위 경찰관들 그리고 해외 도피를 도운 경찰 등 천벌 받을 공무원들, 참으로 인성 파탄의 인간들이 같은 땅 위에 살아야 하니 한시도 마음 놓고 살 수 없는 한국사회다. 눈 깜짝할 사이에 코 베어 먹을 세상이 아니라 할 수 있겠는가?

각종 종교의 종파마다 신도 수는 국가 인구보다 많은 수치를 내놓고 있지만 정작 신앙을 통한 바르게 사는 인성교화 효과는 별로 볼 수가 없는 것 같다. 근간의 예로서 펀드투자 사기 사건의 라임자산운용의 대주주 김봉현 회장도 독실한 기독교 신자라고 세간에 알려져 있다. 독실한 불교 신자, 독실한 천주교 신자라는 말은 성당과 법당문 열고 나오면 하나님 말씀, 부처님 말씀 다 잊고 나오는 것 같다.

3장

/

저질문화 갑질 세상

1. 갑질(甲質)이란?

사회적으로 유리한 위치에 있는 자기 자신의 지위를 이용해 상대방을 자신의 방침에 강제로 추종케 하는 것을 말한다.

갑질이란 갑을甲乙 관계에서의 "갑"에 어떤 행동을 뜻하는 접미사인 "질"을 붙여 만든 말로. 권력의 우위에 있는 "갑"이 권리관계에서 약자인 "을"에게 하는 부당행위를 통칭하는 개념이다. 갑, 을 관계는 계약을 맺을 때 상대적으로 유리한 지위에 있는 자와 불리한 지위에 있는 자의 관계, 계약서에서 계약당사자를 대신해 표시하는 데서 유래한 말이다.

2. 갑질 횡포의 유형

1) 권력 토착형 부패 비리, 공공사업 발주 시 특정 업체 몰아주기.

2) 거래 관계 우월적 지위를 이용한 불법행위.

3) 직장단체 내부인사 채용 비리 및 각종 불법행위 직장 내 성폭력 강요, 특혜성 채용, 취업 채용빙자 사기 등.

4) 블랙 컨슈머(black consumer: 부당한 이익을 얻기 위해 고의적으로 악성민원을 제기하는 소비자), 전화상담원 등 상대로 업무방해, 폭행, 금품갈취 등.

5) 갑질 영상은 '막장 드라마'가 선도하고 있다.

가진 자의 갑질 유형을 본보기처럼 잘 방영해주고 그러다가 망가지는 것도 잘 보여 주고 있다. 영화관까지 갈 필요 없고 나이 관계없이 잘 배울 수 있다. 악랄하고 인간 이하의 갑질 저속성을 보여주고 있다.

3. 족벌기업의 천박한 갑질

기업 1세대는 갖은 고생 끝에 창업에 성공했고 2세대는 창업을 보고 자라 선친에 경영수업을 배우고 훈련이 되어 제대로 제 역할을 하며 기업승계를 하는 기업인도 많다. 그러나 3세대는 고생 모르고 자라, 기업경영 능력이 없고 돈 벌기가 힘들다는 것을 못 느끼고 자라 흥청망청 쓰고 종업원에 갑질하는 후손들이 많아 사회적 문제가 되고 있다. 옛말에 부자 3대 못 가고 아무리 막강한 권력이라해도 10년 못 넘긴다는 권불십년權不十年이란 말이 이해가 간다. 선대의 기업을 고생 없이 편하게 이어받아 살아온 후대가 변화하는 기업환경에 대처해서 수성하기가 쉽지 않기 때문이다. "창업보다 수성이 어렵다" "권력은 측근이 원수고, 재벌은 핏줄이 원수다"라는 재벌 총수들의 푸념 아닌 푸념을 되새기게 한다.

1) 대한항공 회장 가족들 갑질

고 조양호 회장은 직원을 내세워 약국을 운영한 혐의로 약사법위반, 해외 자산에 대해 상속세를 내지 않은 혐의(횡령), 큰딸의 변호사 비용을 회사 돈으로 지불한 혐의(횡령), 회사 돈으로 자택경비 비용을 지불한 혐의(횡령), 항공편 밀수혐의 등이 문제가 되었다.

(1) 큰딸 조현아 부사장의 항공기 땅콩회항사건 갑질, 외국인 가정부 불법 고용 혐의, 항공편으로 밀수혐의.

(2) 아들 조원태 사장의 인하대학 부정편입학 의혹, 항공편 밀수혐의.

(3) 둘째 딸 조현민 전무의 물 컵 투척 갑질.

외국인 신분으로 "진에어" 항공사 불법 등기이사로 등재로 진에어 면허 취소 문제까지 발생, 항공편으로 밀수혐의, 대한항공 본사에서 광고업체 H사 팀장 A씨가 질문에 제대로 답하지 못하자 소리를 지르며 유리컵을 던지고 종이컵에 든 매실 음료를 참석자를 향해 뿌린 혐의를 받았다.

(4) 부인 일우재단 이명희 이사장의 직원에게 상습 폭언하는 등 근로기준법위반, 외국인 가정부 불법 고용 혐의, 밀수혐의, 조현민 전 전무의 물 컵 투척 갑질이 불러온 나비효과가 밀수·탈세 의혹으로 확대되어 한진그룹 총수 일가가 궁지에 몰렸다. 관세청이 조 회장의 자택을 수차례 압수 수색하는 등 관계 당국의 수사망이 좁혀지고 비난 여론도 거세지면서 총수 일가의 퇴진설이 현실로 되는 것은 아닌가 관측도 있었다. 더욱이 총수 일가의 경영진 퇴진을 외치는 직원들의 시위까지 일어났다.

나비효과(butterfly effect: 하나의 작은 사건이 연쇄적으로 영향을 미쳐 나중에 예상하지 못한 엄천난 결과를 야기 활 수 있다는 의미)

2) 한화그룹 창업자 손자 갑질

한화그룹은 한국화약의 김종희 회장이 창업한 그룹이다. 2대의 김승연 회장의 셋째 아들 김동선 씨는 2007년 유흥업소 종업원과 시비가 붙어 다친 사건으로 이에 김승연 회장은 자신의 경호원과 사택 경비용역업체 직원 등 다수의 인력을 동원해 현장으로 갔고 자신의 아들과 싸운 북창동 S클럽 종업원 4명을 차에 태워 청계산으로 끊고 가 쇠파이프 등으로 폭행했다.

2017년 9월 말 서울 종로구 소재 한 술집에서 열린 대형로펌 김엔장 소속 신임 변호사 10여 명의 친목 모임에 동석 술자리가 무르익으면서 술에 취한 김씨는 변호사들에게 "아버지 뭐 하시냐." "지금부터 허리 똑바로 펴고 있어라." "날 주주님이라 부르라"는 말을 하는 것을 보며 일단 피하고 보자는 생각에 대부분 일찍 자리를 떴지만 자리에 남은 일부 변호사들은 김씨에게 폭행을 당했다. 김씨가 술에 취해 몸을 제대로 가누지 못하자 남아 있던 변호사들은 김씨를 부축했다. 하지만 김씨는 남자 변호사들의 뺨을 때리고,

한 여성 변호사의 머리채를 쥐고 흔드는 등 폭언과 함께 폭행했다고 참석자들이 전했다(언론기사 인용).

3) 몽고간장 김만식 회장 운전기사 폭행 갑질

몽고간장으로 유명한 몽고식품의 김만식 회장이 운전기사와 수행 비서를 상습폭행 및 폭언을 하며 갑질을 한 것이 밝혀졌다. 몽고식품은 1905년 경남 마산에 일본인이 설립한 간장제조회사로 김만식 회장의 선친이 인수한 국내 최장수 향토기업이다.

김만식 회장은 31살이던 1971년 경영권을 넘겨받은 금수저로 최근 장남 김현승 대표에게 경영권을 넘기면서 명예회장으로 물러났다. 2015년 9월 K씨는 김만식 회장의 운전기사로 채용되었다. 하지만 입사 첫날 한 행사에 가는 길에서 김 회장의 접힌 바지를 펴주다가 정강이를 차인 것을 시작으로 수시로 정강이, 허벅지를 차이고 가슴과 어깨를 주먹이나 라이터로 찍히는 등 폭행에 시달렸다는 것이다.

K운전기사는 근무하는 동안 다짜고짜 구둣발로 낭심囊心을 걷어차 그 자리에서 쓰러지기도 했다는 것이다. 그뿐이 아니고 입에 담을 수 없을 정도의 폭언에 시달렸다고 한다. 2014년 12월부터 수행비서 역할을 해온 J씨 역시 김민식 회장이 부하 직원들을 돼지, 병신, 얼간이, 멍청이로 불렀다고 증언했다.

4) 재벌 3세 대림산업 이해욱 부회장 갑질

이해욱 부회장은 창업주 수암 이재준 회장의 손자이며 아버지는 명예 회장을 맡고 있는 이준용 씨다. 국내에서 역사가 깊은 건설업체 대림산업의 3세대 경영자이다. 1968년생으로 대림산업 수장으로서는 꽤 젊은 나이에 승승장구했다. 명예회장의 3남 2녀 중 장남으로서 미국 덴버대학과 컬럼비아 대학 석사를 마친 뒤 1995년에 입사했다.

이 부회장의 가장 충격적인 것은 운전기사며 수행 가이드에 관한 갑질이다. 그 내용 중에는 브레이크를 밟을 때는 마지막에 미세하게 살짝 들어서 회장님 몸이 앞으로 쏠리지 않도록 부드럽게 정지하여야 한다. 본인이 과격한 언어를 사용하드래도 "진심으로 받아 들이지 말라." "실언을 해도 스트레스 받지 말라. 참으면 나중에 배려해 준다." 차량을 몰았던 운전기사들은 폭행과 폭언에도 참았지만 배려도 감사의 표현이 있었던 적은 없었다고 한다. 오히려 욕설이 쏟아졌다고 한다.

그리고 귀가 시에는 사이드미러를 접고 운전하라는 것이다. 진짜 위험해서 죽을 뻔했다는 것이다. 전 기사 중 한 사람은 이 부회장은 입만 열면 새끼, 병신 등 차마 입에 담기 어려운 인격 비하적인 폭언이 상습적이라 했다. 이런 폭언 등으로 기사만 40명을 교체하였다고 한다. 미국에서 공부도 많이 한 이 부회장이 왜 이렇게 행동했는지 좀 의아스럽다는 것이다.

5) 현대가 3세 정일선 현대BNG스틸 사장 갑질

정일선 사장은 고 정주영 현대그룹 명예회장의 손자이다. 1970년생으로 고 정몽우 전 현대알미늄 회장의 장남이다. 정 사장은 최근 3년간 자신의 운전기사 12명을 바꿨으며, 현대BNG스틸은 같은 기간 정 사장 담당 운전기사를 포함해 수행기사 업무기사 71명을 갈아 치웠다고 한다. 검찰은 근무한 기사 71명 중 61명이 법정시간을 초과해 근무를 시켰다 한다. 이 회사는 운전기사 수행 메뉴얼이 100페이지 정도 존재했다고 한다.

이를테면 모닝콜은 전화를 받을 때까지 악착같이 해야 함. 나가자는 문자 오면 번개같이 뛰어 올라와야 함. 이를 지키지 않으면 상습적으로 폭언과 폭행은 피할 수가 없었다 한다. 또 잘못해서 잠을 깨워도 작살나고 특히 수행기사 A씨는 출근 첫날부터 머리를 맞았다고 한다. 이 메뉴얼에는 교통 법규를 무시하고 달리라는 것도 포함되어 있다고 한다. 1년 내내 기사를 구하고 있으며 기사로 일하고 있는데도 구했다. 이런 갑질이 세상에 밝혀질 때까지 내내 3년간이나 지속되었다고 한다. 갑질 논란이 일파만파 커지자 현대BNG스틸 홈페이지에 정 사장 명의로 사과문을 올렸고 피해자들을 직접 찾아가 사과하겠다고 했다.

6) 종근당 제약 이장한 회장 운전기사 갑질

자신들을 모시는 기사들 폭언, 폭행을 일삼아 수사를 받고 전 국민 앞에 엎드려 큰절하고 사회적 물의를 일으켜 망신을 당한 사건이다. 이 회장의 폭언은 10년 넘겨 이어져 온 운전기사에 갑질 내용이 녹취록으로 알려지면서 파장을 일으켰다. 육성 녹취록에 따르면 "아비가 뭐 하는 X인데. 제대로 못 가르치고 그러는 거야 이거. 너희 부모가 불쌍하다, 불쌍해. 그 대가리 더럽네. 왜 이런 애들만 뽑는 거야" 등 6분짜리 녹취록 내용이 너무 욕설 정도가 심해서 공개가 곤란할 정도였다고 한다. 그동안 지속적인 갑질 때문에도 학습효과가 있을 만도 한데 막말, 욕설, 불법 운전 강요 등 모욕을 주고, 노예나 머슴처럼 부려 먹는 가진 자들의 갑질이 끊이지 않고 있다. 이 회장은 이 사건으로 1심에서 징역 6월에 집행유예 2년을 선고받았다.

7) 대웅제약 윤재승 회장 갑질

이번에는 대웅제약이다. 최근 대기업 회장들이 연이어 욕설과 폭력 등으로 구설에 올라 경영에서 물러나거나 법의 심판까지 받았다. 하지만, 반면교사로 삼기에는 아직 부족한 것 같다. 윤 회장은 최근 회사보고 과정에서 직원들에게 "정신병자XX 아니냐" "미친XX네" "너XX처럼 아무나 뽑아서 그래" "병XXX" 등과 같은 폭언을 일삼은 녹취록이 공개되는 등 갑질 사실이 드러나 물의를 빚었다.

대웅제약에서는 그간 윤 회장의 언어폭력을 견디지 못해 퇴사하는 사람이 100여 명에 이르는 것으로 알려졌다. 윤 회장은 창업주 윤영환 명예회장의 셋째 아들로 서울법대를 졸업하고 사법시험에 합격하여 검사 생활도 한 경영자이다. 세상 사는 법을 알 만한 사람인데도 인성을 갖추지 못한 대기업 2세들이 보여준 그런 형태가 아닌가 싶다. 결국 모든 책임은 저에게 있고 진심으로 죄송하다는 인사와 함께 "경영 일선에서 물러나서 자숙의 시간을 가지겠다"고 했다.

8) 아시아나항공 전 박삼구 회장 갑질

"회장님께 드리는 노래"

회장님 뵙는 날…

자꾸만 떨리는 마음에 밤잠을 설쳤죠.

이제야 회장님께 감사하단 말 대신

한 송이 빨간 장미를 두 손 모아 드려요.

새빨간 장미만큼 회장님 사랑해.

가슴이 터질 듯한 이 마음 아는지.

오늘은 회장님 모습이 아주 즐거워 보여요.

회장님 두 손에 담긴 빨간 장미가 함께 웃네요.

이 노래 속의 주인공 '회장님'은 누구일까? 금호그룹 창업주 박인천 회장의 3남 전 아시아나 항공 박삼구 회장이다. 이 문제의 노래가 담긴 영상은 아시아나항공 직원이 한 방송사에 보내진 제보에 의하여 알려진 것이다. 영상에는 아시아나 항공 승무원 복장을 한 여성 30여 명이 단체로 노래와 율동을 하는 장면이 담겨있고, 빨간색 종이로 만든 하트까지 들고 노래를 부르는 것이었다.

이 영상은 아시아나 승무원 교육생들이 금호아시아나 회장에게 헌사하기 위해 노래연습을 하는 장면이라고 제보한 것이다. 실제 회장 앞에서 연습한 노래를 공연했다고 털어 놓은 것이다. 승무원 교육생들은 회장님 앞에서 반드시 치러야 하는 일종의 통과의례였다는 것이다. 특히 노래와 공연에 동원된 교육생들은 모두 여성들이었다고 한다. '회장님께 드리는 노래'가 좋아서 자발적으로 했을까, 한 승무원은 방송사와 인터뷰에서 내가 이러려고 승무원이 됐나, "곱씹을수록 되게 처참한 심정이 들었고 수치심을 느꼈다"는 심정을 밝혔다고 한다.

9) 왜 재벌 후세들이 갑질을 잘하는가?

어려서부터 갖고 싶은 것은 다 가져보고 커서도 풍족하게 살아왔으니 오만불손한 형태로 나타나는 것인가. 부모의 지위로 별다른 어려움 없이 자신에게 세습되자 무서운 것이 없어진 것인가. 사람 귀한 줄 알고 상생을 먼저 실천해야 할 기업가가 뒤로는 약한 운전기사에게 상습적으로 폭행과 폭언을 일삼았다니 참으로 한심한 작태라 아니 할 수 없다.

도대체 그들은 어떤 교육을 받았고 어떤 성장 과정을 거쳤기에 사람을 직업으로 나누고 물건 취급하는지 모르겠다. 인격수양과 경영능력이 덜된 채 어마어마한 기업과 부를 이어받게 되는 족벌기업 상속자에게 계속 문제가 제기되고 있다. "자식의 운명은 그를 낳은 부모에 의해서 반쯤은 결정 된다"는 속담도 이해가 될 만하다.

10) 부자들의 인심과 인격 알려면

먼저 그 집 운전기사가 얼마나 오래 근무하였는가 보면 안다. 대부분 창업자 보다 2세, 3세가 운전기사에게 갑질하고 기사를 사람 취급 안하는 버릇을 가지고 있다. 앞에서 실증해 주듯이 1년에 몇 번씩 기사를 갈아 치우고 욕질하고 인격 모욕직 언어 폭행을 일삼고 종처럼 다루니 기사가 견딜 수가 없는 것이다. 대부분 창업주들은 사업을 일굴 때 함께 고생했다며 기사를 가족같이 생각하고 20~30년 장기근속시켜주고 정년을 지켜주며 사람 귀한 줄을 알았다. 그나마도 재벌 2세는 부모와 함께 사업을 일굴 때의 고생을 보고 자랐고 함께 참여도 했기에 좀 사리를 아는 편이다. 그러나 3세 상속 후계자들은 선대 덕분에 고생이 무엇인지 모르고 자라 더욱 버릇없는 짓을 잘 하는 것으로 드러났다. 이런 현상은 한국 족벌기업의 후대들의 천박한 갑질 형태를 보여주고 있는 실상이다.

4. 항공기내 갑질

1) 박연차 회장 술에 만취 기내난동 갑질

노무현 대통령의 후원자인 태광실업 고 박연차 회장은 2007년 12월 3일 술에 취한 채 김해발 서울행 대한항공 1104편 항공기에 탔다가 이륙준비를 위하여 좌석 등받이를 세워달라는 승무원의 요구와 기장의 지시를 따르지 않고 몇 차례 고함을 지르고 욕설을 하는 등 심한 소란을 피워 비행기를 한 시간 가량 지연시켰다.

2) 포스코 상무 기내 갑질

포스코 그룹 계열사인 포스코에너지의 임원 A씨는 2014년 4월 15일 인천에서 미국 로스앤젤레스(LA)로 행하던 대한 항공기에서 "라면이 덜 익었다." "짜다" 등의 이유로 라면을 다시 끓여올 것을 요구했으며, 이후 승무원이 기내식을 준비하는 곳까지 찾아가 잡지책으로 승무원 B씨의 얼굴을 폭행했다. 이 사실이 알려진 후 온라인 커뮤니티 등에는 이를 조롱하며 신라면 모습을 개조 합성해 만든 "포스코 라면"이 등장했다. 해당 라면에는 신라면의 매울 신辛을 "포"로 변경해 "포스코 라면"이라고 이름을 붙였으며, 제조사 이름으로는 "소리 없이 싸다구를 날립니다. 포스코"라고 적혀있다. 또한 모자이크한 중년 남성의 사진을 등장시켜 "기내식의 황제가 적극 추천한다."고 적은 뒤 "맛은 싸다구 맛. 개념무無첨가"라고 덧붙였다. 상무 A씨는 LA공항에 도착하여 미 연방 수사국의 조사를 받지 않고 바로 귀국길을 택해 국내로 입국했다. 대기업 임원이 미국행 항공기에서 여성 승무원을 폭행, 폭언한 갑질로 사회에 모진 질타를 받은 갑질 사건이다.

3) 대한항공 땅콩 회항 갑질

대한항공 고 조양호 회장의 장녀인 조현아 전 부사장이 2014년 12월 5일 뉴욕발 한국행 대한항공 1등석에서 마카다미아(macadamia)을 봉지채 가져다준 승무원의 서비스를 문제 삼으며 난동을 부린데 이어, 이륙을 위해 활주로로 이동 중이던 항공기를 되돌려 수석 승무원인 사무장을 하기下機 시키면서 국내외적으로 큰 논란을 일으킨 땅콩리턴 사건으로 재벌 3세의 갑질 논란을 촉발시켰다.

5. 군 지휘관과 그 가족 갑질

군 지휘관들의 공관병을 몸종 취급하는 갑질, 공관병을 사병私兵 취급하여 문제가 되어 옷을 벗은 ㅇ장군 만의 일은 아니다. 본래 지휘관 관사의 임무는 '지휘관 등 군 간부의 업무를 보조하고 관사를 관리하는 임무'이다. 그러나 이 보직으로 군 복무를 마친 사람 중 상당수는 자신의 군 시절을 지휘관의 심부름꾼 노릇만 하다가 전역했다고 회고했다.

강원도에서 당번병을 한 이모씨는 대대장이 키우는 개 3마리 밥 먹이고 개밥 없으면 부대의 잔반 날라다 먹이고 군 생활을 개밥 병으로 마쳤다는 친구들의 핀잔도 받았다고 했다. 또 당번병을 한 조모씨는 밤 10시까지 대대장 자녀들의 숙제 대신해주기 영어 가르치기 등을 하면서 복무를 마쳤다고 한다.

또 김모씨는 대대장 운전병을 했는데 부인이 남편이 바람을 피우는 것 같으니 수상한 낌새가 있으면 정보를 달라는 부탁도 받았다 한다. 그때는 "관행"이라고 말할 것이겠지만 관행은 약방에 감초든가. 공직자들이 변명할 때 단골어다. 세상 많이 바뀌었다고 하겠지만 이런 지휘관은 군기 차원에서 엄단 하여야 할 것이다.

더 이상 지휘관이나 가족을 위한 골프병, 테니스병, 개밥병, 과외병이라는 말이 되풀이 되지 않기를 바랄 뿐이다. 군부대에서 지휘관이 병사를 하인 부리듯 하는 악습은 군 특유의 계급 중심사회이기도 하고 군이라는 영내 생활의 폐쇄성에서 오는 폐해가 오랜 세월 지속 되어 온 것이라 할 수 있다. 관사 공관병 갑질 사건이 이번에 문제 되어 옷을 벗게 되는 ㅇ장군 만의 일이겠는가?

그간 그 많은 지휘관들이 전역하였지만 그들은 공관병을 하인 취급하지 안 했는지 가슴에 손을 얹고 반성해야 할 것이다.

군내의 갑질에는 지휘관 갑질보다 한 수 위인 사모님 갑질이라 한다. 남편이 대령이면 부인은 준장이라는 비아냥거리는 말이 있다. 남편 계급보다 사모님 계급이 하나 위라는 것이다. 부하 장교의 부인은 사모님 보살피는 딱가리 신세라 한다. 남편 진급에 도움받기 위하여 어쩔 수 없는 굴종은 지금도 이어지고 있을 것이다.

6. 국회의원 갑질

국민이 준 국회의원의 권한을 이용해 피감기관에 각종 청탁을 일삼고 입법청탁을 받아 입법추진과 더불어 금품을 받고 교도소로 가는가 하면, 사법부의 국회 파견 판사에게 자기 사무실로 불러 지인의 범죄 재판에 영향력을 행사하고, 공항을 이용하면서 탑승규정을 안 지키고 갑질을 하는가 하면, 자기 부친의 유공훈장 수여에 관한 상담을 위하여 보훈처장을 자기 집무실로 불러 오해받을 행동을 한다.

국민은 국회의원이 공적인 일에 전념해 달라고 한 명당 한해 약 6억 원 상당의 거액을 국민세금으로 지불하고 있다. 이런 국민의 뜻을 배신하고 사적인 청탁에 전념하고 있으니 과연 국민의 대의 기능을 제대로 한다고 보지 않는다.

국민이 준 의원의 특권을 자신이 가진 천부의 권리인양 착각하고 경거망동하는 것은 법을 통해서 선거를 통해서 준엄한 심판을 받아야 한다. 수신제가修身齊家도 안 된 자들에게 치국治國이라는 과분한 옷을 입혀주었으니 문제가 계속 터지고 있는 것이다.

1) 국회의원의 청문회 갑질

기업인을 증인으로 불러놓고 망신 주기 하고 하루 종일 기다리게 하고 증인 신문하지도 않고 돌려보내고, 국정감사에 정부 부처 관계인들도 허탕치고 가는 것은 흔한 일이다.

증인이나 참고인 불러놓고 본안과 관계없는 인신공격이나 하고 고함지르는 갑질을 보고 있으면 한심하다. 고위공직자 후보 검증받는 자리에서 후보자의 검증은 하지 않고 까도 까도 미담만 나온다는 칭찬만 하고 질의 마치는 꼴불견 갑질도 많다. 검증자료 부실하게 준비하고 신문 찌라시 들고 따지는 의원들 참 한심하다.

2) 국회의원 입법 장사 갑질

신학용(국회교육문화체육관광위원장), 신계륜(국회환경노동위원), 김재윤 의원은 서울종합예술실용학교 입법청탁(옛 교명에서 직업을 삭제하는 내용의 법안)과 한국유치원총연합회로부터 입법청탁(유아교육법개정안) 사건으로 금품수수가 있어 실형을 받았다.

3) 김병기 의원 국정원 갑질

김병기 의원은 국정원 공채에서 그의 아들이 세 번이나 낙방했다. 하지만 그가 국회의원 당선 후 당당히 합격했다. 그것도 경력직 공채에서였다. 김 의원은 최근까지 국정원 정보위에서 활동하면서 아들의 탈락에 대해 문제 제기를 수차례 했다. 취업절벽 속에 낙방한 수많은 젊은이들은 자신이 왜 떨어졌는지 이유도 알지 못한 채 결과를 받아들이고 있다. 그들도 김 의원 같은 아버지가 있으면 따질 수 있다고 생각할까, 정보위 소속 국회의원이 아들 낙방 이유를 계속 따져 물으면 피감기관인 국정원이 부담을 느낄 것이라는 사실은 누구나 알 수 있다. 이게 갑질이 아니고 무엇이겠는가?

4) 유은혜 의원 피감기관 갑질

국회 문화체육관광위원회 소속 의원으로서 피감기관인 국민체육진흥공단 자회사인 한국체육산업개발 일산올림픽스포츠센터 202호를 임대 계약해 사용하고 있다. 이 건물은 스포츠시설과 영리사업체가 아닌 경우 임대가 불가능하다. 그런데도 유 의원만 예외로 임대하고 있는 것이다.

5) 서영교 의원 가족 갑질

(1) 자신의 딸을 자신의 인턴 비서로 채용했으며 인턴경력으로 중앙대 로스쿨 입학에 활용하려 했다는 의혹, 그리고 월급은 다시 후원금으로 넣게 하였다. 친동생은 5급 비서관으로 채용했고 친오빠를 회계담당자로 등록하여 임금을 지급했고 월급은 다시 후원금으로 넣었다. 보좌관 월급의 일부를 후원금으로 넣었다. 가족채용 논란으로 당을 떠났다가 복당했다.

(2) 서 의원은 자신의 지역구 상임 부위원장의 아들이 강제추행미수혐의로 1심 재판을 받고 있었다. 이 사건을 좀 가벼운 벌금형으로 받게 해 달라고 사법부에서 국회 법사위원회에 파견 나온 판사에게 청탁을 했다는 것이다. 이 파견 판사는 법사위원으로 있는 서 의원의 청탁을 거부할 수 없어 즉시 법원행정처 임종헌 차장에게 이 사실을 알리고 임 전 차장은 담당 법원장에게 이 뜻을 전달하고 법원장은 담당 판사에게 내가 이런 청탁을 막아야 하는데 미안하다며 재판에 영향을 미칠 수 있는 말을 하게 했다는 것이다. 국회 파견 판사에게 청탁 후 며칠 만에 벌금 500만 원 벌금형으로 선고된 것이다. 법사위원이라는 힘으로 재판 청탁은 명백한 자신의 권한을 남용해 파견 판사에게 의무에 없는 일을 하게 했다 하여 법조계는 엄정조사와 처벌을

주장했다.

6) 전 노영민 의원 책장사 갑질

국회 산업통상자원위원장인 노영민 의원이 자신의 시집을 국회의원회관 자신의 사무실에서 카드단말기를 놓고 산하 피감기관에 책을 팔았던 불법 갑질 행위를 한 사건이다.

7) 김정호 의원 공항 갑질 논란

국회 김정호 의원이 김포공항에서 항공기 탑승하면서 공항직원을 상대로 고함을 치고 욕을 하는 등 고압적 언행을 했다는 주장이 나와 갑질 논란을 일으켰다. 김 의원은 국회 국토교통위 소속이며 김포공항을 운영하는 한국공항공사는 국토위의 피감기관이다. 목격자들에 따르면 김 의원은 김포공항 국내선 3층 출국장에서 9시 30분에 출발하는 김해행 비행기를 타기 위해 다른 승객들과 함께 줄을 서 있었다. 사건은 공항직원이 김 의원에게 탑승권과 신분증을 제시해 달라고 요청하면서 시작되었다.

김 의원은 탑승권은 제시하면서 신분증은 지갑에 넣어 둔 채로 보여 줬다고 한다. 공항직원이 "신분증을 지갑에서 꺼내서 보여 주셔야 한다"고 했지만 김 의원은 이를 거부했다. 이 과정에서 김 의원은 "내가 왜 꺼내야 하느냐? 지금까지 한 번도 꺼낸 적이 없다"며 "내가 국토위 국회의원인데 그런 규정이 어디 있다는 것인지 찾아오라"며 언성을 높였다고 한다. 김 의원이 공항직원과 실랑이를 벌이자 뒤에서 기다리던 다른 승객들은 "그거 꺼내는 것이 뭐 힘들어요, 빨리 꺼내요"라고 했으며 직원들이 규정을 찾는데 시간이 걸렸다. "빨리 규정을 안 찾고 뭐 하냐" "이 새O끼들이 똑 바로 근무 안 해서"라며 "네가 뭐가 대단하다고 고객한테 갑질을 하냐 책임자 데려와라"

고 소리를 질렀다고 목격자들이 전했다고 한다. 보좌관에게는 "야, 사장한테 전화해" 하며 감정을 삭히지 못했다. 이런 갑질 논란 왜 생기나. 다른 승객들은 다 꺼내 보여주고 탑승하고, 공항보안과 안전과도 연결될 수 있기 때문에 정확히 확인하는 것이라 보면 되는 것이다. 결국 김 의원은 빗발치는 비난 여론에 닷새 만에 사과문을 내게 되었다.

8) 손혜원 의원 폭언 갑질

국회 문화관광체육위원인 손 의원은 국정감사에서 모욕적인 언사로 선동열 야구대표팀 감독을 사퇴시켰고 2018년 평창동계올림픽여자 쇼트트랙 대표 팀 주장 심석희 선수의 마음에 씻을 수 없는 상처를 주기도 했다. 전 기획재정부 신재민 사무관에게 인격 살인적 발언을 쏟기도 했다.

손 의원이 목포의 근대역사 문화공간 일대에 부동산을 집중 매입한 것에 대한 논란도 점입가경이었다. 투기와 차명 거래가 아니라면서 내 인생과 전 재산 그리고 의원직을 걸겠다 했지만, 지금까지 드러난 사실과 정황만으로도 불법으로 의심할 만한 부분이 많다는 여론 이었으나 역시 1심 법원에서 실형 선고를 받았다. 손 의원의 이번 투자는 목포의 사랑이 아니고 목포의 눈물이 될 것 같다.

차명 매입이라는 주장에 손 의원은 힘들게 사는 조카에게 1억 주었다는 주장에 고모를 부러워하는 청년들이 나도 그런 고모가 있으면 좋겠다 하면서 손 의원은 국민 고모로 부른다. 현실은 그런 고모가 없는 세상이다. 손 의원의 지인 명의 투자 건물과 토지가 늘어나면서 당초 9건에서 속속 추가 매입이 늘어나 25건에 달하자 본래의 손 의원의 문화사업과 달리 여론이 투자로 보고 질타가 심해져 민주당을 탈당하게 된 것이다.

국회의원의 이익충돌 의무위반은 자신의 주변에 이익이 발생하게 하는 행위 즉 문화재 보존지역 내에 아는 지인을 설득하여 숙박업을 하게하고 부동산을 투자 하겠끔 하는 것도 본인의 직접 명의 투자가 없어도 해당된다는 것이다.

그리고 손 의원은 부친의 독립운동 유공훈장 신청을 6차례에 신청했으나 유공훈장이 반려되었는데 그 이유는 부친이 남로당 활동이 원인이 되어 탈락된 것인데 보훈처장과 담당국장을 손 의원 집무실로 불러 부친 훈장 문제를 상의한 후 훈장을 받게 된 것도 국회의원이라는 직위가 아닌 일반 국민에게 상상도 못 할 일이다. 훈장의 자격문제는 차체하고라도 보훈처장이 아무나 부르면 사무실로 달려가겠는가 하는 것이다.

9) 전병헌 전 의원 법원에 갑질

2015년 4~5월 자신의 친인척이자 보좌관이 정치자금법 위반으로 실형을 선고받자, 조기 석방 등 선처를 청탁, 임 전 법원행정처장, 법원행정처 사법지원실 심의관에게 양형보고서 검토 지시 및 의원에게 설명토록 했다.

10) 김성태 의원 딸 특혜 채용갑질

검찰은 김 의원의 딸이 2011년 4월 KT 경영 관리실 산하 KT스포츠 단에 계약직으로 채용된 뒤 이듬해 정규직으로 신분이 바뀌는 과정에서 특혜를 받았다는 의혹의 수사였다. 검찰은 KT 2012년 공개채용 인사자료를 분석한 결과 김 의원의 딸이 서류전형 합격자 명단에 포함되지 않은 사실을 확인했다. KT의 공개채용 절차는 서류전형인 적성검사, 실무, 임원면접 등 순서로 진행되었다.

김 의원은 KT관련 상임위원회인 국회 문화체육관광방송통신위원회 소속이었다. "메일을 통해 서류전형 합격통보를 받았다"고 주장한 바 있다. 검찰은 특혜채용 의혹을 조사 중 당시 인사업무 총괄한 전직 임원을 구속했다. 또한 KT 새 노조 등은 김 의원을 검찰에 고발하기도 한 사건이다.

11) 안민석 의원의 정신병원허가에 갑질

P병원은 2019년 4월 오산시로부터 의료기관 개설허가를 받았다. 그러나 오산 세교신도시 도심에 준 정신병원에 해당하는 병원의 허가는 주위환경을 무시한 처사로서 오산시는 반대하는 주민의 항의집회에 부딪히게 되었다.

시위 집회장에는 세교 비상대책위원회장 및 아파트연합회장 등 주민대표들과 시의원들은 삭발식까지 하면서 정신병원 철회를 요구했다. 사태가 임박해지자 총선을 앞둔 안민석 의원이 보건복지부장관을 찾아가 P병원의 조건 미달을 이유로 허가취소를 받아냈다.

병원 측이 병원개설취소에 따른 소송이 있을 것에 대해설립 반대 지역주민 공청회에 참석해 정신병원 설립 허가취소에 따른 해당 병원의 소송 여부를 두고 안 의원은 "병원장이 소송하면 특별감사를 실시하는 등 정부가 취할 수 있는 모든 조치를 강구할 것"이라 했다.

또 안의원은 "일개 의사로서 한 개인으로서 감당할 수 없는 혹독한 대가를 치를 것이다. 소송하기만 하라, 절단을 내 버릴 것이다. 삼대에 걸쳐 자기 재산을 다 털어놔야 될 것"이라며 해당 병원장을 겨냥한 부적절한 발언을 쏟아내 '막말' 논란을 빚었다(중앙일보2019.6.21).

병원 허가 취소의 문제를 떠나서 안 의원이 주민들 앞에서 한 말을 들어보면 민주주의 국가에서 과연 국회의원이 되면 이런 무소불위의 권력을 행사할 수 있는가 생각하니 어안이 벙벙하다. 군사정권하에 혁명군쯤이면 생각할 수 있을까. 소송하면 절단을 내 버릴 것이다, 일개 의사가 라든가, 삼대에 걸쳐 재산을 털어놔야 될 것, 이런 막말은 생각만 해도 섬뜩하다. 참 국회의원 대단하구나, 어느 국민이 그런 짓을 허했는지?

12) 윤영찬 의원 '포탈' 보도기사에 갑질

윤영찬 의원이 국회 본 의장에서 주호영 국민의 힘 원내대표의 교섭단체 대표연설 당시 '다음 포탈의 뉴스 편집이 공정하지 않다면서 카카오에 강력 항의해 주세요. 너무하군요. 들어오라 하세요'라는 내용의 문자를 보좌진에게 보냈다. '야당 측 연설이 바로 포털 사이트 메인에 걸렸다'라는 보좌진의 메시지에 이렇게 답하며 포털을 운영하는 카카오측 호출을 지시한 것이다. 이 내용은 취재진 카메라에 포착됐다. 전날 이낙연 민주당 대표의 연설 관련 기사와 달리 주 원내대표의 기사는 뉴스 메인에 잡힌 것을 두고, 카카오 관계자를 국회로 호출할 것을 지시한 것이다.

하지만 사실은 전날 이낙연 대표 연설도 메인에 걸렸다. 이에 국민의 힘 미디어특별위원회는 성명서를 통해 "외압문자에 이어 외압 전화까지 한 윤 의원은 국민에 사과하고 의원직을 사퇴하라"고 했다.

민주당 이낙연 대표는 즉시 윤 의원에게 공개경고를 했다. 현재 포털업체를 담당하는 국회 상임위 소속 여당 의원이 호출하면 '을'인 포털업체는 엄청난 압력을 느낄 수밖에 없게 된다. 국민의 힘은 언론자유를 뿌리째 흔드는 "공포정치"라고 맹비난했다.

7. 지방의원들의 양아치 같은 막말 갑질

전국 곳곳에서 지방의원들의 막말, 갑질 논란이 불거지고 있다. 성추행에 음주운전, 자해사건까지 일탈 사례는 끊이지 않고 일어나고 있다. 전북의 B 도의원은 공무원에게 특정 직원의 근무평점을 잘 주라고 청탁하기도 하고 사업가인 민원인의 다른 청탁이 거절당하자 직원에게 폭언을 하기도 해서 공무원 노조에 고발당하기도 했다.

대구 서구의 M 구의원은 공무원이 말을 듣지 않는다고 자신의 방으로 불러 질책하기도 했으며, 음주운전으로 물의를 빚은 사례는 끊이지 않으며 심지어 술에 취해서 회의에 참석하기도 한 것이다.

대전 중구의회 B 의원은 회식 자리에서 여성에게 과도한 신체접촉을 한 점이 인정되어 제명을 당하기도 했다.

충남 공주시의회 L 의원은 자신이 낸 예산삭감안이 받아 들여지지 않자 "유리 조각을 먹어 버리겠다"며 책상 유리를 깬 뒤 유리 조각으로 자해소동을 벌였다. 자질이 부족한 의원들이 많아 지방의회의 발전을 기대하기 어렵다.

임기 중 사법처리 된 지방의원들 3기에 262명, 4기에 395명, 5기에 323명, 6기에 252명 등이다. 이런 수치가 한심한 작태를 잘 설명해 주고 있다.

8. 금융감독기관 갑질

국내 5대 대기업에 공정위 간부퇴직자를 위한 전용 보직을 만들어 퇴직자들을 대물림하듯 후배들에게 물려주었다. 이들에게 공정은 없고 거래만 존재했다는 말이 나온다. 그래서 전 공정거래위원장 정재찬, 부위원장 김학현은 취업에 압력을 넣은 혐의로 검찰은 전격 구속했다. 이런 상황에서 무슨 낯으로 국민 앞에 재벌개혁이니, 대기업조사를 하겠는가. 불공정거래를 감시해온 파수꾼 역할을 했던 공정거래위원회가 고위간부들이 퇴직 후 취업형태는 전혀 공정하지 않았다. 퇴직자 17명의 취업조건을 보면 입이 다물어지지 않을 정도다.

이들 대부분이 취업한 대기업들로부터 억대 연봉에 차량 제공이나 법인카드사용은 기본이고 연봉과 별도의 성과급을 받았다. 심지어 어떤 퇴직자는 1억9천만 원 연봉을 받으면서 "출근은 필요 없다"는 계약조건을 단 경우도 있었다. 출근하지 않고 억대 연봉을 챙길 수 있는 직장은 세계에서 유일할 것이다. 불공정거래 행위를 단속하는 공정위는 기업들에 저승사자 같은 존재다. 이런 공정위 출신 전관前官들은 대기업의 소송을 담당하는 로펌에 1순위 스카우트 대상이다.

2015년 국감 자료에 의하면 공정위 퇴직자나 자문위원을 지낸 사람이 6대, 10대로 큰 로펌에 고문 등으로 일하고 있다는 것이다. 이들이 하는 일은 공정위에 로비하는 것이 일이다. 현직 때는 기업을 상대로 무소불위의 권한을 휘둘러 갑질을 하고 퇴직 후에는 그 연줄을 활용해 전관예우를 받는 것이다. 이런 짓거리를 공정으로 보는 모양이었다.

2003년 이남기 전 위원장이 자신이 다니던 사찰에 10억 원을 기부하도록 SK그룹에 압력을 행사한 행위로 구속되었다. 이 사건은 1981년 공정위원회가 생긴 이후에 가장 수치스러운 일이 되고 있다.

또 금융감독원은 금융권에서 '검사와 판사'의 권한을 동시에 가진 막강한 권력으로 본다. 그 결과 피감 금융사는 퇴직 금감원 직원들의 안식처란 말도 있다. 일반은행 12곳 중 10곳에서 금감원 출신 퇴직자가 감사위원으로 바람막이 역할을 하고 있다. 이들은 '금피아(금감원+마피아)'로 불린다. 중소기업에서 3년 취업 제한을 피한 후 은행으로 이동하는 '스리쿠션 금피아'까지 있다니 감독기관 권력 갑질이 도를 넘고 있다.

9. 외교관 갑질

1) 법원은 비서에게 "개보다 못하다"는 폭언을 상습적으로 한 주 삿포로 총영사에게 상해죄를 첫 인정했다.

서울중앙지법은 전 삿포로 총영사 한모(여 56세)씨에게 징역 8월에 집행유예 2년을 선고했다. 2015년에 삿포로 총영사로 부임한 그는 이듬해 3월부터 2017년 8월까지 공보비서 이모씨에게 업무 실수를 지적하면서 "개보다 못하다." "머리가 없는 거니." 같은 발언을 수십 차례 한 혐의로 재판에 넘겨졌다. 검찰은 폭언과 우울증 사이에 인과관계가 성립된다며 상해죄로 기소했다. 언어나 소리 같은 무형적 방법으로 정신적 피해를 입혔어도 처벌이 가능하다는 논리이다.

2) 주 몽골 한국 특명전권대사의 깐풍기 갑질

주 몽골 한국대사 J모 대사는 2019년 3월 29일 저녁 8시경 행정직 K씨에게 전화를 해 이날 오찬 행사 때 제공되고 남은 깐풍기의 행방을 물었다. 퇴근 뒤였던 K씨는 요리사 등 5명에 연락을 했지만 상황파악이 쉽지 않아 "아르바이트생이 챙긴 것 같은데 최종 처리는 정확히 모르겠다. 월요일에 다시 확인하겠다"는 내용으로 보고했다. 그러자 J 대사는 "그 말에 책임져라" 하며 전화를 끊었다. J 대사는 행사 뒤 남은 음식을 사저로 가져가 먹기도 했다는 것이다.

월요일인 4월 1일 출근한 K씨는 아르바이트생이 아니라 몽골인 직원이 남은 깐풍기 두 봉지를 버린 사실을 확인하고 보고했다. 이에 J 대사는 "왜 허위보고를 했느냐, 책임진다고 했으니 책임을 져라"라며 세 차례에 걸쳐 K씨를 질타했다. 이 과정에서 J 대사는 "거짓말하고, 허위로 보고하면 그냥 넘어갈 줄 알았느냐"는 취지의 발언을 서슴지 않았다고 했다.

책상을 쾅쾅 내려치거나 고성을 지르는 등 위협적인 상황도 연출했다는 것이다. K씨에게 경위서 제출도 요구했는데, 이 경위서가 마음에 안 든다며 고쳐 쓰게 하기도 했다. 이틀 뒤 K씨는 11년 동안 해온 업무와 전혀 상관없는 부서로 갑작스레 인사 조치를 받았다.

먹다 남은 음식 챙기려고 직원에 갑질하는 수준의 국가 특명전권대사를 보니 나라꼴이 말이 아니다.

10. 금융기관의 채용 갑질

금융기관 입행 채용시험 갑질은 많았다. 한 예로 아버지가 딸의 면접 최고점수 주기와 은행들의 채용갑질 백태. 대검찰청 반부패부는 국민, 하나, 우리, 부산, 대구 광주은행 등 전국 6개 시중은행 채용비리에 대한 8개월간의 수사 끝에 12명을 구속하는 등 38명을 재판에 넘겼다고 했다. 은행들은 특정 지원자를 합격시키기 위해 채용 자격요건을 임의로 변경하거나 점수 조작을 일삼았다.

국민은행에서는 부행장의 자녀와 이름과 생년월일이 같은 응시자를 위해 논술점수를 조작해 필기전형에서 합격시켰다가 면접 과정에서 부행장 가족이 아니라는 사실을 알고 탈락시키는 웃지 못 할 일이 벌어졌다.

광주은행에서는 2015년 신입 행원시험에 임원이었던 아버지가 딸을 면접한 뒤 최고점수를 주고 합격시키는 기상천외한 일까지 있었다. 또 성차별 채용 사례 등 그야말로 드러난 채용 비리는 충격적이었다.

청년 실업률이 사상 최악인 가운데 복마전 같은 은행채용 비리는 청년구직자를 절망하게 하는 짓이며 용서받을 수 없는 범죄다. 힘 있는 자들이 기득권을 지키기 위해 기회의 평등을 허물어뜨리는 나라에 미래가 있을 리가 없다. 우리은행은 신입 행원공채과정에서 국정원, 금융감독원, 우리은행 전 현직임원 등의 자녀와 친인척 등을 명시한 지원자 명단을 정리했고 여기에 이름이 오른 이들은 모두 합격시켰다.

11. 강성노조들의 고용세습 갑질

강성귀족노조는 힘으로 입사 채용까지 수천만 원 돈 받고 취업시키고, 정년퇴직 시 자기 자식을 고용세습하여 일자리를 대물림 갑질도 하고 있다. 청년들이 극심한 취업난에 시달리는 가운데 일부 귀족노조가 자녀에게 일자리를 대물림하는 고용세습제를 유지하고 있는 것은 심각한 고용의 차별이다.

국회 환경노동위원회가 고용노동부를 통해 전국노조를 조사한 결과 2018년 8월 기준 15곳이 고용세습을 유지한 것으로 나타났다. 해당 노조는 민주노총 산하 금호타이어, 현대자동차 등, 이들은 정년퇴직자 조합원이 요청하면 별다른 입사 결격사유가 없는 한 자녀를 우선 채용 또는 장기근속자의 1자녀 우선 채용해주는 등의 방식으로 고용세습제를 유지했다.

현행법상 정년퇴직자나 장기근속자 자녀를 우선 채용하거나 채용 시 특혜를 주는 것은 명백히 불법이다. 이들 노조는 고용세습을 폐지하라는 주장은 무조건 노조탄압이라고 반발하고 있다. 이런 노조의 형태가 현대판 음서 蔭敍制가 아닌가 반성해 볼 기회가 되길 바라고 싶다. 고용세습은 일자리를 구하려고 열심히 공부하는 취준생들에게 큰 실망과 좌절감을 안겨주게 되는 것이며 국가 미래를 망치는 적폐인 것이다.

기회는 균등하게 하고 과정은 공정하게 할 것이라는 대통령 취임사를 다시 떠올리게 한다. 불공정한 고용시장의 폐습은 하루속히 없애야 한다. 서울교통공사의 "고용세습" 비리를 규탄하는 서울지역 대학의 대자보를 보면 "구의역의 한 청년의 안타까운 죽음으로 형성된 사회적 공감대가 소수 귀족 노조의 기득권 강화에 이용되었다", "현대판 음서제", "민노총은 적폐 끝판 왕", "취업하려면 민주노총 부모를 둬야 합니까", "귀족노조까지 금수저로 만드는 게 촛불혁명이냐", "대학생, 비정규직 앞세우더니 결국 청년들 뒤통수치느냐", "무빽무직 유빽유직"이라는 자조 섞인 신조어가 확산되고 있다.

12. 방송, 언론기관 갑질

1) 신문사 갑질

취재보다는 잿밥에 신경 쓰는 지방에서 횡행하는 기자들 갑질 형태는 가관이 아니다. 매체력을 과시하려 공무원들에게 주차요금 대신 내라며 주차 티켓 던져주고 가는 고압적 갑질 기자도 있고, 평소 자신의 말을 잘 듣지 않는 것에 불만을 품고 팀장급 공무원에 막말하고 폭행을 가하는 경우도 있다는 것이다.

전북지역 언론사 대표가 기사를 빌미로 도내 기관과 단체로부터 광고비를 땡겨 "김영란 법"에 걸려 구속되기도 했다. 이 경우의 기자는 해당 공무원이 자신이 처리할 수 없는 건이라면서 양해를 구했지만 기자는 막무가내로 자신의 요구를 관철하려고 부당한 내용을 기사화 한 것으로 알려졌다. 결국 그 공무원은 해당 기자에게 '당신은 펜을 든 살인자'라는 문자를 남기고 생을 마감했다고 한다. 그야말로 언론사 지방 기자들은 '기레기(기자+쓰레기의 합성어)' 소리 들어도 싸다고 생각된다.

조선일보 송희영 전 주필이 대우조선에 우호적인 사설이나 칼럼을 실어주고 유럽여행 비용을 제공받는 등 모두 1억 원 상당의 재산상 이익을 취한 혐의로 재판에 넘겨졌던 사건에서 1심법원에서 징역형의 집행유예를 선고받았으나 2심 법원에서 무죄로 선고되었다.

이 사건은 재판 결과보다도 한국의 간판급 언론인이 수조 원의 부채를 안고 국민 세금으로 연명하고 있는 기업의 비용으로 유럽여행을 다녔다는 그 자체만으로도, 그리고 우호적인 기사와 칼럼으로 억대 이상의 금품을 받았다는 것은 언론인의 본연의 자세도 아니며 한국 대표적 보수 언론사인 조선일보의 주필이 부실기업과 유착된 처신으로는 비판받아 마땅하다.

사건 본질과 관계없는 사생활까지 파헤치고 사돈 팔촌까지 들추고 몹쓸 사람 만드는 데 앞장서고 사실과 다른 추측기사로 왜곡하고 항의하면 정정보도, 사과문 안내는 언론 갑질 당해본 사람 많을 것이다. 역시 언론권력 무관의 제왕을 실감하게 된다.

2) 방송사 갑질

(1) 프로야구 현장에서 일부 방송사들의 도를 넘는 개입과 관여에 몸살을 앓고 있다는 것이다. 경기감독관의 고유의 권한인 우천 취소 결정 등에 적극 개입한다거나, 선수들의 훈련시간을 배려하지 않고 무리한 인터뷰 및 심지어 포즈까지 요구하는 등 무례한 일들을 스스럼없이 한다는 것이다. 방송사들과 공존해야 하는 협회로서는 무리한 요구라도 들어주지 않을 수 없어 난감하다는 것이다. 일부 스포츠 전문방송사는 선수들의 신변잡기 보도, 자극적인 자료화면, 희화화 등 스포츠 본질보다 흥미 위주의 방송으로 꾸준히 논란을 일으키기도 한다.

(2) 방송사들의 외주사 제작비 일방적 삭감 언어폭력 갑질

한국독립PD협회가 불공정행위 청산 결의대회를 열 정도로 열악한 제작비에 시달리고 있다는 하소연이다. 방송사가 우월한 지위를 이용해 정부지

원금을 챙기는 문제도 오래된 불공정 관행이라는 것이다. 외주사가 만든 프로그램도 저작권은 방송사의 소유물이 된다. 공영, 민영, 보수, 진보, 지상파, 종합 편성체널, 케이블이 따로 없이 불편한 진실을 외면하고 있다는 것이다. 외주 제작사 두 번 울리는 종편, 케이블방송사는 인센티브는 커녕 디센티브 적용해서 시청률이 저조할 때는 제작비의 일부를 반납하게 하는 조건을 붙여 외주사로서는 시청률을 올려 디센티브를 최소한 물지 않기 위하여 자극적인 주제를 선정하거나 제작 견적을 초과하는 연예인을 섭외하여야만 된다는 것이다.

3) 사실과 다른 오보 방송하고 사과문 내지 않는 갑질.

이영돈 PD와 김영애 황토팩 KBS소비자 고발 프로그램에서 김영애의 황토팩에서 중금속이 발견되었다면서 황토팩을 하면 중금속에 중독된다는 식으로 방송을 내보낸 사건이다. 황토팩에서 기준치보다 높아진 중금속이 발견되어서 건강에 치명적이다는 내용이었다. 식품의약안전처 조사결과에 따르면 중금속 기준치를 넘어선 제품은 다른 곳의 제품이었고, 김영애 황토팩인 참토원과 한불화장품과 한국콜마 등의 황토 원료제품은 적합판정을 받았다는 것이다. 자연 상태의 원료로 황토팩을 만들 때 자연스럽게 포함되는 정도는 유해영향이 없다고 하는 안전한 수준이라는 것이다. 하지만 김영애의 황토팩 이미지는 나락으로 떨어졌고, 그 제품을 구매한 소비자들은 환불요구가 빗발쳐서 결국은 사업이 망하고 말았다.

과거에 탤런트인 김영애가 재혼한 남편과 함께 황토팩 사업을 하여서 크게 성공하게 되면서 탤런트로서 뿐만 아니라 사업가로서도 성공의 계기를 잡게 되었으나 이 사건으로 재혼한 남편과도 이혼하고 극심한 스트레스로 암까지 걸리게 되어 결국 사망에 이르렀다.

13. 체인 본사의 가맹점에 갑질

1) 미스타 피자 정우현 회장의 가맹점에 갑질

미스타 피자가 가맹점에게 치즈를 비싸게 강매하는 등 일명 "치즈 통행료" 받거나 가맹점을 쥐어짜내 수익을 늘리기도 하고 그리고 동생의 아내 명의로 회사를 차린 후에 1년 동안 수십억 원에 달하는 유통과정에 개입하여 부당행위를 한 것으로 알려졌다. 미스타 피자 가맹점에 가입하여 탈퇴한 점주의 가게 근처에 직영점을 내고 보복영업을 했다는 혐의를 받고 있다. 이로 인해 탈퇴한 점주는 지난 3월 스스로 목숨을 끊는 안타까운 사연도 있었다. 이런 물의로 대국민 사과를 하고 MP그룹 회장직에서 물러났다.

2) 남양유업 배달알바 울리는 갑질

남양유업의 여러 갑질 중 최악은 밀어내기와 협찬 강요 즉 주문하지도 않은 제품 하나를 주문했는데 백 개를 얹어서 주는 방식으로 팔지 못하고 유통기간 경과로 폐기손실이 거듭되어 결국 파산하게 되었다. 언론도 관심이 줄어들자 민주당 을지로위원회가 갑질의 진상을 파악하게 되었다. 남양유업의 한 대리점이 우유배달 아르바이트를 그만두는 대학생에게 월급의 열 배가 넘는 배상금을 요구했다.

3) 한국미래기술 양진호 회장 갑질

국내 웹하드 1위 업체 '위디스크' 실소유주로 알려진 양진호 한국미래기술 회장이 전직 직원을 폭행하는 영상이 공개되어 경찰이 조사에 나섰다. 한 온라인 매체가 양 회장이 2015년 4월 경기도 분당의 위디스크 사무실에서 전직 직원 A씨를 무차별 폭행하는 영상을 공개했다.

영상에서 양 회장은 A씨에게 "네가 뭘 했는지 몰라서 그래? xx야." "이xx 놈아. 살려면 똑바로 사과해." 등 폭언을 하며 A씨의 뺨을 세차게 때렸다. 이 영상은 양 회장이 지시해 촬영한 것으로 알려졌다. 이 폭행 사건은 A씨 가 퇴사 후 2015년 4월 "양진호1"이라는 아이디로 위디스크 홈페이지 게시 판에 "내가 없다고 한 눈 팔지 말고 매사에 성실히 임하면 연봉 팍팍 올려주 겠다." "낮밤이 바뀌어 일하지만 어디가도 이 만큼 돈 못 받는다"와 같은 댓 글을 달았다. 양 회장이 이 댓글을 추적해 A씨가 쓴 것을 알아냈고 A씨를 불러 폭행한 것이다.

양 회장은 이사건 외에도 직원 워크숍에서 일본도刀와 석궁으로 닭을 죽 이도록 강요해 동물학대와, 직원의 머리를 초록색, 빨간색으로 염색하게 강 요하기도 했다.

다음 내용은 탐사보도 전문 업체 '뉴스타파'와 '셜록'이 폭행 사건의 당사 자인 대학교수 A씨의 인터뷰를 공개한 것이다. 그리고 자기 부인과 불륜을 의심한 한 대학교수를 무자비하게 폭행했다는 사건이다. 자기 부인이 대학 동창인 A교수에게 전화를 해 남편과 관련한 고민 상담을 했는데 이를 양 회 장이 의심해 폭언하는 등 연락이 있었다는 것이다. A교수는 이런 오해를 풀 려고 분당의 위디스크 사무실을 찾아갔다가 무자비한 폭행과 끔찍한 가혹 행위를 당한 것이다.

양진호의 동생이 달려 들어와 A씨를 때리기 시작했고 꿇어앉은 A씨를 발로 차서 넘어뜨리고, 발과 손으로 마구 때렸다. 여러 사람이 돌아가면서 두 세대씩 때리고 발로 넘어뜨리는 돌림 폭행이 수차례 지속됐다. A씨는 이 러다 죽을지도 모르겠다는 생각을 했다고 한다. 양 회장은 머리채를 붙잡 고 얼굴에 가래침을 수차례 뱉았다. 소매로 침을 닦기를 수차례 양 회장 동 생이 빨아 먹어라 해 순순히 따랐다. A씨는 안 빨았으면 죽을 것 같아서 침 을 닦아서 빨아 먹었다. 남의 침을 손으로 닦아서 제 입에 넣었다며 오열했다. 그리고 양진호는 구두를 핥아라 하더라는 것이다. A씨는 사람이 사람한테 어떻게 이럴 수 있느냐는 생각이 들었다고 덧붙였다. 양 회장의 온갖 엽기적인 갑질은 조사과정에서 계속 쏟아지고 있었다.

14. 상가 임대인 갑질

서울 종로구 서촌의 궁중족발 임대료 인상 갑질 사건, 백화점이나 쇼핑몰의 입점자에 갑질, 영업될 만큼 시장을 개척해 두면 집 비어 달라, 보증금 월세 과다하게 올리기는 건물주 갑질은 끊이지 않는 소상인들 울리는 갑질 형태다.

15. 기업의 구매자 갑질

대한항공 조현민 전무 납품업자 폭언 갑질, 아시아나 항공의 기내식 납품업자에 주식매입 강요사건, 건설업체의 하청업자에 각종 금품, 향응, 스폰서 요구와 납품업자에 단가 후려치기, 결제 조건 등 각종 갑질 형태는 많다.

16. 고객이 왕이란 갑질

1) 부천백화점 모녀 갑질 사건

현대백화점 부천 중동 점은 새해 맞아 VIP모녀가 방문했을 때 주차장이 무척 붐볐다. 지하 4층까지 안내받은 모녀는 다시 한 번 지하 5층으로 내려가라는 주차안내원의 말을 듣고 짜증이 났다. 그때부터 가장 추악한 가진 자의 갑질 그리고 손님이라는 우월적 지위를 이용한 갑질이 시작된 것이다. 모녀는 주차원 아르바이트 학생을 향해 고함을 지르고 무릎을 꿇게 한 것이다. "내 남편 한마디면 너네 다 잘린다." "너네 하루에 700 쓸 수 있나"라는 모욕적인 말도 한 것이다. 이럴 보다 못해 피해 학생의 누나가 아고라에 해당 사진과 글을 올렸고 그리하여 이 갑질 사건은 일파만파 퍼져나갔다.

2) 죽전 신세계백화점 화장품숍 갑질녀

신세계백화점 죽전 점의 SK Ⅱ 화장품매장에서 피부 테스트 중 피부에 트러블로 부작용이 생기자 다짜고짜 폭언을 하며 삿대질을 해댔다. "화장품 쓰고 두드러기 났잖아 어디서 개수작이야 죽여 버린다." 고함지르며 유리병 화장품을 바닥에 집어 던져 진상녀를 응대하던 직원의 얼굴에 화장품이 튀기도 했다. 상황이 격해지자 다른 고객들은 이를 제지하기에 나섰는데 당시 한 고객의 머리채까지 잡아당기며 난동을 부렸다. 이런 갑질 진상녀의 난동 동영상이 세상에 알려지면서 비난의 소리가 높았다.

심지어 청와대 국민청원 게시판에 "이런 사람들의 갑질을 막아 주세요"라는 글이 많이 올랐다. 소비자는 왕이라고 모시니까 꼴값 떠는 저질행동은 생활 속의 적폐로 반드시 청산되어야 할 것이다. 판매원들에게 고객은 왕이라는 유세有勢 떨기, 무릎 꿇고 고함지르며 행패부리는 갑질.

3) 맥도날드 갑질 손님

2018년 11월 11일 울산 맥도날드 드라이브스루 매장에서 세트메뉴를 주문했는데 단품이 나와 40대 남성이 여성 아르바이트 직원 얼굴을 행해 갑자기 음식이든 봉투를 집어 던지고 그대로 가버렸다. 바로 뒤 차량에 있던 운전자가 블랙박스에 찍힌 당시 영상과 "제품을 맞은 직원이 울고 있었다"라는 글을 이틀 뒤 자동차 전문 "커뮤티" "보배드림"에 올렸고 해당 영상을 본 네티즌들은 아르바이트생에 대한 "손님의 갑질"이라며 분노했다. 이에 맥도날드 매장 점주는 고발했고 손님은 회사 일 때문에 스트레스가 많아 순간적으로 감정이 폭발했다면서 피해자에게 진심으로 사과하고 싶다고 했다.

17. 국민이 국가의 주권자라는 악성 민원 갑질

공무원을 대상으로 하는 수백 건의 고소, 고발 민원제기로 몸살을 앓고 있다. 악성 민원인들은 이제는 진화하여 법을 무기로 삼아 일단 걸고 보자는 "소송왕"의 모습을 보이고 있다. 대검찰청에 따르면 공무원이 피의자인 범죄 건수는 2018년에 3만 6,872건에 달한다는 것이다. 2014년에 비해 77%(1만 6,133건) 늘었다. 이처럼 공무원 범죄 접수 건수가 폭증한 것은 민원인이 공무원을 대상으로 "일단 걸고 보는" 고소, 고발이 늘어난 영향이 큰 것으로 보고 있다.

2018년에 접수된 공무원 범죄 중 소송의 대상이 되지 않거나 요건도 갖추지 못해 각하된 건수는 1만6,281건으로 전체의 44%에 육박하고 있다. 그만큼 뚜렷한 범죄 혐의점을 찾을 수 없는 고소, 고발이 많다는 뜻이다. 충북 영동의 한 면사무소 공무원 A씨는 군민 B씨에게 15번째 고소를 당했는데 이는 A씨가 영동군청 환경과에 근무할 때 B씨가 운영하던 폐기물처리업체에 방치 폐기물을 조치하라고 행정명령을 내린 게 발단이 되었다.

공무원이 자기사업을 방해한다고 생각한 B씨는 허위공문서작성, 동 행사, 직무유기 등 각종 혐의를 들어 열 번 넘게 A씨를 상대로 고소장을 내었고, A씨가 면사무소로 전직되었지만 그 뒤에도 B씨의 고소는 계속되어 적법한 행정명령이었는데 7년째 고통을 받고 있다고 한다. "대한민국의 주권은 국민에게 있고, 모든 권력은 국민으로부터 나온다"는 헌법 제1조 2항의 주권재민主權在民의 국민이라 정당한 공무 집행을 방해 해도 되는 것으로 크게 착각하고 있는 것이다. 공무원을 자기의 머슴쯤으로 생각에 빠져있지 않는 한 이런 국민은 발상과 행동부터 악성 진상 민원 갑질 국민이다.

우리는 헌법 제1조2항의 국민주권이란 정치의 최종적 결정권이 국민에게 있다는 의미이며, 반드시 국민 각자가 직접 정치를 한다는 의미는 아닌 것이다. 국민은 선거에 의하여 국회의원을 선출하여 간접적으로 국가의 정치를 행하게 하고, 헌법 개정 때의 국민투표 등에 의하여 간접적으로 주권 행사에 참여하는 것이다.

민원상담원이나 콜 센터에 전화하여 마음에 들게 응대하지 않으면 폭언하고 인격 모욕적인 언사를 쓰고 윗사람 바꿔 달라하여 야단치고 야간에는 성희롱하는 말들 늘어놓고 국민이 주인이라고 하는 갑질은 사회적으로 문제가 심각해져 법적 처벌규정을 만들게 되었다.

그 때문에 콜센터를 거쳐야 하는 전화는 모두 욕설 폭언을 할 경우 녹음되고 처벌받을 수 있다는 멘트가 꼭 나온 후 상담원을 바꿔주게 되었다. 참으로 전화 걸 때마다 짜증나고 시간 낭비하게 된다. 인성이 갖추어진 시민정신이 없기 때문에 이런 불편을 겪는 생활을 하게 된다. 이런 멘트를 듣고 통화하게 되는 나라가 한국뿐이라면 세계인에 창피한 저질국민이 되는 것이다.

18. 아파트주민 경비원에 도 넘는 갑질

1) 입주민 갑질이란 아파트주민들이 경비원들을 과도하게 혹사하거나 폭언을 하는 등 과도한 스트레스를 주는 등의 행위를 통칭하는 말이다. 최

근 많은 뉴스에서 입주민 갑질로 인해 경비원들이 해고당하거나 목숨을 버리는 안타까운 사건이 생겼다. 지위상 상대적으로 우위에 있다는 이유로 상대방을 정신적, 물리적으로 착취하는 갑질 행위는 분명 우리 사회에서 반드시 근절되어야 할 병폐의 하나이다.

나이가 드신 경비원들은 제2 인생을 살아보자고 경비를 택한 분들이다. 누군가의 아빠이고 남편 일 텐데 더불어 살기 위한 배려는 없고 약한 자에게 강한 못된 버릇이 목숨을 잃게 하고 있다.

현재도 경비원으로 일하고 있는 조성진 씨가 쓴 『임계장 이야기』 이 책은 저자가 노년의 경비원 생활 속에서 겪은 애환을 틈틈이 기록한 것으로 경비원이란 직이 얼마나 자존이 무시당하고 삶에 의지가 희미해지는 경험을 했던 이야기 들이다.

경비원을 임시 계약직 노인장을 줄여서 '노인장'이라 부르기도 하고 "고다자"라는 말을 듣기도 한다는 것이다. 고르기도 쉽고, 다루기도 쉽고, 자르기도 쉽다, 에서 나온 말이란다. 가히 인간 대접을 안 하기에 이런 말이 나오겠는가.

입주민의 갑질하는 말투를 들어보면 "어이, 경비! 너 이 xx, 주민들 피 같은 돈 들어가는 공동 수돗물을 펑펑써? 당장 잘라야 할 놈이네. 그 수돗물 값은 네 월급에서 까게 해주마. 오늘 아주 제대로 걸렸어." 경비는 평소에 많은 민원의 총알받이를 해야 되기 때문에 "경비원은 절대 주민과 맞서면 안 돼요"라는 스티커를 붙였더니 "대대손손 경비나 해 처먹어라!" 욕을 했고, 또 누가 내 차를 박아 버리고 도망갔는데 너는 뭐 하느라고 그것도 못 봤어? 당장 찾아내! 고함을 질렀다. 가장 자주 듣는 말은 "자른다"라고 했다.

아파트 주민이 모두가 김갑두(갑질의 두목 별명)는 아니라는 것이다. 좋은 사람은 소수이고 무관심은 다수, 나쁜 사람은 극소수, 이렇게 세 유형이 있는데 고마운 사람도 많지만 아파트마다 악질이 한두 명씩 있다고 한다.

저자는 마지막으로 "약자가 흘리는 눈물 한 방울까지 하나님이 다 세고 계십니다. 아무리 고통스러워도 죽음만은 생각지 않기로 약속해요"라고 당부했다.

2) 청소를 제대로 안 했다며 경비원 무릎을 꿇리고 빗자루로 폭행한 사례.

3) 경비원은 주민의 아침 출근 시간에 1시간 동안 일어서서 허리 숙여 인사하라 지시. 손녀뻘 되는 여학생이 나올 때도 하라는 것이다. 이런 이해하기 어려운 광경이 갑질의 논란이 되었다. 이런 어처구니없는 현상은 몇몇 소수 입주민이 입주자 대표자 회의에 꾸준히 불평이 계속되면서 왜 다른 아파트는 하고 있는데 우리 아파트는 하지 않느냐 항의 때문에 하게 되었다는 답변이었다.

4) 서울 강북구 한 아파트 경비원이 입주민에게 지속적인 괴롭힘과 폭행을 당했다고 주장한 뒤 자살이란 극단적 선택을 했다. 발단은 경비원 최씨가 이중 주차된 A씨의 차량을 미는 모습을 발견하고 "뭐 하는 거냐"며 최씨의 뒤통수를 때렸다. 이후 A씨는 지속적으로 괴롭혔고 최씨의 근무 날마다 찾아와 '경비를 그만두지 않으면 야산에 묻어버리겠다'고 협박했다고 한다. 또 최씨의 유족들은 경비실 인근 화장실로 끌고 가 폭행했으며 그 과정에 최씨의 코뼈가 부러지기도 했다는 것이다. 결국 최씨는 견디지 못하고 그동안 도와준 주민께 감사하고 억울하다는 유서를 남기고 자살한 사건이 발생했다.

5. 이런 많은 갑질이 여기저기서 일어나게 되니 국회 차원에서 공동주택관리법을 개정하여 2017년 9월 22일부터 시행되게 되었다. 그 내용은 "공동주택에서 근무하는 경비원 등 근로자에게 입주자나 관리 주체의 부당한 지시 명령은 할 수 없도록 규정하여 공동주택근로자의 권익을 보호하기로 했다." (공동주택관리법 제65조 제6항) 이에 대한 대책으로 고용노동부, 국토교통부, 경찰청 등 관계부처 합동으로 "아파트 경비원 근무환경 개선책 대

책"을 발표했다. 아파트 경비원에게 폭언 등 갑질을 한 입주자나 이를 방치한 입주자대표회의는 최대 1,000만 원의 과태료 처분을 받을 수 있게 했다.

19. 시민단체 갑질

NGO 사명은 정권의 잘못을 비판하고 정부의 바른 길을 조언하는 것이다. 그런데 본분은 이탈하고 권력을 가진 정치권에 부역하고 정치권 참여의 징검다리로 활용하고 있다. 자기 분야에 전문성은 없으면서 여기저기 환경파괴, 생태계 보존훼손 등으로 국가적 사업방해를 한다. 국방시설 건설방해, 국가 기간산업 건설방해로 엄청난 손실을 주고 있던 공사가 부산 천성산 터널 공사로 도룡뇽 못살게 한다며 공사 지연으로 수천억 손실 발생하게 하고 공사 끝나도 도룡뇽은 잘살고 있는 해프닝이 벌어졌다. 그러고도 책임지는 사람과 사과 한번 없는 단체가 시민단체와 현실참여 잘하는 종교단체들이다. 종교인들은 반대 참여는 잘해도 전문성이 없다. 이런 어마어마한 손실의 발생은 누구 돈으로 메우는가, 전부 국민 세금만 날리게 된다.

위안부 피해자 할머니를 위한다는 시민단체 정의기억연대(정의연)에 대한 위안부 피해자 기자회견에서 이용수 할머니는 30년간 이용당했다며 "성금 어디에 쓰는지 모른다"며 전 윤미향 이사장에 대한 직접 비판이 있어 성금 기부금사용 의혹이 일파만파 반향을 일으켰다. 이 할머니는 30년간 윤미향 국회의원 당선자와 위안부 문제해결을 위해 함께 일 해온 사이다.

윤미향 전 정의연 이사장은 많은 성금 기부금을 본인의 개인 통장으로 입금 받아 보관하고 또 기부금 사용명세를 정상으로 회계 처리를 하지 않음으로서 기부금 유용에 대한 의혹을 받고 검찰의 조사를 받게 되었다. 소규모 모임이나 조기축구회 같은 모임에도 회계를 분명히 해야 하는 것이 일상화되어 있는데 전쟁에서 큰 인도적 피해를 당한 위안부 할머니에 대한 국민적 성금으로 기부된 것을 개인 호주머니 돈처럼 관리했다는 점에서 국민적 비난이 쏟아지고 있는 사건이다. 특히 연세가 많으시고 거동이 불편한 할머니들 위한다는 미명으로 시민연대의 본분에 어긋난 자의적 성금이용은 지탄받아 마땅하다.

"노블레스 오블리주"를 앞세우는 영국의 시민단체는 등록단체만 17만개에 달한다고 한다. 시민단체의 감시기관인 자선위원회는 전담인력이 300명이 넘고 이들은 시민단체의 다른 용도로 쓰는가, 사적으로 빼돌리는가를 철저히 감시한다고 한다. 주로 사기가 끊이지 않는다는데 원인은 부실한 회계 때문이라는 것이다.

영국의 자선위원회의 캠페인은 "시민단체의 투명한 회계야말로 국민 신뢰를 얻고 기부를 늘려 공공이익을 실현할 수 있는 길이다"라고 강조하고 있다.

20. 직장 내 갑질

직장 갑질 사례들

1) 임신과 육아휴직 때문에 부당한 대우, 퇴사강요, 임산부 괴롭힘 또는 유치원 교사인 경우 임신해서 퇴사하겠다 하자 머리채를 잡아흔들겠다는 등.

2) 공공기관 직원이 생리휴가를 쓰려는 무기 계약직 직원에게 생리대를 검사한 갑질.

3) 방송계 종사자는 제작사 대표가 "아빠라고 생각하고 안아 보라 해." 거절.

4) 사고를 낸 버스 운전사 목에 사고내용과 피해 액수를 적은 종이를 걸

어놓고 사진을 찍는 버스업체.

5) 전 직원이 있는 자리에서 자신이 무엇을 잘 못했는지 말하게 하는 "자아비판 인민재판"을 한 회사.

6) 회사 직원을 별장의 동물들에게 사료를 주라고 시키는 기업체 회장.

7) 회사 사장 식사 때 신임 직원이 턱받이를 해 달라.

8) 상급자들의 개인적인 일을 시키거나 부당한 업무지시, 욕설, 횡포.

9) 주 업무 박탈하고 주변적인 업무지시.

10) 일할 업무를 주지 않거나 능력 이하의 일주기.

11) 모욕적인 언사, 지나친 놀림, 소문 퍼뜨리기 지속적으로 비난 퍼붓기, 못된 장난, 위협.

12) 대화하지 않기, 인사하지 않기, 얕보기, 희생양 만들기, 소문내기.

13) 내일 해도 될 일을 퇴근 후 회식 중인데 회사로 지금 빨리 오라.

14) 주둥이에 뭐냐, 쥐 잡아 먹었어, 부모가 그렇게 가르쳤나?

15) 발사주 한 바퀴 쭉 돌려, 라면 끓이기, 안마시키기.

위와 같은 낡은 직장문화를 개선하기 위하여 이른바 "직장 내 괴롭힘 금지법"이 시행되게 되었다. 상시 근로자 10인 이상의 모든 기업이 대상으로 6개월간의 유예기간을 거쳐 공식 시행된다. 앞으로는 상사가 의사와 상관없이 음주, 흡연, 회식 참여 강요를 하는 행위, 다른 사람 앞에서 모욕감을 주는 언행, 개인사에 대한 뒷이야기나 소문을 퍼트림, 특정 근로자가 일하거나 휴식하는 모습만을 지나치게 감시 등 해당 사항을 예시하고 있다.

직장 내 괴롭힘 판단 기준

1) 직장에서의 지위 또는 관계 우위를 이용.

2) 업무상 적정 범위를 넘음.

3) 신체, 정신적 고통을 주거나 근무 환경을 악화.

위 세 가지 조건을 모두 충족해야 함.

직장에서 겪은 부당한 대우와 갑질을 고발하고, 부당한 갑질과 관행을 바꾸기 위해 노력하는 민간공익단체로 노동전문가, 노무사, 변호사 법률스텝 241명이 참여해 2017년 11월1일 출범 현재 바꿔야 할 업계의 관행, 없어져야 할 직장 갑질을 찾고 있음. "직장 갑질 119(gabjil119.com)" 단체가 있다.

직장 내 괴롭힘 방지법 시행 첫날 "저희도 일하고 싶습니다" 라는 플래카드를 앞세운 MBC 아나운서 7명이 서울 중구 서울고용노동청을 찾았다. 이들은 "회사의 괴롭힘을 당했다. MBC에 대화하고 싶지만 안 해줘서 이곳으로 왔다"면서 "직장 내 괴롭힘 1호 진정서"를 접수시켰다. MBC전 사장 시절 채용된 계약직 7명은 해고됐다가 법원 판결에 따라 복직했으나 기존 아나운서국 9층과 다른 12층에 별도 사무실만 주고 업무도 전혀 주지 않고 사내 전산망도 차단하고 전자 우편 계정도 없앴다. 이들의 직장 내 괴롭힘은 고용부의 16개 예시 중 3개가 해당된다는 것이다.

21. 시어머니 과도한 혼수갑질

요즘 무리한 혼수나 예단비禮緞費 등으로 결혼이 더 이상 축복이 아닌 불행인 경우가 주변에서 많이 볼 수 있다. 과도하게 혼수를 요구하면 결혼하지 말아야 한다. 안 가는 것이 도움이 된다. 가면 100% 헤어진다. 욕심 때문에 이런 일이 벌어지면 출발부터 꼬이는 인생이다.

1) 과도한 혼수요구로 파경이 된 재판사례

신부 김씨는 중매로 한의사 수련과정에 있던 신랑 이씨를 만나 3개월 만에 결혼식을 올렸다. 신부 김씨는 결혼 직전 신랑 측 중매인을 통해서 예단비 1억 원과 32평 아파트, 중형승용차, 명품코트, 양복, 은수저 세트 등 과도한 혼수 요구를 받았다. 교사생활을 하던 신부 김씨는 신랑 측 요구에 따라 예단비 1억 원을 송금하고 신혼집으로 1억2천400만 원짜리 32평 아파트를 구입했으며 결혼비용과 예물 값 등으로 4천만 원을 추가로 지불했다.

이 과정에서 신부 김씨는 교원공제공단에서 3천만 원을 대출받게 되고 이 같은 사실이 신혼여행 직후 신랑과 신랑 부모에게 알려지면서 김씨의 신혼생활은 파경으로 치달았다. 신랑 측은 김씨의 결혼 전 대출금은 신부 측에서 책임을 지는 것이 당연하다며 대출금 변제를 위해 매달 100만 원씩 맡길 것과 대출금 변제 때까지는 신랑의 월급은 시어머니가 관리하고 생활비는 신부 월급으로 충당할 것을 요구했다. 신랑 측은 또 신부 명의로 등기한 아파트를 신랑 신부 공동명의로 등기할 것과 결혼 전 약속한 중형차 대신 신랑의 근무처인 포항에 오피스텔을 장만할 것 등을 추가로 요구했다. 이 과정에서 사기 결혼을 당했다는 등 인격적 모욕까지 당한 신부 김씨는 혼인신고도 하지 않은 상태에서 결혼식을 올린 지 일주일 만에 별거에 들어가는 등 파경을 맞게 됐다.

신부 김씨가 신랑 이씨와 이씨의 부모를 상대로 한 위자료 청구 소송에서 재판부는 "사실혼 기간이 일주일에 불과하지만 사회통념을 넘어서는 과도한 혼수 요구로 사실혼 관계가 해소된 만큼 신랑 측에 파경의 책임을 물을 수밖에 없다"며 피고들은 원고에게 위자료 5천만 원을 포함해 1억5천만 원을 지급하라는 원고 승소 판결을 내렸다.

(1) 여자의 행복 중 가장 큰 행복이 결혼할 때 혼수 준비하는 건데 시어머

니가 지나치게 혼수품목에 관여하게 되니 앞으로 결혼생활이 걱정된다는 예비신부의 호소.

(2) 의사, 변호사 아들 명품이라고 예비 시어머니의 과도한 혼수 요구로 결혼생활이 평탄치 않거나, 파경의 사례는 우리 사회에 흔하게 있는 시어머니들의 저속한 갑질 근성은 알게 모르게 아직도 현재 진행형 갑질이다.

(3) 결혼 준비 과정에서 우리의 사정을 뻔히 알면서 시어머니와 함께 남친도 지나친 혼수를 바랄 때 어떻게 하면 좋을까, 갈등에 빠지는 경우가 많다는 것이다. 더 늦어지기 전에 포기해 버릴까, 사랑하는 두 사람이 행복한 신혼의 꿈을 싣고 새 출발을 시작하는데 혼수의 과다로 집착하는 혼주들의 속물근성은 한국에만 있는 야만적인 이기주의 아닐까?

(4) 내가 어떻게 키운 자식인데 너같이 근본 없는 가문에 혼사를 하겠나 자식 이기는 부모 없다고 결혼시키지만 혼수도 기대하지 못하니 원통하다. 근본 있는 가문이 돈 있는 집안이고, 자기 자식 귀하니 남의 자식 귀한 줄 모르는 부모들의 탐욕은 이제 좀 버리고 성숙한 어른이 되었으면 한다.

22. 갑질로 인생 헛산 저명인사?

조영남 그림 대작(代作) 갑질

조영남 씨는 8년간 300여 점의 그림을 대작으로 그려 팔아온 것으로 밝혀졌다. 대작 비용은 겨우 개당 10만 원 정도였다는 것이다. 대작을 그려준 송씨는 60이 넘은 나이에 월세 생활을 하고 있었고 집주인은 어렵게 사는 송씨를 딱하게 여겨 월세비도 깎아 주었다고 한다. 송씨의 대작 그림의 작업은 집에서 이루어졌는데 대작을 완성할 경우 오토바이를 타고 춘천에서 조영남 씨가 있는 서울 집까지 직접 갖다 주었다고 한다.

그렇게 먼 거리를 거의 매일 같이 왔다 갔다 한 송씨가 남는 것은 별로였다고 한다. 예술가로서 작업에 회의감이 들 때도 여러 번 있었다고 털어놓았다. 하지만 특별한 돈벌이가 없으니 어쩔 수 없이 작업을 계속했다는 것이 송씨의 설명이다. 회의감이 들어 도망간 적도 있었다.

1년쯤 지나 연락이 왔다. 첫마디가 "너 뭐 먹고 사니"였다. 당장 배가 고프니 어쩔 수 없이 다시 그려주기를 몇 번 반복했다. 솔직히 그리기도 싫었다. 작가로서 창의적이지도 않는 작품을 그대로 똑같이 베껴서 그리는데 무슨 보람이 있겠는가? 송씨가 마지막으로 그림을 가져다준 작품 17점을 조씨의 집으로 갔을 때는 봉투 하나를 받았다. 그 돈을 집에 와 세어보니 150만 원이 봉투에 들어있었다. 그림 17점을 주었는데 2점은 일방적으로 서비스하라는 뜻인 것 같았다.

저렇게 짜게 돈을 주고 몇 천, 몇 백만 원을 자기는 받았다니? 조씨의 그림이 대작 그림인 것이 밝혀지면서 매입자들의 항의가 이어지면서 사회적 물의를 일으키게 되었다. 가진 자의 경제적 약자에 대한 지나친 갑질 그리고 대작으로 그린 그림을 자신의 그림 인양 판매하는 행위와 대작은 미술계의 '보편화 된 관행이다'는 주장 등으로 사회적 비판을 받게 되었다. 그러나 조수가 그린 그림에 가필해 자기의 이름으로 판매한 혐의(사기)로 넘겨진 1심 재판에서는 징역 10개월에 집행유예 2년을 선고받았다.

조씨는 2011년 9월부터 2015년 1월까지 총 26점에 1억8,000만 원에 판매한 혐의로 불구속기소 된 사건이었다. 2심에서는 무죄로 선고되어 1심을 뒤집는 판결이 나왔다. 그리고 대법원에서도 무죄로 되었으나 도덕적으로는 비판이 뒤따르고 있다.

이번 조씨의 대작 사건은 법적 판단의 유무죄가 문제가 아니라 그림 대필 작가에 대한 작업비의 착취수준의 대가 지불, 그리고 어느 그림 매입자가 대작한 그림이라하면 사겠는가. 구입자는 작가의 혼신의 힘을 바친 예술

작품을 원하는 것은 당연한 것이다. 이에 대필 작품임을 감춰서 팔았다는 것은 구매자에 대한 배신이다.

이번 사건으로 조씨는 가수로서의 유명세와 화가로서의 재능, 모두 잃게 된 것은 아닌지? 먼저 인성을 갖추지 못해 쌓아 올린 일생의 업적이 하루아침에 물거품이 된 삶이 안 되기를 바라면서 논어에서 자공이 스승 공자에게 물었던 말씀이 떠오르게 한다. "스승님, 자장과 자하 가운데 누가 현명합니까?" 자장과 자하는 모두 공자님의 제자였지만, 공자는 두 제자를 비교한 다음에 이렇게 말했다. "자장은 지나친 면이 있고, 자하는 부족한 점이 많은 것 같다." 그러자 자공이 "그렇다면 자장이 낫겠군요"라고 다시 묻자 공자는 이렇게 말했다. "그렇지 않다. 지나침은 미치지 못한 것과 같다." 사람이 너무 욕심이 지나치면 오히려 화를 불러오듯이 지나침은 부족함과 마찬가지이므로, 모든 일은 적당함이 가장 바람직할 것이다. 過猶不及.

23. 대기업의 중소기업 갑질

1) 대기업의 하도급 갑질

거래상 우월적 지위를 이용하여 납품권을 무기로 불공정한 거래를 강요하는 잘못된 관행 때문에 공정한 시장질서가 확립되지 않고 있는 것이다. 기업 간에 공정경쟁과 상생협력으로 이어져 고용확대와 경제성장을 견인하지 못하고 있다. 대기업이 중소기업에 하도급 생산계약을 하고 재정이 부실하고 인력이 부족하다는 등 적당한 이유를 붙여 하도급 생산을 중도에 파기하여 중소기업이 문을 닫게 하는 갑질이 발생하고 있다. 또는 하도급 물량을 생산능력 이상으로 주면서 시설을 증설케 하고 인력을 늘리게 한 뒤 얼마 있지 않아서 다른 협력사로 일을 몰아주고 하도급을 확 줄인 뒤 하도급

업체를 재정적 궁지에 빠지게 하여 대기업이 인수하는 수법으로 하도급업체를 인수하는 고전적 못된 갑질이 섬유 수출 호경기시기에 성행했다.

2) 중소기업의 기술탈취

납품 중소기업의 기술 자료를 요구한 뒤 이를 무기로 단가를 깎거나, 다른 협력사로 기술을 넘겨버리는 문제가 이어지자 정부가 신고 없이도 직권으로 조사키로 했다. 또 대기업이 가로챈 기술을 적용치 않았더라도 유출사실 만으로 처벌토록 한다는 것이다. 그리고 대기업이 협력사의 원가 내역 같은 정보를 요구하는 것도 금지 된다.

3) 중소, 중견기업의 영세기업에 갑질

중소기업의 더 작은 영세사업자에 불공정행위가 많이 일어나고 있어 이 갑질을 막기 위해 중견기업연합회가 윤리규정을 만들고 법 위반 교육실시 등 자율규제를 '공정위'는 당부하고 있다.

4) 건설 하도급 갑질

하도급이란 도급받은 업무의 일부나 전부를 제3자에게 위탁하는 계약을 하도급 계약이라 하며 흔히 하청이라고도 한다. 하도급 불법 갑질이란 하도급 대금을 낮게 책정하고 허위계약서 작성하는 것이다. 실제 공사비용보다 낮게 지급하고 허위 도급계약서를 작성한 혐의로 공정위로부터 고발당하는 건설회사의 경우다. 원천한 A회사가 하도급을 맡기면서 적정한 공사 대금의 60%대로 부당계약이 예정 가격이 된다. 최소 22억 원이 필요하지만 B회사에 하도급 맡기면서 13억7천만 원에 공사를 떠넘긴다. 이는 일반적으로 지급되는 대가보다 현저히 낮아 하도급 대금을 결정하는 불법행위로 하도급업체는 하지도 않은 공사 대금으로 허위계약서를 작성하게 되는 것이다. 이런 원천회사의 도급회사의 불공정 갑질 행위가 자행되고 있는 것이다. 흔한 갑질로 지난번 대우조선해양이 하도급 계약 없이 작업을 맡기고 하도급 대금을 부당하게 깎는 "갑질"을 한 혐의로 거액의 과징금을 물고 검찰 수사까지 받았다. 공사 시작하기 전에 하도급 계약을 의무적으로 체결하여야 하는 데 단가 후려치기하고 사후 계약서를 교부하는 갑질이 문제가 되고 있다.

24. 금융권 고액 투자자들의 PB에 갑질

PB는 프리이빗트 뱅킹(private banking)의 준말이다. 은행이나 증권사에서 고액을 맡긴 자산가들에게 전담 직원을 붙여 자산을 종합 관리해주는 고객서비스를 말한다. 즉 고액의 예금자를 상대로 고수익을 올릴 수 있도록 컨설팅을 해주는 금융 포토폴리오(portfolio: 주식 투자에서 위험을 줄이고 투자수익을 극대화하기 위한 일환으로 여러 종목에 분산투자하는 방법) 전문가다.

PB는 금융사마다 기준이 다르지만 통상 수십억 이상 현금 자산을 맡긴 자들 만 만날 수 있다는 것이다. 그러다 보니 서민들에게는 "그들만이 사는 세상"의 이야기가 된다. 사실 PB란 말이 일반 국민에게는 그렇게 익숙한 단어가 아닌데 조국 사건으로 그 가족의 사모펀드 사건이 터지면서 세상에 널리 알려지게 되었다.

사건의 PB인 김경록 한국투자증권 차장이 조국 전 법무장관과 아내 정경심 동양대 교수를 위해 한 일의 공개목록을 보면 사모펀드 투자 자문, 가정 대소사 상담, 자녀들과 시간 보내기, 개인 운전기사, 검찰 수사 대비 컴퓨터

등 개인 물품 운반보조, 곽 가족여행 동행… 리스트를 보면 이 가족의 일상
에 알파에서 오메가를 책임지는 집사가 따로 없을 정도다.

이를 보면 투자자문관리가 아니라 금력을 앞세워 가진 자들의 도가 넘치
게 부려먹는 갑질 세상 이야기다.

25. 공무원의 직책 권력 갑질(유재수)

유재수 사건은 청와대 민정비서실의 특감반이 유재수 금융위원회 정책
국장이 관할 기업에 뇌물을 받고, 골프채를 선물을 받고, 자식의 유학비용
을 업체로부터 받았다는 첩보를 받고 특검반이 조사한 사건을 상부에서 이
사건을 덮어라는 지시를 한 것이 한 특검 반원의 공익 제보에 의하여 재조
사하면서 밝혀진 것이다.

유재수 전 정책국장은 자신의 저서를 아는 업체에 "내가 보유한 책이 떨
어졌으니 책을 사서 보내 달라"고도 한 것으로 알려졌다.

이렇게 받은 책은 또 다른 업체에 팔았다. 검찰은 서점을 통해서 팔지 않
고 직접 판매해 돈을 챙긴 것으로 보고 있다. 책은 500권으로 1,100만 원이
된다는 것이다. 자신이 관여하는 업체에 책을 강매하고 되팔은 사실이 알려
지자 봉이 김선달식 책장사를 했다는 비판이 높다.

그뿐인가 했더니 오피스텔 얻어줘, 월세 등 대납시켜 달라, 아내 줄 골프
채 사 줘, 항공권 사 줘, 미국 가는 데 돈이 필요하다 현금도 요구, 강남에 아
파트를 사는데 돈이 부족하다며 2억5천을 무이자로 빌려주었는데 되팔고
차액이 남지 않았다고 천만 원을 갚지 않았다.

돈 보낼 때는 장인, 장모계좌로 보내줘 정말 갑질도 짜증나게 했다. 재목
도 안 되는 것들이 권력을 쥐고 돈 생기는 곳마다 찾아다니며 이것 사줘 저

것 사줘, 꿔줘, 돈 한몫 줘, 이렇게 해온 것이 드러난 것이다.

결국 유재수는 검찰에 고발되어 법원에 기소되어 법원의 선고를 기다리고 있다. 좌파 정권의 권력진 것들의 실체를 잘 보여준 사례인데, 어디 유재수 뿐이겠는가 생각하니 참담하다.

26. 연예인의 매니저 갑질

원로 연예인 이순재 씨가 매니저에게 갑질 논란에 휩싸였다. 매니저로 일하면서 머슴처럼 일하면서 해야 할 일이 아님에도 시키는 일을 하다가 해고 당했다면 억울함을 토로했다. 자신은 매니저 일을 생각하고 일을 지원했지만 실상은 자기가 맡고 있던 배우뿐만 아니라 배우 가족들과 관련한 허드렛일까지 하였다고 밝혔다. 분리수거, 신발수선, 생수통 옮기기 등 매니저가 해야 할 일이 아닌데 자신에게 일을 시켰다고 했다.

그리고 이순재 씨 부인은 매니저 김씨에게 "너는 멍청하고 둔하냐, 이렇게 머리가 안돌아가냐"와 같은 막말을 했다는 것이다. 매니저 김씨는 두 달 동안 주말을 포함해 쉰 날은 단 5일이고 평균 주 55시간 넘게 일했지만 휴일, 추가 근무 수당은 없었으며 기본급 월 150만 원이 전부였다고 한다. 두 달 만에 해고되었는데 그는 차를 세우고 울고 싶을 정도로 너무 힘들었다고 했다. 이순재 씨는 국민 앞에 본인 부득의 소치라고 사과했으나 국민 원로 배우로 자상하고 좋은 이미지였던 이순재 씨가 갑질 논란에 인격적 상처를 입게 되었다.

제4장

/

성범죄性犯罪 국토를 흔들고 있다

1. 성 범죄란?

성범죄性犯罪는 성性과 관련된 범죄를 말한다. 성범죄 법률은 사회 전체의 성적 풍속風俗을 보호하고 개인의 성적 자기 결정권을 보호하기 위해 제정되었다. 우리 법체계는 형법 및 기타 특별법에서 성범죄에 대해 규정하고 있다. 형법상 성범죄는 강간과 추행의 죄와 성 풍속에 관한 죄로 구성하고 있다.

1. 강간과 추행의 죄는 개인의 성적 자기 결정의 자유를 보호하기 위한 개인적 법익法益에 속한다, 그러나,
2. 성 풍속에 관한 죄는 사회 일반의 건전한 성도덕 내지는 성 풍속 보호 목적이다.
3. 기타 특별법에도 성범죄를 규정하고 있다. 이는 성폭력범죄의 처벌, 피해자 보호 등에 관한 법률, 성매매 방지, 풍속영업 규제 등을 다루고 있다.

형법상의 성범죄의 특징은 친고죄로 성범죄로 규정하고 있지만 물론 친고죄親告罪가 아닌 성범죄도 있지만, 성범죄의 피해자를 수사단계나 공판단계에서 또 다른 피해를 주지 않기 위하여 피해자의 의사에 따라 공소를 제기할 수 있도록 하고 있다. 따라서 강간죄를 비롯한 강제 추행죄 등은 친고죄로 규정하므로서 피해자의 의사에 의하여 가해자를 처벌하도록 하고 있다. 하지만 특별법의 경우 대부분을 비친고죄로 규정하므로서 피해자의 고소가 없어도 공소할 수 있도록 하였다.

성희롱性戲弄이란 직장 또는 사회조직 내에서 상대방의 의사에 반해서 성과 관련된 언어나 행동으로 상대방이 성적수치심을 느끼거나 불쾌한 감정

을 갖게 하는 일체의 행위를 성희롱이라고 한다. 여성들의 사회적 진출이 활발해지고 사회조직 내에서 여성들의 역할이 증대되고 있다. 이에 따라 남녀평등 사상이 고조되고, 여성들이 차별적으로 대우받았던 것에 대해 비판 의식이 증가됨에 따라서 우리 사회에 만연되었던 성희롱 문제가 심각한 사회문제로 등장하게 되었다.

이에 따라 정부에서도 남녀고용평등법을 제정하고 직장 내 성희롱 방지와 성희롱 자에 대한 사업주의 조치의무 등을 부과하고 있다(성희롱이 규정된 법률은 양성평등기본법 제3조 제2호, 국가인권위원회법 제2조 제3호 라목, 고용평등법 제2조 제2호).

성희롱 유형은 다양한데 입맞춤, 포옹, 뒤에서 껴안기 등의 신체적 접촉, 엉덩이 등 특정 신체 부위를 만지는 행위 등 신체적 접촉을 통한 성희롱뿐만 아니라 음담패설, 외모에 대한 성적인 평가나 비유, 성적 개인의 사생활을 묻거나 이를 유도하는 행위, 성관계를 강요하거나 회유하는 행위, 음란한 내용의 전화통화, 회식 석상 등에서 무리하게 옆에 앉혀 술을 따르도록 강요하는 행위 등이다. 또 외설적인 사진, 음란출판물 등을 보여주는 행위, 직접 또는 이메일 등을 통해 음란한 사진, 그림을 보내는 행위, 성과 관련된 자신의 특정 신체 부위를 고의적으로 노출하거나 만지는 행위 등이 포함된다.

성추행性醜行이란 성욕의 흥분 또는 만족을 얻을 동기로 강제로 타인에게 성적인 수치심을 불러일으키는 행위를 말한다. 성적 만족을 얻기 위하여 물리적으로 신체접촉을 강제로 행하는 것이다. 사례로서 여성을 강제적으로 끌어안고 뽀뽀하는 행위, 치마 속으로 손을 넣어 허벅지나 엉덩이를 만지는 행위, 상대방을 알몸이 되게 하는 행위, 유방을 만지는 행위. 간음 이외의 비정상적 성행위를 강요 등, 즉 간음 행위에 이르지 못한 경우를 추행으로 본다. 우리 형법은 폭행 또는 협박으로 사람에 대하여 추행을 한 죄를 강제추행죄로 정하고 있다(제298조).

성폭력性暴行이란 성폭행은 성적 폭행 가운데 침해의 정도가 극히 중한 강간 등의 행위를 일컫는 말이다. 가장 빈번하게 발생하는 성폭력은 물리력을 동반한 신체적 폭력이다. 형법상 강간죄나 강제 추행 죄는 성폭력범죄의 대표적인 규정이다. 사회가 발전함에 따라 성폭력은 증가하고 있는 추세이다.

단순한 강간범죄뿐만 아니라 근친 간의 성폭력범죄, 사회적 위계질서를 이용한 성폭력범죄 등 범죄의 수법이나 형태에 있어서 광범위하고 복잡성을 띠고 있다.

성 착취性 搾取란 성행위나 이에 준하는 행위를 강제로 하게함. 또는 이를 통해 이익을 취하는 것을 말한다. 음란하고 성적인 어떤 행동을 시킨 것에 그치지 않고 그것을 이용해서 자기 개인적인 이익을 취하는 것이다. 아주 악질적이고 반인륜적 범죄라고 할 수 있다.

조주빈의 텔레그램 N번은 각방에 올라간 사진과 영상의 수위에 따라서 번호를 정하고 박사의 추천을 받아서 돈을 내고 입장하는 구조로 운영한 것이다. 박사방 조주빈의 미성년자 성착취가 세상을 놀라게 했다.

일부 성 착취물 내용을 보면 n번방의 전설로 회자 되는 갓갓의 작품은 구강성교를 하는 여아의 모습, 잠복하여 직접 보는 장면 등 관전자들이 환호했던 이유는 행위보다 대상자인 중학생 정도 됐을 노예에게 친동생의 성기를 애무하도록 지시 등 표현하기가 난망한 장면이었다.

악랄한 성착취범 조주빈의 n번방 사건 이후 국회는 재발방지법을 통과시켰다. 불법 촬영물을 소지하거나 시청한 경우에도 처벌하고, 성적 촬영물을 이용해 협박, 강요하는 행위를 가중 처벌하는 내용 등을 담았다. 이미 '디지털 성범죄 근절' 대책이 늦은 감이 있었으나 다행이다.

2. 한국의 미투운동 (me too movement)

'me too' "나도 당했다 운동"은 미국에서 시작된 해시태그(hash tag) 운동이다. 2017년 10월 할리우드 유명 영화제작자인 '하비 와인스타인'의 성 추문을 폭로하고 비난하기 위해, 소셜미디어에 해시태그(#me too)를 다는 행동에서 출발했다. 한국에서 2018년 1월 29일 현직 검사 서지현씨가 JTBC 뉴스룸에 출연하여 검찰 내의 안태근 검사장을 성추행 실상을 고발하면서 미투 운동의 촉매제가 되었다.

연기 연출가 이윤택에게 성추행을 당했다는 문하생의 고발이 소셜 네트워크 서비스를 통해 널리 퍼지면서 "위력에 의한 성폭력" 피해 고발 움직임이 대한민국을 강타했다. 이후 시인 고은, 극작가 오태석, 이윤택, 배우 조민기, 조재현, 정계인사 안희정, 정봉주 씨 등 가해자로 지목된 인물이 20여 명으로 늘어나면서 일파만파로 번져갔다.

3. me too 운동에 폐목이 된 인사들

1) 정치인 me too

① 안희정 성폭행

안희정 충남지사가 수행비서 김지은 씨를 성폭행했다는 보도가 있어 전 사회적 미투 운동이 정치권까지 이어지게 된 것이다. 내용은 2017년 6월부터 약 8개월간 안희정 지사로부터 8차례의 성폭행을 당했다고 주장한 것이다. 현재 1심 재판에 무죄선고를 받았으나 항소심에서 징역 3년 6개월의 실형을 받고 법정 구속이 된 상태이다. 안희정 전 지사는 차기 유력한 대선주자였으나 이 사건으로 사회에 큰 충격을 받고 있다.

② 정봉주 전 국회의원 기자 성희롱

2011년 11월 23일 당시 기자 지망생이었던 A씨를 서울 렉싱톤 호텔로 불러 성추행했다는 사건, 이 사건으로 정 전 의원은 서울시장 출마 선언을 앞두고 있었는데 출마를 포기했고 이어서 4·15 총선에서 서울 강서을 지역구에 출마를 희망했지만 결국 정당공천이 불가능하게 되어 정치적 좌절감을 느끼게 했다.

③ 민병두 국회의원 노래방 성추행 의혹

여성 사업가 A씨는 "민병두 의원과 평소 알고 지내던 사이였다. 2008년 5월 어느 날 민병두 의원과 함께 저녁을 먹었는데 평소와 달리 노래방을 가자고 하더라"고 주장했다. 노래방에 들어서는 순간 입구를 막았다고 주장했다. 이어 브루스를 추자고 하더니 갑자기 키스를 했고 그 순간 얼음 상태가 됐다. "집에 와 보니 바지 지퍼가 열려있었다"며 당시 상황을 설명했다. A씨는 갑자기 혀가 들어 왔다. 너무 당황스러워 가만히 있었다. "뭐 저런 거지 같은 인간이 있어"라는 분노도 있었지만 아무 조치도 못 하는 스스로에게 화가 났다고 심경을 고백했다고 한다. 민의원은 이 미투 운동의 영향으로 의원직 사표를 제출했으나 철회하고 의원 생활을 계속했다(언론 보도 인용).

④ 오거돈 전 부산시장 직원 성추행

오거돈 전 부산시장의 강제 성추행 사건의 피해자에 의하면 오거돈 전 부산시장의 호출을 받았습니다. 처음 있는 일이었지만 업무시간이었고, 업무상 호출이라는 말에 서둘러 집무실로 갔다가 그곳에서 성추행을 당했다. 여성 직원이 강하게 저항했으나 시장은 굴하지 않고 5분 동안 신체를 주물

럭거렸다는 것이다.

오 전 시장은 모든 사실을 인정하고 책임을 통감하면서 기자회견을 했다.

(기자회견 전문)
시민 여러분 참으로 죄송스러운 말씀을 드리게 됐었습니다. 오늘부터 사퇴하고자 합니다. 시민 여러분께 머리 숙여 사죄드립니다. 모든 허물을 제가 짊어지고 용서를 구하고자 합니다. 공직자로서 책임지는 모습으로 사죄드리고 남은 삶 동안 참회하며 살겠습니다. 기대를 저버린 과오 또한 평생 짊어지고 살겠습니다. 한 가지 간절하게 부탁드립니다. 또 피해자가 상처 입지 않도록 언론인, 시민 여러분께서 보호해 주십시오. 모든 잘못은 저에게 있습니다.

부산을 너무 사랑했던 사람으로 기억해 주십시오. 시민 여러분께 너무 죄송합니다.

⑤ 박원순 서울특별시장 성추행 미투

박원순 서울시장은 비서 여직원 A씨를 4년간 지속적인 성추행으로 인하여 2020년 7월 8일 서울경찰청에 고소장을 제출하고 고소인이 진술을 받았다는 소식이 전해지자 곧바로 서울 북악산 산중에서 자살로 생을 마감했다. 고소사건은 그의 자살로 기소 없음으로 끝났으나 대한민국의 모든 기능이 집중된 수도의 살림살이를 책임지고 예산 40조를 집행하는 막중한 책무를 수행하는 서울시정의 행정수장으로서 큰 실망을 안겨주었다. 특히 여성인권옹호에 앞장섰던 여성 인권변호사 출신으로서 그리고 유력한 대통령 후보로서 기대했던 인물이다. 패미니스트로 자처하던 사람으로 자기 여비서를 수년 동안 권력형 성추행했다는 것은 겉과 속이 다른 인격에 충격이 컸던 사건이었다.

2) 연예인 및 예술인 me too

조민기 배우 겸 교수는 여학생 성추행으로 자살, 이윤택 연출가 여성단원 성추행·성폭행, 조재현 성추행, 오달수 연극배우 성추행, 이영하, 김기덕, 오태석 극단 목화 대표 여성 단원 성추행, 하용부의 인간문화재 여성 단원 성폭행, 박재동 만화가 여성 작가 성추행, 김석만 연출가 성추행, 윤호진 연출가 성추행, 조증윤 극단 번작이 대표 여제자 성폭행, 최일화 배우 성폭행, 한영구 배우 성추행, 조덕제 배우 성추행 실형 선고, 조근현 영화감독 성희롱, 변희석 음악감독 성추행, 이병훈 음악감독 성추행.

3) school me too(초유의 대규모 교사 성범죄 me too)

① 광주 성희롱 여고, 재직교사 20%가 혐의자

광주 시내 모 여고 교사들의 학생 성희롱 및 성추행 파문이 경찰이 수사에 나서면서 일파만파로 번지고 있다. 초유의 대규모 교사 성범죄이기 때문이다. 특히 일부 교사들은 학생들에게 "학생부 입력에 불이익을 준다" 등의 협박성 발언까지 한 것으로 알려져 은폐의혹이 일고 있었다.

학생들에 의하면 "고x몸매 예쁘네, 엉덩이가 크네." "뚱뚱한 여자가 치마 입으면 역겹다." 등이다. 성차별적, 여성비하 발언도 했다는 주장이다. "설거지나 하고 살아라." "여자는 애 낳는 기계." 등이 대표적이다. 성희롱이나 성추행, 과도한 언어폭력 피해를 입었다고 답한 학생은 180여 명이다. 또 다른 학생의 피해 정황을 목격했거나 들었다고 답한 사례까지 더하면 피해 학생 숫자는 500여 명에 달할 것으로 알려졌다.

이 학교 전체 교사는 57명(남자39명, 여자18명)이다. 이중 현재 수사 의뢰 대상은 11명이다. 전체 교사의 20%가 경찰 조사대상이 되었다.

② 서울 노원구 용화여고의 졸업생의 me too고백

문제가 된 용화여고 선생들은 학생들에게 가슴 사이즈를 말한다거나 엉덩이를 친다거나 도를 넘는 행위들이 지속하여 학부모와 학생들이 이에 대한 건의를 학교에 했으나 묵묵부답으로 대답을 대신했다.

이러한 행위가 SNS로 퍼지고 자신에게까지 해가 미칠까봐 수업에 들어가서 학생들에게 협박하거나 자신은 그렇게 해도 처벌 안 받는다는 등의 말까지 서슴없이 하며 죄를 뉘우치기보다는 일을 이렇게 크게 벌인 학생들에 대한 원망으로 가득했다.

어떤 직업이든 직업윤리라는 것이 존재하는 것이다. 이런 미투운동의 결과 교사 18명에 대해 징계처분을 내리게 되었다. 직업윤리는 아주 최소한의 도덕이고 그 최소한의 도덕조차도 지키지 못하는 교사들이 교권을 운운할 자격이 있을까.

스쿨미투 인천, 스쿨미투 부산 사하중, 스쿨 미투 서울 인성여고, 스쿨미투 대구, 충남, 창원, 대전, 광주, 논산, 광주로 번져갔다.

③ "스승의 성희롱" 많아서 거리 나온 school me too

스승의 성희롱 너무 많고 나날이 갈수록 심각해져 "학생의 날"에 서울 중구 서울 파이넨스 센터 앞에 교복을 입고 모인 중 고등학생 250명이 "스승의 은혜"를 개사한 노래를 목청껏 불렀다. 청소년 페미니즘 모임 등 30여개 단체가 스쿨 미투를 주제로 연 "여학생을 위한 학교는 없다" 집회에 섰다. 서울 노원 용화여고에서 있었던 첫 스쿨미투 이후 학생들이 이를 주제로 광장에 모인 것은 처음이다.

주최 측은 30개가 넘는 학교에서 미투운동이 일어났지만 교육부나 학교 당국은 일부 가해 학교만 '꼬리 자르기' 식으로 징계하고 피해자에 대한 2차 가해만 일삼고 있다고 주장하고 성희롱, 성차별 발언이 적힌 칠판을 부수는 퍼포먼스를 벌이기도 했다. 집회 참가자들은 대부분 얼굴을 가린 흰색마스크를 착용했다. 참가자들은 끝으로 서울시 교육청까지 행진해 정문 앞에

"위드유(#with you)"가 적힌 현수막을 걸고 해산했다.

80대 남자 교장 50대 여 만학도 mee too

60대가 다 된 여성 만학도가 스쿨 미투를 털어놓을 수 있나 해서 망설이기도 했고, 주변에 수치스럽다 해서 그냥 넘기려 했는데 다시는 또 다른 만학도가 당해서는 안 되겠다는 생각으로 신고하게 된 것이다. 만학도 A씨는 2014년 늦은 나이지만 배움에 미련이 남아 전남 목포의 한 성인 중등교육과정 학교에 다니기 시작했다. 진학 결심에 자녀와 남편의 응원을 받고 학교에 다녔는데 어느 날 교장실에 불려간 뒤로는 학교생활은 한순간에 악몽이 되었다.

80이 넘은 학교장 B씨는 교장실에 들어온 A씨에게 "내 말을 잘 들으면 고등학교는 물론 대학 장학금도 주겠다. 나하고 연애하자"며 손을 잡았다. 강제로 무릎에 앉힌 뒤 입맞춤도 했다. 당황한 A씨는 이 사실을 누구에게도 말하지 못했다. 사건 이후에도 교장이 손을 잡으려 할 때마다 피해 다녀야만 했다. A씨는 졸업 후 대학진학도 포기하고 학교에는 아예 발길을 끊은 사건이다. 그 버릇 개 주었으면 늙어 망신은 피했을 것을….

4) college me too

한국을 대표하는 수학자인 서울대 수리과학부 강모 교수는 제자들의성추행 사건으로 서울대 개교이래 처음으로 교수가 구속되어 2년 6개월의 실형선고로 복역하고 피해자의 정신적 피해에 대한 손해배상 소송까지 당하게 되는 불명예와 참담한 수치의 사건이 되었다.

한국예술종합학교 한명구 연극배우 겸 교수는 학생 성추행으로 중징계하여 교수직 사퇴했고, 박재동 한국예술종합학교 교수(만화가)는 수업 중에 여러 차례 성희롱 발언을 통해 성적수치심 유발(정직 3개월), 김태웅 교수(영화, 왕의 남자 원작자) 강의 중 여학생들을 상대로 성관계와 관련된 농담을 하는 등 성희롱한 사실(정직 3개월), 황지우 교수(전 한예종 총장, 시인) 수업 중에 학생들의 성적수치심과 심리적 불편을 유발하는 발언을 한 것(정직 1개월), 김광림 교수 연극계 원로 성폭력 사실은 있었지만 퇴직해 징계대상에서 제외, 하일지 전 동덕여대 문예창작과 교수 시인 여제자 성추행, 배병우 서울예대 교수(사진작가) 여학생 성추행, 김태훈 세종대학 교수겸 배우 여학생 성폭행 피해자에 사과문 발표 후 사직, 성신여자대학 사학과 임상범 교수 여학생 성폭행 파면 조치, 국민대 조형대학 의상디자인학과 J교수 여학생 성추행 파면조치, 고려대 국어국문학과 K교수 여학생 성추행 파면 조치.

대학 내 성폭력 가해자 73%가 교수

국회 입회조사처의 "고등교육기관 성폭력 예방 교육현황과 시사점" 보고서에 따르면 대학에서 발생한 성폭력(성희롱, 성추행, 성폭행) 사건은 2015년 73건에서 2018년 115건으로 증가했다. 발생 건수는 성희롱, 성추행, 성폭행 순으로 많았다. 가해자는 "갑"의 위치인 교수가 압도적으로 많았다. 교수가 저지른 성폭력 사건은 2015년 48건에서 2018년 85건으로 2배 가까이 증가했다.

이런 현실과는 달리 교수들을 상대로 한 성폭력 예방 교육은 참여율이 저조했다. 이는 솜방망이 징계와 맞물려 대학의 성폭력 근절을 어렵게 한다는 지적도 나오고 있다.

한 예로 전북대학에 한 교수가 강의도 중 "가끔 유흥업소에 가는데 우리 학교 학생도 많다. 보면 인사해라." "내 부인이 195번째 여자다." 등의 발언을 해 논란을 빚었지만, 징계는 감봉 3개월의 경징계에 그쳐 학내의 강한 비판을 받기도 했던 것이다.

최고의 고등교육기관의 교수인 스승이 제자를 성폭력 하는 행위가 학내의 주범이 되고 있다는 것은 학자들의 인성이 얼마나 타락되어 있는지를 단적으로 말해주고 있다.

5) 문인 me too

① 고은 시인 최영미 시인의 폭로

고은 시인의 성추행 의혹은 최영미 시인의 시詩 "괴물"로 시작되었다. 계간지에 "en선생 옆에 앉지 말라고/문단 초년생인 내게 K 시인이 충고했다/젊은 여자만 보면 만지거든" 이 시인이 고은 시인으로 알려져 미투 운동이 문학계로 번졌다. 그리고 최 시인은 한 일간지에 1993년 서울 종로구 술집에서 고은 시인이 "성기를 꺼내 주무르는 것을 목격했다"고 했다. 현재 고은 시인은 최 시인을 상대로 10억여 원의 손해배상 소송이 진행했으나 패소하고 불복하여 항소했다.

② 배용제 시인은 서울 예고 강사로 있으면서 수년간 미성년 시 창작 습작생 제자들을 성폭행한 것으로 밝혀져 구속되어 징역 8년을 선고 받았다.

미투의 폭발적인 계기는 최영미 시인의 작품이었다. 고은 시인의 성추문을 폭로한 것이다. 이후 이윤택 연희단거리패 예술 감독과 배우 조민기의 성폭력 피해자들이 실명으로 나서면서 문화예술계 전반으로 미투가 번지게 되었다. 종교계와 시민단체 등에서도 자신의 이름을 건 폭로가 이어졌고 마침내 경찰이 대대적 수사에 착수하게 되었다. 특히 문화예술계가 가장 많았고, 극단대표가 소속 단원을 예술대 교수가 제자를 유명배우가 후배나 연기자 대상으로 삼았다.

이른바 예술계 거장들이 자신을 따른 후배와 제자의 경외심을 악용해 술자리에서 성폭행을 일삼았기 때문이다. 해당 분야의 명성을 바탕으로 대학에 진출한 인사들은 교수의 주관적 평가가 절대적인 예술 강의의 특성을 이용해 제자들을 유린한 것이다.

6) 법조인 me too

창원지검 통영지청 서지현 검사는 2010년 10월 한 장례식장에서 안태근 전 검사장에게 성추행을 당했다고 검찰의 내부 통신망(e-pros)게시판에 "나는 소망한다"라는 글을 올려 성추행 사실을 폭로하면서 검찰 내 미투 운동을 촉발시켰다. 서 검사는 국가와 안태근 전 검사장을 상대로 1억 원의 손해배상 청구 소송을 제기했다. 서 검사는 소장을 통해 안 전 검사장이 법무부 정책 기획단장에 재직하던 지난 2010년 자신을 강제추행을 했고 직권남용에 의한 보복인사 등 불법행위를 저질렀다고 밝혔다. 안 전 검사장은 불구속 상태에서 1심 재판을 받던 중 징역 2년 선고를 받아 법정 구속되었다. 법조계는 직권남용으로 징역 2년은 매우 드문 형으로 다소 미투 여론을 감안한 측면이 있다고 했는데 결국재상고 없이 무죄로 판결되었다.

7) 군 지휘관 me too

① 성폭행 예방 맡겼더니 성폭행 시도한 장군체포

해군에서 성폭력 예방 교육을 담당했던 장성이 부하 여군 장교를 성폭행하려 한 혐의로 긴급 체포됐다. 해군에 따르면, 경남 진해의 모 부대 지휘관인 A 준장은 밤술을 마신 뒤 여군 장교를 전화로 불러냈다. 이후 그는 여군 장교 숙소로 들어가 함께 술을 마셨다. 두 사람은 이전에 같은 부대에서 근무한 인연이 있다고 한다. A 장군은 여군 장교가 만취하자 성폭행을 시도했으나 실패했다고 해군은 밝혔다. 여군 장교는 조사에서 "A 준장이 술에 취해 잠들었다가 다음날 새벽 깨어나 다시 성폭행하려 했지만 거부했다"고 진술한 것으로 알려졌다. A 장군은 이 사건으로 보직은 해임되고 긴급 구속되었다. 이 장군은 이전의 부대에서 여성인력고충상담과 성폭력 예방업무를 담당하는 해군본부 병영정책과장을 지냈다. 이 장군이야말로 고양이에게 생선 맡긴 꼴이 되었다.

② 여군 부하 성추행 육군사단장 보직해임

육군 모 부대 A 장군이 부하 여군을 불러내어 자신의 차내에서 성추행한 사실을 군 인권센터가 이를 당국에 신고해 밝혀졌다. 국방부는 육군중앙수사단에 즉시 조사를 지시하고 피해자에 대해서는 가해자와 분리 조치(휴가)하고 보호 및 2차 피해 예방 조치를 했다. 이런 성범죄가 계속되고 있는 점을 볼 때 군 성폭력 문제를 내부에서 알아서 처리하는 시스템은 피해자를 계속해서 양산할 뿐이므로 피해자를 보호하고 가해자를 일벌백계하고자 하는 의지가 있다면 국방부는 전담기구를 신설하여야 할 것이다.

8) 종교계 me too

1) 만민중앙교회 이재록 당회장

서울 구로동의 신도수 13만 명이나 되는 만민중앙교교회 당회장 이재록 목사에게 성폭행을 당했다고 주장하는 신도들이 계속 드러났다. 1980년부터 30년 이상 지속되었다는 정황이 포착되었다.

신도 A씨는 "이 목사가 내가 누구라고 생각하느냐"고 묻자 성령님이라 믿는다 했더니 그러면 옷을 벗을 수 있느냐고 "네 가슴이 보고 싶다." 그랬다. 자신이 머뭇거리자 이 목사가 "에던 동산에서는 모두가 다 벗고 있어도 악이 없이 부끄러움을 못 느낀다"며 정당화하려고 했다.

이 목사는 밤늦은 시간에 비밀 거처에 불러 여신도들을 1명씩 또는 한꺼번에 3명씩 불러 집단 성행위를 했다는 것이다. 이 목사는 수년에 걸쳐 자신의 지위와 권력, 신앙심을 이용해 여성 신도 10여 명을 항거불능 상태로 만들고 성폭행 혐의로 구속되었다. 신도 중 6명이 이 목사를 고소했다. 이 목사가 집단성관계를 하기 위해 만든 "하나팀"이라는 모임도 존재한다고 했다. 이 목사는 8명을 수년 동안 40여 차례 성폭행 및 추행한 혐의로 구속기소 돼 1심에서 징역 15년형을 선고받았다.

2) 천주교 정의구현사제단 한만삼 신부는 사제복으로 위장한 악마였다.

아프리카 남수단은 고 이태석 신부가 암 투병 와중에도 선교의 열정을 불사른 곳이다. 후임으로 부임한 한만삼 신부는 2011년에 선교 봉사차 남수단에 온 한국인 여성 신자 김경민 자매 방을 강제로 열고 들어가 성폭력을 시도했던 사건이다. 김 자매는 성폭행이 있었던 상황을 "난 힘으로 그분을 당할 수 없었다. 새벽 5시가 다 되어서야 풀려나 방으로 돌아왔다. 눈과 손목에 멍이 들었다. 주님 저를 구하소서"라고 당시 정황을 일기에 기록했다.

이 사건이 있은 이후에도 잠겨있는 자신의 방문을 열고 침입해 강간을 시도했다. '흉기를 들어 저항했지만 사제를 찌를 수는 없다는 생각에 흉기를 내려놓았다.' 한 신부는 "내가 내 몸을 어떻게 할 수가 없다. 그러니까 네가 좀 이해해 달라"라고 했다.

천주교 정의구현사제단에서 활동하던 한 신부는 사제단 운영위원회 직무를 접고 자진 탈퇴했다. 천주교 정의구현 전국사제단도 사과문을 내 한 신부가 사제단의 일원이기에 "그의 죄는 고스란히 우리의 죄"라면서 피해자에게 사과했다.

한 신부는 이런 악마의 짓을 한 후에도 2013년에 쌍용차 해고 근로자들에게 인간에게는 양심이라는 빛이 있다는 강론, 2014년 8월 25일 세월호 참사 시국미사에서 하느님께서는 당신의 선함과 아름다움으로 세상을 창조했고 그 선함을 인간의 양심에 담아줬다고 설교, 2014년 8월 세월호 천막 시국미사 강론("양심은 하느님의 말씀"이라며 "불의에 침묵하지 말고 저항하자. 정의는 진실을 두려워하지 않는다")을 했다.

입만 열면 인권, 정의, 양심을 떠들면서 뒤에서는 몹쓸 짓을 하는 정의구현사제단의 형태를 보고 한국천주교의 추락하는 모습을 보고 있는 것 같다.

3) 성락교회 김기동 목사를 3명의 피해자가 폭로했다.

특히 이 중 한 명은 실명까지 밝히면서 김 목사의 성추행 범죄에 대해 직접 증언했다. 신도 이진혜씨는 "목사님이 다리를 쫙 벌리면서 저를 의자로 다리 사이로 끌어당기면서 스므스하게 내려가서 배를 집중적으로 막 만지시드라고요, 주무르기도 하고 쓰다듬기도 하고"라며 당시 상황을 증언했다. 다른 피해 여성은 "뭔가 터치를 하고 있다는 게 느껴졌고, 왜 만지는 거지"라며 "갑자기 이렇게 키스를 하시는 거에요. 혀가 쑥들어오니까"라고 당시를 떠올렸다. 성락교회 내 성추행 피해 주장 사례는 미투 운동이 확산되기 이전에 이미 공중파 채널 SBS "그것이 알고 싶다"에서 다루어졌다고 한다.

4) 신창교회 조ㅇ완 목사가 결혼주례를 부탁했던 여신도를 불러내 성폭행한 후에는 지속적으로 자신을 협박해 교회와 모텔, 자가용 등에서 상습적인 성추행과 성폭행을 일삼았다고 주장했다. 그럼 만나주지 않는 조건으로 돈을 요구해 억대의 돈까지 갈취 당했다는 것이다. 결국은 성폭력에서 벗어날 수 없다는 것을 결심하고 목사의 가족 앞에 모든 사실을 털어놓고 자살을 시도하기도 했고, 이혼까지 당하여 고통스런 나날을 보냈다고 회고했다.

지금까지 살펴본 것처럼 교단, 교계의 성범죄 실태는 도를 넘어도 한참 넘었다. 그러다 보니 기독교 반폭력센터가 2016년부터 2018년까지 발생한 목회자 성범죄 31건을 집계한 결과, 교단이 가해자인 목사직을 박탈한 경우는 5건뿐 이었다는 한심한 결과가 나온 것이다. 이런 것들이 사실인데도 교회의 문제는 목사요. 교계의 문제는 지도자란 말이 나오지 않을 수 없는 것이다. 이런 현실 앞에 지금 기독교의 목사 및 교계 지도자들은 통철한 회계의 기도를 할 때이다.

'구하라, 받을 것이다, 찾으라, 얻을 것이다. 문을 두드리라, 열릴 것이다. 누구든지 구하면 받고. 찾으면 얻고, 문을 두드리면 열릴 것이다.'(마7:7-8)

개신改新은 "묵은 것을 새롭게 고침"이라는 뜻이고 개신교는 16세기 종교개혁으로 천주교의 법왕 제도에 반대하여 새로 일어난 교파이다. 본래 개신교란 종교는 없다. 본래 카톨릭이였는데 카톨릭의 부패를 카톨릭의 잘못을 없애자는 슬로건 아래 출발한 카톨릭 일부 신부들이다. 그렇게 하여 생긴 신흥종교가 개신교다.

그렇게 카톨릭 자체 잘못을 고치고자 출발한 개신교가 카톨릭 보다 더 부패하고 있으니 예사로운 것이 아니고 사회적 잘못의 주체가 개신교인 것이다.

9) 체육계 mee too

① 10세 때 테니스 코치에게 성폭행당한 "김은희" 선수의 폭로

체육계 미투의 시작은 2016년 10월 김은희 테니스 코치였다. 김 코치는 나는 10살인 초등학교 시절 자신을 성폭행한 테니스 코치를 고발하고 경찰에 신고하고 판결까지 2년이 걸려 징역 10년형을 이끌어 내었다. 그간 얼마나 힘들었는지 수면장애, 불안, 악몽, 소화 장애, 수면제로 잠들기도 했다는 것이다. 코치는 성폭행 후 "죽을 때까지 너랑 나만 아는 거다. 말하면 보복할거다." 초등학교 4학년이었던 그는 그게 성폭행이라는 것을 몰랐다. 15년이 지나 경찰에 신고한 것이다.

지금도 구속 중인 코치는 자신의 잘못을 반성하고 있지 않다는 것이다.

그 후 김 코치는 공부를 계속해서 석사학위를 받고 현재 고양시 한 테니스 아카데미에서 코치를 하고 있다.

② 힘겹게 침묵을 깬 심석희 선수 "코치에게 상습 성폭행 폭로"

쇼트트랙 국가대표 심석희 선수를 발탁하고 키우고 코치 역할을 하면서 17세의 미성년 제자를 4년간 상습적으로 성폭행한 조재범 코치를 검찰에 고발하게 된 사건이다. 이 사건의 폭로로 체육계 곳곳에서 성추행, 성폭행 고백이 터져 나오게 되었다.

③ "정의롭고 공정한 대한민국 빙상을 바라보는 젊은 빙상인 연대"란 이름으로 뭉친 전 현직 올림픽 메달리스트와 현직 지도자, 빙상인들은 2019년 1월 21일 오전 서울 여의도 국회 정론 관에서 기자회견을 열고 빙상계 성 피해자는 심석희를 비롯해 총 6명이라고 밝혔다.

10) mee too에 쓰러진 위선자들의 신세

이름만 들어도 알만한 존경받는 반열에 오른 분들이 "가르침의 위중함" 과 "지도자로서 절제와 금도"를 지키지 못해 어느 날 미투의 강풍에 허무하게 무너진 신세가 되었다. 어디든지 얼굴 들고 다니기 힘들고 가족에게도, 주변 지인에게도 말이 아닌 처지가 된 것이다. 한때는 대권 차기 유력주자였기도 하고 또 다른 분들은 연예계, 문화계. 학계, 체육계 등 자기 분야에 최고의 권위자이기도 했는데 거기까지 오르기 위해 봄부터 소쩍새는 그렇게 울었고 천둥은 먹구름 속에 그렇게 울었는데 남은 인생의 창창한 계획들도 일장춘몽이 되고 말았으니 회한이 이루 말할 수 없을 것이다. 그래서 모든 것을 포기하고 이승을 떠난 분도 있었다. 이제까지 위선으로 살아온 업보業報로 받아드려야 할 처지가 된 것이다. 과유불급過猶不及이란 공자와 자공의 대화가 새삼 떠오르게 한다.

4. 사이버 성폭력 피해 속출

사이버 성폭력이란 원치 않는 성적인 언어 외모와 성적 취향, 음담패설 등 이미지를 사용하므로써 위협적, 적대적, 공격적인 통신환경을 조성하여 상대방의 통신환경을 저해하거나 현실적 공간에서의 피해를 유발한 경우를 말한다. 또 명시적으로 성적인 접근이나 제안이 아니더라도 성적인 은유나 암시로 상대방으로 하여금 불쾌감을 느끼게 한 경우도 포함한다고 한다. 사이버 성폭력의 유형을 보면 사이버 성희롱, 사이버 스토킹, 사이버 명예훼손, 사이버 음란물게시 등이다.

사이버 성폭력 문제해결을 위해 활동하는 인권단체인 "사이버성폭력대응센터"에서 2017년 5월부터 12월까지 상담한 사이버 성폭력 피해 206건을 분석한 결과 피해자의 93%가 여성이었고 가해자 가운데 "전 애인"이 34.5%로 가장 많았고, 피해 유형은 소위 "리벤지 포르노"라고도 불리는 "비동의 성적 촬영물 유포"가 48.5%로 절반 가까이 차지했다고 한다.

5. 성매매 사이트

경찰은 지난 3년간 국내 최대 성매매 사이트 "밤의 전쟁" 외에도 12곳의 성 매매사이트를 단속한 것으로 밝혀졌다. 회원이 70만 명에 달했던 밤의 전쟁을 비롯한 성매매 사이트는 경찰의 단속을 피해 가면서 끊임없이 생겨나고, 이를 찾는 성 매수자의 발길도 이어지고 있어 우리 사회의 어두운 단면을 보여주고 있다. 경찰은 지난 3년간 13개 성매매 사이트를 단속해 수천 명이 넘는 관계자를 검거했다.

"밤의 전쟁"을 포함한 1,300여 개 성매매업소를 광고해 주고 광고비 78억 상당의 부당이익을 취득한 "아찔한 밤" 965개소 성매매업소들을 광고하고 광고비 1억5,000만 원의 부당이득을 취득한 "홍반장" 등이 검거된 것으로 나타났다. 특히 밤의 전쟁 운영진은 또 다른 성매매 사이트인 "핫밤클럽"을 운영하면서 총 6,800개에 달하는 성매매업소를 광고해 주고, 광고비로 200억여 원의 부당이익을 취득했던 것으로 나타났다.

최근 5년간 성매매 사범 통계 현황을 살펴보면 2014년에 2만4,491명 검거 149명 구속, 2015년에 1만9,459명 검거 274명 구속, 2016년에 4만2,940명 검거 658명 구속, 2017년에 2만3,111명 검거 488명구속, 2018년에 1만6,149명 검거 316명 구속의 추이를 보였다.

6. 사랑의 가면을 쓴 범죄 "데이트 폭력"

데이트 폭력(dating abuse)이란 "현재 사귀고 있거나 예전에 사귀었던 상대를 강압하거나 조정하기 위해 사용하는 폭력이나 억압"이라 정의한다. 동반자 중 한쪽이 폭력을 이용해 다른 한쪽에 대한 권력적 통제 우위를 유지할 때 데이트 폭력이라고 할 수 있다. 이런 데이트 폭력은 성폭행, 성희롱, 협박, 물리적 폭력, 언어폭력, 정신적 폭력, 사회적 매장, 스토킹 등의 형태로 나타날 수 있다.

이미 헤어졌거나 만나고 있는 연인의 집을 무단 침입해 폭력을 가하는 "주거침입 데이트 폭력"이 해마다 늘어나고 있다. 최근에 서울 관악구에서 30대 남성이 혼자 사는 여성의 원룸 현관문까지 뒤쫓는 이른바 "신림동 강간 미수" 사건으로 주거침입 성범죄 우려가 커진 가운데 위치와 출입로가 이미 상대방에게 노출돼있어 주거침입 데이트 폭력의 위험성이 제기되고 있다.

데이트 폭력 검거 현황을 보면 다양한 데이트 폭력 유형 중에서도 주거침입은 유일하게 증가하고 있다는 것이다. 2017년에 481명인데 비해 2018년에는 707명으로 46.4%로 늘어났다. 이 주거침입데이트 폭력은 여러 범죄로 이어질 가능성이 있으므로 엄벌주의가 필요한 것이라 본다. 데이트 폭력의 신고 증가 추세로 보면 2017년에 1만4,136건, 2018년 1만8,671건, 2019년에 1만9,940건으로 증가했다. 이를 보면 하루에 54건 넘게 데이트 폭력이 신고되는 셈이다.

7. "리벤지 포르노" 동영상으로 데이트 폭력

리벤지 포르노(revenge porno: 전 연인에게 복수하려 성적인 영상이나 사진 등을 유포하는 것)의 성관계 영상을 전 연인에게 보내 협박했다는 주장이 나오자 전 남친을 강력히 처벌해 달라는 청와대 국민청원 게시판에 하루 만에 14만 명이 넘는 사람이 찬성했다고 한다.

리벤지 포르노는 헤어진 연인을 괴롭힐 목적으로 유포하는 성 관련 사진, 영상이다. 전 연인 여성은 해당 영상이 성폭력범죄 처벌 등에 관한 특례법 위반이라며 전 남친을 고소했다. 연인관계라 해도 상대방 동의 없이 성적수치심을 유발하는 신체 영상을 찍거나, 이를 유포하면 5년 이하의 징역이나 1,000만 원 이하의 벌금에 처해진다.

8. 몰카 촬영도 여성의 인격 모독이다

1. 고교 여교사 치마 속 촬영 유포 일벌백계

경남의 한 고등학생들이 수업 중인 여교사들의 치마 속을 스마트폰으로 촬영해 동영상을 공유하다가 퇴학 처분을 받았다. 이들은 장난으로 시작해 동영상을 찍어 SNS 단체 대화방에서 돌려보다가 퇴학과 형사 처분 등을 피할 수 없게 되었다. 해당 여교사 3명은 정신적 충격으로 병가를 내고 병원치료를 받았다고 한다.

2. 김성준 전 SBS 간판앵커 지하철 몰카로 사직

김 SBS 논설위원은 2019년 7월 3일 오후 11시 55분쯤 서울 영등포역 안에서 원피스를 입고 걸어가던 여성의 하체 부위를 몰래 촬영한 혐의를 받아 경찰에 현행범으로 체포됐다. 김 전 논설위원은 8일 입장문을 통해 "씻을 수 없는 마음의 상처를 입으신 피해자분과 가족 분들께 엎드려 사죄드린다고 밝혔다"며 이미 전 직장이 된 "SBS에 누를 끼치게 된데 대해서도 사죄드린다"고 했다. 김 전 논설위원은 4년여에 걸친 메인뉴스인 "뉴스8" 김성준의 시사 전망대 등으로 SBS의 간판 진행자였다.

학력이나 자기조직에서 선택받은 위치까지 오른 분이 왜 이런 시청자의 기대에 어긋난 형태를 보여주었는지 안타까운 심정이다. 이 사건은 성에 대한 보편적 기준에 벗어나 비정상적인 성에 몰두하는 성도착증 문제는 아닐까 생각된다.

엄격한 품위를 지켜야 하고 직책에 걸맞은 행동을 하지 못한 모습을 보면서 지난날 제주지방검찰청의 김수창 검사장이 음란행위로 국민의 실망을 주었던 사건을 떠오르게 한다.

9. 성폭력 트라 우마 치료한다며 성폭행한 심리상담사

심리 상담을 빙자해 20대 여성을 수차례 성폭행한 유명한 심리상담사가 경찰에 덜미가 잡혔다. 2018년 2월부터 3개월간 서초구 사무실을 비롯하여 서울과 부산에 있는 각종 숙박 시설 등에서 A씨를 성폭행한 혐의(준 강간, 준유사강간, 강제추행)로 H치료연구소장 김모(54)씨를 검찰에 송치한 사건으로 김씨는 목사이자 상담 치료사로서 언론을 통해서도 상당한 명성을 가지고 있는 것으로 알려졌다.

김씨의 범행이 전형적인 "그루밍 성폭력(가해자가 피해자를 심리적으로 지배한 뒤 행하는 성폭력)"이라고 보고 있으며 A씨는 직장 내 성폭력으로 회사를 그만둔 뒤 심리적인 고통을 호소하다가 상담 치료사를 만나게 된 것이다. A씨는 성폭력을 거부할 때마다 김씨는 "트라 우마를 극복하는 연습의 일환이다." "이런 태도면 앞으로 새로운 삶을 살 수 없다"고 했다고 한다. 젊은 여성을 목사이기도 한 사람이 처참이 짓밟은 짓은 도저히 용납할 수 없는 못된 행위다. 날 지켜주겠다던 목사 그리고 한국교회는 성폭행한 많은 목사들에게 그동안 면죄부를 주어왔던 교단의 업보이다.

10. 탈북민 보호 경찰이 탈북여성 성폭행

서울 서초경찰서에서 탈북민 보호 업무를 맡았던 현직 경찰관이 지난 2016년부터 19개월간 12차례에 걸쳐 탈북여성을 성폭행한 혐의를 받고 있다. 피해 여성은 경찰에 수차례에 걸쳐 피해를 호소했으나 별다른 조치를 취하지 않았고, 한 경찰 상사는 "사선死線을 넘어 도착한 자유 대한민국에서 후회 없이 살려면 잊어야 한다"며 피해호소를 묵살한 것으로 알려졌다. 결국 피해자가 경찰청이 아닌 서울 중앙 지방검찰청에 고소장을 제출하므로서 밝혀졌다.

11. 술 취한 부장 검사 길거리에서 여성 성추행

부산지방검찰청 소속 부장검사 A씨가 술에 취해 심야 길거리에서 여성을 강제 성추행한 혐의로 경찰에 입건되었다. A 부장검사는 2020년 6월 4일 밤 11시 15분쯤 부산도시철도 1호선 양정역 주변 길거리에서 길을 가던 한 여성의 어깨에 팔을 두르고 감싸 안으려 하는 등 신체접촉을 시도한 것으로 알려졌다. 겁에 질린 여성은 "왜 그리시냐"며 화를 내고 A 부장검사를 밀쳐내고 가던 길을 가는데 계속 뒤따라가며 추근 댄 것이다.

결국 여성은 112에 신고 하여 출동한 경찰에 현행범으로 체포되었다. 이런 성추행 범을 단속하고 처벌해야 할 중견 검사가 술 취해 야밤 길거리에서 조폭들이나 할 짓을 하고 다니니 검찰 기강이 갈 때까지 갔으며 국민이 업무상 권력을 위임해 주었더니 내 권력인 줄 알고 설처대는 꼴을 보니 검찰에 이 진상만 있겠는가가 문제다.

12. 여 제자 성희롱하는 교수들의 패륜

전국 53개 대학에서 123건의 교수들의 성 추문이 끊이지 않고 있는 가운데 서울대 K 교수가 여 제자 성희롱으로 파면사건이 생겼다. 성희롱 추행 사건은 서울대뿐만 아니라 다른 대학에서도 많이 일어나고 있는 게 사실이다.

교수와 제자 관계는 갑, 을 관계가 심각한 곳이 대학이다. 성희롱을 당해도 미래를 위해 어쩔 수 없이 참아야 하는 게 현실이다. 정말 안타까운 일이다. 대학원 석사를 나왔는데 박사과정을 못 들어가는 이유 중에 하나 가 대학교수의 갑질 때문이다.

서울대 A 교수가 여 제자와 식사 중 건넨 말 "내가 너를 보는 순간, 아예 내 여자 친구감이다." "네가 처녀니까 그건 지키고, 뽀뽀하고 허리를 하고 안고 뒹굴고 온갖 짓을 다 하지만 그건 지켜줄게." "넌 괴롭지." "교수가 뽀뽀해달라고 하는데, 해줄 수도 없고 안 해줄 수도 없고, 네가 교수하고 싶다고 하면 내가 또 챙겨 줘야지." "야가 자식아! 뽀뽀하면 입술이 닳느냐 이빨이 부러 지냐, 다시는 이런 기회 없다. 교수님이랑 어떻게 뽀뽀할 수 있겠냐?" "나한테 카톡할 때 '오빠'다 '교수님'하면 너 F(학점)이다." "천하의 xxx 교수 애인 됐다는 건 조상의 은덕이야." "네가 나를 기분 좋게 해주면 내가 연구를 많이 하고 그게 인류에 이바지하는 거야."(여 제자의 녹음 내용)

이게 대한민국 최고의 지성인이라는 서울대 교수의 말이라니 믿기 어려운 성희롱이다. 이런 성 추태는 서울대만이 아니고 고려대 K 교수, 동덕여대 H 교수, 경북대 K 교수, 이화여대 K 교수, 중앙대 K 강사 등 다수이다.

13. 강간, 강제추행 사건 집행유예가 문제

법원이 성범죄 혐의로 재판에 넘겨진 사회 저명인사들에게 잇따라 실형이 아닌 집행유예를 선고해 '솜방망이 처벌'이란 반발이 일고 있는 가운데 실제로 강간, 강제추행 등으로 기소된 사건 10건 중 4건은 형 집행유예가 선고되는 것으로 나타났다. 형사소송법과 성폭력범죄의 처벌 등에 관한 특례법(성폭력법) 등을 개정하며 합의를 해도 강한 처벌을 할 수 있게 되었지만, 관대한 처분이 계속되고 있다는 지적이 제기되고 있다. 그래서 법 따로 재판 따로 논다는 말이 나오게 된다.

대법원의 '강간과 추행의 죄 사건처리현황'을 보면 2020년 1월에서 3월까지 법원에 접수된 전체 사건 1,313건 중 1심 재판에서 집행유예가 선고된 것은 478건(36.40%)으로 집계됐다. 최근 5년간 비슷하게 유지되었다.

최근 김준기 전 동부그룹 회장이 비서와 가사도우미를 성추행, 성폭행한 재판에서 재판부는 '범행 후 정황이 좋지 않다'면서도 피해자들로부터 용서를 받고, 처벌을 원치 않는다고 하여 징역 2년 6월에 집행유예 4년을 선고했다.

옛 판결을 소개해 보면 '강제 키스로 혀 절단 사건'이 있었다. 성추행범의 혀를 깨문 18명의 여성이 상해죄로 처벌받고 추행범은 풀려난 사건이다. 당연히 법적으로는 '정당방위'가 쟁점이지만 성법 죄에 대한 당시 법원시각을 엿볼 수 있다. "순결을 지키려고 젊은 청년을 일생 불구로" "범행 장소까지 따라간 것은 이성에 대한 호기심의 소치" "키스 충동을 불러일으킨 도의적 책임" 등으로 판사가 성추행 범을 변호하며 피해자를 가해자로 만들었다. 이런 판결은 수십 년이 지나간 지금으로 보면 법원의 흑역사라 할만하다.

그러나 지금도 '돌볼 식구가 있는 가장家長'이라며 "집행유예", 심지어 "앞날이 창창하다"며 감형해 주고 있다. 성범죄는 재범률이 가장 높은 범죄인데 가해자에 대한 온정적 판결이 문제가 되고 있다.

제5장

/

음주범죄 난무하는 "술에 취한 한국"

1. 음주가 사회적 심각한 문제

술은 적당히 마시면 삶에 활력소가 되고 약이 될 수도 있지만 과음하게 되면 패가망신의 지름길이라는 옛말이 하나도 틀리지 않다. 술에는 장사 없다는 말과 같이 과음과 폭음으로 인하여 폭행, 음주운전 등으로 돌이킬 수 없는 범죄를 저지르고 있어 음주로 인한 범죄가 사회적으로 심각한 문제가 되고 있다.

2. 한국 남자 12%가 술 때문에 죽는다

우리나라의 연평균 1인당 알코올 섭취량이 아시아권에서 최고 수준으로 나타났다. 이 때문에 2016년 기준으로 한국 남성 100명 중 12명 정도가 술과 관련된 질환, 사고로 사망한 것으로 분석했다.

한국은 아시아 최고의 주당 국가다. 최근 발간된 세계보건기구의 술과 건강에 대한 국제현황 보고서 2018년에 따르면 우리나라의 2015~2017년 연평균 1인당 알코올 섭취량은 10.2L다. 마신 술중에서 순수 알코올의 양만 따로 계산했다. 남성이 16.7L로 여성이 3.9L 보다 4배 이상이 많았다. 알코올 16.7L은 소주 273병이고 캔맥주로 하면 668캔을 마셔야 섭취할 수 있는 알코올양이다. 1주일에 소주 5병이나 맥주 13캔을 꼭 마셨다는 것이다.

한, 중, 일 세 나라의 술에 대한 규제에서 가장 큰 차이는 음주운전 단속 기준인데, 우리나라는 혈중알코올농도 0.05%가 기준이지만 일본은 0.03%이고 중국은 0.02%로 우리보다 엄격하다. 우리도 술 소비를 줄이기 위한 대책이 필요한 시점이다. 우리도 음주운전이 줄어들지 않아서 강화된 윤창호법에 의하여 0.03%로 내렸다. 술을 마시면 지방간, 간 경변, 암 등 질병이 발병할 확률이 커지고, 음주운전 등 교통사고로 인한 사망을 초래하기도 한다.

WHO는 2016년 세계적으로 술 때문에 300만 명이 사망했다고 한다. 지구상에서 1분에 6명 정도가 술로 인해 사망한다는 것이다. 역시 한국의 음주문화는 폭력적이고 술로 소통한다며 술로 죽어가고 있다.

3. 음주가 인간관계의 도구라는 인식이 문제

많은 한국인들은 술을 마시는 것을 사회생활의 일부로 이해하고 있고 삶에 깊이 뿌리 박혀있다고 볼 수 있다. 농경시대에는 가정마다 농주를 빚어 마셨고 제사나 명절에 혼례에도 장례에도 술은 꼭 필요한 음식이었다. 현대에 왔어도 각종 모임이나 회식에서 빠지지 않는 것이 술이다.

그리고 술을 즐겁게 마시는 법보다 많이 마시는 법에 신경 쓰는 것이 우리 음주문화의 폐단이라 할 수 있다. 술을 많이 마셔도 덜 취하는 법에 고민한다. 왜냐 하니 1차 술로 폭탄주를 마시거나 과음을 한 후에는 갈증이나니 입가심으로 한잔 더하고 나면 이젠 사람이 술을 마시다가 술이 사람을 마신다는 꼴이 되고 만다. 그리고 우리의 접대 문화에 술은 만취할 때까지 접대해야 하고, 그래야 접대 받은 것 같이 느끼는 이런 잘못된 술 습관 때문에 기업에는 술 잘 마시는 술 상무가 생기고, 결국 주인을 잘못 만난 '간肝'이 해독에 지쳐 쓰러지게 된다.

이런 환경 속에 외국에서는 찾아볼 수 없는 숙취 음료가 생겨나고 아침에는 숙취 해소를 위한 해장국, 복국, 콩나물국 집 등이 전국에 성업하고 있다. 그뿐인가 음주 전에 마시면 좋다는 약물, 우유, 계란 등이 위벽을 보호한다며 먹기도 한다. 이런 간을 살려야 되겠다는 간절한 노력에는 다소는 이유가 있다. 윗사람들의 강요에 의하여 본인 의사와 관계없이 과음하게 되거나 못 마시는 술도 마셔야 하는 우리의 조직문화 속에서 살아남기 위하여 술을 마시지 않고는 견디기 힘든 환경 탓이기도 하다.

특히 술이 한국 사회에 인간관계를 형성하는 도구로서 상호간의 빠른 소통과 친밀감을 갖게 한다고 생각한다. 그래서 취중진담이라 했듯이 술은 자신의 마음을 남에게 쉽게 드러낼 수 있는 도구이기도 하다.

또 일면에는 '어른이 주는 술은 거절하면 안 된다.' '술자리에서 혼자 술을 안 마시는 것은 결례다.' 등 술을 마셔야 되는 환경에서 젊음이 시작된다. 대학에 입학하면 신입생 환영회, MT 등 그리고 졸업 후 사회에 진출하게 되면 좋든 싫든 술과 연을 맺게 되어있다.

그리고 우리는 외국에 비하여 술의 구매가 용이하고 접근성이 좋은 나라다. 주류 전문 판매점에 가지 않아도 마트나 편의점에도 마음에 드는 어떤 술도 구매할 수 있고 술과 안주가 가정까지 배달되어 술에 접하기가 편리한 나라다. 게다가 TV에 술 광고가 법적으로 제재를 받지 않고 술 광고 포스터에 유명 연예인들이 선전하고 있다.

또 우리 사회는 술을 많이 마신 사람이 실수를 해도 "술이 죄지, 사람이 무슨 죄냐." "술 취해 말 실수는 술 실수다"라고 말하는 경우가 많은데, 이렇게 술에 너그러운 문화가 음주 소비를 줄이지 못하고, 폭음문화로 이끄는 것이기도 하다.

4. 심각한 위험에 노출된 응급의료 종사자들

국회 김승희 의원이 보건복지부로부터 받은 자료에 의하면 2017년에 폭행, 기물파손, 욕설 등 응급의료를 방해한 행위가 983건에 달하고 한 달 평균 74건이나 된다는 것. 정부가 전국의료기관을 대상으로 응급의료 방해 행위에 대한 신고, 고소 현황을 조사한 결과 지역별로는 경기도 198건 제일 많고 서울 105건, 경남 98건이 뒤를 이었다, 유형별로 폭행이 365건으로 최다였고 피해자는 주로 여성인 간호사가 387건으로 가장 많았고 의사 254건으로 그 다음이었다.

이러한 문제는 대부분 술 먹은 상태에서 벌어졌다. 가해자 3명 중 2명은 음주자로 집계되었다. 그러나 대부분의 가해자는 법적 처벌을 받거나 수사가 진행되지 않았다는 것이다. 이런 의료진 폭행, 협박은 진료 방해로 이어져 자칫 다른 환자들의 생명을 위협받을 수 있는 것으로 대한 의사협회는 의료기관 폭력근절을 위해 의료계가 전 방위적으로 노력하는 데도 상황이 달라지지 않고 있어 정부의 실효성 있는 조치를 촉구하고 있는 실정이다.

5. 음주폭력에 떠는 택시기사 하루에 8명 매 맞는다

만취한 손님에 맞아 의식불명이 빠지기도 30대 손님에 맞아 숨지는 사건 등 이런저런 이유로 "버스, 택시기사의 폭행사건으로 검거된 사람이 2015~2017년 3년간 9251"이라고 한다. 하루에 평균 8명꼴이다. 가해자를 엄벌하지 않는 분위기가, 운전기사 폭행이 반복되는 이유 중 하나라는 지적이다.

법적으로 택시, 버스기사에 대한 폭행은 특정범죄가중처벌법이 적용돼 단순폭행보다 무거운 5년 이하의 징역 또는 벌금 2,000만 원에 처한다. 그러나 실제 엄벌에 취해지는 경우 그다지 많지 않다. 경찰 관계자는 "도로 한복판에서 운전기사를 때린 경우 정도를 제외하면 실질적으로 위험 수준이 크지 않았다고 판단해 구속까지 하지 않는 경우가 많다"고 한다. 가해자와 합의하거나 정차상황에서 폭행이 발생한 경우 단순 폭행혐의가 적용되는 경우가 많다. 구속비율은 0.7-1% 수준이다.

처벌수준이 미미하니 택시기사들이 신고를 망설인다. 수사받기 위해 경찰서를 오가면서 운전을 못해 수입이 줄어들기 때문이다. 즉 처벌 수위는 낮은데 경찰서 왔다 갔다 하다가 괜히 사납금社納金 맞추기만 어려워진다는 생각에 기사들이 신고를 꺼린다는 것이다. 물론 운전기사를 보호하기 위해 운전석 주위에 플라스틱 보호 격벽을 설치해 주자는 대안이 나오지만 그러기에 앞서 달리는 택시의 기사를 폭행하는 사건은 살인적 범행이며 야만적 행위인 것이다.

6. "도로 위의 살인 음주운전" 매달 36명 사망

음주운전은 뺑소니사고, 무면허 운전 등과 함께 교통사고 3대 악으로 꼽힌다고 한다. 대형 참사를 부르는 교통사고의 주범 중 하나이다. 그런데도 음주운전이 끊이지 않는다.

도로교통공단에 의하면 2012년 1월부터 2017년 6월까지 운전면허 취득자 633만7,248명을 대상으로 한 음주운전 통계를 분석한 결과 16만9,317명이 음주운전을 했다. 1명이 최대 6회의 음주운전을 한 것으로 조사됐다.

특히 눈여겨볼 점은 음주운전 횟수가 늘어날수록 준법의식이 낮아지면서 재위반 기간이 짧아졌다는 것이다. 즉 상습화되어 갔다는 것이다. 2017년에 음주 운전사고로 매월 36명 사망 2,780여 명이 부상을 당했다고 한다. 지난 10년간 음주운전 사고가 발생해 7,018명이 사망하고 45만5,288만 명이 부상했다는 점에서 음주운전에 따른 사회경제적 피해와 본인과 피해 가족의 고통이 얼마나 심각한지 짐작할 수 있는 것이다.

덧붙여서 도로교통공단의 통계에 의하면 2005년에서 2015년까지 11년간 음주운전으로 3번 이상 적발되어 운전면허 취소된 사람이 10만1,769명이나 될 정도라니 과히 심각성을 넘어 제 버릇 x못 준다는 말이 나올 만도 하다.

7. 공무집행방해 사범 70%가 음주범죄

한 해 평균 1만5,000여 명이 공무집행 방해죄로 검거되고 이들 중 70% 이상이 술에 취한 상태에서 범행을 저지른 것으로 나타났다. 국회 이재정 의원의 경찰청에 제출받은 검거 사범 자료에 의한 분석 결과이다. 점점 늘어나는 음주 자들의 공무집행방해에 대하여 심각한 사회적 문제가 되고 있어 음주범죄에 대한 가중처벌 등 양형기준 변경을 생각해 봐야 한다는 의견이 높다.

8. 여성구급대원 취객이 폭행, 사망에 이르게

전북 익산소방서 소속 여성구급대원이 취객을 구조하다가 폭언 및 폭행을 당한 뒤 숨진 사건이 발생했다. 여성구급대원 A씨는 신고를 받고 익산시 평화동 인근 도로 위에 의식을 잃고 쓰러져있던 취객 B씨를 병원으로 이송했다. 이송 중 의식을 회복한 B씨는 A씨 머리를 5~6차례 폭행했으며 성적 수치심을 주는 폭언도 퍼부었다.

이후 극심한 스트레스를 호소하던 A씨는 갑작스런 뇌출혈로 쓰러져 급히 수술에 들어갔으나 의식불명 상태에 빠졌다가 사망했다.

소방 청에 따르면 최근 3년(2015~2017년)간 564사건의 구급대원 폭행 사건이 발생했다는 것이다. 이런 현상에 대하여 솜방망이 처벌 때문이라는 비판이 계속되고 있으며 구급대원의 처우개선에 대한 사회적 요구가 거세지고 있다.

9. "음주운전은 살인"이라던 국회의원이 만취 음주운전

음주운전은 살인이라고 음주운전 처벌강화를 외치던 국회 이용주 의원이 만취 상태에서 15km을 운전한 것으로 밝혀졌다. 이 의원의 혈중알콜농도는 0.089로 면허정지 수준을 훨씬 넘겨 취소수준에 가까운 수치였다고 한다. 이 의원은 음주운전이 의심되는 차가 있다는 신고를 받고 경찰 검문에서 이 의원의 차임을 확인되었다.

이 의원은 군 복무 중 휴가를 나왔다가 음주운전 차량에 치여 뇌사 상태에 빠진 윤창호 씨 사건을 계기로 발의된 "윤창호법"에도 발의자로 이름을 올렸다. 당시 윤씨의 친구들은 이 의원에게 "법안 발의에 감사하다"며 카드를 보냈고 이 의원은 카드를 사진으로 찍어 자신의 블로그에 올리기도 했던 의원이 이런 이중성의 형태를 보고 크게 놀랄 일은 아니라고 생각된다.

이것이 우리 국회의 자화상이고 수준이기 때문이다. 좋은 대학 나오고 검사경력에 국회의원까지 되고 최순실 청문회에서 남의 잘못의 질타를 잘해 청문회 스타까지 된 의원의 이런 모습을 보면서 이 시대의 신조어新造語인 내로남불의 전형이라 하겠다. 역시 인간이 먼저다.

10. 항공기 기장 음주 운항

탑승객 112명의 안전을 책임진 기장이 "음주운항"을 하려다가 비행기 출발 직전 적발했다. 해당 항공사인 아시아나항공은 적발된 기장을 해고 등 중징계 처리하기로 했다고 밝혔다. 오전 7시 10분 김해공항 출발 예정이던 인천행 OZ8532편 운항 책임을 진 오모 기장이 국토해양부 소속 감독관의 불시음주단속에 적발된 것이다.

음주운전으로 항공사고 발생 시는 엄청난 재난으로 이어질 수 있으므로 조종사 음주운항은 엄격히 단속하고 원천봉쇄하여야 할 것이다.

진에어 항공 조종사 "음주상태' 이륙 직전 적발.

대한민국 국적 항공사의 부끄러운 "민낯"이다.

11. 버스 기사 음주 운전

버스 기사가 새벽 시간대 만취 상태로 승객을 태우고 운행하다가 승객의 신고로 적발되고 있다. 이런 경우는 서울 송파구 차고지에서 오전 4시 40분쯤 차고지에서 만취상태로 배차 받은 버스에 올랐다. 이후 50분에 걸쳐 강남구 압구정까지 25개 정류장(약10km)을 운행했다. 이때 운전이 불안하다고 느낀 승객이 경찰에 "버스 기사 눈이 빨갛고 술 냄새가 난다"며 신고를 했다. 음주측정 결과 혈중 알코올농도 0.1%로 면허취소 수준이었다.

대중교통수단은 사실상 측정 사각지대나 다름없다. 2018년 8월에 개정된 여객운수법은 운수업체가 운행 전 운전자의 음주 상태를 측정하고 기록해야 한다고 규정하고 있다. 지방자치단체가 감독책임이 있다고 되어 경찰은 음주단속을 제대로 하지 않고 있는 것으로 알려져 있다.

12. 술 취해 버스, 택시, 대리운전 기사 폭행

경남 양산시 동면 가산리 부산 지하철 호포역 앞에서 모 여객 소속 시내버스에 탄 뒤 운전기사 37세 도모씨 여성 운전기사의 얼굴을 때려 전치 3주의 상처를 입힌 서모씨는 술을 마시고 시내버스를 타려 했으나 버스가 기다리지 않고 출발하는데 격분해 폭행을 했다는 것이다.

버스의 안전을 책임지고 승객이 편하게 목적지까지 모셔야 하는 기사에게 술에 취해 폭력을 휘두른 행위는 절대로 있어서는 안 되는 것이다.

인천에서는 앞서 지나간 버스가 정차하지 않고 그대로 지나가 홧김에 술에 취한 상태에서 다음 버스에 승차해 운전기사를 폭행하고 구속된 사건이다. 버스 기사의 폭행은 물론이고 택시기사나 밤늦게 대리 운전하는 기사에게 만취 상태에서 폭행하는 사례는 다음 통계와 같이 흔히 발생하는 사건이다.

경찰청 자료에 의하면 2016년~2018년 버스 택시기사에 대한 폭행 사건은 총 8천419건이였다고 한다. 이런 운전기사 폭행은 아주 후진국 국민들의 형태다.

주행 중인 운전자에게 폭력을 휘두르는 경우에는 일반 형법이 아닌 "운행 중인 자동차 운전자에 대한 폭행 등의 가중처벌" 위하여 중한 형벌을 적용하고 있다.

13. 술에 관련한 속담과 명언

물에 빠져 죽는 사람보다 술에 빠져 죽는 사람이 더 많다. 처음에는 사람이 술을 마시고 나중에는 술이 사람을 마신다. 술이 백약 중에 으뜸이라 하나 만병은 또 술로부터 일어난다. 건강을 "위하여" 축배하고 서로의 건강을 해친다. 취중진담(醉中眞談: 술에 취한 동안 털어놓는 진심에서 우러나온 말), 진실은 술 속에 있다. 두주불사(斗酒不辭: 말술도 사양하지 않는다) 청탁불문(淸濁不問: 술의 종류에 관계없이 마시고 즐기는 사람), 청탁불문 두주불사로 많이 쓰고 있다. 술좌석에 늦게 오면 벌주 석 잔을 먹어야 한다(後

來者三杯), 늦게 배운 도둑질이 날 새는 줄 모르듯이 늦게 배운 술이 더 세다. 술 취해 말 실수는 술 실수다. 사후 술 석 잔이 생전 한 잔 술만 못하다. 아침술에 취하면 애비도 몰라본다. 술에 취해서 전혀 기억이 안 난다. 술은 본성을 나타내게 한다.

술이 길면 목숨은 짧아지느니라, 술집 주인은 술꾼을 좋아한다. 그러나 술꾼을 사위로 삼지는 않는다. 술 먹은 개, 질병과 슬픔과 근심은 모두 술잔 속에 있다. 인간의 두뇌에 알코올 붓는 것은, 기계에 모래를 붓는 것과 같다. 술은 악마가 인간들에게 준 선물이다. 꼭 새겨들을 말이다.

14. 음주자 범죄의 느슨한 처벌이 사건을 키운다

한국 사회에는 회식도 접대도 많고 술 못 마시면 대인관계도 좀 힘든 사회다. 또 술로 실수하거나 죄를 지어도 "그저 술이 원수지. 사람이 무슨 죄냐"라는 관용적 경향을 우리 사회는 갖고 있었다. 또 음주범죄에 대하여는 술에 취했다는 이유로 심신미약 상태로 보아 관대한 처벌이 많았다. 재판과정에는 "술 취해서 기억이 안 난다" 등 고의적 행위가 아니라고 발뺌을 적극적으로 진술하게 되면 심신미약 상태로 보아 형량의 경감을 받게 되었다.

이런 음주에 대한 형량이 느슨함이 되레 술로 인한 폭력과 공무집행방해를 막지 못하는 이유가 되고 있다고 본다. 앞으로는 더욱 엄격한 법의 적용이 필요하다고 입을 모으고 있다. 술 취해 정신 못 차린 데는 몽둥이가 약이 될 수도?

제6장
/
돈이면 본분도 파는 부패 왕국

1. 공직(公職)과 공직부패(公職腐敗)

1) 공직(公職)이란

국민의 공복(公僕: public servant)라는 뜻이다. 즉 국민의 심부름꾼이며 봉사자라는 의미이다. 공직은 국민의 대표자로서 역할과 기능을 가진다. 공직은 어떤 법적인 규범이나 공식적인 기준보다 공직자 자신이 공적 임무를 수행하며 실천하는데 더욱 중요한 의미가 있다.

공무원은 취임할 때 공무원법 제55조에 의하여 "나는 대한민국 공무원으로서 헌법과 법령을 준수하고, 국가를 수호하며, 국민에 대한 봉사자로서의 임무를 성실히 수행할 것을 엄숙히 선서합니다." 이렇게 선서하면서 직분의 공무를 담임하게 되는 것이다.

2) 공직부패(公職腐敗)

공무에 종사하는 사람들이 공직에 부여되는 권한과 영향력을 사리사욕을 위하여 부당하게 행사함으로써 규범적 공무 수행의 의무를 저버리는 행태이다.

흔히 이 개념은 공무원의 직권이나 행정수단. 관리자원 등을 사적으로 이용하는 일 등을 말한다. 범죄로서의 공직부패는 비리非理 또는 독직瀆職이라고도 한다. 부정한 돈을 받거나 이득을 목적으로 부정한 압력을 특정 개인 혹은 특정 단체를 위해 행사하는 일을 일컫는다.

즉 부정부패는 기회를 선점하려는 노력이다. 또는 노력은 하지 않고 과실만을 따 먹으려는 공짜심리이기도 하다. 이것에 물들면 아무도 일을 힘들어하지 않는다. 준법을 비웃음의 대상으로 전락한다. 나라를 망하게 하는 조건에 빠지지 않는 단골손님이다.

2. 한국의 부패지수 순위는 얼마나 될까?

세계 반부패운동단체 국제투명성기구(TI)에서는 2017년도 국가별 부패인식지수(CPI)를 발표했다. 이 조사에서 한국의 국가 청렴도는 100점 만점에 54점으로 180개국 중 51위였다. 한국은 경제협력개발기구(OECD) 35개국(현재37개국) 중에서는 29위로 지난해와 같은 순위를 기록해 아시아 국가 중 최하위를 기록했다. 클린 코리아 아직 멀었다. OECD 사무국은 "뇌물 척결" 보고서에서 "부패가 민간부문 생산성을 낮추며 공공 투자를 왜곡하고 공공 재원을 잠식한다"면서 경제에 직접적인 악영향을 미친다고 보고했다. 거의 모든 국가가 이러한 부패지수 산정 대상국으로 하고 있다.

3. 부패지수에 관심을 가지는 이유

우리나라 사람들은 유난히 불공정한 처사나 정의 문제에 대해 민감한 반응을 갖고 있다. 이러한 국민에게 부정부패는 사회갈등을 유발하는 강력한 촉매제가 되기도 한다. 부패했다는 것은 그만큼 우리 사회가 공정하지 못하다는 것이 밑바닥에 깔려 있다는 것이다. 소위 갑질로 대표되는 불공정성은 우리 사회에 휘발성이 아주 높은 이슈가 되고 있다.

불공정성을 대표하는 부패는 계층 간 갈등을 증폭시킨다. 정보소통이 실시간으로 가능한 현대사회의 특징상 이는 큰 폭발력을 가지고 있으며 또한 불공정하다는 것은 최적의 효율을 가져야 할 경제부문의 발전을 저해하는 요인이 되기도 한다. 즉 정당한 노력의 대가를 받을 수 있는 사회로 발전할 수가 없기 때문이다. 사회갈등이 심각한 국가는 장기적으로 구성원들의 삶에 질이 떨어질 수밖에 없기 때문이다. 우리가 부패지수에 더 관심을 가지고 개선하려는 노력이 필요한 이유이다.

4. 한국 사회에 부정부패의 원인 분석

공무원이 부패하는 원인을 학자들은 대충 4가지로 분석하고 있다.

1) 개인의 도덕성 측면에서의 원인

개인의 성격이나 특성 때문에 공무원이 국민의 봉사자로서 권한 행사가 아니라 권한이 자신의 것으로 착각하고 남용하는 윤리적 가치관의 흠결로써 나타난다(개인의 욕심 등 인간 본성이 부패유발).

2) 사회문화적 측면에서의 원인

사회관습이 부패를 조장한다. 예를 들어 집단주의적이고 권위주의적인 행정문화 안에서는 하위직이 고위직의 부정부패를 고발하기 힘들고 오히려 조직 내 정체성을 이유로 물들어가는 경우를 말한다. 가장 가까운 예는 전관예우다. 자신이 하늘처럼 받들던 분이 피고인의 변호사다. 과연 최선을 다해 직무수행이 가능한지 의문일 것이다.

3) 제도적 측면에서의 원인

국가사회의 법이나 제도가 결함이 있어서 공무원의 부정부패가 벌어진다. 지역구 국회의원 등 상급자의 이른바 쪽지예산 등의 청탁을 거절하기가 힘든 체제다. 또 내부고발자의 경우 내부적 정화가 기대되나 한국의 경우 고발자의 보호가 매우 취약하며 집단주의 문화인 한국 내에서는 배신자로

찍혀 비참한 말로가 될 수 있다. 이런 분위기에서 누가 내부 고발하겠는가? 제도적 보완이 필요하다(출처 이종수. 새 행정학).

5. 부패가 국가사회에 미치는 영향

1) 국가경쟁력 저하

1. 기업의 분식회계. 정경유착. 기술개발. 투자 등 정상적 기업 활동 위축.

2. 기업의 불투명한 경영 견제장치 마비. 노사갈등유발 및 반기업 정서 조장.

3. 국제사회의 부패국가 인식. 해외자본 유치 및 해외 진출 어려움.

2) 정부 불신을 초래

1. 정부에 대한 냉소주의, 정부 정책 수용성 저하, 행정서비스부진 및 행정가격상승 초래, 국민의 공무원 부패수준의 인식은 59%가 부패한 것으로 인식(공무원은 3.9%만 부패).

2. 정부의 각종 계획정책 추진의 장애 요인.

3. 사회통합의 저해

1) 국가 및 사회운영시스템의 불확실성을 유발하고 법질서를 우회하는 기회주의 양산. 법 지키면 손해라는 인식확산.

2) 고위직 부패는 사회계층 간의 갈등. 대립과 균열 조장으로 국민통합 달성 저해.

1 오랜 기간 독재정치가 지속되었고 따라서 민주주의로 발전되면서 자연스레 비리와 부조리, 부패가 많아졌다.

2 병역의무로 성인 남성이 모두 군에 복무해야 하므로 군대 문화에서 부조리가 생겨날 환경이 지속 되었다.

3) 지도층이 부정부패의 주범

건국 초기부터 스스로 국권을 회복 못하고 미군정에 의하여 국체를 이어 받았기 때문에 우리 지도층이 탐욕 때문에 오늘의 현실을 초래한 것이다.

건국 후 친일파를 청산하지 못했다. 부패한 군인의 군납 비리, 부패한 정치인 청탁 비리, 부패한 교육자 교사의 학부모에 촌지 받고 성적평가 편의, 부패한 세관원 밀수품 방조, 마약 눈감아 주기, 부패한 세무원 세무사를 통한 국세청 공무원 뇌물 전달 통로, 법무교정부패로 교도관의 외부반입 돕거나 편의 제공, 독방거래.

검, 경찰 범죄자들에게 돈 받고 범죄를 눈감아 주거나 수사 정보 알려주기, 검찰은 뇌물 받고 불기소 또는 기소유예, 소방공무원 시설현장 검사 눈감아주기 금품 향응, 대학 및 연구기관 제자 연구인건비 횡령. 지도자들의 타락 현상이 사회적 견인력을 잃었다. 청문회 검증에서 망신이 두려워 후보 지명을 철회하는 현실이다.

6. 돈에 공직의 영혼까지 팔고 있는 나라

최승호 시인의 신작 시집 『방부제가 썩는 나라』에서 썩으면 안 되는 기관까지 썩고 있는 곳 지금 우리가 살아가고 있는 곳이라 했다. 그 이유는 돈이 모든 것의 기준이 되고 그 이상의 가치관은 제대로 세워지지 않은 사회이기 때문이라 했다. 그의 시 속에서 사회의 썩은 폐부를 찌르는 강한 메시지를 볼 수 있었다.

1) 돈이면 공직도 파는 公僕들

연구비 50억 타내려 3억5천만 원 법인카드 내준 길 병원, 보건복지부 국장 병원연구비 선정 돕고 3억5천만 원 뇌물 의혹으로 구속.

2) 세금 감액해 주고 뇌물수수

3) 관세포탈과 밀수방조 뇌물수수

4) 단속정보 사전에 주고 단속방해 뇌물수수

인천 서부경찰서 모 지구대 소속 A 경사는 2018년부터 2019년 3월까지 불법 게임장 업주로부터 현금 4,000여만 원을 뇌물을 받고 수시로 경찰 단속정보를 넘겨준 혐의로 현직 경찰이 검찰에 구속되었다. 고양이에게 생선 가게를 맡긴 꼴이 된 것이다.

국내 최대 성매매 사이트 "밤의 전쟁" 뒤를 봐주고 운영자에게 7,000만 원을 받은 혐의로 구속된 서울의 한 경찰서 소속 A 경위는 성매매업소를 단속하는 과정에서 알게 된 B씨가 성매매 사이트 운영자란 사실을 알면서도 묵인해 줬다. 또 수배 여부를 확인해 달라는 B씨의 요청을 받고 알려주는 등 대가로 거액의 뇌물을 받았다. 공직의 같은 부서에 있으면서 단속 일자. 단속시간을 업자에게 사전에 알리고 돈 뜯는 첩자 노릇하는 쓰레기 같은 공무원들 아직도 있다니 언제 적 버릇인데 역시 개 꼬리는 삼년 묻어도 황모가 안 된다(三年狗毛 不爲黃毛)는 그대로이다.

단속정보 흘리고 뒷돈 받은 경찰 5년간 30명 징계. 국회 행정안전위원회 소속 권미혁 의원실이 경찰청으로부터 제출받은 최근 5년간 유흥업소 등 단속정보 내부감찰 결과에 따르면 2014년~2018년 5년간 경찰관 30명이 성매매업소나 불법 게임장 등에 대한 단속정보를 흘리고 금품을 받아 징계를 받았다는 것이다. 이에 징계는 파면 22명, 해임 4명, 강등 2명, 징계 3개월 2명이고 계급별로는 경위 18명, 경사 8명, 경감 3명 경장 1명이었다. 이것은 밝혀진 것뿐이다.

제 버릇 개 못주는 경찰. 수사권 독립하자는데 피해자를 가해자로 만들던 망령은 이제 사라졌는지 묻고 싶다.

5) 군 기밀 외국에 팔아넘긴 정보사 간부

기막힌 안보 현실, 국군 정보사령부 전·현직 간부가 국내외 군사기밀 100여 건을 해외에 장기간 대량 팔아넘긴 사실이 드러난 것은 충격적이다. 서울중앙지검 공안1부는 "군사기밀 100여 건을 2013년부터 2018년 말까지 2개국(중국과 일본)에 유출한 혐의를 받고 있는 정보사 공작팀장 예비역 소령 황모씨 외 1명을 구속시켰다.

황씨는 10여 년 전 공작팀장으로 일한 선배 홍모씨에게 휴대 전화로 기밀을 찍어 보내면 홍씨가 기밀수집이 주 임무인 다른 나라 외교관들에게 기밀 한 건당 100만 원 안팎의 돈을 받고 팔아넘겼다고 한다. 두 사람이 지난 5년간 이런 식으로 받은 돈은 총 수천만 원으로 조사 되었다. 황씨 등이 외국에 넘긴 기밀에는 우리 군이 수집한 주변국들의 무기 정보 등 민감한 정보가 포함된 것으로 조사 되었다.

특히 이들은 외국에서 근무 중인 우리 측 정보요원들의 명단까지 넘겼다는 것은 더 기가 막힌다. 해외정보망에 심각한 타격을 주며 국가안보의 기초를 허문 반국가 범죄가 5년 이상 지속되었는데도 정보사는 국가정보원을 통해 파악하기까지 까맣게 모르고 있었다는 것도 어이가 없는 일이다. 추락한 우리의 안보 현실을 그대로 보여준 사례이다.

6) 로펌 가려고 군사기밀 유출 징역형

전역 후 대형 로펌에 가려고 군사상 기밀을 유출한 공군 중령이 군내에서 법질서를 확립해야 할 본분을 망각하고 군인의 청렴성에 대한 국민의 신뢰가 심각하게 훼손시켰기에 징역형을 선고한 사건이다.

공군 A 중령은 직무상 기밀에 포함된 국방 분야 사업계획서 등을 작성한 뒤 수차례에 걸쳐 변호사와 검찰에 전달한 혐의로 기소된 군 기밀 유출 사건이었다. A 중령은 심지어 무인 정찰기대대 창설문건도 넘겼다. 무인정찰기는 군사작전 수행에 사용되는 무기체계로 만약 무인정찰기 배치장소를 적이 알게 되면 군의 작전 수행에 지장을 초래하고 국가안전 보장에 위협을 초래할 수 있어 이 기밀의 유출은 군의 정신상태를 단적으로 설명해 주고 있는 사건으로 엄벌해 마땅한 사건이다. 나라야 망하든 말든 나만 살고 보자는 정신 상태라 여겨진다.

7) 공무원 해외연수 "비행기 깡"으로 공금횡령 돈벌이

여행사와 결탁한 일부 공무원들이 해외연수 갈 때마다 수백만 원을 챙기고 있다는 진술이 나오는 등 감사 당국의 허술한 증빙서류 확인과 초과비용 자부담을 보충을 하기 위하여 스스럼없이 저질러지고 있다는 것이다. 해외연수에서 가장 쉽게 공금 횡령하는 부분은 항공권이라 한다.

해외연수 1인당 견적서 유럽 항공권 비용이 365만 원인 경우 실제 항공권 구매 가격은 170만 원 1인당 차액 200만 원 정도를 챙긴 경우. 그리고 고위 공직자의 경우 해외공무여행의 경우는 일반석 88만 원에 산 뒤에 528만 원짜리 비즈니스석 항공권을 산 것처럼 440만 원을 챙겼다.

이는 감사기관이 실제 항공권을 확인하지 않는 감사기관의 허술함이 빚어낸 비리다. 저렴한 항공권을 구매하여 연수를 다녀오고, 증빙은 여행사의 항공운임증명서로 대신하기 때문이다.

관광 일색인 엉터리 해외정책연수에 최근 5년간(2012~2016)간 지방자치단체에만 3,480억4,000만 원의 관련 혈세가 투입되면서도 이 중 일부는 공무원들의 돈벌이에 써졌다는 지적이 나오고 있다. 여행사와 짜고 틈새만 나면 국민 혈세 빼먹고 있으니 이런 인성으로 공직이 바로 설날이 있을까 걱정스럽다.

8) 대통령도 그 친인척도 돈 챙기고 감방 가는 나라

돈에 환장한 대통령과 가족들은 이게 나라인가? 국가적 부정부패를 척결하여 바른 나라를 만들어야 할 대통령 그리고 그 가족이 돈을 챙기는 후진국을 아직도 못 면하고 있다. 미국에서 대통령의 부패사례는 독립전쟁 이후 단 한 건도 없었다는 것이다. 우리나라는 해방 후 상당수 대통령이나 그 가족이 부패 비리에 연루되어 교도소에 가고 있어 국민을 실망시키고 있다.

반복되는 오욕의 역사, 역대 대통령과 친인척 비리

(1) 전두환 대통령 본인: 재벌 등으로부터 수천억 원대 비자금 조성. 무기징역 및 2,205억 원 추징금 선고를 받았으나 완납하지 않고 있다.

맏형인 전기환은 노량진 수산시장 운영권 강제 교체에 개입한 혐의로 구속.

동생 전경환은 새마을 운동본부 회장 맡아 공금 73억 횡령 기소.

사촌 형 전순환은 골프장 허가를 미끼로 금품수수 구속.

사촌 동생 전우환은 양곡가공협회장을 맡아 뇌물수수 구속.

처남 이창석은 탈세 및 횡령혐의로 구속되었다.

대통령 친인척 비리는 전두환 정권이 "비리 공화국"이라 할 정도로 가장 심했다.

(2) 노태우 대통령은 "내가 당선되면 친인척 이권개입이나 정치에 나서는 일은 없도록 하겠다"고 선언했으나 본인은 재벌 등에게서 돈을 받아 수천억대 비자금 조성으로 징역 17년 및 2,628억 원 추징금 선고를 받았다.

본인은 재임 중 거액의 뇌물을 받은 혐의로 추징금 2,629억 원을 판결 받아 거의 납부하고 일부의 잔액이 남았다.

동서 금진호는 상공장관을 맡아 6공 비자금 수수 및 관리.

"6공의 황태자"로 불린 사촌 처남 박철원은 슬롯머신업자로부터 6억 원 수수한 혐의로 구속.

딸 노소영은 외화밀반출과 인사 청탁 대가로 귀금속을 받은 혐의로 세 차례 검찰 조사를 받았다.

(3) 김영삼 대통령 "대통령 친인척 비리는 엄단하겠다"는 의지를 피력했다.

"소통령"이라고도 불리던 차남 김현철은 고교 선배 기업인들 포함해 모두 6명의 기업인으로부터 총 66억5,000만 원의 돈을 받았고, 이 가운데 대가성이 있다고 판단된 32억2,000만 원이 알선수재 혐의로 구속되었다. 자금의 세탁을 위해 100명의 이름을 빌려 차명계좌로 세탁해 조세포탈로 재판받게 되었다. 김기섭 70억, 박태중 132억, 이성호로부터 실명전환 및 금융상 편의 제공사건 50억, 두양 김덕영 회장으로부터 신한종금 소송청탁과 관련해 15억 원을 받은 혐의. 특가법상 알선수재와 정치자금, 조세포탈 모두 유죄판결 징역 3년 선고(1심) 이권 청탁과 함께 기업인들로부터 32억여 원을 받고 증여세 12억을 포탈한 것, 1997년 한보그룹 사태에 연루되어 수감되기도 했다.

사촌 처남 손성훈은 덕산그룹 관계자로부터 광주 조선대학 운영권을 되찾게 해달라는 청탁과 함께 1억9천만 원의 뇌물을 받은 혐의로 구속되었다.

군사정권을 마감하고 문민 정권을 열며 자신감에 넘쳤던 김영삼 전 대통령은 재임 중 아들이 구속되는 불명예를 안았다.

(4) 김대중 대통령 장남 김홍일 전 의원은 2002년 노무현 대통령 당시 나라종합금융이 퇴출 위기에 몰렸는데 이 문제를 해결하기 위해 노무현 대통

령 측근을 포함해 정치계에 불법 자금으로 로비한 사건이다. 나라종금의 대주주 전 보성그룹 김호준 회장은 2002년에 나라종금을 통해 2995억 원 상당을 보성그룹의 불법 대출혐의로 기소되면서 불거졌다. 이에 노 대통령 측근인 안희정과 김대중 대통령의 장남 김홍일 전 의원 등에게 수억 원을 지불했다는 사건으로 유죄판결을 받았다.

2남 김홍업 전 의원은 2002년 이용호 게이트 조사 중 검찰은 권력형 이권 개입으로 2003년 5월 대법원에서 각종 이권 청탁과 함께 수십억 원대의 금품을 받은 혐의(알선수재) 등으로 징역 2년에 벌금 4억 원, 추징금 2억 6천만 원을 선고를 받아 원심이 확정되었다. 3남 김홍걸은 김대중 대통령 재직 중 2002년 5월 최규선게이트(불법뇌물자금 수수)에 관련된 인물로 검찰은 체육사업자 선정 로비 등의 명목으로 36억7천만 원 상당의 금품과 주식을 받은 사실을 밝혀내고 특정범죄가중처벌법상 알선수재 등의 혐의로 구속기소하였다. 서울고법은 "대통령의 아들이라는 신분을 이용해 주변 사람들과 함께 기업으로부터 돈을 받아 국민들에게 실망과 분노를 안긴 점은 처벌을 받아 마땅하다"며 징역 1년 6개월, 집행유예 2년 추징금 1억 6천만 원을 선고했다.

세간에서 "홍삼트리오"라 하여 세 아들이 모두 국회의원이 되었고 전부 비리에 연루되어 전과자가 된 사례는 세계에서도 없을 것이다.

DJ는 임기 말에 "제 평생 많은 어려움을 겪었지만 이렇게 참담한 일이 있으리라고는 생각지는 못했다"며 고개를 숙여야 했다.

아직도 밝혀지지는 않았지만 모 월간지에 게재된 DJ 비자금 미화 13억5천만 달러가 있다는 것이 사실로 밝혀질 경우 큰 파장이 예상되고 있다.

(5) 노무현 대통령은 청렴함을 무기로 내세워 되었다. 그는 "과거에는 청탁하면 밑져야 본전이었다. 지금부터는 누구든지 이권이나 인사 청탁을 하

다가 걸리면 패가망신한다고 했다." 그러나 부인 권양숙 여사는 박연차 태광실업 회장이 건넨 미화 100만 달러와, 박연차가 청와대 총무비서관 정상문을 통해 전달한 3억 원을 개인 빚 정산과 자녀 유학비로 썼다고 밝혔다. 박연차가 연철호(노건평의 조카사위)에게 건 낸 500만 달러에 대해서도 수사가 이루어졌다. 노무현 전 대통령의 딸 노정연은 권양숙 여사가 건넨 13억 원을 불법적인 환치기를 통해 해외에 송금하였으며, 이에 대해 노정연은 엄마가 보내서 받았다고 밝혔으며 유죄판결을 받았다. 이 금품수수 사건은 노무현 대통령이 사저 뒷산 봉화산 부엉이바위에서 투신자살을 함으로서 권양숙 여사는 입건이 유예되고 사건은 종결되었다. 이 뇌물사건은 박연차 회장이 농협과 세종증권 관련 주식조작사건으로 수사 과정에서 친노 인사들에게 금품을 살포한 정관계 로비 사건으로 일명 박연차 게이트이라 했다.

형인 노건평은 농협이 세종증권을 인수할 수 있겠끔 청탁을 받고 30여억 원을 받은 혐의가 드러나 최종적으로 징역 2년 6월을 선고받았다. 이 사건 2심 판사는 노건평에게 "평범한 세무공무원이 동생의 대통령 당선 이후로 로열패밀리가 됐지만 노블레스 오블리지에는 애초 관심이 없었다"고 강하게 질타했다. 그리고 이어서 "내가 키웠다고 자랑하던 동생이 자살했고, 이제는 해가 떨어지면 동네 어귀에서 술을 마시며 신세 한탄을 하는 초라한 시골 늙은이의 외양을 하고 있다"며 인신공격에 가까운 비난을 퍼부었다. 마지막으로 감형을 해주면서도 "동생을 죽게 만든 못난 형으로 전락한 노씨를 감형하는 것이 마땅하다"며 끝까지 질타했다. 그는 2010년에 광복절 특사로 사면되었다. 그는 동생이 대통령에 당선되자 언론에서는 그를 봉하대군이라고도 했다.

또 그는 2015년에 경남기업 성완종 회장의 청탁을 받고, 대통령 특사特赦를 알선한 대가로 금품 5억 원을 수수한 것으로 알려졌으나 공소시효가 지나 처벌받지 않았다.

(6) 이명박 대통령도 권력형 비리를 척결하고 비리 수사를 위한 "특별검사 상설화법" 입법을 추진하겠다고 공약을 주장했지만 대통령의 허상을 국민은 보고 있다.

이상득은 대통령의 친형으로서 농담 반 진담 반으로 '상왕'으로 불리며 무소불위의 권세를 누렸다. 그와 비슷한 말로 '영일대군' '만사형통萬事兄通'이라고도 언론들은 말했다.

2012년 이명박 정부 말기 솔로몬저축은행 임석 회장으로부터 3억 원의 정치자금을 받은 혐의와 미래저축은행 김찬경 회장으로부터 저축은행 경영을 도와 달라는 청탁과 함께 3억 원을 받아 구속되어 대법원에서 징역 1년 2개월의 실형이 확정되어 만기 출소했다.

2015년 포스코 비리와 관련 제3자를 통해 금품수수 혐의에 대해 검찰은 징역 7년과 벌금 26억을 구형했다. 그러나 재판부는 피고인의 건강상태와 고령임을 감안勘案해 법정 구속은 하지 않았다. 대법원은 징역 1년 3개월이 확정되었고 다시 구속되었다.

2018년 1월22일에는 국정원 특수 활동비를 상납 받은 혐의로 검찰에 출석 의사를 밝혔으나 지인들과 식사 중 쓰러져 병원에 후송되기도 했다.

대통령 부인 김윤옥 여사의 사촌오빠 김재홍씨는 제일저축은행으로부터 3억 9천만 원을 받아 구속돼 징역 2년 이 선고됐고, 김 여사의 사촌 언니 김옥희씨도 국회의원 공천 대가로 30억 원을 받아 구속돼 징역 3년을 받았다.

이명박 대통령은 "제 자신은 처음부터 깨끗한 정치를 하겠다는 확실한 결심을 갖고 시작해 전 재산을 사회에 환원하고 월급도 기부하면서 노력해 왔다." "그런데 바로 제 가까이에서 참으로 실망을 금치 못할 일들이 일어났으니 생각할수록 억장이 무너져 내리고 차마 고개를 들 수가 없다"며 "이제 와서 누구를 탓할 수 있겠나, 모두가 제 불찰이다. 어떤 질책도 달게받아들이겠다"고 사과했다.

7. 부패로 무너지는 법조 3류(검찰, 판사, 변호사)

1) 검찰명예 더럽힌 뇌물검사들

(1) 김광준 부장검사 조희팔 사건 뇌물수수 구속

김광준(1961년생) 검사는 재직 중 10억여 원의 뇌물을 받은 혐의로 법무부 징계위원회에서 2013년 2월 5일 해임되었다. 서울고등검찰청 부장검사급으로 재직하다가 건국 이래 최대의 4조 원대 다단계 사기범 조희팔의 유진그룹으로부터 5억9천6백만 원, 조희팔의 최측근 강태용으로부터 2억7천만 원 등 기타 뇌물 합하여 9억6,600만 원을 받은 혐의로 구속되었다. 2013년 6월 18일 징역 12년 6월이 구형되었으나, 2013년 7월 9일에 징역 7년과 추징금 3억8천67만 원이 선고되었다.

(2) 진경준 전 검사장 넥슨 주식 1만주 외 금품 수수 구속

2016년 3월 정부 공직자 윤리위원회가 고위 공직자들의 재산 현황을 공개하였는데 진경준 법무부 출입국 외국인 정책본부장이 156억 원으로 재산 증가액 1위로 차지하게 되었다. 이것은 그가 보유하고 있던 넥슨 주식 126억 원을 처분했기 때문인데 논란이 된 것은 그 주식이 넥슨이 상장되기 전인 2005년에 매입했던 것이다. 의혹이 제기된 진경준은 사표를 제출하였고 법무부는 이를 수리하지 않고 법무연수원 위원으로 대기발령인 전보를 시켰다.

그리고 인천 지검장을 특임검사로 지명해 "진경준 사건"을 배당했다. 진경준은 특가법상 뇌물혐의로 체포되어 현직 검사장으로 처음 구속되었고 공무원직에 해임되었다. 현직 검사장이 구속된 상태로 재판에 넘겨진 것도, 차관급인 검사장에 대한 해임 결정이 나온 것도 처음이다.

법원은 법조 게이트에 연루된 진경준 전 검사장에 대해 넥슨 창업주인 김정주로부터 넥슨 공짜주식 1만주, 제니시스 차량, 여행경비 5천여만 원 등 총 9억 원의 금품을 받은 혐의 부분을 무죄로 판단하고 진경준 처남의 청소회사와 대한항공이 용역계약 맺도록 한 부분에 대해서만 혐의를 인정해 징역 4년을 선고하면서 "김정주 넥슨 대표가 고등학교 때부터 알고 지낸 친구의 관계였고 편의를 봐준 사건이 특정되지 않았는데 단지 진경준이 검사라는 신분을 가졌다는 이유로 광범위하게 직무와의 연관성이 있다고 판단되지 않는다"고 했다.

그러나 서울고등법원은 넥슨에 받은 것을 뇌물로 봐서 징역 7년, 벌금 6억 원, 추징금 5억여 원을 선고했다. 하지만 대법원은 "당시 김정주 대표나 넥슨이 수사를 받기는 했지만, 진경준 전 검사장이 수사를 처리할 권한이 없었고 장래에 담당할 직무에 관한 대가로 금품을 받았다고 단정하기도 어렵다"며 뇌물죄 구성요건인 "직무 관련성"과 "대가성"을 인정하지 않으며 서울고등법원으로 환송했다.

(3) 벤츠 여검사 사건

현직 검사가 2010년 5월~12월 사이 부장검사 출신 최 모 변호사에게 사건 청탁과 함께 벤츠 승용차 등 5,500여만 원을 받았다는 의혹에 붙여진 이른바 "벤츠 여검사" 사건에도 특임검사가 임명되었다.

부장검사 출신의 최 모 변호사가 내연관계에 있던 현직의 이 모 여검사에게 벤츠 승용차와 법인카드, 샤넬 가방 등 금품을 제공했고, 이 과정에서 이 검사가 최 변호사의 사건을 동료 검사에게 청탁한 사건이다.

(4) 스폰서 판검사들

전직 판사인 한 변호사는 스폰서가 전혀 모르는 사람이라기보다 학연, 지연 등으로 엮어 부담 없이 친절해질 만한 사람인 경우가 많기 때문에 '심리적 저항'이 적다고 한다. 하지만 친분관계가 두터워져 어느 정도 신뢰가 생기면 '향응'을 제공하기도 하고 '귀가하는 차비' 명목으로 시작해서 돈까지 오가게 된다고 한다.

처음에는 스폰서의 "접대"를 조심스럽게 받아들이던 판검사도 친밀도가 높아지면서 이걸 자연스럽게 받아들이게 되고, 용돈이나 명절 떡값 명목으로 수십에서 수백만 원씩 건네주는 돈도 "호의" 정도로 인식하고 만나게 된다는 것이다. 이런 인연으로 사건이 발생하게 되면 공정해야 할 수사와 재판과정에 부정한 청탁을 받게 되고 향응이나, 금품수수, 뇌물수수 등에 연루되어 저지른 판검사를 스폰서 판검사라 부르고 있다.

그 대표적인 경우가 스폰서 검사 김형준 씨다. 고교동창생의 게임업체에서 총 5,800만 원 상당의 금품과 향응을 받은 혐의로 항소심에서 집행유예로 석방된 사건이다.

(5) 그랜저 부장검사 정인균

정 검사는 2008년 평소 알고 지내던 건설업자로부터 고소사건을 잘 처리해 달라는 부탁을 받아 후배 검사에게 전하는 대가로 그랜저 승용차와 현금약 4,600만 원을 받은 혐의였다.

이 사건에 대한 서울중앙지검은 정 검사가 오랜 친분이 있어 승용차 대금을 빌린 뒤 갚았다며 무혐의처분 했으나 국정감사에서 "검찰의 제 식구 감싸기"라는 비판이 나오자, 특임검사를 임명해 재수사를 하게 된 것이다.

정 검사는 대법원에서 특정범죄가중처벌법상 뇌물죄로 징역 2년 6개월과 벌금형을 선고받았다. 정 검사는 출소 후 5년이 경과해 변호사법상으로는 결격사유가 없다고 보았으나 서울변호사협회는 변호사 등록을 받아주지 않았다.

(6) 검찰 무죄, 귀족 무죄는 현실?

현직 부장검사는 검찰 무죄, 귀족 무죄는 현실이라면서 "내가 임관해 보니 검찰은 귀족사회였다"면서 "검찰은 무죄, 귀족은 무죄의 현실은 대한민국에게 너무나 참혹한 비극"이라고 주장했다. 이 검사는 2015년 성폭력 의혹으로 사표를 낸 서울 남부지검 A 검사 사건은 회식 후 노래방에서 같은 검찰청에 근무하던 여검사를 성폭력한 혐의의 사건과 2016년 국내 최대 금융지주회사 회장의 딸인 B 검사는 부산지검에 근무하면서 고소인이 낸 고소장을 분실했다. B 검사는 고소인이 이전에 제출한 다른 사건 고소장을 복사하고, 실무관을 시켜 고소장표지를 만든 뒤 상급자 도장을 임의로 찍어 위조하는 방법으로 은폐했다.

고소인이 문제를 제기하자 사표를 냈다. 이후 시민단체 고발로 기소되었다. 이 두 사건을 검찰 무죄의 예로 들었다.

성폭력과 공문서위조, 만약 그들이 귀족검사가 아니었다면, 경찰이나 야당 인사였다면 검찰 수뇌부에서 거짓 해명을 하면서까지 감싸며 조용히 사표 수리만 했을까? 검찰이 조직 보호를 위해 이중 잣대로 수사권을 남용하고 법무부 역시 이를 제대로 지휘하지 못한다면 무소불위의 검찰은 자정 능력이 없어 공수처의 도입을 검찰 내부에서 외치고 있는 것과 같다.

2) 국민을 배신한 뇌물판사들

대한민국 판사는 "본인은 법관으로서, 헌법과 법률에 의하여 양심에 따라 공정하게 심판하고 법관윤리강령을 준수하며, 국민에게 봉사하는 마음

가짐으로 직무를 성실이 수행할 것을 선서합니다(법원공무원규칙 제69조 제1항)"라고 선서하고 재판업무에 임하게 된다.

(1) 조관행 부장판사 알선수재

조관행 서울고등법원 부장판사가 2006년에 특정범죄가중처벌 등에 관한 법률 위반(알선수재)죄로 구속되었다. 현직 고위법관 출신 인사가 구속된 것은 국민방위군 사건에서 당시 서울지방법원장이 구속된 이후 55년 만에 처음 있는 사건이며 당사자가 고위직일 뿐만 아니라 민사법에 정통한 실력 자로서 법조계에 충격이 큰 사건이었다.

혐의내용은 법조브로커 김홍수로부터 3년간에 걸쳐 담당재판부 청탁 등 명목으로 이태리제 수입가구, 이란산 카펫을 받았다는 것, 1심에서는 실형 선고를 받았으나 2심에서 집형 유예를 선고받아 대법원에서 확정되었으나 8·15 특별사면을 받았다.

(2)최민호 판사 뇌물

최민호 수원지방법원 판사가 검사 시절 일명 명동 사채 왕이라 불리는 최씨에게 뒷돈 2억6천8백여만 원을 받은 혐의로 2015년 1월 20일 긴급체포 되었으며 2015년 1월 21일 현직 판사 신분으로 구속되었다. 이후 파기환송 심에서 징역 3년에 추징금 2억6,864만 원을 선고받고 재 상고하지 않아 형이 확정되었다.

(3) 김수천 부장판사 뇌물

김수천 인천지방법원 부장판사가 정운호 전 네이처리퍼블릭 대표로부터 뇌물을 받고 정운호에게 유리한 판결을 내려준 사실이 드러나 2016년 9월 현직 부장판사인 상태로 검찰에 구속되었다. 2018년 3월 23일 파기환송심에서 이 건에 대해 징역 5년에 벌금 2천만 원에 추징금 1억2천만 원이 선고되었으며 김수천이 재상고하였다가 재상고를 취하하여 확정되었다. 김수천에게는 뇌물수수뿐만 아니라 허위판결문 작성 의혹, 딸의 미인대회 부정 1위 의혹 등도 있었다.

국가 정의실천의 최후의 보류인 사법부의 중견 판사가 거액의 뇌물을 받고 중형의 징역형을 받게 되는 이 참담한 현실이 우리를 슬프게 한다.

3) 판사들의 범법 사례

법의 적법성과 위법을 판단하라는 국민으로 부터의 임무를 맡은 자가 돈거래로 판결하는 법복 입은 국민배신자들 판사의 업무 관련 비리.

(1) 뇌물수수

판사가 소송 당사자로부터 금전, 물품 등을 교부받고 소송 당사자에게 유리한 판결을 내리는 행위. 조관행 전 판사, 김수천 전 판사 등이 있다.

(2) 전관예우특혜

현직 판사가 전관 변호사를 선임한 소송 당사자에게 재판 때 특혜를 주거나 유리한 판결을 내리는 것을 전관예우, 전관비리 라고도 한다. 이재용(삼성 부회장) 초호화 9명 전관 변호사 선임, 김기춘(전 대통령 비서실장) 8명 이상 전관변호사 선임한 예.

(3) 허위판결문 작성

판사가 작성한 판결문에 허위내용이 발견되는 사례가 있다. 허위판결문 작성뿐만 아니라 내용 일부가 허위 기재된 공판조서에 날인한 판사도 있다.

(4) 무 통보 판결

판결 선고일이 변경된 것을 소송 당사자에게 통보하지 않고, 궐석 상태에서 판사가 판결 내린 사례가 있다.

4) 전관예우와 사건 중개인 변호사들

사법절차에의 전관예우前官禮遇란 "전직 판검사 출신 변호사가 선임된 경우 그가 갖고 있는 연줄로 인하여 그렇지 않은 변호사가 선임된 경우보다, 수사 및 재판의 결과에 있어서 부당한 특혜를 받거나 절차상 혜택을 받는 현상"을 말한다. 즉 판사나 검사로 재직하다가 변호사로 개업한 사람이 맡은 사건의 경우, 판사나 검사는 변호사의 후배가 되기 때문에 일정 기간 선배에 대한 예우로 유리한 판결을 내리는 특혜로 판사나, 검사의 고위직에서 퇴임하게 되면 사건이 클수록 전관을 변호인으로 선임하려고 매달리고 고액의 수임료를 제안 받게 된다.

이는 전관예우로 소송을 유리하게 결과를 얻을 수 있다는 계산 때문이다. 정권교체기에 대기업의 회장 송사를 맡은 고위직 전관 변호인은 거액의 수임료를 받게 된다. 많은 사건을 수임한 고위직 전관은 100억대 수익을 올린다는 풍문도 들린다. 이런 전관예우 판결은 상대 소송 당사자에 피해나 우려가 전제됨으로 범죄라는 인식을 가져야 하고 판결에도 죄의식을 가져야 한다. 즉 적폐인 것이다.

왜 적폐인가, 사법절차는 어느 분야보다 공정하고 투명해야 한다. 우리 헌법은 직접 법관의 신분을 보장해 주고, 재판상의 독립성까지 보장해 주고 있는 것은, 재판을 주도하는 법관은 다른 분야보다도 공정한 재판을 통하여 국민들의 기본권을 철저하게 보장해 주어야 한다는 국민적 합의가 헌법적 의지의 표현이라 보아야 하기 때문이다.

전관예우의 주체는 특혜를 받는 당사자나 전관 출신 변호사가 아니라, 어디까지나 재판을 담당하는 현직 법관이라는 점이다. 그런데 소송대리인이 누구인지에 따라서 재판의 결과에 영향을 미친다면 그것은 법관으로서의 본분을 망각한 것이며, 아무리 판결이라는 이름으로 선고가 되었다 하더라도 그 실상은 속임수나 사기에 불가할 것이다.

(1) 홍만표 전관 변호사(1년에 수입 91억)

홍만표 변호사는 1년 수입이 91억 정상적인 변호 활동을 하고 전관예우 없이 가능했겠나, 검찰의 수사가 시작될 때부터 전관 로비 혐의는 흐지부지 될 것이라 생각했는데 역시 결과는 변호사법 위반과 조세포탈만 적용했다.

대검찰청 기획조정부장(검사장)을 끝으로 전직 검사이자 현직 변호사, 전관의 직위를 이용하여 거액의 수임료를 받고 해외 원정 도박 혐의로 기소된 정운호 네이처리퍼블릭 대표의 편의를 봐주었다가 정운호 게이트에 연루되어 변호사법 위반과 특정범죄가중처벌법상 조세, 지방세법 위반 등 4개의 죄명이 적용되어 구속되었다.

결국 2017년 1월 23일 대한변호사협회 변호사 징계위원회에서 변호사법 위반 등으로 제명되었고 징역 2년의 실형이 확정되어 출소 후 5년간 변호사 등록을 못하게 되었다.

현직 검사장 시절에 공직자윤리위원회에 등록한 재산은 13억 원밖에 안 되었다(2010년 12월 31일 기준). 그러나 2011년 변호사 개업을 한 이후로 2012년과 2016년에 각각 100억 원 가까운 소득을 신고했다. 이때부터 홍 변호사는 무리한 변론, 과도한 수임으로 주변의 비판을 받았다고 한다.

홍 변호사의 몰래 변론 의혹사건

1 동양그룹 1조 3천억 대 사기성 어음 발행 사건, 2억 원을 받았으나 선임계를 내지 않았다.

2 강덕수 전 STX 회장의 배임 횡령, 분식회계 등 혐의 사건, 수임료 2억 원을 신고하지 않았다.

3 솔로몬저축은행 불법 대출 횡령 사건, 수임료 2천만 원을 신고하지 않았다.

4 정운호 네이처리퍼블릭 대표의 상습도박 사건, 정 대표의 해외 원정 도박 사건을 처리해 주면서 변호 대가로 6억 원가량을 수령하였다. 실제로 2014년 7월과 2015년 2월에는 정운호 대표는 도박혐의로 조사를 받았으나, 홍만표 변호사가 개입한 이후 검찰에서 무혐의처분을 받았다.

5 일광공영 방산비리 사건 등 약 62건의 사건수임신고를 누락한 채 몰래 변론한 것으로 밝혀졌다.

일찍이 부처님이 공수래공수거空手來空手去 했거늘 사람이 이 세상에 올 때 아무것도 손에 들고 온 것이 없이 태어나는 것처럼, 죽어서 갈 때도 일생 동안 내 것인 줄 알고 애써 모아놓은 모든 것을 그대로 두고 빈손으로 죽어 간다는 말씀이 이렇게 세상에 회자 되고 있는데 재물과 권세를 모두 탐하다 가 나락에 떨어진 후에야 깨달았으니 만시지탄이 아닐 수 없다.

(2) 우병우 전관 변호사 몰래 변호 10억 챙겨

우병우 전 청와대 민정수석은 변호사 시절에 검찰수사를 무마해주는 대가로 의뢰인들에게 10억 원이 넘는 돈을 받은 것으로 보고 기소 의견으로 검찰에 넘겨졌다. 변호사 시절인 2013년부터 2014년까지 변호사 선임계를 내지 않고 3건의 몰래 청탁 변호로 변호사법 위반으로 기소되었다.

"가천 길병원의 수사 확대를 막아 달라"고 하자 "3개월 안에 끝내 주겠다"며 착수금 1억, 성공 보수 2억 원 받음. 현대그룹의 계열사 부당지원 사건과 관련해 무혐의 처분 받게 해달라는 요구에 착수금, 성공 보수 포함 6억 5천 받음. 4대강 입찰 담합 사건에 설계업체로부터 조기 종결을 조건으로 1억 받음(2018.10.17 연합, sbs, kbs).

(3) 최유정 재판청탁 변호사(1건 변호에 50억)

최유정 전직 부장판사 출신 변호사는 법조인과 중개인이 결탁한 법조비리사건인 "정운호 게이트"에 연루된 사건의 재판 청탁 변호로 100억 원의 부당 수임료를 챙긴 혐의로 구속되었다. 과히 수임료의 여왕이었다.

최 변호사는 2015년 12월~2016년 3월 상습도박죄로 구속되어 재판 중이던 정운호 전 네이처리퍼블릭 대표로부터 재판부에 선처를 청탁해 주겠다는 명목으로 50억 원을 받은 혐의(변호사법 위반)로 기소됐다. 또 2015년 6~10월 유사수신업체인 이숨투자자문 대표 송창수로부터도 재판부 청탁 취지로 50억 원을 받은 혐의(변호사법 위반)도 적용됐다.

그는 총 50여 건의 사건을 수임하면서 65억 원에 달하는 수임료를 매출 신고하지 않고 누락해 6억 원 상당을 탈세한 혐의(조세범처벌법 위반)도 받았다.

1, 2심은 "재판부와 교제하거나 청탁할 수 있다는 잘못된 믿음을 의뢰인들에게 심어줘 상상할 수 없는 거액의 금원을 받았다"며 변호사법 위반과 탈세혐의 등을 유죄로 인정해 징역 5년 6개월을 선고하고 추징금 43억250만 원을 선고했다. 대법원에서도 원심대로 확정했다.

(4) 몰래 전화변론

"몰래 변론"은 누군가의 변호를 하면서도 "변호인 선임계"를 제출하지 않고 하는 변론 활동을 말하는데, 검사 출신의 전관들이 주로 많다는 소문이 나 있다. "몰래 변론"을 애용하는 사람들은 검찰청에 들락거리면 사람 눈에 띄고 소문이 날 우려가 있는 만큼, 사건을 담당하는 검사나 부장검사 등에게 전화를 하여 의뢰인이 원하는 결과를 얻어 내려는 하는 것이다.

"몰래 변론"은 내사 단계에 있는 피의자나 경찰이나 검찰 단계에서 조사를 받고 있는 피의자들이 주로 이용하지만, 그렇지 않는 경우도 있다. 반대로 고소인이나 또는 피해자 측의 고소 대리인 역할을 하면서 물론 고소 대리장을 제출하지 않고서 전화 등의 방법으로 가해자나 상대방을 입건시키고 구속시키거나 엄한 법을 적용하는 방향으로 수사를 이끌어 가는 경우이다.

검찰은 검찰 동일체의 원칙이 명시되어 있는 탓인지 상명하복의 분위기가 강하다. 그런데 전화변론 등 "몰래 변론"을 무시할 경우 검찰 내 선후배 관계에 불이익을 받을 가능성도 배제할 수 없는 것이 검찰조직이고, 더구나 본인이나 상사로 모셨던 선배 또는 동료가 옷을 벗고 변호사로 개업하여 전화로 또는 따로 만나서 부탁을 하는데 법적으로 전혀 불가능한 사정이 없는 한 들어주지 않기가 참 힘든 사정에 빠지게 되는 것이다.

여기에서 누구를 변호사로 선임했느냐에 따라 진실이 묻히고 불의가 승리하는 등 사건 결과가 달라진다면 전관의 몰래 변론은 큰 문제이고 폐해는 범죄와 같은 것이다. 물론 협회에 선임계도 내지 않고 수임료에 대한 탈세가 되고 넘어가는 것이다. 물론 의뢰인이 눈감아 주는 조건인 것이다.

이런 몰래 변론은 수임료가 어지간한 사건은 수천만 원이나 된다고 한다. 특히 내사 중인 사건을 덮어 버린다든지, 구속위기에 처한 사람이 불구속 수사를 받을 수 있다면 또는 내가 찍은 사람을 구속시킬 수만 있다면 억대의 큰돈을 쓰겠다는 사람이 적지 않기 때문이다.

돈 많은 사람이라면 돈으로 해결할 수 있다면 교도소에 갇히는 처량한 신세가 되지 않으려 할 것이며, 사업하는 사람은 구속될 경우 재기가 어려운 처지에 빠질 수도 있을 경우 몰래 변론의 적법 여부를 떠나 구속을 피하는 방도를 찾으려 할 것이다.

결국 힘 있는 전관 변호사를 통한 몰래 변론으로 귀결되는 것이다. 몰래 변론은 전관 비리의 전형적 형태라며 변호인 선임계 없는 변론은 금지하고 있다. 그러나 현직 검사들의 묵인, 현관의 전관에 대한 예우가 존재하는 한 근절은 쉽지 않을 것으로 보고 있다. "전관비리 신고센터" 설치 등 적극적 해결에 협회서도 노력하고 있다.

최근 10년 동안 "몰래 변론"으로 대한변호사협회로부터 징계 받은 전체 변호사는 28건 중 15건(54%)이 검찰 출신이었다. 순수 변호사 출신은 12건, 판사 출신은 1건이었다. 이는 검사 출신 변호사들이 몰래 변론을 통해 검찰 수사단계에서 비공식적으로 영향력을 행사하고 있는 게 만연하다는 것이다.

판검사 출신 전관이 사건처리에 도움이 될 것이라는 믿음에 따른 의뢰인들의 수요가 많기 때문이다. 이러한 법조 비리는 수면으로 드러나지 않은 "암수범죄"가 많은 만큼 적극적인 단속으로 뿌리 뽑아야 할 것이다.

10억 원 받고도 수임계도 안 내고 전화로 변론하는 변호사 우병우만 있었겠나, 세금도 안내는 허가 낸 사건 중개인들 그렇게 해서 부자 된 변호사들이 많을 것이다. 누이 좋고 매부 좋은 나눠 먹는 전화 변론 이제는 좀 변하겠지 하고 기대해 본다.

금태섭 의원 자료에 따르면 전관의 몰래 변호, 전화 변론이 10년간 20명 정도 밝혀졌다고 한다.

(5) 전관 대법관 변호사의 도장값 3천만 원?

어느 여성 변호사는 어떤 의뢰인으로부터 착수금으로 5,000만 원을 받고 대법원 상고사건을 수임하였는데 대법원에 상고이유서를 제출하면서, 의뢰인의 요청으로 상고이유서에 대법관 출신 변호사의 이름을 기재하고 도장을 찍었는데 그 비용이 무려 3,000만 원이었다는 것이다. 대법관 출신 변호사는 상고이유서에 이름만 올리고 소위 말하는 도장 값으로 3,000만 원을 받아 챙기고 있었다. 다시 말하면, 상고심에서 약 70%에 달하는 심리불속행 기각 판결을 피하기 위해서는 상고이유서에 대법관 출신 변호사의 도장이 필요하였는데, 그 가격이 무려 3,000만 원에 이른다는 것이 법조계의 현실이었다는 것이다.

이런 도장 값의 대법관 출신 변호사의 전관예우는 이미 널리 알려진 바이다. 최근 한 매체에 따르면 전직 대법관 출신 변호사들은 실무 변호사들을 거느리는 하청구조를 이용하여 변호사업계의 황제예우를 받으면서 상고사건을 싹쓸이하고 있으며, 이들이 수임한 사건은 상고 기각률도 현저히 낮다고 한다. 일반 시민들이 제1, 2심 재판에서 만족하지 못하여 대법원으로 상고사건이 폭주하는 일련의 상황을 이용하여 전직 대법관 출신 변호사들은 전관 특혜의 호황을 누리고 있는 것이다.

이와 같이 대법관 출신 변호사들은 귀족 대우를 받으면서 돈과 명예를 한 손에 거머쥘 수 있다는 유혹은 쉽게 떨쳐버릴 수가 없게 된다. 그러니 이것이 사법절차에 공정과 정의는 무너질 수밖에 없기 때문에 전관예우의 적폐와 후배에게 부담을 주지 않기 위하여 돈방석을 뒤로하고 변호사 개업을 포기한 훌륭한 대법관들도 있었다.

김영란 대법관, 전수안 대법관, 그리고 조희대 대법관은 퇴임 후 성균관대 로스쿨 석좌교수로 갔으며, 박보영 대법관은 고향 여수시법원의 평판사로 근무 중이고, 조무제 대법관은 모교 부산 동아대학교 법대에서 석좌교수로서 후진 양성에 매진했다. 권승 서울행정법원장은 명지대 법대 교수로 후진 양성에 노력하고 있다.

김선수, 이기택, 박상옥 법관도 대법관 후보 신분으로 퇴임 후 대법관 퇴임 후 변호사 개업하지 않기로 했다. 박보영 대법관과 같이 퇴임 후 변호사 개업하지 않고 시니어 법관을 지망하는 것은 새로운 법조문화가 형성되어가는 단면으로 바람직한 현상이라 할 수 있으며 전관예우의 악습을 철폐하는데도 기여하는 바 크기 때문이다. 최고 법관 출신으로서 변호사를 개업하여 돈을 버는 것은 우리나라가 거의 유일하다는 것이다.

8. 대쪽같이 청렴으로 살았던 고 최대교 검사님이 그리워진다

고인은 전북 익산에서 태어나 일본 호세이대학(法政大學)을 졸업하고 일본 고등문관시험에 합격하여 조선총독부 사법관 시보로 출발하여 각 지방의 검사 생활을 하였다. 해방 후 전주지방검찰청 검사장, 서울 지방검찰청 검사장으로 임명되어 있을 때 1949년 4월 감찰위원장 정인보鄭寅普가 상공부장관 임영신任永信을 사기 및 수회 혐의로 검찰로 고발되었는데, 당시 이승만 대통령이 법무장관과 검찰총장을 통한 압력에도 불구하고 배임 및 배임교사, 수뢰혐의로 기소했다.

하지만 끝내 피고인에게 무죄가 선고되자 사표를 내었다. 1960년 5월 민주당 정권이 출발하자, 서울고등검찰청 검사장 및 감찰부장에 임명되어 3·15부정선거 사범과 4·19혁명 발포 자들을 기소했다.

1963년 12월 퇴직하여 변호사활동과 대학에서 형사소송법을 강의하며 살았지만, 항상 낡은 옷차림으로 승용차도 없이 살았다. 검사 재임시절 청렴하고 강직한 성격으로 외부의 압력에 굴하지 않고 소신 있는 결정을 내림으로써 검찰의 독립성을 지키고자 노력한 법조인으로 평가받고 있다.

고인은 고등고시 형사소송법 과목 출제위원으로 선발되었는데 "아들이 사법과에 응시한다"면서 오해소지를 없애기 위하여 사임하기도 했다. 고인은 32년 동안 검찰에 있으면서 그의 이름 앞에는 "검찰의 양심" "대쪽 같은 검사" "고무신 검사" "최崔고집" "한국의 피에트로(이태리의 추상같이 깨끗한 검사. 안토니오 피에트로)"라는 별칭이 따라 다녔다.

후배들에게 "돈벌이에 급급해서는 법을 바로 다룰 수 없다"며 공정한 법의 적용과 집행을 질책하기도 했다. 고인 1992년 10월 21일 숙환으로 별세하기까지 작은 서민 주택에서 살다가 돌아가셨다.

작금의 검사들이 본분을 일탈하고 물질에 오염된 뇌물사건을 보면서 고인의 정직하고 강인한 검찰 정신이 그리워진다. 고인의 대쪽 같은 삶을 돌이켜 보면서 작금의 고위직 검사들이 정권의 애완견이 되고 있다는 세상의 회자에 안타까움을 금할 수가 없다.

조국 법무부장관 수사와 유재수 사건, 울산시장 선거부정 사건 수사를 보면서 사람에 충성하지 않고, 정권에 시녀가 되지 않고 살아 있는 권력의 수사에도 법에 충실한 수사로 검찰의 오명을 떨쳐내고 피에트로 검사처럼 정의의 사도로 거듭나기를 국민은 기대해 본다.

9. 판사들의 일탈을 보며 호봉(曉峰) 큰 스님을 다시 생각한다

효봉曉峰 스님은 1901년 평안감사가 베푼 백일장에서 장원급제하고 평양고보와 일본 와세다 대학 법학부를 졸업하고 귀국하여 10여 년 법조계에 투신하였다. 서울과 함흥의 지방법원, 평양 복심법원에서 우리나라 사람으로 최초의 판사가 되어 활동하였다.

스님은 1923년에 평양 복심법원에 근무하다가 직책상 한 피고에게 사형선고를 내린 것에 인간이 인간을 벌하고 죽인다는 데 회의를 느껴 법관직을 팽개치고, 홀연 가출하여 미련 없이 전국의 방랑길에 들어 엿장수로 변신하여 3년여를 떠돌다가 나이 38세에 금강산 신계사 보문 암에서 석두화상을 은사로 삭발 출가하였다.

그 후 같은 법원에 근무했던 일본인 판사가 관광차 절에 왔다가 우연히 스님과 조우, 그동안 숨겨왔던 판사전력이 알려지게 되었다. 이때부터 스님은 "판사 중"으로 불리게 되었고 사찰의 법률문제만 생기면 효봉스님을 찾게 되었다. 이에 스님은 이 일이 번거로워 금강산을 떠나 남향 길에 오르게 되었고 그 덕택에 남북분단 후 이 나라 불교계 지도자로서 조계종의 총무원 장과 종정으로 추대되었다.

오늘날 판검사, 변호사가 합작이 되어 이익공동체로서 법과 정의를 통째로 훼손하는 작태를 보면서 효봉스님의 인권정신 그리고 판결의 엄중함을 되새기게 된다. 스님은 일대기를 통해 우리의 심금을 울려주고 있다.

위에서 지적한 쓰레기 판검사들 속에서 굳건히 본분에 충실한 판검사에게 감사드리고 경의를 표한다. 당신이 있어 희망의 끈을 놓지 않고 우리는 살아가고 있다.

10. 이 나라가 모든 국민이 법 앞에 평등한 나라인가

법 앞에 모든 국민이 평등한 사회를 구현을 위해 국민은 외치고 있지만 법을 만들고, 법을 집행하는 권력자들에 의해 침해당하고 있는 나라가 바로 한국이다. 법을 만드는 헌법기관인 국회는 입만 열면 국민의 명령이라면서 국민장사는 제일 많이 하면서 법 지키는 준법정신이 실종되어 사회기관 신뢰도 평가에서 항상 꼴찌다.

법조 카르텔로 자기들끼리 전관예우 범죄적 불법을 저지르고, 변호사는 판결도 전에 집형유예로 빼 주겠다며 거액 수임료 받고 뇌물전달 거간꾼이나 하고, 그러니 법 앞에 평등은 그림에 떡이라는 말이 나온다. 부모의 유산을 별로 물려받지도 못한 법조인들이 큰 부자처럼 잘사는 모습을 보면 썩은 법조계를 잘 말해주고 있다.

고위직 판검사 퇴직 시 정권이나 바뀌면서 적폐청산, 재벌 손보기 시작하면 물 만난 전관 고관 변호사는 족히 100억 벌기는 쉽지 않다고 한다. 그뿐이 아니고 같은 사건이라도 수십 배 수임료 받는 유명 로펌과 새끼 변호사 선임하고 싸우면 법 앞에 평등 판결을 기대할 수 없다는 것은 명확하다. 그래서 "무전유죄 유권무죄"이라는 불공정 사회를 풍자한 말이 현재도 유효한 것 같다.

권력자에 아첨하고, 가진 자에 우호적인 노예근성의 법조인이 있는 한 법 앞에 평등은 멀어진다. 특히 집권층이 되면 특권의식을 못 버리고 검찰 조사를 받아도 청사 뒷문으로 기자들을 피해서 조서 받고, 진술 조사받고도 서명도 하지 않고 몸 아프다면서 귀가 해버리고, 국가 검찰력을 무력화시키는 형태야말로 일반 국민의 눈에서 볼 때 감히 있을 수 없는 일이다. 왕비 피의자로 조사를 받았던 여성 장관과 장관 부인도 있어 비난이 쏟아졌다.

국가 운영의 책임을 진 집권층 정치인들의 형태는 더욱 가관이 아니다. 자기편의 불법을 조사하면 검찰을 몰아붙이고, 심지어 담당 검사를 고발까지 하고, 판사의 판결에도 자기들 마음에 안 들면 불만을 품고 판사를 공격하고, 더 못난 국회의원은 국회 법사위 파견된 판사에게 판결에 영향을 미치는 감형을 청탁을 하는 등 도저히 입법기관이 국민대의 기관으로서 있을 수 없는 짓을 하는 특권의식을 버리지 못하는 한 이 나라 민주주의는 꽃피우기 어려울 것이다.

모든 국민의 법 앞에 평등을 민주정치의 근본원리로 인정해야 한다. 세계 각국의 모든 헌법은 법 앞에 평등을 규정하고 있다. 우리나라 헌법 제11조 1항에도 "모든 국민은 법 앞에 평등하다"고 규정하고 있다.

이는 행정, 사법기관뿐만 아니라 입법기관까지도 포함하는 법 내용의 평등을 의미한다. 11조 1항 후단에는 "누구든지 성별, 종교 또는 사회적 신분에 의해 정치적 경제적 사회적 문화적 생활의 모든 영역에서 차별을 받지 아니한다"고 규정하고 차별금지의 사유와 생활영역을 동시에 규정하고 있다.

법이 있어도 국민이 맡긴 권한을 특권으로 알고 지키지 않는 부류가 있으니 이들에게는 모든 국민은 법 앞에 평등이란 규정을 사문화시키고 있다.

그러나 우리 민족은 같이 가져야 할 일에 하나 더 부당하게 갖게 되는 자가 있으면 못 참은 성격이라 분노하고 폭발하는 기질이 있다. 정당한 법의 지배는 이해하지만 차별적으로 평등이 깨지면 못 참고 행동한다. 도를 넘는 정권의 횡포에는 국민혁명으로 극복했던 역사를 가지고 있다. 문재인 정권 들어서도 불평등, 불공정 사건이 많아지고 있다. 일례로 조국 법무부 장관과 그 가족의 반사회적 형태에 대하여 국민적 분노는 결국 장관 사임을 받아냈다.

아버지 독립유공자 만들려고 여섯 번이나 심사에 떨어진 부친의 유공 재신청을 위해 국가보훈처장을 국회의원 자기 사무실 불러 신청제도 변경을 상의하고 아버지를 유공자 만든 의원, 과연 일반 국민에게는 상상도 못 하는 행위를 하는 것은 특권의식 아니고는 가능할 일인가. 어느 국민이 특권 누리려고 했나, 정신 빠진 의원들 아직도 많다. 열심히 국민을 위해 일하라고 많은 특권을 주었더니 자기가 하늘에서 받은 권리라고 착각하고 있다.

권력 있는 자의 동생에게 뇌물을 전달한 자는 구속되어 조사받고, 뇌물 받은 자는 불구속으로 피의자 조사를 받아도 되는 불공정 처사나, 검찰 출두 시 현 정권 실세는 검찰청 뒷문으로 출두하고 얼굴도 모자이크 처리해 보도하고, 일반 서민이나 정권이 적폐로 보는 인사는 정문으로 출두해야 하고 포토라인에 세워 개망신시키는 것은 법 앞의 평등인가.

유권 무죄는 아직도 유효하다는 말이 통하는 것 같다. 재벌들은 거의 솜방망이 처벌로 집행유예로 나오고 무전의 불쌍한 백성은 제대로 된 변호사도 못 붙이고 법대로 징역 산다. 재벌 3세들은 유학 가서 마약 피우다가 들고 와 잡혀도 이런저런 이유로 풀려난다.

우리 편 아닌 사람은 적폐 인사로 몰려 수갑 차고 조사받으러 가고, 내 편의 부정선거를 도운 혐의의 지자체장은 수갑 안 차고 조사받아도 되고, 집권자들에게는 법 앞에 평등하지 않아도 되는 특권 행사는 헌법정신을 능멸하고 있다. 이것이 후진 정치의 산물이다.

헌법 11조 적용받지 않는 초법적인 특권 행세를 하지만 우리 헌법은 사회적 특수계급의 제도는 인정되지 아니하며 어떠한 형태로도 이를 창설할 수 없다고 규정하고 있다는 것을 명심하기 바라며 국민은 항상 참고만 살지 않는다는 것을 경고하고 싶다.

11. 교육정신 말아 먹은 뇌물 교육감들

(1) 인천시 나근형 교육감이 뇌물과 인사 비리로 현직에서 물러난 뒤 항소심에서 징역 1년 6개월의 실형을 선고를 받고 구속되었다. 인천 교육 역사상 최초의 민선 교육감 구속이라 충격을 주었다.

(2) 인천시 이청연 교육감 건설업체로부터 뇌물 3억 원 수수로 8년 실형을 받았고 청렴을 내세운 전교조 출신 교육감이었다.

(3) 울산시 김복만 교육감은 관급공사 수주 특혜 대가로 뇌물 3억 수수로 징역 7년에 실형 선고와 벌금 1억 4만천만 원 받았다.

(4) 전남 장만채 교육감 뇌물수수 구속.

뇌물수수는 검찰 기소와는 달리 무죄로 선고하고 벌금 1천100만 원과 추징금 338만 원을 선고했다.

(5) 충남 강복환 교육감 인사 청탁과 뇌물수수 사퇴.

2000년에 취임한 강복환 교육감은 승진후보자로부터 뇌물을 받고 심사위원들에게 높은 점수를 주도록 지시한 혐의 등으로 징역 2년 6월에 집형유예 3년, 추징금 1,000만 원을 선고받고 교육감 직에서 물러났다.

(6) 충남 오제직 교육감 뇌물과 인사 청탁으로 사퇴.

도민 직접 투표로 선출된 교육감으로 공주대 총장 출신의 오 교육감은 인사 청탁, 뇌물수수와 일부 교직원 선거 개입을 지시한 혐의로 검찰 조사를 받다 사퇴서를 제출했다.

(7) 충남 김종성 교육감 비리 연루로 징역 8년 선고.

김 교육감은 장학사 선발 시험문제를 사전유출하고 그 대가로 응시교사 22명으로부터 3억5,100만 원 받은 혐의로 구속기소 되어 징역 8년과 벌금 2억 원 추징금 2억8천만 원을 선고받았다.

(8) 충청북도 김영세 교육감 뇌물수수와 인사 청탁 김영세 교육감은 5가지 뇌물수수혐의가 유죄로 인정되어 징역 2년 6월의 실형 선고받았다.

(9) 경상북도 조병인 교육감 뇌물수수 사퇴.

(10) 서울시 최열곤 교육감 뇌물혐의 파면.

(11)서울 공정택 교육감 선거법 위반과 뇌물수수로 교육감 직이 상실됨.

(12) 서울 곽노현 교육감 후보 사후매수로 뇌물공여 교육감 직 상실.

(13) 뇌물 3억 원을 받아 8년간 도망치다 잡힌 전 최규호 전북 교육감 검찰에 "내일 자진 출석하겠다"고 밝혔다. 그러나 출석하겠다는 당일 잠적해 버렸다. 최씨의 8년 도주 기간에 사망설, 해외 도피설 등 여러 억측을 낳았다.

지역의 교육 수장이라는 교육지도자가 거액의 뇌물을 받고 도망 다니다 잡히는 교육현장의 참담한 모습을 보면서 갈대로 간 교육이구나 싶다. 그런 교육감 밑에 어린 학생들이 무엇을 배우고, 또한 교사들에 수장으로서 령이 서겠는가, 참담할 뿐이다.

교육감은 지역 교육의 미래를 책임지는 막중한 자리며 누구보다도 높은 수준의 도덕성, 인격, 인품을 갖춰야 할 위치에 있어야 할 사람이다. 그런데도 불구하고 오히려 자리를 이용해 사익을 취하는 도구로 이용, 거액의 뇌물을 받아 많은 국민의 기대를 배신한 행위를 저질렀다.

대법원의 상고심에서 징역 10년과 추징금 3억 원을 선고한 원심판결을 확정했다.

(14) 직선제 교육감은 뇌물로 죽는 무덤인가? 반복되는 교육감 비리 문제는 직선제로 인한 구조적 문제라는 지적의 목소리가 높아지고 있다. 특정범죄가중처벌 등에 관한 법률위반(뇌물) 등으로 기소되어 실형과 거액의 벌금을 물게 되는 대법원 선고로 교육감 직을 잃게 되는 사례가 계속되면서 직선제 폐지론이 대두하고 있다.

이 같은 각종 비리 문제는 교육감 직선제로 인한 "돈 선거"의 구조적 문제라는 지적이다. 막대한 선거자금이 필요로 하기 때문에 비리로 이어질 가능성이 크다는 것이다. 교원단체인 교총 역시 "정치적 이념과 진영논리"로 진영 내 후보 단일화와 선거 과정에서 필연적으로 발생할 수밖에 없는 선거자금과 관련한 다양한 비리가 있다는 것이다.

문제해결을 위해선 헌법에서 보장하고 있는 교육감 선출제도의 폐지 등을 고려해야 한다는 입장을 지속적으로 밝히고 있다. 청렴을 내세우고 당선된 교육감들이 비리 교육감으로 낙인찍혀 교육자 길을 마감하는 것을 보며 안타까운 충격을 주고 있다. 직선제의 폐해는 서울에서 심각했다. "교육 소통령"으로 불릴 정도로 교육계의 영향력이 지대한 서울 교육감은 지금까지 4명의 교육감이 모두 법정에서는 불명예를 안았다. 이 중 2명은 교육감 직을 상실했고 나머지 2명은 교육감 직을 유지하고 있지만 선고 유예를 통해 비껴갔을 뿐 법률위반 자체는 여전히 남아 있다. 나머지 지역도 사정은 마찬가지다. 충남 오세직 교육감, 김종성 교육감, 대전 전남 제주 충북 울산 등의 교육감 비리 낙마 뒤에는 과도한 선거비용이 원인이 되어 비리로 연결된 것이다. 교육감 선거비용이 정당 지원, 조직, 자금 없이 선거자금을 조달하는 것이 현실적으로 불가능하고 시장, 도지사보다 많은 선거비용을 부담해야 된다는 이야기다.

　과도한 선거 빚을 해결하는 방법으로 공사비에 손을 대거나 뇌물, 횡령, 인사에 관여하는 등으로 나타나고 있다. 이러한 폐해를 막기 위한 대안으로 교육감 선출방식을 광역단체장과 러닝메이트나 임명제 등으로 개선안이 계속 제기되고 있다.

12. 공적인 정보를 도둑질해서 사익을 취하는 LH 공직자들

　문 정부 들어서 부동산 가격 폭등으로 끝이 보이지 않게 오르는 부동산 값을 보면서 많은 국민들이 내 집 마련의 꿈을 포기하려는 이 시기에 국가의 토지 개발과 주택공급 등을 주관하는 전액 정부투자 공기업인 한국토지주택공사(LH) 임직원들이 3기 신도시 중 경기도 광명시, 시흥시의 지구지정과 그린벨트 해제의 개발 정보를 사전에 직무상으로 취득하고 개발지 내와 주변 땅을 본인 또는 친인척 명의로 거액의 부동산투기를 하는 행위가 시민단체의 제보로 밝혀지므로서 국민적 배심감에 충격을 받고 있다.

　정부가 주택난을 해결하려고 사업을 시행하는 공공기관의 임직원들이 사전에 공적 정보를 도둑질해 떼돈을 벌어 보려는 사태가 터지면서 '영끌(영혼까지 끌어모으다)'로 집 한 칸 마련하려던 젊은 층조차 '영틀(영혼까지 틀리다)' 현상을 보면서 한탄하고 있다.

　이들의 형태를 보면 돈이면 뭐든지 할 수 있다는 막가는 공기업 직원들의 본분 이탈을 목도하게 된 것이다. 이들의 땅 매입수법은 과히 전문 투기꾼을 뺨칠 수준이었다.

　큰 땅은 쪼개서 여러 명으로 구입하기, 최소 보상 범위에 맞게 평수 조정하고. 보상금액을 높이기 위해서 값이 비싼 묘목 심기. 가건물 짓기. 혹시나

들통날까봐 아내나 친인척으로 등기하기. 허위내용이 담긴 농업영농계획서 제출하기. 재배작물 칸에는 벼, 고구마, 옥수수 등을 기입하고 실제로는 심기 수월하고 관리하지 않아도 되는 보상가 높은 '양버들' 등을 빽빽하게 심는 수법. '경작'은 농지취득이 수월한 '자기 노동'으로 신고했다.

이런 개발지 농지 취득 노하우는 LH공사에서 토지 보상규정을 잘 아는 직원들의 솜씨로 만들어진 능수능란한 수법이었다.

이런 정보를 통한 투기가 몇 명의 직원이 아니고 전국의 각 지부 직원들까지 정보를 공유하면서 저질러졌다는 데에 심각성이 있는 것이다. 단순한 부동산 투기의혹이 아니라 국가계획을 도둑질해서 사리사욕을 채우는 범죄가 생길 때까지 책임자나 감독기관은 손 놓고 있었단 말인가?

이번 계기에 검경이 힘을 모아 철저히 조사하여 투자자들을 엄벌하고 불법 이익은 전액 환수하여야 한다. 그리고 빨리 법과 제도를 고쳐서 다시는 재발의 기회를 주어서는 안 된다.

혹여나, 투기자들이 시간은 우리 편이다, 세상은 곧 망각할 것이라는 이 나라의 망각 법칙이 재현되는 한, 이 망국적 투기행태는 결코 뿌리 뽑을 수 없을 것임을 정부는 명심하여야 할 것이다.

제7장

/

점점 이기적으로 막가는 사회

우리가 사는 이 사회가 왜 이렇게 험악해졌는가. 승용차 트렁크에 시신이 발견되고, 자식이 부모를 살해하고, 순박한 시골 마을에서 막걸리에 농약을 타서 이웃을 죽이려 하고, 학생이 스승을 폭행하고, 학부모가 교사를 구타하고, 술에 취해 이유 없는 묻지 마 살인이 횡행한다. 돈 앞에는 부모 형제도 없는 무서운 세상이 되었을까.

너무나 조급하고, 나만 생각하고 신뢰와 배려는 없고 모든 것을 자기중심으로 재단하며 여유와 넉넉함을 잃어버린 사회가 되었으니 사람이 무서운 시대에 살고 있다. 그래도 살맛나는 세상, 향기 나는 세상이 오기를 우리는 기다리며 살고 있다.

1. 천륜을 저버린 패륜범죄 5년에 2배 증가

1) 패륜悖倫이란 인간으로서 마땅히 지켜야 할 도에 어긋남을 말하는 단어다. 그 말 자체만 보면 꼭 직계존속에 대한 이런 행위만 패륜이라는 것은 아니다. 하지만 직계존속에 대한 행위에 대해 사회는 패륜이라 하는 경향이 있다. 그러나 패륜적 범죄는 직계 존비속에 강간, 살인, 아동대상 유괴감금 등등, "xx는 부모를 죽이는 패륜을 저질렀다. 아니면 xx는 자식이나 손자를 죽이는 패륜을 저질렀다." 이런 패륜을 저지른 사람을 우리는 패륜이라 한다.

2) 조선왕조 역사상 최악의 가족사는 1762년(영조38년) 윤 5월13일에 벌어진 사건이다. 아버지가 아들을 죽인 사건이다. 이날 영조가 사도세자에게 뒤주에 들어가라고 했고, 뒤주에 간힌 사도세자는 8일 뒤 세상을 떠났다. 이를 임오화변壬午禍變이라고도 한다.

국왕이 왕자를 죽인 사건으로 선례가 있었다. 1509년(중종4년) 중종이 서장자庶長子인 복성군을 죽인 사건이었다. 그러나 이때는 복성군福城君의 친모인 경빈 박씨가 작서의 변(灼鼠의變: 괴물출현 소동 사건)을 일으켜서 세자(이후의 인종)를 모해 했다는 혐의가 있어 여기에 복성군이 연좌제緣坐制로 끌려들어 간 형태가 되어 왕이 계승을 못 하고 사형을 당했다.

3) 천륜을 저버리는 패륜범죄가 5년 새 2배로 증가
통계에 의하면 2012년부터 2016년까지 발생한 존속범죄는 모두 9,189건에 달한다. 5년간 2배 이상 증가했다는 것이다. 이런 통계 속에 존속이 살해 당한 건수는 5년간 266명에 달해 매년 50명 정도가 살해되었다는 것이다.
우리 형법은 제250조1항은 사람을 살해 한자는 사형, 무기, 또는 5년 이하의 징역에 처한다. 2항에는 자기 또는 배우자의 직계존속을 살해한 자는 사형, 무기 또는 7년 이상의 징역에 처한다 규정하고 있다. 우리 형법은 보통 살인죄보다 존속살인을 엄하게 처벌하고 있다.

4) 패륜 범죄의 원조는 1994년에 발생한 한약사 부부 피살사건으로 보고 있다. 범인이 살해한 부부의 장남 박O상(당시23세)은 미국으로 도피 유학을 떠났다가 도박 등으로 3,000여만 원의 빚을 졌다. 이 사실을 알게 된 부모는 화를 내며 박씨에게 귀국을 종용했고, 부모와의 갈등은 점점 커졌다.
결국 박씨는 귀국하는 비행기에서 부모를 살해해 100억 원대 유산을 상속받기로 결심을 했다. 그리고 귀국과 동시에 범행을 준비했다. 살인을 저지른 뒤에는 강도로 위장하기 위해 집안 곳곳에 불을 질렀다. 당시 이 사건이 가져다준 충격은 대단했다. 뿌리 깊은 유교 문화를 가진 우리들로서는 결코 받아들일 수 없는 끔찍한 패륜 범죄였기 때문이었다.

5) 살인마 강호순 2009년 보험금 타 내려 부인과 장모를 방화 살해하고 성적 쾌락충족을 위해 부녀자 8명을 납치 성폭행 후에 살해했다. 37세 아들이 노부모 때려 75세 아버지 숨지고 68세 어머니가 다친 패륜범죄가 강릉에서 발생해 충격을 주었다. 진주에서 33세 아들은 66세 아버지의 장기간에 걸친 폭행에 분노해 주방에 있던 흉기로 아버지를 살해했다.

6) 수원에서는 아들이 군용 복면을 쓰고 괴한으로 위장하고 자신의 집에 들어가 잠자고 있던 부모와 누나 2명 등 일가족 4명을 흉기로 수차례 찌른 사건이 있었다. 자신을 알아본 부친이 그만하라고 울부짖었지만 그는 범행을 멈추지 않았다. 부모는 숨졌고 누나들도 중상을 입었다. 아들은 오래전부터 이날의 거사를 계획했다. 목적이 돈이었던 만큼 한 달 전에 가족 명의로 3억6천만 원 상당의 사망보험금을 받을 수 있는 생명보험에 들어 두었던 것이다. 이 잔인한 패륜범은 빚이 많았고 가정형편도 어려웠다고 범행동기를 밝혔다.

7) 장롱 속에서 비닐에 쌓여 시신으로 발견된 할머니와 손자 살해범이 검거됐다. 잡고 보니 할머니의 아들이고 손자의 아버지인 40대 남성 A씨였다. 서울 동작구 상도동의 다세대주택에 살고 있던 "시어머니와 손자가 연락이 끊겼다"는 A씨의 형수의 실종신고 때문에 밝혀진 사건이었다. 시신은 이미 2개월 전에 얼굴이 눌려진 질식사로 밝혀졌다. 엄마와 자식의 목을 졸라 죽인 패륜의 살인이 저질러지는 막가는 나라다.

이런 패륜범죄가 늘어나고 있는 현상에 대하여 전문가들은 통계는 없지만 전 세계에서 가장 많은 패륜 죄가 벌어지고 있는 곳이 이 나라일 것이라고 개탄했다. 이는 가족해체, 물질만능주의 때문이라는 시각도 있고 사회구조적 병폐라는 분석도 나오고 있다.

2. 막가는 청소년 세대

청소년 범죄가 날로 흉폭[凶暴]해지는 가운데 2010년 발생한 살인, 강도, 강간, 방화 등 4대 강력범죄 피의자 중 청소년 범죄는 모두 3천428명으로 전년 대비 48% 증가한 수치이다. 또 심각한 문제는 이들의 범죄가 대담해지고 지능해 지면서 범죄 후에 죄의식이 없다는 점에서 심각하며 그리고 점점 범죄의 연령이 어려지고 죄질이 나빠지는데 막상 뚜렷한 대책이 없다는 것이 문제가 아닐 수 없다.

1) 인천 다문화 중학생 폭행 추락사

경찰은 다문화 가정 중학생 A(14) 군을 집단폭행하고 아파트 옥상에서 추락해 사망에 이르게 한 혐의로 구속된 중학생 4명 중 B(14) 군이 구속 당시 입은 패딩 점퍼는 A 군의 것으로 확인되었다. B 군이 A 군의 패딩 점퍼를 입은 사실은 A 군의 러시아 국적 어머니가 인터넷 커뮤니티에 "우리 아들을 죽였다." "저 패딩도 우리 아들 것"이라고 글을 남기면서 알려졌다. 경찰은 패딩 점퍼를 빼앗은 것으로 보고 있었다.

추락사고가 발생하기 전에 피해 학생이 공원에서 무릎 꿇고 살려 달라는고 애원하는 데도 2시간 동안 피를 흘릴 만큼 집단폭행을 한 것으로 알려졌다. 이들은 공원에서 집단 구타 후 옥상에서도 1시간 20분 이상 구타했다니 어린 학생들이 어떻게 이토록 잔인할 수 있는지 소름이 끼칠 정도다. 어떻게 피해 학생이 추락되었는지 조사 중이었다. 10대 중학생들의 잔인한 이런 사건을 보고 성장하는 소년들 인성이 얼마나 절망적인지를 말해주고 있다.

미래사회 주역들의 인성과 도덕심이 마비된 괴물 같은 존재로 만들지 않기 위해 지금부터 우리 사회가 무엇을 해야 하는지 진지하게 고민해야 할 것이다.

2) 술, 담배산 뒤에 업주에게 돈 뜯는 청소년

(1) 미성년자에게 술, 담배를 팔다 적발되면 형사 처분과 행정처분을 받는 현행법을 악용해 편의점 점주들에게 돈을 뜯는 10대 청소년들이 늘고 있다고 한다. 영업정지를 당하는 것보다 수십만 원의 합의금을 주고 입막음하는 편이 손해가 덜하다는 점을 노린 수법이다.

경기도에서 편의점을 운영하는 A씨는 "최근 자신이 미성년자라고 주장하는 사람이 찾아와 이 가게에서 술을 샀다며 신고하지 않겠다는 조건으로 수십만 원의 합의금을 요구했다"고 말했다. A씨는 "누가 봐도 미성년자일 것 같지 않은 사람이 맥주 1병을 산 뒤 30분 뒤 다시 와서 아르바이트생에게 합의금 30만 원을 달라고 했다"며 당황한 아르바이트생이 25만 원을 건넸는데, 다시 와서 40만 원을 요구했다는 말을 들은 뒤 청소년보호법 위반을 감수하고 경찰에 신고한 업주도 있다. 이런 협박이 고교생이나 청소년들 사이에 입소문이 번져 이런 협박이 늘어나고 있다는 것이다. 현행 청소년법이 업주만 처벌하는 규정 때문에 이런 협박이 번지고 있으니 일본과 같이 업주와 쌍벌 처벌로 개정해야 한다는 주장이 나오고 있는 실정이다.

(2) 대구에서 학생들이 가짜 주민증을 보이고 들어와서 26만 원의 술을 먹고 미성년자에게 술을 팔았다고 경찰에 신고를 하고 주인은 술값도 받지 못하고 영업정지 1개월을 받게 되었다.

우리 교육이 지식교육 주입에만 몰입하고 인성교육을 소홀히 한 결과는 아닌가 싶다. 왜 자라는 청소년들이 못된 품성으로 빠져드는지 사회적 책임이 큰 것이다.

3. 인심 좋은 우리 고향 왜 이렇게 살벌해 졌나?

1) 순천 청산가리 막걸리 독극물 살인사건

2009년 7월 숨진 최씨와 같은 마을 주민 4명은 7월 6일 오전 전남 순천시 황전면 천변의 희망근로 현장에서 할머니 4명이 막걸리 2병을 나눠 마신 뒤 구토 증세를 보여 병원으로 후송했으나 최씨 등은 쇼크로 숨지고 나머지 2명은 다행히 목숨은 건졌다. 문제의 막걸리 성분을 분석한 결과 맹독성 물질인 청산가리가 확인되었다. 순식간에 마을 전체가 공포로 몰아넣은 사건이다. 목격자 말에 한 모금 입에 넣었다가 뺐었는데 쓰러지더라는 것이다. 숨진 여성의 딸과 아버지가 함께 막걸리에 청산가리를 넣었다는 것이다.

숨진 여성의 남편과 딸이 수년간 부적절한 관계를 의심받을까 두려워 공모하여 어머니를 살해하기로 했다는 자백을 받았다.

대법원은 피해자 남편에게 무기징역을 딸에게는 징역 20년을 선고한 사건이다.

2) 상주 농약사이다 살인사건

2015년 7월 경북 상주시 공성면 금계1리 마을회관에서 농약이 든 사이다를 마신 할머니 6명 가운데 2명이 사망하고 4명이 중태에 빠진 사건이다. 화투놀이 도중 다툰 피해자들을 살해하기 위해 범행을 저지른 마을 주민 박모(85세)씨는 국민참여재판으로 진행된 1심에서 배심원 만장일치로 무기징역을 선고받았고, 2심과 3심에서도 같은 형이 선고된 사건이다.

3) 청송 농약소주 살인사건

2016년 3월 9일 경북 청송군 현동면 한 마을회관에서 주민 2명이 농약이 든 사실을 모른 채 소주를 나눠 마시고 1명이 사망하고 1명이 중태에 빠졌다. 당시 유력한 피의자인 한 주민은 거짓말탐지기 조사를 앞두고 사건에 사용된 것과 같은 성분의 고독성 농약을 마시고 사망했다. 이 사건은 유력 용의자의 사망으로 "수사권 없음"으로 수사 종결했다.

4) 포항 농약 고등어탕 사건

2018년 4월 경북 포항시 호미곶면 대보리 일대에서 제10회를 맞는 포항의 대표적 수산물축제인 호미곶 돌문어 축제날에 마을 주민이 먹으려고 구만1리 공동취사장에서 전날 오후에 끓여 놓아둔 고등어탕에서 농약 냄새가 나서 맛을 보기 위하여 손가락을 탕에 넣어서 맛을 본 한 여성이 구토를 일으켰고 손가락 끝이 변했다고 한다. 믿고 있던 전 부녀회장의 소행으로 밝혀지고 붙잡혔다. 저독성 농약 150ml를 넣었던 것이다.

경찰은 전 부여회장이 행사 날 새벽에 취사장을 드나드는 모습이 CCTV와 블랙박스에 찍힌 것이다. 전 부녀회장과 마을 사람들 간에 갈등이 있었던 것으로 전해졌다. 대형 인명 참사로 이어질 뻔한 포항 고등어탕 사건 가슴을 쓸어내린 사건이다. 이 사건으로 전 부녀회장은 살인미수 혐의로 징역 5년을 선고받은 사건.

5) 한동네 노인 7명이 장애 여성 성폭행

강원도 영월군 영월읍 팔괴1리는 읍에서 차로 10분쯤 떨어진 마을이다. 마을 주민은 188가구 345명이 전부이다. 영월군에서도 고추, 벼, 과수 농사가 잘되기로 손꼽히고 먹을 것이 풍족해 마을 인심도 후하고 순박하고 고요한 농촌 마을이다.

이 마을의 충격적인 사건은 지적 장애인 여성 A씨(26세)를 60~80대 남성 7명이 수년간 성추행, 성폭행을 한 사건이다. 장애인 A씨의 정신연령은 3.5세 정도라고 한다. A씨는 이 마을에서 태어나 자랐다.

다섯 살 때 아버지를 여의었고 어머니는 마을을 떠난 뒤 돌아오지 않았다. 할머니 손에 컸고, 할머니가 세상을 떠난 후 큰아버지와 둘이 남게 되었다. 유일한 혈육이자 보호자였던 큰아버지도 가담했다.

"A씨는 중증장애인이자 기초생활 수급자이다 보니 군청에서 한 달에 한 번 이상 면담을 진행했지만, 피해 사실을 전혀 눈치 채지 못했다"면서 매일같이 보던 주민들이 어떻게 이런 범죄를 저질렀는지 이해 활수 없다고 한다. 경찰은 A씨를 상습 성추행, 성폭행한 마을 노인 7명 중 3명은 구속하고 4명은 불구속 기소했다. 마을 사람들이 "아이고 우리 마을에 그런 일이 쯔쯔 얼굴을 들고 다니기 창피하다"고 했다.

백발노인 B씨는 귀가 어두웠고 왜 그런 짓을 했느냐 기자가 물으니 "몸을 한번 만져보자고 한 것이 전부"라 했고, 한 사람도 자인하지 않고 변명만 늘어놓았다 한다. 순박한 고향마을 향수는 사라진지 오래란 말인가?

6) 남과 같은 이웃사촌

잊을 만하면 터지는 사건들은 "이웃사촌"이라는 말이 무색할 정도로 살벌해지고 각박해진 시골인심의 현주소를 보여주고 있다. 특히 노년층에서 드러나는 극단적 범죄에 대한 특단의 대책이 절실해진다. 노인세대의 소외감, 고독, 빈부격차, 열등감, 패배감, 자신의 존재감 상실로 인한 스스로 쓸모없는 인간이 되었다는 자괴감과 상실감이 순간적으로 폭발하여 극단적 선택을 한 것은 아닐까, 생각해 본다.

7) 정든 고향 탄식

세상을 한평생 살다 보면 실수도 있겠지만 너무 참혹한 사건들이 요즘 병들어가는 우리 농촌을 말해주고 있다. 어디 세상에 변하지 않는 것이 있겠는가 하겠지만, 너무나 황당한 사건들이 전해지고 있다.

이제는 산업화가 되어 정든 고향 떠나 도시생활의 바쁜 일상에 쫓겨 지칠 때면 그리운 고향의 정든 산천, 그 넓은 들녘, 정든 사람, 눈감아도 떠오르는 고향이 생각만 해도 청량제가 되었건만, 작금의 사건들이 출향인出鄕人들을 서글프게 하고 있다.

이를 때면 동요 "고향의 봄"이 떠오른다

> 나의 살던 고향은 꽃피는 산골
> 복숭아 꽃 살구꽃 아기 진달래
> 울긋 뿔긋 꽃 대궐 차리인 동네
> 그 속에서 놀던 때가 그립습니다
> 꽃동네 새 동네 나의 옛 고향
> 파란들 남쪽에서 바람이 불면
> 냇가에 수양버들 춤추는 동네
> 그 속에서 놀던 때가 그립습니다

이제 돌아가 살 수 없는 세월에 객이 되니 첫 소절만 나와도 눈시울이 뜨거워지는 그리운 고향!

4. 점점 이해와 양보 없는 세상 무서워진다

1. 이웃과도 대화하고 알고 지낼 필요를 못 느끼는 이웃들

2. 옷깃만 조금 스처도 싸울 태세

3. 잘 못하고도 예를 갖추지 않는 태도

4. 바른 말도 해주기 겁나는 세태

5. 어른도 선배도 스승도 없어져가는 세태

6. 주위의 도움이 필요한 사건에도 잘 못 도우면 죽을 수도 있어 못 본척
   하고 살아야 하는 세태

7. 처다 본다고 폭행

8. 아파트 층간 소음 심하다고 칼 들고 살인

9. 개가 짓는다고 싸워 원수처럼 살고 있는 이웃

10. 차 몰고 가면서 뒷차 빵빵 거린다고 트렁크 낫을 꺼내 위협

여러 가지 원인과 배경을 가진 범죄 사건들이 하루가 멀다 하고 터지고 있다. 가정을 파괴하고 생명을 위협하는 무질서한 분위기가 우리 삶의 보호막을 돌파하는 현실을 두려워하지 않을 수 없다. 생명의 존엄성이 무너지고 사회적 규범과 윤리가 스스로 지탱하는 힘을 상실해가는 우리 사회에 성숙한 시민의식이 돋아날 날은 언제쯤일까 기다려 본다.

심각한 균열 현상으로 신뢰할만한 지도자도 없고 집단도 없다. 저마다 알알이 흩어져 개별적 생존만 추구한다. 국민은 국가로부터 안전하게 보호받고 있다는 믿음을 갖지 못한다. 황야에 버려진 느낌이다. 왜냐하면, 질서의 기본 가치로서 도덕심이 사라졌기 때문이다. 선배를 존중하는 마음이 사라지고 후배를 배려하는 마음도 사라졌다. 오로지 무서운 경쟁만 남았다.

바로 생명이 존재하기 위해서는 일정한 규범과 질서가 먼저 근간을 이루어야 하는데 질서보다는 개별적 존재를 강조하고 이를 위해 다투는 참 메마른 세상이 되었다. 인생이 살만하다고 확인시켜주는 가치가 타락하고 만 것이다. 예의가 있고 존경과 배려가 있어야 질서가 살아나는 것이다. 그 질서

의 뿌리는 서로를 사랑하는 원초적 심성을 되찾는 것이다. 언제쯤이면 그런 세상을 만들 수 있을까….

5. 교육이 무너지는 살벌한 현장

1) 교사를 폭행하는 학부모들

이제 우리는 스승이 아니고 학교 직업교사로서 살겠다. 너의 자식 네가 알아서 사람 만들어라. 그런 세상이 오고 있다.

2) 학생이 스승을 폭행, 폭언, 욕설, 성 희롱

제자에 연락처 꺼리는 스승들, 남고생이 수업 중 여교사 발길질 폭행, 매 맞는 교사들 언제까지 보고만 있을 것인가.

"네가 스승이냐" 막말에 교직 회의감, 차라리 스승의 날 없애자는 교사들, 교육전문가 석학도 많고 연구원도 많은 데 우리 교육 대책은 어디로 가고 있는지 참담하다.

3) 선생님을 때리고 성희롱하는 초등학교 4학년

4) 운동장에 놀다가 애들 무릎만 까져도 교사 탓. 학생들 운동장에 노는 것을 이런저런 이유로 못하게 하는 학교도 있다는데 학부모 간 분쟁 없애고 민원 아예 피하기 위해 그런다는 것이다.

5) 학생들 죄의식 없이 특정 학생 집단폭행 1년간 구타

6) 교무실 침입 시험지 빼내는 학생

7) 자식과 부모가 같은 학교 못 있는 신뢰가 바닥 치는 현장

8) 학생 생활기록부 조작하는 교사

9) 아들에게 A+ 학점을 몰아주었던 서울과학기술대 교수 각종 학교 시험과 국가시험에 부정행위가 그 뿌리가 조선 시대부터 있었구나 하는 생각을

갖게 한다.

조선시대 부정시험 방법들 사례

수종협책隨從俠冊: 참고서를 몰래 가지고 시험장에 들어감

정권분답呈券粉還: 미리 써놓거나 다른 사람이 쓴 답안지와 바꿔치기 하는 것. 외장서입外場書入: 시험장 밖에 있던 다른 사람이 답안지를 써서 주는 것.

혁제공행赫蹄公行: 시험문제를 미리 유출시키는 것.

이졸환면출입吏卒換面出入: 시험장 경비원을 매수해 놓은 사람으로 바꿈.

부정행위에 적발되면 곤장 100대와 중노동의 형벌이 내려졌다 한다. 이런 가운데도 1894년 갑오개혁으로 과거제도가 폐기될 때까지 부정행위는 그치지 않았다고 한다. 과거시험의 부정행위가 그치지 않은 것은 돈과 권력을 가진 유력 가문 출신 응시자의 합격률을 높였고, 균등한 인재 등용의 기회를 막았던 것이다.

10) 학교 내 집단 따돌림(왕따) 심각하다

학교폭력은 한국의 심각한 문제 중 하나다. 학교폭력 중 최악은 "왕따"(집단 따돌림)이다. 원인은 자기중심주의 생각과 한국인 특유의 집단성에서 오는 것이 아닐까. '왕따'라는 행위는 여러 명이 한 명을 "의도적"으로 괴롭힐 때 성립된다.

2014년 학교폭력 실태조사 통계(한국교육개발원 조사). 전국 초등학교 4학년~고등학교 3학년까지 약 498만 명 참여. 학생 456만 명(전체 대상자 중 91.6%) 학교폭력 피해유형별 현황은 언어폭력 34.6% 집단 따돌림 17.0% 폭행 11.5% 스토킹 11.1% 사이버 괴롭힘 9.3% 금품 갈취 8.0% 강제심부름 4.7% 강제 추행 3.8%이다.

11) 수업 중 잠 깨웠다고, 여교사 코뼈 부러뜨린 중학생

대구의 한 중학교 A 교사는 1교시 수업 중 잠을 자고 있는 B 군을 두 차례 깨웠다. B 군은 멋대로 복도로 나갔다가 불려 들어왔으나 이후에 수업에 임하라는 교사의 지시를 무시했다. 이에 A 교사가 복도로 불러 훈계하자 B 군은 A 교사가 쓰러질 때까지 주먹으로 얼굴을 수차례 때렸다.

우리 교육현장에 참교육 외치던 선생들은 어디 갔나, 이런 인성 파탄 패륜이 이 학교만 있겠는가 생각하니 억장이 무너질 뿐이다.

6. 돈 앞에는 부모 형제도 없는 세상

평생 동안 근검절약으로 자수성가하여 재산을 모아 구두쇠로 살아왔던 박모씨가 건강검진에서 폐암 말기판정을 받았다. 그에게는 개인 병원 운영하는 장남 그리고 대기업 간부 차남, 부유한 집에 시집간 딸, 3남매의 자식이 있었다. 박씨는 자기 사후 자식들이 재산 싸움을 할까 걱정을 했다. 박씨의 재산은 30억 상당의 상가, 15억짜리 아파트, 5억 상당의 금융자산이 있었다.

박씨는 고민 끝에 평소 병원 이전을 희망했던 장남에게 상가, 집이 없던 차남에게 아파트를, 부유한 시댁을 둔 외동딸에게 금융자산을 주기로 하고 자필 유언장을 작성하여 병실 서랍에 보관하였다.

그는 임종을 앞두고 3남매를 불러 재산분배 계획을 말했다. 그리고 유언장에 적어 놓았으니 싸우지 말 것을 당부하였다. 차남과 딸은 표정이 밝지 않았다. 그러나 아버지 앞에서 차마 불만을 드러낼 수는 없었다. 아버지가 사망하고 장례가 끝나자 장남이 동생들에게 유언대로 재산을 나누자고 했다. 그런데 동생들이 "유언장 형식이 잘 못 되었다"며 법적 효력을 문제 삼았다. 민법에 규정한 "자필증서에 의한 유언"은 유언자가 그 전문과 연월일,

주소, 성명을 자필 기재하고 날인해야 효력이 있는데 아버지가 쓴 유언장은 단지 유언내용과 이름만 있을 뿐 날인이 빠져있었다. 유언장의 효력이 불투명해지자 차남과 딸은 장남을 상대로 법원에 상속재산분할 청구 소송을 냈다. 더불어 단순히 법정 상속분에 따른 분배만이 아니라 과거 장남이 의사가 되고 병원을 개업하기까지 아버지로부터 받은 각종 경제적 지원을 감안해 상속재산을 다시 분배할 것을 요구했다.

장남은 선친의 유언을 무시하는 동생들을 강력히 비난했다. 반면에 차남은 아버지로부터 도움을 가장 많이 받았던 형이 상속재산까지 무리하게 욕심을 낸다고 반박했다. 딸은 아들과 딸을 차별하는 그 자체가 부당하다며 균등한 분배를 주장했다. 치열한 법정 싸움이 이어졌고 법원은 3남매가 거의 비슷한 비율로 재산을 나누도록 결정했다. 그러나 재판을 거치면서 형제는 원수지간이 되었다. 형식요건을 갖추지 못한 아버지의 유언장은 휴지장이 되었고 피를 나눈 자식들끼리 재산으로 인한 원수지간이 된 사례가 최근 법정에서 자주 일어나고 있다는 것이다. 전통적인 가족 개념이 사라지고 서구식 가족문화가 확산되면서 오늘의 세태가 이렇게 변화하고 있음을 보여주고 있다.

이와 같은 혈육 간의 유산 싸움은 재산이 많을수록 치열한 분쟁이 일어나고 있다. 치열한 상속분할로 형제간 조정이 잘되지 않은 것을 보고 어느 판사가 조정실에서 30분간 이 노래를 계속 반복해 틀어놓았는데 형제간이 욕심을 버리고 합의를 했다는 일화도 있다.

"낙엽이 우수수 떨어질 때 겨울에 기나긴 밤 어머니하고 둘이 앉아 옛이야기 들어라. 나는 어쩌면 생겨나와 이 이야기 듣는가, 묻지도 말아라, 내일날에 내가 부모 되어서 알아보리라" (소월의 시 '부모' 노래)

재산 싸움은 고액 재산가나 재벌들만의 것은 아니다. 골육상쟁을 막는 1차적 작업은 명확한 유언장 작성이다. 롯데가에서 벌어진 경영권 다툼도 고령의 창업주가 미리 유언장을 작성하고, 유언장의 내용에 따라 지분을 넘기려 했다면 전 국민이 비난하는 재산 싸움은 발생하지 않았을 것이다.

삼성그룹, 금호아시아나 그룹, 현대그룹, 두산그룹, 한진그룹, 한화그룹, 효성그룹 등도 크고 작은 경영권 분쟁에서 비켜 가지 못했다.

제사상 뒤엎으며 벌어지는 형제간 싸움, 형제도 돈 앞에는 진흙탕 싸움으로 원수가 되는 세상이 되었다. 변호사 업무 중 가장 힘든 것이 고액유산에 형제가 많은 경우라고 한다.

한 어머니 뱃속에서 태어난 형제가 돈과 물질 앞에 피도 눈물도 없는 욕심쟁이로 변해가고 있다. 더욱이 전국의 땅값이 뛰고 있으니 별별 재산 싸움이 형제간에도 벌어지고 있다. 소송이며 칼부림도 나고 있다. 세상이 점점 정이 말라가고 이기주의가 판치니 형제도 이제는 돈 앞에 내동댕이 처지는 세태가 되어 유산이 많아 좋은 것이 아니고 많아서 탈이 되는 세태가 되었다. 한번 떠나면 다시 못 만날 인연인데 부모 형제가 원수처럼 살다 가다니 너무 속절없는 인간사다.

7. 막장 드라마 홍수, 막장 사회 부추긴다

막장의 본뜻은 탄광의 갱도 끝에 있는 작업장을 말하는 것으로 더 이상 갈 수 없는 작업장의 끝이라는 의미로 갈 데까지 간 더 이상 갈 데가 없는 한계의 뜻이다. 보통사람의 상식과 도덕적 기준으로는 이해하거나 받아들이기 어려운 내용의 드라마, 억지스러운 상황설정, 얽히고설킨 인물관계, 불륜, 폭력, 복수, 출생의 비밀 등 자극적 소재로 구성된 드라마를 "막장 드라마" 또는 "끝장 드라마"라 한다. 언제인가부터 TV에 "막장 드라마"라는 신조어가 생겼다.

이런 드라마는 황당무계한 설정과 개연성 없는 사건 전개, 선정적이고 자극적인 내용과 지나친 허구성 위주의 드라마들이다. 일반적으로 막장 드라마는 내내 고성의 막말과 비속어가 남발하고 뺨 때리고 주먹 휘두르고 지나친 폭력 묘사, 처제와 사귀고, 불륜 패륜과 근친상간도 운명으로 설정하고, 신종 패륜 바이러스를 퍼트리면서 시청률만 올리면 그만으로 제작 의도된 드라마이다. 이런 드라마를 보고 "도대체 작가가 제정신이냐"하며 비난하면서도 본인도 시청자이다. 즉 "욕하면서 보는 드라마"가 막장 드라마이다.

이러는 사이에 사회의 비판의식을 마비시키는 것이다. 시청자들도 각성이 요구된다. 지상파 TV 방송들은 앞 다퉈 방영하는 것은 높은 시청률과 저비용에 많은 이윤을 획득하려는 의도이다.

지난번 강북 삼성병원에 흉기를 휘둘러 의사를 살인한 사건도 몇 방송의 막장 드라마에서 수술결과에 앙심을 품고 환자가 흉기를 들고 병원에 찾아와 의사를 위협하고 의사가 환자를 가스총으로 제압하는 장면이 방영된 사례도 있었다.

이런 병원을 상대로 흉기를 휘두르는 방영은 때로는 모방범죄가 될 수 있다는 사회적 우려가 큰 것이다. 막장 드라마의 경쟁이 치열할수록 '독을 탄' 막장 드라마의 수위가 높아지면 제작사들도 한계성 자멸로 가리라 생각된다.

8. 묻지 마 살해에 떠는 사회 (재수(財數) 없으면 죽는가?)

"묻지 마 살인"이란 일정한 대상 없이 무작위로 무차별적으로 사람을 죽이는 것, 이유가 없어서 묻지 마 살인은 아니고 사회에 대한 스트레스가 급격히 높아지다가 살인이라는 극단적인 방식으로 표출되는 것이라 할 수 있다. 원인은 가해자의 정신이상으로 인한 환각이나 착각 등도 있지만 그보다는 오히려 정신 병력이 없는 사람이 누적된 사회적 불만, 내적 분노가 터져 나와 그 표현방법으로 인생을 포기하고 세상에 대한 복수의 목적에서 살인을 저지르는 경우가 더 많다는 것이다.

즉 겉으로 보기에는 멀쩡해 보이던 사람이 갑자기 흉기를 들고 길 가는 사람을 습격하는 양상이기에 예측이 불가능해서 정말 무서운 것이다. 묻지마 범죄는 냉정하게 따져보면 자신에게 아무런 해도 끼치지 않은 사람을 대상으로 함으로 피해자나 유가족 입장에선 정말 어처구니없게 날벼락 맞는 격이므로 비열한 범죄인 것이다.

강남역 묻지 마 여성 살인 사건

2016년 5월 17일 오전 1시 5분쯤 서초동에 위치한 노래방 건물의 남녀 공용 화장실에서 30대 남성 김씨는 20대 여성 하모씨를 흉기로 수차례 찔러 살인한 "묻지 마 살인" 사건이다. 피해자의 지인이 피해자가 화장실에서 돌아오지 않자 화장실로 들어가 살해당한 피해자를 오전 1시 5분경 발견하고 경찰에 신고하였고, 새벽 시간대였기 때문에 CCTV에 피해자와 피의자만 녹화되어 있었다. 경찰은 오전 10시경 흉기를 소지한 피의자 김씨를 검거했고 김씨는 범행을 부인했다가 약 6시간 만에 인정했다.

이 사건 다음 날 강남역 10번 출구에서는 피해자를 위한 추모행렬이 이어졌다. 김씨는 피해자와의 관계에서 직접적인 범죄 촉발요인은 없는 것으로 알려졌다. 피의자 김씨는 구체적으로 피해사례가 없으면서 여성에 대한 피해망상으로 인해 평소 여성으로부터 피해를 받는다고 생각한 것으로 보고 있다. 김씨는 조현병으로 6회 이상 병원치료를 받은 병력이 있는 사람이었다. 기소되어 징역 30년을 선고받았다.

9. 재판정에 못 들어갔다고 "판사를 개 **" 하는 세상

세월호 참사 당일 박근혜 대통령에 대한 최초 보고 시점을 허위 조작했다는 1심 선고의 재판정에 지정된 방청권을 받지 못해 입정하지 못한 유족들이 법정 밖에서 우리 자식들이 죽었는데 왜 재판을 못 보게 막느냐, 언제부터 방청권이 있어야 재판에 들어갔느냐, 심한 항의가 계속되는 중 구치소에서 이송되어 입정하려는 피의자에게 "김기춘 아직도 살아 있느냐." "김기춘 개XX." 등 욕설을 퍼부었다. 여성재판장은 법정 밖 고함소리에 깜짝 놀라기도 했다는 것이다. 재판부의 판결문이 낭독되는 시간 중 유족들은 "김기춘 개○○ 나와라." "판사 개○○작살내라"라고 소리쳤고 재판장 "권희X같은 X나와." "개xx가 판결해도 이것 보다는 났겠다." "이 재판은 무효다." "법으로 안 되면 우리가 김기춘을 죽이자"고 했다는 것이다. 유족들의 아픔은 이해가 가지만 이런 태도는 재판부의 판사에 대한 인격 모독이고, 재판을 통한 국가의 형벌권 행사에 대한 방해 행위다. 또 건전한 시민으로서는 납득이 되지 않는 행동이다. 우리가 지켜주어야 할 영역인 사법부를 스스로 무너뜨려 법정이 난장판이 되어서는 안된다. 아무리 아픔이 격해도 최소한의 지켜주어야 하는 선은 넘지 말아야 하는 것이다. 우리 사회가 너무 막가는 것 같아 허탈해진다.

제8장

/

국가 지도층의 타락墮落

1. 정치인의 막말과 거짓말 정치 그리고 도덕불감증(모럴 해저드moral hazard 道德的 解弛)

1) 막말 정치, 우리 정치인들의 저질 고질병

막말하는 정치인들이 성공한 사례 본 일이 없다. 잠시 반짝하였다가 어느 순간 흔적도 없이 역사의 뒤안길로 사라져간 정치인이 부지기수였다. 예외 없이 "막말 정치인"이었다. 특히 정치인들은 언어사용에 있어 품격을 갖추어야 한다는 말을 귀담아듣지 않았기 때문이다.

한국인이 팔만대장경 중 가장 많이 읽은 "천수경千手經"의 첫마디는 "정구업진언淨口業眞言"이다. "입으로 지은 업을 깨끗이 하는 참된 말"이란 뜻이다. '수리수리 마하수리 사바하' 자비하신 관세음보살을 찬탄하기에 앞서 입으로 지은 업業을 깨끗이 하라는 가르침이다. 말에 대한 책임을 지라는 것이며 잘못된 말은 참회하라는 뜻이다. 즉 불교에서는 업業 중에서 '입으로 지은 업, 구업口業을 짓지 말라고 가장 강조한다. 상대방에 대한 악담, 남을 이간질하는 양설兩舌, 교묘하게 남을 속이는 기어綺語, 거짓말을 남발하는 망어妄語가 모두 구업이라 한다. 우리 정치인들은 발언을 하기 전에 진언眞言을 다짐하는 의미에서 정구업진언을 독송하고 시작하길 당부하고 싶다.

막말을 들어보면 가관이다. 김대중 대통령에게 "너무 거짓말을 많이 해 공업용 재봉틀로 입을 박아야 한다"(김홍신 의원), 1999년 빈민, 노동 운동가 출신인 "제정구 의원이 폐암으로 사망하자, 당시 이부영 의원은 제 의원은 김대중 대통령 때문에 억장이 터져 DJ 암에 걸려 사망했다." 이규택 의원은 "70이 넘은 분이 사정사정하다 무슨 병고가 있을지 모르겠다." 이상배 의원은 2003년 "노무현은 대통령으로 지금까지 인정하고 있지 않았다." 또 2003년 "이번 방일외교는 한국외교사의 치욕으로, 등신외교의 표상으로 기록될 것", 2004년 한나라당 의원 10여 명이 출연한 연극 "환생경제"에서 노 대통령을 풍자한 이 극에서 '노가리' '육시랄 놈' '계집 놈' '미숙아는 인큐베이터에서 키운 뒤에 나와야 한다' 등이 튀어나왔다.

양승조 의원의 박근혜 대통령에 대해서 "박정희 전 대통령의 암살을 언급하며 박근혜 대통령도 박정희 전 대통령의 전철을 밟을 수 있다는 국민의 경고를 새겨들어야 한다." 나경원 의원의 문재인 대통령을 "더 이상 대한민국 대통령이 김정은 수석대변인이라는 낯 뜨거운 이야기를 듣지 않도록 해 달라." 위의 발언들에 대하여 대통령 모독이라는 설전이 있었다.

국회의원 막말은 수없이 많으나 일부만 기록해 본다.

추미애 장관: 윤석열 검찰총장에게 '내 명을 거역' 기자들과 함께한 술자리에서 술에 취해 'X같은 조선일보' '이회창 이놈'

이종걸 의원: 공천 헌금 논란에 "이들의 주인은 박근혜인데" "서설이 퍼래서 사과도 하지 않고 얼렁뚱땅" "박 대통령 분노조절 장애 갈수록 심해져"

홍익표 의원: 박근혜 대통령 보고 2012년 "귀태"(鬼胎: 태어나지 않아야 할 사람)

차명진 의원: 세월호 유가족들에게 "자식의 죽음에 대한 세간의 동병상련을 회 쳐 먹고, 찜 쪄 먹고, 그것도 모자라 뼈까지 발라 먹고 진짜 징하게 해쳐 먹는다. 그들이 개인당 10억의 보상금 받아 이걸로 이 나라 학생들 안전사고 대비 기부했다는 얘기 못 들었다. 귀하디 귀한 사회적 눈물비용을 개인용으로 다 쌈싸 먹었다."

홍준표 의원: 자기를 비판하는 일부 당내 세력을 보고 연탄가스에 비교하며 "한 줌도 안 되는 그들이 당을 이 지경까지 만들고도 틈만 나면 연탄가스처럼 비집고 올라온다." 지방선거 필승대회에 참석하여 "세상이 미쳐가고 있다. 다음 대통령은 아마 김정은이 되려는지 모르겠다." 자신의 권위에

맞서는 당내 인사들을 보고 '바퀴벌레' '암덩어리' '고름덩어리'라고 스스럼 없이 썼다.

설훈 의원: "한국에서 정년은 60세 전후……. 정년이라는 제도를 왜 뒀겠 습니까? 판단력이 떨어져 쉬게 하려는 것." 판단력 떨어진다는 막말로 논란, "세월호 참사 당일 박 대통령 사라진 7시간 연애했다는 이야기는 사실이 아 닐 것이라고 생각한다"며 의도된 막말을 던져 파문을 일으켰다.

정태옥 의원: 이부망천(이혼하면 부천 가고 망하면 인천 간다.)

김순례 의원: "종북좌파들이 지금 판치면서 5·18 유공자라는 이상한 괴 물집단을 만들어 내면서 우리 세금을 축내고 있다. 5·18 유공자 그 헛되게 돼 있는 모든 국민의 피땀 어린 혈세를 가지고 그들의 잔치를 벌이고 있는 5·18 유공자를 다시 한 번 색출해야 한다. 앞장서겠다." 또 세월호 유족에 '시체장사'라 해서 막말 논란이 컸다.

이종명 의원: "5·18을 정치적, 이념적으로 이용하는 세력에 의해 폭동이 민주화운동이 됐다. 그렇게 될 때까지 10년, 20년밖에 안 걸렸는데 5·18 폭 동이 일어난 지 40년이 됐다. 그럼 다시 한 번 뒤집을 수 있는 때가 됐다. 국 회를 토론의 장으로 5·18때 북한군이 개입됐다는 것을 하나하나 밝혀나가 는 그런 역할을 하는데 최선을 다하겠다"고 하여 5·18단체의 강한 항의를 받았다.

정치인들이 자기의 마음에 맞지 않는다 하여 막말로 비판하거나 자기주 장만 옳다고 강조하는 것이 과연 합리적일까. 같은 내용을 비판하더라도 정 치지도자로서 표현형식은 온건하고 품격을 갖춰서 공격하는 하는 것이 마 땅한 것이다.

막말하는 것을 보면 마치 시장바닥 잡배들이나 쓸 만한 말들을 하고 있 다. 품위 떨어뜨리는 막말을 스스럼없이 쏟아낸다. 이런 세태의 막말을 보 고 소설가 김훈은 "네가 침을 뱉으면 나는 가래침을 뱉겠다는 게 요즘 세상"

이라 했다.

2) 정치지도자가 거짓말을 잘한다

우리 속담에 "거짓말은 할수록 늘고 참말은 할수록 준다"는 말이 있지만 정치권의 경우는 사소한 거짓말에서 큰 거짓말이 점점 넘쳐나고 있다. 정치인의 거짓말을 아마 통계를 낸다면 한국이 세계 1위의 국가가 될 것이다. 정치인의 거짓말은 지도자급에서 정치 지망생까지 구별 없이 거짓말하지 않는 사람이 없다 할 정도이다. 특히 선거철만 되면 온갖 거짓말이 난무한다.

"정치인은 거짓말을 밥 먹듯이 한다"는 것을 입증할 만한 것은 이들이 검찰에 소환되기 전과 후를 보면 알만하다. 이른바 한보 정태수 리스트에 올라서 구속되거나 소환 조사받은 30여 명의 정치인들은 "절대 그런 일 없다. 믿어 달라"(홍인걸 의원). "왜 내 이름이 거기에 올라있는지 모르겠다"(박종웅 의원). "전혀 사실무근이다"(김상현 의원). "절대 그런 일없다. 모르겠다거나 기억이 안 난다는 것이 아니다"(김용환 의원)라고 딱 잡아뗐다.

그것이 사실이면 목숨을 걸겠다. 내 전 재산을 국가에 헌납하겠다. 의원직을 걸겠다. 새빨간 거짓말이다. 국정원 1억 수수 사실이면 동대구역 앞에서 할복자살하겠다. 정치생명을 걸겠다.

그러나 이들의 결백 주장은 대부분이 사실이 아닌 것으로 밝혀졌다. 거짓말이 드러난 상황에서의 변명만 잘 한다. 일구이언은ㅡㅁㄷㄹ이었다. 측근이 돈 받은 사실을 전혀 몰랐다. 오래되어 기억이 희미하다. 한보 정 회장한테 돈을 받은 바 없다고 했지 한보 돈을 안 받았다고 한 적이 있느냐고 강변했다. 한국 정치인 말 돌리기는 수법은 천재적이다.

정치인과 거짓말은 정치가 시작되고부터 생겨났다고 해도 과언은 아닐 것이다. 위와 같이 사법적 처리과정의 거짓말 외에 정치 활동행위와 관련한 거짓말은 더 많을 것이다. 참 아이러니하게도 한국 정치인이 거짓말로 정치적 사망 선고를 받은 사람은 없다. 그만큼 우리 사회가 거짓말에 관대하다는 것인가. 미국, 일본, 유럽연합에서 거짓말쟁이로 낙인찍혀 정치적으로 살아남은 정치인이 별로 없는 것에 비교하면 대조적 현상이다. 이들 나라에서 거짓말쟁이로 찍히면 무섭고도 치욕적인 것을 알 수 있다.

미국에서 거짓말 정치인으로 돌이킬 수 없는 타격을 입힌 1973년 "워터케이트 사건"은 도청의 불법행위보다 닉슨의 사실을 은폐한 거짓말이 그의 사임을 초래했다.

정치인은 왜 거짓말을 밥 먹듯이 할까. 정치인과 거짓말은 무슨 관계가 있는 것일까. 정치인은 타고난 거짓말쟁이인가. 그렇지 않으면 정치라는 직업이 거짓말쟁이로 만든 것인가. 서울대 김광웅 교수는 정치의 본질에서 그 해답을 찾으려고 한다. 정치란 기본적으로 많은 사람을 만족시켜야 하는 행위다. 그러나 자원이 한정되어있는 상태에서 모든 사람을 행복하게 한다는 명제는 현실적으로 가능하지 않다. 이런 한계를 잘 알면서 그럴듯하게 둘러대는 과정에서 헛말과 거짓말이 양산된다고 보고 있다.

도산 안창호 선생은 거짓이 나라를 망하게 했다면서 거짓이 불구대천의 원수라 했고, 진실과 절대 정직을 말하고 꿈에서라도 거짓을 말했으면 통회痛悔하라고 하였다. 도산이 진실과 정직을 강조한 것은 단순한 도덕적 측면이 아니었다. 땀 흘려 일하는 평민을 억압하고 착취하면서 놀고먹고 거짓말과 헛소리를 일삼는 특권지배층의 거짓과 위선에 대한 통렬한 비판이었다.

오늘의 우리 지도층의 거짓말이 난무한다. 만일 국회의원이 개인과 당파의 정치적 이익을 위해 고의로 거짓말을 일삼고 국민의 여론을 호도하고 국민의 판단을 그르치게 할 수 있는 왜곡된 정보와 주장을 거리낌 없이 한다면 그 죄는 크고 무거운 것이다.

거짓말 한번 하면 영원히 정계에 발을 들여 놓지 못하게 해야 근절될 것이다.

3) 정치인 지도자들 약속 안 지키고 말 잘 바꾼다

문 대통령은 2017년 5월 10일 국회에서 열린 취임식에서 "지금 제 가슴은 한 번도 경험하지 못한 나라를 만들겠다는 열정으로 뜨겁다"고 했다. 그러나 전임 대통령의 탄핵의 상처를 딛고 "통합과 공존의 새로운 세상을 열어갈 것"이라던 약속은 취임 3년을 맞이하면서 안보와 경제, 국민통합까지 전반적 위기에 처하는 부정적 의미에서의 "경험하지 못한 나라"가 안타깝게 진행되고 있다. 더욱이 취임사에서 "기회는 평등, 과정은 공정, 결과는 정의로울 것"이라고 강조했지만, 조국 사태를 거치면서 그 약속이 얼마나 위선僞善적이었는지 드러나고 있다.

"나를 지지하지 않은 국민도 섬기겠다" 하고는 국민을 두 편 갈라 연일 시위의 수렁에 빠지게 하고 있고, 지지와 상관없이 널리 삼고초려 해서 유능한 인재를 기용한다고 하고는 무능한 코드인사로 채웠다. 국민과 소통하는 "광화문 대통령시대"를 열겠다고 약속했지만 실천하지 않는 거짓이었다. 이제 임기 후반을 맞이하면서 앞날이 심히 국민을 불안하게 하고 있다.

말 바꾸기 원조는 YS와 DJ다. 선거철만 되면 돌아온 각설이 같이 말 바꾸고 새 정당 만들어 나타난다. 한 번이라도 거짓말한 정치인은 퇴출시키고 다시는 선출직이나 국무위원급 요직에는 임명 못하게 하는 법을 만들어 거짓말과 작별하는 나라를 만들어야 한다.

박정희는 5·16 군사혁명공약 제6호에 "우리의 과업이 성취되면 참신하고도 양심적인 정치인들에게 언제든지 정권을 이양하고 우리들 본연의 임무에 복귀할 준비를 갖춘다"라고 했으나 약속은 끝내 지키지 않았다.

특히 김영삼 전 대통령의 3당 합당이나, 김대중 전 대통령의 정계 은퇴

번복은 모두 집권으로 이어졌다. 이렇게 말을 바꾸고도 성공한 케이스가 있어 정치인들이 거짓말 유혹에 빠진다.

1997년 이인제 대통령 후보는 후보경선에 지고도 불공정 경선을 했다는 평계로 불복하고 대선에 출마했다.

열린 우리당 초기 창당주역을 자임한 천정배 의원은 "정치생명을 걸고 우리 당의 창당과 새로운 정치 실천에 앞장서"겠다고 했다. 그러나 3년도 못 돼 당 해체를 주장한다. 서울시장 출마를 앞두고 의원직을 버린 맹형규 의원은 2006년 1월 13일 기자회견에서 "공정하게 경쟁하기 위하여 첫째 저의 기득권인 국회의원직을 버리겠습니다"라고 했다. 그러나 도전 실패 뒤엔 의원직 공천을 받아들였다. 민병두 의원은 성추행에 따른 미투로 의원직 사표를 내었으나 번복하고 임기를 마쳤다. 상황에 따라 태도가 바뀌는 정치인들의 모습을 보면서 신념의 실종을 실감케 한다.

당리당략이나 직책에 따라 말을 잘 뒤집는다. 이종훈 정치평론가는 "정치는 생물" "정치에서 영원한 적도 동지 없다"와 같은 말이 있듯이 "정치인에게는 처한 상황이나 조건에 따라서 말 바꾸기를 할 상황은 생기는 법"이라면서 "그러나 말 바꾸기를 할 때는 그렇게 된 배경에 대한 납득할 만한 설명이나 명분을 갖춰야 하는데, 우리나라 대다수 정치인은 그렇지 않다고 지적했다." 결국은 말 바꾸기는 국민들에게 정치권 신뢰를 떨어뜨리는 요소로 작용한다며 설명 없는 말 바꾸기와 잇따른 말 바꾸기는 국민의 엄중한 비판을 받아야 한다고 했다.

전 강원도지사를 지낸 이광재는 태광실업 박연차 회장에게 불법 정치자금을 받은 혐의의 재판 중에 선처를 해달라면서 다시는 정치를 하지 않겠다고 맹세했지만 다시 정계로 돌아왔다.

돌고 도는 한 입 두말 정치, 여야가 바뀌면 말이 바뀌고 행동이 바뀐다. 정동영 의원은 한미FTA체결을 구국 결단에서 을사늑약으로 바꾸었다.

4)정치인 약속 안 지키고 말 바꾸는 형태의 표현들

불출마 선언, 구국의 결단, 국민의 성원에 힘입어, 기억이 안 난다. 평생 청렴결백하게 살았다. 탈당은 철새들이 하는 것, 공약은 서민경제 우선, 국민을 섬기는 하인이 되겠다, 내가 아니면 안 돼, 내 전 재산은 29만 원, 존경하는 의원님, 의원직을 걸겠다, 한 푼도 받지 않았다, 민의에 따라, 정계 은퇴하겠다.

정치인들의 툭하면 말 바꾸는 거짓말을 해도 아무 제재 없는 사회도 문제이다. 즉 한국 정치인들의 거짓말하는 근성과 이를 방치하는 한국사회의 한계를 지적하고 싶다. 여기에는 개념 없는 국민이 일조하고 있다.

한입에 두말하는 정치인이 많은 나라, 일구이언하지 말고 남아일언 중천금南兒一言重千金으로 정치하는 사람을 기대해 본다.

5) 절도, 음주, 폭행 막나가는 지방의원들

지방의원들의 일탈 행위가 도를 넘고 있다. 한 기초의회 의장이 누군가의 실수로 두고 간 돈을 훔치는가 하면, 음주운전으로 차량 4대를 들이받고 음주측정을 거부하기도 하고, 술에 취해 주민에게 주먹을 휘둘러 벌금형을 선고받기도 하는 등 지방의원들의 막가는 행동들이 이어지고 있다.

부천시의회 의장 이동현은 다른 사람이 은행 현금인출기에 두고 간 현금 70만 원을 훔친(절도) 혐의를 받고 있으며, 이관수 서울 강남구 구의회 의장은 교통사고를 내고도 음주측정을 거부해 도로교통법 위반으로 입건되었다. 그는 관내 한 아파트 단지 내에서 주차돼 있던 차량 4대를 잇달아 들이받아 총 5대를 파손했다.

유병철 대구시 북구의회 의원은 만취 상태로 운전한 혐의로 대구지법에서 벌금 800만 원을 선고받았다. 울산시 의원은 주민자치위원장에게 주먹을 휘두른 혐의로 벌금 50만 원을 선고받았다.

경북 예천군의회 지방의원들이 7박 8일의 미국, 캐나다 해외 연수여행을 하면서 여성 접대부 있는 술집을 안내하라고 떼를 쓰고, 호텔에서는 방문을 열어두고 술 마시고 떠들다가 현지 경찰이 출동하는 추태를 부려 국제 망신을 사고 다녔다. 구의회 부의장이라는 자는 여행 가이드를 폭행해 안경이 부서지고 피투성이가 되게 하면서 "너도 나를 때려 봐라 나도 돈 좀 벌자"고 했다니 과히 그 수준을 알만하다. 그 후 예천 군민들은 예천의 자랑스러운 전통을 먹칠했다고 분통해 했다.

전직 시의회 의장이 골프채로 아내를 때려죽인 사건도 있었다. 그리고 전북 김제시 의회에선 동료 여성의원과의 불륜사실을 회의장에서 큰 소리로 떠들다가 제명처분을 당했다. "너 나하고 간통했지?"라고 소리 지르는 장면은 마치 막장 드라마에서도 방영될 수 없는 수준이었다고 한다.

지방자치가 실시된 지 오래돼도 의원들의 자질은 높아지지 않고 있다. 2006년 무급보수 명예직에서 유급제로 바뀌어 광역의원 연봉 평균 5,743만 원, 기초의원 3,858만 원으로 만들어 대우해 주었으나 의장 자리를 놓고 난투극을 벌인 지역도 있었고, 파렴치한 범죄로 구속되는 경우가 오히려 늘었다는 통계가 나오고 있다. 음주운전, 폭행, 강간, 상해, 사기, 절도, 횡령, 간음, 협박 등 죄목도 다양하다.

6) "쌈짓돈"이 된 지방의회 업무추진비

스웨덴의 여성정치인 '모나 살린'은 유력한 총리 후보까지 올랐던 정치인이었는데 사퇴 기자회견을 했다. 이유는 업무추진비로 초콜릿과 기저귀 같은 생필품을 샀던 것이 문제가 되었는데 업무추진비 34만 원 때문에 그의 정치생명은 끝났다.

지방의회 의원들에게 공적인 일을 할 때 쓰라고 월급 외에 업무 활동비를 지급하고 있다. 어떻게 쓰고 있을까, 일부이기는 하겠지만 자기 호주머니 쌈짓돈 쓰듯이 하고 있다.

(1) 공휴일과 일요일 심야에 집 근처 노래방과 술집 등에서 61차례에 걸쳐 400만 원 가까이 쓴 도의원

(2) 한 구의원은 2천만 원 넘게 개인이 쓰는 승용차의 기름 값으로 지불했다.

(3) 본인 빈혈 약을 사는데 업무추진비를 썼는데 4년 가까이 한 약국에서만 73번 모두 540만 원 어치를 썼다.

(4) 한 구의원은 매년 두 차례씩 한국 야쿠르트에 카드를 긁었는데 특히 홍삼과 양갱을 사는데 모두 700만 원을 사용했다. 그런데 알고 보니 아내가 한국야쿠르트 판매원이었다.

(5) 모 구의회 의장단은 4년 가까이 한 갈비 집과 주꾸미 집에서 줄기차게 식사를 했는데 알고 보니 구의회 의장의 식구가 운영하는 식당이었다. 두 식당에서 500만 원 가까이 썼다. 한마디로 자기 집에서 술과 밥 먹는데 업무추진비를 쓴 것이다.

(6) 서울시내 모 구의회 의장을 지낸 자는 한 식당에 900만 원을 썼다. 알고 보니 서울도 아닌 경기도 의왕시에 있는 식당인데 동료의원이 운영하는 식당이었다. 먼길 마다 않고 업무추진비를 썼다. 대기업 일감 몰아주기 비판 못하겠다.

(7) 서울 모 구의회 의장은 서울에 있는 갈빗집 횟집 등에서 120만 원 가까이 카드를 긁었는데 이때 이 의장은 이태리 출장 중이었다. 일하라고 뽑아 놨더니 국민 세금으로 술 먹고 자기 식당에서 쓰고, 멀리 떨어진 동료식당에 수백만 원 쓰고, 부인이 파는 야쿠르트 제품 700만

원 쓰고, 외국에 나가 있으면서 국내에 있는 타인에게 카드 쓰게 하는 작태는 타 의회에서도 있었다.

이렇게 밝혀진 것은 국민권익위가 지난 1년간 서울, 부산 등 8개 지방의회 업무추진비 이행실태를 점검한 결과였다. 이런 도덕적 해이가 심각한 수준이였음을 실감하게 하고 있다.

2. 사법부의 국민 신뢰 붕괴 징조 우려

1) 평생을 "양심의 전과자"로 살려는 대법관들 양심고백 하라

위장전입 불법자로서 법관 생활은 평생 "양심의 전과자"로 살자는 것이다. 본인은 위장전입 불법을 저지르고 있으면서 주민등록법 위반으로 법정에 선 피고에게 징역형을 선고한 법관이 대법관, 헌법재판관 하겠다고 청문회장에 선 모습을 보고 이런 사람들이 남의 흠을 재단할 자격이 있는가 싶다.

이런 사람을 추천하는 기관은 국민을 뭘로 보고 후보자로 선정한 것인지, 그래도 사법부를 정의롭지 못한 사회의 최후의 보루堡壘가 되어 기댈 언덕이라고 생각하는 많은 국민의 마음을 서글프게 하고 있다. 이런 내로남불 대법관, 헌법재판관을 보면 후안무취厚顔無恥의 전형典型을 보는 것 같다.

(1) 대법관

김상환 대법관은 과거 세 차례 불법 위장전입을 했다. 그리고선 자신은 2012년 위장전입을 한 60대 남성에게 징역형을 선고해 그를 전과자로 만들었다. 야당은 그에 대한 인사청문회에서 이를 "내로남불의 극치"로 사퇴를 촉구했으나 대법관에 취임해 국민에 대한 유감의 표시도 없었다. 이런 대법관의 형태를 보고 "국민은 불법이 되고 대법관은 불법도 괜찮은 건가"라는 국민의 소리를 깊이 삭여 들어야 할 것이다.

이은애 헌법재판관도 본인은 위장전입 8회를 하고도 중앙지법에서 재판장으로 있을 때 3명의 위장전입으로 재판에 붙여진 피의자에게 실형을 선고한 사례가 있었음이 밝혀졌다.

그리고 헌법재판관 이종석은 3회, 김기영 3회였는데 위장전입 변명도 가지각색이었다. 자식 학교진학 때문에, 아내가 한 부분도 있지만 죄송, 제 불찰, 국민에 죄송, 고위공직자로서 죄송, 사려 깊지 못한 점 죄송. 이렇게 한자리할 줄 모르고 불법했는데 죄송하기 짝이 없을 것이다. 그래도 사퇴하겠다며 양심 지키는 사람은 가뭄에 콩 나듯 했다.

국가를 이끄는 고위공직자가 죄를 지으면 국민을 이끌 수 없다. 그런데도 자리에 욕심을 낸다. 과욕인 줄 모른다. "도덕성과 청렴"은 국가 지도자가 갖춰야 할 주요한 덕목이다. 여기서 문제는 주민등록법 위반인 위장전입 법규다.

주민등록법 37조3항은 "주민등록 또는 주민등록증에 관하여 거짓의 사실을 신고 또는 신청한 자"는 3년 이하의 징역 또는 2,000만 원 이하의 벌금에 처한다고 규정되어 있다. 위장전입은 단순한 허물이 아니라 3년 이하의 징역이나 1,000만 원 이하 벌금이 부과될 수 있는 범죄라는 것이다. 이런 규정이 있으나 청문회 현장에서 고발되지 않고 처벌하지 않고 있다.

위장전입을 포함 주민등록법을 어겨 10년간 1,172명이 국민이 전과자가 됐는데 불법을 저지른 고위법관이 범죄자를 단죄하면 어느 국민이 납득하겠는가.

국민의 기대에 크게 실망을 안겨준 대법관 및 헌법재판관 후보에서 취임한 그들의 걸어온 길을 보면서 이 시詩의 일독을 권한다.

　　踏 雪 野(눈 덮인 들판을 걸으며)

踏 雪 野 中 去 눈이 덮인 들판을 지나갈 때
不 須 胡 亂 行 모름지기 어지럽게 걷지 마라
今 日 我 行 跡 오늘 내가 남기고 간 발자국
遂 作 後 人 程 마침내 뒷사람의 길이 되리니

이 시는 조선 중기의 승려 서산대사의 시.

서산대사는 이 시를 통해 자신이 밟고 간 길이 바로 뒤에 따라오는 사람의 길이 되니, 인생을 살아갈 때도 눈 덮인 들판에 발자국을 찍듯 향기롭고 아름다운 자취를 남기고 가라는 큰 교훈을 심어주고 있다.

2) 막말, 고압적 판사들 아직도 국민위한 사법구현 멀었다

서울변호사협회가 2018년 법관평가에 접수된 평가에 의하면 막말을 퍼붓거나 고압적 태도를 보이는 판사들이 여전히 많다는 것이다. "왜 이렇게 더러운 사건이 오지." "어젯밤 한숨도 못자 피곤하니 불필요한 말하지 말라." 또 무죄를 주장하는 피고인을 노골적으로 압박하고 "항소는 왜, 실형 선고해 줄까요?" 하는 판사들도 있다는 것이다.

변호사에게 "경력이 좀 되시는 것 같은데, 증인 신문을 그렇게 밖에 못 합니까." "공부 좀 하셔야겠네"라며 면박을 주는 판사들 보고 어떤 사건 의뢰인은 "판사가 변호사님을 초등학생 다루듯 하시네요"라고 하더라는 것이다.

어떤 판사는 "내가 오늘 구속영장을 써 왔는데 한 번 더 기회를 줄 테니 잘 생각해 보라고 했다." 일부 판사들의 고압적 재판 진행은 크게 달라지지 않고 있다는 것이다. 서울변협은 낮은 평점을 받은 하위판사 5명을 선정했는데 이 중 한 명은 7번, 다른 한 명은 6번 하위판사로 꼽혔다는 것이다.

교양과 인성이 부족한 판사가 변화지 않고 있는 것은 법원이 이런 외부의 평가 결과를 반영하고 있지 않기 때문이다. 학식과 지위에 관계없이 인격적 기초소양을 갖추지 못한 사람들이 과분한 위치에 자리하고 있음이 안타깝다.

판사들이 특권을 부리니 법원 행정처의 서기관이 못된 것 배워 택시 행선지 묻다가 시비가 붙어 신분증 꺼내며 "네까짓 게 내가 누군 줄 알아" 하면서 술에 취해 택시기사의 얼굴과 가슴을 때리고 전치 3주의 진단을 받았지만 피해자는 "사람을 무시하는 태도가 더 잘 못 됐다"며 강력처벌을 요구했다. 이 사건은 권력을 가진 기관의 공무원들이 국민을 어떻게 여기는지 보여주는 대표적 사례라는 지적이 제기되면서 공분을 불러일으키고 있다.

3) 심각한 사법 불신 "판결과 결정 못 믿겠다" 팽배

재판 결과에 납득 할 수 없다고 호소하는 목소리는 최근 급속도로 커지고 있다는 것이다. 법원행정처에 따르면 법원 재판 결과에 대한 진정과 청원 건수는 2018년1월부터 10월까지 3,875건으로 사상 최고치에 달하고 있다는 것이다.

이런 현상을 법조계에서는 갈등을 법원 밖에서 해결하려는 사람들이 더 늘어날 수 있다는 우려가 크다는 것이다. 법원 행정처에서도 "재판에 승복하지 않고 사법제도를 불신하는 풍조가 만연하게 되면 사회적 갈등을 폭력이나 악다구니 등으로 해결하려 들것이라며 공동체 존립을 위협하는 문제의 심각성을 깊이 인식해야 한다"고 말한다.

사태가 이렇게까지 온 것에 대한 책임은 결국 법원에 있다고 본다. 국민이 민주당 서영교 의원의 재판 청탁 의혹 등을 보면서 법원의 판결을 곧이곧대로 받아들이면 자기만 바보가 된다고 생각하지 않겠는가, 최근에 대법원 청사 안에서 스스로 목숨을 끊고, 또 대법원장 승용차에 화염병을 던지는 것 등은 결국 재판 결과에 대한 불신이 깔려있는 사건으로 보아야 한다.

정권 권력자와 가진 자에 대한 검찰의 구속영장 청구 기각 사례도 있다. 법무부 장관의 동생이 학교법인 교사채용에 2억 원의 돈을 받고 채용한 사건에 대하여 그 돈을 전달한 사람 2명은 구속을 시키고, 돈을 받은 사람인 법무부장관의 동생의 영장청구는 영장 담당 판사가 영장실질심사를 포기했다. 영장을 기각한 명재권 판사와 같이 사법부의 독립을 스스로 포기한 판사로 인해 사법권이 국민적 신뢰를 잃고 있다.

헌법 104조 이하 여러 조항에서 사법독립을 보장해주고 신분보장을 해주고 있는데도 사법부 내 패거리 연구회라는 이름으로 법원 내 인사에 개입하고 마치 전두환 정권 때 군내 '하나회' 같은 짓을 하면서 요직을 독점하고 드러내 놓고 상식 밖의 판결을 하여 집권세력의 하수인 역할을 한다고 비판받고 있다.

사법부의 독립을 지키기 위해서는 모든 법관이 나서서 지켜야 한다. 지금의 사법권은 집권자의 말 잘 듣는 수장에 의하여 사법권이 흔들리고 있다고 생각하는 국민도 있는 것 같다. 사법의 독립과 재판의 공정성은 국가 정의의 최후의 보류로 믿고 있다. 이 재판권이 흔들리면 독재 후진국으로 전락하고 말기 때문이다.

판사들의 판결과 결정이 정무적 판단으로 전락하기도 하고 심지어 사법의 정치화를 우려할 정도로 국민이 도저히 이해하기 어려울 정도의 편향된 판결과 결정에 큰 우려를 하고 있다. 특히 집권세력에 관련한 사건일수록 법관들이 판결의 형평을 잃고 몸을 사리는 경향이 있기 때문이다. 정권에 비판하고 맞서면 경미한 사건도 기소되거나 구속영장이 발부되는 사례들이 말해주고 있다. 대통령을 향해 신발 던진 사건이나, 대학캠퍼스에 대통령을 풍자하는 대자보 붙였다고 주거침입으로 유죄 선고를 했다. 항간에는 법치의 최후 보류인 법원이 정권의 최후 보루가 되고 있다는 목소리가 높아지고 있다.

이런 사법부의 형태를 보고 국민들 사이에서는 사법부死法腐라 하고, 국민과 법원은 거리가 멀다 하여 법원法遠이라는 비아냥거림이 나오고 있다.

4) 정치꾼이 법복 입고 판사인 척 한다

진보성향 판사 모임 출신인 김영식 청와대 비서관은 판사 시절 "사법부 독립"을 주장하며 양승태 대법원 공격에 앞장섰는데 그러다가 판사 법복을 벗은 지 3개월 만에 청와대로 자리를 옮겼다. 사법부 독립 주장과 청와대 직행은 명백한 모순이지만 부끄러워하지도 않았다. 심지어 자신이 청와대에 갈 것이라는 보도를 "명백한 오보"라며 곧 드러날 거짓말까지 했다. 그러더니 대통령의 충견이 돼 불법적 행위에 앞장서고 있다.

이를 보면 본색은 정치꾼이었다. 정치꾼이 법복을 입고 판사 인척하면서 위장 정치를 한 것이다. 왜냐 하면 청와대가 울산시장 선거 공작 사건과 관련한 검찰의 압수 수색 영장 집행을 거부하는데 판사 출신인 김 비서관이 청와대 법무비서관으로서 핵심역할을 하고 있다.

이 영장은 적법한 절차에 의하여 법원이 발부한 것이다. 이것이 집행되지 못 한다면 대한민국은 법치국가가 아니라는 것이다. 다른 사람도 아닌 판사 출신이고 판사 재직 시는 사법권 독립을 주장하던 사람이 청와대에 와서는 정무 감각이 뛰어나 법원의 적법한 영장을 무력화시키는 정치꾼이 되었다.

판사로 재직하다가 집권 청와대나 정치권으로 간 김형연 전 인천지법 부장판사는 청와대 법무비서관으로 직행한 후 법제처장으로, 김영식 전 광주지법 부장판사는 청와대 법무비서관으로, 전 수원지법 부장판사 이수진은 양승태 대법원의 강제징용판결을 고의 지연이라고 폭로하고 민주당 공천으로 국회의원 출마하여 당선되었다. 전 서울 북부지원 부장판사 최기상은 양승태 대법원의 "재판거래" 의혹에 대해 "헌정유린행위"라고 비판하고 사직 후 민주당 공천으로 국회의원 출마 예정. 전 법원행정처 심의관 이탄희는 대법원이 법관들을 뒷조사해 "불랙리스트" 작성을 했다는 의혹을 제기하고 사직하고 민주당에 입당하여 국회의원 출마하여 당선되어 정치인이 되었다.

선배와 동료들을 "정치판사"라고 비판했던 판사들이 정치권으로 행하는 모습을 두고 정치권과 법조계에서도 "뻔뻔하다"하다는 반응이다.

이에 진중권 전 동양대 교수는 법관이 정권의 애완견 노릇하다 국회의원 되는 게 "평범한 정의"라고 한다며 "공익제보를 의원 자리랑 엿 바꿔 먹는 분을 인재라고 영입했으니 지금 민주당의 윤리의식이 어떤 상태인지 미뤄 짐작할 수 있다"고 했다.

초대 대법원장 김병로 선생은 사법부를 지키기 위해 이승만 대통령과 자주 충돌했다고 한다. 정권은 언제나 사법부를 통제하려 한다. 그래도 법과 양심에 따라 꼬장꼬장하게 판결하고 사법부가 권력에 물드는 것을 막아야 민주주의를 지킬 수 있다고 생각했다. 그래서 검사와는 달리 판사는 곧바로 국회의원이 되거나 청와대로 가는 것이 드물었다고 한다.

문재인 정권 들어서 법원 게시판에 "재판이 곧 정치"라고 썼던 헛소리하는 판사도 있었다. 판사로 재직하면서 정권에 부역하고 후일 정치권 진입을 위한 수단으로 판사직을 팔아먹는 위장 정치꾼이 늘어날까 걱정된다.

국제인권법연구회 소속 인천지법 이연진 판사는 최근 정계로 진출한 판사들에 대해서 "판사 시절에 무엇을 했음을 정치 입문 후에도 주요 자산으로 삼는 것은 법복을 벗었음에도 여전히 법복을 들고 다니는 정치인의 모습으로 보인다"고 했다.

5) 후배 판사를 정권의 제물로 바치려 했던 대법원장 김명수

이른바 현 정권의 적폐청산으로 사법농단에 연루돼 국회에서 탄핵소추안이 가결된 임성근 부장판사는 이미 법원에 기소되어 1심 재판에서 무죄 선고받은 상태였다.

그런데 임 판사는 김 원장을 면담하고 "건강악화로 법관 생활을 유지하지 못하겠다"고 사표를 수리해 달라고 했다.

이에 김명수 대법원장은 "국회가 탄핵이 추진 중인데 지금 사표를 수리하면 국회에서 무슨 소리를 듣겠나"며 사표의 수리를 하지 않은 것이다.

"내가 사표를 받으면 탄핵이 안 되지 않느냐. 여러 가지 정치적 상황 고려도 하여야 한다. 사표를 수리하면 국회에서 탄핵 논의를 할 수 없게 되니 비난받을 수 있다. 툭 까놓고 얘기하면 지금 뭐(여당이) 탄핵한다고 저렇게 설치고 있는데 내가 사표 수리했다고 하면 국회에서 무슨 얘기를 듣겠나 말이야"라고 말한 것이다.

임 판사가 사직서를 제출해도 국회 탄핵 때문에 김 원장이 사표를 수리해 주지 않는다고 공개적으로 밝혀지자 김 대법원장은 그것은 사실이 아니라고 반박했다. 그리고 정치적 고려는 하지 않았다고 분명히 말씀드린다고 했다. 그러나 국민 앞에 거짓말을 한 것이다.

임 판사는 김 원장이 입만 열면 거짓말을 하기 때문에 김 원장과의 대화 내용을 만일에 대비해 녹취해 두었다. 임 판사 측이 '사법부의 미래 등 공익적 목적을 위해서라도 녹취파일을 공개하는 것이 타당하다고 생각되어 이를 공개한다고 밝히고 녹취를 공개함으로서 김 원장이 대국민 거짓말을 한 것이 들통 나게 된 것이다.

이에 분노한 시민들이 "대법원장이 여당과 짜고 판사를 탄핵했다"고 보낸 '사법근조謹弔' 화환들이 대법원 담장을 에워쌌게 되었다.

대법원장은 정치적 사건에 대한 외풍을 막아 주고, 오직 법과 양심에 따라 재판할 수 있게 환경을 만들어 주는 것이 직분인 것이다.

이런 직무를 포기하고 임 판사의 사직문제에 '정치적 유불리'를 따른 것은 참 충격적이다. 사법부의 독립성을 수호해야 할 대법원장이 이렇게 법원을 정치권력에 예속시키려는 행동이야말로 바로 '사법농단'이고 탄핵의 대상이라는 비난이 쏟아지고 있다.

정치권이 개별재판에 관여하게 되면 판사 길들이기, 마음에 들지 않는다고 판사 겁주기, 탄핵 등 불순한 목적에 의해 사법부가 정치영역으로 끌려들어 가는 것을 왜 모르는가?

이번 대법원장의 거짓말 처신은 정권에 눈치를 보고 스스로 정치권의 하수인임을 자인하는 꼴이 된 것이다. 헌법이 보장하는 사법의 독립정신을 지키지 못하는 사법부 수장을 볼 때 국민은 참담하다.

이제 임 판사는 판사 임기를 마치고 전직 판사로서 헌정사상 초유로 헌재에서 탄핵심판을 받게 되었다. 퇴임 판사의 탄핵이 실효성 있는 것인지 지켜볼 뿐이다.

3. 최고의 지성 교수들의 인격 타락(墮落)

1) 대학원생 인건비 수억 원 가로챈 고려대 전 총장 · 교수들

법조계에 따르면 전직 고려대 총장 A씨와 전 산학협력단장 B 교수 등 전현직 학교 관계자 4명은 2020년 3월 서울북부지법에서 사기 혐의로 벌금 500만~1500만 원의 약식명령을 받았다. 이들은 2009년부터 2017년까지 고려대 산학협력단이 지급하는 대학원생들의 인건비 8억여 원을 공동관리계좌를 통해 빼돌린 혐의로 약식 기소되었다.

이 중 전 총장 A씨는 154차례에 걸쳐 6,500만 원을 챙긴 혐의로 벌금 500만 원 명령을 받았다. 재판부는 "산학협력단 교외연구비 관리지침 등에 따르면 학생연구원에게 지급되는 인건비는 연구책임자의 청구에 따라 직접 지급해야 하며, 연구책임자가 공동 관리할 수 없게 돼 있다"고 밝혔다(내일신문 2020. 7/1 연합뉴스).

2) 최고 지성이란 교수들의 인성 타락

(1) 서울대 등 53개 대학 100명이 넘는 교수들이 자신의 논문 160편에 미성년 자녀를 공동저자로 올렸고, 친인척 지인의 자녀까지 포함하면 73개 대학에 549편에 이른다고 한다. 자녀들의 대입 전형에 이 논문 실적이 유리하게 반영될 가능성 때문에 학자적 양심을 파는 것이다. 심지어 전 성균관대학 교수는 제자들에게 논문을 쓰게 해 자신의 딸을 저자를 만들어 서울대 치전원에 합격했으나 부정입학으로 합격이 취소된 경우도 있었다.

어디 하나 제대로 돌아가는 곳이 없는 나라. 특히 국비 381억 원의 막대한 자금이 투입된 연구 사업에 서울대 교수 6명이 자녀의 스펙 쌓기에 활용한 일부 논문은 서울대 연구진실성위원회에서 연구에 기여한바 없는 부당저자(미성년저자)가 포함된 연구 부적절 행위로 판정받아 교수들의 도덕적 해이가 심각한 수준이라는 지적을 받았다.

요즘 저자 자격이 없는 가짜저자 용어가 난무하고 있다.

명예 저자, 유령 저자, 교환 저자, 도용 저자 등이다. 명예 저자는 논문작성에 아무런 기여가 없는 "아는 사람에게 선물한다"는 식으로 이름을 넣어준다 하여 선물 저자라고도 한다. 도용 저자는 당사자에게 알리지 않고 특정인 이름을 일방적으로 기입하는 경우다. 교환 저자는 두 연구자가 합의해 각자 논문에 기여하지 않았는데도 이름을 서로 넣어 주는 게 교환 저자이다. 가장 고약한 축에 속한다. 동료 교수의 자녀를 자신의 논문에 저자로 올려주는 "품앗이 등재"도 여기에 해당한다.

고1에게 1저자 자격을 준 교수가 언론 인터뷰에서 황당한 이유를 댔다. 고교생인 조씨가 해외 대학에 가는 데 도움이 될 거란 생각에서 해줬다는 것이다. 외국 대학에는 이런 사기를 쳐도 된다는 것인가. 이 사실이 외국에 알려지면 한국 학생들을 어떻게 보겠는가, 기막힌 일이다.

이런 가짜저자 끼워 넣기가 입학, 취업, 승진, 교수임용 등에서 결과가 갈린다고 한다. 이런 교수의 행위는 교수가 지식인이 아니라 사기꾼, 파렴치한이다.

(2) 이뿐인가 해외 유명관광지에서 열린다는 가짜학회는 돈만 내면 논문도 실어주고 발표기회까지 준다. 참가비로 장사하는 그런 국제건달 학회에 국민 세금을 들고 가서 쓰고, 학회 활동은 반나절하고 관광하고 오는 파렴치한 자칭 지식인, 이런 인격자들이 득실거리는 우리 대학의 현실, 이런 가짜학회에 최근 5년간 교수 473명이 세금 수십억을 받아 650회 이상 참가했다는 것이다.

대학교수들은 그래도 우리 사회의 대표적인 지식인이고 존경의 대상이라고 여겨왔다. 또 명예를 소중히 지키면서 학문을 통한 사회 지도적 집단이다.

이런 형태의 교수들을 보면서 묵묵히 학문적 열정과 후진 양성을 위해 노력하는 수많은 교수들마저 맥 빠지게 하고 있다. 교수의 기본적 윤리를 팽개친 일부 몰지각한 교수들은 교단에 퇴출시켜야 할 것이며 이들을 국민 세금으로 놀이 다니는 것을 감독하고 관리할 기관도 국민적 지탄을 받아 마땅하다.

4. 종교지도자들의 사명감 일탈

한국교회는 외형적 번영에 비해 내면적으로 타락하고 부패하고 있다. 종교지도자들의 타락, 종교로 치장한 위선, 도덕적인 해이, 종교의 탈을 쓴 불의, 하나님 이름을 도용해 자신의 죄를 정당화하며 종교장사로 살찐 자들. 교회와 경제는 부흥했으나 번영은 타락과 부패를 수반했다.

세상의 빛이 되어 하나님께 영광을 돌리라 하였으나 하나님은 안중에도 없이 그들 자신의 영광을 위해 종교를 이용해 대형교회는 세습하여 사회의 조롱거리가 되고 있다.

목회자 성폭행 사건부터 이단 논란, 금권 선거, 교단 문제를 사회범죄로 가져가 수십 년간 법정 다툼을 계속하고 있는 등 사회적 비판대상이 되고 있다.

특히 대형교회들의 재정 관련 비리, 헌금횡령과 투명성 논란, 목회자들의 도덕성 문제 등으로 인한 크고 작은 분쟁들이 사회에 외면 받으며 우리사회에 교회가 부정적 이미지를 각인하고 있다.

실제로 한국교회의 분쟁과 분열은 교회지도자들의 비윤리적 행동에서 비롯된다고 한다. 일부 목회자들은 젊었을 때는 하나님을 바르게 섬기려는 열정으로 시작하였지만 형편이 넉넉해지고 자신의 교회 세력이 커지면서 욕심과 욕망으로 세상을 따라서 돈과 명예와 세습과 타락을 쫓아가게 된 것이다.

신도들의 영혼을 달래고 사회의 도덕성 회복과 바른 세상을 만들어 살기 좋은 국가사회를 만드는 데 큰 역할을 해야 할 종교지도자들이 자기 탐욕에 빠져 병든 사회를 견인하지 못하고 있다. 늘어만 가는 범죄, 사기, 묻지 마 폭행, 자살, 사이비 종교의 증가 등 종교단체와 종교인이 수천만이라는 집계가 나와도 신앙을 통한 사회적 정화기능은 제로이고, 교회가 사회 면역체 역할을 기대할 수 없는 지경에 이르렀다.

또 신앙인의 범죄자들이 날로 증가하는 것을 보면 부처님·하나님 좋은 말씀 듣고는 법당문, 교회문 열고 나오면 모두 잊어버리는 신앙인들이 많음을 느끼게 한다.

탐욕의 종교 사업가들이 예수님 팔고, 부처님 팔아 돈을 번다. 고달픈 중생의 고뇌를 달래야 할 목회자들이 돈만 밝히니 신도들도 교회나 절간을 떠나고 있다. 요즘 불자들은 스님보고 절에 가지 않고 부처님만 보고 간다고들 한다. 혜민 스님의 칼럼이 생각난다. 달을 가르키는 때 묻은 손은 보지 말고 달만 보라고 했겠는가.

5. 시민단체(NGO) 본분의 일탈 현상

시민단체란 사회의 여러 가지 문제를 해결하기 위하여 민간이 중심이 되어 만든 비정부조직으로 사회개혁, 복지, 환경, 인권, 여성, 평화, 의료 등과 관련된 문제를 해결하기 위해 시민들이 만든 사회조직이다. 현대사회에 들어서 정부와 국회가 점점 다양해지는 시민의 관심과 요구를 수용하여 처리하기에는 한계가 있어 참여 민주주의의 움직임이 활발하면서 시민단체가 등장하기 시작했다.

주로 정부의 정책비판, 여론 형성, 대안 제시 활동, 일상생활의 변화와 개선 추구 활동을 한다. 우리나라의 시민단체는 일부 명망가 및 사회지도층 중심으로 운영되어 시민이 없는 시민운동이란 말을 듣고 있다. 그리고 재정 자립도가 취약하고 중앙 집중식 조직 구조로 운영되어 사회적 영향력에 비해 사회에 대한 책임성이 취약하다.

우리나라 시민단체의 문제점으로는 시민단체가 마치 모든 시민의 대표하는 것처럼 활동하고 있는 경향이 있으나 이는 금지하여야 한다. 그리고 시민단체가 기업이나 정부 후원금과 보조금으로 운영되고 있어 시민단체의 본연의 역할을 못 하고 있다. 시민의 자발적 기부가 많아져야 한다.

특히 우리나라의 시민단체는 자신의 정치적 발판으로 시민단체를 활용하고 있다. 정부의 정책에 비판적 감시적 기능을 하지 않고 되레 정부에 부역하고 정부나 정계에 진입하는 통로로 이용하는 현상이 심각한 수준이다. 그래서 "시민운동이 곧 정당이고, 정당이 곧 시민운동인 현상이 현실화 됐다"고 보고 있으며 "이들 양자 사이엔 '특혜와 지원을 대가로 정치적 지지를 교환하는 관계'가 자리 잡았다"고 최창집 교수는 분석했다.

문재인 정부 들어서 청와대 참모진에 17%, 장관에 17%, 여당 의원 11%가 시민단체 출신이다. 참여연대 출신 김경율 경제민주주의21 대표는 "현재는 환관宦官 같은 시민단체와 언론인들이 판을 친다"고 했다. 당정청을 장악하고 있기 때문이다. 시민단체가 권력과 결탁하면 권력의 감시기능이 퇴색하면서 권력 옹호세력이 되는 것이다. 즉 권력과 한 몸이 되면서 비정부기구(NGO)가 정부기구(GO)로 전락하게 된다고 했다.

대표적으로 참여연대, 민변(민주사회를 위한 변호사 모임). 민언련(민주언론시민연합), 정의기억연 등 주요 시민단체 출신들이 여권으로 들어가면서 권력 견제와 감시기능은 상실하고 관변단체가 되었다는 비판이 커지고 있다.

시민단체의 정권 동조화 현상을 보고 전 동양대 진중권 교수는 민언련과 참여연대, 여성단체 등의 성향 형태를 비판하면서 "과거에도 어느 정도 편파성은 있었지만 권력을 잡아 이권에 가까워져 그런지 요즘은 충성 경쟁하듯 아주 노골적으로 당파적"이라고 했다.

시민이 참여하고 정부의 정책비판과 감시적 본연의 사명에 충실한 소금과 같은 역할을 하는 시민단체가 늘어나기를 기대하며 제발 정계 진출 징검다리로 삼으려는 자들이 끼어들지 않기를 바란다. 외국의 시민운동가들은 그 활동을 기반으로 정치적 발판을 만들어 정계에 진출하는 경우는 거의 없으며 또 그렇게 되면 시민운동의 순수성을 잃게 된다고 보고 있다.

제9장

/

인생 80 세월의 단상(斷想) 4제(題)

1. 밥상머리 교육이 평생 삶의 지표가 되었다

농부의 땀으로 만든 곡식과 어머니의 사랑이 담긴 음식 앞에 온 가족이 둘러앉아 식사하면서 가족의 사랑과 보살핌을 함께 나누는 곳이 바로 밥상머리다. 이 자리가 우리나라 전통 가정교육의 첫걸음이 되었던 것이다.

할아버지, 아버지의 밥상머리에서 예절교육과 성실한 삶에 대한 가르침을 귀에 박힐 정도로 반복적으로 듣고 살았던 그 말씀이 평생을 살아가면서 삶에 지표가 되고 있다. 한마디도 틀린 말씀이 없었고 학교에서 배울 수 없는 교육에 감사한 마음으로 살다 보니 나도 부모 되어 알게 되었다.

오늘의 가정을 잃은 시대에 자라나는 어린이들이 밥상머리 가정교육의 귀중함을 모르고 학교 교육의 경쟁으로 빠져드는 것은 안타깝다. 진정한 교육의 출발점은 가정교육이다. 바로 인성교육의 산실이고 태어나서 더불어 사는 법을 배워 세상에 적응하는 교육은 부모의 가르침 속에 출발하는 것이다. 떡잎 때의 바른 인성이 평생을 좌우하기 때문이다.

특히 인격이 완성되지 않은 어린 시절의 심성교육은 성장과정 뿐만 아니라 성인이 된 후에도 삶에 중요한 역할을 하기 때문에 어려서부터 "사람이 되는 교육"은 매우 중요하다. 그래서 먼저 인성교육의 기반 위에 지식교육을 더해가는 '선인성先人性, 후지식先知識'을 강조하는 의미이다. 이런 교육의 축이 앞뒤가 바뀌어 후안무치한 사람들이 세상을 혼란스럽게 하고 있다.

밥상머리가 꼭 가정교육만은 아니다. 부모 형제가 마주 앉아 식사하면서 가족 간의 문의할 이야기도, 상의할 것도 음식 이야기도, 부모가 자식에게, 자식이 부모에게 서로 소통의 장이 되기도 하면서 이런 분위기 속에 가족 간의 따뜻한 온기를 느끼면서 가족의 안정감, 행복감을 갖게 되는 것이다. 밥상머리가 단순한 영양을 공급하는 장이 아니라 인성과 예절교육을 비롯한 다양한 기능이 있다는 것을 알 수가 있다.

산업사회로 변하면서 밥을 함께할 수 없는 세상이 되어 밥상머리 인성교육장은 사라져가면서 먼저 밟아야 할 교육의 한 과정은 상실되었다. 이제는 온 가족이 자기 시간대별로 혼밥 먹는 시대로 접어들고 있다. 가족 간에 대화할 시간이 없어져 가니 가족의 소중함, 부모에 대한 효도, 형제간에 우애, 사회적 예절 등 기본적인 인성교육은 사라지고 무한경쟁만 있는 삭막한 세상이 다가오는 것 같아 걱정스럽다.

2. 가난한 나라에 태어나, 잘 사는 나라 만들어 살다가는 행복

일제日帝 치하에 36년을 벗어나고 광복을 맞이하니 세계 제2위 빈국이라는 나라를 조상으로부터 물려받았다. 그러나 숨 돌릴 시간도 없이 동족상잔民族相殘의 전쟁을 치르고 잿더미 위에 서게 되었다. 그러나 우리도 "하면 된다"는 지도자를 만나 세계인을 놀라게 한 경제성장으로 한강의 기적을 이룬 나라를 만들었다. 힘든 가난의 배고픔을 해결하고 세계 10위의 무역대국을 이루어 낸 위대한 한민족의 저력을 세계에 보여준 역사였다.

경제력의 상징이기도한 세계스포츠의 제전 올림픽대회를 1988년에 개최하여 훌륭하게 치뤄냈다. 드디어 중국과 북한을 비롯한 공산권에도 한국의 경제성장에 부러움을 사게 했다. 한때 경제 파탄의 IMF를 맞았어도 조기에 탈퇴하였으며, 세계축구제전 월드컵 4강의 신화를 달성했었다. 러시아 월드컵에서도 세계 최강 FIFA랭킹 1위이고 전번 대회 우승국인 독일 전차군단을 2대0으로 꺾은 신화를 낳아 세계 축구계를 놀라게 했다.

우리 민족은 힘을 모으면 무엇이던 해낼 수 있다는 자신감과 저력을 한껏 발휘했다. 그러나 지금 우리는 축배를 너무 빨리 들었는지 더 이상 앞으로 나가지 못할 증후를 보여주고 있어 안타깝다.

다시 뛰는 마음가짐으로 지난날 한국 경제의 신화를 견인했던 "해봤어"라는 정주영의 도전 정신, "세계는 넓고 할 일은 많다"는 김우중의 모험정신, "제철소 성공 못 하면 포항 앞바다에 빠져 죽자"는 박태준의 분투정신, 화학공업과 전기산업을 발전시킨 럭희금성의 구인회 회장, 일찍이 전자산업시대를 선지先知하고 강력히 추진한 삼성의 이병철 회장, 석유화학산업을 견인하고 인재육성을 중히 여겼던 최종현 회장. "하면 된다" "우리도 잘 살아라 보자"는 박정희의 시대정신은 외자도입, 수출입국, 전자, 중화학공업 육성, 농촌혁명의 전략을 밀어붙였다. 수천 년 농업 노예(노비)국가를 근대 공업국가로 탈바꿈 시키고 끝내 그 처절한 가난과 빈곤을 일거에 해결하고 남들이 부러워하는 나라를 만들었다. 이런 모험, 도전, 분투의 정신이 우리 민족은 하면 할 수 있다는 혼을 세계에 알리게 되었다.

한때 한국에서 민주주의가 꽃피는 것은 쓰레기통에서 장미꽃이 피길 기대하는 것과 같다, 말했지만 우리는 민주화도 해냈다. 민주화와 산업화는 한국이 이룩한 기적의 두 축이다.

이런 두 축이 성공할 수 있었던 것은 이승만 대통령의 자유민주주의와 시장경제의 선택과 한미동맹을 성사시킨 결과에서 가능했던 것이다. 결국 원조를 받던 나라에서 원조를 주는 나라로 만들었다.

지난 세대가 이룩한 정신을 이어받아 기필코 선진문명국가를 이룩해야 할 것이다. 세계 2위의 빈국에 태어나 12위의 경제부국으로 발전시킨 주역으로 살면서 먹고 싶은 것 다 먹어보고 가고 싶은 해외여행도 해보았으니 대한민국이 자랑스러운 조국이구나 싶다. 한강의 기적을 이루었고, 빈국을 돕는 원조 주는 나라에서 살다가는 자긍심에 살고 있다.

고생살이 흔적이 얼굴에서 손등에서 역력히 묻어있는 할머니들이 친구끼리 담소하며 좋은 식당에서 부담 없이 소갈비나 생선요리 드시는 것을 보면 고생 끝에 만년에 보람 있게 살았구나 하는 감회를 함께 나누며 살고 있다.

3. 김씨 세습왕조 독재치하에 살지 않았던 행복

근년에 좌파 집권자가 우리의 100년 역사는 반칙과 특권의 역사요. 가진 자는 갖지 않은 자를 수탈하는 역사이며, 권력을 장악한 자는 권력을 갖지 않은 자를 핍박한 역사로 규정하고 있다.

그러나 지난 100년의 역사는 기적의 역사로 평가하고 싶다. 경제발전과 스포츠, 예술, 학문 등 모든 분야에서 단기간에 세계적 인재를 배출하는 엄청난 발전을 이루었다. 통치 권력자도 잘못이 있으면 법의 심판을 받아 교도소에 보낼 수 있는 나라를 만들었다.

이런 각 분야의 찬란한 발전과 법치국가의 역사를 가진 나라를 적폐만 쌓인 나라라 비판할 수 있을까. 우리가 가난과 빈곤 그리고 전쟁의 절망을 딛고 세계 사람들이 부러워하는 발전을 할 때 북한정권은 인민을 위해 무엇을 했는지 비교해 보자.

북한의 김씨 세습정권은 인권으로 보면 북한의 인민들은 평등과 존중, 종교와 인간으로서의 기본적으로 누릴 수 있는 자유마저 없는 나라이다. 조선노동당의 명령이면 인권도 자유라는 개념조차 없는 삶을 살아야 하는 세계 어느 나라에서도 찾아보기 힘든 독재국가다. 굳이 비교한다면 소말리아나 에리트레아(별명 아프리카의 북한)수준일 것이다. 몇몇 특권계층인 조선노동당 간부 외에는 평범한 삶을 누릴 수 없는 나라이고, 특권층을 제외한 인민들은 자유를 찾아 떠나지 않는 한 억압 받으면서 김씨 왕조를 숭배하고 조선노동당을 찬양하며 당의 노예와도 같이 살아야 하는 나라이다.

대를 잇는 세습 독재국가에 인민을 굶겨 죽이고, 세계 제일의 빈국으로 만들어 놓은 정권, 이런 꼴이 인민을 위한 나라인가, 지상 낙원을 만들어 주겠다고 속여 낙원이 아니라 지옥에 빠뜨린 북한 정권, 이제는 핵폭탄을 들고 협박하고, 우리는 같은 민족끼리라고 손에 손잡자고 한다.

이런 정권이 우리 민족이라 하기가 세계인 앞에 창피스럽다.

1953년 7월 27일 정전협정 이후 2012년 국방백서에 따르면 정전협정 위반 사례는 43만 건이 넘게 위반했고, 해외주재관에 마약이나 팔게 하고 88 올림픽 개최를 방해하려고 대한항공 858기 폭파사건을 일으켰고, 서해 NLL 경계선 침범, 아웅산테러 등 이런 죄악을 보고 북한을 조건 없이 동족이라고 할 수는 없다.

6·25 전쟁 65년이 지난 지금까지도 인도적인 문제인 헤어진 부모형제의 상봉조차 제대로 길을 열어주지 않은 북한 독재는 민족사에 영원히 기억될 악행으로 남을 것이다. 동족이라는 말을 입에 담을 수 없는 패륜이다.

분단 후 우리는 자유민주주의와 시장경제라는 가치를 신봉하고 세계가 놀라울 만큼 경제성장과 자유민주주주의 국가를 이루어 놓은 국가로 북한과는 서로가 추구하고 신봉하는 가치가 달라진지 오랜 나라다. 세계에서 유일하게 남은 악독한 독재 세습국가에서 살지 않았던 80년 세월이 행복하기만 했다.

4. 젊은이여 앞 세대가 일군 발전을 헛되이 하지 말자

지금의 젊은이들이 도저히 믿지 않겠지만 머리카락 잘라 수출하고 산골에서, 들판에서, 풍랑 치는 만경창파에서, 허리 휘도록 구슬땀 흘려 보릿고개 넘겼고, 구로, 구미, 마산, 울산, 부산 산업공단에서 밤잠설치며 일해서 누이들이 보내준 돈으로 동생 공부시켰고, "잘 살아보세" 외치며 밤낮으로 서러운 눈물로 입술 깨물며 견디며 일했던 이 땅의 할아버지 할머니. 이

역만리 독일의 광부로, 간호사로, 총탄이 빗발치는 정글의 월남에서, 열사의 나라 중동에서, 피와 땀과 눈물로 "싸우면서 건설하자" 외치며 한강의 기적을 만들어 낸 자랑스러운 이 땅의 할아버지, 아버지들.

6·25 잿더미 속에 미국이 보내준 밀가루로 끼니 때우고 있을 때, 고마운 줄 모르고 밤낮 권력 나눠 먹기 싸움질로 나라를 혼란으로 빠뜨린 그들 누구였던가. 해외 역군들이 벌어들인 달러로 산업인프라 구축할 때 고속도로 건설현장에 부자들 자가용 길 닦아 준다고 공사장에 들어 눕고 하던 야당 지도자들은 늘 권력 잡을 생각뿐이었다. 겨우 낫이나 호미 만들던 대장간에 일본 돈과 기술로 허허벌판에 포항제철 세울 때 한일국교 반대를 외치며 학생들을 꼬드겨 시위를 벌였고 매판자본 물러가라, 독재정권 타도 등 분열을 일삼으며 권력 투쟁할 때 이 땅의 위대한 산업역군들 끝내 일구어냈다. 라디오도 만들지 못하던 우리가 tv, 냉장고, 자동차, 배 만들어 수출할 때, 정치인과 학생들은 길거리에서 노동현장에서 민주화만 외치며 국가 발전에 뒷다리 잡았다. 이들은 민주화만 되면 세상 끝날 것 같이 외쳤다. 막상 민주화 대부들이 집권하자 그들의 자식들이 호주머니 챙기기 바빠하다가 아버지 정권에 구속되는 수모를 당했다. 건설·원자력·반도체·통신·핸드폰 등 세계 1등 제품 만들어 수출할 때 전업 운동꾼들, 그들은 무엇을 했는가. 조선 선조실록에 임진왜란 때는 "길에 쓰러져 죽은 시신은 붙어있는 살점이 없고, 사람고기를 먹으면서도 전혀 기이하게 여기지 않는" 참극이 벌어졌다. 숙종 때의 승정원일기에는 을병대기근乙丙大飢饉에 "사람이 서로 잡아먹는 변이 각 고을에 번지니 사방을 둘러 봐도 살아날 방도가 없다"고 기록되었고, 임진왜란 이후 100년 만에 들어 닥친 국가적 파멸이었다. 인구가 140만이나 줄어든 파멸 정국을 맞이하여 마침내 '노론'의 부제학 이유가 '도저히 해결할 방법이 없다'며 청나라에 청곡을 제안했다. 이때 숙종실록에 보면 '아비가 자식을 죽이고 사람이 사람을 잡아먹으며 용과 뱀처럼 악독해진'

지옥이었다고 기록하였다. 이런 못난 조상의 나라를 물려받아 세계 10위 무역 강국과 세계 12위 경제부국으로 만들어 낸, 자랑스러운 이 땅의 기업인과 산업역군들은 자랑스러운 이 땅의 주인이다.

언제나 다음 세대에 가난을 물려주지 않기 위하여 노력했고, 북한의 무력 침공을 막기 위하여 국방을 튼튼히 지켰다. 그러나 민주화 유공자는 넘쳐나는데, 세계적 경제대국을 이룩한 공을 세운 사람이 없는 세상이 되었다. 이게 제대로 된 나라인가, 제대로 알 날은 꼭 올 것이다.

우리가 6·25전쟁에 패하고 김씨 세습왕조 치하에 살게 되었다고 상상만 해도 아찔하다. 부디 앞 세대가 이룩한 번영을 지켜서 더욱 발전시킨 나라를 만들기를 기대한다.

생활 속에 정직하게 사는 인성교육이 답이다(정직의 생활화)

한국인의 인성은 급변한 근대화 과정에서 부정적인 면이 많은 것은 사실이다. 지나친 출세 지향성, 이기적 가족주의, 조급성, 연고주의, 권위주의, 허세 형식주의, 적당주의, 금전 만능적 사고 등으로 인하여 인성 파괴적 환경으로 빠져들고 있다. 『25시』의 작가 '게오르규'는 우리를 가리켜 '세계가 잃어버린 영혼을 간직한 나라'라고 하였는데 우리가 잘못된 인성으로 영혼을 잃어버린 나라가 되지 않기 위해선 인성을 바로 세우는 교육에 매진하여야 할 것이다.

경제 성장은 노력만하면 어느 정도의 성과는 기대할 수 있지만 인성의 회복은 국민적 의식변화가 있어야 하므로 꾸준한 교육과 생활화가 되어야 하는데 그것이 문제인 것이다.

로마는 영원하리라고 믿었는데 무엇이 그 종말을 만들었는가? 도덕성의 타락이었다. 인도의 간디 전기에서 "진실은 세상의 끝까지 남지만 거짓은 죄악을 남기고 사라진다"는 교훈을 배웠다.

도산 안창호 선생의 "정직이 애국심"이다, "죽더라도 거짓말은 하지 말라." 이런 선생의 뜻을 따랐다면 오늘과 같은 한국은 아니였을 것이다.

사회 여러 계층 지도자들이 정직의 모범을 보여주고 실천해 주지 않기 때문에 인성변화가 어려워지는 측면이 있다. 독재국가와 공산사회가 패망한 것은 외부의 침공이 아니다. 정직과 진실을 지도층부터 파기했기 때문이다. 역사가들은 정치는 필요악이라 한다. 진실을 외면하고 수단, 방법으로 정의를 대신하려는 정신을 극복하지 못하면 그 정권과 국가는 비운을 초래하게 된다. 정치적 목적을 위해 반윤리적 선택을 감행한다면 국민의 심판을 면치 못했던 역사의 교훈이 있기 때문이다.

끝으로 전문에서 지적한 모든 한국병은 우리가 정직을 생활화하면 그 답이 되리라 믿습니다.

◆참고인용 문헌

조선일보·문화일보·중앙일보·한국경제·내일신문·한국일보
각종 논설 칼럼
『하멜 표류기』
『백범일지』
『징비록』 유성룡
『도산 안창호』
『민족의 시련과 영광한국정신문화연구원』 간
『한국전쟁』 김학준
『우리는 왜 친절한 사람에게 당하는가?』 황규정
『우리는 사소한 것에 목숨을 건다』 리처드 칼슨
『자살공화국』 김태형
『한국인의 인성』 이민태
『한국인의 거짓말』 김형희
『한국인의 기질』 박상하
『한국, 한국인』 마이클 브린

『검사내전』 김웅

『전관예우보고서』 안천식

『한(恨)과 한국병』 백상창

『위기의 한국인』 유한익

『방부제가 썩는 나라』 최승호

『갈등과 분열중의 한국사회』 백상창

『대한민국 50년세월에 심은 꿈』 서성한

nate.com

MBN

JTBC

kbs1

허구와 거짓이 판치는 나라

초판 1쇄인쇄 2021년 7월 20일
초판 1쇄발행 2021년 7월 23일

저 자 강재윤
발행인 박지연
발행처도서출판 도화
등 록2013년 11월 19일 제2013 - 000124호
주 소서울시 송파구 중대로34길 9-3
전 화 02) 3012 - 1030
팩 스 02) 3012 - 1031
전자우편 dohwa1030@daum.net
인 쇄 (주)현문

ISBN I979－11－90526－40－1 *03810
정가 20,000원

도화道化, fool는
고정적인 질서에 대한 익살맞은 비판자,
고정화된 사고의 틀을 해체한다는 뜻입니다.